VIDA LONGA AO MAL

SARAH REES BRENNAN

Tradução:
Flávia Souto Maior

Planeta minotauro

Copyright © Sarah Ress Brennan, 2025
Copyright © Editora Planeta do Brasil, 2025
Copyright da tradução © Flávia Souto Maior, 2025
Todos os direitos reservados.
Título original: Long Live Evil

Preparação: Caroline Silva
Revisão: Elisa Martins e Ligia Alves
Projeto gráfico e diagramação: Futura
Ilustração: Syd Mills
Design de capa: Ben Prior | LBBG
Adaptação de capa: Isabella Teixeira

DADOS INTERNACIONAIS DE CATALOGAÇÃO NA PUBLICAÇÃO (CIP)
ANGÉLICA ILACQUA CRB-8/7057

Brennan, Sarah Rees
  Vida longa ao mal / Sarah Rees Brennan ; tradução de Flávia Souto Maior. -- São Paulo : Planeta do Brasil, 2025.
  464 p.

ISBN 978-85-422-3170-0
Título original: Long Live Evil

1. Ficção irlandesa 2. Literatura fantástica I. Título II. Maior, Flávia Souto

25-0093   CDD Ir823

Índice para catálogo sistemático:
1. Ficção irlandesa

Ao escolher este livro, você está apoiando o manejo responsável das florestas do mundo e outras fontes controladas

2025
Todos os direitos desta edição reservados à
Editora Planeta do Brasil Ltda.
Rua Bela Cintra, 986 – 4º andar – Consolação
01415-002 – São Paulo-SP
www.planetadelivros.com.br
faleconosco@editoraplaneta.com.br

*Para o meu irmão, Rory Rees Brennan –
um verdadeiro herói, melhor do que em qualquer livro.*

Cada língua me diz um conto diferente.

E cada conto me condena como vilão.

Ricardo III – Shakespeare

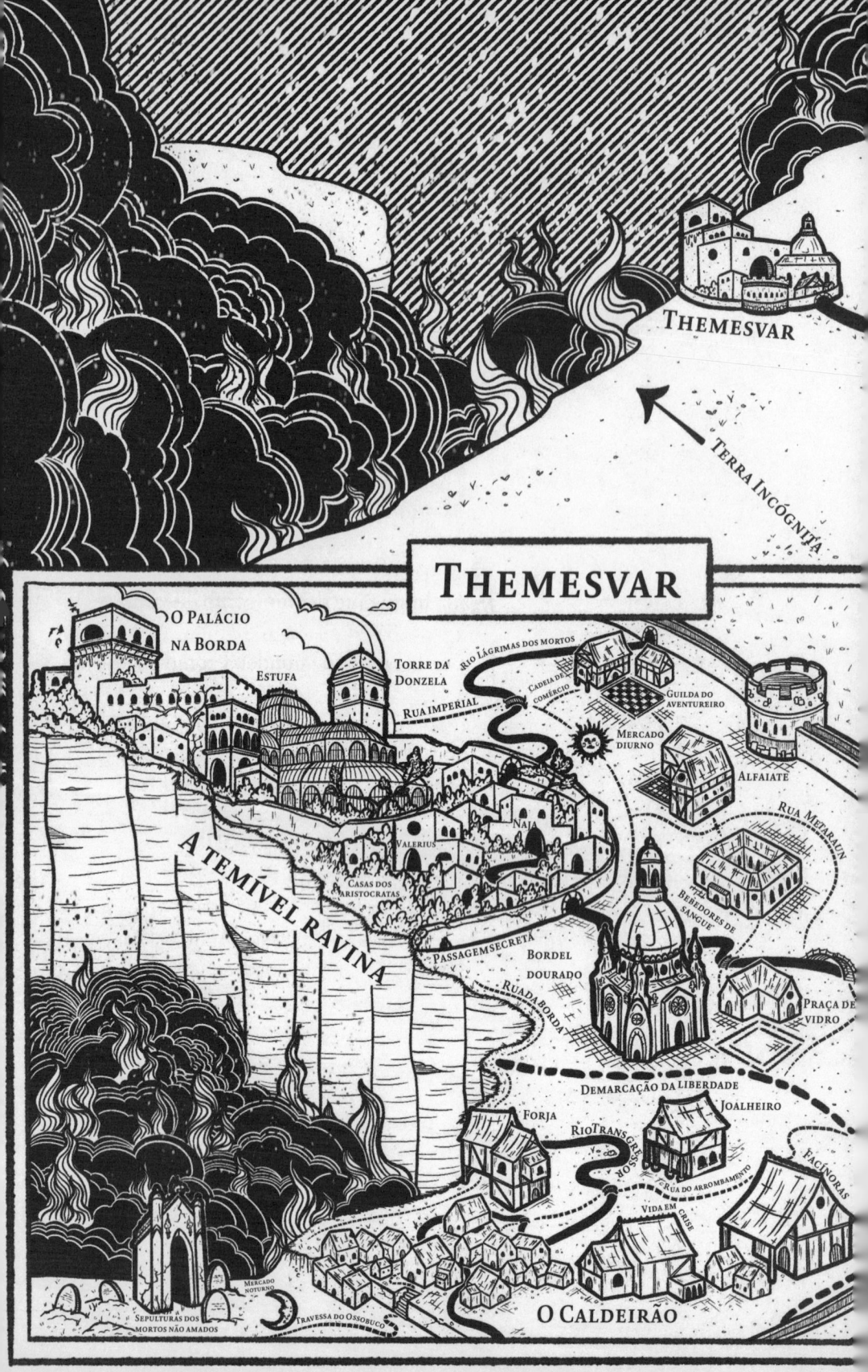

A VILÃ ENFRENTA A MORTE

Nossa terra é uma terra de terríveis milagres.
Aqui, os mortos vivem e mentiras se tornam verdades. Cuidado.
Aqui, toda fantasia é possível.

Era do Ferro, Anônimo

O Imperador invadiu a sala do trono. Em uma das mãos, ele tinha sua espada. Na outra, a cabeça de seu inimigo. Ele balançava a cabeça com vivacidade, dedos enrolados em cabelos emaranhados ensopados de sangue.

Um rastro escarlate nos ladrilhos em ouro martelado marcava a passagem do Imperador. Suas botas deixaram profundas pegadas carmesim. Até mesmo o forro azul-gelo de seu manto preto estava respingado de vermelho. Nenhuma parte dele permanecia sem manchas.

Ele usava a máscara da morte coroada, desprovida da joia que deveria adornar sua testa, e um peitoral de bronze com estrelas cadentes forjadas em ferro. Os dedos de metal da manopla, que fulgiam em vermelho, estreitavam-se formando garras brilhantes.

Quando ele ergueu a máscara, fúria e dor haviam esculpido seu rosto em novas linhas. Depois do tempo que passou no lugar sem sol, estava pálido como a luz do inverno, seu resplendor tornado tão frio que queimava. Ele era uma estátua com sangue maculando sua bochecha, como uma flor vermelha sobre pedra. Ela mal o reconheceu.

Ele era o Imperador Hoje e Para Sempre, o Corrupto e Divino, o Príncipe dos Achados e Perdidos, Mestre da Temível Ravina, Comandante dos Vivos e dos Mortos. Ninguém podia deter sua marcha da vitória.

Ela não podia suportar vê-lo sorrir, ou o morto cambaleante atrás dele. Seu olhar foi atraído pelo brilho voraz da lâmina dele. Ela desejou que tivesse permanecido quebrada.

O punho da Espada de Eyam reforjada era uma cobra enrolada. Na lâmina, uma inscrição brilhava e fluía como se fosse escrita em água. A única palavra visível sob uma camada escorregadia de sangue era *Desejo*.

A garota de mãos prateadas tremia, sozinha no coração do palácio. O Imperador se aproximou do trono e disse...

— Você não está *escutando*!
— É uma coisa estranha para o Imperador dizer — Rae observou.

Sua irmã mais nova, Alice, estava sentada na ponta do leito de hospital de Rae, agarrando o apoio para os pés de aço pintado de branco como se fosse um bote salva-vidas. Alice estava fazendo uma leitura dramática de sua série de livros preferida, mas Rae não estava levando a sério.

A vida era curta demais para levar as coisas a sério, Rae diria. A boca de botão de rosa de Alice estava torcida em crítica, e botões de rosa não deveriam ser críticos.

Quando Rae tinha quatro anos, sua mãe lhe prometeu uma linda irmãzinha.

Alice chegou na primavera. As flores de macieira no quintal delas estavam brancas como a neve e salpicadas de rosa. Eram como nuvens da manhã na frente da janela de Rae. Seus pais chegaram com a bebê Alice enrolada em lã cor-de-rosa e renda branca, o que a fez parecer outra flor. Sob o olhar ávido de Rae, eles afastaram uma camada de cobertor com a reverência de um noivo desvelando sua noiva, e mostraram o rosto da recém-nascida.

Ela não era bonita. Parecia uma noz zangada.

— Ei, cara engraçada — Rae disse a Alice durante toda a sua infância. — Não chore. Você é feia, mas não vou deixar ninguém te incomodar.

Mas a vida se mostra irônica às vezes, e o destino devia ter senso de humor. Conforme Alice cresceu, os ossos de seu rosto se acomodaram na posição perfeita, e até seu esqueleto se arranjou de forma mais harmônica que o de qualquer outro. Ela ficou linda. E Rae... bem, ela era bonita também.

Mesmo antes, Rae sabia que "bonita" já não era a mesma coisa.

A beleza era como um guarda-chuva grande, ao mesmo tempo útil e difícil de manusear. Três anos antes, as irmãs tinham ido a um evento para fãs dos livros preferidos de Alice.

Era do Ferro era uma saga de deuses perdidos e velhos pecados, paixão e horror, esperança e morte. Todos concordavam que o forte da série não era o romance, mas discutiam o triângulo amoroso incessantemente. Os livros tinham tudo: batalhas de espadas e sagacidade, desespero e danças, o herói ascendendo de origens humildes até o poder supremo, e a beleza sem igual que todos desejavam, mas que apenas ele podia ter. A heroína superava seus rivais por ser pura de coração, e se tornava a rainha da terra. O herói conseguia se erguer das profundezas e se tornava a imperador de tudo. A heroína era recompensada por ser bela e virtuosa; o herói, por ser um cretino de boa aparência.

Alice foi para o evento vestida como a vilã, conhecida como a Bela Mergulhada em Sangue. Rae não entendeu por que Alice quis se fantasiar da meia-irmã malvada da heroína.

— Porque eu não confundo fantasia e realidade — respondeu Alice, rindo. Depois, encostou a cabeça no ombro de Rae e completou: — A verdade é que ela se parece com você. Posso fingir ser corajosa quando me pareço com você.

Na época, Rae não tinha lido os livros, mas ela vestiu seu uniforme de líder de torcida para que as duas estivessem fantasiadas. Uma fila se formou pedindo que Rae tirasse fotos deles com Alice. O cara no fim da fila ficou encarando, enquanto outro garoto, que carregava um machado de lâmina dupla, contava piadas e fazia Alice rir. Era bom ver sua irmã tímida rindo.

Quando Rae pegou o telefone do último cara, a mão dele foi parar na bunda de Alice, que tinha treze anos.

— Tire a mão! — Rae o repreendeu.

O cara disse:

— Ahhh, desculpe, *milady*. Minha mão escorregou.

— Tudo bem. — Alice sorriu, preocupada com os sentimentos dele, embora ele não tivesse se preocupado com os dela.

— Digam "xis"!

Alice era a irmã legal. Rae observou o sorriso pretensioso do cara e seu celular.

— Digam "vai pegar, idiota"!

Rae jogou o rabo de cavalo para trás e atirou o celular em uma lata de lixo transbordando de cachorros-quentes meio comidos. Ser legal era legal. Ser má resolvia as coisas.

Rae piscou.

— Ahhh, desculpe, *milorde*. Minha mão escorregou.

— Do que você está vestida? De líder de torcida filha da puta?

Ela colocou o braço nos ombros da irmã.

— *Chefe* das líderes de torcida e das filhas da puta!

O cara desdenhou:

— Aposto que você nem leu os livros.

Infelizmente, ele estava certo. Só que Rae mentia muito bem, e sua irmã era obcecada por esses livros. Assim, ela respondeu com uma das falas do Imperador:

— "Implore por misericórdia. Isso me diverte."

Ela se afastou, recusando-se a responder a mais perguntas. Normalmente, ela se lembrava de todos os contos que Alice lhe contava, mas Rae já estava preocupada com o quanto estava se esquecendo das aulas, conversas e até mesmo das histórias.

Essa foi a última vez que Rae foi capaz de proteger sua irmã. Na semana seguinte, ela foi ao médico devido à tosse persistente e à perda de peso e de memória. Começou uma bateria de exames que acabou em biópsia, diagnóstico e tratamentos que duraram três anos. Parte de Rae permaneceu naquele momento final em que ela podia ser jovem e cruel, em que podia acreditar que sua história terminaria bem. Para sempre dezessete anos. O restante dela havia pulado todos os passos de criança para velha, sentindo ter muito mais de vinte.

O tempo da magia havia passado para Rae, mas Alice preenchia todos os requisitos para ser uma heroína: tinha dezesseis anos, era bela sem saber e se preocupava mais com sua série de livros preferida do que com qualquer outra coisa.

Sentada no leito de hospital de Rae, Alice empurrou os óculos para cima no nariz e fez cara feia.

— Você diz que quer relembrar a história, mas fica surpresa com os acontecimentos principais!

— Eu sei todas as canções do musical.

Alice fez cara de deboche. Sua irmã era uma purista. Rae acreditava que, com sorte, sua história preferida poderia ser contada de dezenas de formas diferentes, para que você pudesse escolher a preferida. Nenhum dos astros do musical era tão gato assim, mas ninguém pode ser mais gato que os personagens em sua imaginação. Personagens de livros eram perigosamente atraentes, e da maneira mais segura. Você nem sabia como eles eram, mas sabia que gostava.

— Então me diga o nome da Bela Mergulhada em Sangue. — Quando Rae hesitou, Alice a acusou. — Nem parece que você leu esse livro!

Era o segredo de Rae.

Essa era sua série preferida, e ela *não tinha* lido o primeiro livro.

Rae e sua irmã costumavam dormir juntas para ler livros, aconchegadas na mesma cama, lendo um romance muito aguardado ou contando histórias uma para a outra. Na época, Rae não acreditou em Alice quando ela disse que *Era do Ferro* tinha o poder de mudar uma vida. Alice era uma romântica literária, dessas que se apaixonam pelo potencial de toda história que conheciam. Rae sempre foi mais cínica.

Ler um livro era como ser apresentado a uma pessoa. Você não sabe se vai amá-la ou odiá-la o bastante para querer descobrir cada detalhe ou se só vai passar os olhos pela superfície, sem nunca a conhecer em profundidade.

Quando Rae foi diagnosticada, Alice finalmente teve seu público cativo. Durante a primeira sessão de quimioterapia da irmã, Alice abriu *Era do Ferro* e começou a ler em voz alta o que parecia ser uma aventura de fantasia típica sobre a donzela em perigo conquistando o cara com a coroa. Certa de que sabia para onde aquilo estava indo, Rae ouviu as partes divertidas com sangue e entranhas, mas se distraiu em outras partes. Quem se importava em salvar a donzela? Ela ficou impressionada mais para o fim, quando o Imperador se revoltou para reivindicar seu trono.

— Espere, quem é esse cara? — Rae tinha perguntado. — Eu amo ele.

Alice a encarou, descrente.

— É o herói.

Rae devorou os dois livros seguintes. As sequências eram insanas. Após o assassinato da rainha, o Imperador trouxe a ruína, depois governou sobre uma paisagem sombria de ossos. Os livros eram macabros e também obscuros. O título da série poderia muito bem ser *Puta merda, basicamente todo mundo morre.*

Sob os céus lúgubres de Eyam, monstros vagavam, alguns em formas humanas. Rae amava monstros e feitos monstruosos. Ela odiava livros que eram como manuais deprimentes instruindo as pessoas sobre a única forma moral de se comportar. Esperança sem tragédia era uma coisa vazia. No mundo estranho e fascinante desses livros, com seu herói horrível e glorioso, a dor significava alguma coisa.

Quando Rae terminou as sequências, a leitura começou a deixá-la enjoada, à deriva em um mar de palavras. O simples fato de ouvir os livros levava sua mente para dentro da neblina. Ela queria descobrir o que aconteceu no primeiro livro, então convenceu Alice a lê-lo em voz alta para "relembrar". Se alguma voz podia prender a atenção de Rae, era aquela voz adorada.

Só que elas já estavam no fim, e Rae ainda assim tinha conseguido perder muita coisa do primeiro livro da série. Ela temia que sua irmã superfã estivesse percebendo.

Era hora de ter calma. Rae perguntou:

— Como ousa me questionar?

— Você esquece o tempo todo o nome dos personagens!

— Todos os personagens têm títulos e nomes, o que eu acho exagerado. Tem o Naja Dourada, a Bela Mergulhada em Sangue, a Donzela de Ferro, o Última Esperança…

Alice deu um grito. Por um instante, Rae achou que ela tivesse visto um rato.

— O Última Esperança é o melhor personagem do livro!

Rae ergueu as mãos, rendendo-se.

— É você que está dizendo.

O Última Esperança era o lado perdedor do triângulo amoroso, o cara legal. Na opinião de Alice, o cara perfeito. O preferido de Alice perdia seu tempo desejando a heroína de longe, ocupado demais remoendo as coisas para usar suas incríveis habilidades sobrenaturais.

O desfile de caras declarando amor pela heroína era um borrão que entediava Rae. Qualquer um podia dizer que a amava. Quando chegava a hora de provar, a maioria fracassava.

Alice fungou.

— O Última Esperança merecia Lia. O Imperador é um psicopata.

A ideia de merecer alguém era equivocada. Não era possível ganhar mulheres por pontos. Não era como no videogame.

Rae fez vista grossa para isso, a fim de defender seu homem.

— Já parou para pensar que o Imperador tem maçãs do rosto incríveis? Desculpe, galera do bem. O mal é simplesmente mais sexy.

Rae queria que os personagens tivessem passados atormentados, mas que não fossem chatos por causa disso. O Imperador era de longe o preferido de Rae porque nunca ficava remoendo seu passado obscuro. Ele usava seus poderes profanos e sua enorme espada para massacrar seus inimigos; depois, seguia em frente.

Alice fez cara feia.

— A coisa com os sapatos de ferro foi assustadora! Se um cara desses é o verdadeiro amor, o que isso ensina às garotas?

Que coisa com os sapatos de ferro? Rae decidiu que não era importante.

— Histórias devem ser empolgantes. Não preciso de sermão, eu sei fazer análise literária.

Rae deveria ter sido oradora de sua turma e ganhado uma bolsa de estudos. Em vez disso, a poupança para a faculdade de Rae e de Alice tinha ido embora. Rae estava com vinte anos e nunca iria para a faculdade.

Elas não falavam sobre isso.

— Se o Imperador fosse uma pessoa de verdade, ele seria horripilante.

— Que sorte que ele não é de verdade — Rae retrucou. — Qualquer um que ache que os livros vão fazer as mulheres saírem com cretinos nos subestima. Se fosse assim, por que as pessoas não morrem de medo de filmes transformarem garotos em assassinos em série? Eu não quero consertar o cara, quero assistir ao programa sobre assassinatos.

Ela se recusou a ter outra discussão sobre o Imperador ser problemático. Claramente ele era problemático. Alguém que matava metade das pessoas que encontrava tinha um problema. Histórias viviam de problemas. Havia uma razão para *Guerra nas estrelas* não ser *Paz nas estrelas*.

Quando Lia foi morta, o Imperador colocou seu cadáver em um trono e fez seus inimigos beijarem os pés da defunta. Depois, arrancou o coração deles. "Agora vocês sabem como é", ele murmurou, seu rosto sendo a última coisa que a visão turva deles veria. Personagens vilanescos tinham sucessos épicos, fracassos épicos e amores épicos. O Imperador amava como um apocalipse.

Na vida real, as pessoas te deixam ir. É por isso que as pessoas desejam o amor das histórias, um amor que parece mais real do que o amor real.

O suspiro de Alice poderia ter empurrado uma casa de fazenda para uma terra mágica.

— Estou falando de padrões perturbadores na mídia, não de uma história específica. Especificamente, você é básica. *Todo mundo* prefere o Imperador.

Aquilo era ridículo. Muitos apreciavam o sofrimento esculpido do Última Esperança, as travessuras decadentes do Naja Dourada e o sarcasmo cortante da Donzela de Ferro. Poucos preferiam a heroína. Quem podia ser tão bom quanto a mulher perfeita? E quem queria ser?

Menos pessoas ainda gostavam da meia-irmã malvada. A única coisa pior do que uma mulher ser inocente demais era uma mulher ser culpada demais.

— *Ninguém* prefere a Bela Mergulhada em Sangue — Rae observou. — Não preciso saber o nome dela. Aquela conspiradora incompetente morre no primeiro livro.

— O nome dela é Lady Rahela Domitia.

— Uau. — Rae deu um sorriso amarelo. — Podiam muito bem ter chamado ela de Malvélia McEstranha. Não é de estranhar que o Imperador gostasse dela.

— O Imperador não — corrigiu Alice.

Certo, o rei só se tornou imperador depois. Rae assentiu com sabedoria. Alice continuou:

— Rahela era a preferida do rei até nossa heroína aparecer na corte. O rei ficou fascinado por Lia, daí a meia-irmã dela ficou louca de inveja. Rahela e sua criada conspiraram para que Lia fosse executada! Isso te diz alguma coisa?

— Muitas coisas. Minha cabeça está cheia de coisas.

Na memória de Rae, a voz da irmã ficou mais clara. Rae sempre apreciou uma grande cena de morte.

O capítulo começava com Lady Rahela usando um vestido branco-neve com barras vermelho-sangue, percebendo que estava presa em seu quarto. No dia seguinte, o rei mandou executar Rahela diante de toda a corte. Todo mundo gostou de ver a irmã megera aprendendo a lição.

A criada de Rahela recebeu a misericórdia de Lia, que sempre dizia: "Eu sei que há algo de bom neles", enquanto as pessoas em questão gargalhavam e comiam cabeças de gatinhos. A ex-criada de coração partido tornou-se uma assassina desumana com um machado conhecida como Donzela de Ferro.

Todos os grandes vilões quase se redimiam, mas em vez disso mergulhavam mais profundamente no mal. Você se pegava pensando: *Eles podem voltar! Não é tarde demais!* As melhores cenas de morte de vilões eram de fazer chorar.

Alice perguntou:

— Quer ler mais? Precisamos estar preparadas para o livro seguinte!

O livro seguinte seria o último. Todos esperavam um final infeliz. Rae temia um.

Esperança sem tragédia era uma coisa vazia. Assim como tragédia sem esperança. Rae sempre havia dito à irmã que essa era uma história sobre ambas as coisas. A escuridão não duraria uma eternidade sombria. As pessoas não continuariam piorando até morrer. Ela acreditava que o Imperador podia ressuscitar sua rainha e arrancar a vitória das presas da derrota, mas sua fé estava desaparecendo. A ficção podia ser uma fuga, mas ela suspeitava que ninguém sairia dessa história vivo.

— Não estou pronta para um final. — Rae fingiu um desmaio dramático. — Me deixe com o Imperador na sala do trono.

Alice se virou na direção da janela do hospital, que ficava opaca como um espelho quando a noite chegava. Rae ficou surpresa ao ver os olhos marejados de Alice refletidos no vidro. O livro não era algo pelo que valia a pena chorar. Nada daquilo era real.

A voz de Alice estava baixa.

— Não faça pouco-caso de coisas que eu acho importantes.

Rae deveria ser capaz de se transformar em quem havia sido um dia, por sua irmã. Ela deveria ser esperta e forte, com empatia para dar e vender. Ela já havia sido transbordante. Agora era vazia.

Sua voz ficou aguda como a culpa.

— Tenho outras coisas com que me preocupar!

— Você tem razão, Rae. Mesmo quando entende tudo errado, você acredita que está certa.

— É só uma história.

— Sim — Alice retrucou. — É apenas algo imaginado do nada que virou uma coisa de que milhares gostam. Só me faz sentir compreendida quando ninguém na minha vida me compreende. É *só* uma história.

Rae estreitou os olhos.

— Nunca passou pela sua cabeça por que eu posso não querer chegar ao fim desses livros em que todo mundo morre?

Alice se levantou como um foguete furioso, cuspindo faíscas ao ficar em pé.

— Você nem percebe por que a cena em que a Flor da Vida e da Morte floresce é minha preferida!

Rae ficou sem palavras, sem fazer ideia do que acontecia nessa cena.

Nesse hospital, havia argolas de metal presas nas portas brancas. Se você se sentisse instável, poderia segurar nessas argolas e abrir a porta. A porta se abriu atrás de Alice com uma força que fez o copo de água ao lado da cama de Rae balançar.

Sua irmã ir embora não era surpresa. Rae já tinha afastado todo mundo.

Rae virou a cabeça no travesseiro e ficou olhando pela janela prateada e vazia, pressionando os lábios. Então, ela se levantou da cama como uma velhinha saindo de uma banheira. Cambaleou na direção da porta sobre pernas magras como varetas. Às vezes Rae sentia que não eram suas pernas que a traíam, mas o mundo que não a queria mais tombando.

Quando Rae abriu a porta, Alice estava parada bem em frente. Ela caiu nos braços de Rae.

— Ei, feiosa — Rae suspirou. — Me desculpe.

— Me desculpe *você* — Alice disse, soluçando de choro. — Eu não devia fazer estardalhaço por causa de uma história boba.

— É nossa história preferida.

Rae era a irmã organizada. Ela tinha codificado por cores a programação na convenção para otimizar a experiência das duas. Ela tinha ajudado Alice a confeccionar sua fantasia. A história era uma coisa que as duas faziam juntas.

A história não era de verdade, mas o amor a tornava importante.

Alice pressionou o rosto no ombro de Rae. Rae sentiu o calor das bochechas de Alice e as lágrimas escorrendo debaixo dos óculos, deixando pontos molhados em sua camisola hospitalar.

— Lembra quando você me contava histórias? — Alice sussurrou.

Rae fazia muitas coisas antes.

Agora, o que ela podia fazer era abraçar a irmã. Era estranho estar mais magra do que a Alice vareta. Rae estava definhando até virar quase nada. Alice tinha crescido mais real do que Rae jamais seria novamente.

Ela deu um beijo nos cabelos despenteados da irmã.

— Eu te conto uma história amanhã.

— Sério?

— Confie em mim. Vai ser a melhor história que você já ouviu. — Ela deu um empurrão encorajador na irmã.

Alice hesitou.

— A mamãe vai passar aqui se ela conseguir fechar o negócio.

A mãe delas era corretora de imóveis e trabalhava até bem depois do horário de visitas. Ambas sabiam que ela não iria. Rae fez a pose brega dos cartazes da mãe delas e disse o slogan. "Viva na casa de suas fantasias!"

Alice já tinha quase saído quando Rae a chamou:

— Cara engraçada?

Sua irmã virou, tremendo com olhos escuros e suplicantes. Um filhote de cervo perdido no hospital.

Rae disse:

— Eu te amo.

Alice abriu um sorriso dolorosamente belo. Rae cambaleou de volta para a cama e deitou com o rosto para baixo. Ela não queria que Alice visse que ela estava exausta só por ter falado um pouco mais alto.

Ela tentou alcançar o *Era do Ferro* ao lado da cama. A primeira tentativa falhou. Rae rangeu os dentes e pegou o livro, então descobriu que seus dedos estavam tremendo demais para abri-lo. Afundou o rosto no travesseiro, sem energia para chorar muito antes de adormecer, ainda segurando o livro fechado.

Quando ela acordou, uma mulher estranha estava sentada ao lado de seu leito, com o livro de Rae nas mãos. A mulher não usava jaleco branco nem uniforme de enfermeira, mas legging preta e uma camiseta branca bem larga. Tranças se torciam em um coque no alto da cabeça, e seu olhar sobre Rae era friamente avaliador.

Atordoada de sono, Rae murmurou:

— Você errou de quarto?

A mulher respondeu:

— Espero que não. Ouça com atenção, Rachel Parilla. Há muita coisa que você não sabe. Vamos falar sobre quimioterapia.

O choque fez Rae acordar. Havia uma alavanca ao lado dela para ajustar a inclinação da cama. Rae a puxou de modo que o colchão se elevou e ela pôde ver de um ângulo melhor.

— O que você acha que eu não sei?

Rae gesticulou para sua cabeça com o braço fino. Ela tinha suado enquanto dormia e sabia que o brilho da umidade em sua cabeça careca reluzia sob as luzes fluorescentes.

A mulher se recostou como se a cadeira do hospital fosse confortável. Passou a ponta do dedo sobre a capa de *Era do Ferro*, seu esmalte dourado fazendo um contraste cintilante com sua pele profundamente marrom e a capa brilhante do livro.

— Os tumores em seus linfonodos ficaram mais agressivos. Seu prognóstico sempre foi ruim, mas havia esperança. Está chegando a hora de os médicos te dizerem que a esperança acabou.

A cabeça de Rae girava, deixando-a nauseada e sem fôlego. Ela queria afundar no chão, mas já estava deitada.

A mulher continuou, implacável:

— O plano de saúde não cobre tudo. Sua mãe vai ter que refazer a hipoteca. Ela vai perder o emprego. Sua família vai perder a casa. Eles vão perder tudo, e o sacrifício não vai servir para nada. Você morre de qualquer jeito.

A respiração de Rae era uma tempestade que fazia seu corpo tremer. Ela tentou encontrar qualquer emoção que não fosse pânico e se agarrou à raiva. Pegou seu copo d'água e o arremessou na cabeça da mulher. O copo de vidro caiu no chão e se estilhaçou em mil pequenos diamantes afiados.

— Você sente um prazer doentio torturando pacientes de câncer? Saia!

A mulher não se abalou.

— Aqui está a última coisa que você não sabe. Você vai se salvar, Rae? Você iria para Eyam?

Será que essa moça tinha fugido da ala psiquiátrica? Rae nem sabia que havia uma ala psiquiátrica. Ela apertou o botão para chamar os enfermeiros.

— Ótima sugestão. Vou comprar uma passagem de avião para um país que não existe.

— Quem disse que Eyam *não* existe?

— Eu — respondeu Rae. — As livrarias colocam o *Era do Ferro* nas prateleiras de *ficção*.

Ela apertou o botão repetidamente. Venham salvar sua paciente, enfermeiros!

— Pense nisto: você diz "eu te amo" para alguém que não conhece. Isso é mentira?

Rae olhava para a mulher com cautela.

— É.

Os olhos da mulher estavam imóveis de uma forma que sugeria profundidade, muita coisa acontecendo sob a superfície tranquila.

— Mais tarde você conhece a pessoa para quem mentiu. Diz as mesmas palavras, e "eu te amo" é uma grande verdade. A verdade é pedra, ou ela é água? Se muitas pessoas andarem por um mundo em sua imaginação, um caminho se forma. O que é a realidade senão uma coisa que nos afeta de verdade? Se muitas pessoas acreditarem em uma coisa, ela não se torna real?

— Não — Rae disse, sem rodeios. — A realidade não exige fé. Eu sou real, por conta própria.

A mulher sorriu.

— Talvez alguém acredite em você.

Uau, alguém estava tomando uns remedinhos dos bons.

— É uma história.

— Tudo é uma história. O que é o mal? O que é o amor? As pessoas decidem o que fazer com eles, pegando caquinhos de crença e os juntando. Sangue e lágrimas suficientes podem comprar uma vida. Fé suficiente pode transformar algo em verdade. As pessoas inventam a verdade da mesma forma que fazem todo o resto: juntas.

Antes, Rae comandava sua equipe de líderes de torcida. Antes, sua família funcionava como uma equipe, um ajudando o outro, até que Rae não pôde mais ajudar ninguém. Antes foi há um bom tempo.

— O que dá sentido a uma história? — a mulher perguntou. — O que dá sentido à sua vida?

Nada. Essa era a verdade insultante da morte. A pior coisa que já havia acontecido com Rae não importava. Sua luta desesperada não fazia diferença. O mundo estava seguindo sem ela. Nesses dias, Rae estava completamente sozinha com a morte.

Esse era o verdadeiro motivo de ela amar o Imperador. Encontrar um personagem preferido era como descobrir uma alma feita de palavras que falavam com a sua. Ele nunca se conteve e nunca desistiu. Ele era a raiva dela desenfreada. Ela não amava o Imperador apesar de seus pecados; ela o amava por causa de seus pecados.

Pelo menos um dos dois podia lutar.

Nas peças gregas, a catarse era conquistada quando o público via traição, amor distorcido e desastre. Eles purgavam através de tragédias impossíveis até que seus corações estivessem limpos. Em uma história, você tinha permissão para desmoronar por sentimentos terríveis demais para a realidade dar conta. Se Rae demonstrasse o quanto estava furiosa, perderia as poucas pessoas que lhe restavam. Ela estava impotente, mas o Imperador sacudia as estrelas do céu. Rae sacudia com ele, nos confins de seu colchão estreito do hospital. Ele era companhia para ela ali.

Rae se recusou a ser uma tola esperançosa.

— Eu não posso ir para Eyam. Ninguém pode.

Um país de verdade teria um mapa, ela quis argumentar, e então se lembrou do mapa de Eyam que ocupava grande parte da parede do quarto de Alice. Rae tinha visto os picos irregulares e as descidas finas como lápis dos Penhascos de Gelo e Solidão, a extensão da grande propriedade da família Valerius, e as intrincadas passagens secretas do palácio, a grande sala do trono e a estufa.

Rae nunca havia estado em Eyam. Ela também nunca havia ido para o Peru. Ainda assim, ela acreditava no Peru.

A mulher gesticulou.

— Posso te dar uma porta aberta.

— Aquela porta leva ao corredor do hospital.

— A porta leva, ou você leva? Saia deste quarto e se encontre em Eyam, no corpo da pessoa que mais combina com você. Um corpo que o ocupante anterior não está mais usando. Em Eyam, a Flor da Vida e da Morte floresce uma vez por ano. Você tem uma chance. Descubra como entrar na estufa imperial e roube a flor quando ela florescer. Quando você tiver a flor, uma nova porta vai se abrir. Até lá, seu corpo vai dormir esperando por você. Se pegar a flor, você acorda, curada. Se não pegar, não acorda.

— Por que está fazendo isso? — Rae perguntou.

Havia um tom sério na voz da mulher.

— Por amor.

— Quantas pessoas aceitaram sua oferta?

— Muitas. — A mulher parecia um pouco triste.

— Quantas acordaram curadas?

— Talvez você seja a primeira.

O botão para chamar os enfermeiros obviamente estava quebrado. Rae poderia colocar a cabeça para fora, no corredor, e gritar por ajuda, ou ficar recebendo broncas.

Rae preferiu agir.

Ela balançou as pernas na lateral da cama, colocando os pés no chão. Movimentando-se pelo mundo quando a doença estava em foco. Cada passo era uma decisão que Rae tomava enquanto pesava suas probabilidades. Era como estar no topo da pirâmide das líderes de torcida. Um movimento errado significava uma queda feia.

A voz da mulher soou às suas costas.

— Quando a história te pega e te distorce, você implora por misericórdia?

O desejo voou por Rae, afiado e brilhante como uma flecha em chamas. E se a oferta fosse real? Seus lábios se curvaram diante da doce e selvagem ideia. Imagine que uma porta pudesse se abrir como um livro, dentro da história. Imagine uma grande aventura em vez de paredes de hospital se fechando e a vida se estreitando a nada. Ser não uma artista do escape, mas uma escapista da arte, fugindo para terras imaginárias.

Atrás de uma porta de banheiro, enquanto Rae vomitava bile e sangue, ela tinha ouvido uma voz professoral dizer à sua mãe: "É hora de deixá-la ir." Rae não podia se deixar ir. Ela era tudo o que tinha.

Antes, ela acreditava que seu futuro seria épico. Ela não sabia que teria apenas um prólogo.

Ela não tinha mais um rabo de cavalo, mas jogou a cabeça e deu uma piscadinha por sobre o ombro.

— Quando eu acabar com ela, a história vai estar *me* implorando por misericórdia.

Rae pegou na argola da maçaneta da porta e a abriu com toda a força que lhe restava.

A luz entrou como vidro cintilante em seus olhos, seguida de uma escuridão impetuosa. Rae olhou para trás, alarmada. A cor se esvaiu do mundo atrás dela, deixando seu quarto de hospital preto e branco como tinta em uma página.

Rae acordou devagar. Ultimamente, desmaiava sempre que se levantava rápido, e normalmente retomava a consciência focando os olhos no chão.

Agora, Rae estava se afogando nas peças quebradas de um mundo. Fragmentos azuis como a terra vista do espaço, com rachaduras nos azuis, como se alguém tivesse estilhaçado o mundo e juntado as peças novamente.

Ela se levantou rapidamente para olhar para o chão. Mosaicos azuis retratavam uma piscina cintilante sobre a qual a cama ricamente adornada ao seu lado parecia flutuar.

Enquanto Rae olhava incrédula para o azul profundo, rubis piscavam olhos escarlate para ela. Joias vermelho-sangue, adornando mãos suavemente arredondadas. As mãos de Rae eram garras, as mãos de uma velha com pele fina como papel esticada sobre ossos. Essas eram as mãos de uma jovem.

Não eram as mãos de Rae.

Esse não era o corpo de Rae. Ela tinha se acostumado a sofrer havia tanto tempo que a dor não era algo que lhe acontecia; era sim parte dela. Agora a dor tinha ido embora. Ela espalhou os dedos diante do rosto, e o movimento fácil de seu pulso era uma maravilha. Um bracelete pesado na forma de uma cobra escorregou por seu braço, luz vermelha atingindo as espirais de metal como uma revelação manchada de sangue.

Alguém podia sequestrá-la, mas não podiam mudar seu corpo.

Ela baixou as mãos cheias de anéis de rubi ao lado do corpo, e pela primeira vez notou suas roupas. As saias derramavam-se sobre o chão, brancas como a neve, com as barras tingidas de um carmesim profundo. Como se o branco imaculado tivesse sido mergulhado em sangue. Esse era o vestido que Alice havia usado na convenção, a fantasia que ela acreditava que a tornava corajosa.

Rae saiu correndo do quarto para o pequeno corredor. Paredes e pisos eram de mármore branco, cintilando gentilmente, como se Rae estivesse presa dentro de uma pérola. Quando tentou abrir a porta, estava trancada. Pela única janela de vitral, ela viu um sol afundando em meio a nuvens de fumaça e uma lua já reinando sobre a noite escura. A lua estava rachada como um espelho que cortava os reflexos em dois, quebrada como a janela de uma casa na qual não se está seguro.

Ela conhecia aquele céu. Ela conhecia aquela cena. Ela conhecia aquela *roupa*.

Uma risada abriu caminho do fundo do estômago de Rae, saindo como uma gargalhada. Suas belas mãos se cerraram para uma briga.

Ela estava na terra de Eyam, no Palácio na Borda.

Ela era Lady Rahela, a Bela Mergulhada em Sangue. Era a meia-irmã malvada da heroína. E seria executada no dia seguinte.

2
A TRAMA DA VILÃ SE INICIA

Quando Lady Rahela entrou na sala do trono, seu novo guarda segurou a porta para ela. Tão orgulhosa quanto bela, Rahela desdenhou.

Seu desdém se tornou doce para o rei.

— A evidência prova que minha meia-irmã é uma traidora.

— E como eu deveria punir uma traidora?

— Uma traidora deve ser executada no poço ou na forca.

— Que a corte sirva de testemunha — declarou o rei. — Lady Rahela merece se afogar no poço, com sapatos de ferro nos pés.

— Ela merece um fim pior do que esse. — O guarda de Rahela saiu de sua sombra, um jovem esbelto de sorriso ávido. — Deixe-me sugerir um fim *muito mais* infeliz. Até mesmo os plebeus elogiam a dança da dama da neve e do fogo.

O rei escutou.

Em pouco tempo, sapatos de ferro fumegavam no fogo, o metal tão quente que as sapatilhas brilhavam como sóis gêmeos.

— Conceda-me uma última dança, minha cara — pediu o rei.

O rosto de Lady Rahela se contorcia de medo, não mais belo. Ela se virou de seu rei para o julgamento frio do Última Esperança, e para o sorriso sinistro do guarda. Não havia ninguém para ajudá-la.

Era do Ferro, Anônimo

Uma calma desesperada recaiu sobre Rae. Em sua mente, ela criou uma lista de tarefas. Número um: escapar com vida. Número dois: pensar no resto depois!

Ela ajeitou a saia esvoaçante vermelha e branca sobre o braço, voltou para o quarto e pegou um candelabro dourado ornamentado. Ele tinha a base brilhante e era minuciosamente esculpido com cobras douradas em espiral. O mais importe: era pesado.

Segurando o candelabro, Rae voltou para o corredor de mármore abobadado. Seu quarto não tinha janelas, mas ao lado da porta trancada havia uma janelinha arqueada. As brasas do pôr do sol queimavam atrás de um vidro carmesim. Opalas na treliça brilhavam como o branco de olhos vigilantes.

Rae ergueu o candelabro, mirando.

O impacto foi imediato. A respiração de Rae foi arrancada de seus pulmões enquanto ela caía no chão de mármore.

Um homem estava deitado em cima dela, com o peso sólido dos músculos imobilizando-a. O braço dele, repleto de couro e cordas cheias de nós, estava sobre o peito dela. O medo transformou o corpo dela em uma ponte de agulhas prateadas, calafrios agudos formando um arco. Uma mecha dos cabelos pretos dele caíram nos olhos de Rae. O aço frio desenhou uma linha quente em seu pescoço.

Alguém segurava uma faca de verdade contra a sua garganta.

O corpo dela se sacudiu para cima sob o dele.

— Santo susto, *Batman*, não me mate!

Com a luz manchada do pôr do sol tornando seus olhos vermelhos, ele perguntou:

— Tenho motivo para te matar? — Uma velha luva de couro, áspera como a língua de um gato, raspou no pescoço dela quando ele mudou a pegada no cabo da faca. — Sou um guarda do palácio, não um assassino. Eles pagam mais aos assassinos. — Ele fez uma pausa. — Pelo menos eu espero que paguem.

Estar dentro de um livro era uma experiência surreal demais, mas o mesmo se podia dizer de suportar a vida em um hospital com um enorme canudo inserido em suas veias, como se Rae fosse um milkshake gigante. Em seus últimos três anos, ela havia aprendido a não discutir e a não gritar que "isso não podia estar acontecendo". Se você tinha um pesadelo, precisava lidar com ele.

— Você me pegou. É a meia-irmã malvada, no quarto trancado, com o candelabro. Me deixe levantar.

— Eu não posso deixar você pular pela janela.

A voz ritmada do guarda de repente estava séria. Rae ficou brevemente tocada.

Ele acrescentou:

— Você não tem consideração pelos outros? Eu vou me dar mal se você pular sob a minha vigilância. Vá tomar um bom veneno em seu quarto.

Rae arregalou os olhos, em choque. As sobrancelhas do guarda, levantando nas pontas como espadas erguidas, se elevaram como se ele estivesse dando de ombros.

— Eu quero viver — Rae sussurrou.

— Isso já não é problema meu.

— Estou profundamente com vida por sua preocupação — disse Rae.

— E se eu te subornasse para me deixar escapar por aquela janela?

O guarda simultaneamente saiu de cima dela e revirou os olhos.

— Milady, finalmente! Achei que nunca fosse me oferecer suborno.

Ele abriu a janela com o cotovelo. Rae correu e olhou para baixo. E para baixo. Abaixo da janela estendia-se uma parede de pedra prateada, escarpada como um penhasco. Além da parede do penhasco estava a escuridão do vazio, quebrada por uma única faísca vermelha e grossa flutuando do obscuro fogo que queimava nas profundezas da terrível ravina.

Rae havia se esquecido completamente do abismo sem fundo repleto de mortos-vivos. Eyam era uma ilha cercada por mar de todos os lados, exceto do lado em que chamas e gemidos sussurrados se elevavam. Os mortos eram seus únicos vizinhos.

Palácio na Borda era um nome extremamente literal. Por motivos religiosos, os reis de Eyam tinham esculpido um palácio na beirada do penhasco que dava para a ravina.

— Partirá agora, milady? Ou mudou de ideia?

— Você já provou seu argumento, não há necessidade de enfatizá-lo com sarcasmo!

O guarda do palácio estava jogando vagarosamente a faca de uma mão para a outra. Rae olhava para ele de maneira crítica.

— Achei que os guardas deveriam se aproximar das damas da corte como se elas fossem cisnes frágeis esculpidos em um cristal de valor inestimável.

As donzelas da torre eram as damas da corte esperando para serem rainhas. Já que ninguém sabia qual dama da corte o rei escolheria entre suas favoritas da torre, todas eram tratadas como rainhas em potencial.

O guarda deu de ombros.

— Perdão, milady. Sou guarda há apenas doze horas.

— Que estranho.

O sistema em Eyam tinha cinco níveis. No alto, reluzente como sua coroa, estava o governante. Abaixo estavam as famílias nobres, donas de terras e de objetos de poder. Sob os aristocratas estava a classe dos criados, chamados "criados nobres", porque podiam viver no palácio e usar artefatos mágicos, embora nunca pudessem possuí-los. Abaixo deles, vivendo na cidade fora do palácio e ocasionalmente autorizados a transitar dentro de seus muros, estavam os comerciantes: basicamente camponeses que ousavam ganhar dinheiro, embora não pudessem ter poder real. Na base estavam os camponeses, que cultivavam alimentos e levavam o lixo. A sociedade entraria em colapso sem eles, então eram tratados da pior maneira.

Um guarda do palácio era um criado nobre. Sendo aristocratas, suas posições passavam por meio da linhagem familiar. Não se podia simplesmente arranjar um emprego no palácio. Rae já estava tendo dificuldades o suficiente sem inconsistências na construção do mundo!

— Milady, eles explicaram sobre o meu caso.

O guarda parecia incrédulo como Alice explicando os detalhes da trama. Como ele ousava sugerir que ela não tinha lido?

— Eu estava com muita coisa na cabeça — Rae retrucou.

Outra voz soou no corredor de mármore.

— Você é novo no palácio. Permita-me informá-lo sobre os nobres. Somos a lama sob seus pés, e eles só enxergam o que brilha. Lady Rahela é cega e surda a tudo que não diga respeito ao seu rei ou à própria preciosidade.

De cada lado do corredor de mármore havia uma alcova, do tipo em que se encontravam bustos de mármore de políticos ou reis mortos. Essas alcovas em particular, ocultadas por cortinas de contas, abrigavam pessoas. Seu guarda deve ter saído da alcova quando a viu na janela. Toda dama da corte tinha um guarda-costas e uma criada.

Do outro lado do quarto, a mão de uma mulher abria as cortinas, contas brancas refletindo a luz moribunda com um brilho de conchas do mar. O véu de pérola clara se abriu para mostrar um rosto frio e olhos ardentes. Quando a mulher se virou, sua face esquerda foi revelada. Havia uma marca sobre sua bochecha branca como osso, da mesma cor e forma irregular deixada por um pouco de vinho do porto no chão. Uma garota que estudou com Rae no ensino médio tinha uma mancha de nascença. Ela a removeu durante um verão. Rae achava a mancha legal e ficou chateada ao ver que ela havia desaparecido, mas o rosto não era de Rae, nem a decisão.

Não havia laser para remover uma mancha de nascença aqui. As pessoas diziam que Emer tinha uma marca de punição divina por pecados que ainda ia cometer.

Emer, a criada de Lady Rahela, ao lado dela desde o berço. Emer, que sempre fazia tudo o que Rahela pedia.

— Só para ter certeza... — disse Rae. — Já tivemos aquela grande cena em que eu digo que só estava te usando?

A futura Donzela de Ferro foi fria como a lâmina de um machado.

— Você foi bem clara mais cedo, milady.

— Adiantaria dizer que eu não tive a intenção?

— Diga o que quiser. Você normalmente faz isso.

As mãos da criada estavam entrelaçadas no colo e a voz não tinha emoção. Havia um buraco vazio onde antes existira sentimento. Só era possível parecer tão desprovida de preocupação se um dia você tivesse se importado muito.

Rae sempre havia gostado dos comentários pouco impressionados da Donzela de Ferro sobre a aristocracia, mas não gostou da atitude de Emer. Era óbvio que ela a detestava profundamente.

Mas Rae não tinha como sentir dor. O ódio de Emer não importava. Mesmo Emer não importava. Ela não era real.

O que importava era sair do buraco em que Lady Rahela a havia jogado. Se estivesse realmente em Eyam, no coração de vidro do Palácio na Borda, havia uma planta que a salvaria. Rae tinha que sobreviver até a Flor da Vida e da Morte florescer. O que significava que precisava sobreviver até depois de amanhã.

O guarda do palácio tossiu. Ele estava debruçado no parapeito da janela, vendo o confronto entre Rae e Emer.

— Vocês duas obviamente têm muita história. O que é estranho para mim. Não conheço vocês.

Ele não conhecia Lady Rahela. Então, ainda não podia odiá-la.

Rae tinha que criar laços com ele imediatamente.

— Qual é o seu nome?

Parecia o primeiro passo mais óbvio no processo de criação de laços.

— Eu sou o Chave.

Esse era, se Rae se lembrava corretamente, um nome de camponês. As classes mais baixas davam aos filhos nome de objetos, já que objetos nesse país podiam ser poderosos. Não havia ocorrido a Rae que essa convenção quanto aos nomes era perturbadora.

Só que não foi a mãe de Chave que tinha dado o nome a ele, foi? O escritor deve ter escolhido "Chave" porque ele era um guarda – e guardas carregavam as chaves dos lugares que vigiavam.

— *Milady* — Emer repreendeu Chave.

— Não há necessidade de se dirigir a mim como "milady" — disse Chave, o guarda camponês. — Na verdade, prefiro que não faça isso.

Emer desdenhou do comentário.

— Então, Chave, por que você é camponês? — Rae se arrependeu de imediato da pergunta. Não se podia sair por aí perguntando às pessoas por que elas eram camponesas! — Ah, como você se tornou guarda do palácio?

Emer, a criada amarga, parecia cansada das tolices deles.

— O rei o recompensou por um grande feito. A corte o está chamando de Herói do Caldeirão.

Chave, o irreverente guarda do palácio, não parecia herói de nada.

— Títulos são para nobres. A Bela Mergulhada em Sangue? — Chave lançou um olhar de deboche para Rae. — Eu poderia chamar a mim mesmo de Chave, o Irresistível, mas as pessoas fariam piadas ofensivas.

Ele *era mesmo* alto, moreno e bonito, o que Rae achou suspeito. Normalmente, quando personagens fictícios eram belos, eles acabavam sendo importantes. Os personagens secundários podiam ser aleatoriamente belos?

Talvez pudessem. O rosto de Chave não sugeria nenhum drama, apenas um bom humor casual, com um sorriso fácil, sobrancelhas irônicas e maçãs do rosto tão angulosas que eram quase hexágonos. Seus olhos eram cinza, não o verde-esmeralda ou o azul-céu-de-verão de um personagem principal, e seu nariz era longo demais para ser simétrico. Ele parecia ter cerca de vinte anos, a idade de Rae, vários anos mais novo do que Emer. Tinha o cabelo preto, mas não uma cabeleira ameaçadora cor de meia--noite. Cortados de forma irregular, cachos brotavam diretamente de sua cabeça com as pontas caídas como se ele fosse um alegre narciso gótico.

Ele tinha uma aparência magra e inquieta, e um ar geral de ser carismaticamente indigno de confiança. Rae sentiu que poderia trabalhar com isso.

— Então você realizou um grande feito? — Rae perguntou.

"Herói do Caldeirão" não lhe dizia muita coisa. Se o guarda tinha um título, devia ter um papel a desempenhar. Como Rae não se lembrava de nenhum detalhe sobre ele, provavelmente não duraria muito. Pobre personagem secundário. Rae apostou que ele morreria.

Chave riu.

— Um bando de carniçais saiu da ravina. Eu os esfaqueei.

Carniçais eram os mortos-vivos que um dia se tornariam o exército inconquistável do Imperador. Rae não precisou fingir ficar impressionada.

— E você pediu para o rei te tornar guarda do palácio como recompensa?

Muitos personagens em *Era do Ferro* se preocupavam com o dever. Talvez Chave se sentisse obrigado a servi-la pela honra.

— Eu pedi para o rei me dar mil folhas de ouro.

As moedas existiam em quatro formas e em quatro metais diferentes em Eyam. Rae não conseguia se lembrar de quais eram as outras formas e metais, mas mil parecia ser uma pilha de dinheiro.

Levemente esperançosa, Rae perguntou:

— Você ficou feliz em se tornar guarda?

— Não — respondeu Chave. — Eu ficaria feliz em ganhar *mil folhas de ouro*.

Então o cara estava nessa pelo dinheiro. Vilão secundário mercenário, *check*.

A voz de Emer ficou um pouco menos dura, como se estivesse com pena de Chave.

— Você se destacou, então o rei deveria honrá-lo. No entanto, a aristocracia não quer um camponês poluindo os corredores do palácio.

Rae começou a entender.

— O rei e os nobres te transformaram em um guarda do palácio, depois o designaram a uma dama que seria executada pela manhã.

Chave ainda estava sorrindo, de boca fechada.

— Uma honra, não acha?

— Uau — murmurou Rae. — Bem, que os ricos se fodam.

O Herói do Caldeirão mostrou os dentes.

— Eles já fazem isso.

Seu tom leve tinha um pequeno traço de amargura, doce misturado com veneno. Apesar dos sorrisos, Chave obviamente não estava se divertindo com sua situação atual. Estava ficando claro que Rae estava trancada em um quarto com duas pessoas extremamente enfurecidas.

Uma enxaqueca por estresse ameaçava atacar.

Como foi que Lia escapou dessa situação de quase morte? Certo! A donzela suplicou por ajuda em um sussurro que golpeava os homens no coração.

— Você tentou me impedir de me jogar pela janela. — A voz de Rae era mais um ronronado do que um sussurro, mas ela estendeu uma mão suplicante para Chave mesmo assim. — Diga que não vai me deixar morrer.

Chave pegou na mão dela. Rae ficou chocada ao sentir a mão dele como se fosse um fósforo aceso, e a coluna dela, uma vela. Imaginou que os rumores sobre a libertinagem de Rahela fossem verdadeiros, mas Rae tinha outras prioridades. O corpo de Lady Rahela podia sossegar.

— Milady, se está tentando me seduzir… — Chave se inclinou para a frente, olhando nos olhos dela. — Eu ainda vou deixar você morrer amanhã cedo.

Rae puxou a mão de volta.

— Não estou tentando te seduzir!

Chave baixou seu tom de voz para uma sensualidade exagerada.

— Então por que usou essa voz?

Rae recuou.

— Droga.

Ela devia saber que tentar bancar a heroína era ridículo. Rahela e sua meia-irmã eram muito diferentes. A malvada e insolente Rahela não poderia obter os resultados de Lia. A própria Rae não era do tipo que alguém amava à primeira vista. Ou a qualquer outra vista.

Em sua vida de antes, Rae tinha um namorado perfeitamente legal. Ela se agarrava com ele em sua cama quando seus pais estavam fora, e debatia com sua melhor amiga como indicar que estava pronta para ir além.

Então Rae ficou doente. Sua melhor amiga pegou seu lugar na equipe de líderes de torcida e também seu namorado. Eles tinham mais em comum um com o outro do que com ela. Ninguém mais tinha muito em comum com Rae. Ela se afastou dos amigos em um mar de dor e estranheza.

No hospital, Rae conversava com mulheres mais velhas durante a quimioterapia. O marido de uma delas sempre levava café da manhã na cama para ela e levava sua peruca ao cabeleireiro. "Algumas pessoas são especiais", outra mulher disse a Rae. "Algumas pessoas são feitas para serem amadas." O marido dessa mulher havia ido embora no dia em que ela foi internada.

Apenas pessoas especiais eram salvas. O resto tinha que seguir em frente lutando.

Pelo menos agora Rae tinha uma chance de lutar.

— Por que você acha que será executada pela manhã? — A voz de Emer voou pelo ar, aguda como uma arma arremessada. — Você disse que era Lady Lia que seria executada. O que mudou?

Ótima pergunta.

Felizmente, Rae lembrava o que tinha levado à grande cena da morte de Rahela. A heroína ingênua disse a Emer que estava visitando cabanas de camponeses para cuidar de crianças doentes.

Uma faca ancestral foi descoberta em uma das cabanas dos camponeses. A cabana foi imediatamente incendiada com os camponeses dentro. Qualquer item de poder era uma posse estimada do rei ou dos nobres, guardada e marcada com o selo da família. A faca era uma relíquia da família Felice.

Apenas Lia Felice e Rahela, sua meia-irmã, tinham acesso às relíquias da família. Ambas estavam confinadas em seus aposentos, aguardando o julgamento do rei. Emer já havia relatado a visita de Lia à cabana humilde. Lia podia ter levado a faca em sua cesta de remédios. Ela era a suspeita óbvia.

Só que, quando Lia trabalhava nas cozinhas do palácio, ela sussurrava seus segredos trágicos para as cinzas que varria na lareira. A lareira era diretamente conectada à chaminé na biblioteca do palácio, onde o Última Esperança estava envolvido em atividades acadêmicas. O Última Esperança, amigo de infância do rei e o homem mais incorruptível do país, disse ao rei que Rahela tinha roubado as relíquias de família de Lia e provavelmente havia plantado a faca. A prova do Última Esperança levou diretamente à morte de Rahela.

Rahela não deveria saber nada disso. Como Rae poderia explicar o que sabia?

— Eu sei que vou ser executada por causa dele! — Rae apontou para Chave.

Ele apontou para o coração, ou possivelmente para seu gibão, e balbuciou:

— *Eu?* — Suas luvas sem dedos eram feitas de couro antigo preto que não combinava com o azul e a cor de aço do uniforme dos guardas do palácio. Era a primeira vez que Rae via um gibão de perto. Basicamente, era um colete de couro.

Rae se concentrou em Emer, desejando que ela acreditasse.

— Chave foi designado a mim porque, quando um nobre é executado, seus criados são tidos como culpados e assassinados com ele. O rei quer Lia, não a mim. Se ele estivesse planejando matar Lia, teria designado Chave para ela. Eles querem se livrar de mim, querem se livrar de Chave e querem se livrar de você, porque você é leal a mim. Três coelhos com uma cajadada só. Devemos nos ajudar.

Pensar nisso dessa forma animou Rae. Por definição, havia pessoas mais justas que outras, mas era diferente com os vilões. Esse mundo era contra eles. Então, deviam conspirar juntos.

— Sinto muito por contradizê-la, milady. — Emer não parecia sentir muito. Ela era alta, morena e bela, mas parecia desprezar a beleza. — Tradicionalmente os criados são executados com seu mestre, mas as regras são suspensas se outro nobre os reivindicar. Ninguém tem um olho para arrumar cabelo e vestir como eu. Tenho as habilidades para transformar uma moça na preferida do rei. Posso sair dessa por conta própria. Tudo o que você possui será confiscado se for executada, então não pode me subornar. Você é uma mentirosa, então não vou acreditar em nenhuma promessa. Por que eu te ajudaria?

Uma antiga professora havia dito a Rae que as histórias eram criadas pelos vilões. Seus desejos e malfeitos inflamavam a trama, enquanto o herói só queria detê-los. Pelo menos no início, os vilões estavam no comando.

Um dia, Rae chegou a uma lista de cinquenta faculdades e nenhuma ideia de que curso fazer. Ela organizou de maneira implacável todas as atividades extracurriculares, e acabou sendo chefe das líderes de torcida e presidente do conselho estudantil. Rae havia imaginado várias vezes que podia ser uma advogada com instintos impecáveis e terninhos impecáveis, uma editora que daria às matérias a forma perfeita, ou a dona de um império imobiliário com sua mãe. Ela nunca soube o que queria ser, exceto que queria estar no controle.

Ela deveria tomar o controle agora e executar seu plano rapidamente. O momento tinha que ser perfeito.

Rae, a líder de torcida filha da puta, abriu um sorriso diabólico.

— Vou fazer o juramento de sangue e ouro.

A marca de nascença de Emer brilhou em sua pele repentinamente cinzenta.

— Isso é proibido.

— E daí? — perguntou Rae. — Eu sou má.

Chave piscou com uma expressão repentinamente intrigada.

Encorajada, Rae continuou:

— Sou um monstro sem coração com uma personalidade forte e um delineado mais forte ainda, e pretendo escapar ilesa de meus crimes. Que tal? Por que você deveria se importar com meus fracassos pessoais?

Chave parecia impressionado com o ponto de vista dela.

— É verdade, eu *não* me importo.

O olhar de Emer permaneceu duro. Rae atravessou o chão de mármore, a saia rápida como uma cobra vermelha, e iniciou um monólogo vilanesco.

— Sou uma filha da puta traiçoeira, ávida por poder, e sinceramente? A sensação é incrível. Não ouça as histórias que te encorajam a ser bom, que te dizem para brilhar em um mundo podre e suportar o sofrimento pacientemente. Dane-se o sofrimento. É difícil demais ser bom. Faça o que for mais fácil. Faça o que for cruel. Agarre o que desejar em suas mãos avarentas e manchadas de sangue.

A essa altura, os dois estavam prestando muita atenção. Ela nunca tinha feito um discurso motivacional para o lado obscuro antes, mas com certeza esses vilões começariam a ver as coisas ao modo dela.

— A outra escolha é aceitar o destino, e eu não vou fazer isso. Eu tramo para ter poder porque me recuso a ser impotente. Eu destruiria esse mundo todo para conseguir o que quero. A maioria das pessoas morre sem ter nenhuma importância. Se seu nome é amaldiçoado, pelo menos ele é lembrado. Vocês não sonham com o proibido? Escolham o errado. Escolham o mal. Vamos fazer isso juntos.

Rae juntou as mãos cheias de joias em uma palma estrondosa.

— Vilões — ela anunciou. — Vamos nos unir.

Se ela não tivesse convencido seus lacaios, tinha convencido a si mesma. A determinação se cristalizava enquanto ela falava, seu objetivo ficando maior a cada palavra. Heróis podiam ser relutantes em aceitar uma chamada para a aventura. Vilões tinham que interceptar a chamada e roubar o tesouro.

Em plena missão, Rae correu para o quarto. A Bela Mergulhada em Sangue tinha uma penteadeira de mogno repleta de frascos de perfume de cerâmica, gavetas incrustadas com madrepérola.

Rae desejava aquele momento em que um personagem olhava no espelho, de modo que o público ficasse sabendo como ele era. Infelizmente, os espelhos de Eyam eram feitos de bronze. As nuances dos traços de Rahela se perdiam em um lago de bronze, mas ela descobriu um detalhe surpreendente. Havia uma pinta no canto esquerdo da boca de Rae, da qual ela sempre gostara. Todos preparavam os pacientes de câncer para a perda de cabelo da cabeça, nunca para o restante dos pelos. Não ter sobrancelhas mudava todo o seu rosto, e não ter cílios a fazia parecer um lagarto. A pinta fazia Rae lembrar que, independentemente do quanto seu reflexo fosse estranho, aquela ainda era ela.

Lady Rahela tinha a mesma marca.

Foi desconcertante ter cabelos novamente, um peso puxando a cabeça de Rae para trás e caindo sobre seu pescoço. Rae nunca havia tido cabelos tão longos, nem curvas tão curvilíneas. O reflexo que ela viu era uma imagem tentadora. Rae havia experimentado muitas coisas, mas nunca tivera um corpo de mulher adulta saudável.

A idade adulta devia ser diferente para pessoas normais. Certamente ninguém passava a vida toda se sentindo ao mesmo tempo uma criança chorona e uma velha cansada.

Rae balançou a cabeça, incomumente pesada, e abriu a primeira gaveta. Ela não precisava se encontrar. Precisava de uma faca.

No fundo da gaveta havia uma faca e uma cobra se preparando para dar o bote. Rae gritou.

Sua criada e o guarda-costas vieram correndo. Quando Emer viu o que havia assustado Rae, ficou paralisada.

— Por que está tão chocada de ver seu bichinho de estimação?

Rae procurou o reflexo de Chave no espelho. Ele estava encostado na entrada arqueada do quarto, de braços cruzados. Sem o sorriso de sempre, seu rosto parecia diferente. Vago de uma forma perturbadora, como se lhe faltasse um fator crucial.

O olhar de Emer era duro como uma armadilha. Rae se lembrou de como a senhora de Emer tinha sido cruel com ela, e dos assassinatos a machadadas que a criada cometeria no futuro. Do outro lado do quarto havia um armário contendo manoplas encantadas que Rahela tinha roubado de sua meia-irmã. Usando-as, ela teria o poder de uma dúzia de guerreiros.

Se Rae pudesse chegar ao armário bem rápido, teoricamente poderia matar os dois.

Lady Rahela estava destinada a morrer lenta e terrivelmente. A morte de Rahela era o primeiro passo para a profecia se concretizar. Rae tinha escapado do próprio destino. Certamente conseguiria escapar do destino de outra pessoa. Mas como?

Ninguém a ajudaria. Todos ali eram vilões.

A voz implacável de Emer perguntou:

— Milady, o que está escondendo?

3
A Dama Faz Magia Obscura

— O juramento de sangue é a coisa mais solene entre o céu e o abismo — disse o Última Esperança. — É a espada que não pode ser quebrada, a palavra que não pode ser desdita. É colocar sua alma trêmula na palma da mão de alguém, e confiar que a pessoa não vai cerrar o punho. O juramento diz que até o fim de meus dias sua vida é mais cara que a minha, e, se eu puder ser leal a você depois da morte, eu serei. Qualquer um que faz esse juramento levianamente está perdido.

Era do Ferro, Anônimo

A senhora de Emer havia perdido a sanidade.

A prova estava em todas as suas palavras e gestos. Sua senhora era a criatura mais graciosa da corte, mas estava dando passos animados da forma que as garotinhas faziam no primeiro dia em que usavam vestidos longos. Ela estava usando um fraseado estranho e torcendo o rosto em expressões descuidadas, embora uma dama não devesse revelar seus sentimentos ou correr o risco de ter rugas prematuras.

Sem contar o comportamento selvagemente promíscuo de Rahela.

Se você perguntasse a um cortesão, isso não era novidade. Mas Emer tinha mais discernimento. Ela ouvira as lições dadas pela mãe de Rahela. Ninguém ia longe jogando sua virtude sobre o moinho de vento por cada rosto bonito que aparecesse. Rahela podia deixar uma voz baixa ou quadris balançando fazerem uma promessa, mas nunca a cumpria. A menos que fosse atrás das portas fechadas da realeza.

Um camponês maltratou Rahela e agora entrou em seu quarto. A senhora de Emer deveria ter gritado, desmaiado e, ao acordar, ordenado que o homem fosse chicoteado na Sala do Pavor e da Expectativa. Emer sentiu vontade de gritar também.

As damas tinham o privilégio de desmaiar. Criadas, não.

Aparentemente, damas também deixavam suas mentes profundamente transtornadas sob pressão, levando-as a fazer discursos melodramáticos e se oferecerem para executar rituais proibidos.

Rahela pareceu genuinamente assustada com o próprio animal de estimação, mas hoje Emer havia aprendido que não era juíza da sinceridade de sua senhora. Será que ela estava atuando? Para que serviria enganar criados? Emer não tinha nenhum poder além de sua própria vontade, mas agora ela concentrava a força de sua vontade sobre Rahela. Pelo menos, por fim, Rahela poderia lhe dizer a verdade.

Rahela prendeu a respiração até Emer temer que ela estivesse tentando induzir um desmaio.

Lady Rahela soltou o ar rapidamente.

— Estou calma! Outros podem perder o enredo, mas eu estou firme nele. A verdade é que estou com amnésia.

— Você está com o quê? — perguntou Emer.

Haviam lhe dito que sua voz era monótona, mas ela não achava que já tivesse sido tão monótona e seca antes. Considerando a afirmação de Rahela, a alma de Emer pareceu murchar em um deserto.

— Sim, Emer! Amnésia — Rahela repetiu, com excesso de confiança. — Você já deve ter ouvido falar disso. As pessoas levam uma pancada na cabeça ou sofrem um choque, e esquecem a vida toda ou se lembram apenas de certos detalhes interessantes.

— Já ouvi falar disso — Emer admitiu.

Ela não acreditou em uma palavra.

Rahela sorriu. Emer não a via fazer uma expressão tão vulnerável desde que eram crianças.

A cabeça de Emer doía muito, mas criados não tinham permissão para ter enxaqueca. Ela estava acostumada a cerrar os dentes e trabalhar com dor.

— O que a senhora esqueceu? — perguntou Chave do Caldeirão. — Sua vida toda ou apenas certos detalhes?

Ele era um camponês sem modos, mas não era tolo.

Rahela se levantou com arrogância, voltando a ser a senhora de Emer dos pés à cabeça.

— Como vou saber o que esqueci?

Ao longo dos anos, Emer tinha percebido que, em emergências, ela era muito mais rápida em responder do que Lady Rahela ou a mãe dela. Nobres não estavam acostumados a ver sua vida dar errado. Quando tinham má sorte, debatiam-se em uma confusão indignada.

Ver Rahela responder com agilidade ao desastre era perturbador. Talvez ela tivesse sido forçada a sair da complacência por puro desespero. Talvez.

Rahela se inclinou com um ar de conspiração.

— É por isso que preciso de vocês dois. Corrijam-me se eu cometer algum erro. Se virem que não sei alguma coisa, me digam.

Emer lançou um olhar venenoso ao camponês. Rahela nunca tinha precisado de ninguém além de Emer.

— Ele não sabe nada, milady. Ele é da sarjeta!

Como se a situação não fosse horrível o suficiente, elas foram afligidas por um rufião do meio da pocilga como novo guarda de Rahela. O último guarda tinha sido um velho, designado a Rahela porque – antes de ele ter se cansado dela – o rei tinha inveja dos favorecimentos de Rahela. Esse camponês era mais novo que Emer e vinha do Caldeirão, então a sarjeta podia estar um degrau acima dele. Naturalmente, como uma mulher decente, Emer nunca tinha ido ao Caldeirão. Ela visitava o Mercado Diurno fora das muralhas do palácio para comprar objetos de luxo para sua senhora e coisas de que ela mesma necessitava, mas não ia além. Os mexericos lá embaixo diziam que o Caldeirão era a fossa mais vil da cidade.

O guarda da sarjeta lançou a Emer um olhar afiado e sujo como uma lâmina de cortar gargantas. Homens não gostavam de ser insultados. Emer sabia disso, pois os insultava com frequência.

Vil como a fossa de onde tinha saído, Chave soprou um beijo para Emer e voltou a observar a senhora dela com atenção, mas não da forma usual. Seu rosto ávido estava ansioso não por carne, mas por ruína.

— Não me importa de onde ele é — anunciou Lady Rahela com orgulho. — A questão é que eu sou totalmente má, e quero que vocês sejam meus subordinados maus.

— Eu não sou má! — retrucou Emer. Rahela não pareceu se convencer.

Um sussurro na mente de Emer, suave como Lady Lia murmurando segredos à noite, perguntou se ela tinha certeza. Ela se recusou a escutar. Não era culpa de Emer. Uma criada não tinha escolha além de obedecer às ordens de sua senhora.

Ah, mas ela sabia que trair Lia era errado. Ela sempre soube. Rahela estava certa.

Chave levantou a mão.

— Eu sou mau? Acho que sim.

Rahela aplaudiu.

— Isso é ótimo!

A escória da sarjeta pareceu satisfeita.

— Mato pessoas o tempo todo.

A mente de Emer lamentou como os carniçais do abismo.

— Você mata pessoas? Em série? — Rahela piscou. Como se tivesse banido a razão com sua piscada, ela sorriu. — Ótimo. Podemos precisar que uma série de pessoas seja morta.

— *Milady*!

Rahela fez um gesto calmo, como se Emer fosse uma criança e Rahela balançasse seu berço invisível.

— Pense nisso como uma história. Há muitos assassinatos divertidos na ficção! Todos nós estamos apenas tentando sobreviver. Ele mata pessoas, você cumpre as ordens de sua senhora perversa, eu ando por aí com vestidos reveladores incriminando pessoas inocentes. É hora de levar o mal para o próximo nível.

A senhora de Emer voltou sua atenção novamente para a gaveta, onde sua cobra estava fortemente enrolada na faca da família Domitia. A pequena víbora era um espelho do bracelete de Lady Rahela, de um verde-âmbar escuro, enquanto seu bracelete era de ouro oricalco, as marcas em forma de diamante ao longo de sua espiral em um tom marrom-escuro que parecia quase preto. No alto de sua cabeça achatada, com sulcos nas laterais, o padrão de diamantes formava um coração preto.

— Vou chamá-la de Victoria Brócolis.

Parecia que a senhora de Emer tinha confundido uma víbora com um cachorrinho de companhia.

Lentamente, a víbora se desenrolou da faca. Rahela tirou a faca de seu estojo dourado e perolado. O brilho do ferro era tingido de carmesim, como se Emer estivesse olhando para ele através de uma névoa vermelha.

Este era o direito de nascença reservado aos nobres. Rahela o estava oferecendo a eles.

As palavras caíram dos lábios de Emer suaves e trêmulas como folhas de inverno.

— Você está falando sério.

— Você *perdeu a cabeça* — sussurrou Chave do Caldeirão. Seu sorriso se tornou travesso. — Isso é divertido.

Nos dias de antigamente, os nobres costumavam protestar lealdade a seus reis ou lordes com o juramento de sangue. Amantes aristocráticos faziam juramentos um ao outro. Até mesmo os nobres tinham parado de fazer o juramento séculos atrás. Ninguém ousava fazer uma promessa que não podia ser quebrada.

Ninguém até agora.

— O que vocês me dizem? — Os olhos de Rahela dançavam. — Jurem lealdade a mim por um ano e um dia. Se mantiverem a fé, receberão o peso de meu corpo em ouro.

— Cada um? — Chave parecia ávido.

— Cada um — confirmou Rahela. — E não tem enchimento nesse vestido. Tudo o que dizem sobre os enormes... pedaços de terra de Lady Rahela é verdade.

O choque atingiu Emer apenas a distância, como se alguém escandalizado estivesse gritando bem de longe. Próximo como o tecido contra a pele de Emer estava a ganância nua.

Emer tinha servido sua senhora com lealdade todos os seus dias. Isso havia feito muito bem a ela.

Se servisse Rahela por mais um ano, teria ouro suficiente para começar a nova vida com que sonhava em sua cama estreita, fechada em um armário como se uma criada fosse uma peça de louça.

Um chalé. Um companheiro que fosse seu igual. Nunca mais ter que abaixar a cabeça e dizer "milady" novamente. Talvez ela pudesse criar cabras, embora nunca tivesse visto uma cabra de perto. Quando a cabeça de Emer doesse, ela poderia deitar na escuridão calmante, e seu companheiro murmuraria com doçura: "Descanse".

Emer não podia mais ser leal a Rahela. Ela deveria ser leal a si mesma.

Se ela se afastasse, nunca mais teria a chance de fazer magia de verdade.

Rahela enterrou a faca na direção da pele nevada sobre o corpete trançado.

— Milady, *não*! — exclamou Emer com um horror novo e mais forte.

Ser malvado era uma coisa. Essa era uma questão de orgulho profissional.

— Certo. — A boca de Rahela se torceu com pronta compreensão. — O rei não vai me querer se eu estiver com cicatrizes. Vou deixar as meninas em paz.

Os olhos escuros de sua senhora deslizaram para o espelho e se arregalaram, parecendo tão surpresos com a própria imagem quanto tinham ficado com a cobra. Eles se arregalaram ainda mais quando seu olhar deslizou para seu corpete.

Ela balançou a cabeça, maravilhada.

— Posso me acostumar com isso. Já fui uma estranha para mim mesma antes. Depois que o mundo todo e seu próprio corpo mudam, você sabe que não está em segurança. O mundo sempre pode se voltar contra você.

Seu próprio corpo? Emer se lembrou de Rahela ter ficado chateada quando seus seios cresceram anos antes dos das outras meninas. Rahela tentou cobrir seus seios. Como nada funcionou, ela começou a exibi-los.

A lembrança provocou algo parecido com ternura e algo parecido com sofrimento. Emer afastou ambos os sentimentos. Rahela se levantou do banco e quase caiu de lado. Chave se movimentou rápido demais para os olhos de Emer acompanhar, conseguindo estabilizá-la. Rahela deu um tapinha na mão dele. Com sua mão descoberta.

A senhora de Emer sorriu.

— Desculpe, às vezes é difícil me equilibrar com este corpo. Pareço uma casquinha de sorvete com duas bolas. Onde eu estava?

Chave apontou preguiçosamente para a faca, como se a oferta capaz de mudar vidas não o afetasse em nada. Ele demonstrava apenas uma relaxada curiosidade de contemplar o que Rahela poderia fazer em seguida.

Os batimentos cardíacos de Emer soavam em seus ouvidos como o sino dos criados tocando ao amanhecer.

Ela nunca faria isso. A senhora de Emer era uma criatura mimada de mão suave que nunca tinha sofrido um momento de desconforto físico.

Parada na porta arqueada, Rahela arregaçou uma das mangas, expondo um braço arredondado. Ela passou a ponta da lâmina ao longo do braço. A pele se abriu sob o aço afiado. Os olhos de Chave brilharam quando o sangue brotou.

A voz nebulosa de sua senhora era famosa na capital. Quando Rahela dizia "bom-dia", os homens a ouviam prometer uma noite *muito* boa. Agora, sua voz rouca prometia magia.

— O primeiro corte para os deuses perdidos no céu, o segundo para os demônios no abismo.

Ela fez dois talhos na parte interna do braço, perto do cotovelo. Sangue se acumulou nas linhas finas, pequenos rubis cintilando sobre um fio rosa. Ela cortou outra linha, mais longa, perpendicular às duas primeiras, formando o cabo da espada.

— O terceiro corte para mim, Rahela Domitia. O quarto corte para você, Chave... — Rahela aguardou com expectativa.

— Apenas Chave — disse ele.

— Nada mais?

O olhar de Chave estava fixado no sangue de maneira sonhadora.

— Não tenho sobrenome. Não é uma família se há apenas uma pessoa.

— Certo, apenas Chave. Como Madonna ou Rihanna.

Chave franziu a testa.

— Quem?

— Nada, não é importante! — disse Rahela. — O primeiro corte para você, Chave, e para você.

Ela olhou para Emer com expectativa, e Emer olhou de volta sem dizer nada.

Mesmo que Lady Rahela fosse executada amanhã, a mãe dela resgataria seu juramento. A família Domitia não era rica, mas era famosa por produzir belas conspiradoras. As damas do clã Domitia eram capazes de conseguir o que precisassem. Se a marca de um juramento não cumprido fosse deixada em um corpo, o corpo seria jogado no abismo. Qualquer família pagaria para salvar seu nome da profanação. Essa era uma oportunidade que Emer não podia recusar.

O desejo superou a cautela. Emer cerrou os dentes, tentando manter as palavras em sua boca.

— Emer ni Domitia.

Era patético que o nome de Emer significasse "pertencente aos Domitia". Era ainda mais patético ser Chave, e não pertencer a ninguém.

— Emer ni Domitia — Rahela repetiu com suavidade. Os lábios de Emer se curvaram ao ouvir o som saindo da boca de sua senhora. Ela nunca tinha se dado ao trabalho de fingir simpatia antes. Não precisava fingir agora.

Rahela cortou outra listra em seu braço, mais longa que as outras, de modo que o cabo agora tinha uma lâmina. A marca de uma espada, feita por magia e desenhada em sangue.

— Desculpe — disse Rahela. — Alguém poderia me relembrar como é o restante do juramento?

Emer e Chave a encararam. Ela deu de ombros.

— É um momento estressante e eu sou uma dama delicada. As palavras exatas escaparam de minha mente.

O olhar de Chave demorava-se sobre o sangue que manchava o mármore branco. Seu sorriso repentino era como o pôr do sol sobre uma joia, fazendo Emer temer a chegada da escuridão.

Ele sacou uma faca de aparência estranha com uma rapidez desesperadora, cortando o próprio braço de maneira tão descuidada quanto um homem cortando pão. A faca desapareceu como um truque de mágica.

— "Pela espada" — Chave entoou com zombaria — "eu juro ser leal e verdadeiro, amar tudo o que você ama, e odiar tudo o que você odeia. Você não sentirá a chuva, pois serei seu abrigo. Você não sentirá fome ou sede enquanto eu tiver alimento para dar ou vinho em minha taça. Quando meu nome estiver em sua boca, sempre responderei, e seu nome será minha convocação às armas. Sempre serei um escudo para sua proteção, e a história contada entre nós será verdadeira. Tudo o que for acordado entre nós eu cumprirei, pois a sua é a vontade que escolhi."

Rahela refletiu o brilho perverso do sorriso de Chave. O coração de Emer afundou sob o horizonte vermelho enquanto sua senhora entoava os votos de volta para seu observador. Selando seu pacto de serem pecaminosos e sacrílegos juntos, eles sorriram um para o outro como crianças em um jogo. Crianças perversas e irreverentes, cometendo pecados e sacrilégios sem se importar.

A chama da ravina iluminou o vitral, vermelho pálido como uma gota de sangue em um copo d'água. O ferimento no braço de Rahela parecia acender, tornando-se uma espada de fogo. A janela ficou da cor do rico vinho tinto.

Pegando na mão de Chave, o rosto de Rahela resplandeceu como as janelas. Os conspiradores estavam delineados por um brilho sobrenatural.

Rahela declarou:

— Esta é nossa primeira reunião de equipe. Meu quarto é nosso covil do mal, e somos um ninho de vespas. A partir de agora, somos malvados juntos.

Tem aproveitado ervas especiais, milady?
— Como quiser, milady — Emer murmurou.
— É melhor do que ser malvado sozinho — Chave murmurou.
Eles permaneceram em um círculo, refletido no espelho de bronze. A senhora de Emer, a víbora venenosa, a mulher de neve e chamas. O guarda da sarjeta com seus sorrisos nada sinceros e suas luvas de couro rachado. A criada com seu avental bem engomado, virando o rosto. Emer não gostava de ver a marca. Enquanto crescia no campo, todos diziam que Emer era manchada com perversidade. Parecia que todos diziam a verdade.
Rahela riu.
— Vamos, lacaios! Levem-me para o rei.
— Não podemos levá-la ao rei — Emer disse sem rodeios. — E não nos chame de lacaios.
Chave fez um som de discordância. Parecia que ele desejava ser um lacaio do mal. Ele podia estar desesperado para pertencer, mas Emer tinha mais noção das coisas. Revele o desespero e você convidará a crueldade.
Rahela teve a ousadia de lançar a Emer um olhar acusador.
— Você jurou ou não jurou lealdade a mim?
Ela não tinha jurado, mas não chamaria a atenção para isso.
— Eu não disse que não te levaria, eu disse que não posso! — protestou Emer. — Ele também não pode.
O sorriso de Chave era uma faca apontada diretamente para Emer.
— Sou um fedelho da sarjeta. Não sei como me comportar.
— Um criado não pode exigir uma audiência com o rei!
O olhar do guarda da sarjeta voltou a Rahela, calculando. Emer percebeu com grande ultraje que ele a estava *medindo*. E não era o valor de seu caráter que ele media.
Ele chegou a uma conclusão.
— Pelo peso dela em ouro, eu roubaria os olhos perdidos dos deuses perdidos.
— Você está dizendo uma blasfêmia perversa — sussurrou Emer.
— Fluentemente — disse Chave. — Siga-me, milady.
Ele alcançou o cinto largo de couro, decorado com formas de coroa em azul-centáurea. De um lado do cinto estava pendurada a bainha de sua espada e, do outro, um molho de chaves. Lady Rahela girou em um círculo alegre enquanto Chave destrancava a porta. Ela se abriu para revelar

degraus de pedra serpeando para a escuridão. Chave desceu a escada em espiral. A senhora de Emer lançou um único olhar para trás.

— Você vem?

Emer voltou de imediato para a alcova.

— Vocês dois serão executados. Quando forem executados, sua família me dará seu peso em ouro. Enquanto isso, suas cabeças estarão em estacas no alto das muralhas do palácio.

— É isso — Rahela encorajou. — Pense positivo.

O coração traiçoeiro de Emer se fechou como um punho.

— Milady. Você não pode fazer isso.

— Pois me observe. Esta é minha história de origem de vilã.

A senhora de Emer piscou, virou, e saiu dançando nas sombras para sua morte.

4
A Vilã Comete Blasfêmia

Quando ela, de neve e chamas, por entre os sonhos rodopia
Quando o coração do cavaleiro branco para as rainhas perdidas se desvia
Ele está vindo. Ele está vindo.
Quando se curvarem os mortos, quando o abismo se abrir
Ele reivindicará sua coroa, a maldição sobre nós vai cair
A ravina chama seu mestre lá em cima com clamor
Ele vai dizer às almas perdidas que morreu por amor
Ele está vindo. Ele está vindo.
As palavras correm soltas, fuja se for capaz
A pérola será dele ou não pertencerá a nenhum outro rapaz
Sua espada é ruína, seus olhos são fogo sério
Todos os mundos são seu império.
O filho dos deuses está morto e crescido
Ele está vindo, ele está vindo, por seu trono querido.

Todos em Eyam conheciam a *profecia* da Oráculo.

Era do Ferro, Anônimo

Rae e Chave se perderam a caminho de enganar a morte. A torre das damas da corte era separada do palácio propriamente dito, em um pequeno círculo de árvores. Eles seguiram um caminho sinuoso do jardim até uma grande porta. Depois de atravessá-la, seguiram pelas passagens labirínticas do palácio.

O piso da passagem era de seixos cinza lisos e malaquita verde-escura, dando o efeito de uma rede de rios. Rae se sentiu levada por correntes estranhas, quase trombando com a grande vitrine que abrigava as joias da coroa.

— Que máximo — Rae disse baixinho. — O colar amaldiçoado.

As bocas ávidas de duas serpentes de ouro fundido formavam um fecho. Em correntes cintilantes, elos elaborados e linhas formando uma jaula dourada para um futuro pescoço frágil, havia uma grande joia preta. Um vermelho ameaçador brilhava ao longo de suas facetas como fogo letal acordando em brasas mortas. Dizia a lenda que essa joia era o olho do deus perdido. As pessoas chamavam o colar de Diamante do Abandono de Toda Esperança.

— Parece valioso — comentou seu novo lacaio. — Mas difícil de empenhar.

— Um rei de Eyam mandou cem homens descerem a ravina para encontrarem essa joia para sua noiva. Apenas um voltou. A rainha usou-a por um ano antes de morrer, ainda jovem. Um rei dá esse diamante à sua rainha para demonstrar que ela é amada além da coroa e do reino, que vale cem vidas e mil pecados.

— Então *com certeza* é difícil de empenhar — disse Chave. Rae riu. — Acha que o rei o daria para você?

— Não sou ingênua. Não sou eu que sou adorada. — Rae levantou o braço machucado com o bracelete de cobra. — Esse bracelete significa que sou a preferida do rei, mas não me torna a rainha de fato.

As histórias zombavam das mulheres superficiais que se importavam com adornos vãos, mas as mulheres costumavam acumular pedras preciosas quando não podiam ter contas bancárias. Joias eram para sobreviventes. A mãe de Rae tinha dado a Alice as pérolas de sua bisavó, não a Rae. Alice ficava melhor com elas. Alice poderá ter filhos para passá-las adiante. Metade do valor das joias está em seu significado. Um tesouro de verdade tinha uma história, e histórias eram para heróis.

O rosto de Chave era de contradições: seus olhos estavam fundos como as órbitas oculares de uma caveira, a boca carnuda ou despreocupada, ou séria como uma sepultura. O bracelete de cobra não valia a atenção solene que ele lhe dava.

— Pelo menos você fez alguma coisa para ganhar isso.

Rae arqueou a sobrancelha.

— *O que* você está querendo dizer?

Uma sobrancelha reta como uma espada se ergueu, e Chave retribuiu o gesto.

— Você tramou. Melhor do que ser adorada enquanto outras pessoas fazem todo o trabalho.

Um dia, o Imperador colocaria isso no pescoço de Lia, dizendo que se a joia não a agradasse ela poderia jogá-la de volta no abismo. O Imperador tinha escuridão no coração, mas não se importava com dinheiro.

Apenas vilões secundários mostravam falhas insignificantes como a mesquinharia. Rae lançou a seu lacaio um olhar de aprovação.

— Acho que vamos ser amigos.

Ele inclinou a cabeça, com o ar de um cientista contemplando uma nova espécie.

— Nunca tive um desses antes. Pode ser interessante.

— Toca aqui — propôs Rae.

O sorriso malicioso de Chave inclinou-se na direção de um sorriso normal.

— Não faço ideia do que você está falando.

A mão de Rae já estava levantada.

— Bata na minha mão.

— Com que força? — Chave perguntou com gentileza. — Devo quebrá-la?

Rae recuou.

— *Não!* Bata na palma da minha mão com a palma da sua mão. Devagar! Com gentileza!

Chave franziu a testa, como se gentileza exigisse uma concentração feroz. Rae observou com desconfiança quando ele tocou a mão na dela conforme instruído, um breve roçar de couro rachado em sua pele. Inesperadamente, o toque provocou uma pontada nela.

Em um ano e um dia, Rae não estaria aqui para honrar seus votos e dar a Chave e Emer o que prometeu. Nem os estava salvando da execução. Lia pediria misericórdia para a criada e o guarda de Rahela.

A lembrança atingiu Rae com mais força do que Chave havia batido em sua mão. Emer não era grata, mas Chave era. A beleza dourada da dama e seu coração ainda mais dourado haviam deixado uma impressão profunda no humilde guarda do palácio. Como muitos caras em *Era do Ferro*, Chave acabou tendo uma quedinha sem esperanças por Lia.

Tudo fazia sentido agora, incluindo a aparência de Chave e o motivo de Rae não se lembrar dele. Lia estava constantemente apertando as mãos e se perguntando: *Por que os homens belos têm que me perseguir com seu amor?* À exceção do Imperador e do Última Esperança, seus pretendentes se fundiam em uma névoa enganosa. Eles sempre se sacrificavam para que Lia pudesse viver, principalmente os perversos que se emendavam por ela. Perecer por amor a Lia era uma das principais causas de morte em Eyam, no topo junto com ser devorado por monstros, desmembrado por carniçais e a praga.

Péssima notícia. Chave estava condenado. Rae deveria usar seu lacaio enquanto ainda o tinha.

A lembrança serviu como um lembrete útil de que esses personagens eram fictícios. Rae não tinha que se preocupar com os sentimentos deles, e, como vilã, nem deveria. O que importava era a própria vida.

Chave fez sinal para ela seguir em frente.

— Então, minha senhora das tramoias. Qual é o caminho para a sala do trono?

— Eu não sei. Estou com amnésia, lembra?

O jeito como Chave revirou os olhos deu a entender que ele não estava acreditando em seu disfarce genial.

— Bem, cheguei aqui ontem.

Caçando pelo palácio, eles passaram por vários pares de guardas, posicionados em intervalos. Os guardas eram em sua maioria homens de meia-idade, cabelos bem curtos, figuras militares beligerantes sob o azul e a cor de aço de uniformes do palácio mais brilhantes que o de Chave. Todos os guardas olharam para eles de soslaio. Lady Rahela, com seu vestido nevado e vermelho, era uma figura memorável. O fato de que ela deveria estar aprisionada provavelmente também era memorável.

A maioria manteve distância de Rae, seu ar sugerindo: *Uma criminosa à solta, mas acompanhada de um guarda? Está acima do que eu ganho. Não vi nada.*

Inevitavelmente, um guarda resolveu se importar. Ele chegou ao lado de Chave, que aproveitou a oportunidade para perguntar onde ficava a sala do trono. Enquanto o guarda dava as coordenadas, seus olhos rolavam como bolinhas de gude em pânico, olhando com desconforto para Rae.

— Essa é Lady Rahela?

— Não — respondeu Rae. — Sou a gêmea malvada dela.

Esse vestido era ótimo para varrer com desdém.

— Você é a gêmea malvada dela? — Chave repetiu.

Rae nunca tinha se dado conta de como a cultura pop aparecia nas conversas do dia a dia. *Em novelas, quando aparece um irmão gêmeo, ele normalmente é malvado. Em filmes de terror, se alguém mantém seu duplo no sótão, é porque ele é do mal!*

— Há muitas histórias de gêmeos malvados — ela murmurou.

Chave pareceu contemplativo.

— As canções dizem que Lady Rahela não tem coração. Se as duas gêmeas são malvadas, a culpa é dos pais.

Rae se lembrou vagamente de que Lady Rahela tinha um histórico bem típico para uma meia-irmã perversa.

— Tanto meu pai quanto meu padrasto morreram misteriosamente jovens. Mudando totalmente de assunto, minha mãe é linda e venenosa. Eu puxei a ela.

— Sua mãe também faz piadas ruins?

Rae empurrou Chave, sorrindo, enquanto eles entravam em uma sala branca como uma folha de papel. Ela reconheceu de imediato: era a Sala da Memória e dos Ossos. O piso e os painéis cintilantes e pálidos nas paredes, o lustre retorcido e a pequena mesinha de canto branca eram todos feitos de porcelana de ossos. Todo homem deve morrer, e às vezes seus ossos eram moídos para fazer mobílias de porcelana. Rae irritava sua irmã ao chamar a sala de Sala de Osso.

Ver a sala, não em carne e osso, não foi divertido. Na parede, atrás de um vidro, como um inseto em exposição, havia um esqueleto de criança vestindo trajes azuis e pretos. O chão estava liso como o único dente restante de uma velha. Essa não era a sala do trono, mas a sala ao lado dela. Ainda assim, havia um trono de pedra clara encostado na parede, com asas de osso dourado esculpidas em homenagem a uma amada rainha que morreu jovem. Governantes mortos eram colocados lá, de modo que os súditos pudessem se despedir. As despedidas duravam um longo tempo. Os corpos se decompunham. Os braços e o assento do trono estavam levemente manchados onde os fluidos da realeza apodrecida haviam se infiltrado na pedra.

Rae conteve um tremor.

— Entramos no lugar errado. — Eles deixaram para trás a câmara de morte branca como ossos, indo para as portas da sala do trono.

As portas tinham três metros de altura, de ouro batido que brilhava com luz vermelha, flanqueadas por colunas estriadas que começavam e terminavam com floreios em forma de flores de acanto. Havia dois guardas parados diante da entrada da sala do trono. Cada um segurava uma longa lança, de cerejeira escura com formas de folha de ferro na ponta. Rae viu as lanças de perto, pois os guardas as cruzaram diante das portas, barrando sua entrada.

— O período de recebimento de peticionários pelo rei terminou. Você não pode entrar.

O guarda falou de cor, olhando ao longe. O outro guarda empurrou a lança de leve contra a dele. Ambos arregalaram os olhos ao reconhecer Lady Rahela. Ela os viu lutar com a dúvida entre deixá-la passar ou prendê-la.

Ela não queria que eles tomassem a decisão errada. Rae lançou um olhar a Chave, na esperança de que ele pudesse ser útil.

Chave disse com vivacidade:

— Eu o desafio a um duelo.

Isso não era resolver um problema. Era criar um problema completamente novo.

O rosto do guarda obscureceu em resposta ao sorriso de Chave.

— Não vou duelar com um camponês da escória.

O sorriso brilhante não se apagou.

— Não sou mais um camponês da escória. Sou um guarda. Nosso status é o mesmo; então, se você se recusar a duelar, é um covarde. À primeira gota de sangue, o derrotado deve se retirar. O que me diz? É um covarde?

O guarda baixou um pouco a lança.

Chave lhe deu um soco no nariz com força suficiente para fazer o guarda girar em um semicírculo, agarrando-se a um pilar para não cair. Espirrou sangue no ouro liso das portas.

O guarda do outro lado das portas largou a lança e correu até ele.

— Deuses perdidos, você está bem?

— Deixe-me fazer um ponto extra. — Chave recuou o cotovelo com eficiência, acertando o segundo guarda e fazendo seu sangue escorrer tanto do nariz quanto da boca.

O guarda uivou.

Chave ficou radiante.

— Primeira gota de sangue! Duas vezes. Vamos, milady.

Uma poça de sangue se espalhou aos pés de Rae. Os filmes de terror a haviam levado a esperar a cor popular do sangue falso, impressionante e quase alegre. Este era do mesmo tom opaco do sangue que tiravam dela em frascos no hospital, vermelho diluído em preto. O sangue de verdade era sempre mais escuro do que se esperava.

Em um tom surpreendentemente analítico, Chave disse:

— Achei que o rei deixaria passar uma briga, mas não um assassinato na frente da sala do trono. Posso matá-los, se você quiser.

Rae se afastou do sangue.

— Não.

O brilho do sorriso de Chave se apagou. Ele olhou para ela com decepção, mas não surpresa.

— Não te agradei, milady?

O membro de sua equipe precisava de reforço positivo!

— Você está sendo ótimo. Eu não posso ver sangue de outras pessoas, mas sem problemas com o meu. Estou acostumada com ele.

O desgaste que obscurecia a expressão de Chave desapareceu e ele assentiu, determinado. No instante seguinte, estava diante de Rae, inclinando-se e passando o braço ao redor de sua cintura, perto o suficiente para que seu cacho de cabelo rebelde roçasse na testa dela.

— O que você está fazendo? — Rae murmurou.

— Deixe-me ajudar. — A última sombra de seu rosto foi cortada pela faca de seu sorriso. — Não foi esse o nosso acordo?

Ele levantou o peso considerável de Rahela nos braços com facilidade, passou com cuidado sobre a poça de sangue e atravessou as portas duplas douradas.

Rae estava mais volumosa que a Biblioteca de Alexandria! Ninguém tinha esse tipo de força nos membros superiores. Só podia ser ficção mesmo!

Apesar do absurdo, Rae apreciou o gesto.

— Obrigada — ela murmurou no ouvido dele.

O passo de Chave foi interrompido, como se estivesse assustado. Então ele colocou Rae no chão.

— Agradeça-me encantando o rei. Espero que tenha um plano.

Ainda com o braço ao redor do pescoço dele, Rae perguntou:

— O que dizem sobre mim no Caldeirão?

De maneira conspiratória, Chave sussurrou:

— Que você é uma bruxa má.

Mesmo em um mundo com magia, as pessoas agiam como se ser sexy fosse um encantamento obscuro. Isso acabaria sendo útil.

Rae sussurrou:

— Não seria divertido ser uma bruxa e amaldiçoar pessoas?

— Sim — Chave concordou sem hesitar.

Era como ver um rosto distorcido pela luz de um único relâmpago, um instante iluminado de instinto que dizia: *Você é terrível. Assim como eu.*

Rae sorriu.

— Pense nisso. Uma bruxa que te amaldiçoa só está contando o futuro que você não quer ouvir.

Cortesãos se viraram na direção deles como flores se viram para um sol perverso. Rae respirou fundo.

— Nervosa? — Chave perguntou.

— Bem. Sim. Mas estou ansiosa para ver o rei.

Chave parecia vagamente surpreso.

— Ele não está prestes a executá-la?

— Eu o amo apesar da sentença de morte. Ele é o homem mais belo do mundo, é engraçado, tem uma enorme coleção de animais exóticos...

Chave sorriu.

— Ele tem uma enorme coleção de monstros legais — Rae explicou. — Ele faz discursos épicos, ganha batalhas invencíveis, é leal além da morte e é solitário.

— Não somos todos? — Chave murmurou.

A sala do trono era um tesouro diante dela. Funcionários da corte estavam alinhados contra as paredes, mas, em sua empolgação, Rae os percebeu simplesmente como um papel de parede com uniforme azul trançado em ouro. Até então, os ricos de Eyam tinham sido apenas palavras para ela, mas agora eram mais do que palavras.

Uma tragédia divina havia ocorrido nessa terra. O próprio solo aqui era estranho, e estranhas joias e metais podiam ser minerados. O metal de Eyam podia ser fundido e transformado em armas encantadas. Embora poucos visitantes viajassem para cá, mercadores chegavam oferecendo preços fabulosos pelo que era conhecido como aço oricalco e prata oricalco. As paredes e o teto abobadado eram repletos de cristais verdes, as facetas tingidas de vermelho, brilhando como se estivessem todas presas em um espelho quebrado. O piso era de mosaicos de ouro vermelho martelado, mostrando as deusas perdidas desaparecendo dentro do sol.

O mestre de todas essas riquezas esperava para encontrá-la. Até mesmo o ar entre ela e o trono cintilava. Rae se preparou para se fascinar.

Ela disse uma frase que seria proferida pelo Imperador no futuro:

— Amor é a canção que nos acorda do túmulo. A morte não pode parar *meu* coração.

Chave pareceu impressionado, mas em dúvida.

— O amor sobrevive à execução?

Ela se lembrou de um texto da internet sobre por que os vilões eram melhores amantes.

— O amor incendeia o mundo por um beijo.

— Incendeia o mundo por um queijo?

— Silêncio, lacaio — Rae murmurou. Agora ela só tinha olhos para o Imperador.

O trono do rei ficava sobre grandes garras douradas segurando rubis grandes como ovos de dinossauro. Havia um ministro de cada lado. Um devia ser o primeiro-ministro, e o outro, o comandante dos exércitos do rei, embora Rae não soubesse dizer qual era qual. O encosto do trono era uma representação de asas de corvo, com penas pretas e de ouro vermelho se espalhando. O bico voraz era laqueado com osso humano. Diamantes e rubis seguiam as asas para significar faíscas caindo em cascata contra um céu de lápis-lazúli.

Em contraste ao dourado e ao brilho, o preto das roupas do rei o fazia se destacar como um vazio se abrindo no sol.

Rae bateu no braço de Chave com muita empolgação.

— É ele. Eu amo ele!

— É o que você vem dizendo. — Chave começou a rir. — Não me bata, eu esfaqueio quando me assusto.

Aqui estava ele. O homem mais poderoso e cruel do mundo. O futuro Imperador. O personagem preferido de Rae. O mestre do Palácio na Borda e tudo o que havia dentro dele, incluindo a Flor da Vida e da Morte. O Imperador tinha o poder de curar, mas a flor podia salvar alguém à beira da morte. Todo ano, quando a flor florescia, o exército mortal do Imperador procurava alguém que estivesse além da salvação nas partes mais pobres da cidade, e o Imperador saía e o salvava. Talvez ele pudesse ser convencido a salvá-la.

Um anti-herói não passava de um vilão com um bom profissional de relações públicas. O Imperador poderia simpatizar com Rae. Ela sempre havia simpatizado com ele.

Rae saboreou a grande revelação, das altas botas de couro como a escuridão da meia-noite até as vestes pretas e a pesada capa preta com forro azul profundo. Seu peitoral de bronze brilhava. As manoplas eram finalizadas com braçadeiras pretas e de ferro, e o entrecruzamento de cadarços terminava em laços elaborados. Os padrões em ferro fundido sobre o couro, pássaros com asas esticadas e cobras mostrando as presas, eram exatamente como Rae havia imaginado. No cinto largo e enfeitado com coroas do rei havia um molho de chaves e uma espada. O cabo da espada era uma cobra de prata enrolada. Essa era Desejo de Vingança, a espada que seria quebrada.

Os olhos dela continuaram sua jornada épica até o rosto do rei.

Em ocasiões cerimoniais, os reis de Eyam usavam a máscara coroada, uma máscara mortuária em branco para substituir aquele que viria. Havia uma cavidade no centro da coroa onde deveria ser colocada uma joia escura: a gêmea do Diamante do Abandono de Toda Esperança. Era o fim da audiência real. Enquanto Rae observava, empolgada e com expectativa, o rei tirou a máscara e revelou olhos verde-esmeralda, uma boca carnuda e cabelo liso, sedoso e escuro, caindo com suavidade. Ele era o homem mais lindo que Rae já havia visto.

Como esperado. Ainda assim, o rei passava a sensação de ver alguém familiar na rua e ficar desorientado quando a pessoa se virava e se revelava um estranho. O Imperador permaneceu sentado no trono de maneira majestosa, mas esparramou-se com graça despreocupada, uma perna enganchada descuidadamente sobre o braço do trono.

Outros personagens tinham títulos descritivos. O Imperador, sendo o soberano supremo, não precisava de apresentações. Só então ela se lembrou de que Última Esperança, quando ambos eram garotos, chamava seu futuro governante de Otaviano. Seu nome completo era Octavianus, Oitavo Rei na Linha de Sucessão para Imperador.

Mas esse não era seu personagem preferido. Ainda não.

Isso foi antes de Otaviano voltar da beira da morte para seu trono. Antes de ele se transformar em alguém irreconhecível e inescrutável. Um dia, ninguém o chamaria pelo nome. Seus súditos esqueceriam que ele já teve um nome. Um dia, o Imperador seria aterrorizante como um eclipse.

No momento, o rei Otaviano perguntou:
— Onde estão os guardas?

Os livros diziam que a voz do Imperador era profunda e obscura como a própria ravina, áspera como uma grande cobra sobre a terra. A voz do rei era grave de uma forma que sugeria que ele faria ótimas proclamações, mas a rouquidão de sepultura desordenada viria depois.

Chave olhou para trás.

— Os guardas não estão se sentindo bem, Majestade.

Otaviano estreitou os olhos.

— O Herói do Caldeirão? Herói ou não, não aprecio essa intrusão.

Lady Rahela avançou.

— Perdoe-me, Majestade. Eu insisti.

Um riso veio das laterais.

— A Meretriz da Torre foi *muito* persuasiva?

Rae não conseguia dizer de onde vinha a voz, mas toda a multidão começou a rir. Uniformes ministeriais azuis e dourados faziam a corte parecer um mar censurador prestes a afogá-la.

Até que uma voz fria o bastante para congelar o oceano ordenou:

— Silêncio.

O coração de Rae batia forte contra suas costelas, como um barco batendo em um iceberg. Ela sentiu um estalo, como se estivesse afundando.

No outro extremo da sala do trono ficava a plataforma de ébano onde as testemunhas prestavam depoimento. No alto estava o Lorde Marius Valerius, o Última Esperança. Invencível em batalha, inigualável entre os homens, o paradigma gelado da justiça que nunca contaria uma mentira ou descumpriria um juramento. O cavaleiro branco responsável pela execução de Rahela.

Rae havia planejado sua chegada com cuidado por vários motivos. Um deles era que ela não queria estar perto do Última Esperança, o estudioso de rosto lindo como o de um deus e coração frio como uma lâmina. O único homem que o Imperador já temeu.

Ela havia pensado que Lorde Marius já teria prestado depoimento e ido embora a essa altura. Em vez disso, ele se agigantava diante dela, e até mesmo o rei silenciou quando ele falou.

A linha da boca de Otaviano e o frio que emanava do Última Esperança sugeriam a Rae que Lorde Marius e o rei estavam discutindo. Não havia necessidade de perguntar sobre o quê. Lorde Marius havia ido para enterrá-la. Ele tinha um motivo pessoal para querer Rahela morta.

— Apenas os deuses podem julgar — Última Esperança informou à multidão. — No caso de Lady Rahela, tenho certeza de que o farão.

Seu manto branco estalou atrás de si quando ele saiu da plataforma, preenchendo a visão de Rae como o céu branco ofuscante após uma tempestade de inverno. Homens fortes se encolhiam. As mulheres, por vários motivos, tremiam. A linhagem ducal de Valerius era famosa por sua beleza, habilidade em batalha e maldição ancestral.

Essa era uma verdadeira página de personagem principal. Ao contrário do Imperador, Lorde Marius não precisava ter, e não teria, o desenvolvimento do personagem. Ele era o que foi feito para ser, inflexível até o fim.

Lorde Marius não foi uma decepção. Foi uma terrível revelação. O homem era alto como uma árvore, com ombros mais largos do que a maioria das portas. Sua cabeleira de cachos pretos, salpicados de branco frio, era longa o bastante para encostar nos ombros. Nenhum humano de verdade tinha cabelo branco apenas da metade para baixo. Era como se seu cabeleireiro fosse Jack Frost. Todos os seus traços eram de uma perfeição austera, e seu tamanho era aterrorizante por si só. Esse honorável estudioso fora construído para a brutalidade.

Rae se encolheu junto a Chave, que segurou em seu braço casualmente para firmá-la. Ele olhou para Lorde Marius com interesse. Rae teve uma visão de seu guarda-costas perverso tentando quebrar o nariz do Última Esperança e sendo imediatamente assassinado. Ela balançou a cabeça como alerta.

Lorde Marius olhou uma única vez para eles, depois desviou o rosto.
— Vou me retirar, Majestade.
Rae ficou surpresa.
— Não quer ouvir o que eu tenho a dizer?
Lorde Marius era magnético, o que significava que era ao mesmo tempo frio e convincente.
— Profira as mentiras que quiser. Nada pode te salvar.
Sem fôlego devido ao medo, desesperada para que acreditassem nela, Rae perguntou:
— E se eu não mentir?
— Então espero que se divirta com essa nova experiência, madame. — A voz do Última Esperança era gélida o bastante para perfurar.

A resposta instintiva de Rae foi um sorriso cortante.

— Eu sempre me divirto. O lema de minha família é *Ele veio, ele viu, eu venci*. Sou a mulher capaz de deixar qualquer homem de joelhos.

Ela se arrependeu disso instantaneamente. Sabia, melhor do que qualquer alma naquela história, do que ele era capaz.

O desdém curvou a boca perfeita de Lorde Marius.

— E eu sou o homem capaz de deixar um exército de joelhos. Sugiro que se entregue à misericórdia do rei, pois eu não tenho nenhuma.

Quando Lorde Marius deixou a sala do trono, o silêncio reinou até o eco de seus passos desaparecer.

Com a pitada do sarcasmo pelo qual o Imperador seria conhecido, o rei Otaviano perguntou:

— A entrega à minha misericórdia deve começar agora?

Chave tomou a iniciativa.

— Lady Rahela exigiu vê-lo e tentou se jogar por uma janela. Como sou novo em meus deveres, eu não tinha certeza se deveria deixar damas se jogarem pelas janelas.

— Você deveria, como membro de minha guarda, subjugar efetivamente os criminosos — retrucou o rei.

Ele passou os olhos cor de esmeralda por Rae com tanto calor como se fossem verdadeiras joias. A frágil esperança de Rae de que ela pudesse conquistar o rei morreu. Claramente, o coração de Otaviano já havia se voltado contra ela.

Um terrível peso de conhecimento pressionou Rae. Ela sabia o que aconteceria amanhã se não conseguisse deter isso agora.

A cena havia parecido uma justiça cruel quando Alice a lera em voz alta. Lady Rahela rastejara com seu vestido de seda rasgado como uma borboleta com as asas despedaçadas, implorando por sua vida. A corte rira. O rei lhe negara, decretando que a mulher perversa deveria sofrer uma morte pior do que afundar com sapatos de ferro. E Rae se lembrou com um choque, como o que se tem quando se erra um degrau ao descer as escadas, que um novo guarda sugeriu como a dama deveria ser punida. Graças à sugestão de Chave, Lady Rahela fora açoitada na Sala do Pavor e da Expectativa enquanto sapatos de ferro eram esquentados no fogo até ficarem da cor de rubis em chamas. Os chicotes tinham ávidos dentes de aço. Rahela já estava arruinada quando colocaram os sapatos rubi em seus pés e a fizeram dançar, uivando enquanto sua pele estalava e fumegava.

Era uma forma horrível de morrer.

Imobilizada pelos alfinetes cor de esmeralda que eram os olhos do rei, Rae pôde finalmente admitir que sua irmã tinha razão: a punição de Lady Rahela fora exagerada. Pelo menos Chave era um estranho. Não era ele que estava transformando intimidade privada em brutalidade pública. Lady Rahela era a ex do rei.

É claro, Rahela era a ex *criminosa* do rei. Reis deviam dar ordens que tornavam corpos quentes e uma vez amados em comida fria para os corvos. O Imperador nasceu para ser implacável e sem remorso.

Negar as provas contra ela não funcionaria. Implorar por misericórdia não funcionaria. Era hora de colocar seu novo plano em prática.

— Lady Rahela? — o rei Otaviano perguntou. — O que não podia esperar até amanhã de manhã?

Rae fez um anúncio:

— Sou culpada.

O rei congelou, uma escultura de gelo sobre seu trono repleto de joias. Ao lado dela, Chave fez a expressão rapidamente controlada de um homem reavaliando suas escolhas de vida.

Rae continuou.

— Mas você já sabia disso. Certo, Majestade? O Última Esperança prestou seu depoimento. Tudo o que resta a fazer é me sentenciar e observar eu me arrastar no terror. Se essa for sua ideia de diversão.

Apesar de parecer abalado pela atitude pouco usual da prisioneira, o rei se manteve calmo.

— Está sugerindo que a corte não deveria punir traidores?

Rae sorriu.

— Você está fazendo a pergunta errada. Pergunte-me como eu sei. Passei as últimas doze horas trancada em um quarto.

Houve uma pausa.

— Diga logo — o rei ordenou.

A mãe de Rae dizia que uma vendedora era uma contadora de histórias. Quando as pessoas davam o primeiro passo para acreditar, eram arrastadas com sua história. O truque era lhes dar algo em que quisessem acreditar.

— Quando eu me deitei na cama, a culpa de meus feitos cruéis recaiu sobre mim e eu me arrependi de meus pecados — Rae declamou, calculando deliberadamente o peso de cada palavra. Otaviano tamborilava a ponta dos dedos sobre os braços dourados do trono, e Rae se apressou para concluir. — *Então*, eu entrei em um transe, e os deuses vieram até mim em uma visão!

Ela abriu os braços, fechou os olhos, e desejou emitir uma aura de luz sagrada.

Quando Rae abriu os olhos, Chave e o rei a encaravam como se tivessem nascido várias cabeças nela.

Ah, bem. Valeu a tentativa.

— Para expiar meus pecados, os deuses me fizeram um recipiente para profecia — Rae continuou com firmeza.

Seu anúncio continuou como um balão de chumbo preso em um elefante. Rae pigarreou.

— Para sua informação, pessoal, antes eu via através de um vidro obscuro, mas agora vejo com clareza. Fui ao mesmo tempo abençoada e amaldiçoada com a visão verdadeira que percebe os segredos escondidos nas profundezas do coração dos homens, e o futuro.

Houve outra pausa.

— Lady Rahela, você acha que vamos poupar sua vida porque está fingindo loucura?

O rei levantou a mão para convocar seus guardas. Rae não queria que ele fizesse nenhum gesto como aquele.

— Espere! Deixe-me contar seu futuro.

Otaviano fez o sinal.

— Chega de mentiras. Guardas! Executem-na agora.

Antes de os guardas chegarem até ela, Rae gritou:

— Você é o deus-filho. Você é o futuro Imperador. Você vai governar o mundo!

O rei hesitou, depois gesticulou novamente. Os guardas pararam. Ele estava ouvindo.

— Ótima notícia, a profecia é sobre você — Rae continuou. — Você sabe qual é. *Sua espada é ruína, seus olhos são fogo sério e por aí vai*. Certamente você se lembra da profecia sinistra.

— Todos conhecemos a profecia, Lady Rahela — retrucou um dos ministros ao lado do trono do rei. — Isso é absurdo!

Rae o ignorou.

— Durante toda a sua vida, as pessoas espalharam rumores sobre as circunstâncias misteriosas de seu nascimento — ela declarou. — A verdade é que você não é filho do rei.

A sala do trono caiu em profundo silêncio.

Rae havia parado de ouvir a leitura de sua irmã no ponto em que Lia conheceu seu obviamente destinado amante, o cara com a coroa, mas ela se lembrava vagamente de Alice discutindo as origens humildes do Imperador. "Ser rei" com certeza não o qualificava. Ela precisava desenterrar as origens precisas do fundo de sua mente. Depois que o fez, ela lembrou que o rei era sensível em relação a esse assunto.

Mulheres nobres deveriam permanecer puras até o casamento, então um rei não podia dormir com nenhuma de suas damas da corte que esperavam ser rainhas. Otaviano foi criado no campo, com nascimento não proclamado, e só foi coroado príncipe aos quatro anos de idade. Rumores diziam que ele nasceu da rainha cedo demais, provando que o rei anterior tinha sido indiscreto com suas damas da corte.

Alice contou a Rae que corria entre os leitores o boato de que o atual rei estava dormindo com suas damas da corte. Exceto com Lia, é claro. Lia nunca faria isso.

Não havia boato sobre Otaviano estar dormindo com Rahela. Ele simplesmente estava.

Rae falou rápido, antes que fosse executada por insinuações grosseiras sobre o rei.

— O mistério cerca seu nascimento porque você nasceu do abismo. O Palácio foi construído na beirada da temível ravina, esperando o momento em que o filho de deus renasceria. Duas décadas atrás, a ravina se abriu amplamente, fumaça emergiu, chamas rugiram e o céu mudou. Aquilo foi um sinal dos deuses. Aquilo foi…

— No ano em que fui coroado príncipe — Otaviano disse lentamente.

Usando esse instante de hesitação, Rae agarrou sua chance e suas saias com barras escarlate e subiu os degraus do trono. Os guardas em sua base se moveram para interceptá-la. Chave deslizou entre eles, suave como um tubarão na água.

Com extrema violência explodindo atrás dela, Rahela se ajoelhou diante do rei.

— Eu vejo o passado, assim como o futuro — Rae sussurrou no ouvido de Otaviano. — Sei a verdade do dia em que seu pai morreu, e do sangue na pedra da sepultura. Você acredita em mim agora?

Ela esperava que ele acreditasse nela e que não fizesse mais nenhuma pergunta. Ela estava citando a Oráculo do terceiro livro, e não sabia nada das coisas sobre o pai nem sobre a sepultura. Obviamente, aquilo fez sentido para Otaviano.

— Você diz que eu serei o Imperador. — Seus lábios se curvaram como a beirada de uma página prestes a pegar fogo. — Foi por isso que olhou para mim daquele jeito quando entrou na sala do trono? Você nunca olhou para mim assim antes.

A expectativa encantada que Rae sentiu, esperando para ver seu preferido, iluminou-a novamente. Sua boca se curvou em um sorriso de retribuição, e os dedos do rei se enrolaram com calor ao redor dos dela.

— Pela primeira vez, reconheci meu Imperador.

Um rugido cortou o momento de possibilidade silenciosa. Otaviano puxou a mão de volta.

— Majestade — vociferou o ministro do outro lado do trono do rei. — Pelos dentes do deus perdido, eu odeio dizer, mas concordo com o primeiro-ministro! Isso *é* absurdo.

Uma onda percorreu a corte. Todos sabiam que os dois principais conselheiros do rei nunca concordavam em nada. O general era rápido para se zangar, e o primeiro-ministro, lento para perdoar. O general era um homem de família; o primeiro-ministro, um solteiro inveterado. O general travava a guerra, o primeiro-ministro pedia a paz. Possivelmente, um sempre disse a verdade, e o outro sempre mentiu.

O rugidor com longos cabelos grisalhos e o aspecto de um texugo zangado devia ser o Comandante General Nemeth, o que significava que o homem que ostentava um chapéu dourado elegante e um cavanhaque meticulosamente aparado era o primeiro-ministro Pio. Em qualquer outra ocasião, Rae ficaria satisfeita por eles terem se identificado.

Naquele momento, satisfação não era a emoção que ela estava sentindo.

— Durante séculos, aqueles que procuravam bajular reis proclamaram seu monarca o próximo imperador. — O primeiro-ministro Pio tinha a voz de um homem que preferia papelada a discursos. — Cada um foi exposto a um falso profeta. Toda vez, o povo de Eyam foi lembrado: *Ele está vindo...* mas não ainda.

Certo. Todos esperavam que um rei de Eyam se tornasse o Imperador. Rae tinha que provar que este era o rei, e que este era o momento. Senão...

— A punição para falsos profetas é a mesma que para traidores — berrou o General Nemeth. — Morte. Quem acredita nessa perversa?

Os olhos do primeiro-ministro se voltaram para as posses mais notáveis de Rahela.

— Quem acreditaria na Meretriz da Torre?

As pessoas agiam como se uma primeira experiência sexual devesse ser poupada para ser usada apenas na hora certa. Virgindade era como ações e quotas, preciosas e, depois, abruptamente sem valor. No mundo real, Rae ficava constrangida por ser uma adulta virgem. Nesse mundo, esperava-se que Rahela fosse virgem, e tudo isso era ridículo. Ninguém jamais poderia apontar a diferença.

Ela desejou que tivesse tido a chance de ser uma meretriz. Não tinha dormido nem com seu antigo namorado, mas pretendia dormir. Ter ficado doente não tornou Rae virtuosa, só interrompeu seus planos. Agora o primeiro-ministro a chamava de meretriz. Ah, não, faça o que quiser, mas não me acuse de ser maneira e sexy!

Rae sorriu.

— Minha boca faladora de profecias está aqui em cima. O quê? A escolhida dos deuses não pode ter seios fantásticos?

Quando ela se voltou novamente para Otaviano, um olhar astuto surgiu nos olhos do rei. Especificamente, o olhar dizia: *Eu te conheço, Rahela, e sei o que você está querendo.*

No futuro, o Imperador seria um famoso cínico. Parecia que o rei já era cínico.

— Vou ser imperador, e você estará sempre ao meu lado, suponho?

— Esqueci de mencionar — Rae disse calmamente. — Os deuses disseram que minha meia-irmã, Lia, é seu verdadeiro amor.

Essa pausa pareceu pessoal.

— Amanhã, ao me condenar a uma morte horrível, você anunciará que, depois de muitos anos gastos com uma víbora de coração de gelo, você finalmente contemplou a verdade radiante. Não é isso? Não minta para sua profetisa.

Otaviano parecia perdido no mar, debatendo-se.

— Algo assim?

Rae assentiu sabiamente.

— Você morreria por Lia, você mataria, você cometeria um complicado assassinato-suicídio. Aqueles que o destino uniu, que nenhum criminoso os separe. Final feliz! Agora que os deuses me esclareceram, eu me arrependo de minha inveja. E da traição. E da armação. — Rae deu um tapinha no braço do rei. — Desculpe por tudo isso. Eu apoio seu amor.

— Obrigado...? — Otaviano não falou como se dissesse aquelas palavras com frequência, e não parecia estar falando sério. Ele parecia estar tentando encontrar lógica no universo. Depois de um momento, respirou fundo. A dignidade régia caiu sobre ele como um manto. — Não consigo imaginar alguém com sua capacidade predatória se dedicando à pureza divina. Você *é* uma víbora de coração gelado e mortiferamente egoísta. Dificilmente serviria para ser uma profetisa sagrada.

Houve uma pausa.

— Ah — disse Chave. — Um daqueles discursos épicos que as pessoas tanto amam.

Rae cutucou Chave com força. O Imperador era cruel com aqueles que o injustiçavam. Rae amava aquilo nele. Em sua experiência, quando as pessoas te magoavam, você ficava magoado. Elas escapavam impunes. A vingança era uma fantasia tão bonita quanto o amor verdadeiro.

Ainda assim, nem seu personagem preferido tinha permissão para falar com ela desse jeito.

— Vossa Majestade declara que uma mulher é uma víbora de coração de gelo e que todas as palavras que saem de sua língua bifurcada são mentiras, mas acredita que ela estava falando sério quando disse "Querido, eu te quero"?

— *O quê?*

Os olhos do rei ficaram verde-veneno com o insulto. Rae não desejava escapar da frigideira da "execução por traição" para cair no fogo da "execução por insultar Sua Majestade". Este era o futuro Imperador. Ele poderia condená-la ou salvá-la.

Rae sempre considerou que as damas da corte lutavam desesperadamente para serem as preferidas do rei. Agora ela se dava conta de que havia muita pressão para cair nas graças dele. Era como um reality show, com dezenas de garotas querendo ser escolhidas por um único solteiro. Só que o solteiro tinha o poder da vida e da morte sobre seus súditos.

O que Rahela havia feito de tão errado?

Além de acusar sua meia-irmã de traição.

Ela foi inesperadamente salva pelo primeiro-ministro.

— A Meretriz não ousaria falar isso se Lorde Marius estivesse aqui.

O rei era amigo do Última Esperança. Quando Lorde Marius se tornasse seu rival no amor e Otaviano se transformasse no Imperador, isso mudaria.

Ela viu a tensão que se tornaria ódio quando Otaviano retrucou:

— *Lorde Marius* não é o rei.

Rae aproveitou a oportunidade.

— E ele não será Imperador. Você será. Quando o perigo chegar à sua terra, você descerá a ravina pelo bem de seus amados. Qualquer mortal teria morrido, mas você é divino. O abismo destrava seu potencial, e você assume o controle sobre os vivos e os mortos. Sério, você será poderoso, PQP.

O rei franziu a testa.

— PQP?

— *Porque Previ* — Rae disse rapidamente. — Eu te vi descer pelo penhasco até o abismo. Eu te vi subir, com a morte nas costas, sua sombra coroada esticando-se pelas montanhas para reivindicar primeiro esta terra e depois todas as terras. Você vai arrancar o sol do céu sem queimar as mãos, de modo que apenas a lua fria restará para testemunhar seu poder. Sua espada será quebrada, reforjada e renomeada, e cravada no coração do mundo. Você será invencível, irresistível e imperdoável. O futuro é certo. O futuro é glorioso. — Rae arriscou uma piscadinha. — Parece bom, não parece?

Ela deixou de fora a parte em que Otaviano teria que combater o lendário e imortal guardião do abismo. Ele recusaria a joia escura que o Primeiro Duque de Valerius ofereceria, apesar do poder cruel que ela prometia, por amor a Lia. Depois, ele e Lia se reencontrariam quando ele entrasse na sala do trono carregando a cabeça do Primeiro Duque, em uma cena que Rae achou profundamente romântica e Alice achou profundamente perturbadora. O clímax do primeiro livro era complicado demais para explicar agora. Era melhor guardar para fazer surpresa.

Otaviano se recostou nas asas pretas e recobertas de joias de seu trono. Não havia crença em seus olhos, mas um novo brilho de apreciação surgiu no verde gélido. Aparentemente, os homens gostavam de ouvir sobre seu destino glorioso.

— Isso parece muito bom, Lady Rahela, mas você não tem provas dessas alegações incrivelmente espantosas.

— Ah, é prova que você quer?

— Sim — respondeu o rei.

— Quer uma prova de que posso ver o futuro? — Rae perguntou.

— Para ser clara, assim que receber provas irrefutáveis de que eu posso prever acontecimentos que ainda estão por vir, você vai me perdoar e me transformar em sua profetisa oficial?

Há muito tempo, um lorde tinha matado um Oráculo e morrido imediatamente depois. Se alguém matava um profetisa, os deuses o derrubavam. Se Rae fosse declarada uma profetisa de verdade, estaria segura.

O rei sorriu, espalhando uma onda de diversão pela corte. Seu sorriso alimentou a resposta para se tornar um escárnio.

— Nesse caso, milady, eu prometo qualquer coisa.

— Ótimo! — disse Rae.

Houve outro silêncio, dessa vez de expectativa. Todos haviam se acomodado para se divertirem presunçosamente com seus delírios.

Todos, com uma única exceção. Conforme os segundos se passavam, Chave murmurou:

— Por que está fazendo isso comigo?

A sala do trono fazia vozes ecoarem. O sussurro de Chave não foi tão discreto quanto poderia ter sido.

— Eu estou surpreso por ter arriscado sua nova promoção para ajudá-la — observou Otaviano. — O que ela te *ofereceu*?

— *Eu* estou surpreso por ninguém entender que estou nessa pelo dinheiro! — Chave retrucou.

Se Chave continuasse assim, ele seria açoitado na Sala do Pavor e da Expectativa com Rae.

— Estou esperando o momento certo para a revelação dramática — Rae informou Chave baixinho, depois levantou a voz. — Meu rei. Quando eu contar até três, um mensageiro vai entrar pelas portas da sala do trono. Ele vai anunciar que, pela primeira vez em cem anos, convidados da realeza vieram até nós de uma terra do outro lado do mar. Eles nos saúdam de...

Droga, ela tinha esquecido o nome do outro país. Em livros de fantasia, os nomes com frequência eram um monte de sílabas aleatórias unidas, mais fáceis de escrever do que de pronunciar, e difíceis de lembrar. Rae olhou para a corte em busca de inspiração. A corte a encarava de uma forma coletivamente ofensiva.

— Uma terra de gelo — Rae decidiu dizer. — Eles vêm de uma terra de gelo para tornar Eyam sua aliada. Uma princesa vai se juntar às suas damas da corte à espera de se tornarem rainhas. Ela é conhecida como Vasilisa, a Sábia.

— Depois dessa demonstração, seria maravilhoso ver uma mulher sábia — Otaviano murmurou.

Uma onda de risos se seguiu a seu gracejo.

Rae esperou as risadas pararem.

— Lembre-se: não havia a mínima possibilidade de eu saber disso. Um.

Um silêncio antecipatório não se materializou. Toda vez que o silêncio começava, era quebrado por uma risadinha.

— Há um mercador que sempre disse que eu nasci para ser enforcado — murmurou Chave. — Acho que ele também recebia visões sagradas do futuro.

— Tenha fé — Rae murmurou em resposta. — Dois!

Chave balançou a cabeça.

— Eu nunca tenho fé em nada.

Ouviu-se uma efervescência nos corredores do palácio. A multidão ficou inquieta. Quando nada de novo aconteceu, a inquietação empolgada se transformou em murmúrios de especulação. Rae tinha quase certeza de que os ministros estavam fazendo apostas sobre o que o rei faria com ela assim que ficasse provado que ela era blasfema, além de traidora.

Não poderia ser pior do que sapatos de ferro quentes.

Poderia?

Rae gritou, alto o suficiente para abafar o próprio medo:

— Três!

O silêncio preencheu a sala, badalando como um sino e rugindo como o mar.

O rei não conteve seu sorriso de zombaria. Rae supôs que reis não tinham o hábito de se conter.

Ela tinha certeza de que era o momento certo. Por isso ela fez o acordo com Chave e Emer, para chegar à sala do trono rápido. O mensageiro deveria chegar enquanto o rei e os ministros ainda estavam reunidos, depois que o Última Esperança prestasse depoimento por Lia.

As pessoas diziam: *Não mate o mensageiro*. Se o mensageiro não quisesse ser morto, ele deveria ser rápido!

— Guardas — começou a dizer Otaviano.

As portas da sala do trono se abriram de repente.

— Anunciando um mensageiro da costa norte — entoou um guarda.

O mensageiro entrou, roupas e cabelo desgrenhados pelo vento.

— Meu rei, trago notícias. Visitantes vêm de uma terra do outro lado do mar!

Se o mensageiro esperava que suas palavras causassem uma sensação, suas expectativas foram atendidas. Se previa que todos prestariam atenção em suas próximas palavras, ficou decepcionado.

A corte se virou como se o rei e seus ministros tivessem apenas uma cabeça, com um único pescoço para girar. A corte do rei Otaviano se concentrou na Bela Mergulhada em Sangue, que tinha confessado traição e previsto o futuro. Eles a encaravam boquiabertos, com uma descrença tão profunda que estava se tornando fé. Exceto Chave, o guarda. Sua expressão se iluminou com uma perversidade incandescente, aguçando-se em algo cruel e lindo, e pela primeira vez realmente engajado. Limpando o sangue ainda molhado de suas luvas de couro, ele deu um único aceno de cabeça com admiração.

Lady Rahela socou o ar, triunfante.

— Bum — declarou Rae. — Profecia sagrada.

5
A DAMA E O TIGRE

— Eu nunca tive uma amiga antes — sussurrou Lady Lia. — Você tem muitos amigos?

Apenas uma. Emer tinha sido rejeitada quando criança, escolhida por um capricho e colocada no berço de Rahela. Elas estavam juntas desde então. Trair Rahela seria trair a si mesma.

— Não — murmurou Emer, a criada perversa de uma senhora perversa. A mentira vil pareceu verdadeira e limpa em sua boca. — Nunca tive ninguém até conhecer você.

Era do Ferro, Anônimo

Sua perversa senhora e o guarda da sarjeta estavam vivos. Emer não ficou aliviada. Não ficou decepcionada. Estava surpresa demais para ficar qualquer coisa.

Quando Emer pegava a água quente para o banho noturno de sua senhora, ela ouviu um guarda de nariz quebrado dizendo que Lady Rahela havia se passado por profetisa. Ele alegou que Chave havia carregado Rahela para a sala do trono, diante dos olhos de Sua Majestade. Isso não podia ser verdade, mas o simples fato de terem acreditado nisso lá embaixo mostrava que o espetáculo tinha sido inacreditável.

Quando Emer retornou com seu último jarro de água com limão, encontrou Rahela cantando uma música bizarra enquanto tomava banho. Ela parecia satisfeita por ter mergulhado a corte no caos.

Quando saiu do banho, os ombros de Rahela relaxaram enquanto Emer passava uma escova de prata em seus cabelos molhados, embora nessa posição Emer pudesse ter cortado sua garganta com a mesma facilidade com que passava manteiga no pão. Distraída, a senhora de Emer apoiou o queixo na mão. A víbora rastejou pela penteadeira e se enrolou no antebraço dela.

Chave estava encostado na porta, observando a senhora de Emer molhada do banho, de robe. Embora ele certamente tivesse notado o estado escandaloso de nudez de Rahela, seu olhar não era lascivo. Pelo jeito, Lady Rahela estava lançando sua virtude ao vento.

É claro, sua senhora alegava ter amnésia. Talvez ela também não soubesse. Talvez, diante da morte, a mente da senhora de Emer tivesse se quebrado de maneira irreparável. Talvez ela tivesse sido cruel com Emer porque estava louca.

Diga que não quis dizer aquilo. Diga que não teria me descartado.

Se Rahela estivesse dizendo a verdade sobre a amnésia, ela nem se lembraria do que tinha dito.

Não, Emer não seria enganada de novo.

Uma voz cínica e vulgar interrompeu seus pensamentos. Chave se dirigiu à sua senhora.

— Como soube que o mensageiro estava chegando?

Um criado não deveria questionar seu senhor, mas Emer também queria saber a resposta.

— Não posso revelar minhas fontes — Rahela respondeu com um ar misterioso e distante.

Emer perdeu a paciência.

— Que fontes? Por que está falando de água? Uma mensagem chegou para você por barco?

— Hum. Não.

— Você está falando coisas sem sentido, milady!

Rahela pareceu ter um espasmo.

— E isso importa? O que importa para vocês é o dinheiro. Vamos todos ser desprezíveis, vis e mercenários e sair ilesos. Combinado?

Chave deu de ombros.

— Eu já fiz seu juramento.

Emer pressionou os lábios e ficou em silêncio, trançando os cabelos de Rahela. Ela não tinha feito juramento nenhum. Rahela, aquela tola arrogante, nem tinha notado.

— Em que confusão vamos nos meter amanhã, milady? — perguntou Chave.

A senhora de Emer estava mentindo para toda a corte, assim como havia mentido para ela. Diferentemente de Emer, o rei tinha poder para puni-la. Tudo o que Emer deveria fazer era ficar quieta e deixar sua senhora construir uma trama elaborada que se tornaria sua pira.

Rahela se espreguiçou, indolente e satisfeita como um gato.

— Fico feliz por ter perguntado, meu querido lacaio. Já ouviu falar do Naja Dourada?

— É claro — Chave respondeu casualmente. — Ele é famoso.

Emer derrubou a escova de cabelo e todos os laços de sua senhora no chão.

— Ele é infame! Ele é dono do antro de pecado mais caro da cidade. Ele paga espiões. Ele contrata *atrizes*. Mulheres decentes nem deveriam falar com ele. Um momento em sua companhia é a ruína. Ele é um vilão imundo, imoral e irremediável.

— Eu sei! — Rahela exclamou, radiante. — Precisamos tê-lo em nossa equipe.

O perverso Marquês de Popenjoy, o mestre espião e libertino também conhecido como Naja Dourada. O homem mais rico e mais pecaminoso do reino.

A loucura de sua senhora era mais séria do que Emer havia pensado.

— Não me olhe assim — Rahela repreendeu Emer. — Posso estar em um rompimento temporário com a realidade, mas estou arrasando nessa fantasia. Quando reunirmos nosso bando de vilões bem-vestidos, nossa aventura maligna poderá começar pra valer.

Emer ouviu um leve ruído de um lado, no telhado da escada em espiral que envolvia a torre. Devia estar chovendo forte. Uma tempestade se aproximava.

Chave inclinou a cabeça.

— Doces pesadelos, milady. Espero que nunca recobre a razão. — Ele não foi para seu posto no corredor, mas saiu pela porta.

Os olhos de Emer queriam se estreitar. Ela os manteve abertos e calmos enquanto incentivava sua senhora a deitar-se na cama, retirando suavemente o robe de seda de seus ombros.

— Sirva ao seu país dormindo seu sono da beleza, como sua mãe sempre disse — Emer a tranquilizou, por hábito, não por gentileza. — Amanhã será mais pacífico do que hoje.

Rahela virou o rosto contra o travesseiro, bocejando no bordado vermelho de flores e espinhos.

— Estou aqui para lutar — ela murmurou, caindo no sono em um emaranhado de seda.

Quando Emer ouviu a respiração de sua senhora ficar estável, ela foi ver onde estava o guarda da sarjeta. Chave estava no alto da escadaria, encostado na curva da parede de pedra áspera, lixando as unhas com sua faca. Não era uma das armas regulamentadas fornecidas aos guardas do palácio. A lâmina dessa arma perversa era composta por vinte pequenas lâminas horizontais com farpas na ponta, uma faca com dentes. O olhar de Chave pousou na janela no topo da cúpula, um delicado rendilhado de ferro forjado sobre vidro com uma flor de ferro de quatro pétalas no centro. A janela circular derramava um copo cheio de luar em seu rosto, tornando-o branco e preto e cinza, uma imagem feita em carvão e cinzas. Ele estava sempre sorrindo, mas aquilo não enganava Emer. Caveiras estavam sempre sorrindo. Ninguém achava que caveiras pareciam gentis.

— Não estou interessada — disse Emer.

Guardas e criadas se uniam com frequência para produzir uma nova geração de criados, e os homens esperavam que Emer ficasse grata por sua atenção. Todo homem que a abordava acreditava ser o único a ignorar a marca em seu rosto. Emer desejava que estivessem certos. Se houvesse apenas um homem no mundo disposto a ficar com ela, Emer poderia matá-lo.

Chave riu.

— Entendido. Você prefere morrer a entregar sua virtude.

— Eu prefiro que *você* morra. Tente qualquer coisa e eu cortarei sua garganta. Soube o que você fez no Caldeirão, vilão. Tenho certeza de que poderia me dominar, mas em algum momento você precisa dormir.

O pirralho da sarjeta jogou a cabeça para trás e riu.

— Vamos ser amigos.

— Só porque eu falei de cortar gargantas?

— Me faz pensar que temos interesses em comum — disse Chave. — Além de sua senhora.

Os contornos dos sorrisos brilhantes de Chave vacilaram, um brilho raso sobre águas escuras e profundas.

A criada de uma lady deve perceber até mesmo uma dobra da roupa ou uma mecha de cabelo fora do lugar. O olho de Emer era treinado para notar quando coisas davam errado, e Chave do Caldeirão tinha dado errado havia muito tempo.

— Deixe-me fazer uma pergunta, amigo — disse Emer. — Essa faca é boa demais para um pobretão do caldeirão. Onde a conseguiu?

Chave imitou a voz baixa de Emer, modulada para agradar ouvidos aristocráticos.

— Eu a adquiri de um ferreiro charmoso.

— Devo dizer à minha senhora que você é um ladrão?

— Faça isso. Gostaria que ela soubesse que eu tenho muitos talentos. — Chave olhou para a porta fechada que dava para os aposentos de Rahela. Seu sorriso ficou uma fração menos gélido. — Ela não é como as pessoas dizem.

A corte devia parecer outro mundo para ele. Ele definitivamente não se encaixava. Emer suspeitava de que ele também não se encaixava no Caldeirão. A capital tinha muitos tipos diferentes, mas ela não havia visto nada parecido com o contorno de seus traços antes. Ele parecia ser de todos os lugares e de lugar nenhum. Sem dúvida sua mãe era uma mulher da noite, e seu pai, um marinheiro imundo.

— Ela não está se comportando de modo normal. Deve ser o choque de ter sido abandonada pelo rei.

— Ah, ele. — Chave fez uma pausa. — Ela parece gostar dele. Ele... a machucou?

Algo no jeito como Chave falava dava a entender danos mais sérios do que um coração partido.

— Por que a pergunta?

Nenhuma emoção transparecia naqueles olhos amargos.

— Não é assim que o amor funciona? Você abre seu coração para a faca. — Chave deu de ombros. — Se quer saber, ela é boa demais para ele.

— Ele é o monarca supremo de nossa terra, e ela é uma bruxa traiçoeira cujos pecados gritam ao céu para que os deuses a derrubem.

Chave acenou com a cabeça em aprovação.

— Eu gosto dela. A amnésia é atuação?

— Tudo o que os nobres fazem é atuação. Quanto mais tempo você sobrevive no palácio, mais claramente vê isso. *Se* você sobreviver no palácio. Duvido que sobreviva.

A janela acima quebrou silenciosamente, vidro caindo como chuva. Chave empurrou Emer pela porta com a mão que não segurava a faca.

Quando o primeiro assassino saltou como uma sombra descendente, Chave o estripou antes que seus pés tocassem a pedra. Entranhas se espalharam, um emaranhado vermelho e grosso no chão. Chave jogou uma faca ensanguentada no ar, e deu uma piscadinha para Emer.

— Talvez eu te surpreenda.

Ele sabia, Emer se deu conta. Ele ouviu o que ela confundiu com chuva no telhado, e ele sabia.

Mais dois homens desceram dos dois lados de Chave, com lâminas à mostra. Chave agachou e girou, sua faca beijando uma lâmina e sua espada forçando a outra para cima. Ele desarmou um assassino, depois se jogou no chão, atacando como uma cobra. Emer ouviu uma respiração sufocada de angústia. Chave cortou o tendão de um homem casualmente quando se levantou para encontrar a lâmina do outro assassino. O choque de espadas a curta distância foi intenso, abrupto, e terminou logo. Chave lutava sujo, tinha treinamento de espada combinado com táticas de rua.

Não, não eram táticas da rua. Eram táticas da sarjeta.

Chave passou sobre o cadáver para esfaquear nas costas o assassino que restava, ainda se lamentando e se arrastando no chão. Três homens mortos em questão de segundos.

Quando o quarto assassino desceu, Chave o agarrou casualmente pelo pescoço e o segurou contra a parede.

— Quem contratou vocês?

O homem virou o rosto e choramingou junto à pedra. Quem quer que fosse, o assassino sentia mais medo dessa pessoa do que da própria morte.

Chave suspirou.

— Diga a essa pessoa para nunca mais mandar menos de dez homens para mim. É entediante.

Ele deixou o homem cair e cambalear escada abaixo. Depois Chave parou para pensar, debruçou-se sobre o ombro do homem em uma paródia de afeto, e cortou sua garganta.

— Pensando bem, um assassinato vale mais que mil palavras. Isso vai passar a mensagem.

A facilidade com que ele matava fez Emer pensar nas lendas de guerreiros de muito tempo atrás, cujas mãos eram mágicas, como se usassem manoplas sob a pele. Seres humanos feitos para matar. Mas os guerreiros ferozes de antigamente tinham morrido. O escória era um assassino talentoso, nada mais.

Emer levantou o vestido. Sangue de verdade não tinha um tom bonito de escarlate como a tintura nas saias de sua senhora. Sangue de verdade secava feio e manchado.

— Cortar uma garganta é morte certa, mas faz sujeira. Chame as camareiras — Chave disse lentamente. — Milady não gosta de sangue.

Emer não se moveu.

— Você sabia que os assassinos viriam.

Chave deu de ombros.

— Eu vi os ministros na sala do trono. Eles a querem morta.

Aquilo fazia sentido.

— Se o rei acredita que sua conselheira pode predizer o futuro, isso muda o equilíbrio de poder.

Mesmo que Rahela fosse realmente a voz dos deuses, ninguém se importaria. Os deuses já estavam perdidos. O poder, não.

— Este lugar não se chama Palácio na Borda só porque é construído na beirada de uma ravina repleta de mortos-vivos — Chave ponderou. — Embora sem dúvida esse também seja um fator.

Chave parecia em paz, como se o derramamento de sangue fosse sua canção de ninar. A escuridão ao redor deles estava cercada de prata, a própria noite mantida cativa em correntes brilhantes.

A sensação de temor de Emer se intensificou.

— Quem mais sabe que você luta tão bem?

— Centenas de pessoas. — Chave quase cantarolou sua resposta. — Elas estão mortas.

— E quem está vivo?

— Só eu.

Ele foi bem claro. *Você não*. O que Emer tinha visto não era nada. Ele era capaz de coisa muito pior.

— Você fez um juramento sagrado de servir a minha senhora.

Sangue encharcava os cabelos desgrenhados de Chave, gotas vermelhas pingando de cachos ondulados e escorregando pelo rosto dele como lágrimas.

— Nada é sagrado para mim.

— Então você não vai protegê-la por um ano?

Ele fez uma pausa como se estivesse pensando sinceramente naquela ideia, depois balançou a cabeça.

— Parece improvável.

— Por quanto tempo vai manter o juramento?

Seu sorriso revelou dentes manchados de vermelho. Não o gato que tomou o leite, mas o tigre que pegou a criança.

— Até a senhora parar de pagar, ou começar a me entediar. Diversão e ouro. O que mais há para viver?

Um divertimento cínico protegia Emer contra o terror que ameaçava tomar conta dela. Chave não passava de mais um traidor. O mundo estava cheio deles. Ela mesma era uma.

— Achei que você gostasse da minha senhora.

A risada de Chave foi um estrondo divertido na escuridão manchada de sangue.

— Tanto quanto alguém como eu pode gostar de uma pessoa.

Sua risada foi o último horror que perseguiu Emer desde a escadaria. Ela fugiu dele para o corredor de mármore branco limpo, pressionando as costas contra a porta como se quisesse manter o jovem monstro do lado de fora.

Sua senhora estava condenada. A suspensão da execução não duraria. Metade do palácio estava tentando matá-la. O rei estava cansado da beleza de Rahela e de suas tramoias. A nova preferida do rei tinha motivos para odiar Rahela mais do que veneno.

Pensar em Lia era como tocar em um fogão quente. A mente de Emer se desarticulava sem sua própria permissão.

Emer tinha sido sábia em não fazer o juramento de sangue. Ela deveria estar pronta para se salvar quando o desastre viesse.

Lady Rahela tinha feito um acordo com os vilões sem levar em conta que vilões não mantinham sua palavra. Emer a havia enganado. O guarda nada confiável de Rahela poderia estripá-la só por diversão. E não havia esperança para tolos que se metiam com o cruel e notório Naja Dourada.

O Espião do Naja

— Está vendo o prédio que domina nossa capital, brilhante como o sol que pousa sobre a terra? É o Bordel Dourado. Ele o construiu mais alto do que nossos templos aos deuses perdidos. Ele escreveu a verdade de seu caráter em dourado em nossa linha do horizonte. Fique longe do Naja. Não confie em uma palavra doce nem em um olhar terno. Ele é o homem mais degenerado e perverso de Eyam. Eu sei bem — Lorde Marius disse a Lia. — Ele é meu amigo mais próximo.

Era do Ferro, Anônimo

Bem depois da meia-noite, o Naja ainda estava ao piano. Ele rabiscava páginas e mais páginas de papel, ocasionalmente puxando uma trança preta como tinta em um desespero distraído. Ele havia tirado seus ornamentos de cabelo, deixando estrelas e serpentes douradas espalhadas descuidadamente pelos fragmentos de sua nova peça. O Naja dizia que todo mundo tinha o próprio processo criativo. O dele era escrever freneticamente, perseguindo a arte em vez de criá-la.

Depois de um tempo, ele fez um gesto dramático e varreu metade das páginas de cima do piano. Por entre os papéis, alcançou um frasco roxo de vidro lapidado, pingando óleo na palma da mão.

— Não consigo lembrar as palavras certas — ele declarou em um luto risonho, mais para a superfície dourada de seu instrumento do que para Marius.

Como era improvável que o piano contribuísse para a conversa, Marius revirou os olhos.

— É uma história pela qual vale a pena se afligir?

O Naja levantou os olhos como se estivesse assustado por Marius estar lá, depois sorriu como se ele fosse bem-vindo.

— Você nunca considerou que a arte nos fornece o impossível? A arte abre uma porta para a imaginação de outra pessoa e nos permite caminhar por ela. A arte é a fuga sonhada. A arte deixa os mortos falarem e o vivos rirem. A arte nos tira da dor quando nenhum remédio pode nos salvar. A arte é a primeira e a última palavra. A arte é o consolo final.

Típico do Naja esperar que ele pudesse continuar falando depois da morte. Ele e seu grupo sempre conversavam sobre filosofia e poesia, música e arte, nunca coisas reais. As mentiras eram o tecido de sua alma.

— Por que você sonharia com fuga?

O Naja ergueu uma sobrancelha, passando óleo nas longas tranças.

— Por que você sonharia com prisão?

Uma vez ele confundiu seu óleo com o tinteiro, mandando ambos pelos ares. Quando Marius tentou ajudar, o Naja salpicou tinta nele e riu. *Fique longe de mim, Última Esperança, ou seja manchado.*

Marius nasceu das montanhas da Oráculo. Seus ossos eram pedra fria e verdade mais fria ainda, e ele achava as bobagens do Naja intoleráveis.

— Invente algo e escreva. Se não gostar, depois você melhora.

— Você acha que contar uma história é simples assim? — O Naja fez uma expressão grosseira, depois pegou a pena que tinha jogado no chão. — Talvez eu possa imaginar uma ponte entre duas cenas que não se conectam. É assim que os bardos contavam histórias quando nada era escrito e a memória falhava. É assim que as histórias se transformam.

Abruptamente, Marius ficou cansado do olhar do Naja, dourado e inspirado. O homem gastava sua mente assim como gastava seu tempo.

— Eu não ligo para histórias. Alguém vai morrer amanhã.

— Sempre tem alguém morrendo — o Naja disse casualmente. — As histórias continuam.

Essa conversa revirou o estômago de Marius. Ele fechou a boca. O Naja, que preenchia qualquer silêncio, começou a cantar. Ele escrevia ao piano para se dar interlúdios musicais. O que ele chamava de piano era uma engenhoca sobrenatural, uma perversão de um clavicórdio. O instrumento era entalhado e pintado com escamas verde-douradas que cintilavam na iluminação brilhante que o Naja insistia em usar. Todas as superfícies estavam ocupadas com candelabros dourados forjados em formas de serpentes, e o lustre era um sol pingando cristais. Ele ensinou as tochas a queimarem intensamente e encheu a sala com melodia caótica. O reflexo da chama transformou a janela atrás dele em um lago dourado.

O pai de Marius alegava que os mercadores enganavam seus senhores com ouro falso. Podia brilhar, mas, testado contra ouro real, nunca se provaria verdadeiro. Uma vez, Marius teve um amigo capaz de atrair pássaros das árvores para gaiolas, da mesma forma que o Naja, um irmão de armas em quem confiava sua vida, mas Lucius estava morto. Agora, tudo o que Marius tinha era esse brilho ilusório, ouro de tolo, sobre o vazio de uma estátua de madeira havia muito apodrecida. O Naja mal era uma pessoa de verdade. Marius nunca o havia visto zangado, sofrendo ou revelando qualquer sentimento genuíno.

Ele era o companheiro ideal. Emoções eram perigosas para Marius.

O lago dourado de vidro foi perturbado por um movimento no escuro. Marius ergueu a mão para suspender a canção. Chamando a atenção do Naja, ele apontou.

Na janela, espreitava uma criatura pingando sangue.

Enquanto eles observavam, a lâmina de uma faca foi inserida entre a beirada da janela e o peitoril. A vidraça levantou com o som de dentes rangendo.

Marius achou isso levemente interessante, até que o Naja se encolheu. Toda a corte sabia que o Naja era um covarde. Ele admitia isso livremente. Não tocava em armas. Mas não se encolhia.

Um jovem rolou pela janela e pousou nos ladrilhos, silencioso como a luz que atingia sua lâmina à mostra. Uma faca não o salvaria. Marius saltou sobre o sofá minuciosamente entalhado do Naja e foi na direção do intruso.

A barganha entre eles era suja, mas Marius manteve a fé. Ele não tinha intenção de deixar ninguém tocar no Naja.

Diferentemente da maioria das pessoas quando enfrentavam a investida de um guerreiro, o jovem não vacilou nem recuou. Ele ficou paralisado, cauteloso como um animal selvagem. Feras reconheciam umas às outras, mas havia uma diferença entre uma fera enjaulada que pertencia a algum lugar e uma fera solta e faminta que não pertencia a lugar nenhum. Nenhum homem da corte podia enfrentar Marius. Nenhum homem sequer representava um desafio.

Outra faca apareceu na mão livre do jovem, lâminas gêmeas girando. Um sorriso selvagem surgiu em seu rosto quando ele saltou em direção a Marius. Ele usava as vestimentas de um guarda real enquanto infringia as leis do rei ao invadir uma propriedade. Tinha assustado o Naja. Marius não precisava de uma arma para derrubar esse moleque insolente.

No último instante possível antes do derramamento de sangue, houve luz.

Uma nota de comando soou pelo corpo de Marius, como se seus ossos fossem sinos.

— *Pare*.

Dois dedos pressionaram o ombro de Marius, nem mesmo uma mão cheia, sem pressão sob o toque. O Naja não precisava se esforçar.

— Nada de assassinato em minha sala, rapazes.

Quando Marius recuou com relutância, o Naja deslizou entre eles.

— Obrigado — murmurou o pior homem do mundo, enviado pelos deuses para punir Marius por seus pecados. O agradecimento era zombaria. Marius não teve escolha além de obedecer.

A ordem do Naja parecia uma grande tolice. Esse era um intruso armado com um sorriso assustador, e o roupão totalmente indecente do Naja deixava claro que estava desarmado. Em muitas ocasiões, Marius havia falado sério com ele sobre seus trajes, mas o Naja fingia que ele estava brincando.

A atenção do Naja se voltou para o criminoso encharcado de sangue.

— Amei a entrada.

Marius disse com frieza:

— Se estiver em uma missão do rei ou de seu senhor, use a porta.

— Não estou aqui em nome do rei nem de minha senhora — disse o guarda, com um sotaque humilde. — Estou aqui por conta própria.

O Naja arqueou a sobrancelha.

— Não tive o duvidoso prazer de conhecê-lo. Sou o Marquês de Popenjoy, o Naja Dourada. Este é meu amigo Lorde Marius, o Última Esperança.

O garoto inclinou a cabeça. Sangue fresco escorria de seus cabelos curtos. A julgar pelos respingos, Marius calculou, ele tinha matado quatro homens recentemente.

— Lorde Marius e eu nos conhecemos na corte hoje mais cedo.

— Eu não me lembro de todos os criados que encontro na corte — disse Marius.

Ele duvidava de que o guarda estivesse encharcado de sangue o tempo todo. Marius achava sangue memorável.

O Naja lançou a ele um olhar de reprimenda. Uma estranha cautela ainda o envolvia, o que era estranho. Estamos falando do mesmo homem que, uma vez, cantarolou uma canção enquanto a cidade queimava.

— Perdoe-o. Aristocracia demais afeta o cérebro — alegou o extremamente hipócrita Lorde Popenjoy.

O charme era uma arma que Marius nunca possuiu e que o Naja usava mal. Ao contrário do que se esperava, ele o desperdiçava agora com um bandido comum.

O guarda sorriu.

— *Você* me conhece? Ouvi dizer que sabe de tudo.

Ele ouviu corretamente. O Naja sabia quando navios não retornariam e onde incêndios se iniciariam. Agora seu olhar ficou brilhantemente atento, como se chamas distantes refletissem em seus olhos. Marius conhecia essa expressão de anos de desdém familiar. O Naja via esse garoto e antecipava desastre.

— Você é Chave. As pessoas te chamavam de Vilão do Caldeirão.

Os dentes do patife eram afiados demais para seu sorriso ser doce.

— Hoje em dia me chamam de outra coisa. Acho que o novo nome não vai pegar.

O Naja parecia quase entretido.

— Não vai. Diga o que quer.

Incrédulo, Marius se virou para ele:

— Você não pode contratar um facínora traiçoeiro! Eu proíbo.

— Sério? Obrigado. — O Naja parecia definitivamente entretido. — Eu amo fazer o que é proibido.

De repente se sentindo jovem e esperançoso, Chave do Caldeirão perguntou:

— Ouvi dizer que você paga espiões.

O convite para a vilania pareceu agradar o Naja.

— Generosamente.

Encorajado, o guarda continuou:

— É sobre Lady Rahela Domitia.

— Sabemos que ela está prestes a morrer. — A voz de Marius parecia dura até aos próprios ouvidos.

Prestar testemunho sobre os crimes da dama tinha sido uma tarefa árdua. Seu rei estava furioso, com razão, pela perfídia, mas aquilo não significava que ela deveria ser massacrada. Quando Marius sugeriu que fosse rápida e misericordiosamente executada, Otaviano disse que ela não merecia misericórdia. Marius não podia falar com Otaviano como falava quando eram garotos. A culpa era de Marius.

Ele só queria justiça. Não sabia por que a justiça era tão dolorosamente difícil de conquistar.

Ele tinha prestado testemunho. O destino dela era sua responsabilidade. Ele odiava a mulher, e odiava a ideia de sua morte desprezível. Um sofrimento frio havia levado Marius à casa do Naja. Não havia luz ou consolo verdadeiros ali, mas Marius não tinha mais para onde ir.

Chave do Caldeirão sorriu como se soubesse um segredo maligno.

— A senhora *não* vai morrer amanhã. Ela foi declarada uma profetisa verdadeira.

Ao mesmo tempo que Marius ficou paralisado, a gargalhada do Naja espalhou-se no ar como uma chuva de moedas de ouro fraudulentas, brilhantes e falsas. Nunca houve alguém tão radiante, nem tão vil.

— Uma reviravolta surpreendente! — O Naja Dourada aplaudiu. — Agora ficou interessante.

7
A Vilã, o Mestre Espião e o Segredo

— Tudo tem um preço — disse o Naja Dourada.
— Mostre-me o seu valor.

Era do Ferro, Anônimo

Ela não precisou abrir os olhos para saber que estava em outro mundo. Rolar normalmente acordava Rae com uma pontada de dor. Aqui, milagres como monstros, magia e uma boa noite de sono eram possíveis.

No mundo real, ela não estava acordando. Alice devia estar preocupada, mas ficaria muito feliz quando Rae acordasse e estivesse saudável de novo.

A luz do sol inclinava-se através do arco de mármore, fazendo os mosaicos azuis brilharem com vida. Emer entrou com uma bandeja de prata que continha uma xícara de chocolate quente e um café da manhã completo para uma pessoa.

— Que luxo — suspirou Rae, bebericando o chocolate. Ela não tinha apetite havia muito tempo. Saborear a comida parecia uma indulgência selvagem.

Um dos pratos parecia um omelete doce com passas. Estava delicioso, mas Rae ficou desconfiada da carne coberta de frutas perfumadas e especiarias.

— O que é isso?

— Você tem amnésia de café da manhã?

Emer parecia cansada. Rae também não era uma pessoa matutina. O que confirmava que estava certo Rae ter sido escalada como vilã. Vilões nunca eram pessoas matutinas. Eles tinham que estar despertos para as tramoias da noite.

Com uma seleção rica como um tesouro em forma de café da manhã diante dela, Rae podia ser seletiva. Ela afastou os pratos que não reconheceu como fundamentalmente não seguros.

— Se não for comer o ouriço assado... — disse Emer.

— Fique à vontade.

Rae seguiu em frente com a torrada quente com manteiga, ovos de faisão e uvas que brilhavam na tigela como joias. Comer torrada costumava fazer seus lábios e gengivas sangrarem, como se pão tostado fosse mais resiliente que sua pele.

Agora Rae devorava a torrada. Enquanto mastigava, ela tramava.

Seis anos antes, o Naja Dourada apareceu do nada para fascinar a corte como um líder na moda e um patrono das artes. Ele tinha uma ampla rede de espiões e ladrões, e uma riqueza de informações. Também tinha uma grande riqueza de verdade, e era dono de um bordel dourado. Algumas pessoas amavam ouro. E moças da noite.

O Naja era a chave para Rae conseguir a Flor da Vida e da Morte. O truque era fazer o Lorde Popenjoy acreditar que ela era útil.

Ser mergulhada em água quente aliviava as dores terríveis, então Rae estava acostumada a banhos frequentes. Ela não estava acostumada aos banhos em Eyam, onde água com jasmim, água com laranja, água com limão e água com rosas eram derramadas sobre sua cabeça e seios com jarros de prata. Não havia água corrente quente e fria, então Rae se banhava em uma água tristemente morna enquanto pensava em sua roupa. O Naja acreditava no poder de uma boa imagem, então Rae fez Emer usar seu melhor vestido para o dia. A diferença entre vestidos para o dia e vestidos para a noite era que os vestidos para a noite mostravam ainda mais o busto. Seu melhor vestido para o dia ainda mostrava bastante. Era de cetim branco rígido. Com fios escarlate subindo pela saia em rosas florescendo, espinheiros e vinhas que envolviam a cintura de Rae.

Rae se sentia maligna e fofa quando saiu de seus aposentos. Chave esperava na escadaria. Seu rosto se iluminou quando ele viu Rae, com os caninos estranhamente afiados brilhando. O primeiro amigo dela em Eyam.

Rae ronronou.

— Vamos pegar uma naja.

Emer os levou para um pátio com uma enorme fonte de mármore. Havia uma estátua no centro, uma mulher com o rosto nas mãos e água envolvendo sua cabeça como cabelos prateados. Alguém foi brutalmente morto nesta fonte, Rae se lembrou, deixando uma marca de sangue no mármore branco que nunca se apagou.

Só que o mármore sob a água ondulante estava claro como uma faixa de neve nova. O assassinato ainda não devia ter acontecido. Rae queria conseguir lembrar quem morreu.

Eles subiram um lance de escadas para chegar ao passadiço que dava a volta nas muralhas do palácio. Rae puxou com empolgação a manga de Chave e esticou o pescoço para observar Themesvar, capital de Eyam. Cidade de muitas cores, localizada entre o abismo do desespero e as Montanhas da Verdade. Uma cidade que era maravilhosa o tempo todo, como toda cidade ocasionalmente poderia ser. Quando você visitava a cidade e via um lampejo de como a imaginara, provava-se verdadeiro. Ou quando você vivia na cidade e uma rara sensação de maravilhamento o visitava.

O palácio murado ficava dentro de uma cidade murada como dois anéis do tronco de uma árvore. A muralha do palácio era de arenito, e a muralha da cidade e o barbacã além dela eram de pedra calcárea cinza. Depois das muralhas cinza e dos portões da cidade ficava a ferradura verde-escura da floresta Olmos à Espera e a curva coberta de neve da cadeia de montanhas. Essa terra era uma matriosca de círculos: anéis dentro de anéis, rodas dentro de rodas, e tramas dentro de tramas. A luz do sol brilhava através das nuvens esfumaçadas e envolventes de Eyam sobre domos de cobre verde-menta, dispostos sobre telhados inclinados de vermelho-ferrugem, cinza-ardósia e bronze. Um largo caminho pavimentado ia dos portões do palácio ao barbacã. Cercada por casas de guildas, a Cadeia de Comércio era interrompida por quadrados como joias em um colar. O rio Lágrimas dos Mortos cortava brilhante como uma faca, e o rio Transgressor serpeava um caminho prateado pelas cores da cidade. Naquela confusão de cores, um único prédio dourado se destacava como um leão entre gatos.

— Uau, é difícil olhar para o Bordel Dourado sem óculos de sol — observou Rae. — Era mesmo necessário construir um prédio dourado gigantesco para as moças da noite?

— Damas de verdade não mencionam essas palavras — Emer disse com frieza.

— Por que palavras são mais importantes que a realidade? — Chave parecia genuinamente curioso.

— Palavras mudam a realidade — retrucou Emer. — Qualquer um que a ouvir não vai achar que ela é uma dama, e ela não sabe como ser qualquer outra coisa.

Chave acenou com a cabeça, ponderando. Talvez o fato de Emer ser mais velha e mais sábia do que Rae fosse o motivo de ser mais fácil se dar bem com Chave. Ou talvez fosse o fato de Rahela nunca ter traído Chave.

Espere. Emer não era mais velha do que Lady Rahela.

— Ei, quantos anos eu tenho? — Rae perguntou.

— Você tem vinte e quatro.

O anúncio de Emer foi funéreo. Rahela tinha a mesma idade de Lorde Marius e do rei, jovem para um homem, mas velha demais para uma mulher se casar.

Ótimas notícias para Rae. Ela não esperava viver até os vinte e quatro.

— Eu tenho dezenove — contribuiu Chave. — Contando pelo Dia da Morte.

O Dia da Morte era a data em que, segundo a lenda, a temível ravina foi criada. Em meio à satisfação de ter acertado a idade de Chave, Rae teve uma percepção sobre a fácil familiaridade dele com ela. Chave achava que Rae tinha vinte e poucos anos, então ele provavelmente a admirava. Ela já tinha sido boa em liderar uma equipe, antes de sua equipe a descartar. Profetisa, megera, traidora: esse mundo a estava forçando a assumir uma gama desconcertante de papéis, mas Rae sabia como cuidar de seus amigos.

— Uma criança abandonada no abismo! — murmurou Emer, como se suas suspeitas mais obscuras tivessem sido confirmadas.

Apenas Rae sabia o que seu desdém mascarava. Emer também era uma criança abandonada no abismo, uma criança indesejada, deixada na beirada da temível ravina. A maioria dessas crianças caía. Algumas eram salvas. Nenhuma era amada.

As pessoas em Eyam diziam: *As fagulhas voam para cima*. Na beirada, as crianças respiravam fogo e escuridão que as manchavam para sempre.

A vida real não funcionava assim, mas esse mundo era guiado por regras diferentes. Emer um dia seria a assassina com machado Donzela de Ferro. Chave já era um assassino com vários instrumentos.

Emer caminhava com discrição atrás de Rae, mas dava a impressão de estar à espreita. Emer era um penhasco enorme com uma placa de perigo, e Chave deveria usar um crachá dizendo "Volátil e não confiável". Rae podia lidar com isso. Com cuidado.

— Uma pequena ajuda, meus lacaios. Não consigo lembrar qual pode ser minha relação com o Naja Dourada.

Ela e Chave olharam com expectativa para Emer, que suspirou.

— Você mal tem uma. O Naja não te favoreceu, e você não vê utilidade naqueles que não são seus admiradores.

— Tudo isso está prestes a mudar — Rae disse a ela. — O mal vence novamente!

— Quando foi que o mal ganhou pela última vez?

Chave estava certo. O mal não ganhava com frequência nas histórias. Normalmente o bem triunfava, mas isso significava que, estatisticamente, faltava ao mal uma vitória.

Rae fez um gesto expansivo para Themesvar e seu bracelete de cobra refletiu a luz.

— Vamos tomar a cidade. O mal finalmente vence.

O cinismo na voz de Chave relaxou, como se ele não acreditasse nela, mas pudesse gostar de acreditar.

— Mostre o caminho, milady.

A casa do Naja era formada pela mesma pedra de penhasco do restante do palácio. Novos prédios no palácio não eram permitidos, mas toda a aristocracia estabelecida tinha casas dentro de suas muralhas. O Naja provavelmente adquirira a moradia de um cortesão empobrecido.

A criada que abriu a porta usava o uniforme do palácio e um símbolo de naja no peito. A corte não aprovava que Naja desse objetos de valor a seus criados, mas ele insistia que seu pessoal precisava de grandes broches dourados de identificação, além de salários abundantes. Entre os nobres, o Lorde Popenjoy tinha muitos amigos e muitos inimigos, mas era universalmente popular com seus empregados.

A criada tentou fechar a porta na cara deles.

— Meu senhor não levanta antes do meio-dia.

Rae abriu um sorriso vencedor e os olhos da criada se arregalaram. Parecia que "vencedor" significava "opressivo" em Rahela.

— Sou Lady Rahela Domitia, e trago profecias gloriosas! E também um busto glorioso, mas isso não é relevante. Eu deveria ser executada hoje, mas estou diante de você como a profetisa do rei. Pergunte ao Lorde Popenjoy se ele quer saber como fiz isso.

A criada acenou lentamente com a cabeça, e Rae a deixou fechar a porta.

Por um tempo, nada aconteceu, exceto Chave vagando de um lado para o outro na frente da mansão. Aparentemente, Chave ficava inquieto se dez minutos se passavam sem um ato de violência. Rae se perguntou se ele poderia ter TDAH, como Alison, da escola, que tinha dificuldade em permanecer sentada em seu lugar – embora Alison nem sonhasse em quebrar o nariz de alguém.

Rae passava horas sentada na quimioterapia, levantando apenas para arrastar o suporte de seus medicamentos até o banheiro. A primeira vez que se vai ao banheiro durante a quimioterapia, o xixi sai vermelho, da cor do sangue dos filmes de terror. Esperar do lado de fora de uma porta não era problema.

Depois de um tempo, a porta se abriu.

— Lorde Popenjoy vai recebê-la.

A criada mostrou o caminho, subindo um lance de escadas e passando por uma moldura vazia, exceto pelo grafite rabiscado que dizia "IMAGINE O RETRATO DE UM ANCESTRAL".

Havia vidro em toda a casa do Naja. O vidro quebrava mais facilmente em Eyam e – se Rae se recordava bem da linha do tempo – a guilda dos vidreiros tinha sido recentemente destruída em um incidente com os mortos-vivos, então as janelas do Naja eram mais caras e ostentosas do que ouro. Todas as boas casas de Themesvar tinham grandes sacadas das quais se podia contemplar a temível ravina. A sacada do Naja era decorada com vitrais em tons de laranja, limão e morango, transformando qualquer manhã escura em um nascer do sol. A criada os conduziu por uma passagem radiante, na direção de portas duplas. As maçanetas tinham formas sinuosas de cobras. Tochas com línguas escarlate espiraladas queimavam de cada lado dos batentes. As chamas saltaram, e ambas as portas se abriram sem um toque.

— Magia das trevas — murmurou Emer.

— Hidráulica? — sussurrou Rae, sob o som de uma música que se agitava.

Esses livros não se passavam em nenhum período histórico verdadeiro, dadas as armas encantadas e os mortos inquietos. Ainda assim, Rae não esperava música eletrônica.

Ninguém tinha instrumentos eletrônicos nem computadores, mas uma banda estava tentando criar o mesmo efeito em um piano meio parecido com um teclado, além de contrabaixos e tambores tocados com vigor. Duas mulheres usando vestidos justos de sereia cantavam através de véus habilmente abafados, com uma tapeçaria com ricos bordados como pano de fundo. Toda a sala tinha tecidos luxuosos e uma profusão de luz. Exceto pelo que estava na vitrine com entalhes elaborados. A longa faca de aço oricalco não combinava.

Do outro lado da sala, outra dupla de portas se abriu. As cantoras entoaram:

— *Wooh*. — O ritmo acelerou.

Um jovem entrou, brilhando da cabeça aos pés. Ele usava um *herigaut*, um tipo de veste que Alice tinha pesquisado quando elas leram sobre isso e Rae estava interessada em ver ao vivo. Era uma túnica comprida de seda âmbar com mangas soltas. As bordas decoradas das mangas pareciam cortinas repletas de fios de ouro. Mais fios de ouro entrelaçavam-se em suas tranças, empilhadas no alto da cabeça e caindo em torções preto--azeviche até um cinto de elos dourados brilhantes. Ornamentos eram tão abundantes quanto flores silvestres de verão na crista negra de seus cabelos, bugigangas brilhantes como estrelas suspensas em intervalos em suas tranças, tilintando como sinos de vento enquanto ele se movia. Tinta dourada traçava formas delicadas ao redor de seus olhos, cintilando em contraste com a pele marrom-escura, e gravadas ao longo do ângulo de sua mandíbula. Ele se movia no ritmo da música, curvando os braços espontaneamente sobre a cabeça. Suas mangas soltas se tornaram uma cachoeira brilhante caindo daqueles braços, onde braceletes dourados circundavam o músculo ao redor dos antebraços e dos bíceps. Joias em homens eram proibidas em Eyam, então o Naja era um rebelde com seus braceletes ocultos. Ele levantava os pés enquanto dançava pela sala, e seus sapatos tinham solas vermelhas.

Diretamente sob um lustre coruscando com luz, com cristais posicionados como chocalhos na ponta da cauda de cobras douradas, havia um sofá de veludo vermelho. O homem de dourado se jogou sobre o veludo vermelho, cruzou uma longa perna sobre a outra e deu um pequeno aceno para Rae.

— Bem-vinda à Casa do Naja.

— Hum — disse Rae. — Ei. Você sempre recebe seus convidados nesse estilo?

O tom ricamente divertido do Naja Dourada a envolveu como um cobertor de veludo bordado com fios brilhantes.

— Se você quer fazer uma entrada triunfal, deve fazer a cena inteira.

Rae concordou.

— Ouvi dizer que você tem muitos espiões.

Houve uma interrupção na música quando os músicos vacilaram em sua execução. Lorde Popenjoy não piscou uma pestana com as pontas douradas.

— Sou modestamente bem provido de espiões. Sem querer me gabar.

— Claro — disse Rae. — Como Chave, certo?

A sala do Naja ficou menos espaçosa.

O sorriso de Chave sacudiu rapidamente e saiu do lugar.

— Como você soube?

Rae deu de ombros.

— Você quer dinheiro, o Naja é o cara mais rico da cidade. Não estou dizendo que você é interesseiro, mas... você é interesseiro.

— Fiquei empolgado ao ouvir Chave dizer que, quando está aflita, você chama o nome de seus amantes — disse o Naja. — Batman?

Santo mal-entendido.

— Eu não tenho uma relação romântica com esse indivíduo!

— Está zangada comigo? — Chave parecia culpado, e um tanto quanto satisfeito com isso.

Rae deu uma piscadinha.

— Que nada. Você é meu lacaio do mal. A traição vil faz parte do acordo. — Ela se virou novamente para o Naja. — Você ficou sabendo do que aconteceu ontem à noite?

O Naja bocejou.

— Toda manhã eu fico sabendo o que aconteceu na noite anterior. Então você é uma profetisa sagrada? Parabéns. Está aqui para dizer meu destino? Por favor, diga que serei arrebatado por uma estranha alta e morena. Diga que ela é uma pirata.

Lady Rahela deslizou para a frente com propósito. A arrogância era o primeiro passo para ser confiante. Ela conhecia as regras de uma perseguição vilanesca. Cabeça erguida, pescoço ereto, pensamento *assassino*.

— Tenho informações importantes. Em troca, quero algo de você. Está disposto a fazer essa troca?

— Posso estar. Ouvi dizer que você contou a Sua Majestade histórias de um futuro glorioso. O que tem para mim?

Linhas de tinta dourada se bifurcavam ao redor dos olhos do Naja. Ele sorria mais com os olhos do que com a boca, mas aquele foi um bom sorriso com os olhos.

Isso seria difícil de vender. Rae teria que ser convincente.

— Se alguém lesse sua história no livro do destino e ela tivesse um fim triste, você gostaria de ouvir a história?

— Que pergunta interessante — murmurou o Naja.

— Alguém vai te matar — proclamou Rae. — Quer saber quem?

Os livros continham muita discussão sobre a covardia do Naja. Ele se recusava a lutar em duelos e vivia com medo do Imperador. Rae esperava uma grande reação.

O Naja puxou uma trança preguiçosamente.

— Vamos continuar essa conversa em particular.

Emer rosnou enquanto avançava.

— Qualquer dama deixada sozinha com o Naja estaria arruinada!

O Naja se virou para os lacaios de Rae.

— Devo insistir. Sem ofensas, mas vocês dois me dão medo. Quando fico nervoso, fico tímido e quieto.

Ele bateu os cílios brilhantes na direção de Emer. Ela ficou imóvel como um carvalho.

O Naja suspirou.

— Que tal um meio-termo? Todos saem da sala, menos eu e Lady Rahela. Deixo a porta semiaberta. Sussurro um segredo. Lady Rahela decide se quer fechar a porta.

Nas doze horas que ela tinha passado em Eyam, muitos fizeram insinuações sobre o passado de Rahela. O Naja, com quem a virtude de ninguém estava a salvo, não havia feito menção a isso. Quando Emer levantou a questão, ele não tinha zombado da ideia de que Rahela tivesse alguma reputação para proteger.

Rae decidiu.

— Está bem.

— Vocês ouviram a dama. Deem-nos cinco minutos — o Naja disse à sua banda. — O som de vocês está ótimo.

A banda se dispersou. Uma cantora de vestido roxo passou a mão pela manga clara do Naja antes de sair. Seu chefe se fechando para conspirar com uma mulher estranha parecia ser algo usual.

A cantora também deu uma piscadinha para Chave ao passar. Chave e Emer não saíram até Rae acenar com a cabeça para eles. Mesmo assim, Emer deixou a porta visivelmente entreaberta.

O Naja fez sinal para Rae se juntar a ele no sofá.

O sofá era do tipo namoradeira *tête-à-tête*, dois assentos unidos virados para direções opostas, de modo que dava para sussurrar no ouvido de alguém. A estrutura sinuosa do móvel tinha forma de serpente, a madeira entalhada em um padrão de escamas. O Naja apoiou-se nos cotovelos, uma das mãos segurando de leve a cabeça de mogno da serpente. Sua língua bifurcada aparecia entre os dedos dele. O Naja observou Rae se juntar a ele. Ele era todo brilho, à exceção daqueles olhos fixos e escuros.

Rae esperava ouvir alguma fofoca lasciva sobre a corte ou sobre o rei. Em vez disso, ele murmurou:

— Garota, de onde você é?

Rae fez um gesto vago.

— Do palácio?

O Naja Dourada se inclinou. De tão perto, Rae viu minúsculos dragões pintados abrindo as asas douradas em suas maçãs do rosto, enrolando as caudas nas ligeiras cavidades abaixo.

— Não é isso que estou perguntando. Onde você morava antes de entrar na história? — O perverso Marquês de Popenjoy baixou ainda mais a voz. — Eu era um garoto de Nova York.

Rae se levantou e fechou a porta.

8
A Vilã Faz um Acordo

A espada deslizou para o seu coração, dando-lhe uma morte mais limpa do que ele merecia. Acabou rápido, mas a lembrança de sua expressão no último momento permanecia como um fantasma obstinado. Naquele instante ele era simplesmente jovem e foi pego desprevenido. O Naja Dourada, que conhecia todos os segredos, pareceu muito surpreso em morrer.

Era do Ferro, Anônimo

Quando Rae se virou, o Naja estava brilhando placidamente sob o lustre depois de jogar sua bomba.

— Está de brincadeira! Você também é real?

O Naja mostrou os dentes, um sorriso menos comedido agora que estavam sozinhos.

— Eu não diria dessa forma.

Ela o dispensou com um aceno.

— Você é do mundo real! Eu sou de Oklahoma.

— Ninguém é perfeito. Quando chegou aqui?

Rae olhou feio para ele por insultar sua terra natal.

— Ontem à noite.

Ele assobiou.

— Bem antes da execução. Deve ter sido um choque e tanto.

Seu tom era leve, mas Rae notou o olhar preocupado de soslaio. Ela não precisava se comportar como uma dama com um rapaz de Nova York. Ela subiu no sofá, abraçando os joelhos junto ao peito com sua saia escarlate caída sobre o assento, e olhou para ele com fascinação.

— Há muitas pessoas reais aqui?

— Nunca conheci ninguém como nós. Só ouvi falar de uma.

Aquilo era um alívio. Menos competição pela flor.

— Quando foi que você acordou como o Naja Dourada?

Sua risada era morna e borbulhante como uma fonte de água quente.

— Não acordei. Eu inventei o Naja Dourada.

— Espere, me conte como fez isso.

Se Rae pôde escapar da execução, fazia sentido outra pessoa também conseguir mudar a história. Ainda assim, criar um personagem novo? Ela já tinha ouvido falar de pessoas que se reinventaram sozinhas, mas isso era absurdo.

— Eu estava à beira da morte. Uma mulher estranha me ofereceu uma chance de entrar na história e me salvar. Presumo que tenha acontecido o mesmo com você.

Rae confirmou com a cabeça.

— Eu queria ter perguntado o nome dela. Você acha que aquela mulher escreveu os livros?

O autor de *Era do Ferro* era "Anônimo" para criar um ar de mistério, e supostamente porque todos gostavam de escritores que usavam iniciais para ocultar sua identidade. Rae sempre achou que "Anônimo" era uma mulher tentando evitar ser rotulada. Às vezes se discutia sobre mulheres escritoras como se elas administrassem uma agência fictícia de encontros com vampiros, enquanto claramente homens que escreviam mulheres-árvores verdes e de seios nus ardiam com pura inspiração literária.

Ela já tinha ouvido pessoas perguntarem com frequência a escritores: "Você coloca pessoas reais em seus livros?". Rae nunca tinha pensado que alguém estivesse sendo literal.

O Naja deu de ombros.

— Ninguém sabe quem escreveu os livros. Os escritores têm superpoderes que permitem viajar entre os universos? Eu não tive a chance de fazer nenhuma pergunta. Estava muito mal, e acordei como um jovem ladrão na rua que nunca conseguiu ter seu nome nas páginas. — O Naja fez uma careta. — Você sabe aonde isso leva. Morto por desnutrição na neve ou executado depois de furtar um item relevante para o enredo. Não achei nenhum desses resultados aceitável.

Então ele havia escrito uma história diferente para si mesmo. Agora o Naja Dourada era a parte mais brilhante de uma sala que continha um lustre.

— Está me dizendo que você leu um livro totalmente diferente do que eu li?

— Ah, não — o Naja negou. — Tenho certeza de que foi basicamente a mesma história, talvez com alguns pequenos ajustes. O Imperador ascende, os deuses perdidos são encontrados e todos amam Lia, certo?

Rae confirmou, embora sentisse que o Naja tinha feito mais do que alguns pequenos ajustes. Ele estava envolvido em partes cruciais do enredo!

Surgiu uma luz sobre um ponto específico da trama.

— Todos se perguntam como você sabe tudo que acontece no palácio. Você *não* tem a rede mais extensa de espiões do país. Você leu sobre isso nos livros!

O Naja de repente assumiu um ar encabulado.

— Na verdade, as duas coisas. Eu precisava explicar de onde tirei minhas informações, então menti que tinha muitos espiões. Espiões de verdade me abordaram. O que eu poderia fazer? Rejeitar seus rostinhos esperançosos de espião pareceu cruel. E dispendioso. Uma coisa levou a outra, até eu ter a rede de espiões mais extensa do país.

Ele parecia levemente constrangido, mas também orgulhoso. Nunca tinha conseguido exibir o que havia conquistado antes. Não podia contar a verdade a ninguém deste mundo.

Rae, que acreditava muito no reforço positivo para a equipe, disse com sinceridade:

— Você é incrível.

O Naja encolheu um ombro.

— Se não for para fazer o melhor, eu nem saio da cama. Eu não posso ir para casa, então faço o meu melhor toda vez. Estou mesmo no livro agora? Os leitores gostam de mim? Eles acham o nome legal? Eu mesmo que inventei. O plano era me encaixar e me manter discreto.

Rae pensou na mansão e na música eletrônica.

— Isso é discreto?

O sorriso do Naja era culpado, mas nem um pouco arrependido.

— Eu fui um garoto do teatro. Você não é? Pelo que fiquei sabendo, a cena em que você alegou ser uma profetisa sagrada foi bem dramática.

A julgar por seu tom, o Naja achava que ela havia ido longe demais. Ele ainda não tinha visto nada.

— Sou líder de torcida, o que também é uma arte performática. Olha, eu tinha que escapar da execução por crimes que não cometi. Diferentemente de você, não decidi ser uma vilã.

— Calma aí, como é que é? — Os olhos do Naja ficaram arregalados como lagos com bordas douradas. — Eu sou um *vilão*?

— Você tem um bordel.

O Naja perguntou com suavidade:

— O que você tem contra os bordéis?

— Contra trabalhar em um, não. Já ser dono de um... Aquele prédio é feito de ouro. Você está dizendo que conseguiu aquele tanto de ouro fazendo o *bem*?

O Naja olhou para suas mangas pendentes como se procurasse algo escondido nelas.

— Não. Eu não posso dizer isso.

Ele começou a cantarolar como se precisasse de música de fundo para se reorientar na narrativa. Rae se lembrou de ter tentado se encontrar no espelho de bronze.

— Eu e você temos uma música de vilão juntos no musical.

— Tem um musical agora? — Um holofote de pura alegria iluminou o rosto do Naja, depois se apagou. — Não estou acreditando que sou um vilão.

— *Eu* não estou acreditando que você achou que poderia ter um tema de cobras e ser um herói.

Era tanta ingenuidade. Pelo menos setenta por cento da vilania era a estética.

O Naja jogou as mãos para cima em protesto, o que, devido às suas mangas, criou um pequeno redemoinho dourado.

— Eu pretendia ser um "personagem cômico secundário". Não estou querendo causar impacto.

— Por que não? Alguém deveria organizar as coisas direito por aqui, e esse alguém sou eu. Garantir a ajuda do Naja Dourada é o terceiro item da minha lista.

Em vez de lhe oferecer ajuda, o Naja olhou para ela com estranheza.

— Você é bem competitiva, não?

E daí? Sempre que projetos ou acontecimentos davam errado, Rae fazia um plano para consertá-los. Até que algo que ela não conseguia remediar desse errado. Todos os pensamentos tinham se transformado em uma massa disforme, mas agora a mente de Rae estava clara. A sensação era tão boa que era quase vertiginosa, como se ela tivesse ficado presa em uma pequena sala sem ar por anos e finalmente tivesse escapado. Estava zonza e embriagada com as próprias habilidades expandidas. Tinha vindo para conquistar.

Rae olhou para o Naja com censura.

— Foi essa atitude relaxada que te transformou acidentalmente em um vilão.

Ele riu como se aquilo fosse uma piada.

— O que posso dizer? Gosto de improvisar.

Alguém precisava tomar o controle dessa narrativa. O Naja tinha sorte de ela ter chegado. As coisas estavam prestes a dar muito errado para ele.

Rae mordeu o lábio.

— Desculpe por ser tão direta, mas tenho que perguntar. Você e o Última Esperança estão envolvidos? Romanticamente?

O rosto do Naja ficou branco.

Rae fez um gesto delicado no qual as duas mãos se entrelaçavam intrincadamente. A boca do Naja se curvou. Ele repetiu o gesto com menos delicadeza, como se espremesse uma toalha de banho invisível.

— Ou é Lia?

O Naja havia coberto Lia de atenção desde que chegara à corte. Alguns leitores acreditavam que suas intenções eram nefastas. Outros acreditavam que ele estava apaixonado. Lia era, afinal, irresistível.

— Francamente, minha cara — disse o Naja. — Estou ultrajado. O que te fez pensar que sou do tipo que se envolve com um personagem principal?

Rae piscou.

— Os protagonistas tendem a ser bonitos.

O Naja se recostou tanto que estava quase na horizontal.

— Claro. Solteiros atraentes estão na sua narrativa. Eles são tão fofos e tão cheios de drama. Os históricos de namoro dos personagens principais são sempre amaldiçoados.

Fazia sentido. Rae concordou com um aceno de cabeça.

Ele suspirou com desgosto.

— Eu gosto de muitas pessoas, mas não de protagonistas. Você sabe onde isso vai parar. Perseguições em alta velocidade, discursos épicos, prédios caindo, tormenta e traição. Possivelmente um dragão. Não, obrigado! Não estou disposto a lutar com um dragão.

Rae se sentiu iludida pelas ambiguidades no texto.

— Por que você está sempre colado no Última Esperança? As pessoas fazem desenhos! Tem artigos na internet!

— Dane-se, tenho certeza de que há teorias sobre Marius e seus companheiros de infância também. A internet está cheia de pervertidos que pensam demais. — O Naja parecia melancólico. — Uau, deu saudade da internet. Para sua informação, eu faço companhia para Marius até ele poder ficar com Lia, seu único amor verdadeiro.

O Naja parecia quase tímido. Rae zombou. Ela tinha cruzado mundos para encontrar alguém com as mesmas preferências terríveis de sua irmã para formar pares.

Os olhos do Naja se semicerraram.

— O Imperador é um assassino aterrorizante.

Rae o encarou com ar de zombaria ainda mais convicta.

— As pessoas que o Imperador mata não são reais. O que é real é minha crença de que ele é incrível. O Última Esperança? Nem tanto.

— Eu não vou ficar ouvindo Marius ser difamado! Ele é meu pão de mel que nunca faz nada de errado.

— Bem, seu pequeno pão de mel te mata — Rae retrucou. — Então pronto.

Fez-se um silêncio confuso, como se Rae tivesse falado em uma língua que o Naja não entendesse. Rae pretendia dar essa notícia com mais cuidado.

— Meu Marius? — o Naja disse, por fim. — Mata uma pessoa inocente?

— Executa um malfeitor — Rae corrigiu. — Sem querer ofender.

— Ele não faria isso.

— Protagonistas matam vilões secundários o tempo todo. Obviamente, não é nada bom do seu ponto de vista, e já percebi que você não está achando muito crível esse desenvolvimento de enredo...

— Não é isso que eu sou — o Naja anunciou, com uma intensidade repentina surpreendente. — Não é isso que ele pensa de mim. Vou te mostrar.

Para um cara que relaxava tão bem em uma sala, o Naja era capaz de se mover com rapidez. Ele bateu três vezes à porta.

— Um favorzinho, Sinad? Mande uma mensagem pedindo a Lorde Marius que me atenda imediatamente.

A criada saiu antes que Rae pudesse protestar.

Ela protestou assim mesmo.

— Por favor, reconsidere! Esse homem vem de uma longa linhagem de assassinos irascíveis.

— Foi por isso que ele fez um juramento de se tornar um erudito — o Naja argumentou. — Na idade dele, o avô já tinha colecionado cinco noivas cadáveres em uma câmara secreta. Os pais dele são basicamente o Barba Azul e uma professora de etiqueta. Marius está indo bem até agora.

— Não vou dar uma medalha para ele por "não ter noivas cadáveres" — Rae disse sem rodeios. — Ele é uma bomba-relógio.

— Ele é meu melhor amigo!

O Naja era um fanático como Alice, que não podia ouvir uma palavra contra seu favorito definitivamente-não-problemático. Essa atitude desmoronaria se o personagem favorito estivesse em posição de matá-lo ativamente, mas parecia que o Naja estava obcecado por ele.

Ela balançou a cabeça devagar.

— Só que vocês não são realmente amigos, são? Nós dois sabemos o que você fez.

Todos no palácio acreditavam que o Naja Dourada era um nobre secundário que o Última Esperança tinha encontrado na viagem de volta de seus estudos na Torre de Marfim. Apesar da drástica diferença na personalidade dos dois homens, eles se deram bem. Quando o Naja chegou à capital, o Última Esperança o apresentou como seu amigo, e o Marquês de Popenjoy iniciou sua notória carreira. O Última Esperança, que condenava friamente homens por muito menos, tolerava todos seus excessos. O Naja era a única mancha na reputação do Última Esperança.

Apenas os leitores estavam cientes de que o Naja conhecia o segredo mais escandaloso do Última Esperança, e o silêncio do Naja tinha um preço.

— Sou um *personagem coadjuvante de apoio* — o Naja alegou. — Estou dando apoio para ele.

— Você o está chantageando!

— Com muito apoio! — O Naja dispensou a acusação de Rae. — Eu *não* sou um vilão! Sou alguém cujos pensamentos e desejos entram em conflito com aqueles dos personagens principais.

Rae riu.

— É a mesma coisa.

A expressão repentinamente perdida do Naja tocou em um acorde inesperado com Rae. Ele acreditava que sabia para onde a história estava indo, e agora havia chegado a um beco sem saída da narrativa.

Em um tom contido que divergia de tudo a seu respeito, o Naja murmurou:

— Eu pretendia me afastar depois da chantagem. Como Marius continuou por perto, pensei que tinha uma chance de realmente pertencer ao time de um personagem. Quando se tem sorte no mundo real, as pessoas são verdadeiras com você. Quem tem a chance de ser fictício com alguém, de se tornar parte do mundo extraordinário dessa pessoa? Talvez eu tenha entendido errado. A mãe e a irmã mais nova dele vieram para a corte há alguns anos. A mãe me deu uma faca da amizade para me agradecer por apresentar o lugar a elas, mas a irmã de Marius mal falou comigo. Imaginei que fosse uma criança tímida, mas talvez estivesse assustada.

Para um famoso covarde, o Naja parecia estranhamente pouco preocupado com a ameaça à própria vida. Em vez disso, preferiu se interessar demais pelos sentimentos de personagens fictícios. A mídia era feita para ser consumida, não para consumir você. As prioridades do Naja tinham se distorcido.

Rae tentou agradá-lo.

— Ele sente muito por ter te matado.

— Estou emocionado — murmurou o Naja. — Não, espere. Estou morto.

— Na cena de morte dele, dá para interpretar de várias formas diferentes, mas eu entendi que ele se arrepende...

A cabeça do Naja girou tão rápido que o enfeite de seu cabelo bateu na porta com o som de um sino badalando.

— Ele *morre*?

— Sim — Rae respondeu, desconcertada. — Ele não morre na sua versão?

— Não.

A voz do Naja era vazia e perturbada. Ela estava mais uma vez surpresa pela dificuldade com que o homem estava recebendo tudo isso. Seu olhar estava absorvido em um livro que não existia mais.

— Você não entende. Eu mudei a história. Ele morre por minha causa. E se, quando mudamos a história, só pioramos as coisas?

Deveria ser uma notícia boa o fato de ser tão fácil mudar a história. Eles podiam moldar a narrativa para favorecê-los.

Ainda assim, o Naja parecia surpreso com a ideia da própria morte, mas não horrorizado como estava agora. Talvez o Última Esperança morresse porque o Naja mudou a história, mas o Naja morreria porque o Última Esperança o atravessa com uma espada. Causa e efeito eram muito mais diretos na situação da espada.

— Por que o chantageou?

Nos livros, parecia óbvio. O Naja era um alpinista social do mal que mereceu o que aconteceu com ele. A pura e simples verdade era pura e simplesmente má.

O rosto do Naja ficou indefeso como um par de mãos vazias.

— Para entrar no palácio, é preciso que um nobre interceda em seu nome. Eu estava desesperado para conseguir a Flor da Vida e da Morte.

Antes, Rae via a situação da chantagem pelos olhos do Última Esperança. Era desconfortável considerar quanto heroísmo era baseado em ponto de vista. Como Rae, o Naja precisava da flor. Ele estava lutando por sua vida.

Rae hesitou.

— Você estava doente no mundo real?

— Eu sofri um acidente. Crianças, olhem para os dois lados antes de atravessar a rua. O que posso dizer? Fui burro.

Quando ele sorriu dessa vez, o sorriso não tocou seus olhos.

Ela havia fingido tantos sorrisos. Vendo o dele, Rae decidiu arriscar confiar em um colega vilão.

— Tenho um plano para conseguir a Flor da Vida e da Morte.

O Naja se animou.

— Pensei que teria.

Apesar de suas péssimas prioridades, Rae acreditava que o Naja podia ser um espírito afim.

— Aqui vai meu plano maligno. Primeiro, eu pensei: *Vamos eliminar os capangas que vigiam a estufa real*.

— Depois você pensou: *Isso é assassinato?*

Rae disse pacientemente:

— Não tem problema matar capangas sem nome.

— Eles têm nomes! Você pode perguntar o nome deles.

O Naja parecia estranhamente agitado. Rae o tranquilizou.

— Eu concordo que poderia ficar complicado. Foi quando tive a ideia do plano. O rei vai dar um baile para comemorar a chegada da princesa Vasilisa de... err... do outro lado do mar.

— Tagar? — disse o Naja.

— Certo, *esse* nome parece inventado.

— Todos os nomes são inventados — murmurou o Naja.

Rae se concentrou em seu objetivo.

— A maior parte do palácio fica desprotegida quando eles precisam de gente extra para as funções oficiais. O baile é uma excelente oportunidade.

— O baile também acontece em minha versão do livro — o Naja disse com entusiasmo. — No baile, Otaviano torna oficialmente a princesa e Lia damas à espera de se tornarem rainhas, então Marius e Lia dançam, certo?

Provavelmente? Se houvesse um assassinato no baile, Rae tinha certeza de que se lembraria dele com mais clareza.

— Com certeza — disse Rae.

— Estou tão feliz por não ter estragado minha cena preferida! Marius e Lia na sacada romântica depois da dança! O destino ao luar!

Aparentemente distraído do assunto da própria morte, o brilho do Naja se tornou um fulgor. Esse cara era um romântico disfarçado. Surpreendente para alguém que era dono de um bordel dourado.

Rae ignorou o destino ao luar.

— Ouça. Há um molho de chaves no cinto do rei. Uma é a chave da estufa onde floresce a Flor da Vida e da Morte. Você emprega ladrões. Vamos pagar um ladrão para furtar as chaves no baile.

Não havia como seu plano falhar.

A voz do Naja normalmente divagava, fácil como um rio lento sob o sol. Agora, ela congelou.

— Se um plebeu for pego atacando o rei, será morto.

Imagine ficar tão preocupado com o bem-estar de personagens de um livro. Não podia ser Rae. Ela tinha problemas reais.

— Você tem outra ideia?

O Naja disse:

— Eu posso fazer.

Aquilo não pareceu a Rae a melhor das ideias.

— Você vai roubar o rei? Eu não te descreveria como discreto.

— Fui um ladrão de rua. Posso pegar a chave. Depois faço uma cópia.

— Por quê?

As sobrancelhas do Naja se juntaram com severidade enquanto ele pensava no problema deles. Rae estava feliz por ele estar finalmente se concentrando na realidade.

— A Flor da Vida e da Morte ainda vai demorar um mês para florescer. Se você tiver uma cópia da chave, pode entrar na estufa quando chegar a hora.

Um mês. Rae tinha um prazo.

— Faz sentido — ela admitiu. — Às vezes eu não me atenho aos detalhes.

— Não sou bom em pensar no quadro geral — confessou o Naja. — Somos uma equipe perfeita. Sugiro armarmos um escândalo na festa. Se você se torna visível, as pessoas nunca percebem que está sendo sorrateiro.

— Alguma sugestão, garoto do teatro?

— Só algumas, líder de torcida.

Ela tinha esperado manipular um personagem para o seu lado. Em vez disso, encontrara um amigo. Rae sorriu e viu uma nuvem cruzar o rosto de seu novo amigo. Os olhos dele vagaram de volta para a porta. Ela sabia em quem ele estava pensando.

O Naja alertou:

— Minha ajuda de especialista não é de graça.

Rae estava preparada para isso. Ela se levantou do sofá e foi até a janela.

— É claro. Vamos dividir a Flor da Vida e da Morte. Nós dois vamos sair daqui.

O Naja balançou a cabeça.

— A flor é toda sua.

— Não... — Rae vacilou.

— Quantos anos você tem no mundo real? — o Naja perguntou.

— Vinte — Rae sussurrou.

— Eu tinha catorze, sangrando na rua — disse o Naja, com a voz leve como o ar amornado pelo sol. — Então de repente tinha dezoito, morrendo de fome na rua. Eu precisava comer. Eu precisava de uma identidade para entrar no palácio. Eu precisava descobrir como entrar na estufa. Demorou um tempo. Alguém em quem eu confiava ficou assustado por mim e correu para a flor. Não acabou bem. Algumas histórias não acabam. Eu perdi minha chance. Eu... eu tentei.

Ela sentiu como se alguém tivesse segurado seu queixo, forçando-a a encarar o que ela não queria ver. *Em Eyam, a Flor da Vida e da Morte floresce uma vez por ano. Você tem uma chance*, a mulher havia dito.

Quando a flor florescesse, em um mês, se Rae não aproveitasse a chance, ela ficaria presa.

De repente, o Naja estava bem longe. Rae levou um tempo para se dar conta de que havia se afastado. Ela tinha tentado alcançá-lo, mas agora suas mãos estavam esticadas, tentando manter o próprio equilíbrio.

A tinta dourada perdera o brilho. Tudo o que Rae podia ver eram seus olhos, escuros e tristes, mas não autopiedosos.

O Naja estava calmo.

— É tarde demais para mim. É tarde há anos.

Um vizinho tinha chamado Rae de lado quando a notícia de seu diagnóstico se espalhou, aconselhando-a a levar um cobertor para sua primeira sessão de quimioterapia. Rae só foi entender quando se viu reclinada em uma cadeira, com todos os órgãos quentes de seu corpo se transformando em uvas congeladas. Ela agarrou o cobertor como a última esperança para um mundo mais quente. Quando chegou em casa, mergulhou em uma banheira escaldante, mas, depois que se sabia que tamanho frio existia, era impossível voltar a se aquecer de verdade.

Uma percepção gelada atravessou Rae como se ela estivesse no hospital sem seu cobertor, sem ilusões em que se agarrar.

A ruína chegou para o Naja quando ele era apenas um menino. Aquele menino tinha chantageado o Última Esperança e lutado para entrar na corte. Ele tinha construído uma identidade, um personagem com tesouros brilhantes e segredos obscuros. Ele tinha se esforçado tanto.

Não dera certo. Ele não tinha acordado. Havia uma palavra para pessoas que fechavam os olhos e nunca acordavam.

O desespero esmagou a voz de Rae.

— O que você quer em troca de me ajudar?

Os mortos queriam alguma coisa?

Parecia que sim. O Naja se inclinou, decidido.

— Vou te dizer no que eu acredito. Este mundo é tão real quanto o nosso, mas aqueles que entram na história têm uma vantagem, porque conhecem as regras.

— O mundo real não tem regras.

O Naja zombou dela.

— Já sentiu que alguém tinha a chave para fazer o mundo funcionar para ele? Nosso mundo tem regras. Nós apenas não as conhecemos. Aqui, temos o manual! Meu manual só está desatualizado. Ajude-me a consertar a história que eu estraguei. Diga o que acontece no livro, para eu poder ver onde dá errado.

Ele não a levaria a sério se ela confessasse que só tinha ouvido outra pessoa ler o primeiro livro, e que nem sempre estava prestando atenção.

Rae vacilou.

— Eu não me lembro do primeiro livro.

Lorde Popenjoy deu um salto de seu lugar perto da janela.

— Como assim?

— Eu não li... inteiro.

Houve um silêncio. Por fim, o Naja disse com cuidado.

— Essa não é uma notícia muito boa. Que partes você leu?

Rae tentou deixar a pergunta de lado com uma risada.

— Não seja aquele fã que exige uma senha secreta para deixar as pessoas passarem pelo portão dos que amam a história. Deixe as pessoas desfrutarem das coisas.

O mármore refletia seu movimento como um brilho inquieto.

— É claro. Exceto nessa situação em especial, em que vidas dependem de você lembrar detalhes importantes!

Ele não precisava dizer isso a Rae. A vida *dela* dependia de lembrar. Ainda assim, ela não conseguia.

A insistência do Naja fez Rae pensar nos amigos que tinha aos dezessete anos. Sua equipe. Elas a provocavam quando Rae começava a esquecer as coisas. A princípio, com afeto. Depois, começaram a se irritar. Ela tentava disfarçar a fraqueza com piadas, mas todos pararam de rir. Rae ficou desesperada, sabendo que estava perdendo fatos, datas, histórias, seus amigos, sua família. Ela mesma.

— Eu estava tão doente. — As palavras saíram como metal serrilhado de uma ferida. Ela fechou a boca com a mão.

Era verdade que Rae tinha se distraído quando Alice leu o primeiro livro para ela, acreditando que sabia exatamente para onde ia a história. Ainda assim, sua mente deveria ter retido mais. A verdade era que, mesmo que ela se concentrasse com sua considerável força de vontade, sua mente falhava como seu corpo. Vazios aterrorizantes surgiam na memória de Rae, buracos na trama tornando-se armadilhas em que ela podia cair. A história parecia um cavalo selvagem que ela estava lutando para controlar. A qualquer momento, as rédeas poderiam escapar de suas mãos.

A movimentação inquieta do Naja se aquietou ao lado dela. Rae sentiu o calor de um quase toque. A mão dele pairava, pronta para pegar em seu cotovelo em uma oferta silenciosa de apoio.

Rae se afastou. Ela podia se equilibrar sozinha.

O Naja lançou a Rae um olhar meditativo. O livro dizia que ele era perspicaz. Era o equivalente a esperto para um vilão.

— Não vou confundir ainda mais falando sobre minha versão. Conte tudo o que você lembra.

Aliviada por Naja ter aceitado seus esquemas brilhantes, Rae sentiu que precisava provar que ele tinha tomado a decisão certa. Recuperar memórias era voltar a olhar com uma visão aguçada para uma paisagem anuviada. Ela poderia recuperar alguns detalhes, mas muita coisa ficava perdida na névoa. Ainda assim, Rae havia se concentrado ferozmente no segundo e no terceiro livros, uma vez que estava acompanhando um personagem que amava por seu mundo. Ela sabia o suficiente para juntar tudo isso.

— Lia entra no palácio, conquistando o coração do Imperador e do Última Esperança.

O Naja acenou com a cabeça, encorajando-a a continuar.

— Muito drama se segue — Rae imaginou. — Incluindo minha execução, até que o abismo se abre no fim do primeiro livro. A princesa estrangeira se apaixona pelo rei, mas ele prefere Lia, então isso não acaba bem. Na primeira cena de batalha, um grupo de soldados de gelo invade a cidade para vingar o insulto do rei contra a princesa. Para salvar a cidade, o verdadeiro amor de nossa heroína entra na ravina e mata o guardião divino dela, o Primeiro Duque. Otaviano destrava seu poder, realizando a profecia ao se tornar imperador. Esse é o primeiro livro.

— Desculpe, quem faz o quê agora? Tem certeza disso?

Ela confirmou.

— Lembro dos outros livros com mais clareza. O poder sobre os vivos e os mortos desequilibra a mente do Imperador e o Última Esperança se torna seu inimigo mais mortal, mas eles precisam ficar em paz quando uma verdadeira guerra estoura. A princesa, agora a Rainha de Gelo, lidera todo o exército de soldados do outro lado do mar para destruir Eyam! É mais ou menos quando o Última Esperança te apunhala.

O Naja fez uma cara triste.

— Lia o consola. Quando os soldados de gelo atacam, o Última Esperança faz o juramento de sangue para servi-la.

O Naja se ilumina.

— A cena do beijo!

— Hum, não. Eles nunca se beijam. — Alice certamente teria mencionado isso. — O Última Esperança não fez voto de castidade?

— É empolgante porque é proibido — o Naja explicou.

Aquilo era verdade. Rae teria gostado mais de Lia e Marius juntos se eles tivessem se envolvido em comportamentos sexuais tabus. Relacionamentos sem erros e sem obstáculos não tinham graça. Ler sobre eles era como consumir salada murcha em todas as refeições e chamar de alimentação saudável.

Infelizmente, Lia era pura demais para se interessar por comportamento tabu com qualquer de seus amigos cavalheiros. Outros personagens tinham cenas de sexo na história, mas, mesmo depois que Lia se casou, a noite de núpcias permaneceu incerta.

Rae dispensou o amor proibido encolhendo os ombros.

— O Última Esperança luta com uma centena de soldados para proteger Lia, vence, mas é ferido gravemente, e morre sob uma árvore. É uma vitória vazia. Lia é apunhalada nas costas por um cortesão em quem ela confiava. Depois da morte de Lia, o Imperador despeja destruição sobre o mundo.

A história havia fluído enquanto ela contava e os espaços vazios foram preenchidos à medida que ia narrando. Ela achou que tudo aquilo se encaixava muito bem. Rae tirou um momento para se exibir.

A expressão do Naja era de revolta.

— Eu não posso ter causado essas bizarrices. Lia o quê? Otaviano o quê? Meu personagem preferido morre sozinho e sem dar um beijo, embaixo de uma *árvore* qualquer? Eu odeio a natureza! As pessoas deveriam parar de comprar esses livros.

Rae se lembrou da sensação de desolação de ler e lembrar que o Naja estava morto. Era muito pior agora que ela o havia conhecido.

O Naja continuou fazendo sua crítica decepcionada ao livro.

— Tragédia implacável é pornografia do sofrimento. A forma perfeita para uma história é um início empolgante, um meio angustiante e um final feliz.

— Eu concordo — disse Rae. — Então você quer juntar Marius e Lia?

— Não! — o Naja resmungou. — Eu quero que eles fiquem *vivos*.

Havia uma agonia real em sua voz, e ele era uma pessoa real. Era fofo ele se preocupar tanto, mas um pouco equivocado. Se personagens fictícios tivessem que morrer para que Rae voltasse para casa, que fosse. Ele podia não estar pronto para a vilania. Ela estava.

Estava claro o que Rae tinha que dizer para o convencer.

— Ninguém consegue um final feliz, a menos que roubemos um. Podemos fazer isso. Somos vilões. Vou consertar essa história. Combinado?

Eles ficaram parados, emoldurados pela janela que dava para a cidade de muitas cores. Ela ofereceu a mão, a luz do sol fazendo seus anéis de rubi brilharem em vermelho como sangue. A tinta dourada ao redor dos olhos do Naja cintilava como o sol sobre um rio quando ele apertou a mão dela.

— Combinado. — Ele soltou um suspiro para se acalmar. Vamos salvar Marius e Lia. E você.

Rae o cutucou com o cotovelo.

— Não fique tão chateado. O que acontece com os personagens não importa de verdade. Eles não são reais.

Ele lançou a ela um olhar que a fez estremecer sob o sol.

— Eles parecem reais quando morrem.

O Naja Dourada ficou ao lado da janela. A luz do sol digna de um livro de história derramava-se sobre seus ornamentos dourados e olhos escuros distantes.

O garoto que queria um final feliz e não teria.

Se Rae fosse uma boa pessoa, teria perguntado o nome verdadeiro dele e dito que seria sua amiga. Ela não fez isso. O hospital lhe havia ensinado uma verdade cruel: dor é o lugar onde estamos sozinhos. Desejamos não estar, mas sempre estamos.

Rae não podia salvá-lo. Podia apenas salvar a si mesma.

O som de passos agitou as janelas como uma tempestade que se aproxima, e Rae lembrou que a futura vítima havia intimado seu assassino para sua casa. O livro dizia que o Última Esperança era o mocinho mesmo que tivesse feito coisas ruins. Com um personagem assassino seguro na página, pode-se dizer que ele foi levado a isso.

Agora Rae estava vividamente ciente de que eles estavam indefesos; o Última Esperança era perigoso e estava em cima deles. Pior ainda, a mãe de Lady Rahela havia seduzido Lorde Marius quando ele tinha dezessete anos. Ele havia revelado segredos de Estado para ela. Era a vergonha da vida de Lorde Marius, e o Naja tinha usado essa vergonha para chantageá-lo.

Ver o Naja e Rahela juntos incitaria a fúria assassina do Última Esperança.

— Só para saber. Em todas as versões da história, Marius é descendente de um deus e tem um poder divino a que nenhum humano pode resistir? — Quando o Naja confirmou com a cabeça, Rae murmurou: — Que ótimo.

O eco de seus passos era um estrondo. Ela sabia o que o próprio Lorde Marius não sabia. Ela conhecia a verdade de sua hereditariedade e a terrível extensão de seu poder. Ela deveria sair correndo.

A criada abriu a porta, e era tarde demais.

— Anunciando Lorde Marius.

Emoldurado pela grande porta estava Lorde Marius Valerius, o descendente do Primeiro Duque, o erudito Última Esperança de sua família, e o homem que queria eles dois mortos.

Lorde Marius transformou a sala clara em nada além de um pano de fundo. Ele parecia uma estátua feita por um escultor que sabia que qualquer falha em sua criação seria punida com a morte. O único sinal de vida eram seus olhos, azuis desbotados em uma palidez nevada. Os olhos de um lobo branco atento.

Na leitura, o Última Esperança parecia nobre devido à sua capacidade contida para a violência. Estar de verdade em uma sala com Marius Valerius era como estar ao pé de uma montanha nevada, temendo o deslizamento. Ela sentia o gosto de gelo e aço no ar.

— Eu sei — o Naja murmurou. — É terrível nas festas. Ninguém olha para mim.

Rae ergueu as sobrancelhas.

— Mas você parece uma bela árvore de Natal.

— Nem todos acordamos com um figurino. Estou tentando ser visualmente interessante aqui!

Rae fingiu tirar uma foto.

— Você está indo muito bem.

O sorriso tenso dela desapareceu com a aproximação de Marius, sentindo-se pega em uma tempestade de neve do lado de dentro. O simples uniforme branco de um estudioso da Torre de Marfim tinha mangas compridas que Lorde Marius usava firmemente atadas em seus braços musculosos, como se quisesse se amarrar. Seu único adorno era um cinto de couro preto com uma bainha ostentosamente vazia onde sua espada deveria estar. Sua lâmina ancestral estava pendurada sobre a lareira da biblioteca. Ele tinha jurado nunca tirar a grandiosa espada dali, mas logo quebraria esse juramento.

Rae tentou puxar a manga do Naja.

— Essa é uma máquina de matar à beira de perder o controle. Tenha tato e cautela.

O Naja se desvencilhou da mão dela como uma cobra.

— Marius, seu cretino. Lady Rahela disse que você vai me matar.

— Ah, merda. — Rae recuou rapidamente para o sofá.

O Última Esperança avançou. Rae costumava acreditar que o hospital a havia preparado para qualquer coisa. Ela tinha entrado em elevadores e visto corpos sob lençóis a caminho do necrotério. Uma vez um homem desmoronou na frente dela. Ela havia aprendido que a frase "a luz desapareceu de seus olhos" era verdade. O movimento de uma mente por trás de um rosto emprestava ao semblante todo o seu brilho. Animação registrada como iluminação. Rae viu a luz se esvair dos olhos de um homem moribundo, deixando-os escuros e vazios, e soube que a luz perdida era sua vida.

Ela nunca tinha visto morte por violência. Sua vida tinha sido isolada disso, até que viu a promessa na forma como o Última Esperança se movimentava. Um frio de água congelante se infiltrou em seus ossos e Rae sentiu que via o futuro. Era vermelho como sangue.

O Naja não se encolheu. Ela observou o brilhante garoto morto encarar o homem destinado a matá-lo novamente.

Quieto como o rugido de uma avalanche distante, o Última Esperança disse:

— Não me tente.

O Coração Perverso do Naja

O fogo pintava a noite. A batalha rugia além das janelas do palácio, mas a biblioteca ainda estava em silêncio. Anos atrás, Lorde Marius havia pendurado sua espada ancestral na parede da biblioteca. Sedenta de Sangue era o nome da espada. Ela não bebia sangue havia anos. Não desde que o herdeiro desistiu do treinamento de guerra e se ajoelhou no gelo em frente à Torre de Marfim, jurando que seria um erudito.

Agora ele estava perto da lareira ouvindo o caos de morte do lado de fora, seu rosto frio indecifrável. O luar e a luz do fogo entrelaçavam-se em fitas cintilantes de vermelho e prata na lâmina nua.

Por fim, o Última Esperança quebrou seu juramento e pegou a espada.

Era do Ferro, Anônimo

Estava cedo demais para a devassidão vil. O Naja nunca se levantava antes do meio-dia, então cenas horríveis geralmente ocorriam após a oração de meio-dia de Marius. Ainda assim, na manhã Marius testemunhava o Naja Dourada ultrajantemente sozinho com uma mulher usando um traje vergonhoso.

Como sempre, o Naja estava vestido como se um baú de pirata tivesse vomitado sobre ele. Popenjoy se inclinou para sussurrar no ouvido da mulher, e seus ornamentos de cabelo roçaram no rosto dela. Eles olharam para Marius e riram, obviamente fazendo uma piada suja. Não que Marius se importasse. Um Valerius tinha sentidos superiores. Marius podia ouvir o que eles estavam dizendo se quisesse.

Mas ele não quis. Marius não podia acreditar que seus estudos tinham sido interrompidos pelas bobagens infames de Popenjoy. De novo.

Ele disse com frieza:

— Não gostei de sua convocação. Não sou um cachorro para ser chamado assim.

Popenjoy estava com um sorriso estranho e fino nos lábios. Exultante, sem dúvida.

— Mas veio mesmo assim. Não precisava ter vindo.

Que escolha ele tinha? Marius deu uma risada sem alegria. Que escolha ele tinha, graças ao Naja?

A frustração agitou seus ossos como as barras de uma jaula, uma emoção tão intensa que desejava se transformar em fúria. Marius não se permitia sentir fúria desde os dezessete anos.

— Estou falando sério — o Naja insistiu.

— Parece improvável — Marius murmurou.

O sorriso do Naja fagulhou dos lábios para os olhos, depois morreu.

— Não seja hilário — ele instruiu, o que era absurdo. Marius não fazia piadas. — Estou louco de raiva de você.

Marius olhou sobre o ombro do Naja, pela janela saliente. Além das muralhas altas da cidade e das montanhas enevoadas da Oráculo estava a propriedade ducal. A grande mansão dos Valerius, cercada por novas terras de fazenda e velhos campos de batalha, onde ele tinha passado sua infância. Antes de jamais ter viajado para o Palácio na Borda ou para a Torre de Marfim.

— Não sei por que você me chamou aqui para anunciar que está louco. Eu já sabia disso.

— Por favor, fique calmo, Lorde Marius — disse uma voz áspera e insinuante.

A mulher que estava no sofá se inclinou, quase escapando do vestido. Marius rapidamente direcionou seu olhar para o lustre, mas não antes de reconhecê-la. Para o choque e o desgosto de Marius, o Naja estava recebendo Lady Rahela Domitia. O guarda traiçoeiro que atualmente espreitava em frente à porta do Naja tinha falado a verdade. Lady Rahela havia sido perdoada e era uma profetisa sagrada. Até onde Marius sabia, isso significava que ela era uma blasfema, além de traidora.

Aparentemente, o Naja achava traição blasfema irresistível.

Farinhas do mesmo saco andavam juntas, mas o Naja sempre evitou Lady Rahela. Ele murmurava "sapatos" sempre que a via. Pelo jeito ele tinha padrões altos para os calçados de suas amigas. Marius desejou que o Naja tivesse padrões altos para o *caráter* de suas amigas. O Naja podia ter quem quisesse. As damas constantemente se jogavam na direção do Lorde Popenjoy nas ocasiões sociais, enquanto Marius se escondia atrás das mangas douradas e desejava a biblioteca. Ou a morte.

— Marius, eu sei que você já ouviu falar que Lady Rahela recebe visões reveladoras dos deuses.

A única revelação que parecia provável era a dos seios da dama.

Marius curvou os lábios.

— Não me diga que acredita nela. Você é muitas coisas indizíveis, mas eu nunca soube que era burro.

Exceto em uma coisa. O Naja tinha escolhido chantagear Marius, quando qualquer alma no reino sabia que incitar a ira de um Valerius significava morte.

Há muito tempo, o país foi quase devastado pelos mortos. Até que o primeiro rei de Eyam foi colocado em seu trono pelo Primeiro Duque, um homem de força sobrenatural e uma fúria que aparecia do nada para, sozinho, acabar com um exército. Os filhos do Primeiro Duque, e os filhos de seus filhos, todos herdaram porções de seu grande poder e de sua grande raiva. Durante gerações, toda guerra contra a horda dos mortos-vivos era vencida com um Valerius no comando do ataque. Outros nobres precisavam de armas encantadas para lutar, mas todo Valerius *era* uma arma letal contra o inimigo.

Até o inimigo ser derrotado. Os imprudentes mortos que restaram foram levados para a ravina. Os guerreiros conquistaram a paz para Eyam, depois descobriram que não eram feitos para a paz. Os duques fingiam que a raiva ancestral havia perdido a força de geração em geração. Só que houve... incidentes. Os incêndios que arruinaram sua mansão. As criadas seduzidas, depois brutalizadas. As noivas mortas. A longa noite de gritos e portas trancadas, em que Marius chegou em casa mais cedo do treinamento militar e foi embora no dia seguinte para nunca mais voltar.

Marius havia jurado ser o último de sua linhagem. Em uma época mais civilizada, a brutal e antiga magia não tinha lugar. Mulheres escondiam seus filhos de Marius quando ele passava. O mundo todo sabia que seu coração era um monstro que devia ser mantido acorrentado. A qualquer momento, o comedimento de Marius poderia rachar como o gelo negro nos Penhascos de Gelo e Solidão, liberando uma raiva mais insaciável do que qualquer coisa morta do abismo.

E o Naja provocava Marius sem parar. O Naja não era burro. Ele era terrível e perversamente louco.

— Diga o indizível — o Naja pediu a Marius. — O que eu sou? Eu mereço morrer por isso?

— Pare de provocá-lo — Lady Rahela alertou. — Desejo paz entre nós, Lorde Marius. Uma paz bela e não violenta.

— Estou ciente da definição de paz, senhora.

A aspereza dele encorajou a dama a maiores alturas de impropriedade. Ela se levantou do sofá, onde posava como um desenho em um livro obsceno.

— Eu me arrependo de meu passado. Eu vi a luz!

— A que luz se refere? — Marius perguntou com firmeza.

Ela estaria falando do lustre? Todos podiam ver o lustre. Era enorme e ostentoso. O Naja tinha um péssimo gosto.

— Milorde — Lady Rahela ronronou. — O que quero dizer é que espero que sejamos amigos.

A maneira com que essa criminosa olhava para Marius fez sua pele se arrepiar. Seu olhar continha interesse, mas não engajamento, como se ela estivesse assistindo a uma das peças do Naja. Marius a fuzilou com um olhar mordaz e a observou estremecer.

Rapidamente, o Naja se adiantou, dando um tapinha no ombro de Lady Rahela ao passar, para agir como um escudo entre eles.

O Naja era deliberadamente cruel. Um ponto peculiar sobre ele era que sua crueldade *era mesmo* deliberada. Ele tinha que se concentrar na crueldade, enquanto com frequência cometia pequenos atos impensados de bondade. A maioria das pessoas se comportava de forma exatamente oposta. Era como se um dia ele tivesse sido um homem bom, e algum instinto para a bondade permanecesse na ruína.

Marius já havia desistido de ver a reaparição daquele homem bom.

— Não use essa voz, Lady Rahela. — A pele pintada ao redor dos olhos de Popenjoy se enrugou. — Está assustando-o.

O sorriso genuíno era inquietante. O Naja realmente gostava dessa mulher?

Marius se sentiu mal. Ele sabia que os rumores de o rei desonrando Lady Rahela podiam ser falsos. Ainda assim, Lady Rahela tentava Otaviano a um comportamento impensado. Era horrível de contemplar, mas o rei e Lady Rahela certamente haviam tido encontros desacompanhados.

Rahela estava tendo um encontro desacompanhado com o Naja agora mesmo.

— Eu falo naturalmente como uma operadora de telessexo — Lady Rahela protestou. — Decidi abraçar isso.

Ela certamente estava abraçando! Marius a olhou com frieza e a observou ficar pálida como a neve. Pelo menos uma vez, ele estava feliz em inspirar medo.

— Fique firme — o Naja sussurrou com doçura no ouvido de Rahela.

— É mais difícil do que você pode imaginar. Esses seios não são anatomicamente possíveis. Eu fico perdendo o equilíbrio.

As palavras de Lady Rahela eram misteriosas, mas seu olhar moveu-se para o próprio busto, claramente convidando o Naja a olhar também.

Mulheres não *assustavam* Marius. Ele tinha repulsa por esta, e no geral não estava acostumado. Graças à mãe e à irmã mais nova, ele sabia que as mulheres tinham os próprios pensamentos e sentimentos, mas não tinha como saber como a vida interior das mulheres da corte podia ser. Sua experiência com a mãe de Lady Rahela não o havia encorajado a arriscar tentar.

Só que ele tivera o vislumbre do coração de uma mulher.

A mente de Marius viajou de volta para a noite em que a ouviu chorar. O fogo na lareira da biblioteca tinha apagado durante as longas horas de estudo e ele ouviu uma voz triste subindo pelas chaminés da cozinha. A voz de Lady Lia era um rio carregando Marius de volta para o dia em que ele deixou de ser criança. Sua voz o fazia imaginar sua irmã mais nova, precisando de misericórdia em um mundo sem nenhuma.

Ele nunca sonhou que ter empatia por uma garota poderia levar a consequências tão terríveis. Blasfemas com vestidos reveladores estavam à solta, e o Naja as estava acolhendo em seu seio.

Espere. Lady Rahela mal podia andar e estava tagarelando bobagens da mesma forma que Popenjoy fazia. Tudo ficou abruptamente claro.

Ambos estavam bêbados.

— Fiquem sóbrios. Estou indo embora. — Marius deu as costas para o espetáculo e seguiu na direção da porta.

A voz do Naja atacou, venenosa como a serpente que lhe emprestava o nome.

— Você não vai.

Contra portas douradas e brancas, a imaginação de Marius pintou uma cena de retribuição vermelho-viva. Bastariam três passos para alcançar o Naja.

Ele se virou.

O que quer que estivesse no rosto de Marius, fez Lady Rahela levantar as mãos em rendição. Ela empurrou o Naja e recuou até suas pernas baterem no sofá. Depois se sentou de maneira desajeitada. Sua expressão sugeria que ela poderia se esconder atrás do sofá.

Marius achou o comportamento da dama sábio.

O Naja, um homem que não sabia o significado de sabedoria, avançou.

— Vai me matar?

Uma aresta dura rompeu a superfície suave da voz do Naja. Lentamente, Marius percebeu o que isso significava.

Inacreditavelmente, o Naja estava zangado com ele.

— Quem você pensa que é? — Marius perguntou. — Você não é nada. Eu aposentei minha espada sete anos atrás. Fiz um juramento sagrado. Você sonha que eu trairia meus deuses e minha honra por um verme egoísta como *você*?

Até mesmo a durona Lady Rahela estremeceu. O Naja continuou calmo, tranquilo, e casualmente familiar com um criminoso desnudo.

O Naja ergueu uma sobrancelha imperdoavelmente indiferente.

— Eu nunca imaginei que você o faria. Mas você disse que estava tentado.

Ele tinha ficado tentado muitas vezes. Estava muito tentado agora. O Naja estava parado perto demais. Marius engoliu a avidez com firmeza, silenciando o chamado voraz por violência em seu sangue.

— Pare de me atormentar e fique em segurança.

Popenjoy teve a ousadia de parecer chocado.

— E como foi que eu já te atormentei?

— Deixe-me contar as vezes! Você insiste na detestável intimidade de me chamar por meu primeiro nome, quando nunca me disse o seu.

A voz grave do Naja ritmou-se em uma pergunta.

— Você quer saber meu nome, Marius?

— Mantenha o *meu* nome longe de sua boca!

A provocação do Naja o mordeu com a frieza de correntes. Ele não queria saber o nome do Naja. Queria jogar na cara do homem todas as ofensas que o Naja tinha feito a ele.

— Você me separou de meu rei.

— Ele é um cretino! — Marius ficou sem palavras. O Naja deu de ombros. — Quer saber de uma coisa? Divirta-se com isso. Fique à vontade.

Com frequência, quando os cortesãos se aproximavam do Naja, ele lançava a eles um único olhar avaliador antes de virar as costas. Eles eram medidos e charmosamente banidos de sua atenção para sempre.

Marius se recusava a ser desprezado.

— Você manipula todos de acordo com seus caprichos. Você me força a votar a favor de futilidades nas assembleias dos ministros.

— Desculpe-me por apoiar as artes!

— É assim que você chama seu envolvimento com aquela cantora de ópera? — Marius perguntou com frieza. — Ou aquela trupe de teatro no ano passado?

A trupe era composta apenas por mulheres. Quando o primeiro-ministro observou que atrizes eram pecadoras, o Naja respondeu com um: "Espero que sim!"

Do sofá, Lady Rahela soltou um grito.

Marius inclinou a cabeça.

— Peço desculpas por mencionar isso em sua presença.

— Continue. Quero saber todos os babados! — Lady Rahela murmurou.

Ah, sim, ela estava bêbada.

O Naja ficou boquiaberto. Ele parecia um peixe que alguém havia pintado de dourado.

— Você acha que eu dormi com toda a trupe do teatro? Uau... obrigado.

Marius perguntou com desdém:

— Que tipo de homem diz: "Obrigado por pensar que sou pior do que sou de verdade"?

O Naja fez um gesto apontando para toda a sua forma repulsiva.

— Euzinho. Recapitulando: te chamei por seu nome e preservei suas ilusões a respeito de seu amigo de infância. O que mais?

A pergunta parecia genuína, como se os muitos pecados do Naja tivessem lhe escapado da mente.

— Você usa as pessoas como brinquedos e as quebra. Eu vi você arruinar um jovem nobre. Você tirou toda a fortuna dele. Ele não teve outra maneira de escapar da desonra além da forca.

Toda a corte havia ficado chocada com a crueldade do Naja.

— Eu tinha me esquecido disso — Lady Rahela sussurrou.

O Naja zombou dele.

— Eu *gostei* daquilo. Duvido que tenha sido meu maior pecado.

Essa falsidade era o que Marius mais odiava nele. Todo caloroso e risonho na superfície, quando por baixo ele se deleitava na crueldade. Lady Rahela era a mulher mais perversa da corte, mas ela o ficou encarando como se também estivesse arrepiada.

— Você o deixou sem nada.

— Ele tinha sua vida — o Naja disse com rigidez. — Ele tinha sua liberdade. Muitos não têm isso.

— Como eu — retrucou Marius. — Você nunca me deu a chance. Essa é *minha* vida!

Lady Rahela se levantou, claramente tentando escapar. O Naja fez sinal para ela se sentar.

— Você não parece surpresa com nada disso — Marius acusou. Quando os olhos de Lady Rahela se arregalaram com culpa, ele se virou para o Naja. — Você contou meus segredos para uma mulher estranha após se associar com ela por cinco minutos.

— Ui — murmurou Rahela. — Acho que não tem outra explicação!

A qualquer momento, a vergonha de Marius poderia ser usada contra ele por uma mulher disposta a trair tanto seus deuses quanto seu rei. Ele não culpava Lady Rahela pela indiscrição do Naja, nem a trapaça de sua mãe há muito tempo. Toda alma deveria ser responsabilizada pelas próprias ações.

Isso era culpa do Naja.

O Naja vivia toda a sua vida como um espetáculo. Ele não entendia que, tendo essa conversa diante de uma estranha, estava arrancando as entranhas de Marius na praça da cidade. E Marius, que havia feito do controle parte de sua religião, estava zangado demais para parar.

Isso era perigoso.

Ele era perigoso. O coração de Marius apertou como uma mão ao redor do cabo de uma espada. Todo dia desde que ele saíra de casa, a mesma prece silenciosa eclodia dele. *Livre-me do monstro que posso ser. Mande ajuda, mande salvação. Deuses perdidos, me encontrem.*

O Naja estava brincando com fogo, assim como brincava com tudo. Seus olhos estavam baixos, mexendo preguiçosamente nos bordados de suas mangas.

— Está pensando em me matar agora mesmo?

Marius cedeu e avançou sobre ele. A cabeça de Popenjoy ergueu-se de repente, sobrancelhas imperiosas levantadas, olhos limpos e destemidos, seu olhar uma ordem. Era uma zombaria dos deuses que uma criatura vazia e corrupta pudesse ter uma aparência daquelas.

Marius respirou.

— Eu penso em te matar o tempo todo.

Lady Rahela disse com firmeza:

— É melhor eu chamar Chave.

— A última coisa de que precisamos aqui é outro assassino.

Um assassino. Ele tentara tanto não ser aquilo. Marius não se permitiu recuar. As palavras superficiais e impensadas do Naja não significavam nada para ele.

Rahela perguntou ao Naja:

— Você consegue lutar?

Marius respondeu:

— A corte toda sabe que ele é um covarde.

— Treinamento de armas? Não, não preciso de rituais intrincados para tocar a pele de outros homens. — O Naja riu. — Prefiro dançar. Não há necessidade de envolver o Vilão do Caldeirão. Preciso perguntar mais uma coisa a Marius. Ele pode me matar, mas não vai mentir.

— É com a matança que estou preocupada! — sussurrou Lady Rahela.

Marius disse:

— Vocês falam como se eu não estivesse presente.

Eles discutiam sobre ele como um objeto perigoso, uma espada em uma parede ou um artefato cenográfico em uma peça, como se ele não estivesse realmente ali.

O olhar do Naja voltou-se para ele. A voz baixa de Popenjoy fez os cristais do lustre tilintarem.

— Alguma vez fomos amigos?

Seis anos desde que eles se conheceram, e sempre se resumia a isso. O Naja, parado diante dele com outra pergunta impossível. Marius devia fingir que era o amigo mais íntimo do Naja. Esse era o acordo.

Um soldado tinha que escolher um curso de ação rápido, ou homens morriam.

— Nós nunca fomos amigos. Cada minuto foi uma mentira. Cada minuto foi um horror.

Ele se sentiu vazio e tonto com a revelação da verdade. Finalmente, o Naja pararia de rir dele.

— Muito bem. — Popenjoy suspirou, colocou dois dedos na linha entre as sobrancelhas, depois fez um pequeno gesto de desdém. — Considere-se liberado do horror.

A um passo de distância, Marius resmungou na cara do Naja:

— Eu não acredito em você! Você está sempre mentindo. Eu não sabia *por quê*! Eu não sabia o que você me pediria para fazer. Eu não sabia se estava armando para destruir meu país ou meu rei. Você mentiu, e você riu, e eu o vi enganar todo mundo. Por anos.

A honra de Marius, mais cara que sua vida, era um brinquedo naquelas mãos brincalhonas. Uma palavra descuidada daquela boca poderia arruinar o orgulho de sua mãe, as possibilidades de casamento de sua jovem irmã, seu próprio bom nome. Havia apenas uma forma de detê-lo.

Marius passara a vida em recuo, mas hoje deu seu último passo à frente. Os olhos do Naja ficaram escuros. A verdade tornou o momento dourado.

Marius sussurrou:

— Você merece a morte.

Para um homem ameaçado de morte, o Naja Dourada estava extremamente calmo. Ele olhou para Lady Rahela.

— Você tinha razão. Eu sou um vilão.

O choque o atingiu como uma mão recoberta de cota de malha estilhaçando uma porta. Marius sabia disso, mas nunca esperou que Popenjoy admitisse.

— Eu agi como se fosse a única pessoa real no mundo. É isso que um vilão é. Sinto muito, Mari... milorde. Vou parar.

Era quase impossível não acreditar naquela voz, e extremamente impossível acreditar naquele homem.

A fúria mordeu forte como um animal em pânico.

— Você me chantageou por anos sem remorso, mas espera que eu acredite em sua repentina crise de consciência?

— Certo... — murmurou Popenjoy. — Ótimo argumento.

Houve um silêncio que Marius conhecia das assembleias reais. Ocasionalmente, o Naja ficava quieto e contemplativo, depois o desastre se seguia. Como na vez com a tesouraria real, ou – que os deuses perdidos nos perdoem – com o casaco de pele da condessa. Essa era a calmaria antes de uma tempestade dourada.

Se alguém tivesse uma arma, era possível alertar as pessoas. Ninguém daria ouvidos se você gritasse: "Protejam-se! Não o deixem *pensar!*".

O Naja ergueu um dedo, conduzindo a orquestra pessoal de loucura dentro de sua cabeça.

— Ouça, eu sou um verme egoísta, certo? Aí está sua resposta.

Ele não tinha se dado conta de que uma armadilha podia ser feita com palavras em vez de redes ou aço, até que conheceu o perverso marquês.

Marius balançou a cabeça em desespero.

— Como posso confiar em você?

O Naja invadiu o espaço de Marius. Uma trança caiu sobre seu ombro, ornamentos tolos tilintando com o som da verdade.

— Porque sou exatamente o vilão que você acha que eu sou. Meu magnífico egoísmo vai salvar nós dois. Todos sabem que sou um covarde. Se nossa associação vai terminar em morte, eu obviamente desejo terminar essa associação.

Todos temiam Marius, mas o Naja nunca o havia temido.

Ele parecia estar com medo agora. Era tão desconcertante quanto vê-lo zangado. As emoções normalmente deslizavam pela superfície do Naja como luz sobre a água. Agora seus ombros estavam tensos como a corda de um arco, seus olhos queimando. Todos os impulsos selvagens de Marius se reuniam, como feras selvagens atraídas por uma fogueira solitária na selva.

O Naja murmurou:

— Acredite em minha natureza cruel com a mesma fé inabalável que tem em seus deuses perdidos. Apenas nessa questão, você *pode* confiar em mim.

Ele fez vários gestos, tão mergulhado naquela conversa que precisava falar com as mãos além da boca.

O gesto que ele fez agora ecoou precisamente um homem nos campos de caça, soltando um falcão.

— Confie em meu coração perverso, milorde. Liberte-se.

Marius, travado em uma luta silenciosa com a raiva, não se mexeu. Nunca tinha visto o Naja recuar, mas agora ele se afastava. Na direção daquela mulher. Marius poderia quebrar o pescoço dela com mais facilidade do que estalava os dedos, e depois se concentrar no Naja.

— Eu quero Chave — Lady Rahela sussurrou. Baixo demais para qualquer um além de Marius ouvir.

As portas da sala se abriram. A criada de Lady Rahela e seu guarda entraram, como se respondessem às convocações que não tinham como ter ouvido.

Os criados não poderiam detê-lo. Nada poderia detê-lo.

O Naja mirou as palavras como uma arma.

— Decoro, milorde.

O sangue escorreu quente por sua garganta quando Marius mordeu o lábio e saiu da sala. Nunca antes ele havia sido expulso da companhia do Naja.

Ele se apoiou na porta da frente, respirando com desespero o ar impregnado de sangue. Durante anos ele desejara escapar. Não esperava sentir-se à deriva na liberdade.

Essa inquietação intensa devia ser um sinal. Marius era descendente de uma longa linhagem de soldados para quem saber a diferença entre um animal passando e um inimigo se aproximando era a diferença entre a vida e a morte. Seus instintos estavam soando o alarme.

Os olhares conspiratórios e a linguagem codificada entre Lady Rahela e o Naja ecoavam em sua mente com a insistência de tambores de guerra. A força combinada de sua perversidade poderia derrubar um reino.

Sou exatamente o vilão que você acha que eu sou, o Naja havia dito. Marius sabia que o Naja era um mentiroso.

Marius precisava descobrir o que aqueles vilões estavam tramando, e detê-los.

10
A Vilã, a Heroína e a Concorrência

Todos os que contemplavam Lady Lia diziam que ela estava marcada para a grandeza. Seu corpo esguio era uma canção de graça, seu rosto, um poema. Além disso, sua mãe estava morta. Esse é um sinal certo.

Era do Ferro, Anônimo

Agora que a trama de Rae com o Naja estava armada, o passo seguinte era garantir um convite para o baile. Ela passou vários dias praticando com o Naja para a grande cena no salão de baile, e esperando para desfrutar do momento. O torneio de arco e flecha das mulheres devia ser moleza. Ela se lembrava de Alice mencionando-o de passagem. A pequena competição entre as damas da corte foi tão sem importância que nem sequer foi narrada. Era o cenário discreto perfeito para encontrar a heroína.

Rae precisava resolver com a convidada de honra do próximo baile toda a questão de ela ter sido incriminada por traição. Ela não antecipou problemas. Lia era fácil de convencer.

A Corte do Ar e da Graça não permitia rapazes; os guardas ficavam posicionados nos muros do pátio fechado. Rae ficou surpresa com o quanto sentia falta da presença de Chave e a tendência reconfortante de exercer extrema violência contra seus inimigos. Emer ficou ao seu lado, mas Emer ainda odiava Rae.

Assim como todas as outras pessoas.

Damas enchiam o pátio, belas como flores com olhos frios como pedra. Era como estar em um tanque de tubarões, se tubarões usassem vestidos volumosos. Algumas damas eram citadas pelo nome no livro, mas Rae não tinha memorizado quais eram os alvos do interesse do rei. Ela identificou as duas garotas principais, já que eram idênticas. Lady Hortênsia e Lady Horatia Nemeth tinham cabelos cor de limão-siciliano e bocas ácidas como a fruta. Rae só conseguiu distingui-las porque Hortênsia, a gêmea mais velha, estava usando as manoplas mágicas de sua família. As filhas do Comandante General Nemeth eram personagens secundárias, garotas malvadas que atormentavam Lia porque invejavam o amor do rei por ela. Agora elas claramente pretendiam atormentar Rahela.

Fofo. Pois que tentassem.

— A meretriz que enganou a morte — disse Hortênsia, com uma voz anasalada. — Estou surpresa por você mostrar a cara. Você não está, minha querida?

Horatia falou abafando o riso:

— Eu esperava ver a cara dela, minha querida. A cabeça ainda estar presa ao corpo é a surpresa.

— Devemos brigar, moças? — ronronou Rae. Sua voz tinha três modos: sedutor, sarcástico e sarcástico sedutor. Nenhum era apropriado. Fazer o quê?

A boca de Hortênsia assumiu uma forma delicada demais para ser chamada de carranca. Rae acreditava que essa expressão era uma *careta*.

— Sempre que a pior pessoa cai, ela espera que todos sejam melhores do que ela foi e não a chutem. Mas por que deveríamos te poupar?

— Vocês não entenderam direito — Rae disse em tom agradável. — Se brigarmos, vocês vão perder. Seria constrangedor para vocês.

Hortênsia acenou com a mão que estava com a manopla. O canteiro murmuroso de mulheres, com vestidos vermelhos como papoulas, amarelos como narcisos e lilases como… lilases, abriu-se como um mar de pétalas. No muro oposto estavam os alvos de arco e flecha, estruturas envoltas em tecido branco com círculos vermelhos estampados. Hortênsia mirou e disparou, a magia formando ondas vermelhas ao longo de seu braço. Sua flecha acertou o terceiro anel mais interno.

— Que tiro foi esse? — Rae murmurou para Emer, que olhava para a frente como se não pudesse ouvir nada.

Rae torcia para que existisse pôquer em Eyam, pois Emer seria muito boa. Melhor do que Rae devia ser em arco e flecha, mas Rae prendeu o cabelo em um rabo de cavalo prático, calçou as manoplas e estava pronta para a ação. A luz do sol refletia em vermelho contra o metal prateado encantado das manoplas. Era o brilho emprestado do sangue derramado. As manoplas pertenciam a Lia, e a família de Lia era de sangue azul e grande magia. Vilanescamente, Rae esperava que os sinistros instrumentos de morte encantados que ela tinha roubado lhe dessem uma vantagem injusta.

As gêmeas esperavam, arcos curvados e sobrancelhas arqueadas, Rae disparar. O momento foi interrompido pelo som das portas do pátio e a voz de um guarda.

— A princesa Vasilisa!

A cena estava pronta: as garotas malvadas, as outras concorrentes, e agora chegava a princesa. Só faltava a heroína.

A princesa Vasilisa entrou, usando um vestido de cetim azul e uma tiara incrustada de pedras preciosas.

— Ai, *meu deus* — Hortênsia sussurrou para Horatia.

Entre cetim e diamantes estava o rosto de Vasilisa. Ela tinha cabelos opacos, uma pele acinzentada e um queixo quadrado. Muitas mulheres bonitas faziam tais características funcionarem. Vasilisa não era uma delas. O fato era que Vasilisa era comum. Como uma plebeia que seria pouco notória, mas ela era uma princesa. O charme de algumas pessoas era realçado por roupas elaboradas e penteados. Para Vasilisa, o contraste de uma moldura rica a fazia parecer pior.

Vasilisa não deu sinais de estar ouvindo os risos abafados que fluíam pelo pátio. Ela inclinou a cabeça com cuidado, com modos tão rígidos quanto seu vestido.

Havia uma mulher à direita da princesa, usando uma túnica e calças de um material escuro. Ela era pálida como Vasilisa, com o cabelo ruivo preso em uma trança enrolada na cabeça. Diferentemente de Vasilisa, ela era bonita.

— A criada de uma princesa usando calças? — Horatia perguntou quando foram feitas as apresentações. — Que moderno!

Seu tom indicava que a criada tinha sido uma escolha tão equivocada quanto o vestido.

— Esta é minha guarda, Karine — disse Vasilisa em um tom de voz equilibrado. — Todos os seus guardas são homens? Que incômodo.

Rae analisou Karine com interesse, enquanto esta a observava com desconfiança. Vasilisa teria uma guardiã com cabelos de fogo e outra com cabelos de meia-noite de cada lado de seu trono quando se tornasse rainha de sua própria terra. Ela nunca seria rainha de Eyam, não importava o quanto amasse desesperadamente seu rei.

Horatia ajustou a mão no arco.

— Todos gostam de se sentir bem protegidos.

— De fato. Eu sempre gosto — disse Vasilisa.

Rae recuou. A princesa não estava sendo simpática com as damas da corte. Vasilisa dava a impressão de se achar acima delas. Sendo uma princesa, isso era tecnicamente verdadeiro.

Como havia usado a entrada de Vasilisa na narrativa para seus próprios fins, Rae experimentou uma vaga sensação de obrigação. Ela sorriu para Vasilisa.

A princesa Vasilisa retribuiu o sorriso.

— Lady Rahela. Fiquei sabendo que você diz o futuro.

— Adivinhação do futuro, traição — murmurou Hortênsia. — Ela é capaz de tudo.

Rae não se alterou. Ela deliberadamente abandonou a irritação, pretendendo pegá-la de volta mais tarde.

— Como damas à espera de se tornarem rainhas, seria traição aceitar a corte de outro homem, não seria? Os deuses me disseram que uma das gêmeas estava pretendendo se casar com o primeiro-ministro. Que gêmea era?

As gêmeas empalideceram. Era melhor ela parar com isso antes que alguém perguntasse detalhes. Rae genuinamente não conseguia lembrar qual gêmea era.

— Eu não entendo as complicações de sua corte — Vasilisa anunciou. — Achei que ser uma dama à espera de se tornar rainha fosse uma honra.

Vozes se elevaram em um coro unânime, garantindo a ela que era.

Rae deu de ombros.

— Todo mundo *diz* que é uma honra.

Apenas heróis se preocupavam com honra. Vilões podiam ser práticos.

— Não há necessidade de dar ouvidos aos lamentos traiçoeiros dela, Alteza — intrometeu-se uma das gêmeas levemente más.

Os olhos de Vasilisa tinham um tom turvo entre castanho e cinza, notável em um cenário fictício onde a cor dos olhos da maioria das pessoas era marcante. Seu olhar era direto.

— Explique.

— As probabilidades estão contra nós. Um rei, mais de vinte damas. Até o rei escolher uma rainha, nenhuma de nós pode se casar, e o casamento é o propósito da vida de uma nobre. Quando o rei escolher, já será considerado que passamos de nosso auge. Sermos honradas pelo rei deveria elevar nosso status, mas outros homens se perguntam precisamente quão honradas fomos pelo rei. Devemos preservar nossa castidade, mas também agradar o rei, então há um óbvio conflito de interesse. Toda a situação encoraja uma competição cruel a ponto de algumas – sem citar nomes, porque estou falando de mim mesma – se envolverem em verdadeiras conspirações assassinas. Ainda assim, se o rei perguntar por você, que escolha tem?

Não era nada demais. As chances de se tornar rainha eram melhores do que as de ganhar na loteria, e as pessoas compravam bilhetes de loteria todos os dias, mas o arranjo irritava Rae. Chamar isso de honra era falso cavalheirismo. Supostamente, homens deveriam salvar mulheres e crianças primeiro se um barco estivesse afundando. Estatisticamente, eles não salvavam. Promessas de lealdade e sacrifício eram enganosas. No fim, todos se salvavam primeiro.

Nem mesmo as saias das damas farfalhavam no profundo silêncio. O horror de Emer irradiava como uma caixa de gelo aberta em suas costas. Com um desânimo crescente, Rae se deu conta de que havia insinuado fortemente que estava se oferecendo para o rei.

Ela foi salva pelo guarda entoando:
— Anunciando Lady Lia.
É claro, a heroína tinha uma entrada dramática.
Rae aplaudiu.
— Veja, pessoal, Lia está chegando. Viva, é Lia!
— Vocês duas são próximas? — perguntou Vasilisa.
— Na verdade, não. Eu armei para ela ser executada na semana passada.
— Ah — sussurrou a princesa.
As portas se abriram. Lia entrou, iluminada por trás pelo sol.

Por um instante, ela era apenas uma silhueta esguia contra um fundo de leve radiância. Talvez fosse o curso natural do caminho do sol ou nuvens se movimentando no céu. Ou talvez a natureza estivesse dando à heroína um holofote narrativo.

Quando a Pérola do Mundo passou pela porta e entrou na Corte do Ar e da Graça, um vento surgiu como se a amasse. Os cabelos e a saia de Lia ondulavam como as bandeiras acima. Seu vestido simples de algodão branco com bordas azuis era mais simples do que qualquer outro vestido, mas sua beleza era um toque de Midas, transformando o comum em tesouro.

A beleza de Lia combinava com seu mundo de palácios e magia. Seus olhos eram, de alguma forma, ao mesmo tempo do azul dos cristais e do céu. Seus belos cachos dourados transformavam os cabelos das gêmeas em palha alvejada, em contraste. A moralidade era toda feita de nuances: em um reino de antagonistas loiros mesquinhos, as heroínas permaneciam douradas. Nenhum toque de cosméticos profanava seu rosto. Por que alguém com lábios naturalmente rosados usaria maquiagem?

Rae revirou os olhos, depois sorriu. Lia era exatamente como ela havia imaginado. Sua indiscutível e avassaladora beleza lhe lembrava Alice. Rae sentia falta de sua irmã. Ver Lia a fez sorrir.

— Peço desculpas pelo atraso. — A voz de Lia derretia no ar como um doce na língua. — Não estou familiarizada com os lugares frequentados por damas finas.

Porque Rae nunca a convidava para reuniões no palácio. Lia era boazinha demais para dizer isso em voz alta, mas era a verdade. As gêmeas trocaram olhares significativos que diziam isso por ela. Lia parecia ainda mais injustiçada por não ter anunciado ela mesma.

Imediatamente depois que Lia falou, cornetas sopraram e bandeiras tremularam sobre sua cabeça. Provavelmente uma coincidência.

Hortênsia olhou para as muralhas.

— Lady Lia, deixe-me contar o problema que estamos enfrentando.

No livro, as gêmeas descarregaram seu ódio sobre a meia-irmã de Rahela. Com Rahela ainda viva, aparentemente Lia conseguiu uma gentileza condescendente.

— A vencedora do torneio de arco e flecha das mulheres normalmente é recompensada com a mão do rei para uma primeira dança, mas, é claro, Sua Majestade vai abrir nosso grande baile dançando com a princesa Vasilisa. Ou talvez com você, já que vai ser oficialmente convidada para se juntar às damas à espera de ser tornarem rainhas. — O convite era uma formalidade. O rei havia instalado Lia na torre no dia em que a viu. — Pelo que devemos competir, então?

Lia olhou humildemente para as pedras no chão.

— No interior, não competíamos por prêmios. Em vez disso, o perdedor pagava uma prenda.

Lia não havia olhado para Rae diretamente, mas ela tinha certeza de que Lia estava ciente de sua presença.

Hortênsia deu um tapinha no braço de Lia, um gesto de irmã mais velha que pareceu estranho, já que Hortênsia estava usando uma manopla mágica. Sua expressão se tornou doce. Rae sentiu-se diabética.

— Que ideia charmosa. E se a perdedora devesse deixar o palácio?

Se Rae fosse exilada do palácio, ela estaria condenada.

Rae deu de ombros.

— Por que não?

— Como ex-preferida do rei, Lady Rahela, posso pedir que lidere o caminho?

— É claro que sim, Lady Hortênsia.

Fileiras de mulheres observaram Rae tomar a frente, usando o mais profundo decote em V-de-víbora do pátio. Cada dama tinha um sorriso orgulhoso para combinar com seu vestido em tom pastel. Uma morena de violeta era parecida com uma amiga que uma vez a havia traído. Rae carregou seus passos de insolência.

Rae parou um pouco mais longe do que a posição que Hortênsia tinha indicado.

— Você está muito longe do alvo.

— Ah, eu não me importo.

— Por favor, eu não gostaria que ninguém dissesse que a competição foi injusta.

Rae apontou para a pedra no chão à sua frente.

— Apenas conferindo. Você quer que eu fique aqui?

Hortênsia sorriu.

— Precisamente.

— Bem em cima da pedra nula que cancelaria o encantamento de minhas manoplas? Hum. Não.

As risadinhas cessaram. As bandeiras murcharam.

O plano das gêmeas foi frustrado, mas Rae ainda tinha que disparar. Suas manoplas não podiam fazer todo o trabalho. Seu peito expandiu quando ela puxou a corda do arco. Dada a situação atual de seu peito, qualquer expansão era alarmante. Rae se preocupou com o risco de dar a si mesma um *piercing* não planejado.

Quando ela ergueu o arco, o poder percorreu seu corpo da mesma forma que havia mudado o ar quando ela fez o juramento de sangue. O que se transformava agora era o corpo de Rae, músculos se ajustando na posição, braços recebendo uma nova força. Não era sua força, mas, depois de anos de impotência, era uma empolgação inegável. O ar tinha um gosto puro. Sua visão estava clara. Ela era forte.

Rae disparou.

Bem no alvo.

Lady Rahela avaliou as damas decepcionadas com um sorriso amarelo.

— Espelho, espelho meu, quem é capaz de fazer seus inimigos rastejarem como eu?

Era uma vez uma época em que ninguém ousava irritá-la, provocar sua irmã ou perturbar sua equipe. Depois de anos de impotência, a megera estava de volta.

Rae acenou com a cabeça na direção de Horatia. Apenas algumas damas de sorte estavam equipadas com manoplas encantadas. Horatia usava luvas de renda.

— Se vier atrás da abelha-rainha, é melhor não errar — Rae aconselhou a gêmea mais nova. — Você não pode ganhar de mim. Pode ganhar de sua irmã?

— Horatia, aqui! — Com uma fungada, Lady Hortênsia tirou as manoplas dos próprios braços. — Pegue isso emprestado, minha querida.

Surpresa, seguida de alegria, passou pelo rosto sem cor de Horatia, tornando-a radiantemente bela por um instante. Ela estava visivelmente determinada a não ser exilada. Suas mãos cobertas pelas manoplas apertaram quando ela puxou a corda do arco, concentrada no alvo.

— *Horatia* — pranteou a voz de sua irmã, mandando um arrepio de desconforto pela espinha de Rae.

Horatia se virou com um ar irritado.

— Estou ocupada, minha querida. Por que me chama?

Hortênsia estava olhando para as muralhas, seu rosto da cor de leite congelado.

Ela disse lentamente:

— Eu não te chamei.

Bem no alto, a sombra de um guarda estremeceu na parede, depois caiu. Sua descida foi uma queda lenta, o horror fazendo o tempo se esticar de forma imensuravelmente longa. Quando o corpo aterrissou, atingiu um alvo de arco e flecha. A borda de madeira afundou o crânio do guarda. O alvo caiu de lado, com uma mancha de sangue fresca espalhada pelos anéis. A flecha de Rae ainda estava bem enterrada no centro do alvo.

O guarda não tinha morrido da queda. Seu coração havia sido arrancado.

Além do muro jazia a temível ravina.

As damas de Sua Majestade ergueram os olhos para as muralhas e viram os guardas do palácio sendo dominados por uma onda crescente de mortos vorazes.

00
A Vilã, a Heroína e a Horda de Mortos-Vivos

Carniçais são os mortos não amados postos para descansar na terra não assegurada por uma pedra encantada. Aqueles que morreram sem luto foram deixados apodrecendo em valas ou jogados na ravina. Nenhuma misericórdia vive nos corações desses mortos, mas ecos permanecem no silêncio tumular de suas mentes. Eles ouvem e repetem o que ouvem.

Vai chegar o dia em que você vai estar deitado em sua cama, quente e seguro. Do lado de fora de sua porta trancada em uma meia-noite solitária, uma voz querida pode chamar seu nome. Você nunca deve responder, meu caro.

Era do Ferro, Anônimo

Um suspiro contido escapou de uma dúzia de lábios enquanto as criaturas começavam a descer pela muralha. Dedos murchos enterravam-se na pedra, deixando para trás manchas viscosas. Membros mortos movimentavam-se com solavancos firmes, como se os carniçais fossem aranhas sendo continuamente eletrocutadas. O som de músculos rasgando e ossos rachando ecoava no ar espesso de podridão. Carniçais não sabiam mais como movimentar seus corpos de uma forma que não os danificasse. Eles não sentiam mais dor.

Rae estava indignada.

Os mortos-vivos só invadiam o palácio no fim do primeiro livro. Ela não podia acreditar que a história estava saindo dos trilhos dessa forma!

Ela não se acovardaria quando a morte chegasse. Já tinha se cansado disso.

— Ouçam todas! Precisamos sair daqui.

— Por que deveríamos escutar você? — Hortênsia perguntou.

— Porque sou uma meretriz que enganou a morte. Lembra? — Rae deu uma piscadinha.

Suas palavras pareceram quebrar o transe coletivo. Algumas damas começaram a chorar, mas a ruiva Karine abriu para Rae um repentino e surpreendentemente doce sorriso. Aparentemente, Karine aprovava meretrizes que enganavam a morte.

A guarda da princesa puxou sua espada curva e partiu para cima dos mortos com um grito de batalha.

— *Mil, mil anos de gelo!*

— Destrua a cabeça! — Rae gritou para Karine. — Os deuses me disseram.

Era melhor do que dizer que aprendeu essa técnica com filmes de zumbi. Histórias com frequência chamavam os mortos-vivos por um nome diferente, boas demais para chamá-los de zumbis, mas costumava haver uma sobreposição na forma como eles agiam e na maneira de lidar com eles. Carniçais comiam e rasgavam carne. Eram corpos mortos possuídos pelo ímpeto da destruição. Era bem parecido.

Com um movimento prateado, Karine decepou a cabeça do primeiro carniçal, depois girou e se preparou para o próximo. O olhar de Rae deslizou para as muralhas. Os mortos estavam invadindo como formigas cobrindo um doce deixado no sol. A ajuda não estava chegando.

Uma garota se afastou do organismo único e aterrorizado que as damas tinham se tornado, correndo para as portas. Um carniçal saltou. Do outro lado do palco, Rae ouviu o estalo de pernas mortas se quebrando com o impacto. Carniçal e garota caíram juntos em um emaranhado de membros e gritos.

Rae ignorou com firmeza os gritos de agonia e os sons abafados e úmidos. Nada daquilo era real. Ela não tinha que se preocupar.

Ela só precisava que uma pessoa sobrevivesse a isso.

Rae encontrou Lia perto da muralha infestada de mortos. Lia estava semicerrando os olhos, incrédula, parada como uma garota pega pelos faróis de um carro em alta velocidade enquanto a plateia gritava para ela sair dali antes do momento dramático em que o herói a salvava.

Só que onde estava o herói? Onde estava a segunda perna do triângulo amoroso? Em nenhum lugar, porque esse era um evento só para mulheres!

Lia era esguia como uma vara de salgueiro, o que facilitou levantá-la e jogá-la nas costas de Rae.

Fagulhas vermelhas cintilaram em elos de metal quando Rae cerrou os punhos cobertos por cota de malha. Um carniçal foi para cima delas. Cabelos longos e lisos estavam colados em suas bochechas afundadas. O cheiro era pior que o de um gato morto deixado em um esgoto aberto.

Por entre dentes soltos em gengivas apodrecidas, o carniçal murmurou:

— *Rahela...*

— Desculpe, mas a velha Rahela não pode atender agora. — Rae girou e deu um soco na cara do carniçal.

Pele e ossos ruíram sob seu punho, como se ela tivesse acertado um melão já todo podre. Seu poder roubado lançou a criatura pelos ares. O corpo do carniçal atingiu a parede de pedra com uma bofetada, como roupa molhada.

Lia estava finalmente olhando para Rae, com os olhos arregalados o bastante para engolir um céu inteiro. Não era obrigação de Rae resgatar uma donzela em perigo. Ela queria falar com o gerente dessa história. Por ora, agarrou o braço fino de Lia, empurrando-a na direção do bando aterrorizado de moças.

— A guarda de Vasilisa não conseguirá manter todos eles afastados. Aquelas que têm poder devem proteger as outras até a ajuda chegar.

A princesa Vasilisa avançou.

— Juntem-se! Formem barricadas!

Vasilisa não sabia se vestir com elegância, mas dominava a arte do comando régio. Quando ela apontou para os alvos de arco e flecha, metade da multidão tomou a frente, depois as damas pareceram surpresas por terem se movido. Rae fez contato visual significativo com as damas que ainda recuavam. Nessa emergência, elas esqueceram que Rae tinha caído em desgraça e voltaram aos hábitos de obediência. Mulheres se juntaram para arrastar as estruturas de madeira cobertas de lona que faziam parte da competição e que agora poderiam salvar suas vidas.

As criadas das damas estavam fazendo a maior parte do trabalho.

Mas não a criada de Rae. Rae ficou ciente de que Emer não estava mais atrás dela quando a viu correndo a caminho dos mortos-vivos.

Lia fez um som estrangulado.

Karine fez um som mais alto, exasperado.

— Civis fora do caminho!

Emer deu a volta em Karine como se desviasse de uma criada com uma bandeja maior, depois se jogou ao lado da figura amassada do guarda morto. Um carniçal caiu diretamente sobre o corpo, afundando a caixa torácica ao aterrissar. O carniçal pisoteou o cadáver, transformando-o em uma pasta vermelha enquanto avançava em direção a Emer, seus lábios se abrindo para pronunciar seu nome.

Emer pegou a espada do guarda de sua bainha e atingiu as panturrilhas do carniçal. Quando ele caiu de lado, Emer acertou a lâmina com eficiência em seu pescoço. Ela se levantou, limpando o sangue do rosto com a manga. O gesto espalhou sangue em sua testa, bochecha e queixo. Seu avental estava escarlate.

Ninguém além de Rae se deu conta de que estava olhando para a futura Donzela de Ferro. Ainda assim, houve um silêncio repentino.

— Perdoe-me, milady. — Emer retornou tranquilamente para o grupo com a espada. — Eu quis me armar para poder ajudar.

Rae ergueu uma sobrancelha.

— Não foi por não confiar em mulheres nobres para te proteger?

— Eu nunca diria isso.

Emer se juntou ao anel de mulheres que se formava na linha de frente de defesa, o restante usando manoplas ou, no caso de uma garota, segurando uma faca que tirou de baixo da roupa. Bem pensado. Rae deveria começar a carregar uma escondida.

A princesa Vasilisa perguntou:

— Por que há tantas mulheres não armadas com as armas mágicas de Eyam? Esta terra não valoriza suas filhas?

Os homens normalmente ficavam com as armas mágicas nos livros, o verdadeiro rei tirando uma espada de uma pedra ou herdando o sabre de luz.

Horatia disse, tensa:

— Nosso pai só deixa Hortênsia usar as manoplas porque nosso irmão mais velho as recusou e nosso irmão mais novo é jovem demais.

Horatia ainda estava com as manoplas da irmã. Ela não tinha condições de lutar, as mãos finas envolvidas em aço encantado tremiam demais para segurar uma arma. Quando um carniçal passou por Karine, Horatia recuou. Rae agarrou o ombro do carniçal com a mão recoberta pela manopla, segurando-o no lugar pelo tempo que Emer precisava para decepar sua cabeça.

Vasilisa lançou a Emer um olhar de aprovação.

— Sua família treina suas criadas para combate?

Emer pareceu surpresa por ter chamado a atenção da realeza.

— O açougueiro da propriedade dos Felice me ensinou a usar um cutelo.

Rae estava tão feliz por ser uma vilã. Criadas inocentes eram inúteis, e a lacaia má de Rae a estava deixando orgulhosa.

Karine estava lutando com três carniçais de uma vez. Restavam seis no chão, investindo não contra as mulheres armadas, mas contra as barricadas improvisadas. Rae se encolheu diante do impacto de seus corpos arremessados contra os alvos. O baque da carne morta e o estalo agudo da madeira se estilhaçando ecoavam pelas altas muralhas. As barricadas estavam se desfazendo.

Rae agarrou Lia.

— Fique perto de mim!

— *Hortênsia* — entoou um carniçal.

Em meio à confusão, ouviu-se um grito particularmente terrível. Todos se viraram para ver a cabeça cor de limão-siciliano de Hortênsia desaparecer. Um carniçal a derrubou no chão.

Mulheres passaram correndo por Rae, fugindo dos destroços das barreiras rompidas. Apenas uma nadava contra a maré. Lady Horatia abriu caminho e jogou o corpo contra o carniçal que atacava sua irmã. Sua saia rosa rodou quando ela montou no morto-vivo como um caubói em um cavalo não domado. Mantendo o equilíbrio com dificuldade, Horatia ergueu o corpo, levantou os punhos recobertos pelas manoplas e esmagou a cabeça dele entre as mãos cerradas. Ela jogou o corpo arruinado de lado, caindo de joelhos ao lado da irmã gêmea.

— Minha querida, minha querida, fale comigo.

Hortênsia estava com o rosto para baixo em uma poça de sangue. O choro subiu pela garganta de Horatia quando ela a virou, e a luz recaiu sobre os olhos fechados de Hortênsia.

Então Hortênsia piscou.

— Não vou te emprestar minhas manoplas de novo tão cedo — Hortênsia disse com fraqueza. Seu olhar viajou por sobre o ombro de Horatia, para a pilha esmagada que tinha sido um carniçal. — Pensando bem, minha querida, acho que tudo acabou bem.

Era possível que Rae tivesse subestimado as donzelas.

Enquanto Horatia abraçava a irmã com um braço e esmagava o crânio de um carniçal com o outro, Rae passou os olhos pelo pátio em busca de arcos caídos. Emer ficou um passo atrás, vigiando a retaguarda. Quando Rae encontrou um segundo arco, colocou a arma nas mãos de Lia.

Uma única lágrima se formava em cada olho de Lia, gotas de orvalho em centáureas. Ela aceitou o arco nas mãos frouxas, conseguindo disparar uma flecha no chão.

— Eu não posso...

— Aff, por que você é sempre assim?

Lia fez um ruído indefeso. Típico.

— Deveríamos tentar abrir caminho até as portas — disse Emer.

— As portas vão estar trancadas — Lia sussurrou.

Inesperadamente, Lia estava certa. Alguns carniçais escapavam da ravina de vez em quando. Todas as portas nessa terra podiam ser trancadas por fora ou por dentro, tanto para manter os mortos-vivos do lado de fora quanto para manter a ameaça contida. Vendo carniçais nas muralhas, os guardas devem ter seguido o protocolo e trancado as portas antes de entrarem na batalha. A julgar pelo estado das muralhas, esses guardas já estavam mortos.

Rae passou os olhos sobre os carniçais.

— Estou contando menos de vinte. Alguém vai abrir as portas mais cedo ou mais tarde. Temos que sobreviver até lá.

O grupo se aproximou das portas. Rae encaixou outra flecha e atirou em um carniçal que avançava sobre Karine, cujas tranças ruivas haviam se soltado e caíam pelas costas. Karine fez um sinal de positivo para Rae, jogou as tranças de lado e continuou lutando. Ela e sua espada curva formavam uma fita de proteção vermelho-prateada ao redor de sua princesa.

— *Lia...*

Um carniçal à esquerda de Rae avançou. Ela girou descontroladamente, mas sua manopla acertou o golpe. O carniçal cambaleou, mas não caiu.

— *Rahela!*

Não era a voz de um carniçal. Era de Lia, em um alerta que veio tarde demais.

A dor floresceu ao longo do braço de Rae quando um carniçal fincou dentes empretecidos até o osso. A escuridão piscava como uma cortina oscilante, mas Rae havia aprendido a suportar a dor.

Ela usou o braço livre para empurrar Lia na direção de Emer.

— Proteja ela!

Rae girou e golpeou o carniçal. Seu golpe desajeitado mal o tocou. Enquanto ela estava desequilibrada, outro carniçal avançou sobre ela, e Rae tombou com a mandíbula do primeiro carniçal ainda presa em seu braço. Incapaz de impedir a queda, ela caiu com tudo. Rae arrancou fôlego dos pulmões comprimidos e socou o segundo carniçal com a força do desespero. Ela sentiu o crânio dele estilhaçar e a criatura desmoronar. De repente, um peso morto estava prendendo suas pernas.

Os dentes do primeiro carniçal foram substituídos por dedos frios, carne esfarrapada e desgastada de modo que tocos de ossos sobressaíam. A criatura morta subiu rastejando pelo corpo de Rae como um verme grande e pegajoso.

Um hálito fétido entrou na boca de Rae. Bem de perto, ele sussurrou:

— *Rahela*.

Ossos dos dedos, afiados em garras serrilhadas por terem escalado as muralhas, perfuravam a pele dela como dez agulhas. Fluidos vazavam dos olhos dele como lágrimas fedorentas. Gotas asquerosas atingiram o rosto de Rae e ela fechou bem a boca.

Uma bandeira tremulava contra as nuvens cinzentas. Fios prateados brilhavam sobre seda azul, e a coroa bordada refletia a distante luz do sol. Não podia terminar dessa forma, sob o peso da morte, sua última história em um grito. Ela não morreria impotente sob a bandeira de uma terra distante. Ela queria morrer lutando.

O trovão nos ouvidos de Rae foi substituído pelo som de tecido rasgando. Os dedos em garra do carniçal ficaram frouxos.

A espada de Chave atravessou o corpo, de modo que a ponta de sua lâmina esfolou o corpete de Rae. Ele tinha agarrado a bandeira e se balançado desde as muralhas, perfurando antes de aterrissar. A bandeira rasgou, a coroa bordada agora era um trapo na mão de Chave. Ele jogou o pedaço rasgado de qualquer jeito e tentou alcançar Rae.

— Acertar o coração funciona tão bem quanto a cabeça? — Rae perguntou.

Chave tirou os dois carniçais de cima dela com eficácia.

— Atingir o coração, atingir a cabeça ou botar fogo neles com flechas em chamas. A vida na corte é tão empolgante.

No chão, havia garotas mortas cujos nomes Rae nunca se preocupou em saber. Seu sangue derramado e sua carne rasgada estavam espalhados pelo pátio como fitas descartadas e desenroladas.

Rae se apoiou em um cotovelo e vomitou.

Quando ela levantou os olhos, limpando a boca, Chave a observava. Os olhos de Lia eram do azul de um céu de verão, mas os de Chave eram cor de céu sem sol. Quando perturbados, seus frios olhos cinza-escuros ficavam pretos, de nuvem para nuvem de tempestade.

Ele perguntou com a voz incerta:

— Eu não te agradei?

Ela não fazia ideia de por que ele estaria pensando isso, ou o que fazer nesses momentos pouco característicos e ocasionais em que ele buscava validação. Rae levantou a mão até que sua vontade de vomitar novamente passou.

— Você conseguiu! Estou orgulhosa de você, meu lacaio.

Ele acenou com a cabeça, depois se posicionou deliberadamente na frente dela, de modo que ela tinha uma parede atrás e um assassino como seu escudo. Ela puxou os joelhos até o peito e baixou a cabeça, encolhendo-se no chão manchado de sangue enquanto a batalha prosseguia. Protegida por seu próprio maníaco sedento por sangue, Rae aproveitou um momento de tranquilidade sem medo.

Ela sentiu um tapinha de leve em suas costas curvadas. Não era uma mão.

— Você bateu nas minhas costas com uma faca!

— Estou segurando uma espada na outra mão — Chave explicou.

Rae colocou um sorriso no rosto como uma bandeira tremulante – ninguém com medo aqui! – e levantou a cabeça. Isso podia parecer real, passar a sensação de ser real, até mesmo ter um cheiro real, mas não era real. Era uma história, e ela poderia vencê-la.

— Que bagunça! A famosa Bela Mergulhada em Sangue coberta de suor. Não, damas de verdade não devem suar. Melhor dizer que estou "coberta de brilho".

Afinal, uma dama de verdade não podia ser uma pessoa de verdade.

Esfaqueando preguiçosamente um carniçal, Chave perguntou:

— Se não se deve chamar de suor quando uma mulher transpira, como devemos chamar quando uma mulher vomita?

— Ninguém inventou uma palavra delicada para isso.

Heroínas eram adoráveis o tempo todo sem fazer esforço, mas Rae tinha passado dias inteiros deitada no chão frio de um banheiro com a cabeça no vaso sanitário, vomitando. Ela tinha passado anos padecendo em agonia como um animal sem pelos gritando. Uma mulher transformada em um verme perverso. Aquilo não acontecia com heroínas. Apenas vilões definhavam, o destino garantindo que seu exterior combinasse com seu interior. Se seu sofrimento era feio, as histórias diziam que você merecia.

Chave colocou a mão dentro de seu gibão, tirando um cantil prateado gravado em relevo.

— Tome.

Rae virou o cantil e tossiu quando o conteúdo queimou. Um gosto pungente preencheu suas narinas, assim como a boca, o que foi um grande alívio.

— Que cantil bonito.

— Roubei de um cadáver nas muralhas.

— Imaginei.

Ela se levantou e notou que sua mão foi tomada. Chave a puxou, ficou de joelhos e colocou a boca sobre o ferimento na parte interna de seu braço. Rae ficou olhando para o alto da cabeça dele. O cabelo preto de Chave estava mais do que indisciplinado. Erguia-se em rebelião contra um governo injusto. Sua boca estava quente.

A quimioterapia era um veneno feito para matar sua doença antes de sua doença te matar. Quando veneno era injetado em suas veias, ele era frio, como se seu sangue estivesse sendo filtrado por uma máquina de raspadinha. Sangue gélido movia-se letargicamente através do corpo, impregnando todo o sistema. Ninguém nunca tinha tentado salvar Rae de veneno antes. Ela não sabia que desejava que alguém tivesse feito isso.

Quando Chave levantou a cabeça, ela sentiu falta do calor.

— Obrigada pelo resgate — Rae disse de um modo meio desajeitado.

Chave cuspiu veneno nas pedras ensanguentadas, então sorriu, com os dentes brancos vermelhos com o sangue dela.

— Foi um prazer.

— Você é tão estranho. — Rae deu um tapinha na cabeça dele. — Eu gosto de você e tudo mais, mas uau.

Por alguns segundos, ela se preocupou que o gesto fosse condescendente, mas ele inclinou a cabeça na mão dela e permaneceu de joelhos apesar da batalha feroz, então não deve ter se importado. Rae acariciou seus cabelos rebeldes novamente, encorajando-o de um jeito maternal. A sombra passageira dos cílios escondeu os olhos dela. Seu sorriso passou de alegria a prazer.

— Na verdade, eu li que sugar veneno de uma ferida não funciona. O veneno entra no sistema rápido demais para a sucção ser eficiente. — Rae fez uma pausa e uma ideia lhe ocorreu. — Funciona aqui?

— Com mordidas de carniçal? Já fiz isso antes. Funciona se você for rápido o bastante.

Rae suspeitava de que a maioria das pessoas acharia o tom leve de Chave extremamente perturbador. Para ela, era reconfortante. Ele também não levava nada a sério.

— Fascinante. As pessoas morrem de coração partido?

— As pessoas morrem quando carniçais comem elas. Foco, milady.

Chave pegou uma faca em sua bota, girando ao se levantar. Outro carniçal caiu com a faca enfiada até o cabo em seu olho afundado.

— Pare de dizer "milady" em tons de sarcasmo.

— São os únicos tons que eu tenho. Quer ser chamada de outra coisa?

— Chefe — Rae decidiu. — Quantas facas você tem no corpo?

— Não consigo fazer contas complicadas e matar carniçais ao mesmo tempo.

Parecia que eram muitas facas. Por outro lado, talvez o número socialmente aceitável de facas dependesse da situação.

Chave girou com outra faca na mão, e a faca bateu na pedra. Nos vários dias desde que Rae conhecera Chave, ela não tinha visto ele fazer um único movimento desajeitado. Quando ela o encarou assustada, o dourado se esvaiu da pele dele, ficando do mesmo tom cinzento de seus olhos.

Rae tirou Chave de cima da pedra nula e disparou em um carniçal que se aproximava enquanto tentava entender. Chave era mágico? Rae se lembrava de várias histórias de origem misteriosa, mas não sabia ao certo qual era a dele. Talvez ele fosse um Valerius nascido fora do casamento. Havia um Valerius bastardo na história, Rae parecia recordar. Tudo o que ela se lembrava daquela parte da história é que ela não acabou bem.

Ela tentou alcançar outra flecha. Chave chegou antes dela com a cor de volta no rosto. Ele beijou a flecha de leve com os lábios ensanguentados, depois a pressionou na mão dela, com as luvas de couro rachadas roçando em sua palma.

— Obrigado pelo resgate, chefe.

Rae não precisou fingir um sorriso. Sorrisos reais surgiam facilmente perto de Chave.

— Foi um prazer.

Do outro lado do pátio, Rae viu Emer e Lia encurraladas. Lia estava atrás de Emer. Ela estava golpeando uma gangue de carniçais.

— Ei, Emer está indo muito bem. — Chave pareceu satisfeito em avistar um rosto familiar. — Mas não vai ser boa o suficiente.

— Temos que resgatá-las!

Chave considerou a proposta e fez que não com a cabeça.

— Não. São muitos carniçais. Que pena, sempre lamentada, nunca esquecida. Vamos, vou te levar para o outro lado das muralhas.

O preço da ajuda do Naja era ajeitar a história e não fazer Lia ser morta mais rápido. Rae não podia gritar: "Essa é a heroína, ela é vital para a trama!". Talvez devesse informar Chave de que ele estava destinado a amar Lia. Rae analisou a expressão alegremente amoral dele, imaginando como ele aceitaria isso.

— *Lia...* — murmuraram três carniçais em um coro sibilante.

Lia gritou, o primeiro som não belo que Rae tinha ouvido ela fazer, alto e aterrorizado e jovem.

— Aquela é minha irmã! — Rae gritou. — Chave, *por favor*.

Ela avançou. Chave agarrou seu cotovelo acima da manopla.

— Sinceramente? Isso é uma idiotice.

Ele explodiu em violência. Nenhuma outra palavra poderia descrever a maneira como ele pulou no ar sobre a cabeça de dois carniçais, jogando uma faca e pegando outra em um único movimento. Caindo agachado, ele matou mais dois antes de se levantar. Uma garota vestindo organdi verde-menta empurrou Rae ao passar correndo. Rae cambaleou antes de se equilibrar. Chave agarrou os cabelos da garota, enrolando cachos e laços ao redor do punho.

Ela deu um grito fino, meio dor, meio terror.

— O Vilão do Caldeirão?

Chave jogou a donzela pelos cabelos no caminho de um monstro.

— O próprio.

Ele matou mais dois carniçais, depois usou a bagunça escorregadia de cérebros e sangue sobre a pedra para deslizar de volta e esfaquear o último carniçal enquanto a criatura se concentrava em sua matança.

O turbilhão de facas e sangue durou apenas instantes. Até os carniçais pareciam hesitar e se afastar, com as bocas murchas formando um *"mu, mu, mu"* mole como se tentassem se lembrar de como implorar por misericórdia.

Chave estendeu a mão para Rae em um gesto cortês. Havia sangue na curva recoberta de couro de sua palma.

— Você pode querer tirar essas luvas.

— Eu nunca tiro — Chave respondeu de forma distante.

Rae correu para tirar Emer e Lia do canto.

— Obrigada por proteger Lia para mim — ela disse a Emer, que apenas ergueu uma sobrancelha, como era de seu feitio. Rae apontou com a cabeça para Vasilisa e sua guarda-costas incansável. — Vamos nos juntar à princesa.

As víboras seguiram na direção de Vasilisa, Rae no comando.

Ela se deu conta de que não deveria ter tirado os olhos da heroína quando ouviu Lia dar um leve grito. O coração de Rae se contorceu quando ela se virou. Um carniçal pulou sobre Lia quando ela escorregou em uma poça de sangue e caiu.

A heroína era sempre adoravelmente desajeitada.

Ninguém poderia ter se movido rápido o suficiente para salvá-la. Só que Chave atravessou pelo ar tão rápido que criou um pequeno vento particular. Seus cachos pretos desgrenhados e os cabelos dourados dela serpearam juntos com a brisa. A faca dele acertou o coração do carniçal enquanto sua cabeça se inclinava sobre a bela indefesa. Lia se encostou no peito de Chave, um tesouro radiante que valia a pena salvar. O rosto dela era uma pérola.

— Obrigada — sussurraram as duas irmãs. Rae duvidou de que Chave a tivesse ouvido.

Ele tinha parado de sorrir, o que era algo grande para Chave. Rae sentiu o sorriso de alívio em seus lábios se dissolver como espuma do mar.

Ela sabia como essa história continuava. Mariposa, conheça a chama. Bússola, conheça o norte. Pelo de gato, conheça o suéter caro. Algumas garotas eram feitas para serem amadas.

Mas Chave era um guarda do palácio, ele não tinha a mínima chance. Não de romance, já que Lia nunca tinha demonstrado interesse por ninguém por ser tão pura. Nem mesmo para tempo extra na página. Ser um personagem secundário apaixonado pela heroína era duro.

Ela se lembrou de sua melhor amiga e de seu recém-ex-namorado, ao lado de sua cama de mãos dadas. Olhando um para o outro, como se ela já tivesse ido embora. Dizendo que eles tinham nascido para ficar juntos. Os amigos de Rae disseram que queriam permanecer neutros, o que na verdade significava que eram neutros em relação a Rae ser magoada. Rae imaginou que era natural que eles quisessem manter os amigos com quem poderiam se divertir, os que iam sobreviver. Uma garota da equipe de líderes de torcida disse que Rae não podia ficar tão zangada. Como se a raiva fosse um pecado, e não uma consequência de um mau tratamento. A raiva aparentemente a tornava mais culpada do que aqueles que a injustiçaram. Alice tinha razão: Rae tinha sido enganada pelo figurino. Ela acreditou que, porque elas usavam o mesmo uniforme, estavam no mesmo time.

— Você disse coisas nocivas — sua amiga anunciou com tristeza, ignorando que Rae tinha sido magoada primeiro. — Pense em como eles vão se sentir quando... você está sendo um pouco egoísta.

Rae respondeu:

— Então acho que vou morrer como uma megera egoísta.

Todos queriam ficar do lado dos vencedores. Se fosse culpa da vítima, ninguém tinha que defendê-la. Ninguém precisava temer que o horror acontecesse com eles. Era mais convincente se a vítima merecesse seu destino.

Então Rae faria um favor a todos e o mereceria.

Ela ignorou a dor, como se alguém tivesse pressionado um hematoma. Outros personagens eram apenas parte da engrenagem em uma grande história de amor.

Chave soltou Lia no chão.

— *Ei!* — Lia gritou.

— Preciso das mãos livres para lutar — disse Chave. — Aprenda a andar.

Emer ajudou Lia a se levantar. De alguma forma, Lia tinha conseguido evitar cair na poça de sangue. Apenas algumas manchas encantadoras delineavam suas feições perfeitas. Rae imaginou que Lia e Chave teriam um tipo de amor briguento. Não tinha problema para Rae; aquilo significava menos sofrimento. Os personagens se tornavam inúteis quando estavam sofrendo.

Do lado de fora das portas trancadas, cornetas tocaram.

— O rei! — A voz antes estridente de Lady Hortênsia era fina, mas repleta de alegria.

Horatia defendia sua irmã caída, com os punhos recobertos pela manopla erguidos. A princesa estava em segurança no anel de morte que sua guarda-costas havia feito. Carniçais cercavam e resmungavam seus nomes, mas o rei logo estaria ali.

O Imperador estava próximo. O sangue de Rae cantava com a profecia. *Ele está vindo.*

A ruiva Karine sorriu.

— Ah, Sua Majestade em toda a sua beleza. Boas notícias.

— Com a torre de damas do rei, e agora os mortos-vivos — murmurou Vasilisa —, talvez eu devesse ter ficado em casa e me casado com o conde.

Aquilo surpreendeu Rae, mas é claro que uma princesa teria opções. Talvez nenhuma opção fosse boa.

— O conde é velho e horroroso?

— Não! — Karine respondeu. — Ele é lindo.

Rae se perguntou se esse seria o conde que seria importante mais tarde.

A princesa havia se armado. Ela balançava um pedaço de madeira tirado das barricadas quebradas.

— O conde só se preocupa com batalhas e bordéis. Eu estava esperando que esse rei fosse diferente.

Ela estava esperando por um herói, Rae percebeu com uma pontada de empatia. E havia encontrado um, mas aquilo só acabava bem se você fosse uma heroína.

Karine repreendeu Vasilisa.

— Esconda esse objeto antes que o rei veja e pense que eu não consigo te proteger. Será uma vergonha para minha família!

— Sim, você me envergonhou tanto hoje — Vasilisa brincou. — Tanto que, quando voltarmos para casa, vou pagar bebidas para você pelo resto de sua vida.

Karine riu.

— Não seja mesquinha, Alteza. Depois do que eu fiz hoje, seus filhos deveriam pagar bebidas para os meus filhos.

Trocando sorrisos, não importava que Karine fosse mais bonita. Nunca importou. Enquanto as damas à espera de se tornarem rainhas julgavam a princesa por ter um acessório que não a favorecia, Vasilisa, a Sábia, estava andando com sua irmã.

Ouviu-se o som de madeira raspando na pedra de portas enormes sendo empurradas para dentro sobre os paralelepípedos. Rae vislumbrou as vestes reais pretas em contraste com um fundo de azul ministerial, escuras como uma sombra contra o mar.

Rae se virou para compartilhar sua alegria com Chave, então ficou gelada ao ver sua lâmina nua. Ela golpeou com força o pulso dele. A espada caiu de sua mão inerte.

Tão rápido quanto um chicote, Chave estava em cima dela, colocando-a contra a parede.

— O que você está *fazendo*?

Rae acenou freneticamente na direção das portas abertas. O rei Otaviano e seu grupo pararam na soleira. O primeiro-ministro arregalou os olhos. O Última Esperança aproximava-se no fundo da multidão. E o guarda ao lado de Otaviano, pronto para matar qualquer um que puxasse uma arma sem permissão na presença do rei, apontou seu arco e flecha para a guarda-costas da princesa.

— Cuidado! — Rae gritou.

Karine desviou da flecha e jogou a espada. Não no guarda, mas no carniçal que avançava sobre sua princesa repentinamente indefesa.

Karine ficou vulnerável apenas por um instante.

O instante foi longo demais. A garra manchada e encolhida de um carniçal a empalou, dedos ossudos afiados como facas arrancando seu coração. Um bloco sangrento tombou sobre o chão sujo. O carniçal, com a mão enfiada no buraco do peito de Karine, ergueu o cadáver.

— *Karine!* — gritou a voz do morto-vivo em um tom que parecia triunfal.

O lamento humano de Vasilisa abafou o do carniçal.

— Karine!

A história tinha dado violentamente errado mais uma vez. Karine deveria ter vivido para ficar ao lado do trono da Rainha de Gelo, a guardiã com cabelos de fogo sempre respondendo ao chamado de sua rainha.

Sua princesa estava chamando, mas ela não podia responder. Sua cabeça vermelha balançava e os membros sacudiam. Ela não era mais uma garota, mas uma boneca de pano feita de carne e osso.

12
O Naja e o Rei

A princesa Vasilisa encontrou o rei Otaviano no baile. O palácio estava cintilando, o jovem rei estava magnífico e a princesa era considerada indigna de sua recepção. Ouvindo os rumores, o coração de Vasilisa afundou. Ela quase desejou que o mesmo tivesse acontecido com seu navio.

Otaviano conhecia seu dever. Ele a proclamou uma de suas damas à espera de se tornarem rainhas e sua parceira para o baile.

Vasilisa o amou à primeira vista e para sempre.

Era do Ferro, Anônimo

A barra nas portas do pátio não o preocupou a princípio. As portas eram trancadas por muitos motivos em Eyam. Quando a barra deslizou para fora e as portas se abriram, Marius se preparou para mais uma ocasião social. O brasão real de uma coroa prateada sobre picos nevados se espalharia por bandeiras azuis, tremulando sobre fileiras ordenadas de alvos de tiro com arco. Um grupo de beldades competiria pela atenção do rei.

A realidade destruiu as expectativas como um soco em um espelho.

O pátio estava lotado de carniçais e cheio de cadáveres espalhados. Os alvos de tiro com arco pertenciam ao fundo do mar com outros escombros. As pedras do chão estavam cobertas por uma grossa pasta de sangue, sujeira e fluidos dos mortos. A princesa estrangeira empunhava um instrumento sem corte e uma criada escondia uma lâmina sob o avental.

Algum vândalo tinha rasgado a bandeira real, então trapos tremulavam, miseráveis como um fantasma indigente. Uma loira com um vestido rosa manchado de sangue estava sobre outra loira como um tigre defendendo seu filhote. Ainda assim, o olhar do rei de Marius parecia irresistivelmente atraído para a pior visão: a traiçoeira e dona de um coração de gelo Bela Mergulhada em Sangue, repentinamente transformada em Bela Ensopada de Sangue. Sangue escorregadio cobria os braços de Lady Rahela até os cotovelos. Nem um mínimo traço de branco-neve permanecia em seu vestido manchado de vermelho.

O quadro tenso foi quebrado pelo rugido do General Nemeth, avançando por entre os carniçais na direção de suas filhas. Ele chamou o nome delas e entoou o grito de batalha de sua casa, balançando seu machado de lâmina dupla. Ele deixou os guardas sem um líder e o rei sem proteção.

Marius movimentou-se entre os cortesãos como se eles fossem milho e ele uma foice, apertando o ombro de Otaviano.

— Você não pode entrar!

— De fato, senhor — concordou o primeiro-ministro, procurando sua sobrinha com os olhos. — Você não tem herdeiros. Pense no reino.

Alguém precisava liderar. Marius desejou estar com seus homens, mas Otaviano disse que a força que Marius havia pessoalmente treinado era formada por estraga-prazeres disciplinados demais.

— Mande chamar o Capitão Diarmat. — Marius apontou para dois guardas. — Fiquem e protejam seu rei. O restante de vocês, me acompanhe. Os carniçais estão vindo por cima das muralhas. Vamos acabar com eles.

Ele não esperou pela resposta. Ninguém o desobedeceria. Ele meteu a bota na barra da porta, agarrou a bandeira no alto e subiu para as muralhas. Por alguma razão indecifrável, os guardas pegaram o estreito lance de escadas e se amontoaram com os mortos-vivos. Marius matou dois carniçais antes de eles chegarem.

A maioria dos guardas sabia que deveria seguir, temer e nunca questionar um Valerius. Mas sempre havia um recruta novo. Ele ficou ao lado de Marius, pálido como a lua e aterrorizado, com os olhos fixos nos monstros vorazes que cercavam as ameias.

— Milorde, não tem como...

Marius sacudiu o cabelo com o vento quente que soprava da ravina, examinou as paredes em busca de um item útil e avistou uma corrente robusta enrolada ao redor do parapeito. Ele soltou a corrente de aço da pedra. Ao puxar, sentiu um peso preso à corrente: ao que ela estava presa, ele não sabia e no momento não importava. O que Marius precisava era de um algo comprido feito de aço. Os elos se enrolavam ao redor de seu antebraço enquanto ele erguia e balançava o grande chicote de metal que havia confeccionado. A corrente batia e agarrava, puxando os mortos-vivos asquerosos de volta para o abismo de onde tinham vindo. O sangue de Marius rugia o grito de batalha de sua própria casa. *Morte em minha mão, honra em meu coração. Valerius!*

Cinco carniçais derrubados, e o caminho estava limpo.

— Soldado? — Marius acenou friamente com a cabeça. — Eu lidero o caminho quando não há caminho.

O recruta novato ofereceu a espada e a lança para Marius, como se o presenteasse com um buquê letal.

— Não posso tocar em uma arma. Eu fiz um juramento.

Sem lâmina, sem amada, sem sangue derramado pelas minhas mãos. Eu sou para as palavras na página. Eu sou para a deusa. Esse era o juramento da Torre de Marfim. Tal juramento não vinha naturalmente para um Valerius.

Marius esperava que o recruta não fosse dominado pela admiração de sua destreza em batalha, seguindo-o até que a admiração se transformasse em terror. Era constrangedor quando isso acontecia.

Abaixo deles, o General Nemeth alcançou suas filhas. Ele largou o machado para abraçar Lady Hortênsia. Ela estava gravemente ferida, isso estava claro. A nova princesa estava de joelhos, abraçando uma das muitas mortas.

Lady Rahela estava cercada por um bando de malfeitores, intocada.

— Arqueiros — ordenou Marius. — Deem cobertura ao general.

Ele observou a carnificina do pátio. Os mortos-vivos estavam à solta. Ninguém ousava passar por essa soleira ensanguentada.

Ninguém além do Naja. Lorde Popenjoy passou correndo pelo séquito do rei, a barra dourada de seu *herigaut* creme voando atrás dele como asas brilhantes. Ele empurrou o soberano do reino para o lado sem cuidado.

— Popenjoy! — Otaviano parecia surpreso e indignado. — Você tem alguma coisa para me dizer?

O passo do Naja não vacilou.

— Saia da frente.

Ele não sabia lutar, não podia esperar sobreviver a isso, mas o Naja entrou no campo de batalha que a Corte do Ar e da Graça tinha se tornado.

Um carniçal avançou, com a boca morta e úmida balbuciando em busca de um nome. O Naja desviou, curvando-se para trás, quase se dobrando ao meio, girando agilmente para fora do alcance da criatura como se um ataque pudesse ser uma dança. Ele agarrou as mãos de ossos e podridão negra do carniçal e empurrou a criatura contra um espeto improvisado na parede, do qual uma bandeira havia voado.

— Sai pra lá que não te dei essa intimidade — ele disse ao morto-vivo. Passou os olhos pelo pátio e encontrou Lady Rahela.

Ele teria chegado até ela se não fosse por seu *herigaut*. Um carniçal estava no chão, quieto como uma fera nos pequenos arbustos, até que ele agarrou o Naja. Dedos cinza se fecharam sobre sua barra dourada, e o Naja foi capturado.

Marius pegou outra bandeira ainda afixada na parede, quebrou o mastro contra a pedra e atirou a parte quebrada como uma lança. O monstro morto-vivo estremeceu e ficou tenso, preso feito uma borboleta em um quadro.

— Naja! — Marius rugiu, o pulso acelerado como um cavalo aterrorizado. Ele estava absolutamente furioso. — *Saia* daqui!

— Cuide da sua vida, milorde.

O Naja não se deu ao trabalho de olhar para Marius ou para o carniçal que poderia tê-lo matado. Ele saiu correndo na direção de Rahela, esticando os braços para pegá-la no colo. O guarda de Rahela se preparou para um salto, Rahela ergueu uma manopla ensanguentada, e o Naja imediatamente recuou.

Graças aos deuses perdidos, a dama não havia se rendido a todas as noções de modéstia.

— Peço desculpas — disse o Naja, como se fosse um cavalheiro.

— Estou coberta de sangue — Rahela explicou, franzindo o nariz.

O tom do Naja ficou mais gentil.

— Está tudo bem. Se você estiver bem.

Ela fez que sim com a cabeça e o deixou puxá-la para perto, com um braço dourado ao redor dos ombros desnudos dela. Marius retirou seu agradecimento aos deuses.

— Minha nossa, eles são casados? — sussurrou o novo recruta que pairava ao lado de Marius.

— Eles não são *casados*, eles são *meretrizes desvairadas* — retrucou Marius.

O olhar surpreso do recruta recaiu sobre ele. Marius não pretendia dizer isso em voz alta. Ele arrancou fora o braço de um carniçal com força desnecessária, chutou a criatura no peito e a mandou girando para a ravina.

— *Marius* — sussurrou outra voz morta.

Mãos mortas tentaram alcançá-lo, bocas mortas escancarando-se. O recruta se escondeu atrás dele quando o morto-vivo se aproximou. Marius soltou as rédeas de sua raiva. Quando sua mente clareou, havia sangue em seu rosto e nenhum carniçal se movimentava sobre as muralhas. O novo recruta se afastou de Marius aterrorizado.

Lá de baixo vinha o som de marchas e espadas cortando, em formação mesmo contra os mortos-vivos. O Capitão Diarmat e seus homens tinham chegado.

Era incomum que alguém da classe dos criados atingisse o cargo de capitão, mas Marius tinha notado sua dedicação à disciplina nos campos de treinamento e perguntado: "Você é leal?". Diarmat respondera: "Até a morte, milorde".

Marius tinha escolhido a dedo cada membro da força de Diarmat. Eles não ofereciam nenhuma ameaça ao rei.

O Naja estava em segurança. O guarda, Rahela e, estranhamente, sua criada estavam defendendo seu ninho de víboras. Quando os homens de Diarmat passaram pelos mortos-vivos, a quietude recaiu sobre o pátio.

Não havia necessidade de o Naja continuar abraçando a dama de neve e chamas. Lady Rahela tinha tomado a decisão arrepiante e escandalosa de prender os cabelos, deixando o pescoço à mostra. Sem dúvida, o Naja podia ver toda sua nuca, e estava sussurrando em seu ouvido. Marius aprimorou seus sentidos para capturar as palavras.

— Isso acontece na sua versão?

— Acredite, se eu soubesse que ficaria presa em uma armadilha com mortos-vivos sedentos de sangue, não teria comparecido ao torneio de arco e flecha das mulheres!

Marius não sabia sobre o que eles estavam falando, mas sabia que abraços no campo de batalha eram inadequados. O guarda de Lady Rahela olhou para o Naja com um olhar venenoso. Marius ficou feliz por alguém da gangue miserável dela observar decência, embora surpreso por ser o bandido de origem humilde. O Naja passou os olhos aguçados sobre o caos, claramente observando algo que Marius não podia ver.

Marius ordenou que os homens de Diarmat juntassem os mortos e passou pelo parapeito examinando os corpos caídos.

Logo depois, ele berrou das ameias:

— Alguém está *saqueando* esses corpos!

O guarda traiçoeiro de Rahela inclinou a cabeça preta como petróleo, olhos arregalados com uma inocência fingida.

— Chocante! Quem faria uma coisa dessas com meus camaradas abatidos?

Ele começou a assobiar. Marius quis arrancar o olhar malicioso de seu rosto.

Fora das paredes do pátio, uma mulher gritou.

Marius primeiro pensou que carniçais estivessem à solta pelo palácio. Ele saltou para a borda das ameias, correndo pelas brechas sem ser impedido até chegar ao final da muralha sobre a Corte do Ar e da Graça.

Depois do pátio havia um jardim, arbustos floridos e caminhos sinuosos cercados por altas paredes douradas. Havia degraus em uma das paredes. Subindo aqueles degraus e ficando sobre a larga borda de pedra daquela parede, dava para ver o abismo.

No alto da parede, a princesa Vasilisa, imobilizada por guardas do palácio, lutava para se soltar.

— Parem! — Vasilisa gritou. — *Eu ordeno!*

Dois guardas estavam na borda de pedra acima da ravina, segurando um embrulho envolto em tecido entre eles. Uma trança de cabelo ruivo escapou do lençol, uma pequena chama de cor. Os guardas arremessaram o corpo embrulhado para fora. Marius estremeceu com o som da carne batendo nas laterais irregulares do penhasco. Um murmúrio faminto emergiu das profundezas abaixo.

O murmúrio era um rugido emitido por mil bocas mortas famintas, bem lá embaixo.

A pena por empunhar uma espada na presença do rei sem permissão era ser jogado na ravina. Vivo ou morto. Isso era justiça.

A princesa estrangeira não sabia disso. Ela ficou em silêncio, tão abruptamente quanto o corpo havia caído. Marius fez um gesto de ordem. Os guardas, percebendo que não estavam mais segurando uma mulher histérica, mas lidando grosseiramente com uma princesa, soltaram-na.

A princesa Vasilisa desceu os degraus da parede, correu pelo caminho sinuoso entre as flores e deu um tapa bem no meio da cara do rei.

Até mesmo o Naja e seus novos amigos, saindo do pátio salpicados de sangue como se estivessem em um passeio matinal, recuaram.

— Ah, droga — o Naja disse baixinho.

A marca vermelha do tapa destacava-se no rosto de Otaviano como uma única falha em um vaso de valor inestimável.

— Como ousa? — Sua Majestade disse lentamente.

A princesa havia cometido um péssimo erro. Otaviano podia perdoar qualquer coisa, menos um dano ao seu orgulho.

A princesa ainda não tinha terminado de cometer erros.

— Como *você* ousa? Karine não era sua súdita, ela era uma de minhas mais caras amigas. Ela renunciou à própria vida para me proteger. Agora não posso nem levar o corpo dela para ser enterrado. Você a jogou fora como lixo das ruas!

O belo rosto de Otaviano se contorceu com fúria.

— Você colocou as mãos em mim. Isso é sacrilégio.

Seus ministros mais jovens murmuraram em concordância. Suas vozes fizeram Marius recordar do rugido distante dos mortos famintos. O primeiro-ministro Pio deu uma tossida aguda e alarmada.

— Devo lembrar a todos que a princesa é nossa estimada embaixadora de Tagar!

Vários dias antes, na reunião de gabinete, os ministros mais velhos insistiram que a princesa Vasilisa fosse admitida entre as damas à espera de se tornarem rainhas, apesar de relatos de que a moça não era bonita. O irmão dela era um rei com reputação de ser astuto e impiedoso, cujos soldados de gelo superavam muito em número o exército de Eyam. Eles precisavam desses soldados como aliados, não inimigos.

Foi a primeira reunião de gabinete da qual o Naja não participou. Aparentemente, ele estava trancado a sós com Lady Rahela. Os criados fofocavam sobre sons estranhos ouvidos atrás de portas fechadas.

Agora o Naja sussurrava para o rei.

— Relações diplomáticas, já ouviu falar?

Otaviano parecia zangado demais para prestar atenção.

— Nosso país se manteve sozinho durante séculos. Nosso poder nos protege. Sou rei e não vou tolerar nenhum insulto.

Quando Marius era jovem, ele acreditava que poderia derrotar a maldição da família. Seus ancestrais não eram assassinos descontrolados. Eram generais. Ele foi treinar no Palácio na Borda com um único objetivo: esperar que o futuro rei fosse alguém que ele pudesse amar e respeitar.

Em seus primeiros dias como pajens, Otaviano se encostou, taciturno, nas paredes do pátio de treinamento, sem querer correr o risco de decepcionar seu pai, o rei. Marius achou o treinamento simples, mas falar era complicado. Talvez eles nunca tivessem sido amigos se não fosse por Lorde Lucius dos cabelos de raposa de fogo e língua de prata. Lucius tornava tudo fácil, até a conversa. Marius nunca se esqueceu do momento em que os olhos verdes de Otaviano brilharam ao compreender que Marius estava lá para servir e não para ofuscá-lo. Depois disso eles formaram um círculo encantado de três. Quando terminasse o treinamento, Marius estava determinado a fazer o juramento de sangue e jurar obedecer a seu rei ou morrer. Sua fúria assassina seria dominada. Seus impulsos obscuros teriam um propósito brilhante. Ele era uma arma, então se colocaria em mãos seguras.

Marius nunca completou seu treinamento nem fez o juramento, mas conhecia Otaviano o suficiente para saber que ele era melhor do que isso.

Ele falou baixo no ouvido de Otaviano:

— Você é um rei muito bom e sábio para se ressentir das palavras de uma mulher arrasada pelo luto.

Era Lucius que conhecia a arte de persuadi-lo, e Lucius estava morto. Marius não tinha certeza se Otaviano ouviria. O alívio o aqueceu quando Otaviano se virou em sua direção, olhos procurando e se iluminando quando viu a fé de Marius. Tudo o que Otaviano precisava era de que alguém acreditasse nele.

— É claro que você está certo, meu velho amigo.

O rei se aproximou da princesa Vasilisa, cuja fúria devia ter diminuído um pouco. Ela observou Otaviano com cautela, em vez de gritar ou estapeá-lo. Sua mão machucada estava aninhada contra o peito ofegante, mas, quando Otaviano agarrou seu pulso, Vasilisa o deixou levar seus dedos aos lábios.

— Princesa, aceite minhas desculpas. Não considerei que recém-chegados pudessem não conhecer nossos costumes. De agora em diante, vou me dedicar pessoalmente a ensinar você.

A voz do rei era segura e tranquilizadora. Seu olhar verde sobre Vasilisa era deslumbrante, esmeraldas erguidas para capturar a luz do sol. Otaviano e Lucius já haviam competido para cortejar mulheres. Marius nunca viu nenhum dos dois fracassar.

A princesa endireitou as costas. Ela não tinha charme, mas tinha treinamento.

— Aceite minhas desculpas por me comportar de uma maneira não condizente com minha posição.

Otaviano assentiu.

— Vamos considerar esse assunto resolvido.

A princesa Vasilisa acenou de leve com a cabeça, virando as costas para o rei e seus ministros e saindo sozinha.

Otaviano zombou com desdém.

— Vasilisa, a Sábia? Eu a chamaria de Vasilisa, a Bela.

Os ministros riram. Era bem sabido que Marius não tinha senso de humor, então ele não precisou rir. O grupo de Lady Rahela ficou ao lado, assistindo com frieza. Espectadores, não participantes.

— Otaviano terá que se esforçar muito no baile para conquistar o coração de Vasilisa — murmurou Rahela. — Por sorte ele tem aquele rosto bonito. As mulheres sempre acham o Imperador atraente.

— Se você diz. — O Naja parecia distintamente não convencido.

Por que Rahela desejaria que Otaviano conquistasse a princesa? A trama que eles estavam desenvolvendo envolvia soldados de gelo?

Marius não sabia. Ele notou o olhar de Otaviano se demorando sobre o braço do Naja ao redor dos ombros de Rahela. Otaviano não demonstrara tanto interesse em Rahela em anos.

Era muito esperto da parte de Rahela. Bem. Ela podia deixar o Naja fora de seus esquemas.

— Venha aqui. — Marius se dirigiu ao Naja, ordenando de leve. — Quero falar com você.

Sobre seu desejo aparente de servir de comida para os carniçais, entre outras coisas.

O Naja ergueu uma sobrancelha.

— Então estamos em conflito, Lorde Marius. Eu não quero ter mais nada a ver com você.

A atenção de toda a corte se voltou para eles. Ninguém nunca tinha ouvido o Naja falar com Marius assim. Marius lançou aos cortesãos um olhar que sugeria fortemente que eles se abstivessem de qualquer curiosidade sobre esse assunto.

— Encontraram entretenimento em outro lugar, por acaso? — Otaviano se dirigiu ao Naja, sua voz afiada como uma lâmina sobre a pedra de amolar. — Achei que você conhecesse os rumores da corte. Não ouviu falar que Lady Rahela é uma bruxa sem misericórdia que arrasta os homens para o desespero e a desgraça?

Otaviano falou por lealdade a Marius, mas, se restasse algum homem na família de Rahela, ele seria obrigado a vingar aquelas palavras. Marius se encolheu.

O Naja deu uma piscadinha.

— Não me ameace com diversão.

Rahela ignorou o insulto do rei, concentrando-se na garota de cabelos claros de costas para Marius. Com um sorriso cintilando como vidro estilhaçado, Rahela perguntou:

— Já que salvei sua vida, presumo que eu seria bem-vinda no baile em sua honra?

Se Marius não fosse esperto, ele teria pensado que a indiferença de Rahela ao rei era real.

— É *isso* que você esperava ganhar me protegendo?

A garota tinha uma voz adorável. Marius se perguntou onde a havia ouvido antes.

— Você pensa em bailes enquanto pessoas morrem? — a bela voz continuou. — E está sorrindo?

O sorriso de Rahela vacilou como as asas de uma mariposa repentinamente incerta.

Marius observou.

— Você é rápida para usar um desastre a seu favor, Lady Rahela. Talvez ache essa tragédia conveniente.

Ouviu-se um murmúrio de desconfiança.

— Todos culpam a meia-irmã má — Rahela resmungou. — Só porque eu cometi muitos crimes.

— Ela não pode ter feito isso. Ninguém, além do futuro Imperador, pode controlar carniçais — observou o Naja.

Aquilo deu a Marius o que o Naja chamaria de sua deixa. Ele apontou para os soldados nas ameias e pegou a corrente que eles jogaram, a corrente que ele tinha pegado para lutar contra os carniçais. Marius arrastou o que havia na ponta da corrente sobre as muralhas. O dispositivo caiu com um baque sobre a pedra diante do rei.

Sua descoberta tinha barras de ferro. Era uma jaula presa a uma corrente. A jaula continha um cadáver humano, espancado até ficar irreconhecível por entre as barras.

Marius levantou a voz para que todos pudessem ouvir.

— Ninguém controlou os carniçais. Alguém baixou essa jaula na temível ravina, o que serviu como isca para os mortos-vivos escalarem a encosta. Alguém os deixou à solta em um pátio com portas trancadas!

O único som que se seguiu à acusação foi o eco do aço tilintando.

A mulher de cabelos claros com a bela voz se afastou de Rahela, cambaleou e caiu. Otaviano levantou a dama e a segurou aninhada junto ao peito, uma imagem de cavalheirismo.

— Ah, romance de conto de fadas — Rahela murmurou. A megera parecia estar zombando de uma garota por ter caído.

Seu guarda riu.

— Ela é inútil.

— Vocês acham que eu quero ser inútil? — O sussurro da garota era baixo e solitário como o de uma criança abandonada. — Que escolha tenho? Todas as minhas escolhas me foram tiradas.

Ouvindo sua voz em sofrimento, Marius finalmente a reconheceu. Devia ser Lady Lia. Ele havia ouvido falar que a moça era bonita e que Otaviano estava apaixonado, mas tudo o que podia ver era uma saia com a borda azul e cabelos dourados desgrenhados. Otaviano tocou naqueles cabelos com uma mão gentil e protetora.

O Naja fez cara feia para Marius.

— Você não consegue segurar pessoas? Para que servem esses braços?

A alma de Marius congelou em uma estalagmite de ultraje.

— Há um assassino no palácio usando os mortos-vivos para massacrar mulheres!

O Naja revirou os olhos.

— Também notei isso. Notei muitas coisas. Foi apenas uma pergunta, milorde. Não me mate.

Alguém *mataria* o Naja um dia. Ele era irritante demais para ficar vivo.

O primeiro-ministro Pio, encarando a jaula por onde os carniçais haviam escalado, disse:

— O culpado é óbvio. Apenas uma dama à espera de se tornar rainha provou que quer suas rivais mortas.

Até mesmo a audácia de Lady Rahela pareceu falhar sob uma dúzia de olhares condenatórios. O braço do Naja ficou mais firme ao redor de seus ombros.

O ronronado de Rahela vacilou.

— Eu *salvei* Lia.

— Para conseguir um convite para o baile — disse Otaviano. — Nós te ouvimos.

Ele se aproximou, encarando os vilões com uma beleza indefesa em seus braços, cada centímetro do rei que Marius sempre havia acreditado que ele se tornaria. Confrontada com o julgamento da realeza, Rahela não teve nada a dizer.

Infelizmente, o Naja sempre tinha algo a dizer. Ele baixou a cabeça para sussurrar no ouvido de Rahela.

O primeiro-ministro Pio perguntou:

— Você não vai nem negar a acusação?

— Quem acredita nos perversos? — Lady Rahela retrucou. Ela segurou as saias ensopadas de sangue e deixou o campo para o Naja.

Ele cruzou os braços e não abaixou a cabeça com respeito, em um desacato incauto ao rei e sua corte. Algo que Marius sempre soube de repente estava claro para toda a corte: o Naja era mais alto e mais robusto do que o rei.

Uma vez Marius havia criticado o volume ridículo das mangas do Naja, que ficariam no caminho quando precisasse alcançar as armas. "Para que elas servem?", ele havia perguntado. E o Naja respondera: "São uma distração".

Seu traje frívolo tinha a intenção de enganar o olho. Sua máscara poderia cair à vontade.

Com o olhar desafiador do Naja, a expressão de choque fez a boca de Otaviano se torcer para baixo.

— Abaixe o olhar, Lorde Popenjoy. Ou darei ao covarde da corte algo para temer.

Isso pareceu divertir o Naja.

— Dê um centímetro a um homem e ele já pensa que é um governante. Sempre avaliei Vossa Majestade abaixo de minha consideração. Deixe a dama em paz, ou vou começar a prestar atenção.

Otaviano resmungou:

— Isso é uma ameaça?

Um sussurro metálico coletivo soou quando a força de Diarmat, até o último homem, sacou suas espadas. Marius empurrou a jaula para o lado com um grito de metal contra pedra, abrindo caminho para se mover entre o Naja e seu rei.

Popenjoy desdenhou:

— De um covarde como eu? Inimaginável. Eu criei uma amizade com Lady Rahela, então estou preocupado. Ela também estava presa naquele pátio. Parece absurdo sugerir que ela tramou para ser morta.

Otaviano corou de um vermelho escuro e furioso.

— Quem poderia ser senão Rahela?

Contra os sussurros desconfortáveis da corte, o Naja murmurou:

— Todos nós devíamos nos fazer essa pergunta.

O significado do que ele disse estava claro. Se todos suspeitassem de Rahela, o culpado que havia soltado carniçais sobre as damas poderia escapar do castigo. Esse vilão sem nome estaria livre para matar de novo.

— Talvez *você* tenha feito isso — Otaviano sugeriu.

Marius conhecia o Naja bem o suficiente para ver que Popenjoy estava deliberadamente desviando a atenção de Lady Rahela para si mesmo. O resultado foi extremo. O líder escolhido por Marius e o traidor que Marius tinha chamado de amigo por seis anos se encaravam em um campo de batalha.

O Naja soltou sua gargalhada dourada maléfica.

— Talvez eu tenha.

13
A VILÃ SE APROXIMA DA SEPULTURA

— A honra exige que eu respeite minhas damas à espera de se tornarem rainhas.

As mãos do jovem rei permaneceram, como se presas por um feitiço, sobre as belas curvas dos quadris dela. Embora a idade dissesse que ela era uma garota, o corpo prometia que era uma mulher. O laço vermelho que prendia o corpete de Rahela se desamarrou como uma cobra se desenrolando.

Quem podia resistir aos perversos?

Era do Ferro, Anônimo

S aia, maldita mancha! Suas mãos nunca ficariam limpas? Sangue ressecado era um terror de tirar de debaixo das unhas.

Como uma vilã venal e rasa, Rae desfrutava dos banhos luxuosos em uma banheira de cobre atrás de uma tela pintada. Essa noite, a água morna ao seu redor tinha ficado levemente rosada. O sangue mal havia saído quando chegou uma convocação de Sua Majestade exigindo que Rahela fosse vê-lo.

Não há descanso para os perversos. Tampouco há banho relaxante para os perversos. Sem dúvida, Sua Majestade desejava acusá-la de assassinato novamente.

Quando ela entrou, com Chave em seu rastro, eles encontraram a sala do trono vazia. As tochas nas paredes queimavam baixo como o sol no horizonte enquanto eles esperavam. Até o chão dourado ficou cinza.

Otaviano finalmente entrou, com um comportamento confuso.

— Por que veio até aqui?

Rae piscou.

— Por causa da convocação real?

— Você sempre vai para os meus aposentos quando mando te chamar.

Ah. Parecia que o rei não queria falar sobre a trama de assassinato.

Rae respirou fundo, o que pode ter sido um erro estratégico. Seu vestido estava levemente disforme pelo peso das pedras de granada que decoravam a barra. O material transparente da gola flertava com sombras sobre sua pele. Talvez ela devesse ter usado outra coisa, mas um vestido de gola alta deixaria os atributos de Rahela óbvios de outra forma. Ela não era feita para modéstia.

Na verdade, sua modéstia não era a questão. Ela não havia escolhido a própria forma.

O rei Otaviano não estava usando a máscara coroada. Ele estava ao lado de Rahela, de modo que pareciam menos monarca e súdita e mais homem e mulher. Seus olhos eram quentes como grama ensolarada. Sua voz era grave como uma brisa de verão. Essa cena tinha o potencial de ser altamente romântica.

Estranho.

— Devemos mandar seu guarda embora?

— Não — Rae disse rápido demais.

Os costumes do palácio pareciam diferentes agora que se aplicavam a ela. Ninguém podia desobedecer a uma ordem real. Se Otaviano dispensasse Chave, ele teria que deixá-la.

Sozinha. Com um homem que deveria ser obedecido.

Com um homem que esperava uma dama que soubesse o que estava fazendo na cama.

Pela janela hexagonal sobre o trono alado, Rae viu fios de fumaça subirem para vendarem a lua quebrada e o sol quase perdido. O horizonte queimava acima da ravina. Um dia, os olhos de Otaviano se tornariam vermelhos como o sol poente, e sua silhueta coroada seria pintada em nuvens cor de sangue. Ele já tinha o poder da vida e da morte sobre ela.

Rae não tinha se dado conta de que recuara, até sentir o calor de Chave. Ela olhou ao redor e seus olhares se cruzaram. Ele parecia surpreso, como se ninguém jamais o tivesse considerado um porto seguro.

Ela voltou a atenção de novo para Otaviano e o encontrou acenando com a cabeça em aceitação à recusa de Rae. Rae disse para seu coração acelerado parar de ultrapassar sua mente. Ela *conhecia* o Imperador. Ele tratava Lia como uma estátua sagrada que mal ousava tocar. Ir para a cama não importava tanto para Otaviano. Ele queria alguém para cuidar dele. O Imperador não se aproximava de ninguém que não tivesse ido até ele primeiro. Era um predador, mas não caçava os indefesos.

Rae se lembrou do quanto ia gostar desse cara e se viu sorrindo. Otaviano se aproximou, como se o sorriso dela fosse um ímã.

O coração dela havia se partido com a insaciável solidão do Imperador em seu trono, mestre do céu escuro e do abismo ardente. Talvez Otaviano se preocupasse com as damas que morreram e buscasse consolo. Lendo os livros, ela havia achado que o Imperador devia ser o homem mais solitário do mundo. Ela daria muita coisa pela chance de consolá-lo.

— Ei — Rae disse, com animação. — Por que não falamos sobre assassinato?

Atrás dela, Chave abafou uma risada. Otaviano parecia capaz de apagar a existência de Chave de sua mente.

— Muito bem — o rei concordou. — Eu estava me perguntando se queria me contar alguma coisa. Você pode prever o futuro, e ainda assim entra em uma armadilha repleta de carniçais? Um homem desconfiado poderia acreditar que você fingiu uma profecia para se livrar de problemas.

O Imperador era sempre rápido na compreensão. Rae gostava disso, embora achasse inconveniente naquele momento. Otaviano estendeu a mão. Ele não estava usando as manoplas com garra que Rae sabia que odiava tirar, e sua palma aberta e desnuda parecia um convite. Os olhos de Otaviano dançavam como esmeraldas balançando em arcos brilhantes de uma orelha. Ele não parecia zangado por Rae ter mentido. Rae podia confessar que não era realmente uma profetisa.

Esperava-se que ela fosse a namorada do rei de novo.

Talvez não fosse tão ruim. Os livros frequentemente descreviam os beijos como "abrasadores", o que fazia Rae pensar em salmão, mas os personagens pareciam gostar dos beijos de salmão na brasa. Ela poderia ganhar a experiência que não pudera ter. Em um livro, orgasmos pareciam mais certos do que na realidade. Rae podia aproveitar a prática para quando ficasse melhor e se jogasse com tudo na faculdade. Esse não era seu corpo, na verdade: não contaria. Otaviano era impossivelmente, ficcionalmente belo, e depois de seu personagem ser desenvolvido ele se tornaria seu maior *crush* dos livros. As escolhas de Rae eram: manter o engano blasfemo ou ir para a cama com o homem mais poderoso e lindo do mundo.

O bracelete de cobra chacoalhou quando ela levantou a mão. Então ela cerrou o punho.

— É claro que posso prever o futuro — Rae mentiu. — Mas o futuro pode mudar de formas pequenas e imprevisíveis, como aconteceu com o ataque de hoje. Apenas os grandes momentos são fixos e certos. Tais como sua futura glória como Imperador.

A julgar pelo que o Naja havia dito, os grandes elementos fundamentais da história permaneciam os mesmos. O Última Esperança e o Imperador sempre se apaixonavam por Lia. O Imperador sempre ascendia à grandeza. A heroína ganhava amor, o herói ganhava poder, os vilões eram punidos.

A menção a seu destino fez Otaviano ficar radiante. Rae bateu os cílios de forma encorajadora.

Tudo gira ao seu redor, querido! Rae projetou. *Imperador querido.*

— O ataque à Corte do Ar e da Graça não aconteceu no futuro que eu vi. Alguém pode querer me matar para que eu não possa te ajudar — ela acrescentou, inspirada. — Eles não percebem que nada pode te deter.

O rei baixou a voz.

— Você realmente acredita em mim.

— Acredito. E acredito em seu amor por minha irmã.

Com a menção à heroína, a expressão de Otaviano tornou-se reverente.

— Lady Lia tem o coração mais puro do palácio.

As outras mulheres só existiam para perder para a heroína.

O lábio de Rae ardia sob os próprios dentes.

— Não há nada de puro em mim. Eu vou indo.

Se tivesse dormido com seu antigo namorado, Rae esperaria que ele a respeitasse pela manhã e em todas as manhãs depois disso. Era verdade que Lia não ofereceria o tipo de conforto que o rei esperava de Rahela, mas ser uma adolescente virgem não duraria, nem para Lia, nem para nenhuma outra. De alguma forma, Otaviano considerava Rae manchada, mas ele não.

A sujeira aderia apenas a ela, como se sua honra tivesse passado da data de validade.

O rei a encarou perplexo. Rae podia ser uma mulher moderna o quanto quisesse, mas não podia esperar que Otaviano entendesse seu ponto de vista. Talvez ele apenas quisesse dizer que Lia era boa. Rae não podia ser boa. Ela podia não ter a experiência que Otaviano acreditava, mas havia experimentado o horror que afundava mais profundamente que os ossos e manchava a alma. Nessas condições, ninguém permanecia puro.

Otaviano pegou a mão de Rae, que não era a parte do corpo com a qual ela estava preocupada.

— Deixe-me ajudá-la a entender. A Sala da Memória e dos Ossos espera.

— Certo, nós podemos ir à Sala dos Ossos. Quero dizer! Isso que você disse.

Quando eles passaram pelas portas douradas na passagem escura para a sala pálida, Rae estava desconfortavelmente ciente da mão dele na dela. A pressão da pele parecia tão sólida e real que era aterrorizante. O rei era forte o bastante para imobilizá-la, e a força superior era seu menor poder sobre ela. A mente de Rae conhecia esse personagem, sabia que ele não ia atacá-la dessa forma, mas esse corpo continuava traindo-a. Um redemoinho frio de medo serpeou por seu sangue ao pensar no quanto isso ficaria pior. *Ele está vindo por seu trono.* Quando o Imperador surgisse coroado nas sombras da morte, ele comandaria nuvens e esmagaria estrelas.

Os pés frios dela se arrastaram até ela sentir um único ponto de calor, breve como um fósforo sendo riscado. Chave estendeu o braço e bateu seu menor dedo no dela, no toque mais discreto que se pode imaginar.

Rae olhou rapidamente para trás e sorriu.

— Afaste-se, guarda — Otaviano ordenou.

Chave olhou para Rae.

A voz de Otaviano, que se tornaria o rosnado áspero de comando do Imperador, caiu como uma guilhotina.

— Desobedecer a seu rei lhe renderá uma hora na Sala do Pavor e da Expectativa.

— Vá! — Rae disse.

Chave se retirou para as sombras.

A Sala da Memória e dos Ossos era radiante quando iluminada pelo luar, refletindo branco sobre branco como se a lua estivesse presa em uma casa de espelhos. O esqueleto de uma pequena criança sorria seu sorriso incessante na parede. O trono de mármore esculpido para uma rainha havia muito morta cintilava. Os traços de decomposição, infiltrados na pedra devido aos corpos apodrecidos da realeza, tornavam-se sombras de manchas ao luar. Um dia o trono da rainha seria arrastado para a sala do trono. O Imperador colocaria o corpo de Lia nele e faria os cortesãos que a traíram beijarem seus pés. O poder dele preservaria a beleza dela, heroínas eram sempre belas na morte. Ainda assim mortas, apesar de sua beleza. Rae desviou os olhos do assento para os mortos, mas não pôde evitar seu conhecimento do que estava por vir. O trono aguardava, frio e inescapável como o futuro.

O rei Otaviano afastou os cabelos de sua testa alta e nobre, suspirando com os olhos cheios de luar.

— Esta sala é um cemitério. Quando eu não encontro tempo para visitar a sepultura dos meus pais, venho aqui para me lembrar de meus ancestrais. Eu não devia ter duvidado de seus poderes. Apenas uma outra pessoa conhece o segredo do que aconteceu na sepultura de meus pais, e ele está morto. Agora você sabe meu segredo também. Mas sabe como me senti?

Ah, não! Rae não sabia o segredo de verdade. Ela se lembrava de Alice mencionando que o Imperador tinha contado seu passado a Lia em um cemitério. Certamente pais e sangue estavam envolvidos. Rae lambeu os lábios, sentindo-se deslocada. Vilãs não estavam equipadas para confissões ternas. Como dizer a um cara que ela tinha pulado seu histórico trágico?

— Conte-me sobre seus sentimentos — Rae o encorajou. — Não economize nos detalhes.

Abra seu coração, e não as calças!

— Quando menino, eu tinha todos os luxos, mas era solitário. Até começar meu treinamento como pajem, e conhecer Lucius e Marius. Minha mãe, a rainha, não podia ter outro filho, e meu pai sempre deixou claro para mim que eu não era o suficiente.

Como tantos heróis, o Imperador tinha problemas com o pai.

Rae acenou com a cabeça com prudência.

— Só que sua mãe, a rainha, também não engravidou de você. Você nasceu dos deuses. O rei te pressionava demais porque conhecia seu destino grandioso.

O olhar que Otaviano lançou a ela era incerto e um pouco doloroso. Suas alegações de ser uma profetisa não estavam funcionando porque Rae mentia bem; elas funcionavam porque o rei queria muito acreditar.

— Meu pai queria um filho como Marius, de nascimento impecável e honra inquestionável. Todos preferiam Marius. Mesmo que ele nunca tocasse uma mulher, as mulheres sempre olhavam para ele primeiro. — Otaviano torceu os lábios. — Até eu virar rei. Ainda assim, ele e Lucius eram meus únicos amigos. Eu acreditava que nunca nos separaríamos. Então Marius passou uma noite na casa de seu pai e mandou avisar que estava destinado à Torre de Marfim.

Não se esperava que pessoas que viajassem aos Penhascos de Gelo e Solidão voltassem. A voz de Otaviano estava levemente rouca de emoção. Rae se lembrou de que a voz do Imperador ficava ainda mais áspera quando ele estava emocionado. Ela colocou a mão sobre a manga de Otaviano.

A boca dele se curvou em um belo sorriso triste.

— Marius sempre foi uma influência moderada. Lucius e eu ficamos descontrolados depois que ele partiu. Meus pais cortaram nossos fundos. Eu achei que eles estavam sendo duros. Acreditava que Lucius era meu amigo mais leal. Ele ficou ao meu lado quando meus pais foram mortos no acidente com a carruagem. Ele foi comigo visitar a sepultura.

Nos túmulos de Eyam se colocava um marcador encantado chamado pedra de toque, para impedir que os mortos se levantassem. No caso de pessoas comuns, era uma única pedra, como uma lápide. No caso da família real, era a pedra fundamental de uma grande sepultura. *O sangue na pedra da sepultura*, a Oráculo diria um dia. Otaviano deveria ter derramado sangue sobre a pedra e jurado vingança.

Espere, Otaviano tinha jurado vingança contra um péssimo condutor de carruagem? Além disso, ele deveria estar contando seu trágico histórico para alguém que não era seu amor verdadeiro?

Rae imaginou que ele poderia contar para Lia depois. Ela fixou uma expressão de extremo interesse no rosto, como se estivesse em uma festa com um cara da faculdade discorrendo sobre seus estudos de cinema.

— Lucius me disse que ele tinha armado a morte de meus pais. Agora eu era o rei, ele disse. Agora eu poderia fazer o que quisesse. Então eu cortei sua garganta, e seu sangue espirrou na pedra de toque de meus pais. Eu joguei o corpo de Lucius na ravina. Disse a todos que o enviei em uma missão e ele morreu. Mas você já sabe disso, não é? — O olhar de Otaviano buscou o dela.

Rae assentiu, transformada pelo pânico em uma boneca com pescoço de mola.

— Isso não é novidade para mim!

O Imperador raramente matava aqueles com quem se importava, e nunca sem motivo, mas que motivo melhor poderia haver? Seu melhor amigo o havia traído. Rae conhecia a sensação. Quando ela se sentia muito sozinha, lia através de furiosas lágrimas de vingança do Imperador. Ela ardia secretamente com a injustiça. Ele queimava o mundo.

Os olhos de Otaviano brilharam em prata sobre o verde, gelo cobrindo a grama.

— Você sabe de tudo e acredita que vou me tornar Imperador.

Ele se inclinou para baixo, lábios a poucos milímetros de tocar os dela. Ela seria a única pessoa no universo a ser beijada por seu *crush* fictício. Deveria fazer isso por todos que nunca beijariam o pirata, o rei demônio ou a garota de biquíni dourado.

No último instante possível, ela virou o rosto.

— Não posso.

— Não pode?

Parece que os homens não gostavam de ser deixados de lado.

Na noite do casamento de Lia e do Imperador, Lia tremia de medo. O Imperador estava deitado ao lado dela.

— Eu te dei minha palavra — Lia sussurrou.

— Você me deu sua mão. Não posso retribuir esse presente — o Imperador disse a ela. — Fique comigo. Nunca me deixe. Isso é tudo o que eu quero.

Deitada de barriga para baixo, balançando os pés sobre a borda da cama, Rae disse para o livro:

— Ah, eu *o amo*.

Quando era Rahela, o Imperador sentia outra coisa. Um anti-herói dedicado a uma mulher especial parecia ótimo, até você ser uma das mulheres menos especiais.

Ela não podia culpar Otaviano por esperar que ela corresse de volta para seus braços. Mesmo onde Rae morava, os garotos diziam "ela é fácil" se as garotas pudessem ser desqualificadas como seres humanos complicados. Rae lembrou de um flashback sobre a primeira noite do rei e de Rahela juntos. Ao ler, ela havia franzido a testa para a linguagem maliciosamente passiva. "O laço vermelho que prendia o corpete de Rahela se desamarrou."

Se Rahela o tivesse desamarrado ela mesma, o texto teria dito. O laço não tinha se desamarrado magicamente, então certamente o rei o desamarrara. Aquilo parecia as desculpas que seu ex dava quando avançava sem dizer a ela antes. Nossa, simplesmente *aconteceu*. O herói e a heroína estavam destinados um ao outro.

Ou destino era algo que as pessoas alegavam quando não queriam assumir a responsabilidade por suas ações.

Quando Rae se lembrou de que esses eram personagens fictícios que estavam de fato destinados um ao outro, já era tarde demais. Otaviano viu o desdém em seu rosto.

A voz do rei se retorceu como uma faca vingativa.

— Já que você está tão dedicada aos deuses, minha profetisa, não vou te insultar com um convite para um baile.

A vulnerabilidade que ele havia demonstrado sob o suave luar se fechou como a ponte levadiça de um castelo. Rae sabia como ele estava solitário. Ela havia lidado com isso da maneira errada. Sempre que alguém se sentia abandonado, parava de procurar apoio. Atacar era tudo o que lhe restava.

Ela deveria ir para os braços dele. Uma heroína recebia presentes, mas uma vilã precisava fazer acordos. Ela precisava ir ao baile, precisava da chave e da flor. Se desse a Otaviano o que ele queria, poderia ter o que precisava.

Ela tinha que fazer isso.

De alguma forma, não conseguia.

Lady Rahela fez uma reverência, a saia vermelho-escura florescendo sobre o mármore branco.

— Como me conhece bem, Majestade. — Ela lançou um olhar venenoso para cima. — Ou será que conhece?

Ela saiu correndo da Sala da Memória e dos Ossos. Chave acompanhou seus passos.

— Parece que a meia-irmã má não vai ao baile.

— Fiquei sabendo.

O andar de Rae foi interrompido por um susto.

— Você ficou sabendo que o rei admitiu ter matado uma pessoa?

Era assim que segredos se espalhavam, e pessoas eram executadas!

— Uma pessoa — Chave zombou com desdém. — Amador.

Ficou ainda mais claro que Chave era um assassino aterrorizante, mas Rae achava suas atrocidades cativantes. Ele tinha ficado perto o bastante para ouvir, apesar da ameaça de um rei.

Tendo considerado o assassinato real tedioso, Chave a analisou.

— Você poderia ir ao baile se fosse para a cama com o rei. Por que não foi?

Por que ela não tinha feito o que todos esperavam? Até Chave.

Rae suspirou.

— Por que, se uma mulher diz sim para sexo uma vez, ela precisa estar disposta a isso a qualquer momento? Ninguém acredita que dizer "Comi espaguete no jantar" significa "Quero viver sob uma chuva eterna de espaguete". Todos fingem que essa é uma questão confusa porque querem que as mulheres continuem se entregando.

Era estranho pensar que, se ela dormisse com Otaviano para conseguir alguma coisa, as pessoas contariam isso como pecado dela, não dele. Ninguém condenaria o rei por tomar o que uma mulher só oferecia por estar desesperada. O rei não poderia ser arruinado.

O olhar de Chave era pensativo.

— Quero dizer, você... o ama, não é?

Ela amava quem ele se tornaria. Rae se lembrou do Imperador em seu trono desolado sob um céu sem sol, e acenou positivamente com a cabeça.

Ela viu que Chave acreditava. Aquilo a ajudava a acreditar também.

— Você queria tanto vê-lo aquela primeira vez na sala do trono. Você tramou para ser sua rainha. — A voz de Chave era suave. — Você ainda tem uma chance. Ele não esqueceu o que você insinuou nos degraus do trono. Que você estava fingindo querer ele. Ele vai tentar provar que você é uma mentirosa.

Rae desdenhou.

— Acho que os homens não se importam se uma garota está fingindo, até ela parar de fingir para eles. Eu *sou* uma mentirosa.

Era a coisa mais verdadeira que ela havia dito desde sua chegada a Eyam.

— Então por que não mentir para ele de novo?

Ele parecia curioso, não condenatório, mas Rae se ressentiu da pergunta. Os lábios cor de rubi de Lady Rahela eram feitos para sorrisos cruéis e desdém. Rae olhou com desprezo.

— Vai me contar por que você foi chamado de Vilão do Caldeirão? Por que você nunca tira essas luvas? — Ela apontou com a cabeça para as mãos de Chave, que se fecharam como se seu gesto zombeteiro fosse um convite para o combate. — Eu nunca perguntei seu histórico trágico.

Se sobrancelhas pudessem fazer exigências, as de Chave teriam feito.
— O que é um histórico?
— A história por trás da história. A sombra que trilha atrás de um personagem para dizer por que ele é quem é. A história que os faz se sentirem reais. Você não é real comigo. Eu não vou ser real com você. Somos vilões. Não temos que conhecer ou confiar um no outro. Só usamos um ao outro para nossos esquemas perversos.

Chave se aproximou, como o rei tinha feito na Sala da Memória e dos Ossos. Seu rosto a fez pensar no do rei, não porque eles fossem parecidos, mas porque eram um contraste. Otaviano era iluminado por um luar fixo, enquanto Chave permanecia nas sombras. Otaviano era belo como o príncipe de uma pintura, como o sonho imutável de uma jovem. Chave era belo como um rápido movimento letal, uma faca no escuro.

— Qual é o novo plano, chefe?

Eles tinham feito um acordo. Ele era sua faca no escuro agora.

A calma retornou ao coração de Rae, de modo que sua mente poderia voltar a tramar. Meias-irmãs más não eram mandadas para o baile. Meias-irmãs más faziam isso sozinhas.

No fim, a resposta era simples. Através de janelas altas, a lua batia alegremente nas nuvens. A escuridão engolia o céu, e Rae sorria um sorriso de lábios vermelhos.

— Ouça, lacaio. Aqui vai meu plano maléfico.

*

O segundo passo do plano era sair do palácio. Havia uma passagem secreta que levava para fora na Sala da Memória e dos Ossos, mas o rei ainda estava lá.

O primeiro passo era o figurino. O veludo vermelho de sua capa balançava como uma cortina no palco. Rae ajeitou as dobras para esconder a bolsa que continha suas manoplas e virou o capuz para ocultar o rosto. Chave sorriu, lupino. Ele ofereceu o braço e os dois foram para as cozinhas, dirigindo-se para os portões pelos quais os vegetais eram entregues. Frequentemente se ordenava que os guardas escoltassem certos visitantes pelas cozinhas tarde da noite.

As cozinhas da realeza tinham teto baixo e piso de ardósia em vez de mosaicos elaborados. Uma garota magra estava parada diante de uma fogueira, virando um porco em um espeto. Alguém havia tomado a incomum decisão culinária de colocar a cabeça de um frango onde a cabeça do porco deveria estar. A cozinha estava tão quente que Rae ficou com medo de sufocar com seu manto de veludo.

— Abram caminho, dama da noite passando! — Chave gritou.

Muitos se viraram para olhar. Rae acenou.

— Não há nada para ver aqui. Apenas uma meretriz regular do Bordel Dourado.

Um homem que picava legumes riu.

— Toda pomba imunda alega ser do Bordel Dourado.

Uma mulher que abria massa fungou em colaboração com a risada.

— Todo guarda sabe que as damas da noite devem ser escoltadas *discretamente*.

— Shhh! É o Vilão do Caldeirão. — A assistente dela passou o dedo ao longo da própria garganta enquanto fazia um som gutural ilustrativo.

— Não é exatamente assim o som de uma garganta sendo cortada — contribuiu Chave. A cozinha ficou terrivelmente quieta.

Rae sentiu que eles não serviam para missões secretas.

Eles passaram pela multidão horrorizada, pelos portões de ferro fundido enrolados no alto para criar as formas do brasão real. Chave entrou na primeira viela e começou a tirar as roupas.

Rae se virou de modo que ficou de costas para a viela.

— O que está acontecendo aqui?

— Não posso ser visto usando um uniforme do palácio. Minha garganta seria cortada. Pior, minha reputação seria arruinada.

— Entendo.

— Tenho esconderijos de fuga em alguns lugares diferentes — Chave explicou. — O Naja me disse que tem uma bolsa para fuga também.

Rae deu uma espiada para trás e viu a linha das costas de Chave. Ele estava nu até a cintura, exceto pelas luvas de couro. O luar pousava prateado sobre seu abdômen, sobre a pele macia e os músculos definidos, a iluminação líquida interrompida pelo espaço sombreado em seus quadris. Sua cintura afunilava até um cinto, pendente para baixo pelo peso de muitas facas.

— Você malha?

— O que significa malhar?

É claro. Ela tinha visto filmes de super-heróis. Aquelas pessoas não tinham tempo para malhar. Ficção simplesmente tinha abdomens definidos. Abdomens maravilhosos e inexplicáveis.

— Você levanta alguma coisa?

Ele abriu um sorriso meio dissimulado por sobre o ombro desnudo.

— Facas. Colheres até a boca. Uma mulher, uma vez.

O gancho afiado de seu sorriso a atingiu na boca do estômago e a torceu. Uma lembrança lhe ocorreu, menos como pensamento e mais como o eco de uma sensação: a maneira como ele a carregara sobre a poça de sangue até a sala do trono.

Chave saiu da viela, vestindo preto e cinza colados ao corpo. Uma gargantilha de couro flexível brilhava ao redor de sua garganta. Seu cabelo estava ainda mais desgrenhado do que o habitual, como se tivesse sido penteado por um furacão desordeiro.

Chave apontou para os rubis pendentes dela.

— Quer me dar um brinco? Para as pessoas saberem que sou seu.

Como usar joias era ilegal, os homens as usavam no Caldeirão como um sinal entre os fora da lei. Daí a gargantilha com tachas. Rae abriu um brinco, deu um beijo de boa sorte nele e o jogou na direção de Chave. O rubi brilhou com o sorriso dele.

— Provavelmente não vou devolver.

Aquele adorável patife implacavelmente mercenário. A avareza era indigna dos personagens principais, que sempre acabavam misteriosamente com pilhas do dinheiro sujo que desprezavam. A ganância era um detalhe reconfortantemente anti-heroico, colocando Chave firmemente entre os vilões secundários com ela.

A paisagem da cidade, em vez do palácio, a fazia sentir que estavam mudando de cena. Rae não sabia ao certo que papel deveria desempenhar. Ela estendeu a mão na direção de Chave, do jeito que quisera fazer quando Otaviano a tocou. Dessa vez o rei não estava lá para impedir. Suas mãos se tocaram, um ponto contínuo de percepção enquanto as ruas iam se estreitando, as casas se aproximando como se quisessem fazer ameaças. Uma janela se abriu acima deles.

— Olha a água! — gritou uma mulher, jogando o conteúdo de um penico na rua.

Rae desviou rapidamente para o outro lado da via. Chave parecia se divertir, a cabeça inclinada na direção dela, pontas irregulares dos cabelos voando no ar da noite. Cabelos sempre desarrumados e olhos sempre desvairados, e sempre rindo do mundo.

Ela perguntou:

— Essas são as ruas cruéis de onde você veio?

Ele negou com a cabeça.

— Eu sou das vielas perversas que saem das ruas cruéis. Ainda nem chegamos ao Caldeirão.

O palácio era lotado, mas Rae podia identificar as pessoas pelas roupas: ministros e soldados com emblemas, damas nobres com vestidos em tons de borboletas, criados de uniforme. Esses homens e mulheres usavam um material que Rae queria chamar de *costurado em casa*, até que ela se lembrou de que tudo aqui era costurado em casa. Ainda assim, a expressão "costurado em casa" evocava um certo visual. Tantas pessoas comuns viviam em Themesvar. Quando viessem as guerras e o Imperador ascendesse, elas morreriam.

Rae estremeceu, aproximando-se de Chave.

Eles passaram por uma vizinhança mais próspera, pegando uma rua lateral que levava à Cadeia de Comércio. O caminho amplo era claro, com fachadas de lojas pintadas e praças centralizadas ao redor das casas de guilda oficiais, onde os comerciantes conduziam seus negócios. Cada praça tinha afrescos religiosos pintados nas paredes. Os deuses tinham aspectos diferentes em cada pintura, exceto que o grande deus era sempre pálido e a grande deusa nunca era. Ele usava prata, e ela, ouro; ele sempre desviava o olhar, e ela nunca fazia isso. Cada parede contava uma fase diferente de uma antiga história. O grande deus e a grande deusa no dia de seu casamento, com flores nos cabelos. O deus e a deusa com seu deus-filho pequeno. A parede que era toda vermelha.

Rae apontou com a cabeça para o afresco.

— Você conhece a lenda de como Eyam foi criada?

A voz sonora de Chave assumiu uma cadência de cantiga de ninar, como se alguém já lhe tivesse contado histórias para dormir.

— Quando o mundo era jovem, as pessoas acreditaram e deuses nasceram. O grande deus e a grande deusa amavam seu povo e um ao outro. Desse amor, nasceu o deus-filho. Seu mundo e felicidade pareciam completos. Mas o grande deus se ressentia de ter um poder que lhe foi dado pela crença. Ele queria um poder próprio, e poder se ganhava com sacrifício. Então um dia ele pegou o deus-filho e o matou. A grande deusa escalou a montanha da verdade e o encontrou com sangue fresco pingando das mãos. Ele disse: "Agora podemos viver sem amor e crença". Ela disse: "Viva sem o meu". Ele suplicou que ela entendesse. "Eu fiz um sacrifício.

Agora tenho o poder para mudar o mundo." Ela arrancou os olhos dele e respondeu: "O sacrifício não foi seu. Você não é digno de olhar para o mundo que roubou de nosso filho. Eu teria te amado até o último nascer do sol, mas se o vir novamente vou te matar na mesma hora". A grande deusa, nossa gentil mãe, partiu na escuridão. O grande deus, que desejava independência de todas as coisas vivas, tentou viver sem amor. Ele não conseguiu. Chorando amargamente, gritando o nome dela para as estrelas, o grande deus foi em busca de sua amada perdida.

"Quando os deuses partiram do mundo, o sangue do deus-filho caiu sobre o solo e mudou a terra onde penetrou. O terrível poder do sangue divino abriu uma ferida na terra, que agora é nossa ravina. Antes, essa terra se ligava a um continente, mas fomos rasgados, fomos afastados. Eyam é uma terra como nenhuma outra. Aqui, os mortos se levantam, a flor floresce, nossas armas bebem sangue e nossos filhos nascem com fome. Outros países temiam e desejavam nosso poder. Eyam foi pega em uma guerra entre os mortos e os vivos. Nós rezamos e os deuses perdidos responderam. O grande deus enviou o Primeiro Duque, o guerreiro que não pode ser vencido. O Duque escolheu nosso rei e baniu estranhos de nossas costas. A grande deusa enviou a Oráculo, a voz da deusa que vive nas montanhas frias como a verdade. A Oráculo nos deu a profecia. Os reis de Eyam usam a máscara coroada, pois o trono não pertence a eles. Um dia, as canções serão verdade, o céu será fogo e o deus-filho ascenderá novamente. Nosso Imperador. *Ele está vindo*. Devemos ter fé, pois não temos nada mais. Nossos deuses estão perdidos e o filho está morto."

Essa era a lenda da criação, nascida da destruição. O conto de crença e sacrifício era verdadeiro até certo ponto, mas ninguém sabia que o Primeiro Duque e o grande deus eram um só. O deus havia ficado solitário, retornado, arranjado uma nova noiva e criado todo o reino como um palco elaborado para o retorno de seu filho. As pessoas prefeririam acreditar em um deus distante e em um amor que buscaria entre as estrelas para sempre.

Rae manteve a voz neutra.

— Você acredita?

Chave apontou com a cabeça para a parede saturada de tinta vermelha mais vívida que sangue, pingando de mãos culpadas. Ele riu.

— Já matei o suficiente para saber que os mortos não retornam. Histórias não se tornam verdadeiras, e deuses não existem.

A rua se estreitou e não se alargou mais. O cheiro ficou pior, as sarjetas entupidas de lixo e cheias de moscas. Camponeses chamados fazendeiros gongo eram pagos para limpar o lixo das ruas. Parecia que os fazendeiros gongo não haviam aparecido recentemente.

Rae observou:

— Os mortos retornam. Não se lembra de lutar com os mortos-vivos? Eu, pessoalmente, acho difícil de esquecer.

— Eles não voltam à vida — Chave argumentou. — Estão furiosos e vorazes por vida. O deus-filho não seria diferente. Se é que existiu mesmo um deus-filho. Mas não existiu. As pessoas inventam histórias para poderem fingir ter as respostas. Ninguém nunca tem.

— Tem um esqueleto de criança na Sala da Memória e dos Ossos.

Chave deu de ombros.

— Esqueleto é o que não falta. As pessoas estão sempre os deixando para trás. Se o Imperador da profecia realmente rastejar para fora da ravina como o governante implacável dos mortos famintos, que deus-cadáver distorcido ele seria! Por sorte, ele não está vindo.

Só que Rae sabia de tudo. Otaviano desceria e ascenderia novamente, mas, quando o Imperador viesse, Rae já teria ido embora. Chave poderia já estar morto. Ela continuava quebrando a cabeça para lembrar o que acontecia com o guarda, e ficou cada vez mais convencida de que ele não chegava vivo ao fim do primeiro livro. Se Chave estivesse nos livros que Rae tinha lido para valer, ela se lembraria dele.

Se Lia e Lorde Marius podiam ser salvos, ela queria resgatar Chave também. Salvá-lo não afetaria a história. Seria apenas uma pequena mudança.

A rua se abriu uma última vez em uma praça escura. Não havia mais afrescos. As paredes tinham virado cinzas. Até o chão estava rachado e danificado pelo calor, com cacos claros incrustados profundamente na pedra quebrada. Do outro lado da praça estava o que restou de um grande prédio de estrutura de madeira. Era o esqueleto queimado de uma casa, linhas empretecidas como membros esvaziados que desmoronariam em cinzas com um toque.

— O que aconteceu *aqui*?

— A guilda dos vidreiros foi incendiada.

Suave o bastante para não perturbar as cinzas, Rae perguntou:

— O incêndio matou muita gente?

— O incêndio não matou ninguém. — Chave direcionou a atenção dela para uma rua estreita que saía da praça empretecida. — Essa guilda foi construída perto do Caldeirão para que eles pudessem obter mão de obra barata. A taverna que você quer é mais para dentro do Caldeirão, na Rua do Arrombamento.

Muitas placas de lojas eram ilustrações sem palavras. Na Rua do Arrombamento, com prédios tão próximos uns dos outros que a via sempre devia ficar sombreada e cinzenta, estava pendurada uma placa mostrando rodas e flores mortas, entremeadas com uma inscrição fluida que dizia "Vida em Crise".

Esse era o lugar que o Naja havia dito que Bate-Forja frequentava. Bate-Forja, o ferreiro que copiaria a chave do rei depois que eles a roubassem.

Primeiro Rae precisava de um convite para o baile.

Ela seguiu na direção da rua e da placa. Para sua surpresa, Chave a segurou.

— O Caldeirão é liberdade, chefe. Você entende o que isso significa?

— Um lugar onde as pessoas são livres?

Parecia bom para Rae.

— Um lugar onde as pessoas são livres para matar, roubar e estuprar sem a perseguição da lei. Você pode cometer qualquer crime nas liberdades, se for forte o suficiente para arcar com as consequências. A vida no Caldeirão é perigosa. E você vale muito para mim.

Rae deu uma piscadinha.

— Eu sei, meu peso em ouro.

Ele retribuiu a piscadinha.

— Continue comendo muito no café da manhã — Chave pediu. — E tenha cuidado.

— Confie em mim. Sou uma conspiradora de sangue-frio.

Ela saltou o degrau largo sob a placa de rodas e flores mortas. A chama irrompia da tocha flamejante perto da porta. A aldraba da taverna Vida em Crise era um rosto de latão retorcido, metade menino chorando, metade homem rindo. Rae ergueu a aldraba e bateu com urgência.

Um cavalheiro de cara feia e tatuagens azul-claras no rosto apareceu com a cabeça na porta. Seu rosto empalideceu sob as tatuagens.

— Não pode entrar aqui.

Rae usou seu melhor ronronado.

— Não parta meu coração.

— Não você. O Vilão! — O porteiro balançou a cabeça. — Nada de incendiários. O chefe deixou isso bem claro.

Rae olhou para Chave, surpresa.

— Você é um incendiário?

Ele estava encostado na parede do outro lado da rua estreita. Ele se encaixava ali como não se encaixava no palácio, o Vilão devolvido a seu Caldeirão. Tijolos em suas costas e sombras nos olhos, Chave parecia uma ilustração de um crime em andamento.

— Não tenho o hábito de incendiar. Foi só uma vez. — O notório Vilão do Caldeirão acrescentou com formalidade: — Eu não quero entrar. Meu pai dizia que essa era uma casa de pecado.

— Você teve pai?

Chave claramente não era produto de uma situação familiar feliz. Como se ele pudesse ler a mente dela, seu sorriso ficou feio.

— Não terminou bem.

Ela tinha prometido não perguntar.

Rae se virou para o porteiro, retomando seu ar provocador.

— Não precisamos entrar. Só me diga: Bate-Forja está aqui? Nós tivemos um caso de amor louco no ano passado. Gostaria de continuar de onde paramos!

A maior parte do rosto de Rae estava sombreada pelo capuz, mas ela deixou os lábios vermelhos se curvarem.

— Ah. — O homem desfez a careta. — Que sorte da Forja. Ela está no Mercado Noturno esta noite, vendendo bugigangas no festival do Dia da Morte. Tente lá.

Ela? Bem-feito para Rae por estereotipar ferreiros.

Rae transformou seu ronronado rouco em emoção.

— Obrigada pela indelicadeza!

O homem hesitou antes de fechar a porta da taverna.

— Eu entendo alguém contratar proteção para vir a este lugar, milady, mas devo te alertar. De todos os terrores à espreita no Caldeirão, o Vilão é o pior.

O sussurro do homem era frio como a brisa que fazia a tocha tremeluzir. Rae olhou na direção em que o vento estava soprando, na direção de Chave. Sua expressão sombria a lembrou de que ele estava do lado de fora da sala do trono, e na Corte do Ar e da Graça. Ele estava sempre esperando ela virar as costas.

Rae estendeu o braço.

— Sou fã de histórias de terror.

Quando a porta da taverna bateu, Chave saiu das sombras na direção dela, prontamente como uma criatura selvagem que havia aprendido qual era a mão que a alimentava. Eles seguiram juntos para o Mercado Noturno.

14
A Vilã em uma Missão de Sedução

> Lia estava morrendo de vontade de conhecer suas novas mãe e irmã, ansiosa por uma família e por amor. Ter esperança é perigoso. Quando se corre para um abraço, é preciso ter cuidado com a faca nas costas.
>
> *Era do Ferro*, Anônimo

O Mercado Noturno era igual ao palácio em um aspecto: ambos ficavam na beirada. Era diferente do palácio em todos os outros aspectos. Passando muitas bancas coloridas, havia um trecho de terra cinzento que deviam ser as sepulturas dos mortos não marcados. As bancas eram referências frágeis a estruturas amarradas com tecidos coloridos, equilibradas precariamente ao longo da queda repentina que era a temível ravina. Depois da beirada havia uma escuridão profunda, iluminada por um ou outro brilho escarlate. À beira da escuridão, Rae via muita luz e vida. Um artista girava um aro em chamas, circundando pessoas sentadas de pernas cruzadas no chão entretidas com um jogo com tabuleiros e peças feitas de ossos rachados. Chave espiou o tabuleiro, claramente perturbando os jogadores. Ele observava como um falcão, o que significava dizer que ele dava a impressão de que um estripamento era iminente.

Quando Rae olhou em seus olhos, ele desenhou um breve diagrama no ar.

— O que é isso?

— É como as peças pretas podem ganhar — disse Chave.

Eles saíram andando, embora o homem que jogava com as peças pretas agora fizesse sons urgentes indicando que Chave deveria ficar.

Os gemidos de carniçais na ravina eram quase abafados por tambores cobertos de pele e dedilhados em cordas de harpas. O coração de Rae seguiu os tambores, aquecendo-se à ideia de dançar na beira do abismo.

Se ela tivesse sua idade verdadeira e não estivesse doente, e encontrasse Chave em uma casa noturna, ela o chamaria para dançar? Ela arriscou olhar na direção dele. Chave estava espiando com um leve interesse as profundezas da ravina, o perfil delineado pela escuridão, fagulhas vermelhas refletidas em seus olhos. Ela achou que talvez o chamasse.

Rae se movimentava ao som da música, balançando seus novos atributos. Depois de seu corpo enfraquecido e definhado, ter carne em abundância era um choque estimulante todas as vezes.

— Se nós nunca tivéssemos nos conhecido e você me visse no Mercado Noturno, o que faria?

Houve uma pausa reflexiva. Balançando no ritmo, Rae arqueou o pescoço e olhou de maneira provocativa para trás. Chave não estava em lugar nenhum.

Até que ela olhou para a frente. Chave estava bem diante dela, uma mão enluvada em sua cintura. A outra segurava uma lâmina em sua garganta.

— Eu te assaltaria apontando uma faca. — Chave tocou sua testa de leve contra a dela. A borda de seu sorriso roçou no rosto dela, enquanto a borda da faca beijava seu pescoço. — Mas eu te acho bonita.

Os dedos de Rae dançaram sobre o cinto dele, então se curvaram em volta da ponta de couro. A boca dela se curvou também.

— Que lisonjeiro. Olhe para baixo.

Ela segurava a faca que tinha tirado do cinto dele. Segurava abaixo do cinto.

— Tem certeza de que quer me assaltar? — Rae murmurou de maneira provocadora. — Não faça nenhum movimento brusco.

Chave jogou a cabeça para trás e gargalhou.

— Você é cheia de surpresas. Um truque de mágica em forma de mulher.

Ele guardou sua faca. Por um instante, ela o teve à sua mercê. Ele envolveu tanto a mão dela quanto a faca com os dedos, pegando a lâmina e usando a mão para girá-la para onde não pudesse alcançar outras armas.

Rae girou de volta na direção dele.

— Você gosta de dançar?

— Nunca aprendi.

Ela pensou no conselho dele de como as peças pretas poderiam ganhar.

— Você gosta de jogos de tabuleiro?

Ela nunca havia pensado que Chave pudesse ter hobbies. Até mesmo os personagens principais só tinham hobbies que fossem relevantes para o enredo, como habilidades de combate, pintar o amado, ou escrever meticulosamente a própria história de vida. Personagens secundários raramente tinham hobbies.

Cautelosamente, Chave fez que sim com a cabeça.

— Acho que sim.

— Você acha que sim?

— Ninguém nunca me perguntou do que eu gosto. As pessoas não querem jogar comigo, mas jogos de tabuleiro e quebra-cabeças parecem divertidos. Eu gosto de pensar nas coisas.

Aquilo fazia sentido. Ser bom de briga como Chave não dependia apenas de habilidades físicas. Ele precisava fazer planos e adaptá-los rapidamente para derrubar alguém, enquanto todos o consideravam apenas um brutamontes. Ou um capanga. Todos o entendiam errado. Quem ele realmente era?

Príncipe dos príncipes, imperador divino. Esperança renascida, amor meu. Ah, como te adoramos, estamos esperando por você, quando você vem para casa?

Duas garotas com fantasias douradas baratas de grande deusa passaram dançando, rindo e se beijando e cantando a canção para os mortos. Um rei à espera, damas à espera de se tornarem rainhas, um Palácio na Borda. Todo esse país estava à espera.

Rae sentia uma culpa indescritível. Esse era o festival pelo Dia dos Mortos. Chave era uma criança abandonada no abismo. Todas as crianças abandonadas na beirada da temível ravina contavam sua idade a partir desse dia.

— Feliz aniversário!

Ele piscou.

— Feliz o quê?

Rae agarrou a mão dele com um aperto angustiado. Ela mantinha calendários meticulosos. Nunca tinha esquecido o aniversário de um amigo.

— Você faz vinte anos hoje. O que você quer?
Parecendo se divertir, Chave disse:
— Você sabe o que eu quero.
Ah.
A temível ravina fornecia a iluminação ideal. A natureza tinha elevado o drama no rosto de Chave. Suas maçãs do rosto eram penhascos com pequenas cavernas embaixo. O brilho fervente dos fogos distantes da ravina acariciava com dedos vermelhos os ângulos dos ossos e iluminava as pontas de seus cílios. A escuridão dominava as cavidades abaixo.

Eles ficaram próximos, de mãos dadas na beira do abismo. O manto de veludo vermelho dela batia ao redor deles com o vento que saía da ravina, circulando como rastros de sangue na água. Havia uma empolgação perversa em ocupar esse novo corpo, que podia inspirar desdém, mas nunca pena. Rae diminuiu a distância.

Um aniversário merecia um beijo.

Não foi um beijo doce. Sua boca estava leve e intrigantemente amarga. Ele tinha gosto de cinzas remexidas e do despertar do fogo.

— Na verdade — Chave murmurou quando seus lábios se separaram —, eu estava falando de dinheiro.

Quando o constrangimento fez Rae recuar, ele segurou seu cotovelo, encostando o nariz no dela para compartilhar uma risada e uma respiração.

— Isso também foi bom.

Tão de perto, ela podia ver que ele havia passado perto da beleza heroica. Seu nariz e pescoço eram ambos levemente fora de proporção. Quando ele esticava o pescoço de um determinado jeito, a cabeça inclinada em um ângulo peculiar, parecia mais um animal de caça do que um humano. Sua boca de vilão era feita para torções, desdém e sorrisos insinceros, mas ele parecia um pouco estranho quando sorria. Talvez o autor nunca lhe tivesse dado um sorriso real.

Olhar para o sorriso imperfeito de Chave era estranhamente calmante. Rae contou em sua cabeça a história de que não estava completamente envergonhada.

Então ele não tinha pedido um beijo. Razoável, já que ela era sua mentora e ele provavelmente tinha uma queda pela mulher mais linda do mundo. Ainda assim, beijar jovens bonitos era o comportamento padrão de uma vilã.

Ela tentou rir.

— As vilãs às vezes fazem coisas irracionais para demonstrar nosso compromisso contínuo com o pecado. Cenas aleatórias de beijos, roupas reveladoras e tempo excessivo encostada na parede. Nada que importe.

Quando ela virou as costas para ele e para a ravina, ele usou as mãos unidas para puxá-la de volta. Os tambores do Dia da Morte batiam com força. Os olhos dela estavam na altura da boca dele. Vilões com frequência tinham bocas cruéis. No quesito boca, a de Chave era um homicídio.

— Se nada importa — murmurou o Vilão do Caldeirão —, tudo o que importa é que seja bom.

Ele a beijou e Rae enxergou em vermelho. Fogo carmesim queimava até mesmo o escuro atrás de suas pálpebras. Fazia muito tempo que ela não era beijada, e ela nunca tinha sido beijada antes à beira da impossibilidade com tanto para cair.

Mais uma vez esse corpo se tornou um traidor, carne fraca, mau até os ossos. Como era estranho ter sangue rugindo quente sob sua pele, depois de estar meio morta e fria por tanto tempo. Chave entrou na sombra do capuz de veludo dela enquanto inclinava a boca junto à sua, a mão enluvada deslizando em suas costas para puxá-la para perto dele. Os seios dela se amassaram com uma leve e prazerosa dor junto ao peito dele. Fagulhas voavam da temível ravina como vaga-lumes dançando ao redor da cabeça deles. Seus olhos estavam fascinados e o corpo parecia real sob as mãos dele. Rae deslizou mãos ávidas sobre os cabelos dele e o beijou com entusiasmo.

Ela se sentiu aturdida pelo desejo. O mero fato de haver uma dor voraz entre suas coxas era chocante. Ela havia acreditado que nunca mais sentiria esses impulsos. Por muito tempo, seu corpo pareceu feito apenas para a dor. Aparentemente, o corpo de Lady Rahela era o de uma meretriz entre os lençóis e uma meretriz nas ruas.

Chave deslizou a boca pela linha de seu pescoço, onde tinha encostado a faca. Ela havia esquecido que a dor era apenas um lado da moeda, e isso era o outro. A pontada de agulhas era de um frio amargo, mas a pontada de seus dentes afiados era tão doce. Sangue podia correr para partes de seu corpo e criar hematomas. Igualmente insistente por atenção, o sangue podia correr e pulsar para produzir uma dor diferente.

Incendiados pela descoberta, eles se moviam um contra o outro e sobre o outro. Chave murmurou no espaço quente entre o pescoço e o ouvido:

— Posso ajoelhar no altar?

— Desculpe, o quê?

Ele ergueu a cabeça para beijar a boca dela de forma profunda e suja.

— Posso falar em línguas na tesouraria da natureza?

Ela sorriu com atordoamento no meio do beijo. Não sabia do que ele estava falando e não se importava, contanto que ele não parasse.

Chave suspirou e deslizou pelo corpo dela até ficar de joelhos.

— Ah, você está falando de ir *lá embaixo*.

Eles estavam em público!

Vilões eram inesperadamente selvagens.

Ele sorriu para ela, perfeita e gloriosamente desavergonhado.

— É isso que vocês dizem no palácio? Parece estranhamente inespecífico. Para onde eu iria, para os joelhos? — As mãos dele se fecharam ao redor do tornozelo dela, não mais alto, mas nesse mundo aquilo era extremamente escandaloso. Ele se inclinou para a frente e lançou um sorriso malvado para ela. Ela sentiu o hálito quente esquentar através do vestido de seda. — Talvez não.

— Não devemos — Rae murmurou, meio alarmada e meio empolgada ao ouvir isso sair como um ronronado. A ideia não deveria parecer ao mesmo tempo suja e errada e absurdamente certa. Ela não deveria estar tentada.

— É claro que não, não devemos. — A risada de Chave era fervilhante, baixa e forte como os fogos lá no fundo do abismo. — Seria errado e perverso.

Anos sentindo que ela havia perdido o ônibus da vida, perdido todas as chances de aventuras jovens ou de amadurecimento. Constrangimento por nunca ter feito sexo, constrangimento por ainda desejar magia. Ser uma garota terminal que nem ia sobreviver, seu destino todo de horror.

Há momentos em que você deve se perguntar: o que um vilão de verdade faria?

Ela ergueu a mão, cintilando com pedras vermelho-sangue, para brincar com o cabelo desgrenhado dele. As chamas da ravina crepitavam como gargalhadas. Os olhos de Chave brilharam.

Ela podia ser devassa e culpar Lady Rahela.

A risada rouca de um bêbado soou em seu ouvido. Uma mão bateu em seu traseiro.

— Venha comigo, querida. Vou te mostrar como um homem de verdade...

— Morre?

Rápido como uma respiração, Chave se levantou. Sua voz era calma. Seu gesto era negligente. Sua faca abriu a garganta do homem. Sangue escorreu do ferimento e Chave o empurrou casualmente de lado. O estranho de repente estava dançando no festival, contorcendo-se em seus últimos espasmos. Quando ele caiu na beira do abismo com a garganta cortada, seus pés ainda chutavam em um protesto desajeitado à própria morte.

— Desculpe. — O brilho da faca desapareceu em sua manga. Chave parecia genuinamente arrependido. — Eu sei que você odeia sangue.

Então um vilão secundário havia matado um personagem sem nome na parte pobre da cidade. Isso mal era uma nota de rodapé na história, e o homem morto era um nojento que apalpava garotas na rua.

Rae deu de ombros.

— Eu não ligo.

Um arrepio apagou todo o calor do corpo dela. Ela se recusou a se importar.

Chave olhou para ela com aprovação.

— Você não liga para a morte. Não da forma como as outras pessoas ligam.

O modo cuidadoso como ele formulou a frase, a maneira atenta com que ele a observava, deram a Rae uma ideia repentina. Ela escolheu as palavras com cuidado.

— Para mim, é difícil pensar nos personagens à nossa volta como pessoas de verdade. Você compreende? Você é como eu?

Os olhos cinza de Chave se iluminaram vorazmente, prateados como uma lâmina mágica.

— Acho que sim.

Rae pegou no braço dele.

— Você também entrou no livro?

— Desculpe — disse Chave. — Que livro?

O rosto dele estava sem expressão, como uma página ainda sem história. Rae sucumbiu.

— Ah, você é apenas um sociopata. Desculpe.

15
A Vilã e o Dia da Morte

— O grande deus disse: "Venha, meu bezerro. Não tenha medo." "Você é o mais forte de todos os deuses. O que há para temer quando você está comigo?", perguntou a criança, no dia em que morreu. O grande deus subiu a montanha com seu machado na mão. O filho do deus era tão pequeno que tinha que correr para acompanhar seu pai. E então... — O Imperador interrompeu a história de tragédia que foi sua primeira vida ao fazer um som de corte na garganta alarmantemente realista.

— Deve ser terrível pensar nisso — murmurou Lady Ninell. — Você era tão jovem e indefeso.

— E agora não sou mais — disse o Imperador. — O que há para temer? Ninguém nunca mais vai me ferir.

Era do Ferro, Anônimo

Chave perguntou com interesse:
— O que é um sociopata?
Rae franziu a testa.
— É como aquele livro infantil sobre o coelho de brinquedo.
As sobrancelhas de Chave zombaram dela.
— Camponeses não aprendem a ler. As crianças mataram o coelho para usar como brinquedo?
A surpresa tirou uma gargalhada de Rae.

— É um coelho de pelúcia. Porque o garoto o ama tanto, e ele ama o garoto, porque eles sofrem, o coelho se torna real. Se ninguém o amasse, acho que isso nunca aconteceria. Os sociopatas não sentem emoções fortes sobre outras pessoas, então as pessoas e seus sentimentos nunca se tornam reais para eles.

— Os comerciantes sempre disseram que havia alguma coisa errada comigo — Chave disse, pensativo. — Então é isso que nós somos, você e eu.

Ela supôs que ele fosse. Nesse mundo, Rae supôs que ela fosse também.

Tanto fazia. Havia muitos vilões sociopatas em livros, e Chave estava do lado de Rae. Ela lembrou novamente que Rahela era vários anos mais velha do que ele, e ela deveria cuidar da equipe. Ela acreditava que ele não era um monstro. Faltava-lhe empatia, ele entrava em estado dissociativo e matava pessoas em série, só isso.

— Eu gostei dessa história — Chave acrescentou. — Conte mais.

Rae voltou a dar a mão para ele, ignorando resolutamente a empolgação pela qual culpava esse corpo vilanesco. Eles caminharam pelas bancas.

— Eu te conto todas as histórias que quiser. Gosto de você mesmo quando tem dificuldade de conter seus impulsos violentos.

Era verdade, mesmo que muito do que havia entre eles fosse mentira. Ela gostava dele um pouco demais.

Na ficção, se você fosse bonitinho e engraçado, não tinha problema ser um assassino. Mas ela sabia como esse mundo funcionava – *todo mundo ama Lia*. Os terrores gêmeos da morte e da solidão se agigantavam. Amanhã, ela seria mais esperta que isso. Hoje à noite, podia ser a mão dela na dele, e quem se importava com o mal que essas mãos poderiam fazer?

Chave riu.

— Eu não tento conter meus impulsos violentos. Eu me deleito com impulsos violentos. Falando nisso, aqui está a banca da ferreira. Belas facas, Forja.

— Obrigada, Vilão — murmurou a mulher atrás da banca, que tinha um cabelo desbotado tingido e braços ainda mais incríveis. Rae pensou que Forja devia viver na academia, depois se lembrou de que ela era ferreira.

A banca da ferreira era construída em linhas mais estáveis do que a maioria das bancas do Mercado Noturno, e era trançada com fitas prateadas. Dois baldes revestidos de ferro estavam cheios de brasas de fogos apagados. Do outro lado da banca estava espalhada uma brilhante seleção de coisas decorativas, práticas e letais: bijuterias, ferraduras de cavalos, arcos e muitas, muitas facas. Havia algo que parecia um cubo mágico feito de dentes e recoberto de metal. Uma cliente estava contando moedas em quatro formatos, feitas por diferentes casas da moeda. Formas de coroa, para a casa da moeda real. Espadas, para soldados. Folhas, para fazendeiros e agricultores. Penas, para livros de comerciantes e estudiosos. As moedas eram de bronze, e não eram muitas.

— Também aceitamos moedas do Naja aqui — disse Forja.

A mulher pagou com uma pequena estrela de bronze e uma cobra saiu apressada e alegre de posse de um machado.

— Oiiii — disse Rae com simpatia, abrindo a bolsa de veludo vermelho e colocando uma manopla encantada sobre a banca. — Preciso tirar alguns elos para deixá-la menor. Você pode ficar com os elos depois de tirar. Já que são mágicos, acho que eles não têm preço. Combinado?

O dela era o único metal na banca lotada que cintilava em vermelho.

Forja, a ferreira, cruzou os braços musculosos. Seu leve sorriso desapareceu como fumaça.

— Ou eu poderia ficar com tudo. Você não tem poder para deter ladrões aqui, milady.

Rae apoiou os cotovelos na banca.

— Você poderia ficar com tudo, mas todos os nobres da cidade se uniriam para acabar com o Caldeirão e pegar a camponesa que ficou com uma arma encantada. Você passaria por tortura, seguida de execução. Além disso, se roubar minha manopla, vou pedir para Chave te matar.

— E eu vou matar — confirmou Chave. — Desculpe, Forja.

— Vocês dois são amigos? — perguntou Rae.

Bate-Forja olhou para Rae de maneira nada amigável.

— Ele costumava roubar armas de minha loja.

— Como um cumprimento à sua excelente arte. — Chave sorriu para Forja. — Eu aprendi a fazer armas observando você. Vamos ser amigos?

Forja bateu com o martelo na banca.

— Você acabou de anunciar que me mataria com uma ordem dessa nobre!

Chave revirou os olhos.

— Nossa, eu pedi desculpas. Eu não falaria isso para qualquer um. Ela está me pagando, não é pessoal.

— Puxa-saco. — Forja cuspiu no fogo que queimava no balde ao seu lado. — Eu faço o serviço, mas não quero ver nenhum dos dois por aqui novamente.

Como seria o Naja que levaria a chave roubada para ser copiada, Rae achou que estava tudo bem. A manopla ser alterada era um elemento crucial em seu plano maléfico para ir ao baile. Se o plano funcionasse, ela logo estaria fora desse mundo, bem longe deles todos.

— Combinado. — Ela ofereceu a mão, mas Forja desdenhou. — Deixe para lá. Para sua informação, eu disse ao porteiro da Vida em Crise que nós já fomos um casal fogoso. Desculpe se isso for estranho!

— Eu prefiro loiras.

— Acho que sou tão sexy que te fiz quebrar as próprias regras! — Rae deu uma piscadinha atrevida. Olhando nos olhos constantemente nada impressionados de Forja, ela recuou. — Vamos esperar ali.

Forja nem deu atenção ao que ela falou.

— Posso te dar um conselho, Vilão?

— É claro, já que agora somos amigos.

A cara de Forja estava tão fechada quanto a porta de ferro de uma fornalha; isso fez Rae pensar que ela havia visto o beijo.

— Damas nobres amam entretenimento. Você não passa de uma noite no teatro. Não pense que ela vai sentir alguma coisa quando a história acabar. Só o vestido cheio de pedras preciosas dela poderia pagar pela pedra que você quer, e ainda sobraria dinheiro.

Houve uma pausa estranha, contemplativa.

— Eu... eu não sabia disso — disse Chave.

Forja acenou para ele com a cabeça.

— Achei mesmo que não soubesse.

A ferreira baixou a cabeça e começou a trabalhar, claramente os dispensando. Chave seguiu na direção das sepulturas dos mortos não amados. Rae o acompanhou até o deserto plano e cinzento depois das luzes e bancas. A terra estava seca pela proximidade das fagulhas da ravina e repleta de lembranças: flores mortas, bonecas quebradas, estátuas de madeira entalhadas grosseiramente. Havia até um pequeno mausoléu torto, feito de pedras não mágicas rachadas.

Chave parou ao lado de uma faca, enterrada até o punho na terra seca. Então ele tirou as luvas de couro rachadas. Seus movimentos eram truncados, como se ele tivesse esquecido a graça. Quando Chave fincou os dentes na beirada do couro e tirou a luva, Rae teve a estranha impressão de que foi porque suas mãos estavam tremendo. Aquilo não parecia remotamente condizente com seu personagem.

As luvas caíram na poeira. Ele estendeu as mãos para ela.

A pele de Chave se esticava em faixas brilhosas no dorso de suas mãos, cicatrizes salientes sobre veias e ossos que deviam ter sido vergões lívidos. Marcas em forma de espadas. Rae lembrou como a primeira agulha no dorso de sua mão, quando não conseguiram encontrar veias em seu braço para a cânula, havia doído. Ela se perguntou o quanto aquilo havia doído.

— O que aconteceu? — Rae sussurrou.

— Moedas de espada — Chave ainda estava sorrindo. — Para soldados e aqueles que seguem a lei.

Claro como o amanhecer sobre uma cidade arruinada, Rae entendeu como Chave tinha tido a ideia dos sapatos de ferro quentes.

— Eu sinto muito.

Seu sorriso ficou um pouco mais suave, como ficava quando ele pensava que Rae estava sendo ingênua. A aspereza voltou quase imediatamente.

— Você disse que todo mundo tem um histórico, como uma sombra. Foi assim que me tornei o Vilão do Caldeirão. No dia em que nasci, fui encontrado na beira da ravina. — A voz de Chave era distante, clínica. — As pessoas deixam crianças lá quando têm muitas bocas para alimentar, ou se o bebê não tem pai. Normalmente o bebê acorda e rola pela beirada. Fim do problema. Mas um velho camponês que fazia uns trabalhos para a guilda dos vidreiros me encontrou antes de eu cair. Ele me deu para um casal de comerciantes que não podia ter filhos, para que eu tivesse uma vida boa. Só que eu não era uma criança boa. Crianças abandonadas no abismo engolem uma fagulha enquanto estão na beirada. Somos manchados pela fumaça, zangados como os mortos. Os comerciantes que se diziam meus pais me chamavam de cachorro louco. Eu tentava agradá-los, mas achava coisas inapropriadas divertidas. Eu nunca ficava com medo e corria para eles. Eu não era o filho que eles queriam. Não era um filho que alguém fosse querer.

Uma teoria terrível se formou para Rae. Era verdade que às vezes personagens secundários não agiam como pessoas, mas como fantoches feitos para cumprir um propósito. Chave era um dos muitos designados para lutar pela donzela em perigo. Verdadeiros jogadores na história tinham família, amigos e motivações, tinham o suficiente para parecerem críveis e dignos de serem acreditados. Um personagem menos importante existia apenas para uma cena. Chave foi criado para amor e violência.

O que você seria se não fosse bem desenvolvido, mas os pedaços quebrados de um personagem feito para ser usado e jogado de lado?

— Houve um final feliz, mas não para mim. Quando eu tinha seis anos, a esposa do comerciante engravidou do filho que eles queriam. Eu não era mais necessário, então a guilda dos vidreiros me vendeu. Chamaram de aprendizado. Eu era pequeno o suficiente para descer por chaminés.

Rae tinha lido sobre crianças forçadas a trabalhar na Londres vitoriana.

— Você teve que ser limpador de chaminé?

Quando ele tinha seis anos.

— Não. Eu descia pelas chaminés e cortava a garganta das pessoas enquanto elas dormiam — Chave a corrigiu com calma. — Não sei limpar. Quando se trata de matar, tenho um talento real. As crianças são mandadas pelas chaminés para abrir a porta para assassinos. Eu achei que estava sendo esperto cortando o intermediário, mas, quando eu abria a porta coberto de sangue, via que tinha cometido outro erro. Os senhores me mandavam entrar porque queriam que um homem fosse assassinado, mas aqueles preciosos hipócritas agiam como se estivessem chocados por eu o ter matado.

De repente, Rae entendeu o olhar servil de Chave na sala do trono, na Corte do Ar e da Graça e em frente à taverna. Esse era um hábito formado em sua infância. Ele cometia atrocidades por um desejo genuíno de agradar. A solitária criança-pesadelo nunca entendia por que era rejeitada todas as vezes.

Chave deu de ombros.

— Os senhores decidiram que eu economizava dinheiro para eles. Dali em diante começaram a me mandar sozinho. Alguns anos depois, fiquei arrogante e fui pego. Soldados me encontraram na casa do alvo, fora do Caldeirão. Por sorte, eles acharam que eu estava roubando. Jogaram moedas de espada no fogo, apertaram o metal quente sobre minhas mãos e ficaram vendo eu me contorcer, depois me jogaram fora quando o entretenimento terminou. Os senhores me deixaram na sarjeta, já que eu não servia mais.

Sua risada parecia genuinamente entretida.

— A coisa mais estranha foi que o velho ainda estava me observando. Ele ficava sentimental com filhotes de passarinho e animais doentes. E comigo. A coisinha que ele tinha salvado. Ele ainda pensava em mim daquela forma, mesmo eu sendo um monstrinho nojento rastejando na sarjeta com as mãos imundas e infeccionadas. Eu acordei em sua cabana enquanto ele cuidava de mim. Eu disse: "Vou matar todos eles". Ele estava sentado ao lado da cama porque tinha me dado a própria cama para dormir e estava dormindo no chão. Ele suplicou: "Por favor, seja um bom menino." — Chave respirou fundo. — Ele me disse para chamá-lo de pai. Você já teve a sensação de alguém ser importante, mesmo não sendo? De querer pertencer a ele, e que ele não te jogasse fora?

Rae tentou compreender.

— Você quer saber se eu já... amei alguém?

Chave olhou através das sepulturas dos mortos não amados, na direção da ravina, e confirmou com a cabeça.

— Já — Rae sussurrou.

— É estranho, não é? — Chave disse. — Eu nunca tinha sentido isso antes e nem senti depois. Eu não fiz nada direito. Eu queria pertencer a ele. Então fui bom. Não matei ninguém.

Um leve espanto veio à tona, como se ele estivesse discutindo um feito surpreendente realizado por um estranho.

— Eu trabalhava por migalhas que caíam da mesa da guilda dos vidreiros. Meu pai era velho e fraco. Ele nunca teve o suficiente para comer na vida. Nós gastávamos muito com remédios que não conseguiam consertar o estrago feito havia muito tempo. Um ano magro veio. Eu estava fora, carregando carga para fazer um dinheiro extra, e um vidreiro contratou meu pai para fazer uma entrega na chuva. Ele pegou a febre, que acabou com ele em troca de uma folha de bronze. Suas últimas palavras foram para eu comprar algo para mim. Porque eu era um garoto muito bom. Que idiota. Você não acha, milady? Que velho estúpido.

Rae balançou a cabeça, mas Chave ainda estava olhando para a ravina. Ele não parou de sorrir. Ela desejou muito que ele parasse.

— Eu estava devendo quando ele morreu. Não tinha dinheiro para uma pedra, então ele foi enterrado nas sepulturas dos mortos não amados.

Bate-Forja tinha falado sobre Chave querer uma pedra. Era para seu pai.

Quando as pessoas em Eyam morriam, elas eram enterradas sob pedras mágicas para que seus corpos não levantassem como carniçais. Ela conhecia essa parte da construção do mundo, mas não tinha pensado muito nas consequências. Quanto mais o corpo ficava no solo infiltrado de magia, mais magia era necessária para mantê-lo enterrado. Aqueles que não tinham dinheiro para uma pedra adequada enterravam seus entes queridos nesse local desolado, esperando colocar uma pedra mágica poderosa sobre eles um dia. Todos sabiam que eles estavam sonhando. *Pobres demais para manter seus amados no solo*, as pessoas zombavam, e nomearam esse lugar *as sepulturas dos mortos não amados*. Chave usou esse nome casualmente. Como se seu amor não valesse nada, nem sequer existisse.

Chave continuou:

— Meus senhores me ofereceram meu antigo trabalho. Meu pai não teria gostado daquilo. O que os mortos querem não importa, mas eu disse não. Só que o tempo passou, e o preço de uma pedra aumentou. Ser bom rendia tão pouco. Surgiu um rival da guilda dos vidreiros e eles me ofereceram o dobro do valor para se livrarem dele. Eu estava cansado de tentar ser bom. Ganhei o dinheiro, mas tinha esperado demais. O preço da pedra tinha triplicado. Enterrei as moedas sobre a sepultura dele, com uma faca ainda molhada com o sangue do assassinato. Minha primeira garganta cortada em anos.

Chave apontou com a cabeça para o cabo da faca aos seus pés.

Correr poderia ser sensato. Um pesadelo gritando espreitava por trás do sorriso calmo de Chave. Cada palavra soava crua, como se tivesse sido arrancada de sua garganta.

— Meu pai era um bom homem. Ele nunca disse uma palavra ruim, nunca teve um pensamento perverso, trabalhou todos os dias de sua vida até cair morto na terra. E o que sobrou dele? Uma sepultura sem marca e um assassino. É aonde a bondade te leva. Nunca sejamos tolos dessa forma, milady.

Ela havia achado que Chave ser um personagem secundário mercenário era engraçado. Era possível desconsiderar alguém pensando que "ele só liga para dinheiro", sem nunca reconhecer o que o dinheiro poderia significar. Não um luxo inútil, mas seu futuro, a vida de alguém que você amava, ou a última coisa que você poderia fazer por ela.

Rae estendeu o braço e tocou de leve nas cicatrizes da mão de Chave. Ele inclinou a cabeça naquele ângulo lúgubre, seu olhar perdido em perplexidade.

— Não dói mais.

Ela pensou em sua mãe se preocupando quando vendia uma casa com uma hipoteca um pouco maior do que as pessoas podiam pagar. Pensou em suas contas do hospital. Em como os desesperados se esforçavam, para serem deixados sem nada no final.

Chave pareceu ler a mente dela.

— Eu não te contei o final. Eu era o melhor facínora da cidade. As pessoas me chamavam de Vilão do Caldeirão. Eu não me importava. Estava ganhando dinheiro. Mas não conseguia acompanhar os preços que subiam. Voltando de um trabalho para casa, ouvi um dos homens da guilda dos vidreiros dizer que sentia muito pela morte do velho tolo. Agora eles tinham que realmente pagar alguém para fazer o trabalho que ele fazia por comida e abrigo. Vidro custa muito em Eyam. Os vidreiros eram ricos. Meu pai morreu para que eles pudessem economizar um dinheiro de que nunca sentiriam falta.

Seu sorriso ficou doce.

— Aquela noite, fui até a guilda dos vidreiros e matei todos eles. Dei ao meu pai todas as vidas que achavam que sua vida não valia nada. Botei fogo na casa da guilda. Eu sabia que não escaparia disso ileso. Eu seria executado, sem nunca ter conseguido guardar dinheiro suficiente para aquela pedra. Quando saí daquela casa em chamas e vi carniçais escalando o abismo, achei que eles fossem me matar. Melhor carniçais do que soldados.

Ele balançou a cabeça, triste.

— Não sou um planejador como você. Eu sobrevivi. Os bons cidadãos de Themesvar acreditaram que os carniçais acabaram com a guilda e eu fui o criado leal que lutou em sua defesa. Os comerciantes que nem sequer cuspiriam em mim de repente estavam me chamando de Herói do Caldeirão, e o rei me convocou para uma recompensa real. As pessoas do Caldeirão sabem a verdade. E agora você também sabe. Eu sempre serei um Vilão. Você disse que éramos amigos. Disse que gostava de mim. Talvez possa entender o que eu tenho que fazer.

Ele soltou as mãos dela, pegando as luvas e as calçando de volta. Estendeu a mão e passou a ponta dos dedos na garganta dela, como se memorizasse as linhas.

Rae não tinha tempo para isso.

— Eu entendo o que *eu* tenho que fazer. Abra meus botões.

— A história inspirou um clima amoroso?

Chave parecia incrédulo. Rae virou as costas e sacudiu os ombros para ilustrar. Quando ele chegou perto, ela estremeceu. A essa distância, seria fácil ele dar a volta e cortar o pescoço dela. Seria fácil para ele a qualquer distância. Ela não conseguiria escapar.

Mãos espertas desabotoaram suas roupas. Um sussurro correu quente por sua nuca, luvas roçando na pele desnuda sobre as costas entrelaçadas do espartilho.

— Chegou a hora de mais um truque de mágica, milady.

Ela foi na direção de uma pequena tumba feita de pedras não mágicas. Precisou se espremer para caber lá dentro.

— Fique de guarda na porta, por favor.

Houve um silêncio.

— Você está... entrando em uma tumba?

— Pense bem, não há trocadores para mulheres aqui! Segure meu manto.

Depois de uma pausa, Chave pegou o manto dela e o pendurou sobre o braço, como um cavalheiro galante esperando sua dama sair do *boudoir*. Nesse caso, da tumba.

Rae saiu do vestido, com pedras de granada pesadas penduradas na renda que ela tirou da pele. Ela estava em pé na tumba de espartilho e combinação. Heroínas sempre reclamavam dos espartilhos nas histórias. Não sendo uma heroína, ela achava espartilhos totalmente necessários para sustentar curvas perversas. Emer tinha deixado claro que combinação era uma peça escandalosa. Vestida assim, a armação que levantava o busto de Rae era evidente. A noite respirava através das pedras da tumba, com um toque frio sobre sua pele.

— Meu manto — Rae ordenou.

O manto de veludo foi bem-vindo sobre seus ombros desnudos. Rae saiu da tumba em suas roupas de baixo, segurando ao mesmo tempo o manto e retalhos de sua dignidade. Ela liderou o caminho de volta à banca de Bate-Forja.

— Novo acordo. Você pode ficar com o dinheiro que sobrar, se levar esse vestido e comprar a pedra para o pai de Chave.

Chave se sacudiu ao lado dela, como se tivesse sido esfaqueado.

Rae olhou para ele.

— Desculpe, você queria escolher a pedra?

Ele fez que não com a cabeça, sem palavras.

Rae estava começando a ficar preocupada.

— Ela não é confiável?

— Forja não volta atrás em acordos — Chave disse, depois de um momento.

— Então qual é o problema?

Houve outro silêncio. Ele estava pálido.

Forja pegou o vestido das mãos de Rae como se esta pudesse mudar de ideia.

— Não tem problema nenhum.

— Ótimo! — Rae se virou para Chave. — Podemos voltar para o palácio? Preciso executar meu plano maléfico. Além disso, vai ser um problema se os guardas reais me pegarem fora do palácio usando roupas de baixo.

Ela percorreu sozinha o caminho ao longo da ravina. Por um instante, temeu que Chave não a seguisse, mas ele a seguiu.

A VILÃ DESISTE

Seu pai estava morto, e sua madrasta estava esvaziando a propriedade de toda a magia que era sua por direito.
Quando Lia chorava, Rahela sorria.
— Irmãs devem compartilhar.

Era do Ferro, Anônimo

Rae foi direto para o castelo. Como o rei já deveria ter saído de lá àquela altura, eles entraram pela passagem secreta que dava para a Sala da Memória e dos Ossos. A passagem era um túnel escuro, então ela deu o braço para Chave. Ele estava tenso ao lado dela. A própria garganta de Rae estava apertada. Vilões não eram feitos para cenas emotivas. A laia deles era feita para observações sagazes e perversas e proclamações maléficas.

Sair do escuro na sala de marfim ofuscou os olhos dela com uma cegueira de neve sepulcral.

Ela ainda não estava conseguindo enxergar direito quando Chave perguntou:

— Posso matar alguém para você?

Pelo preço de um vestido? O verdadeiro sucesso tinha a ver com oportunidade, não com talento. Chave deveria ter tido acesso a nobres anos atrás. Ela precisava de suas habilidades como lacaio no momento, mas como assassino do palácio ele teria ganhado uma fortuna.

Ela piscou várias vezes contra a luz de um lustre comprido e estreito. As peças quebradas de sua visão se juntaram no rosto incerto e selvagem dele. Rae sorriu.

— Você não precisa me pagar. Eu só quero sua ajuda. Você já me prometeu isso.

— Não levei a sério — Chave a informou.

Uau. Traição era algo esperado de um lacaio do mal, mas tinha que ser agora?

— Eu sei — Rae retrucou. — Você ia me matar no cemitério pelo preço do meu vestido.

Ele ficou em silêncio, como se tivesse imaginado que ela não tinha percebido. Traição era a companheira constante de Rae. Ela podia enxergá-la chegando a um quilômetro de distância.

— Acha que um dia eu vou virar para você e perguntar: "Você é de verdade? Posso confiar em você?". Eu não confio em ninguém. Você me perguntou por que não vou tentar reconquistar o rei. Quando eu... era mais nova, fiquei doente.

Rae estremeceu tanto que sentiu um calafrio, um frio mortal sob o veludo. Ela não tinha planejado dizer isso, mas às vezes era um alívio quando tudo estava arruinado. Agora que tinha falado, podia muito bem contar tudo.

— Quando aqueles guardas machucaram suas mãos, você disse que ficou repugnante. Eu fiquei repugnante também. Eu não tinha nem pelos nas narinas, então meu nariz não parava de escorrer. Eu tinha certeza de que ia morrer. Fingia para mim mesma que não ia, mas a verdade é que eu sabia que ia. Meu amante me deixou. Meus amigos me deixaram. Disseram que eu deveria perdoá-los. Eu fui mais culpada por me ressentir do mau tratamento do que eles foram culpados por me tratarem mal.

O que vinha primeiro, ser tratado como insignificante ou ser insignificante? No fim, não importava. Se os outros acreditassem que ela era má, ou bela, ou culpada, tornavam isso verdadeiro.

Rae ficou olhando para o trono manchado da rainha enquanto confessava.

— Até meu pai sabia que não valia a pena ficar por mim.

Seu pai era professor. Sua mãe dizia com amargura: *Quem não sabe fazer, ensina*. Mas ele fazia o suficiente. Ele foi embora. Não logo de cara. Um ano depois que Rae foi diagnosticada, quando a primeira rodada de quimioterapia não funcionou. Homens tinham seis vezes mais probabilidade de deixar suas esposas quando elas tinham câncer, mas não foi a mãe de Rae que ficou doente. Foi Rae. Era culpa dela.

Sua mãe nunca foi amarga na cara dele. Elas precisavam da ajuda dele para as contas.

Seu pai agora tinha um bebê com a nova esposa. Quando houve complicações no parto, ele dormiu no chão do quarto de hospital de sua jovem esposa.

Ninguém dormia no chão do quarto de hospital de Rae. Ela tentava se lembrar de seu pai simplesmente como um professor. A aula podia acabar, um professor podia ir embora, e isso não magoaria. Ela se recusou a conhecer o bebê. Ele comentou que a crueldade dela dizia muito sobre seu caráter.

Rae confessou:

— Sei que você não acredita que eu posso prever o futuro, mas eu posso. Otaviano é o Imperador. Ele será grandioso e terrível. Ele é o herói, e o fato de ele tratar outras mulheres como se não importassem prova que Lia é a heroína. Ela é a mais bela de todas, e eu nem sequer sou bonita de verdade. Mas, quando as pessoas não se importam com você, você tem que se importar consigo. Ambição é um negócio perverso, e eu quero tanta coisa. Se eu quero viver, isso me transforma em um monstro; se eu quero um homem, isso me transforma na meretriz da torre; se eu quero um trono, isso me transforma em uma rainha má. Tudo bem. Eu vou ser um monstro maravilhoso. Confio em minha própria perversidade. Nunca mais vou acreditar em alguém.

— Se você quer ser rainha — Chave sugeriu lentamente —, vamos matar sua irmã.

Ela precisava ser clara, pelo bem de Chave e pelo bem da trama, que era vital Chave não massacrar nenhum protagonista.

— Ouça. Minha dor não é culpa de nenhuma rival. O sistema deixa Otaviano usar as pessoas, então ele me usou e me jogou fora. Quer saber de uma coisa? Em um futuro diferente, você sugere a Otaviano que ele deveria esquentar sapatos de ferro e me ver dançando.

O braço de Chave virou pedra sob a mão dela.

— Eu já tinha ouvido falar de você. Lady Rahela, a mulher de neve e chamas. Eu acreditava que você tinha todo o poder do mundo.

Rae deu de ombros.

— Em outra vida, eu estou morta. Você acha que eu mereci isso. Não somos diferentes de Otaviano, exceto por ele estar acima de nós, e aqueles que estão por cima ferem quem está embaixo. Eu feri Emer. Você teria me ferido. E o Imperador pode ferir qualquer um. Naquele futuro, apenas Lia fez algo bom. Ela salvou você e Emer em meu julgamento. Ela não merece morrer.

Não era possível fazer um omelete de história sem quebrar ovos narrativos. Era uma pena que Chave não fosse ser resgatado por sua *crush*, mas Rae havia necessitado escapar da execução com urgência.

— Eu não me importo se as pessoas são boas — opinou Chave. — Só me importo se são boas para mim. Eu mato ela se você pedir.

Essa era a punição de Rae por pensar continuamente *Quem se importa em salvar Lia?* enquanto lia a série *Era do Ferro*. Rae mal conhecia Lia, mas queria salvá-la. Não só porque precisava de Lia para a trama. Lia era quase irmã de Rae.

As palavras tombaram dos lábios de Rae.

— Eu preciso dela. Ser a irmã de alguém é a única coisa na qual não falhei. Ela sempre foi adorável e fácil de magoar. Eu a magoo algumas vezes, eu me ressinto dela algumas vezes, mas planejei a vida toda combater seus inimigos. Quando éramos mais novas, contávamos histórias uma para a outra. Depois que fiquei doente, tinha medo de dormir e nunca mais acordar. Eu só conseguia dormir quando dizia a mim mesma que, se eu morresse, ela contaria histórias sobre mim para seus filhos. Eu não passaria de uma história, então, mas é melhor do que não ser nada. Ninguém vive para sempre, mas uma história pode viver. Histórias são como sobrevivo. Quando estou lutando para viver, penso comigo mesma: *Que história para contar para a minha irmã!* Eu vou ser sua história preferida. Vou ser a melhor história que ela já ouviu.

Lia era a chave de Rae para voltar para Alice, e Alice era como ela tinha vivido tempo o suficiente para estar nessa aventura. Seus amigos e seu pai tinham passado em alta velocidade, e Rae estava perdida no retrovisor. Sua mãe tinha trabalhado tanto nos últimos anos que elas mal conheciam as versões novas e endurecidas uma da outra. No coração de sua irmã, a memória de Rae poderia ter beleza. Ela não sabia como ser bela em nenhum outro lugar.

O nome da Sala da Memória e dos Ossos não lhe parecia mais engraçado. Isso acabava com o clima, uma sala inteira servindo como um grande *memento mori*. Lembre-se de que você deve morrer.

A sala da morte do palácio do livro de história ficou borrada diante de seus olhos. Rae desejou não chorar. Ela odiava chorar na frente de outras pessoas. Chorando sozinha, dá para fingir que você não chorou. Não era real a menos que outras pessoas soubessem.

Chave inclinou o queixo dela para cima.

— Nada de lágrimas. Você é como eu, lembra? Víboras juntas. O mal vence, finalmente.

Rae conseguiu esboçar um frágil desprezo.

Contra o fundo branco com ossos, os cabelos de Chave faziam um contraste severo, dando a ele um buraco negro como halo.

— O juramento foi uma piada para mim. *Quando meu nome estiver em sua boca, sempre responderei, e seu nome será minha convocação às armas. Sempre serei um escudo para sua proteção, e a história contada entre nós será verdadeira.* Como aquilo pode ser real?

Rae mordeu o lábio e ficou olhando para os ladrilhos de marfim, lisos como lápides com os nomes desgastados. A linguagem de um juramento era reconhecidamente grandiosa e exagerada. Talvez eles pudessem pensar em um acordo. Se Chave recebesse uma oferta melhor, ele daria a Rae uma chance de cobri-la?

Enquanto Rae se preparava para discutir linguagem de contrato, Chave falou.

Sua voz suspirava com a suavidade do vento da noite.

— Milady. Agora eu vou levar a sério.

Só que ele já tinha confessado ter mentido uma vez. Poderia mentir de novo a qualquer momento.

— Legal — Rae disse a ele. — Obrigada.

— Vou manter minha palavra. Serei seu se quiser me manter.

— É um acordo. — Rae esperava que fosse suficiente.

Para sua consternação infinita, Chave ajoelhou no chão de ossos, tocou com reverência a beirada de seu manto de veludo, abaixou a cabeça e o beijou. Esse era o espelho invertido de uma cena que poderia ocorrer entre o Última Esperança e Lia, a dama e seu honorável cavalheiro. Os lábios de Rae se curvaram com desdém. A dama da escuridão e seu nada honorável cavalheiro? Ele seria leal para sempre, até que lhe fosse oferecido o dobro.

— Estou tão feliz — Chave murmurou — de pertencer a alguém novamente.

Quando ele jogou a cabeça para trás, seus olhos brilhavam como estrelas, de uma forma que apenas os olhos de um personagem poderiam brilhar. Os olhos de nenhuma pessoa real ardiam com essa intensidade que atravessava a escuridão e a distância, com essa luz tão terrivelmente brilhante que continuaria queimando bem depois que a estrela se apagasse. Rae entendia que Chave estava grato, mas isso estava indo longe demais. Ela estava quase tentada a acreditar nele.

Até mesmo um vilão deve resistir à tentação ocasionalmente. Ela não acreditava nem em pessoas reais.

O silêncio se estendeu. Rae não sabia o que dizer. A lembrança do beijo percorreu seu corpo, não sua mente, em um longo arrepio. *Quando meu nome estiver em sua boca...*

Ele estava aos pés dela, como tinha estado no Mercado Noturno. Ela poderia pedir qualquer coisa a ele. Só que a morte havia seguido a tentação no mercado, e ele não era algo que ela pudesse manter.

— Levante-se — ela ordenou em seu ronronado vilanesco.

Quando ele se levantou, os dois seguiram juntos para a torre das damas. Rae fez mais alguns pedidos.

— Só não mate Lia, e não sugira que eu me arraste de volta para Otaviano novamente. Eu só devo ser uma pequena parte da história do Imperador. Como o cabo de sua famosa espada. O cabo tem a forma de uma cobra, e ele costumava dizer que eu era a irmã gêmea dele: sua víbora. Talvez ele me amasse um pouco. Isso basta.

Agora que ela vivia dentro da história, amar o Imperador era estressante demais. Chave podia ser seu novo favorito. O Vilão do Caldeirão era seu guarda-costas de confiança, no sentido em que Rae confiava que ele seria mau, mercenário e divertido. Ela aprimoraria um pedaço da história, apenas para ele. Os dois só precisavam salvar Lia. E se entregar a mais beijos. Chave era literalmente feito para Lia e, em qualquer mundo, Rae não era feita para ser amada. Ela só iria se magoar se ficasse apegada.

Normalmente, o rosto de Chave era um caleidoscópio de sorrisos, diferentes sorrisos combinando com diferentes humores. Quando seu sorriso desapareceu, a escuridão se seguiu.

— O rei tinha uma víbora assassina. Ele devia ter apreciado sua sorte.

Rae murmurou com apreço:

— Não é? Eu tenho cabelos ótimos, peitos incríveis e uma abundância de sarcasmo sombrio. Sou basicamente a mulher perfeita. Qualquer homem seria sortudo. — Ela se lembrou de sua eterna devoção a Otaviano, e acrescentou rapidamente: — Não pode ser simplesmente qualquer homem.

— Tem que ser um imperador para você? — Chave sorriu.

Rae retribuiu o sorriso.

— Isso mesmo. Tem que ser um imperador.

Ela levantou o braço para bater na mão dele. Chave estava ficando bom nisso.

Eles estavam na mesma equipe, e ele a havia ajudado a ganhar clareza. Usar pessoas, tomar o controle de uma história só para fazer do seu próprio jeito, era uma coisa ruim.

Rae ainda planejava fazer isso. Ela estava cansada de ser a menos amada. Preferia ser uma falsa profetiza. Preferia ser uma vilã.

*

O quarto de Lady Lia ficava no alto da torre. O mosaico no chão mostrava penhascos altos e perolados e um mar prateado. Era menor do que o quarto de Rae, com uma janela grande que não tinha grades, pois ninguém era tão perturbado a ponto de pular daquela altura. E, enquanto as cortinas de Rae eram vermelhas, as de Lia eram de um azul mais literário. Um dia, Lia transformaria a torre inteira nos aposentos da rainha. Por enquanto, a janela de Lia era uma moldura de céus estrelados, sua cama branca era drapejada com rendas leves, e um quarto na torre era terrivelmente apropriado para uma heroína.

Lia estava sentada diante da penteadeira, escovando o cabelo dourado. Quando Rae entrou, os olhos da jovem se arregalaram no espelho de bronze, mas sua escova com cabo de pérola não vacilou.

Rae queria ter certeza de que elas estavam sozinhas.

— Onde está sua criada?

— Depois de minha primeira experiência com uma criada, eu confiaria em outra?

Certo, mais tarde Lia contava ao Imperador que estava com medo de confiar em outra criada. O Imperador dizia: "Eu vou ser seu criado." Todas as noites ele escovava suas longas madeixas cem vezes.

Rae não tinha considerado antes o que a recusa de Lia em ter outra criada significava. Lia realmente tinha se sentido traída por Emer.

Tanto faz, ter que pentear os próprios cabelos não era uma emergência nacional. De volta ao plano.

— Vamos conversar como amigas — sugeriu Rae.
A voz de Lia era firme:
— Não somos amigas.
— Então vamos trocar coisas desagradáveis!

Lia soltou a escova e se virou sobre o banco. Um raio de luar capturava sua beleza, transformando seu corpo esguio em uma estátua de mármore e deixando seu cabelo pálido como um véu de noiva. Seus olhos azuis brilhavam com lágrimas.

— Que coisa ruim você está tramando?

Rae subiu na cama branca, manchando os lençóis com suas roupas vermelhas de raposa.

— Que bom que você perguntou. Essa fachada de cervo ferido é fofa, mas apelar para minha consciência não vai funcionar. Eu não tenho consciência. Pare de sofrer, você é ridiculamente bela, o rei está apaixonado por você, e eu não vou mais te causar nenhum problema.

— Como posso acreditar nisso?

— Sou um monstro de coração frio agindo em nome de meus interesses. Se eu continuar impedindo o rei de ser dar bem, ele vai cortar minha cabeça.

— Você planejou que *eu* fosse executada.

Alegar que Rae havia mudado não estava funcionando. Rae não conseguiria realizar nada, a menos que explicasse seu comportamento passado e convencesse a todos de que não o repetiria. Isso significava que ela tinha que examinar razões plausíveis para as ações de Rahela.

Era estranho, mas pensar nas motivações de um personagem fazia você gostar mais dele. Antes de ela se tornar Rahela, era fácil desconsiderá-la.

— Eu estava em pânico — Rae explicou. — Todos os meus esquemas e concessões, e aí você aparece na corte e Otaviano se apaixona à primeira vista! O olho de meu homem começa a vagar, e ele é o homem mais poderoso do mundo. Eu não podia estapeá-lo nem o chamar de cretino traidor. Eu culpei você porque não podia culpar ele.

— Eu não tenho nenhum interesse no rei — Lia murmurou para a escova de cabelo.

Certo. Ela era pura demais. Era por isso que todos a amavam.

Rae achava que uma garota corresponder ao seu amor era uma coisa boa, mas não era assim que as histórias funcionavam. Não estar interessada era irresistível.

— Está tudo bem. Eu aceitei meu destino. Na verdade, aceitei o destino de todos! Vocês dois vão se casar. Então é melhor para *moi* se você e eu nos dermos bem.

— Eu nem sonharia em me casar com o rei — Lia disse com humildade, e depois acrescentou com uma onda de indignação virtuosa —, e você e eu nunca vamos nos dar bem! Não foi apenas ciúme por causa do rei. Quando éramos crianças, você e sua mãe caíram sobre minhas posses como abutres. Agora serve a seus propósitos que sejamos amigas. Por que eu aceitaria?

Acima dos ombros de Lia, Rae viu os próprios olhos refletidos: escuros, brilhando e definitivamente nada confiáveis. Ninguém a escolheria. A menos...

Ela apontou o dedo em forma de arma para Lia.

— E se eu te der um motivo?

Rae tinha entrado no quarto sem nada. Agora ela tinha a atenção de Lia.

— As pessoas avançam como abutres famintos quando não sabem se vão ter outra chance de agarrar alguma coisa. O que fizemos não foi pessoal.

— Eram os tesouros da minha família. O que vocês fizeram foi pessoal para mim.

Lágrimas se formaram nos olhos de Lia novamente. Ela conseguia fazer isso quando queria?

— Agora, nós duas temos chance de ter uma boa vida. Você se casa com o rei. Como meia-irmã da rainha, eu sento em sofás de seda, como bombons e posso escolher os lordes porque sou – preste atenção, essa parte é importante – convidada para as boas festas.

— Ah — murmurou Lia. — Você está tramando para ir ao baile.

Rae sorriu.

— Você não é só um rostinho bonito. Você *é* nova na corte. As pessoas são astutas aqui. Você foi incriminada por assassinato na semana passada.

A paciência angelical de Lia perdeu suas asas.

— *Por você!*

Rae espantou a acusação como se fosse uma mosca.

— Pare de viver no passado. Eu posso te ajudar. O problema é que você não pode confiar em mim. Porque eu sou má!

Um olhar curiosamente indefeso surgiu no rosto de Lia.

Encorajada, Rae disse:

— Eu quero que você acredite em mim. Então tenho que fazer um sacrifício de verdade.

Ela cruzou o trecho prateado de mosaicos para chegar até onde Lia estava sentada. Ela viu seu avanço vilanesco no espelho, saia vermelha arrastando no chão, mãos para trás das costas.

Rae ajoelhou ao lado do assento de Lia e lhe mostrou o que estava escondendo.

— Você disse que não tinha escolha além de ser indefesa. Pareceu que não queria mais ser indefesa. Não estou oferecendo uma desculpa. Não estou oferecendo a devolução de todos os seus tesouros. *Estou* oferecendo compartilhar.

Rae estava no holofote do raio de luar com Lia agora. A luz da lua bateu no aço, brilhando com um fogo vermelho encantado.

Uma manopla mágica.

Apenas uma.

Tradicionalmente, chegava-se à torre da heroína oferecendo resgate. Rae achou que Lia poderia querer o poder de resgatar a si mesma.

— Você tentou disparar uma flecha com a mão esquerda. Então pode usar a manopla esquerda melhor do que eu. Eu posso usar a manopla direita melhor do que você. Não é tão bom quanto ter o par, mas, se estivermos lutando juntas, pode ser ainda melhor.

Os dedos de Lia pairaram sobre a manopla prateada. Ela olhou para Rae, como uma criança com medo de querer muito alguma coisa e as crianças maiores brincarem de bobinho com isso sobre sua cabeça.

No livro, as manoplas eram perdidas com o corpo de Rahela, jogadas na temível ravina. Lia nunca teve poder, exceto o que seus admiradores lhe davam. Rae odiava aquilo.

Quando o rosto de Lia se moveu da beleza para a realidade, Rae ficou chocada. Lia parecia doente e com medo, de uma forma que era familiar a Rae. Ela parecia estar com medo de ter esperança. Rae compreendia. A esperança era vizinha do desespero.

Ela colocou a manopla gentilmente sobre o colo recoberto de branco de Lia. As mãos de Lia se curvaram de maneira protetora sobre a prata e o aço encantados.

Ela sussurrou:

— Eu poderia pegar isso e não fazer nada por você.

Rae deu uma piscadinha.

— Garotas más adoram apostas. Temos um acordo?

— Eu preciso pensar sobre isso — disse Lady Lia, com seu sorriso mais discreto.

— Você só pode estar brincando!

Lia guardou a arma mágica na gaveta e a trancou longe de Rae. Você só arma para alguém *uma vez*!

A heroína da história pegou sua escova de cabo perolado e voltou a escovar os cabelos dourados, a imagem da inocência.

— Você demorou um bom tempo para me mostrar gentileza. Agora é sua vez. Espere alguns dias, Rahela. Até a manhã do baile. Descubra o que vou decidir.

17
A VILÃ DEVE IR AO BAILE

O destino parecia determinado a impedir que Lia aproveitasse seu primeiro baile. Porque seu vestido estava cortado em tiras sobre a cama.

A caminho de se desculpar com o rei, ela descobriu uma caixa entalhada em sua porta. Levantando a tampa, Lia viu metros de tecido branco e macio, enfeitado com minúsculas joias delicadas. Ela viu o vestido mais adorável do mundo.

O coração de Lia agitou-se como um pássaro desejando não estar engaiolado. Ela sabia quem tinha feito isso.

Era do Ferro, Anônimo

Na manhã do baile, enquanto Rae contava histórias a Chave e Emer, um recorte de papel dourado foi colocado sob sua porta. "*Sua Graciosa Majestade concede a Lia Felice permissão para fazer um gesto de perdão fraternal e trazer Lady Rahela Domitia como sua convidada pessoal ao baile real.*"

Veja só como isso foi escrito. Todos que vissem esse convite falariam sobre como deve ser grande o poder de Lia sobre o rei, como Lia foi graciosa, e como Rae merecia pouco.

Quem se importava? Rae tinha conseguido o que queria. Ela levantou sua cobra para o alto, a fim de comemorar a vitória, e dançou em um círculo ao redor do quarto enquanto Chave aplaudia seu triunfo.

— Milady — implorou Emer. — Fique calma. Largue essa serpente.
Rae colocou Victoria Brócolis com cuidado em um porta-joias. Emer era uma estraga-prazeres, mas estava certa. Não havia tempo a perder.
— Vamos abraçar a estética do mal como se fosse um amante que estou prestes a envenenar. Quero lábios vermelhos como sangue e um delineador trevoso como meu coração.

*

— Anunciando Lady Rah... ahahaha... hel... ah... olá...
Rae deu uma piscadinha atrevida para o mensageiro. Ele largou o trompete.
Mais tarde, naquela mesma noite, Lia desceria essas escadas como um sonho de poesia e luar encarnado. Em todo o salão de baile, vários homens adultos derramariam lágrimas.
Quando Rae desceu, vários homens adultos derrubaram suas taças de champanhe. A heroína era um sonho doce. Ela era uma pesadelo sexy.
O Naja Dourada esperava ao pé da escadaria.
— Está parecendo uma rainha. Precisa de uma cobra-real?
— Eu não preciso de uma serpente de grama.
Rae segurou no braço dourado dele. Eles deslizaram pelo Salão dos Suspiros, cabeças próximas como se sussurrassem de maneira sedutora.
— Pronta para o crime, líder de torcida?
— Tente acompanhar meu ritmo, menino do teatro. — Rae agitou seu leque, sentindo um arrepio de nervosismo. — Sério tem certeza de que consegue pegar as chaves do rei?
— Shhh, ele está bem ali! — sussurrou o Naja.
Quando Rae se virou, não viu Otaviano em lugar nenhum. Ela girou de volta e encontrou o Naja se abanando com o leque que havia tirado da mão dela. Rae não tinha nem notado que estava de mãos vazias.
— Não preciso falar mais nada.
Ele não devolveu o leque, mas criou uma brisa gentil enquanto eles caminhavam pelo meio da multidão.
— Eu sinto falta de leques. O primeiro-ministro passou uma lei proibindo leques e joias para homens só para me irritar. Você sabia que existe toda uma linguagem com leques?

— Eu uso meu leque principalmente para cobrir minhas gêmeas más. — Ela apontou para os seios. — Posso chamá-las de Cruela e Malévola.

Os olhos escuros dele dançavam sobre a beirada manchada de vermelho do leque branco como a neve.

— Então você precisa de um leque *consideravelmente* maior. Não, sério. Mensagens secretas podem ser transmitidas com isso. Se eu o girar na mão esquerda... — o leque deu uma pirueta de uma palma para a outra — significa "estamos sendo observados". Se eu girar o leque na mão direita, quero dizer "eu amo outro". Você também pode usar o leque para desferir cortes diretos, indiretos, sublimes e infernais, que são todos insultos mortais. Há muitas maneiras de dar indiretas no Palácio na Borda.

— Este é um lugar tão agradável.

Ela achou a atmosfera do Salão dos Suspiros opressiva. Rae pretendia que todos olhassem para ela, mas... todos estavam *olhando* para ela. O peso coletivo dos olhos deslizava por sua pele descoberta com o peso de mãos. Lady Rahela tinha muitos admiradores e muitos inimigos. Como o corpo e o vestido, eles eram de Rae agora.

O Naja estava ao lado dela, mas perdido em seu mundo de fantasia. Mesmo dentro dele, ela sabia que ele era um vilão. Ela não havia se esquecido de Marius descrevendo a ruína de um jovem causada pelo Naja. O Naja havia admitido. Ele disse que gostou. Ele parecia gentil, mas ela não podia confiar nele. Podia contar apenas com seu próprio eu perverso.

Ela buscou conforto em um esquema.

— Vamos repassar nosso plano uma última vez. O rei declara oficialmente Vasilisa e Lia suas damas à espera de se tornarem rainhas. O dever o obriga a tirar Vasilisa para dançar, apesar de estar deslumbrado com Lia em seu novo vestido.

O Naja parecia certo de todos os detalhes sobre sua cena preferida. Rae havia sugerido alertar Lia de que rivais rancorosas que nunca foram identificadas planejavam arruinar seu vestido. O Naja a proibiu expressamente de fazer isso. Ele estava determinado a que Lia usasse o vestido surpresa enviado pelo Última Esperança.

— Eu ainda acho que deveríamos ter contado a Lia.

— É o primeiro gesto romântico de Marius! — O Naja protestou. — Não estrague isso para mim. Além disso, é uma parte fundamental de nosso plano que Lia chegue atrasada.

Rae suspirou e concordou.

— Primeiro, criamos uma cena para ficar em posição, perto o suficiente para roubar as chaves. Todos os olhos estarão sobre nós... até a grande entrada de Lia.

— Ela desce as escadas flutuando, parecendo um céu do início da manhã, claro e limpo, com estrelas ainda se demorando junto às nuvens...

Rae fingiu vomitar. O Naja bateu nela com o leque.

— *Et tu*, amigo — Rae resmungou. — Bruto.

O Naja continuou com firmeza:

— Marius vai se sentir atingido por uma bela luz e vai se apaixonar à primeira vista.

— Ele é do tipo que se apaixona à primeira vista?

Agora que ela tinha conhecido o Última Esperança, andava tendo dúvidas. Marius Valerius não inspirava sentimentos ternos. Ele inspirava congelamento da alma.

O Naja olhou feio para ela.

— É claro que ele é do tipo que se apaixona à primeira vista.

— Ele não viu Lia quando fomos atacadas pelos carniçais?

O olhar feio do Naja se intensificou.

— Eu não te convidei para chover no meu desfile. Enquanto o rei estiver distraído por Lia, nós roubaremos a chave da estufa real. O rei dança com Vasilisa. Lia é deixada desamparada. *Então* toda a corte fica eletrizada por Marius – que nunca convida ninguém para dançar – levando Lia para a pista de dança e para a sacada romântica iluminada pela lua.

Ele deu um suspiro feliz atrás do leque roubado.

— Use esse burburinho para sair daqui e fazer uma cópia da chave — Rae lembrou o Naja com urgência. — Essa é uma parte fundamental do nosso plano. Não se concentre no romance em detrimento da trama.

Sua trama tinha que sair de maneira perfeita. Eles tinham apenas algumas semanas. Se conseguissem a chave, Rae dormiria com ela debaixo do travesseiro até acordar em seu próprio mundo, para o nascer do sol do rosto de sua irmã.

O salão de baile era maior do que a sala do trono, e o único cômodo grandioso sem um mosaico. O chão era de hematita, a pedra preta iridescente brilhando sob seus pés como se eles estivessem sob um céu noturno sem lua. O teto era de vidro arqueado, com cacos de espelho em vez de vidraças transparentes. A maior parte dos espelhos do palácio era de bronze, mas esses eram de vidro caro. Alguns espelhos haviam rachado, de modo que a cena do salão de baile refletida ficava estranhamente distorcida. As roupas claras em contraste com o piso escuro ganhavam um brilho prateado, como se toda a corte estivesse suspensa em mercúrio. O vestido de Rae se destacava, vívido como uma mancha de sangue.

O Naja a cutucou de forma tranquilizadora sob o queixo com o leque.

— Fique comigo, gafanhota, e ficará bem. Eu nunca perdi uma deixa na vida. Vou te apresentar para o meu clube do livro.

Ele devolveu o leque e passou um braço ao redor dos ombros dela, mantendo-a próxima em um círculo sólido e quente. O Naja Dourada ajudava a organizar um salão literário onde intelectuais da corte discutiam peças, poesia e arte. Os membros do salão, sentados em cadeiras de chapa de ouro e vidro, pareceram surpresos ao ver Rahela.

O Naja levou Rae a um sofá de encosto baixo, bordado com martins-pescadores e cotovias. Ele apontou para a dama e o cavalheiro ao lado do sofá. A dama tinha penas de avestruz adornando sua torre de cachos retorcidos, e pulseiras de azeviche e marfim tilintando nos braços. O cavalheiro estava vestido todo de roxo.

— Zenobia, Fabianus, vocês conhecem Lady Rahela?

— Encantado? — O cavalheiro de roxo parecia em dúvida.

Ele estava sem expressão, mas aquela podia simplesmente ser sua cara. Ela não estava totalmente vazia. Havia dragões pintados em seu rosto em uma clara imitação do Naja, um dragão rosa na face esquerda, um azul na direita, e um dragãozinho roxo entre as sobrancelhas. Dragões combinavam mais com o Naja.

Lady Zenobia das pulseiras de marfim ficou em silêncio. Ela parecia certa de que não estava encantada.

Foi um alívio quando o rei apareceu e fez seu pronunciamento à corte. Todos concentraram sua atenção em Otaviano. Valia a pena olhar para ele. A pele de zibelina conferia largura a seus ombros, com pelos formando uma cachoeira escura atrás dele. Ele não estava usando a máscara coroada e as luvas com garras, e não precisava que elas lhe dessem um ar régio. Se Rae apertasse os olhos, quase podia ver o Imperador.

A voz do rei ecoava do piso escuro e cintilante até o teto arqueado prateado.

— Minha adorada corte, eu apresento a princesa Vasilisa.

A princesa Vasilisa usava um grande diadema dourado, círculos de ouro com pérolas pesadas que sem dúvida tinham um valor inestimável, mas pareciam salientes e pálidas. Um rico tecido escuro a envolvia do queixo aos pés. Sua garganta parecia estar usando um espartilho. Entre o diadema e o vestido estava o rosto de Vasilisa, parecendo ter sido colado por engano.

O sorriso de Otaviano parecia sugerir apenas uma saudação cortês. Seus olhos pularam para trás de Vasilisa, procurando a visão adorável que era Lia.

— Princesa, eu falo em nome de todo o país quando digo o quanto estamos felizes em recebê-la.

A voz de Vasilisa era tranquila.

— Estou feliz em estar aqui.

Ela não pareceu fascinada pela beleza de Otaviano. Talvez não fosse do tipo que demonstrasse abertamente suas emoções. Ou talvez demorasse mais para Otaviano conquistar o coração de Vasilisa dessa vez.

— Emitimos um convite para que se junte às nossas damas à espera de se tornarem rainhas. É uma honra jamais oferecida a alguém de fora de Eyam. Esperamos que aceite.

— Obrigada. — A voz de Vasilisa permanecia tranquila. — Nós recusamos tal honra.

O sibilo coletivo da corte aumentou para um zumbido que poderia reduzir o teto espelhado a pó. A mão do rei Otaviano, estendida como um convite régio, se contorceu.

O primeiro-ministro Pio soltou um silvo untuoso.

— Alteza! Você não está entendendo o que significa ser uma dama à espera de se tornar rainha. Permita-me explicar.

— Eu não gosto de homens explicando coisas para mim — disse Vasilisa. — Já fui instruída por uma dama à espera de se tornar rainha.

Rae afundou no sofá.

— Ah, merda.

— O que você *fez*? — o Naja Dourada sussurrou no ouvido de Rae.

Alheia ao caos que estava causando na história e no pobre coração de Rae, a princesa Vasilisa continuou:

— Quando dois países buscam uma aliança, ambos devem aprender os costumes um do outro. Na minha terra, se um homem deseja se casar com uma mulher, ele a seleciona para uma atenção especial. Pedirem que eu me junte a uma multidão é um insulto. Majestade, isso pode ser um mal-entendido cultural. Você não deseja fazer um insulto ao meu país.

Apesar do desespero de Rae, ela não pôde deixar de sorrir. A princesa Vasilisa era boa.

E Otaviano também. Ele se virou direta e rapidamente.

— Tenho certeza de que podemos chegar a um acordo bom para os dois países. Simplesmente desejo honrá-la de qualquer maneira possível. Perdoe-me. Vamos negociar depois. Dê-me o prazer de sua mão para a dança de abertura.

Rae imaginou que a realeza fosse treinada para apaziguar qualquer situação social que saísse dos eixos. Vasilisa inclinou a cabeça repleta de joias. Otaviano deu meia-volta e retornou para perto de seus ministros.

A multidão se afastou de Vasilisa, deixando-a em sua ilha particular de solitude. Na história original, a princesa era cercada por bajuladores. Na história original, Vasilisa não rejeitava o rei sem rodeios. Uma beldade de cabelos pretos e armadura começou a se aproximar, mas parou depois de um olhar da princesa. Ela devia ser a segunda guarda-costas de Vasilisa, destinada a ser a guardiã da meia-noite ao lado do trono de sua rainha. Rae esperava que essa sobrevivesse. Se Rae se lembrava corretamente, seu nome era Ziyi. Chave, parado ao lado de Ziyi, sussurrou em seu ouvido, e a expressão severa de Ziyi relaxou um pouco.

Agora que Rae sabia que Chave estava disposto a beijos vilanescos sem importância, talvez Ziyi fosse a próxima. Ela sentiu um leve gosto azedo na boca ao pensar nisso, mas Chave merecia se divertir antes de morrer por Lia.

— Vamos ajudar a princesa — Rae sussurrou.

O Naja gritou como uma galinha ofendida.

— Chega de interferir na história.

— Isso é tudo culpa minha...

O Naja Dourada lançou um olhar a Vasilisa, sozinha no meio da multidão, com os ombros para trás, e derreteu como um sorvete no inferno.

Ele acenou, um farol dourado impossível de não notar.

— Alteza, junte-se a nós.

Quando o olho de Vasilisa recaiu sobre Rae, seus lábios se curvaram em um meio sorriso. Ela foi até eles e se sentou em uma cadeira de ouro e vidro, pousando as mãos de aparência capaz sobre o colo de cetim.

Como eles estavam consertando a história, e a paixão da Rainha de Gelo por Otaviano levava aos soldados de gelo atacando a capital, Rae pensou que deveria verificar os sentimentos de Vasilisa em relação à Sua Majestade.

— Olá. Viu algum cavalheiro de que gostou?

— Bem. — A princesa Vasilisa ficou corada, depois arriscou um sussurro no ouvido de Rae. — É difícil não o notar no salão, não é?

Então ela ainda estava a fim de Otaviano. Homens com uma boa estrutura óssea podiam se safar de tudo.

Fez-se um silêncio. O salão literário raramente ficava sem palavras, mas eles tinham acabado de ser atingidos por uma sereia escarlate e uma princesa estrangeira em menos de cinco minutos.

Um cavalheiro de roxo se aproximou.

— Não fomos adequadamente apresentados, Alteza, pelo motivo de você ter chegado recentemente do outro lado do mar turbulento. Mas devo agradecer a você e Lady Rahela pelo que fizeram pelas *Horrorosas*.

Vasilisa pareceu educadamente confusa.

Rae foi menos educada.

— O quê?

— Minhas irmãs — ele explicou. — Hortênsia e Horatia. As gêmeas, sabe? É um apelido. Afetuoso, posso garantir! A menos que Hortênsia me repreenda antes do café da manhã. Sou tão ranzinza antes do café da manhã que acredito que meu bom humor fica guardado entre os ovos mexidos. Fabianus Nemeth, ao seu dispor.

Lorde Fabianus, o irmão mais velho que Horatia tinha mencionado. O filho mais velho e herdeiro do comandante-geral. Fabianus, com os cabelos loiros da cor de um limão-siciliano e esguio, era tão parecido com as gêmeas quanto era totalmente diferente daquele guerreiro grisalho e musculoso que era seu pai.

— Você é o irmão que recusou as manoplas mágicas.

Lorde Fabianus confirmou com a cabeça.

— Horry as usou muito melhor do que eu usaria. Eu teria desmaiado em seu lugar. Esse sou eu: totalmente inútil. Um terrível fardo para a família. Meu irmãozinho Tycho é o consolo de meu pai. Gosta muito de lutar. É mais esperto do que tudo! Como as Horrorosas. Receio ser o tolo da família.

Essa horrível declaração não pareceu incomodá-lo. Fabianus era um personagem extremamente secundário, visto principalmente com suas irmãs e criticando vestidos de outras garotas. Os ministros zombavam do General Nemeth por causa de seu herdeiro decepcionante. Muitos leitores achavam que Lorde Fabianus era obviamente gay. Alice dizia que era um estereótipo ofensivo.

Rae não se lembrava de Fabianus já ter feito algo vilanesco. Um homem podia discutir moda com suas irmãs.

— Como está o ferimento de Lady Hortênsia? — Vasilisa perguntou.

O sorriso esperançoso de Fabianus diminuiu.

— Esperamos que ela melhore. Obrigado por perguntar.

Houve outro silêncio.

— Perdoe-me por trazer à tona um assunto doloroso. — A voz de Vasilisa era tensa. — Ainda estou me acostumando ao jeito de Eyam, e às vezes posso ser um pouco deselegante em sociedade.

O Naja deu um tapinha em suas mãos fortemente entrelaçadas.

— Você está se saindo muito bem.

Fabianus acenou vigorosamente com a cabeça.

— Você logo vai aprender os costumes de Eyam, uma vez que é tão esperta. Você soube exatamente o que dizer ao rei. Fez sua colocação tão bem que ele saiu como errado. Idiotas sempre gostam de ver outras pessoas serem espertas. O que você fez foi tão bom quanto uma peça.

Zenobia balançou sua bela cabeça enfeitada com penas de avestruz.

— Tenha cuidado, Fabianus.

— Você está discordando de mim?

Zenobia encolheu um ombro.

— Eu não disse isso.

Na experiência de Rae, idiotas não gostavam de ver outras pessoas serem espertas.

Um sorriso pequeno, mas real, tocou os lábios apertados de Vasilisa.

— Obrigada, Lorde Fabianus. Eu estudei para ser diplomata. Relações internacionais são minha paixão.

— Minha nossa — murmurou Fabianus. Ou ele estava impressionado, ou horrorizado, Rae não sabia ao certo.

O Naja tomou abruptamente seu leque e sua atenção. Rae se virou para vê-lo girar o leque na mão esquerda com tanta força que ele virou um borrão no ar, como um fantasma manchado de sangue. O gesto enfático e evidente significava: *Estamos sendo observados*.

Foi sorte o Naja ter pegado seu leque, já que Rae ficou dormente de pânico até a ponta dos dedos. Ela se encolheu ao lado dele, ambos espiando sobre o leque e olhando para sua maldição. Uma enorme figura vestida de branco agigantava-se no meio das roupas com cores do arco-íris dos cortesãos, imaculada e solitária como um penhasco coberto de gelo.

— Marius — murmurou o Naja. — Ele está se sentindo tímido.

— Ele parece sanguinário! — Rae sussurrou em resposta.

Ela não podia agir como o Naja, perdido na história e obcecado com o bem-estar dos personagens. Era só *ela* que importava. Ela sairia dessa viva.

Suas chances não pareciam boas. O plano era roubar as chaves do rei nos próximos cinco minutos. O Última Esperança estava se aproximando deles rapidamente agora.

18
A Noite de Crime do Naja

O garoto caiu do céu. Depois de um momento, Marius se deu conta de que ele tinha se balançado nos galhos de um espinheiro-branco. O garoto tinha a idade de Marius, era pequeno e tinha a pele escura, e seu rosto era impossivelmente luminoso. Marius olhou ao redor, mas não havia ninguém atrás dele.

— Marius — o estranho disse. — Lorde Marius Valerius. O Última Esperança.

Ninguém nunca tinha ficado tão satisfeito ao ver Marius antes.

Dividido entre cautela e alegria, Marius perguntou:

— Como você me conhece?

A sombra tocou o rosto do estranho e permaneceu como uma máscara sobre o sol. Anos se passariam. Aquela primeira abertura dourada não voltaria.

— Mesmo se eu te dissesse — o garoto afirmou —, você nunca acreditaria em mim.

Era do Ferro, Anônimo

Marius odiava reuniões. Ele odiava festas, detestava salões, e mantinha distância de encontros. Chás da tarde eram um tormento, e piqueniques eram simplesmente chás da tarde sobre uma toalha. Interação social significava falar com pessoas quando ele não tinha nada a dizer e ficar perto demais de pessoas que tinham medo dele.

Esse baile era a primeira ocasião pública a que ele comparecia desde que tinha sido liberado do controle do Naja.

Ele tinha a tímida esperança de que esse baile pudesse ser diferente. *Era* diferente. Era muito pior.

Quando ele, Otaviano e Lucius eram pajens e escudeiros, era fácil ficar perto das pessoas. O príncipe coroado e os jovens lordes viviam na sombra uns dos outros, amigos que ficavam tão à mão quanto a próxima flecha. A história de Marius podia ser obscura, mas seu futuro era brilhante.

Marius partira para a Torre de Marfim antes de ser nomeado cavaleiro. Ele pretendia nunca mais voltar, mas, quando os pais de Otaviano e Lucius morreram no mesmo ano, Otaviano pediu que ele viesse. Marius acreditava que Otaviano ainda podia ser o líder com que ele sonhava. Um líder que Marius poderia seguir a qualquer lugar, porque ele nunca levaria Marius à desonra.

Então o Naja apareceu.

Por um tempo, Marius havia ficado impressionado por ser vilanescamente chantageado. Quando a perplexidade se dissipou, Marius se deu conta de que o Naja estava deliberadamente o mantendo distante de seu rei. Ele ansiava pelo dia em que poderia se libertar.

A liberdade era diferente do que ele havia imaginado. Os ministros do rei passavam muito tempo bajulando Otaviano. Os companheiros do rei passavam muito tempo discutindo sobre guerra e mulheres. Marius passava muito tempo em um silêncio constrangedor.

Esse baile o fez ansiar pelo silêncio constrangedor. Otaviano estava de mau humor e a corte estava desesperada para distraí-lo. A música estava alta, multidões amontoadas, e Lady Horatia tinha se empoleirado em um dos braços do trono. Otaviano lançou um olhar significativo na direção de Marius quando ela fez isso, mas o rei não podia ser descortês a ponto de pedir que a dama saísse. Em vez disso, sussurrou piadas em seu ouvido, enquanto Horatia ria como se sua irmã não estivesse terrivelmente enferma. Marius nunca acreditaria nos rumores sobre Otaviano se encontrando com as damas à espera de se tornarem rainhas... mas ele agora entendia como os rumores haviam começado.

O rosto do General Nemeth era desgostoso enquanto tentava ignorar as travessuras de sua filha. Politicamente, Marius tinha mais simpatia pelo primeiro-ministro Pio, um tipo sensato, dedicado a sustentar a tradição, mas ele sentia muito pelo general.

Pio tossiu.

— Parece que amanhã vai fazer um dia bonito.

Nemeth fez cara feia.

— Está perfeitamente óbvio que vai chover!

Depois de cem assembleias, Marius sabia que era melhor não comentar. O Comandante General uma vez havia iniciado uma briga sobre a legislação a respeito das joias. Uma discussão sobre o clima podia levar a um duelo.

Para alívio de Marius, o jovem Lorde Adel perguntou:

— Você não acha que o disparo de hoje cedo do rei foi perfeito?

O grupo de Otaviano tinha saído para caçar sanhaços-escarlates no meio dos Olmos à Espera com arcos na mão e cantis de bebida na cintura. Marius não tinha tocado nem no arco nem no álcool. Ele poderia ter apontado para as asas com pontas vermelhas, sua luz oscilando e quase transparente contra a prata tingida de vermelho das árvores. Mas não o fez.

— O disparo do rei foi bom — Marius disse com diplomacia. — Considerando que ele bebe demais e pratica de menos.

Aparentemente aquilo não foi diplomático o suficiente.

O rosto do Lorde Adel se fechou.

— Eu queria ver você fazer melhor. Espere, você não pode. Porque fez um juramento. Que conveniente.

— Sim — disse Marius, fatigado. — Eu fiz um juramento.

Instrumentos barulhentos e risadas estridentes estavam dando a Marius uma dor de cabeça pior do que as que ele tinha ao ler. Quando ele se cansava de estudar na biblioteca, sempre podia escrever uma carta a Caracalla.

Todos na corte acreditavam que Marius era um estudioso, e ele tentava ser. Gostava de descobrir um fato interessante e caçar o fato como uma raposa pelo meio de florestas de livros, fazendo descobertas diferentes do conhecimento que ele começou a caçar. No entanto, quando Marius considerava escrever o próprio trabalho, não conseguia imaginar por onde começar.

Você consegue transformar uma espada em um arado, mas não consegue transformar uma espada em uma pena?, um tutor da Torre havia perguntado a Marius. Os estudiosos da Torre de Marfim o açoitavam por ser desajeitado ao construir sentenças. Os estudiosos o açoitavam por muitos motivos.

Quando a cabeça ou os ombros de Marius doíam com o peso da lembrança, ele pegava uma pena e uma folha de papel em branco e começava:

Cara Caracalla. Sua pena podia fazer isso. Ele podia fazer uma ponte de palavras pela distância que o separava de sua irmã mais nova.

Ele não sabia o que fazer agora. Normalmente o Naja arrastaria Marius para se juntar a seu odioso círculo, onde Marius podia pensar em paz sobre o quanto detestava seu entorno. O silêncio constrangedor nunca tivera a menor chance contra o Naja.

Quando sua mente foi parar no Naja, os olhos de Marius a acompanharam. Popenjoy estava no centro de sua multidão, discursando, como sempre.

Não como sempre: com quem ele estava? O que ela estava *vestindo*?

Toda a corte estava em polvorosa com o tórrido caso do Naja com a Bela Mergulhada em Sangue. O rei finalmente vira Lady Rahela como a criatura vil que era, mas Lady Rahela tinha suas garras em outro homem poderoso. Estava tudo escrito em seu rosto de megera: Lady Rahela estava tramando alguma coisa. Era dever de Marius descobrir o quê.

Marius não era um indivíduo discreto. Dois pares de olhos perversos espiavam sobre a beirada carmesim de um leque, acompanhando seu progresso na direção deles. A perna de Lady Rahela estava pendurada sobre a do Naja, escandalosamente descoberta. Aparentemente, cada um deles tentou vestir suas roupas e não conseguiu.

O Naja sussurrou alguma coisa no ouvido da Bela, baixou o leque e ficou encarando Marius.

— Olá — disse Marius.

Era o modo óbvio de iniciar uma conversa.

— Olá, milorde — respondeu o Naja Dourada. Todos os que estavam ouvindo ficaram em silêncio, chocados. — Não me mate.

Normalmente, Marius era convocado para o lado do Naja por sua manga dourada voando como a bandeira de um país de um homem só. Lady Zenobia passou a Lorde Fabianus os sais de cheiro, depois balbuciou na direção de Marius:

— O *quê?* — A mulher era amiga íntima tanto da matriarca dos Domitia quanto da dos Aurellia. Ela era aterrorizante.

Todas as interações sociais eram ruins. Essa devia ser a pior de todas. Marius pigarreou.

— Você não tem que dizer isso toda vez que me vê.

— Eu realmente quero que você se lembre disso, *milorde*.

A palavra bateu como um tapa em seu rosto. Marius não conseguiu se conter e estremeceu.

O Naja continuou:

— Você não é mais obrigado a se associar conosco. Que alívio para você, não ter que suportar discussões sobre as artes. Será poupado de comparecer às minhas noites de estreia teatral no futuro.

Lady Rahela se soltou do Naja.

— Você escreve peças? — A voz dela estava genuinamente surpresa. Ela não fazia ideia disso.

Os membros do salão relaxaram visivelmente com essa mudança de rumo na conversa.

Solene, Lady Zenobia relaxou o suficiente para fazer uma recomendação.

— Você deve assistir a uma performance de seu maior trabalho, *Romeu e Julieta derrubam o governo*.

O rosto de Lady Rahela fez algo muito estranho.

— O quê?

Todos diziam que Lady Rahela era uma mulher cruel. Parecia ser verdade, e o Naja parecia gostar disso. Ela deu um tapa no ombro dele quando ele jogou a cabeça para trás e riu.

— Você é maluco!

— Eu sou um *artista* — o Naja disse com orgulho. — Quando eu terminar *O pomo da discórdia*, vocês todos vão ver!

— Se você terminar algum dia — Lady Zenobia murmurou baixinho.

O Naja se levantou.

— Todos estão nos observando. Vamos dar a eles uma distração.

Ele ofereceu a mão com um floreio. Lady Rahela aceitou, murmurando:

— E pensar que minha irmã zombou de mim por decorar todas as canções do musical.

Marius não fazia ideia do que um musical podia ser, mas sabia que Lady Lia era uma ótima harpista. Aquilo parecia gracioso, apropriado, e nada parecido com o que estava acontecendo ali. Até mesmo Lady Rahela, insolente e sem-vergonha como era, parecia apreensiva.

Ou talvez ela estivesse fingindo estar nervosa para que o Naja a puxasse contra ele e sussurrasse:

— Sabe quando multidões começam a cantar e dançar espontaneamente no curso de suas vidas normais? As pessoas inventam essas cenas porque querem que elas sejam verdadeiras. Querem acreditar que arte e alegria podem transformar um momento em glória. Então acredite.

Rahela sorriu, como a maioria, para Lorde Popenjoy.

— Vou agir como se acreditasse.

O Naja tentou conduzir sua dama para a pista, embora a música para dançar ainda não tivesse começado. O que quer que eles estivessem tramando, Marius deveria evitar. Ele colocou o próprio corpo como uma barreira insuperável entre Popenjoy e seu objetivo.

— Não vou ficar vendo vocês, vilões, fazerem um show.

Lady Rahela colou um sorriso amarelo nos lábios levemente trêmulos. O Naja disparou um olhar de desdém sob os cílios com pontas douradas e se inclinou para sussurrar:

— Então olhe para o outro lado, milorde. Os vilões vão roubar o show.

Marius já havia aguentado demais. Ele agarrou o pulso do Naja sem confusão ou ameaça aberta, simplesmente aplicando a força dos Valerius, capaz de estilhaçar ferro ou pedra. Ninguém de carne e osso podia resistir a ele.

— Você não pode se soltar de mim — Marius disse em voz baixa. — Vai quebrar o pulso se tentar.

O Naja lançou a ele um sorriso reluzente, como se estivesse jogando uma moeda de maneira negligente para um criado.

— Por mim, tudo bem.

— Por você, tudo bem? — Marius repetiu sem acreditar.

— Quero causar um escândalo — o Naja explicou calmamente. — Como, não me importa particularmente.

Ele tinha uma voz calorosa e convidativa, uma voz que cantava uma música com a qual você podia dançar. Marius Valerius não gostava de dançar.

A fúria confusa o manteve imóvel. Sem mais delongas, o Naja se afastou bruscamente. Era tão inútil quanto um homem golpeando um ferro de forja com o braço, tendo ossos quebrados como único desfecho possível. Ao encontrar uma força imóvel, o Naja respirou fundo e dolorido.

Contra a vontade de Marius, ele abriu a mão. O Naja se soltou sem um arranhão. Marius ficou olhando para a própria mão aberta e indefesa. Como ele tinha feito aquilo?

Enquanto Marius permanecia atônito, um ministro de meia-idade, altura média e reputação mediana se aproximou. Em vez de falar de política, ele tinha muito a dizer sobre seu filho, bonito, charmoso e afetuoso, de quem ele achava que Marius deveria ser amigo. Marius não era charmoso nem afetuoso, e tinha começado a ficar grisalho na adolescência. Não parecia que eles tinham muito em comum, mas era tocante que o ministro fosse um pai tão orgulhoso. Marius fugiu de seus devaneios e começou a conversar com o homem.

Justo quando o homem se interrompeu para perguntar:

— O que eles estão *fazendo?* — perguntou o ministro.

Marius se virou.

Todas as velas do grande lustre foram apagadas por uma rajada de vento repentina do lado de dentro. Uma grande luminária surgiu de uma sacada interna, lançando um círculo de luz brilhante sobre o piso preto cintilante.

O Naja Dourado e a Bela Mergulhada em Sangue estavam na beirada da luz, o foco de todo o salão. A saia do vestido de Lady Rahela, cortinas balançantes de rubis e seda escarlate em formas de serpente, não escondia nada. O *herigaut* do Naja era de tecido de ouro, duas peças de pano que mal se uniam por um cinto de cobra com joias. Fios de ouro percorriam o tecido fino e branco que mal continha os seios de Lady Rahela, dourados nas bordas de duas xícaras de porcelana. O *herigaut* do Naja tinha a borda vermelha. Suas mangas com bainha vermelha começavam nos cotovelos, deixando ombros e a parte de cima dos braços totalmente descobertos. Cobras enroladas que ecoavam o bracelete de Rahela estavam pintadas sobre sua pele escura.

Um usava toques das cores do outro. O mais notório homem e a mais notória mulher da corte estavam combinando.

— Senhoras e senhores. — A voz do Naja parecia dourada no escuro. — Podemos pedir simpatia pelo mal? Cantem, se tiverem vontade.

A voz do Naja ressoou, o único homem que Marius conhecia que podia colocar riso em uma canção.

— *No fim, os bonzinhos são vencedores. Quando chega o fim, a ruína é dos pecadores.*

O lábio escarlate de Rahela se curvou quando ela cantou:

— *Quando chega o fim, a ruína é dos pecadores. Mas falemos a verdade. Os vilões se divertem horrores.*

Lady Rahela oscilava da sombra para a luz. O Naja se movia sinuosamente atrás dela, mãos fortes escorregando dos ombros descobertos para os quadris, e eles cantavam juntos. Lady Rahela se apoiou no peito dele. Seus dedos contornaram a linha distinta do queixo dele, espalhando tinta até seus dedos ficarem dourados.

— *O lado da luz é tão estressado. Nós nos vestimos bem e ficamos relaxados. Sem finais felizes, mas com muita diversão. Culpados! De amarmos delineador e contravenção.*

Gritos de choque irromperam da multidão quando o Naja fez Rahela girar pelo chão, suas saias vermelhas voando como pétalas lançadas ao vento, revelando suas longas pernas.

— *Tranque a porta, eu sou seu inimigo. Venha ser acorrentado comigo.*

Lady Rahela dançou até encostar em Lady Horatia Nemeth, então agachou e subiu deslizando por Horatia como se ela fosse uma parede. Uma cor febril tomou conta do rosto de Lady Horatia, que levou as duas mãos à boca enquanto gritava:

— Ai, que perversa!

O Naja lançou um olhar entretido por sobre o ombro antes de cair de joelhos aos pés... da tia solteira do Comandante General! A respeitável e grisalha Lady Lavinia, que ali estava para acompanhar as gêmeas sem mãe, ficou olhando fixamente quando o Naja beijou a palma de suas mãos, deixando traços de tinta dourada como fantasmas brilhantes para lembrar a ela onde a boca dele havia estado.

— *Só deus sabe, você vai se arrepender. Todos sabem que os malvados botam pra foder.*

Lady Lavinia riu como uma garota volúvel.

— Perverso!

O Naja circundou Lady Zenobia e Lorde Fabianus, que bateram nele e gritaram:

— Perverso!

E começaram a dançar, enquanto Lady Rahela avançava na direção de um grupo de damas à espera de se tornarem rainhas. Ambos cantavam o mesmo verso, mudando de uma pessoa para a outra.

— *Sinto por tudo na cena da minha morte. Em vida, continuo engraçado e com sorte. Não me perdoe, mesmo assim vou para o céu. Impiedoso, seminu: me beije, sou cruel.*

As garotas, sobreviventes da Corte do Ar e da Graça, começaram a aplaudir e gritar:

— Perversos!

Em seguida, Lady Rahela foi na direção do primeiro-ministro Pio, que fugiu e se escondeu atrás do trono. Ela sorriu, deu de ombros e cantou:

— *Continue odiando, continuo calma. Malvados gostam de banho de espuma para a alma. Com o beijo de um traidor, eu selo minha sorte. Sutileza não é o meu forte.*

Quando ela passou pelo rei, soprou um beijo de sua boca escarlate para as pontas dos dedos pecaminosos, jogando-o para ele. Quando ele tentou alcançá-la, ela girou de volta para o Naja, que cantou:

— *Seja verdadeiro com seu eu do mal. Não esperava por isso? De quem é a culpa, afinal?*

Rahela fez uma parada de mãos como um acrobata de circo. Ela saltou usando as mãos em vez dos pés, parecendo voar no ar. O Naja pegou suas pernas – ele tocou em seus tornozelos! – e a colocou sobre seus ombros largos. Ela ficou no alto, com as mãos na cintura, depois fez uma careta exagerada de pavor e acenou para o rei:

— *Talvez você seja o herói porque me faz sofrer bastante. Talvez eu seja o que te molda. Vamos, me chame de amante.*

Rahela caiu para trás. O Naja a segurou. Eles giraram, riram e cantaram, até ela rolar dos braços dele para o chão, com uma expressão repentinamente solene. Sozinha no escuro, ela cantou:

— *Não sou tola, vejo o que está por vir. Essa história é cruel demais, é verdade, só sei mentir. Cortem-lhe a cabeça enquanto a multidão comemora. Nenhum herói para me salvar, eu faço escolhas erradas a toda hora.*

Ela sorriu, mas a princesa Vasilisa gritou em tom firme e sério:

— Perversa.

Lorde Fabianus entendeu a deixa e pegou na mão da princesa para levá-la para a dança.

O Naja respondeu em um canto rítmico, metade fala, metade canção:

— *Mau? Eu sou mesmo, e você se atrai por mim. Se repreenda se chamar de vilania algo assim. Não vou explorar tudo isso. Mal? Seja você meu bem. Jogo tão forte que vão dizer que fui além.*

Metade da corte estava dançando, ou gritando "Perversos!" em um frenesi.

A fúria apagou a expressão previamente intrigada do rei enquanto Lady Rahela agarrava o cinto de cobra do Naja, arrancando-o, girando-o sobre sua cabeça e depois enrolando-o ao redor dos pulsos dele enquanto cantavam juntos novamente. O Naja ofereceu seus pulsos amarrados, deixando que ela o puxasse para perto. Lady Rahela o inclinou de modo que seu cabelo varresse o chão com um tilintar de sinos. Ele sorriu, de cabeça para baixo, enquanto cantavam juntos.

— *O era uma vez chegou atrasado. Prefiro morrer a aceitar meu fardo. Luzes sinistras e céu trovejando. Você ouviu falar que eu caio... lutando?*

Marius não entendeu a pausa significativa, mas o sorriso amarelo do Naja o fez ter certeza de que não aprovava nem um pouco.

— Eles deveriam ser presos — anunciou Marius. — Não. Executados.

Eles não seriam presos. Estavam dançando na direção do rei. Otaviano estava envolvido em um caos alegre enquanto o par perverso dançava, cantando, ao redor dele, tornando-o o centro da trama.

— *Pode me chamar de cobra, mas cuidado com a mordida. Deveria me arrepender, mas não estou arrependida. Quando eu encontrar meu fim, escreva na minha sepultura: aqui jaz uma pecadora, e uma tremenda gostosura.*

O Naja confessou:

— *Terminei desde a primeira linha.*

Com os olhos em Otaviano, a dama cantou:

— *A última palavra é sua, esta é minha.*

O Naja alertou:

— *Menina, o mal só leva à dor.*

Lady Rahela ronronou:

— *Menino, eu vou mudar... só amanhã, por favor.*

A Bela executou uma ondulação tão elaborada que teria se desequilibrado se seu guarda-costas não tivesse se aproximado para segurar seu peso e o rei não tivesse pegado em sua mão. O Naja apoiou o cotovelo no ombro do rei por um instante, passou uma gorjeta para o guarda-costas pela assistência e partiu, terminando o show.

A dança estratégica compensou. Otaviano se dignou a aplaudir, transformando o espetáculo em uma peça de diversão audaciosa.

Os olhos de Otaviano estavam brilhando como antigamente ao olhar para Rahela, como se ela fosse a mulher mais empolgante que ele já tivesse visto. O Naja passou pelo ministro com que Marius estava conversando, pegou sua taça de champanhe e a tomou de um gole só. Ele pegou outra taça de um homem que passava servindo e a bebeu também.

— Desculpe, estou com calor. Eu e Lady Lavinia, ao que parece.

Outras pessoas faziam piadas em particular com seus amigos, Marius tinha ouvido falar, mas o Naja só fazia piadas para se divertir. Marius pegou mais uma taça para o Naja tomar depois, como de costume.

— Para quem é isso? — o Naja perguntou. — Não pode ser para mim, já que não somos amigos.

Marius tirou a mão da bandeja. A expressão do Naja o insultou.

O ministro estava piscando para o Naja como se olhasse por muito tempo para o sol.

— Lorde Popenjoy, você desgraça a corte do rei assim como polui o horizonte da cidade!

O Naja pareceu educadamente curioso:

— Achei que você honrava o Bordel Dourado como cliente, Lorde Zoltan.

O rosto de Zoltan ficou da cor de uma lagosta.

— Homens têm necessidades.

— Você *tem* que insultar a mim e a Lorde Marius?

Os olhos de Zoltan se voltaram para Marius como roedores fugindo aterrorizados.

— Lorde Marius? Eu nunca o insultaria!

— Mas Lorde Marius também é homem. Homens têm necessidades? Poupe-me. Homens têm necessidade de comida, sono e abrigo. Chamar qualquer outra coisa de necessidade é constrangedor. Extravagâncias carnais não são uma necessidade da qual se ressentir, mas um luxo que deve ser apreciado.

— Não deve ser apreciado!

— Se essa é sua opinião, eu sinto muito por sua esposa e por ambas as suas amantes.

O Naja deu de ombros, levando os olhos para a curva da escadaria de mármore. Marius acompanhou o olhar dele.

— O que foi agora? — perguntou Marius.

— Não estou aqui para conversar.

— Sério? — perguntou Marius. — Essa é a primeira vez que você foi a algum lugar para ficar em silêncio.

O Naja riu. Como ele tinha se aproximado de Marius e estava rindo, talvez já não estivesse mais tão zangado. O Naja estar furioso com ele era uma sensação estranha, mais desconfortável do que Marius poderia esperar. Marius permitiu que o canto de sua boca se curvasse de leve para cima, depois virou a cara.

— Não se preocupe, não vou ficar por aqui — disse o Naja, de forma absurda. Ninguém havia pedido para ele se retirar. — Só quero um assento na primeira fileira para isso. Lembra-se da Corte do Ar e da Graça?

O Naja usava uma palavra estranha para o ato de se lembrar de eventos passados. Ele chamava de *flashback*. Marius nunca entendeu, até agora, quando a lembrança passou por ele como um tremor da mente.

— Lembro. Foi quando você quase virou comida de carniçal?

O Naja ignorou a pergunta razoável de Marius.

— Você notou Lady Lia?

— Eu estava liderando nossas forças contra a invasão dos mortos-vivos.

Por alguma razão, o Naja abriu um sorriso. Marius sentiu que era inapropriado sorrir ao falar dos mortos-vivos.

— Eu *sabia* que você não a tinha visto. Você *vai* vê-la. Pela primeira vez! Esta noite. Você provavelmente imaginou como ela seria, certo?

A lembrança da voz suave de Lady Lia retornou a ele, tão assustada que suplicava ao ar e às cinzas.

— Eu só pensava no quanto queria ajudá-la.

O Naja franziu o rosto de uma forma alarmante.

— Tão pura.

Marius se recusava a responder a comentários que não entendia.

— Por que Lady Lia ainda não está aqui?

— Está previsto que ela chegará em um horário dramático. — O Naja deu um tapinha no pulso uma vez. Duas. Três vezes enquanto a música da última canção antes da dança ia diminuindo gradualmente.

Uma garota apareceu no alto das escadas.

Marius reconheceu o vestido, não a garota.

O vestido era de um material chamado "tecido pelo ar", cujas fibras eram tão leves e prateadas que o tecido dava a ilusão de transparência. Alegava-se que o material era tecido por fantasmas no mar, ficando macio como a água. As damas do salão e Lorde Fabianus não conseguiam parar de falar sobre "tecido pelo ar" quando um carregamento dele chegou. O tecido custa mais do que uma casa. Marius queria que sua irmã tivesse o melhor.

Então sua mãe anunciou que eles não poderiam visitar a corte naquele ano. Marius se perguntou o que faria com o material, e pensou em Lady Lia. Se Caracalla estivesse sem amigos e à deriva na corte, Marius gostaria que alguém a ajudasse. Ele encontrou uma criada que precisava de dinheiro o suficiente para fazer o vestido e guardar segredo.

— Então essa é Lady Lia — Marius murmurou.

A dama se parecia com sua voz. A voz que ele não conseguia esquecer.

O drapeado se agarrava à sua forma delicada, com desenhos intrincados brilhando e desaparecendo como flores pálidas vislumbradas sob a água. O cabelo de Lady Lia era um rio, com lírios flutuando no dourado.

Marius sentiu que finalmente havia feito alguma coisa certa.

Zoltan disse:

— Eu também tenho uma filha adorável.

Por um acordo silencioso mútuo, eles estavam ignorando Lorde Zoltan.

O Naja perguntou com calma:

— Ela não é linda?

— Você é *repugnante* — Marius resmungou. — Não tem vergonha? Você está de olho na *irmã* da mulher com quem executou uma dança indescritivelmente indecente!

O Naja ficou boquiaberto até sua boca fechar e se curvar.

— Sim, sou um vilão. Concentre-se na donzela em perigo.

A garota reluzente chegou ao último degrau da grande escadaria quando a música começou para a primeira dança oficial.

Lady Rahela saiu com a rapidez de uma serpente do lado de Otaviano. O rei e a princesa Vasilisa andaram na direção um do outro como se fossem para a execução. Toda a corte viu Otaviano levantar o olhar para Lia no último degrau, como a luz dela preencheu os olhos dele... e como ele voltou para a princesa.

Lady Lia seria a primeira dama à espera de se tornar rainha a não abrir seu baile dançando com o rei.

Lady Lia não tinha guarda-costas, nem mesmo uma criada. Ela estava completamente sozinha. Isso fazia dela um alvo. Até sua beleza parecia lastimosa, porque ela não conseguia trazer uma única pessoa para o seu lado. Lia tremia como o luar sobre água ondulada, e uma risada zombeteira moveu-se pela multidão.

— Alguém precisa fazer alguma coisa — Marius sussurrou.

— Sim — o Naja murmurou de maneira encorajadora no ouvido dele.

— Você... poderia... dançar com ela? Decorosamente!

O Naja suspirou.

— Eu tenho que fazer tudo.

Ele empurrou Marius com força entre as escápulas. Pego desprevenido, Marius cambaleou. Foi só um passo, mas o mandou sobre a linha invisível que delimitava a pista de dança, vazia, com exceção do rei, da princesa e da donzela em perigo. Atrás de Marius, o Naja afastava Lorde

Zoltan, falando sobre navegação. Aparentemente, havia investimentos a serem feitos no porto.

Marius foi abandonado no meio da pista de dança. O terror recaiu sobre ele quando se deu conta de que deveria puxar assunto. Ele encarou Lady Lia como se ela fosse um exército inimigo.

Lembrando a risada da corte, ele se curvou como se fosse para uma rainha.

— Perdoe-me por me dirigir a você sem uma apresentação. Sou Marius Valerius.

Quando ele se levantou, olhou bem para baixo. O rosto dela era terno, como uma flor, e se levantou para olhar para ele. Embora Lady Lia fosse pequena e delicada, ela não parecia ameaçada.

— Eu sei quem você é, milorde. Eu te devo muito.

— Você não me deve nada. Eu vou ficar te devendo muito se me fizer o favor de dançar comigo.

Marius ofereceu uma mão bruta, feita para envolver uma garganta. Ela pousou dedos macios como lírios contra sua palma. O silêncio recaiu como chuva ao redor deles. Ele nunca tinha dançado na corte antes. A última vez que havia dançado tinha sido em casa, com os pequenos pés de sua irmã equilibrados nos seus.

— Espero ainda me lembrar de como se dança — ele murmurou.

Caracalla havia rido quando ele girou. E o mesmo aconteceu com Lady Rahela e o Naja. Talvez todas as damas gostassem de ser giradas.

Então Marius girou Lady Lia, com cuidado. Ela deslizava pelo chão escuro em seu vestido diáfano como uma nuvem delicada. A batalha vivia em seus ossos: ele lia corpos melhor do que livros. Ele sabia quando os movimentos de alguém poderiam falhar. Mantinha sua mão firmemente segura, estabilizando-a quando ela tropeçava, não deixando ninguém suspeitar que a dama fosse qualquer coisa além da graça em pessoa.

O rosto de Lady Lia era radiante como o luar sobre a água.

— Eu vi você conversando com seu amigo. É fácil encontrá-lo em uma multidão. Lorde Popenjoy é um homem perfeitamente adorável.

Que encantamento o Naja tecia sobre as mulheres!

— Ele tem sido maravilhosamente gentil comigo desde que cheguei ao palácio. Sei que são próximos, então posso dizer uma coisa: ele pagou um dos cozinheiros para garantir que me fossem servidas refeições como as dos nobres.

Ela claramente acreditava que Marius ficaria orgulhoso da ação galante do Naja. Em vez disso, Marius sentiu-se à deriva em um mar de terror. Que planos desonestos o Naja tinha a respeito de uma bela desprotegida?

— Você é como ele — disse Lia, para o extremo horror de Marius.
— Não posso agradecer o suficiente por sua gentileza. Este vestido é impossivelmente lindo. Temo que tenha sido caro.

Ele fez que não com a cabeça. Era errado mentir, mas também era errado constranger uma dama. Marius tinha que escolher seu pecado preferido.

O sorriso límpido de Lia dizia que ela enxergava a verdade.

— Este vestido vale mais do que a minha vida. Mas sou apegada à minha vida. Você me salvou da execução, milorde. Obrigada.

O Naja saberia o que dizer. Marius não sabia. Essa já era a conversa privada mais longa que ele tivera em anos com uma mulher com quem não tinha parentesco.

— Meu comportamento foi egoísta — ele disse a ela. — Fiz apenas o que desejei. Quis fazer a coisa certa.

Otaviano e a princesa Vasilisa passaram dançando, movimentando-se com uma exatidão tão extrema que pareciam marionetes de madeira. Lia se assustou, tropeçando na barra do vestido. Marius rapidamente a segurou nos braços, apoiando-a em seu peito. Ela pesava pouco mais do que um gatinho ou um pássaro.

— Peço desculpas — disse Marius.

A voz dela pairou até ele, o olhar preso a seus botões.

— Não é culpa sua. Eu aprendi a dançar quando criança. Foram dias felizes, mas distantes. Acho que esqueci.

Sua bela e pesarosa voz trouxe à tona lembranças, não como uma enchente repentina, mas como um rio serpeante. O pai dele colocando uma espada em sua pequena mão, sua mãe cantando sobre o berço de Caracalla. Ouvir a doce canção para sua irmã quando ele foi criado com cantos de guerra. Segurar o bebê e aprender pela primeira vez a ser gentil. Amor, para Marius, significava ir contra sua própria natureza.

Dias felizes, havia muito tempo.

— Se não deseja dançar, posso acompanhá-la até a sacada para tomar um ar — Marius sugeriu, então se lembrou de que criadas e guardas não tinham permissão para ficar na grande sacada, apenas nobres. Escudeiros riam sobre encurralar damas na sacada para flertar. — Desculpe-me por fazer tal sugestão. Deixe-me pegar um copo de limonada para você.

— Eu confio em você — disse Lady Lia. — Eu vou.

O mundo todo temia Marius. Essa garota era maltratada pela corte, injustiçada pela própria família, mas estava pronta para arriscar confiar em um estranho. Ou ela tinha um coração incrivelmente puro, ou viu algo em Marius que ele nunca tinha conseguido ver.

— Receio que os fogos ainda vão demorar um pouco.

— Eu prefiro a luz da lua.

Marius sorriu para Lia.

— Eu também.

Ao abrir as portas, eles encontraram a sacada. Lady Lia pisou para fora e foi submersa em raios de luar, invisíveis por um instante. Lá no alto, a lua velejava em um mar de nuvens suaves.

Uma sacada era um lugar sagrado, feito para contemplação da ravina. O salão de baile e a corte estavam atrás de portas de vidro. Era um alívio se afastar dos olhos aguçados e dos sussurros cruéis. Não havia nada atrás de Marius de que ele sentisse falta.

Marius olhou para trás na direção do Naja. Lia tinha razão: era fácil encontrá-lo em uma multidão. Ele era um cometa, a coisa mais brilhante saindo da noite. Ele passou outra gorjeta para o guarda-costas de Lady Rahela e valsou casualmente para fora das portas do salão de baile.

Os ministros reclamavam que o gasto abundante de dinheiro do Naja com os criados provava que ele era um perdulário que não deveria ter voz na economia do país. O Naja dizia que detestava quem dava gorjetas ruins. Todos que observavam veriam o Naja distribuindo dinheiro, como sempre. Mas ele já não tinha dado uma moeda àquele guarda-costas no fim da dança?

Nem mesmo o Naja daria uma gorjeta duas vezes a alguém pela mesma coisa.

De repente, Marius pensou nos escorregões de Lady Lia e no tropeço que Lady Rahela quase deu quando estava ao lado do rei. Lady Rahela tinha completado muitas manobras aterrorizantes com uma graça atlética. Qualquer um podia cair, mas sua falta de elegância conveniente não pareceu certa para Marius.

O Naja revirava os olhos pelas costas do rei sempre que Otaviano falava e nunca tocava nele, se pudesse evitar. Mas ele havia tocado em

Otaviano naquela mesma noite, e depois passado algo ao guarda-costas de Lady Rahela.

O que os olhos de Marius lhe diziam, sem suposições obscurecendo sua visão?

Lady Rahela tinha criado uma distração escarlate. O Naja tinha passado um objeto para o guarda-costas de Lady Rahela.

Agora, ou Marius tinha testemunhado o Naja passando a outra coisa para o guarda-costas, ou o guarda-costas tinha passado um objeto *de volta* para o Naja.

Algo que o Naja tinha tirado do rei.

— Minhas mais profundas desculpas, milady. Devo evitar um crime em progresso.

— O *quê?* — exclamou Lady Lia. Marius já tinha deixado a sacada.

Ele não correu. Correr atraía atenção. Ele atravessou a multidão como se estivesse em um campo de batalha, movimentando-se em um ritmo implacável, caçando sua presa.

Ele chegou às portas do salão de baile a tempo de ver a barra dourada de um *herigaut* movimentando-se em uma esquina, e o seguiu. De longe o bastante para que o Naja não fosse alertado sobre sua presença. De perto o bastante para não haver chance de o Naja escapar.

O Naja entrou no coração do palácio com ar de superioridade, em direção à sala do trono.

Antes de chegar às brilhosas portas duplas, ele entrou na Sala da Memória e dos Ossos. Marius ficou na soleira da porta, observando sem acreditar quando Popenjoy colocou a mão em um painel de marfim. O painel deslizou de lado, revelando um túnel circular, e o Naja entrou nele. Marius agachou e saltou, rolando para se levantar enquanto o painel se fechava atrás deles. Ele podia ouvir a respiração do Naja e seus passos rápidos e decididos batendo na pedra, mas o Naja não o escutaria chegando.

Por maior que você fique, deve aprender a andar com suavidade, seu pai disse quando Marius era criança. *Com suavidade o bastante para chegar por trás de um homem e cortar sua garganta antes que ele note sua presença.*

O túnel descia pelo penhasco sobre o qual o palácio estava construído, uma abertura circular na pedra, alta e larga o bastante para passar um homem adulto. Quem tinha feito isso, e quando, e como o Naja sabia?

Adiante, havia uma vela entre uma bacia e a parede, criando uma poça pálida de luz que se movimentava sobre a rocha. Luz incerta refletia nas dobras de bordados dourados enquanto o Naja começava a se despir.

Marius virou as costas pelo bem da decência, depois se lembrou de que o Naja era um criminoso indecente e voltou a olhar. Sob o *herigaut*, o Naja usava calças de couro desgastadas. Ele se inclinou e pegou um gibão do mesmo material, e um pano na bacia, limpando rapidamente a tinta dourada de seu peito e braços.

Marius revirou os olhos. O Naja poderia ter simplesmente *não* escolhido se pintar de dourado para sua noite de crime. Ele também poderia ter deixado uma camisa para vestir.

Isso não era importante. Roubo era importante. Traição era importante.

O Naja dobrou seu pano manchado de dourado, colocou-o no chão do imundo túnel de pedra e seguiu, mesclando-se bem melhor com as sombras dessa vez. Ele se movia de maneira diferente quando se vestia diferente, como se fosse um ator representando dois papéis em uma peça, mudando de personalidade com o figurino. Vento soprava do outro lado do túnel, um vento noturno carregando o cheiro de especiarias e o rodar pesado de carroças.

O túnel se estreitou, o teto curvado encolhendo, fazendo o Naja abaixar. Marius fez como ele e adentrou a noite. O ar noturno atingiu Marius, nem frio nem limpo.

Marius sabia que o Naja e a Bela estavam tramando alguma coisa, mas ele nem sonhava com o que pudesse ser.

A passagem secreta levava da sala do trono ao Caldeirão.

O Naja parou na boca do túnel, a silhueta desenhada contra as luzes coloridas e a farra obscena do covil de pecado mais imundo de Themesvar. As ruas do Caldeirão eram sarjetas repletas de foras da lei. Não dava para chamar o Caldeirão de covil dos ladrões, porque os ladrões eram expulsos por assassinos.

Marius se aproximou, com suavidade o bastante para chegar por trás de um homem e cortar sua garganta antes que a presa notasse sua presença.

Bem atrás do Naja, ele murmurou:

— O que você roubou do meu rei?

19
QUE DAMA E ESSA QUE ENTRA PELA JANELA?

O lorde se aproximou de Lia na sacada enquanto Marius buscava limonada. Quando Marius voltou, o jovem bêbado estava arrastando Lia para as sombras.

Um instante repleto de incidentes se seguiu. Um copo e um homem caíram pela lateral da sacada.

— Eu nunca tinha visto um homem meio morto com um copo de limonada — a dama observou.

Marius se curvou ao entregar a Lia o copo que restou, e recuou para que nem sua sombra a tocasse.

— Eu devia ter me dado conta de que minha brutalidade a chocaria e deixaria com medo. Peço desculpas.

— Não fiquei com medo. — O sorriso de Lia afastava todas as sombras. — Fiquei grata.

Era do Ferro, Anônimo

E m ocasiões públicas, Emer carregava no pulso uma bolsa com cordão cheia dos cosméticos de Rahela, com frequência vasculhando o conteúdo para encontrar água de rosas, *rouge* de raiz de angélica ou pigmento labial de manjerona. Esta noite, Emer vasculhou uma bolsa de emoções, tentando encontrar a correta.

Na propriedade rural em que elas cresceram, todos murmuravam que Rahela era uma flor vermelha berrante, desabrochando cedo e certamente murchando logo, e que Lia era uma pérola. Nos sonolentos vales do Sudário, os rumores cresciam como trigo. Emer sempre achava os rumores intrigantes. Por que era triste para as flores murcharem, mas perverso para as mulheres? Os rumores não continham resposta. Os rumores fizeram Rahela puxar Lia para baixo, apesar de Lia ser apenas uma criança. As aulas de Lia foram interrompidas. Ela foi colocada em roupas desmazeladas, pouco melhores do que as de uma criada. Não fazia diferença.

Os rumores continuaram, embora Rahela também fosse praticamente uma criança. Rahela era uma beleza pervertida, degradante de possuir e quase degradante de admirar. Cavalheiros de bom gosto apreciavam belezas mais refinadas. Rahela era barata.

Quando desabrochou, Rahela tornou-se muito cara. Apenas o rei podia tê-la. Quando elas chegaram à capital e o rei ficou louco por Rahela, a forma como as pessoas falavam sobre ela mudou. De repente, ela era objeto de canções e poesia, uma sereia e um escândalo, a Bela Mergulhada em Sangue, a lendária mulher de neve e chamas. Sua beleza era inigualável, venenosa e paralisante, algo a que nenhum homem podia resistir. Mesmo Rahela não estando nem um pouco diferente.

Anos se passaram, Lia chegou do interior, e de repente a história mudou. Os homens que culpavam Rahela por ser irresistível agora estavam desdenhosos, e isso também era culpa de Rahela.

A flor havia murchado. A pérola estava brilhando.

Lia era a mais bela. Todos achavam isso.

Emer também achava. Ela evitava estritamente Lia quando eram crianças. Agora Lia estava na corte e ela mal ousava olhar para ela, para evitar que Rahela visse a traição na mente de Emer. Até que Rahela pediu que Emer se aproximasse de Lia e se tornasse sua amiga.

No fim, Lorde Marius Valerius, o Última Esperança, não era diferente dos outros. A opinião pública dizia que o homem era tão frio quanto as belas estátuas com que se parecia, e nem a fofoca entre os criados foi capaz de verificar quaisquer rumores escandalosos.

Muitas das criadas fizeram tentativas de chamar a atenção de Lorde Marius. Emer tinha visto com os próprios olhos uma competição pelo método mais provocativo de pegar um espanador derrubado de maneira astuciosa. Quando as mulheres falharam em chamar a atenção, vários lacaios e mordomos tentaram exibir seus braços fortes e altura para limpar os lustres.

Uma vez, o Naja Dourada entrou e tentou dizer a ele:

— Marius, tem *cinco pessoas* tirando o pó daqui.

— Bibliotecas têm muito pó — o Última Esperança respondeu com severidade. — Por causa de todos os livros.

O Naja riu e escolheu um livro das prateleiras para Lorde Marius antes de sair. Lorde Marius voltou sua atenção séria para o livro e não tornou a levantar os olhos.

Lorde Marius não prestava atenção em ninguém. Até Lia aparecer.

Essa era Lady Lia. Ela era como a luz ou o ar. Mesmo fechando a porta e a janela, ela conseguia entrar.

A cabeça de Emer ainda estava girando, horrorizada com o último truque maluco de sua senhora, quando ela viu Lia tremendo como a chama de uma vela solitária no centro da tempestade da fofoca no salão de baile. Lorde Marius apareceu, tomou-a nos braços na frente de todos e a salvou. O rosto de Lia estava radiante de gratidão.

Quando Rahela havia mandado Emer em sua missão desonesta, Lia foi transferida para a torre das damas à espera de se tornarem rainhas, mas não tinha estipêndio nem status oficial. Ela não recebeu uma criada nem um guarda-costas, então Emer não tinha lugar alocado no andar de baixo. Lia e ela dividiam a cama, puxando os lençóis brancos sobre a cabeça para sussurrar segredos.

Vendo Lia e Marius, Emer não conseguia esquecer aquelas noites.

— Um dia, nós duas devemos nos casar — Lia sussurrou, baixo como a vela que queimava em sua janela. Filtrada pelo lençol fino, a luz da vela deixava os cílios dela dourados. — Como será ter um marido?

Anos atrás, todas as garotas do interior fizeram esboços coloridos dos três famosos cavaleiros. O risonho Lorde Lucius, o raio de sol da corte. O jovem príncipe. E o inconquistável Lorde Marius.

Talvez Lia fosse aquela que o conquistaria. Eles caminharam pelo salão de baile e foram para as portas da sacada, para o luar romântico. Emer viu as portas de vidro cintilantes se fecharem atrás do par perfeito.

Então, Lorde Marius saiu da sacada sozinho, com uma expressão que fazia seu rosto frio parecer ter duas camadas de pedra. As pessoas se afastaram do fogo gélido dele enquanto ele cortava uma linha direta através da multidão até onde o Naja estivera um instante antes.

Eles tinham sido descobertos. Estavam condenados.

Lia estava abandonada. Emer podia ver a agitação pálida de seu vestido atrás do vidro, e imaginar as reflexões que ela estava fazendo. Se Lia entrasse, estaria sozinha e constrangida novamente, com seu admirador fugido. Se ficasse lá fora, era uma presa.

Não havia tempo para fazer a escolha. Emer não foi a única que notou Lia sozinha. Um jovem e bobo cortesão, já cambaleando devido à bebida, seguiu para a sacada.

Uma dama deve sempre ser desejada, mas jamais possuída. Não havia ninguém para protegê-la. Os criados eram proibidos de sair na sacada e nenhum lorde seria impedido por uma criada.

A menos que a criada tivesse uma arma. Emer se lembrou da confiança e do poder que havia sentido empunhando uma lâmina na Corte do Ar e da Graça. Depois afastou a fantasia selvagem. Ela não era Chave.

Havia apenas uma fonte de ajuda possível. Rahela estava fingindo aceitar a meia-irmã, para inflamar o ciúme do rei. Era um esquema engenhoso que certamente fracassaria.

No fim, Otaviano sempre escolheria Lia. Qualquer um escolheria.

Mas Emer poderia usar o fingimento de Rahela para ajudar Lia agora. Emer movimentou-se com discrição pelas beiradas do salão de baile, cabeça baixa, a criada perfeita. A antiga Rahela estava sempre ciente de que as pessoas achavam que ela tinha mais no corpete do que no cérebro. A nova Rahela estava sentada entre os membros do salão literário, conversando com Lady Zenobia Marcianus, a mulher mais inteligente e bem relacionada da corte. E ainda mais chocante, Lorde Fabianus Nemeth estava se dirigindo à princesa estrangeira.

— Por favor, perdoe minha impertinência.

— Não posso, até saber o quanto pretende ser impertinente — respondeu a princesa Vasilisa.

— ... você é tão esperta! Ficaria ofendida se eu sugerisse que um modo de se vestir mais casual poderia realmente te favorecer? Se usasse os cabelos soltos e considerasse tons mais quentes...

Graças à estúpida voz de Fabianus, ninguém ouviu o som de seda rasgando e uma série de ruídos em cascata. Rubis caíram um por um sobre o piso de mármore, como peças de um jogo.

— Ah, não, milady — Emer disse sem emoção. — Você rasgou seu vestido.

As sobrancelhas de Rahela, arqueadas como as asas de uma andorinha, levantaram voo. A seda ainda estava presa no punho de Emer.

— Parece que sim! — ela acrescentou em um sussurro. — Não posso correr o risco de perder mais nenhuma parte de meu vestido. Já não há muito dele!

Emer tirou agulha e linha do avental. Ocupou-se consertando o vestido que ela havia rasgado, e murmurou para Rahela com o canto da boca.

— Lady Lia está sozinha na sacada. Há nobres a rondando.

Rahela acenou com a mão.

— Não se preocupe com isso.

O coração de Emer afundou como uma âncora caindo do vistoso barco a velas da indiferença de Rahela. Ela deveria saber que Rahela se alegraria com a queda de Lia.

Rahela se inclinou para a frente.

— Sério, não tem problema. O Última Esperança vai jogar aquele tolo da sacada. Vai ser uma experiência de união para eles. Confie em mim, *baby*, sou uma profetisa sagrada.

Ela estava usando palavras parecidas com as do Naja ultimamente. Emer supôs que era para seduzir o Naja para passar para o seu lado. A mãe de Rahela sempre dizia que se deve fingir compartilhar os interesses de um homem, compartilhar seus pensamentos. Ela dizia que os homens queriam que as mulheres não fossem nada além de espelhos com seios.

A agulha de Emer perfurava a seda com força.

— É melhor você verificar com os deuses de novo, milady. Lorde Marius saiu há pouco do salão de baile atrás do Naja.

Rahela deu um salto como se tivesse sido beliscada.

— Ele fez o quê?

Passou um intervalo no qual Rahela segurou os grampos de rubi em seus cabelos e respirou fundo várias vezes, obviamente avaliando as novas probabilidades de sucesso do Naja. É claro, ela só estava preocupada com seu plano. Emer cortava a linha como se estivesse cortando um pescoço, e Rahela piscou dentro de seus olhos acusadores.

— Certo, donzela em perigo. Sinto que é assunto para um herói. Acho que é hora do herói. O rei Otaviano deveria tomar a frente e salvá-la. Não odeie o jogador, odeie o fim do jogo.

Ela olhou ao redor à procura do rei.

Os lábios de Lady Zenobia se curvaram.

— Sua Majestade está na Sala da Celebração e do Recolhimento. Como sempre.

Rahela e Emer trocaram um olhar frenético. Ao mesmo tempo, elas viraram e olharam pelas portas de vidro cintilantes. Lia estava olhando para cima, para o luar. Ela não conseguia ver a sombra do homem recaindo sobre suas costas pequenas e pálidas.

— Minha mãe está certa? — Rae murmurou. — Os homens são inúteis? Eles não tiram o lixo, eles não resgatam as donzelas. A única coisa que uma vilã deveria fazer em uma festa são comentários maliciosos e derramar vinho tinto no vestido da heroína! Eu não tive um momento de paz para fazer isso.

Emer estava desnorteada com o discurso dela. A mãe de Rahela tinha muitos usos para os homens. Eles podiam ser seduzidos por segredos de Estado, podia-se casar com eles por dinheiro e propriedades, e podiam ser envenenados para aliviar os sentimentos de alguém.

Rahela pulou do assento e caminhou com determinação na direção da sacada. Ela não andava mais como se não estivesse acostumada a saias longas, mas ainda se movimentava diferentemente de antes. Ela andava como se esperasse que as pessoas saíssem de seu caminho.

Com muito mais discrição, Emer se levantou, fez uma mesura para Lady Zenobia e seguiu para a galeria onde Chave estava discutindo truques de faca com a guarda-costas estrangeira. Ziyi das terras geladas tinha claramente esperado um flerte, mas Chave parecia mais interessado em suas facas do que em seus encantos.

Emer e Chave tinham feito um acordo depois da Corte do Ar e da Graça, quando Emer se deu conta de que ele poderia ser útil. Eles eram úteis um para o outro agora. Chave podia acreditar que eles eram amigos. Emer sabia que eles eram apenas aliados.

Ziyi sorriu para ela.

— Ah, a criada com a lâmina.

Emer ofereceu um sorriso cauteloso, aproximou-se de Chave e murmurou:

— Lady Rahela...

— Está na sacada, cuidando de sua irmã idiota — Chave murmurou em resposta. — Você não precisa me dizer onde ela está. Eu sempre sei onde ela está.

Emer queria dizer que, se ele achava que Lady Lia era uma idiota, ele não sabia muita coisa, mas manteve-se em silêncio. Ela já tinha traído Lia demais.

Ziyi ergueu uma sobrancelha.

— Então você sente algo por Lady Rahela?

— Não seja absurda — Emer retrucou. — Desculpe. Percebo que é nova em nosso reino. Talvez você não saiba, mas uma dama se relacionar com criado significa a ruína. Lady Rahela nunca sonharia em tocar na mão de um guarda.

O olhar de Chave era tão afiado que perfurava.

— Tem razão — ele disse lentamente. — Lady Rahela nunca me tocaria.

Ele estava diferente ultimamente. Emer o havia pegado dormindo como um cão de guarda em frente ao quarto de Rahela. Os criados lá de baixo tinham sido intimados a fornecer água quente e lanches constantemente. Quando Emer perguntou como ele conseguia dormir no chão de pedra, Chave respondeu que dormia tão bem ali quanto em qualquer lugar. Ele acrescentou que tinha sonhos maravilhosos com sangue e vidas sendo abreviadas.

Ele era um *pesadelo*.

Era um capricho de Chave ser um criado fiel naquele momento. Emer não sabia se podia confiar que isso duraria. Não sabia o que seria mais perigoso: se não durasse ou se durasse.

Um guarda próximo viu para onde eles estavam olhando e riu.

— Talvez a Meretriz esteja na sacada para um namorico.

O pescoço de Chave se torceu como uma serpente.

— Mantenha sua língua atrás dos dentes. Ou vai perder ambos.

A ameaça irradiou de Chave como as ondas de calor de um incêndio. O guarda e Ziyi ficaram em silêncio. Tendo terminado todas as conversas, Chave se concentrou com atenção na noite atrás do vidro prateado.

— Você não tem como ver nada — Ziyi disse, confusa.

Emer colocou uma mão limitante sobre os ásperos cordões de couro que amarravam os avambraços de Chave. Independentemente das confusões em que os nobres se metessem, eles estavam mais seguros que os criados. Um criado podia ser mandado para a Sala do Pavor e da Expectativa por qualquer transgressão. Ele não deveria se aventurar na sacada.

Mesmo que tanto Emer quanto Chave pudessem ver uma coisa com clareza.

Algo tinha dado errado lá.

20
A Vila na Sacada Romântica

Lady Rahela estava morta, fumegando pelo fogo. Seu bracelete de serpente havia afundado profundamente na carne cheia de bolhas de seu braço. O rei tocou com a ponta da bota o monte que antes tinha sido a perversa Bela.

— Joguem-na no abismo usando essa coisa desgraçada. Vou mandar fazer outra marca de favoritismo. — Ele sorriu para Lady Lia. — Para minha nova favorita.

Era do Ferro, Anônimo

— **S**ozinha aqui fora, milady? — perguntou o lorde, aproximando-se de Lia.

O luar interrompido fazia a sacada parecer um espaço de prata brilhante e sombras escuras. Rae viu o suficiente. A mão dele já estava na cintura dela, pressionando-a de forma fingidamente brincalhona contra a grade da sacada. A única chance de Lia escapar era saltando da sacada.

Rae disse:

— Tire as mãos.

O cara se virou, assustado.

— Ela não está sozinha. A irmã dela está aqui. — Rae abriu um sorriso opressivo para ele e deslizou o tecido escasso de seu vestido para cima.

O olho do cavalheiro pareceu irresistivelmente atraído para a perna desnuda dela. Rae pegou a faca encantada de onde estava, presa à sua perna. De repente, o olho do cavalheiro pareceu irresistivelmente atraído para a lâmina.

Lia semicerrou os olhos.

— O que você tem aí?

— Uma faca! — Rae sorriu.

— Ah, não — Lia murmurou.

— Ela está louca! — Os olhos do jovem lorde correram na direção das portas de vidro como hamsters desesperados para fugir. Ele parecia estar ficando sóbrio bem rápido.

— Isso é ofensivo. Aceite que algumas pessoas tomam uma decisão calma e racional de escolher o caminho do mal. Eu não tenho problemas de saúde mental, apenas sou perversa e descontrolada. — Rae avançou sobre ele, faca e dentes reluzindo. — Há uma vilã à solta na sacada! Ninguém sabe o que ela vai fazer, nem mesmo a vilã!

— Eu não quis ofender — gaguejou o cavalheiro. — Lady Lia estava me lançando olhares provocadores...

Sua frase terminou em um grito estrangulado.

Rae não o esfaqueou. Havia uma flecha saindo da garganta do lorde. A flecha estava enterrada profundamente em seu pescoço, apenas a extremidade com as penas visível. Sangue, preto ao luar, escorria pela frente de seu casaco bordado.

Lentamente, o jovem lorde desmoronou sobre a grade da sacada e caiu no escuro.

Rae mergulhou na direção de Lia, puxando-a para o chão. Rae esperava que Lia resistisse, e foi surpreendida quando ela a agarrou. Rae colocou um braço ao redor dos ombros de Lia. Com a mão livre, segurou a faca com força.

A voz de Lia era fina e assustada.

— Rahela, o que está acontecendo? Eu não estou enxergando.

— Alguém está disparando flechas do telhado — Rae sussurrou em resposta. — Não sei ao certo o motivo.

Nada assim acontecia no livro! Rae tinha ignorado Alice lendo sobre a bela da festa, perseguida por todos. Ela teria prestado atenção se ela também tivesse sido "perseguida por assassinos". Só agora Rae via a importância das histórias com mais romances e menos assassinos.

Se ela morresse nesse mundo, jamais acordaria em casa.

Parecia que seus sentidos estavam sendo aguçados. Seus nervos arranhavam junto com eles, como uma das facas de Chave em uma pedra de amolar. Rae estava tão dolorosamente ciente de seus arredores que isso a fazia querer gritar. Era como se alguém a estivesse obrigando a olhar para o que ela que não queria ver, gritando que aquilo era real, real, real. O vento noturno tocou sua face com um dedo frio. Houve uma mudança nas sombras na inclinação cinza do telhado.

Rae puxou Lia para mais perto, encolhendo-se contra a grade de pedra. A flecha se enterrou a uma fração de centímetro da sapatilha brilhante de Lia. Ela fez um pequeno som aflito. Rae gritou, um grito alto e angustiado que latejou no ar da noite. Ela sabia o som da dor de verdade. Podia fingir.

Lia levantou a voz, cheia de pânico.

— Você foi atingida?

Logo a música que tocava no salão de baile acabaria. Alguém poderia ouvir os gritos da sacada. O arqueiro não arriscaria alguém ouvir. Ele desceria para terminar o serviço. Que desafio poderiam ser duas mulheres, quando uma estava ferida?

O braço de Rae ao redor do pescoço de Lia e seus dedos em torno do cabo da faca doíam de tanto apertar. A respiração de Lia em seu ouvido era rápida como um batimento cardíaco.

Ambas ouviram o arrastar furtivo de uma bota macia contra uma telha do telhado. Uma sombra se destacou da escuridão, saltando e caindo com leveza na sacada, na frente delas. Rae cutucou Lia e continuou gritando cada vez mais alto.

— Ai! — Rae exclamou, tornando sua voz o mais áspera possível. — A dor é insuportável!

Os altamente virtuosos tinham limiares altos de dor. Heróis persistiam, mas vilões eram reclamões.

Lia acrescentou à confusão a seu próprio modo.

— Senhor, eu não lhe fiz nada, suplico que tenha misericórdia de nós...

Seus olhos azuis chorosos brilhavam ao luar. O homem, usando roupas pretas e cinza que se mesclavam perfeitamente com as sombras, deu um passo à frente. Ele parecia imune até mesmo ao brilho dos olhos de Lia, que era impressionante. Lia era um farol suplicante em forma de heroína.

As engrenagens da mente de Rae giravam, frias como metal se encaixando, notando cada detalhe da cena. Seu corpo a traía por estar com medo.

O suor queimava seus olhos e criava uma trilha de fogo descendo por suas costas. Ela segurava a perna com teimosia, gritava e o estudava por sob os cílios. Esse cara era um profissional. Ele não pararia, a menos que alguém o fizesse parar.

Quando a faca do assassino arqueou, Lia agarrou sua manga em um último apelo silencioso. Seu golpe para baixo foi interrompido por Lia. Rae aproveitou a oportunidade para se jogar em cima dele, agitando a faca que tinha escondido na saia.

— De repente, estou me sentindo bem melhor — ela disse, ofegante, senhora do engano e da perfídia.

Personagens que usavam expressões sarcásticas durante as lutas tinham mais probabilidade de sobreviver. Deus, ela esperava sobreviver àquilo.

O cabo da faca deslizou traiçoeiramente de sua mão suada, querendo escorregar. Se ela derrubasse a faca, elas morreriam. Rae agarrou o cabo e afundou a lâmina no peito do homem. A magia da faca deveria guiar sua mão, mas ela tentou se movimentar como Chave, esfaqueando duas vezes enquanto caía no chão sobre ele. Ela ouviu sua lâmina cortar carne e sentiu a lâmina do assassino roçar contra o osso, a órbita de seu olho e sua maçã do rosto, enviando um eco de dor pulsando por todo o seu corpo. Ela enfiou a faca na garganta do homem. Isso não era real, era um videogame onde ela devia fazer de tudo para ganhar. Havia sangue em seu rosto, respingos com gosto de estanho quente entre seus lábios. Rae não sabia se o sangue era dela, escorrendo do ferimento de seu olho, ou respingos do assassino. Isso não era real, independentemente do quanto o sangue parecesse real. O corpo do assassino ficou mole sob ela.

O sussurro aterrorizado de Lia cortou a noite.

— Rahela!

Ele não estava realmente morto! Ela era uma tola. O assassino sempre parecia morto, mas no fim não estava. Rae olhou para o rosto imóvel do assassino. Ele parecia morto. Rae se virou para ver Lia e viu uma nova sombra cair sobre o rosto dela voltado para cima. A percepção veio escura como o momento após o pôr do sol.

Havia mais de um assassino.

O suor sobre a pele de Rae se transformou em contas de gelo. Enquanto Rae paralisava agachada sobre o cadáver e calculava suas chances de um novo salto, ela viu outra sombra descer para o chão. Dois assassinos, um para cada mulher. As sombras se aproximaram.

O ar ficou brilhante. O luar transformou vidro quebrado em raios quando as portas da sacada explodiram para fora. Chave chegou à cena quebrando tudo. Ele jogou uma faca para o assassino que se aproximava de Lia e a lâmina se enterrou nas costas do homem. Em vez de pegar outra faca, Chave se moveu mais rápido do que vidro podia cair e pegou um caco que voava pelo ar da meia-noite. Ele aterrissou ao lado de Rae com o caco em uma mão e os cabelos do assassino na outra, puxou a cabeça do homem para trás e cortou sua garganta com um caco de vidro. Uma poça preta de sangue se espalhou sob os pés de Chave, havia sangue em seus cabelos despenteados e sangue manchando seus dentes quando ele os rangeu. Ele parecia um demônio.

Rae estava *tão* orgulhosa.

Ela abriu a boca para elogiá-lo e se viu dizendo:

— Eu matei um homem.

Ela estava convencida de que Chave diria "bom trabalho", mas os olhos dele viajaram sobre seu rosto sujo de sangue e ele não disse nada. Ele estendeu o braço que não segurava uma faca e a puxou para perto dele. Seu corpo era um escudo entre ela e o mundo.

— Lembre-se — ele murmurou. — As outras pessoas não são reais.

Não havia tapinha nas costas para vilões. Apenas sussurros sinistros. Ainda assim, era bom ser abraçada.

— Elas não são reais — Rae repetiu, entorpecida. — Elas não são reais.

Ela enganchou os dedos sob as faixas escorregadias de sangue da armadura dele. Suas luvas de couro rachado pegaram nos cabelos dela.

— Você não precisa matar, se não gosta — Chave prometeu. — Eu mato eles para você.

— Matar quem?

Junto aos seus cabelos, ela sentiu a boca dele se curvar.

— Todos eles.

Ele se moveu, o braço ao redor da cintura dela para mantê-la firme. O calor respingou sobre a pele descoberta dos ombros de Rae, e Rae se deu conta de que ele havia assassinado casualmente alguém atrás dela. Rae se virou para ver mais um assassino caído, e procurou com um terror repentino para ver se Lia estava em segurança.

Ela estava encolhida perto da grade da sacada, frágil e indefesa como um gatinho branco. Chave merecia uma recompensa por salvá-las dos assassinos. Rae saiu da frente para que ele pudesse ter um momento com seu amor, e para que ela pudesse confirmar uma suspeita.

Ela se ajoelhou ao lado do homem que havia matado, afrouxou os cordões de sua camisa e encontrou uma marca no esterno do cadáver. A tatuagem de uma coroa sobre as Montanhas da Verdade.

— Este é o selo real — Rae disse devagar. — São assassinos do palácio.
— E como você sabe *disso*?

Emer ficou no limiar do salão de baile, com a voz tão afiada quanto o mar de vidro quebrado entre eles. Rae não ousou convidar o desdém de Emer dizendo que os deuses lhe disseram. Emer não acreditaria nisso. Ela não acreditaria em nada que Rae pudesse dizer.

Chave não estava prestando atenção em sua amada. Sua atenção estava voltada para os mortos. Nenhum horror apareceu em seu rosto, apenas concentração.

Ele disse a Rae:
— Os assassinos estavam atrás de você.

Lia acabava sendo assassinada em sua versão dos livros, mas Rae não ganharia nenhum apoiador fazendo esse anúncio profético.

— Tenho certeza de que eles estão atrás de Lia. Ela é muito perseguida. Certas pessoas atraem amor verdadeiro e perigos terríveis como moscas.

Chave não pareceu impressionado.

— Alguém mandou assassinos para a porta de seu quarto no dia em que você anunciou que era uma profetisa sagrada.

Rae olhou feio para ele.

— Sinto que isso poderia ter sido mencionado para mim antes!

Chave ignorou sua indignação justificada.

— Alguém mandou carniçais pelas muralhas do pátio quando você estava presa lá. Alguém mandou um arqueiro para o teto para começar a disparar quando você saiu na sacada. Alguém está tentando matar *você*.

Quando ele listou todas as vezes em que ela escapara da quase morte, elas pareciam apontar naquela direção. Rae esmagou brutalmente o medo. Assassinos não eram uma doença. Ela podia combatê-los. Ela podia dar um jeito de sair dessa.

Ela se levantou e começou a andar de um lado para o outro ao lado do cadáver.

— Não quero chocar ninguém, mas o rei está tentando ficar comigo. Presumo que ele não vá emitir uma ordem de execução antes de conseguir o que quer e dar o fora. Quem mais comanda os assassinos do palácio?

Ela ficou surpresa quando Lia se pronunciou, com uma voz de sinos de prata na noite.

— A preferida do rei. O Última Esperança. O primeiro-ministro e o Comandante General.

Rae estalou os dedos.

— É o primeiro-ministro. Político mais velho, não é casado e é cruel, com pelos faciais vagamente sinistros.

Um clássico vilão secundário.

— Milady, pelos faciais não são um motivo. Isso não é uma piada — Emer disse com brutalidade.

Emer queria que Rae levasse isso a sério, mas Rae não deveria. Ela não podia. Ficaria maluca se fizesse isso.

— Talvez ela ache engraçado porque ainda acredita que eu sou a vítima — Lia sussurrou. — Como se eu fosse o centro de tudo o que acontece no palácio.

Chave olhou para baixo, para a mulher encolhida como um gato.

— Levante-se. Pare de aborrecer as pessoas.

— *Chave* — Emer retrucou. Rae concordou plenamente com Emer. Presumivelmente, Chave estava fazendo aquela coisa das histórias em que os caras censuravam com maestria as mulheres que amavam. O apelo desse artifício em particular havia se perdido para Rae. "Ó amante, me diga como sabe mais do que eu a noite toda."

Lia ficou piscando de modo incerto diante de Chave, e quem poderia culpá-la? Ele suspirou e estendeu o braço. Lia colocou a mão pálida como pérola na dele. Chave claramente precisava de mais prática para auxiliar sua dama: ele a levantou com a cortesia e a delicadeza de um homem que manuseia um saco de batatas. Ele agia como se Lia não fosse ninguém especial, mas Rae já sabia. A heroína era especial para todos.

— Obrigada pela ajuda. — Lia sempre era graciosa com os criados.

— Havia *cinco* assassinos?

— Seis.

Chave largou a mão dela e avançou para uma mancha vazia de noite que, ao encarar Chave, movimentou-se e tornou-se um assassino final, virando para encontrar o golpe da lâmina de Chave.

— O rei está vindo! — Emer sussurrou.

No meio do golpe, Chave soltou a faca. O assassino soltou um único suspiro de alívio antes que Chave agarrasse sua garganta e, com um estalo eficiente, quebrasse seu pescoço. Chave chutou o corpo de lado sem cuidado quando o rei chegou.

Otaviano e cortesãos reunidos estavam emoldurados por prata irregular, tudo o que restou das portas de vidro. A sacada manchada de sangue ficava a menos de trinta centímetros de distância do salão de baile dourado, mas o trecho com vidro quebrado parecia formar uma distância maior.

— Rahela? — A voz de Otaviano soou. — Lia! O *que aconteceu?*

O que aconteceu foi que elas quase foram mortas sem nenhum heroísmo concedido pelo herói! Otaviano deveria salvar Lia no último instante. Em vez disso, ele estava fazendo o equivalente majestoso de chegar atrasado à reunião com um copo da Starbucks.

Rae deveria apaziguar seu orgulho. Precisava expressar alívio e prazer em sua presença.

Ela chegou a essa conclusão quando Lia disse, com a voz de uma flauta suplicante:

— Majestade, graças aos deuses perdidos você está aqui.

Lia cambaleou na direção de Otaviano, oscilando de leve antes de cair contra seu peito. As sobrancelhas de Chave se juntaram de forma tão aguda que pareciam espadas cruzadas. Pobre Chave. Testemunhar esse momento de ternura deve ser como ter o coração esmagado por um martelo romântico.

O rei estendeu a mão livre para Rae.

— Venha comigo se precisar de conforto.

Ele não estava usando suas manoplas de novo, mas ainda era o futuro Imperador, estendendo a mão para ela.

O momento quase tentador foi rompido por uma risada indecente.

— Ela quase foi morta por assassinos reais. Incendeie o palácio até encontrar quem ordenou isso, então mande arrancar seu coração e seus olhos. Entregue-os a ela em uma bandeja. — Chave olhou com desprezo. — Qual é o sentido de ter poder se você nunca faz algo significativo?

O frio tomou conta de Rae como se o choque fosse nitrogênio líquido. A corte paralisou junto com ela enquanto viam um camponês zombar do rei. Otaviano avançou, com o manto de zibelina esvoaçando com o vento da noite, visivelmente se lembrou de sua dignidade real e fez um gesto impetuoso. Um guarda deu um passo à frente, erguendo o punho recoberto por uma manopla mágica, e acertou a boca de Chave.

— Sua criatura vil.

Com sangue nos dentes, Chave resmungou:

— Sou a criatura vil de minha senhora. Eu ataco quando ela manda.

Aterrorizada com o que poderia acontecer em seguida, Rae disse:

— Então pare!

Quando o golpe seguinte veio, Chave caiu em silêncio, e ficou deitado de barriga para baixo sobre o vidro quebrado. Por fim, ele tinha enxergado a razão. Ele sabia o suficiente para temer o que o rei poderia fazer.

— Perdoe meu guarda, Majestade. — Rae transformou sua voz maliciosa em um tom sarcástico. — Fico envergonhada de mencionar sua ousadia, mas ele está dominado por uma admiração secreta por Lady Lia. Assim como muitos outros estão! Mas apenas você pode esperar possuí-la.

O burburinho da corte aumentou, passado de execução imediata a fofoca quente. Otaviano olhou para Lia. Ela ergueu sua cabeça brilhante e olhou para ele. A lua e Rae os contemplavam benevolamente.

— Ele não pode ser culpado por isso — Otaviano admitiu.

— Todo mundo a quer! — Rae confirmou. — Devido à sua beleza dourada e ao coração também dourado. Até o Última Esperança está tocado por ela, como vimos durante o baile.

Ela apontou com a cabeça de maneira significativa para os cortesãos ao redor, e ouviu o nome de Lorde Marius murmurado em tons especulativos.

— Rahela, por favor — Lia murmurou.

O som da modéstia em inconfundível angústia fez com que as pessoas voltassem a franzir a testa para Rae. O coração de Rae afundou. Suas mãos estavam cobertas de sangue. Seu rosto estava marcado e rasgado. Comparada à beleza imaculada de Lia, Rae sabia que parecia culpada.

O primeiro-ministro Pio chegou à esquerda do rei. A posição tradicionalmente do mal, Rae notou. Sua voz era clara, o rosto estreito e inegavelmente inteligente atrás de seu cavanhaque absurdo. Seus olhos foram parar no bracelete de cobra enrolado ao redor do pulso de Rae.

— Se esses homens eram de fato assassinos reais, devo apontar que Lady Rahela carrega um distintivo que lhe permite comandar qualquer um no palácio?

Até Emer ter mencionado que a preferida do rei era uma das que poderiam comandar os assassinos, Rae pensava que o bracelete era apenas um símbolo. Ela não tinha percebido que estava de posse de um dispositivo que poderia mover a trama.

— Talvez essa tenha sido outra tentativa de bancar a heroína — continuou o primeiro-ministro.

Ele podia acariciar seu pequeno cavanhaque de malvado burocrático em outro lugar. Rae não estava no clima.

À direita do rei, o Comandante General Nemeth riu.

— Um ato que não enganaria ninguém.

Rae estava feliz por conseguir juntar o primeiro-ministro e o general dessa forma.

— Ela me salvou — murmurou Lia. — Eu detestaria pensar que ela agiu por motivos velados.

Obrigada, Lia, você não está ajudando muito! Os olhos da corte, já pesados sobre Rae, ficaram frios e duros. Sua atenção pareceu adquirir mais peso conforme a hostilidade crescia, como água tornando-se um bloco de gelo que pressionava seu peito.

A mesma coisa tinha acontecido na Corte do Ar e da Graça, quando Lia falou. Rae franziu a testa, mas não havia nada a dizer. Se as pessoas já acreditavam que você era um vilão, qualquer autodefesa parecia uma confissão.

Otaviano finalmente baixou a mão que havia oferecido. Havia uma curvatura zangada em sua boca. Ele devia estar preocupado com Lia.

Rae teria pensado que apreciaria ver seu par preferido interagir mais. Mas ela não queria olhar para eles. Não conseguia olhar para Chave deitado no vidro quebrado. O terror por ele parecia uma pequena criatura viva que ela havia engolido, tentando rastejar para fora. Ela só podia engoli-la. Temer por ele era ridículo. Ele nem era real.

— Lady Lia deve ser protegida como o tesouro precioso que é, e Rahela adequadamente disciplinada por suas indiscrições. — Otaviano empunhava seu olhar como um cetro. — Lady Rahela, está oficialmente destituída de seu status de minha preferida.

O luar amargo se derramava sobre a cena, dividindo todos entre preto e branco. Não foi surpresa para Rae ter ficado na sombra.

Isso nunca tinha acontecido no livro. Rahela era executada. Rae tinha sobrevivido para ser desgraçada.

Como a Rahela de verdade teria queimado de vergonha, destituída de seus privilégios na frente de todos! Rae sentiu um fantasma frio daquela sensação quente ao tirar o bracelete de cobra do braço e arremessar a víbora brilhante no mármore manchado de sangue e cheio de vidro quebrado.

— Terminamos aqui?

Os olhos do rei estavam estreitos como lascas de esmeralda. Lia estava em segurança. Rae não tinha nenhum poder. Ele teve o que quis. Ela não conseguia entender por que sua raiva estava aumentando. Nem podia escapar de sua fúria. Nenhum deles podia. Era isso que significava ser rei.

Um guarda estendeu o bracelete de cobra a Otaviano. Sobre os olhos observadores da corte, o rei colocou o bracelete no braço fino de Lia.

Ele ainda estava olhando para Rae.

— Minhas damas à espera de se tornarem rainhas viraram um constrangimento para a corte. Chegou a hora de realizar os Desafios e escolher minha rainha.

Isso não estava certo. Os Desafios da Rainha só aconteciam no segundo livro, quando Otaviano já era o Imperador! Pior ainda, Rae se lembrava dos desafios com uma grande e terrível precisão. Nos Desafios da Rainha, tanto Lia quanto Lorde Marius corriam perigo de vida. Apenas o poder do Imperador os salvou.

Poder que Otaviano ainda não havia destravado.

Ela se deu conta de que todos estavam alternando o olhar entre ela e Lia com expectativa.

Rae disse:

— Merda para você, mana.

A corte olhou coletivamente para Rae horrorizada.

Rae murmurou:

— É uma expressão que significa boa sorte.

Otaviano continuou como se não tivesse ouvido, embora o tom de sua voz dissesse que tinha.

— Uma última questão sem importância. Esse guarda invadiu a sacada. Eu o sentencio a quinze chibatadas na Sala do Pavor e da Expectativa.

Meio escondida atrás de uma cortina, Emer levou a mão à boca para conter um protesto. Acima de sua mão, os olhos reprovavam Rae.

— Você deseja falar por ele, Rahela? — o rei perguntou. — Talvez deseje ser banida da corte e da minha presença? Você é uma mulher sagrada agora. Poderia ser restrita a uma caverna, como a Oráculo, meditando sobre os deuses perdidos.

Se ela fosse banida da corte, não estaria lá quando a Flor da Vida e da Morte florescesse. Se fosse exilada, ela morreria.

Rae abriu a boca, então mordeu o lábio.

— *Chefe*. — Chave se levantou, livrando-se do vidro quebrado, e balançou a cabeça. Em voz alta, ele disse: — Eu aceito as chibatadas.

Guardas apertaram as mãos sobre seus ombros. A essa altura, Rae sabia como Chave lutava. Ele poderia derrubar esses guardas, mas o rei simplesmente convocaria mais. Nenhum homem era capaz de vencer um exército.

Ela entendeu por que o herói era sempre o homem mais poderoso do recinto. O rei era o deus de sua corte. Ele fazia isso para que o sol pudesse brilhar e os ventos soprarem gentilmente sobre você... ou não. Você não queria imaginar o que aquele tipo de poder poderia fazer se não estivesse do lado dele. Estava predeterminado pela história que o poder estaria do lado certo. Era bom para o herói ter mais influência do que qualquer outro. A heroína e os justos eram protegidos pelo poder do herói.

Mas eles eram vilões.

Otaviano se inclinou por um espaço de destruição reluzente e olhou no rosto de Chave, já sangrando por ter sido jogado sobre o vidro quebrado. O rugido de Chave era feroz, mais selvagem do que seus cabelos. O sorriso de Otaviano e seus cabelos macios brilhavam como sua máscara coroada.

— Eu não estava pedindo sua permissão para te açoitar. Não preciso da permissão de ninguém para nada. Tire seus olhos e sua mente de minha mulher. Lembre-se de seu lugar. Nas sarjetas do Caldeirão, com o resto do lixo. Há apenas um lugar mais baixo. Mais um movimento errado, pirralho da sarjeta, e você será jogado no abismo.

A cauda do manto real passou sobre os cacos de vidro, afastando-se para o espelho do piso do salão de baile. O futuro Imperador partiu, triunfante. Rae ficou como detestava ficar, em silêncio e indefesa. Ela teve que ver os guardas arrastarem Chave pelo salão de baile para ser açoitado. Teve que ver Lia sair ao lado do rei, com o braço brilhando com a marca de seu favoritismo.

Rae ficou sozinha entre ruínas de sangue e vidro; até sua criada a estava evitando. O rosto de Rae estava cortado e manchado como seu vestido de meretriz. Ela mentia, trapaceava e matava. Traía criados leais e não dizia uma única palavra para defendê-los.

Ela estava com uma péssima aparência. Ela era péssima.

Mais uma vez, uma situação complicada se transformou em uma vitória esmagadora de Lia.

As luzes do lustre brilhavam através das portas quebradas e se refratavam nos olhos de Rae, faíscas de pensamentos dispersos que poderiam iniciar um incêndio. Lia havia dito "*O perdedor pagava uma prenda*" no torneio de arco e flecha e inspirado Lady Hortênsia a exilar Rae. Lia chorava quando queria. Toda vez, Lia era indefesa e doce demais para realizar qualquer coisa. Lia sabia que era inútil e usava isso. Não se tratava apenas da história trabalhando em prol da heroína.

Rae desviou do vidro quebrado e entrou no salão de baile, onde Emer se juntou silenciosamente a ela. Ela voltou para seu quarto aturdida.

Alguém estava açoitando Chave. Alguém estava tentando matar Rae. E Lady Lia, inocente e bela, estava escalando friamente para o topo.

Rae não era a única capaz de tramar. Rae era uma *amadora* em comparação à garota que nunca deixava sua fachada escorregar enquanto arquitetava cada situação em prol de si mesma.

Emer sempre olhava para Lia com muita atenção. Rae acreditara que se tratava de culpa, mas talvez fosse algo mais.

— Você sabia que Lia era esperta o suficiente para me derrotar em meu próprio jogo? — Rae perguntou, sentando-se diante do espelho de bronze enquanto Emer escovava seus cabelos.

— Sim, milady — Emer murmurou.

— E você sabia que alguém estava tentando me matar?

— Sim, milady.

Rae não conseguiu esconder o tom de frustração em sua voz:

— Você não pensou que valia a pena mencionar nada disso para mim?

— Criados não devem falar a menos que falem com eles. E, milady, você não perguntou.

A acusação na língua de Rae paralisou quando ela ouviu um barulho do lado de fora de seus aposentos.

Mal ousando falar, Rae sussurrou:

— Já que é tão sabida, Emer, você sabe quem está chegando?

Emer fez que não com a cabeça lentamente.

Passos ecoavam nos degraus de pedra, junto às paredes de pedra, como o badalar de um sino. Poderia ser outro assassino. Poderia ser o rei, ou o Última Esperança, Chave ou o Naja. Poderia ser vida ou morte.

Rae e Emer observaram a maçaneta girar.

21
O NAJA NO CALDEIRÃO

— Vou te levar para um lugar seguro. Primeiro devemos encontrar o Naja.

— Milorde? — sussurrou Lia.

O rosto do Última Esperança mudou quando ele se lembrou de que o Naja estava morto havia semanas.

Era do Ferro, Anônimo

A voz de Marius ecoou no túnel, oca contra a pedra. O Naja olhou para trás, arregalando os olhos escuros. Marius antecipou um choque de medo. Não estava preparado para fúria.

O Naja se virou para ele nos estreitos confins do túnel secreto.

— Você vai estragar tudo! O que está *fazendo* aqui?

Marius ergueu um braço defensivo, um instinto de soldado agindo antes que sua mente consciente interviesse. O Naja se afastou e sorriu de lado.

Veja-me rir, dizia aquele sorriso. *Eu devo ser uma piada*. Aquele sorriso era desastre no horizonte, o sol reluzindo nas lanças de um exército em avanço. Todos os sentidos de Marius queimavam como músculos tensionados, lutando para encontrar a ameaça. Seu pai dizia que era um dom um Valerius sempre estar armado contra o inimigo. No entanto, essa consciência total transformava o mundo inteiro em inimigo.

Marius respondeu por entre dentes cerrados.

— Capturando um ladrão.

O Naja saiu do túnel. Marius o seguiu sobre telhas quebradas escorregando sob seus pés como pedrinhas molhadas em uma praia. A outra extremidade do túnel era um vasto cano de esgoto rachado e havia muito tempo em desuso, correndo paralelo a um telhado para que os resíduos pudessem ser despejados sobre as altas muralhas da cidade. Não era um disfarce ruim para um túnel secreto. Numerosos canos de esgoto levavam do palácio para a cidade. As pessoas não os exploravam por razões óbvias.

Luzes fervilhantes, de um vermelho mais chamativo do que o brilho sombrio da ravina, ardiam na rua estreita abaixo. Fumaça espessa e fedida subia das tochas. Se um cano estourasse, isso poderia melhorar a atmosfera no Caldeirão.

O Naja dançava pela beirada de um telhado na poluição com toques de vermelho.

— Ainda não fui pego, milorde.

Duas das casas eram levemente separadas. O Naja pulou do canto de um telhado para o outro, com os ornamentos tilintando. O Naja vagava sobre os telhados das cabanas como fazia nos salões de baile: ajeitando o cabelo despreocupadamente e fingindo não notar seus arredores enquanto notava todos os detalhes.

Ele sabia fingir indolência. Ele sabia fingir.

Marius cerrou os dentes. Um Valerius podia rastrear a presa em qualquer terreno. O Naja não poderia escapar.

— Diga o que está roubando.

— Já parou para pensar que toda propriedade é roubo?

— É roubo quando você a rouba! — retrucou Marius.

O Naja colocou a mão no colete. Marius esperava bens roubados. Curvas de ouro martelado refletiram a luz perversa, delineando as formas enroladas de cobras. Marius reconhecia essas joias de anos atrás. Esses brincos pertenciam ao Naja. Braceletes já brilhavam em ouro sobre seus bíceps.

Usar tais adornos no Caldeirão era um sinal de que você era um criminoso, ou de que estava pronto para contratar um.

— Adornos para homens são contra a lei.

— Essa foi a vingança mesquinha do primeiro-ministro contra mim.

— Ah, sério?

— Esse homem era tão vaidoso que provavelmente achava que as canções dos trovadores eram sobre ele.

— Desde que *eu* fui responsável pela repressão das importações que infernizaram os investimentos de Pio.

Poucos viajavam para a terra amaldiçoada de Eyam, mas o lucro era mais caro ao coração dos homens do que demônios ou o divino. Comerciantes ainda traziam seus navios ao porto e ofereciam ouro e mercadorias em troca de oricalco. Anos atrás, guardas da cidade, pagos pelo Naja, haviam invadido um navio e encontrado uma carga secreta: camponeses sendo servilizados contra sua vontade. O Naja havia resmungado: "São *pessoas reais*", e avançado sobre a mesa em direção ao jovem lorde dono do navio. Marius o conteve à força.

Depois de um momento de tensão, o Naja chamou Marius de chato e saiu da assembleia. O jovem lorde recebeu uma multa pesada e o projeto de lei do Naja sobre monitoramento de importações passou. Marius nunca mais tinha pensado no assunto.

Marius disse devagar:

— O dono do navio era o jovem lorde que você arruinou deliberadamente?

O Naja deu de ombros.

Ele tinha sua liberdade, o Naja havia dito quando Marius o censurou sobre a questão. Parecia que o Naja não tinha arruinado ninguém por capricho.

Ainda assim, o primeiro-ministro não faria uma lei por despeito. Apenas vilões como o Naja tramavam vingança.

O rei precisava manter sua coroa, então adornos de cabeça para homens ainda eram legais. Desde o dia em que a lei passou, o Naja usava tantos ornamentos nos cabelos que eles tilintavam como música, tocando uma canção levemente zombeteira. O primeiro-ministro Pio parecia sentir dor sempre que ouvia o Naja chegar. Equilibrando-se na beirada de um telhado como um acrobata em um trapézio, o Naja estava fazendo muito menos barulho do que o normal. Isso provava que ele criava alvoroço de propósito para irritar todo mundo.

— Qual sua opinião pessoal sobre homens usando joias? — o Naja perguntou com uma suavidade enganadora.

— Eles não deveriam me chantagear.

A risada do Naja fez a coluna de Marius parecer uma tocha seca em chamas.

— Você é um mimado, frívolo e despreocupado fingindo ser um fora da lei. — Suas palavras tinham o estalo de madeira queimando. — Caia nas ruas do Caldeirão e acabará despido e com a garganta cortada.

— Interessante — murmurou o Naja.

Marius frequentemente se lembrava do primeiro encontro deles. Ele tinha dezoito anos, saindo sozinho dos portões do palácio e indo para a cidade. Um de seus melhores amigos era o rei. O outro estava morto.

O garoto pareceu cair do céu. Depois de um instante, Marius se deu conta de que ele tinha se balançado nos galhos de um espinheiro-branco. O garoto tinha a idade de Marius, era esguio e tinha pele escura, e seu rosto era impossivelmente luminoso. Marius olhou ao redor, mas não havia ninguém atrás dele.

— Marius — o estranho disse. — Lorde Marius Valerius. O Última Esperança.

Como se uma nuvem tivesse passado para mostrar estrelas gêmeas, duas coisas ficaram claras para Marius. A primeira era que ninguém nunca tinha ficado tão satisfeito ao ver Marius antes. A segunda é que Marius estava muito solitário.

Dividido entre cautela e alegria, Marius perguntou:

— E de onde você me conhece?

O garoto hesitou. A sombra tocou seu rosto e permaneceu como uma máscara sobre o sol.

— Mesmo se eu te dissesse — o garoto afirmou —, você nunca acreditaria em mim. Apenas saiba de uma coisa: você é meu ídolo número um. E sinto muito pelo que estou prestes a fazer.

Alarmado, Marius perguntou:

— O que você está planejando fazer?

O garoto prosseguiu e o chantageou.

Para o Naja Dourada, chantagear um Valerius tinha sido apenas o início.

Havia um silêncio nos telhados, bem acima das ruas barulhentas. Marius se deu conta de que havia cometido um erro. O que Marius tinha achado que fosse o Naja ajeitando os cabelos era ele soltando seus ornamentos, deixando chover cobras de ouro.

Um pedinte usando trapos pegou um. Em seguida, o Naja jogou uma serpente brilhante para uma menina de rua, dando um pequeno aceno. A menina sorriu tanto para ele quanto para a joia.

Ninguém que pegava os tesouros pareceu surpreso. Eles pareceram exaltados, como se tivessem ouvido histórias sobre bênçãos caindo do céu, e acreditassem com fé na possibilidade que a glória viria para eles.

— Você espalha donativos regularmente no Caldeirão para sempre ter espiões prontos para recrutar?

O Naja sorriu.

— Estou experimentando desestabilizar a moeda local.

Os dentes de Marius doíam de raiva.

— Por que você se juntou à nossa assembleia legislativa se insiste em ser um criminoso?

— Faça leis melhores ou faça criminosos — o Naja retrucou. — Os crimes vão continuar até o sistema de justiça melhorar.

— Nunca será legalizado roubar do rei!

— Eu não acredito na monarquia.

O Naja girou com desdém ao redor de uma chaminé. Marius revirou os olhos com tanta força que esperava ouvir um estalo.

— Que notícia maravilhosa. Eu não acredito em gravidade, então nunca mais vou cair. O rei existe, e vai te executar por traição. E...

De repente, Marius compreendeu. O Naja frequentemente falava bobagens, mas nunca sem propósito.

— Você está tagarelando para me distrair.

— Entendeu, não é?

Bem na beirada do telhado, o Naja caiu para trás com um sorriso.

Através do vento forte e do rugido em seus ouvidos, Marius ouviu o Naja gritar:

— Não foi rápido o suficiente!

Marius correu para a beirada do telhado, telhas caindo nos paralelepípedos. Lorde Popenjoy tinha saltado sobre uma carroça barulhenta, repleta de mercadorias que Marius duvidava que tivessem sido legalmente adquiridas. A carroça do contrabandista virou a esquina. Agachado sobre um tapete roubado, o Naja acenou.

O pânico fazia homens perderem guerras. Embora seus músculos tivessem se preparado para o salto, Marius não pulou. Os telhados lhe ofereciam uma vista aérea. Se ele ficasse no alto, tinha a chance de alcançá-lo. Ele correu pelo telhado, perseguindo a carroça. Quando uma calha podre cedeu sob seus pés, ele absorveu o impacto da queda com o ombro. Ele se inclinou para a dor, deixando-se despencar no abismo com paralelepípedos e criminosos abaixo, até que agarrou a beirada do telhado. Marius se balançou para que suas botas atingissem a parede, soltando sua capa quando as pontas se prenderam na borda quebrada da calha, e pulou para o telhado seguinte. Uma onda de conversas empolgadas explodia lá embaixo. Ele tinha sido reconhecido. Outros estudiosos da Torre de Marfim iam à capital de vez em quando para visitas curtas, mas – com todo o respeito a seus irmãos literatos – Marius não acreditava que eles se envolvessem em perseguições pelos telhados. A devoção aos estudos tinha um impacto desastroso na forma física.

Os sentidos muito aguçados de Marius eram como ter todas as portas de casa abertas para o mundo, mas às vezes a invasão de sensações se provava útil. A carroça do contrabandista tinha uma roda levemente torta. Isso produzia um rangido distinto, duas ruas à esquerda. Marius saltou do telhado e sorriu no escuro. Uma perseguição nos telhados era melhor do que um salão de baile em qualquer dia.

O barulho da carroça diminuiu e depois retomou o ritmo normal. Uma graciosa silhueta de cabelos compridos escureceu um paralelepípedo iluminado pela lua. O Naja deslizou de uma sombra para a outra, em um prédio cinza e estreito na Rua do Arrombamento.

Sob uma placa com rodas pretas e flores douradas, uma inscrição rebuscada dizia "Vida em Crise".

Marius seguiu o Naja. Estranhamente, um porteiro tatuado olhou para suas roupas e lhe desejou boa caçada. Lá dentro havia uma aglomeração tão ruim quanto no salão de baile. O som suave de metal tilintando significava armas escondidas e joias expostas. Todos os homens usavam pelo menos um brinco ou um bracelete, e as mulheres não ficavam para trás. Velas brilhavam no bar sob cúpulas transparentes de cores diferentes, transformando as chamas em vermelho, verde e azul. Sobre o bar, havia uma placa que dizia "Bem-vindos Todos os Viajantes… & Residentes Sedentos". Na extremidade do bar havia um palco onde uma mulher cantava uma música baixa enquanto usava um vestido decotado.

O Naja estava no bar, conversando com uma das únicas pessoas que não usavam joias. Pelas cicatrizes e definição muscular, a mulher era uma ferreira. Marius os viu bater as mãos, ou fazendo um acordo ou passando um item. A ferreira desapareceu na multidão. Marius a deixou ir. Ela voltaria.

Não era fácil para um homem do tamanho de Marius, vestido totalmente de branco, ser discreto. O esforço valeu a pena pelo leve susto do Naja quando Marius disse em seu ouvido.

— Você cometeu roubo e traição, fugiu do palácio, entrou todo insolente na taverna mais baixa do Caldeirão como se fosse dono do lugar, e agora está bebendo?

Com a faísca de surpresa se apagando, o Naja terminou sua bebida.

— Beber não é ilegal. Se ser insolente fosse contra a lei, eu já estaria cumprindo prisão perpétua.

Marius sentiu sua boca afinar como um pedaço de papel dobrado ao meio.

— Álcool é uma muleta.

— Coisas úteis, as muletas — o Naja disse lentamente. — Já viu alguém usando uma muleta de que não precisava?

Ele se refugiou da incerteza no silêncio.

O Naja deu de ombros.

— É o mesmo de sempre: o sol nasce no leste, Marius reprova o que faço. Ah, desculpe. *Milorde*.

Isso era triste.

— Pode me chamar de Marius!

— Posso mesmo, *milorde*? Se não está gostando do clima, vá embora. Está vendo os homens nas portas?

Havia seis indivíduos corpulentos, uma dupla em cada porta, cheios de músculos e armados até os dentes.

— Eles insistem em serem chamados de brutamontes — o Naja disse, tagarela, fazendo sinal para que lhe dessem outra bebida. — Uma vez me referi a eles como seguranças. Eles disseram que as pessoas não estão em segurança perto deles. As pessoas são diretas no Caldeirão. No palácio, chamamos os ladrões e facínoras de ministros, e as concubinas de damas à espera de se tornarem rainhas.

Uma mulher se aproximou, com uma nuvem de cabelo ruivo e pasta verde de malaquita ao redor dos olhos. Ela estava mais adornada do que qualquer um que ele já tivesse visto, exceto o Naja.

— Minha nossa — ela murmurou. — Essa é a melhor fantasia do Última Esperança que os prostíbulos já fizeram.

Quando Marius congelou, em choque, ela deu um tapa no peitoral esquerdo dele.

— Você é um rapaz troncudo, não é? Hum. É o que eu sempre digo: se é para ficar presa, que seja entre uma parede de tijolos e uma parede de carne.

— Madame, eu fiz um juramento — ele disse com frieza.

Ela riu.

— Ai, ele até fala o bordão!

O Naja abafou o riso contra a borda do copo, depois brindou à volta da ferreira. Ela tinha sido muito rápida. Devia ter um mecanismo de oricalco para fazer cópias de metal com rapidez, o que confirmava que ela também era uma criminosa. Marius os viu baterem as mãos novamente de forma sub-reptícia. Ele tentou passar pela moça de olhos brilhantes. Ela de repente agarrou com firmeza o braço dele, fazendo um "ooooh" quando seus dedos não fecharam nem um quarto do caminho.

— Estou atrás de um criminoso.

Diferentemente de Lady Lia, essa mulher não era compreensiva.

— O quê? O Naja? Boa sorte, mas ele dificilmente vai topar. Se ele concordar, como você é tão agradável, eu não me oporia a...

Marius não podia aguentar nem mais um instante.

— Madame, tire a mão de mim.

Ele a pegou pela cintura e a colocou sobre o balcão, a uma distância em que ela não o alcançasse. Confusa, ela fez outro "oooh".

De maneira ainda mais confusa, o Naja não estava escapando com seus bens conseguidos de forma ilegal.

Enquanto a mulher no palco cantava, "Milady era toda minha alegria, milady era meu deleite, e quem senão milady Jolenesleeves...", ela foi interrompida no meio da canção. O Naja a pegou em seus braços, deu-lhe um beijo e seu último enfeite de cabelo, e então subiu no palco.

O tom divertido do Naja ecoou por cada canto da taverna. Ele não precisava de ouro para atrair a atenção deles.

— Adivinhe, milorde. Eu entro todo insolente como se fosse dono do lugar porque *eu sou o dono do lugar*. — Ele apontou para Marius. — Brutamontes. Peguem ele!

O Naja havia feito um gesto e aquela ruiva havia saltado para interceptar Marius. Essa era a única placa na Rua do Arrombamento com algo *escrito*.

Marius era um tolo.

O Naja balbuciou:

— Desculpe! — E saiu do palco. Marius transferiu sua atenção com relutância quando os brutamontes se aproximaram. Seis figuras corpulentas apagaram as luzes que decoravam o bar. Armas surgiram em mãos cheias de cicatrizes, incluindo um chicote de roldão. As pessoas recuaram rapidamente quando a bola cheia de pontas em uma corrente tornou-se um borrão no ar.

Bem poucas chances, observou a parte soldado da mente de Marius. Ele sorriu.

Para eles.

Ele abaixou sob o borrão cheio de pontas, pegando o chicote de roldão pela corrente. Agora no controle da arma, ele reverteu sua trajetória e alojou as pontas profundamente no ombro do primeiro brutamontes, enquanto o homem ainda segurava o cabo e se perguntava como tudo tinha dado errado. Marius o bateu em uma parede. Um grito agonizado indicou que as pontas tinham entrado com mais força. Marius girou e puxou a placa que dizia "Bem-vindos Todos os Viajantes… & Residentes Sedentos". A placa era grande o bastante para acertar dois valentões de uma vez, embora o golpe não fosse mantê-los no chão.

— Nem preciso perguntar quem escreveu essa placa — observou Marius. — Vocês o acham engraçado? Eu não.

O brutamontes que não estava com as mãos na cabeça abriu a boca. Marius lhe acertou um gancho no queixo. A única mulher do grupo se abaixou. O Naja uma vez havia advertido que as pessoas que lutavam duas vezes mais para chegar aonde estavam seriam pelo menos duas vezes melhores. Lembrando-se desse conselho é que Marius havia selecionado um capitão de origem humilde para liderar as forças especiais reais. Isso significava que Marius prestava atenção nas mulheres lutadoras.

Ela estava em excelente forma com sua espada curta. Marius deveria eliminá-la rápido. Ele recuou até o balcão, permitindo que ela se aproximasse e o perfurasse de leve. Ele fechou uma mão em seu punho, mantendo a lâmina em segurança na lateral de seu corpo, quebrou o copo de alguém na beirada do balcão e levou os cacos de vidro até o braço dela. Ela largou a faca e se concentrou em enrolar o ferimento. Agora os três últimos brutamontes que restavam estavam com medo, cada um olhando para seus companheiros. Ninguém podia vencer uma batalha sem estar disposto a liderar o ataque; esses homens não estavam treinados para matar, mas para dar surras. Eles não teriam a chance de fazer isso hoje. Marius os dispersou com uma investida, quebrando uma cadeira e perfurando o membro de um brutamontes com uma perna da cadeira arremessada. Os fragmentos da cadeira nocautearam outro deles, e Marius agarrou o último pelo colarinho.

— Renda-se — ele ordenou.

— Por favor, não me mate — disse o último brutamontes, com dificuldade.

— Não. Eu fiz um juramento. — Marius o estrangulou com eficiência e gentileza até ele ficar inconsciente.

O homem escorregou, formando uma pilha a seus pés. Marius passou os olhos pelo bar, sobre o qual havia recaído um silêncio absoluto. Cinco minutos tinham se passado desde que os brutamontes foram para cima dele. Os estudos estavam tornando Marius lento.

— Deuses perdidos, você é o verdadeiro Última Esperança — murmurou a mulher cheia de brilhos no bar. — Desculpe por te tratar com grosseria. A menos que tenha gostado, nesse caso sou Amelia. Você pode me encontrar a qualquer hora do dia ou da noite no Bordel Dourado.

Sem lâmina, sem amada, sem sangue derramado pelas minhas mãos. O juramento era claro. Ninguém prestava atenção ao juramento!

— Boa noite, madame. — Marius fugiu.

Ele havia calculado qual janela era mais próxima do telhado. Marius subiu no telhado da taverna do Naja e passou os olhos pela cidade que se estendia diante dele. Telhados inclinados e brilhantes, transformados em vários tons sombrios pelo luar, se encaixavam como peças da carapaça de uma velha tartaruga, estendendo-se até encontrarem as muralhas da cidade. A extensão dos telhados era interrompida de um lado pelas paredes dourado-pálidas do palácio, e do outro pela linha de peltre do rio. O Naja era inteligente demais para ir para o palácio, mas qualquer um que já tivesse visto batalhas sabia que as pessoas iam para marcos. Os olhos de Marius varreram os telhados que davam para o rio e encontraram uma sombra familiar.

O Naja estava agachado, olhando para as ruas escuras, com uma tocha fumegante iluminando seu rosto de baixo.

Marius aterrissou no mesmo telhado.

— Renda-se.

O Naja se levantou com a tocha em chamas nas mãos.

— Eu não fui feito para me render.

Com uma economia de movimento que Marius ficaria agradavelmente surpreso em ver em um assassino do palácio, o Naja girou a tocha em um borrão brilhante para confundir a visão de Marius. Quando Marius avançou para evitar a próxima tentativa de fuga do Naja, ele não tentou fugir. Em vez disso, ateou fogo ao manto de Marius. Em meio a um redemoinho de branco ardente e fagulhas voando, ele viu o Naja rindo. Seus olhos estavam acesos, mas não tanto quanto o manto de Marius. Marius riu, incrédulo, em resposta.

Esse era o covarde da corte!

O Naja correu para a beirada do telhado. Marius o derrubou. Apenas a força bruta os impediu de cair do telhado. Mesmo com Marius o arrastando para trás, o Naja fez uma tentativa furiosa de se soltar. Ele era alto e poderoso o suficiente para Marius ter que encostá-lo em uma chaminé, com o braço contra a garganta do Naja, bloqueando seu suprimento de ar, ou arriscando machucá-lo. Marius colocou a mão dentro do gibão do Naja e tirou duas chaves. Uma era forjada na prata oricalco do rei, e a outra era de latão. Com toda a sua força, Marius atirou a chave de latão no rio.

— Não — o Naja gritou, embora não devesse ser capaz de respirar. — Isso é a vida de alguém! Você não sabe o que está fazendo.

A chave fez um pequeno arco brilhante no ar da noite antes de se perder na agitação sombria do rio abaixo. Ele podia não saber o que estava fazendo, mas estava feito. O Naja parou de lutar, mas seu corpo não relaxou com a rendição.

— *Droga, Marius!* — o Naja exclamou quando Marius tirou o braço de sua garganta. — Você me perseguiu pela cidade! Você é o exterminador!

— Não me xingue.

Marius estava respirando um pouco ofegante. Ele precisava reduzir as horas de sono: dormir cinco horas por noite era uma negligência vil.

— Eu não estava te xingando — o Naja resmungou. — Significa que você é uma fera.

Marius olhou feio.

— Esse é outro insulto! — Ele recuperou o fôlego e desejou que a calma erudita descesse como a neve no inverno. — Você vai explicar o plano vilanesco de Lady Rahela para o rei. Incluindo o que o guarda dela fez e quem mais estiver implicado. Vai se desculpar por auxiliar aquela perversa. Em troca, o rei vai te conceder misericórdia.

— Desculpe?

— Não para mim — resmungou Marius. — Para o rei...

Encostando-se em uma chaminé caindo aos pedaços no Caldeirão, o Naja estava serenamente composto como se estivesse na corte.

— Não sei do que você está falando — o Naja mentiu com uma segurança bela e perfeita. — Lady Rahela? Seu guarda? Eu roubei essa chave do rei sozinho. É isso que vou confessar. Sua Majestade não vai fazer mais perguntas. Ele nunca gostou de mim.

Era verão, mas a noite estava fria.

— Durante a dança, eu vi...

A voz do Naja era uma faca de esfolar.

— Eu confio na destreza de minhas mãos. Você pode supor, mas não viu nada. E não vai jurar nada que não seja verdade absoluta, vai? Deixe mulheres e criados fora disso, Marius. A conversa é comigo.

O mundo estava de cabeça para baixo e errado, como se alguém tivesse jogado a lua quebrada a seus pés. A corte toda sabia que o Naja Dourada era um vilão mercenário, superficial e sem coração, mas agora ele estava pronto para morrer por alguém.

— Você está *apaixonado* por essa mulher? — Marius perguntou, com desespero.

O Naja nunca era sincero sobre ninguém. Um cortesão jurou que tinha visto o Naja se jogar sobre uma poltrona e sussurrar que sentia falta da Nettix, seu amor perdido. Ou possivelmente Netsix? Netflix? Marius nunca tinha acreditado: isso não era um nome.

A fúria deixou a voz dourada do Naja escura.

— Estou tentando fazer algo real. Estou tentando mudar alguma coisa!

— O que quer que você queira mudar, não pode ser tão importante.

O Naja disse:

— É vitalmente importante para mim.

Ele não explicou mais nada. Nunca explicava. Marius não conseguia tirar os olhos dele, para o caso de ele cometer outro crime lunático. Ele teve que observar enquanto o Naja suavizava as rachaduras em sua fachada, apagando traços de dor e raiva. Marius se deu conta com um terror crescente de que o Naja estava prestes a rir disso.

O Naja suspirou teatralmente.

— Sou estressado demais para me apaixonar. Eu estava mais por dentro do jogo quando tinha catorze anos e meu guarda-roupa consistia quase exclusivamente em camisetas de anime.

Era uma crise, então Marius fez o esforço de decifrar o que o Naja quis dizer. Em contexto, "camisetas de anime" podiam ser as vestes tradicionais de onde o Naja vinha.

— O que você estava jogando?

— Quero dizer, eu não namoro muito — disse o Naja. — De vez em quando, eu dou uns amassos com alguém.

— O que quer que esteja fazendo que envolva amassar coisas, pare imediatamente!

O Naja balançou a cabeça, rindo.

— Não esquenta.

Ele dizia isso com frequência. Não ajudava. Marius não esquentava. Agora mais do que nunca, quando o Naja pretendia morrer sem se explicar.

O manto da noite sobre a cidade foi repentinamente rasgado por luz branca. Os fogos de artifício em homenagem à princesa estrangeira brilhavam como se a lua tivesse se dissolvido em centenas de estrelas, transformando o rio de peltre em prata, recobrindo todos os telhados.

O Naja sentou-se na inclinação do telhado.

— Se vou ser arrastado para minha execução, gostaria de ver os fogos primeiro.

Criminosos não podiam simplesmente exigir serem presos mais tarde, em um momento que fosse mais conveniente. Marius franziu a testa e viu o rosto do Naja erguido para o céu, todo iluminado como se a noite e seus sentimentos fossem fogos de artifício.

Quando coisas pequenas e estranhas o faziam feliz, parecia grosseiro interferir.

Marius se sentiu na obrigação de apontar o absurdo.

— Lady Lia e eu preferimos raios de luar a fogos de artifício.

Ele se livrou dos restos carbonizados de sua capa branca, rasgando um longo pedaço. Marius amarrou o pulso do Naja com o pedaço de tecido, prendendo a outra ponta ao seu próprio pulso, e então se sentou com relutância no telhado.

O Naja olhou para ele com uma zombaria descarada.

— Tenho certeza de que seu sorvete preferido é o de baunilha.

— Por que você diz "baunilha" nesse tom? Baunilha é uma especiaria extremamente cara!

A chama saltitante de alegria no rosto do Naja se transformou em um brilho divertido.

— Certo, garoto baunilha. Concordo que a dama é adorável. Fico feliz por você ter conseguido vivenciar paz ao luar, olhar para ela e pensar ó.

— Ó? — Marius repetiu, em dúvida.

— Ó. O *ó* é em itálico para sugerir uma revelação — O Naja disse a ele com severidade.

— Eu não sei o que significa "itálico" — Marius murmurou.

— É como uma palavra marcada para dar ênfase. Meu argumento é que você precisa de alguém com quem possa conversar. É de cortar o coração que durante anos você nunca tenha tido uma conversa que durasse mais do que um punhado de minutos até a noite cintilante com Lia na sacada iluminada pela lua.

Então o Naja estava começando a ter alucinações dramáticas.

— Eu tive conversas que duraram horas. Com você! Ainda pior, com o clube do livro!

— Se não fosse por mim, você não teria falado com ninguém.

— Eu poderia ter falado!

O Naja balançou a cabeça, convencido da falta de habilidade social de Marius. Aquilo era insultante. Havia chances de o Naja estar certo, mas ele não podia ter certeza.

— Além disso, eu não conversei com Lia por horas — Marius observou.

— Nós conversamos por cinco minutos. Se você queria que conversássemos por horas, talvez devesse ter reconsiderado a traição!

A queima de fogos terminou. O rosto do Naja murchou.

— Eu não queria ter estragado a cena romântica na sacada.

A única vez que ele sabia o que o Naja estava tentando dizer, e era terrível.

— Não gostei da insinuação de que eu quebraria meu juramento.

Todos sabiam das regras da Torre de Marfim. Nada de prazeres violentos, nada de fins violentos. Era proibido tocar em vinho, mulheres ou armas. Ninguém acreditava que um Valerius poderia manter essas promessas que Marius tinha feito. Mas ele cumpriria. Deveria cumprir.

O Naja sugeriu, hesitante:

— Com certeza, com a mãe de Lady Rahela...

— Eu nunca quebrei meu juramento com Lady Katalin.

Muitos acreditavam que Marius tinha quebrado, mas ele sempre achou que o Naja sabia tudo sobre ele.

Marius deixava as pessoas acreditarem nas fofocas sujas. Ele havia retornado à corte por seu rei, mas Otaviano estava distante e Lucius estava morto. Marius não podia ir para os campos de treinamento ou tavernas, e podia nunca mais voltar para casa. Embora tivesse dezoito anos e já fosse um homem adulto, ele sentia falta de sua mãe. A dama era adorável, tinha cabelos como sombras e uma risada como ouro, e tinha experiência suficiente para saber que ouvir era mais importante do que ser adorável. Era humilhante ele ter deixado segredos escaparem não por ela ser bela, mas porque ele foi tolo o bastante para achar que ela era boa.

— Eu não tinha certeza — o Naja disse com gentileza. — Mas já devia saber. Você é um homem de uma mulher só.

— Eu não sou homem de nenhuma mulher! — Marius retrucou. Quando o rosto do Naja ficou excepcionalmente assustado, ele esclareceu. — Não sou homem de ninguém! Eu fiz um *juramento*.

Otaviano e Lucius faziam piada sobre a outra questão quando eram jovens, provocando Marius por ele se recusar a entrar em prostíbulos. Os soldados faziam piadas similares sobre o filho mais velho do General Nemeth. Considerando como Lorde Fabianus bajulava o Naja, Marius suspeitava que aquelas piadas tinham um fundo de verdade. Marius desgostava profundamente de Lorde Fabianus, mas o homem era inofensivo.

Marius não era. Marius não podia jamais amar alguém. No baile, Lady Lia tinha sido bela como um sonho de primavera em uma noite de inverno. Ela era importante para Marius porque ele tinha feito bem em ajudá-la. Ele nunca desejou fazer mal a ela, mas, se havia especulação sobre eles, ele já havia feito.

Um Valerius não conseguia não machucar alguém que se aproximasse.

Um Valerius se apaixonava como quem cai de um penhasco de gelo em águas escuras. Rápido o suficiente para quebrar o pescoço, o amor era como uma sentença de morte. A memória de uma porta se partindo e gritos ecoavam nos ouvidos de Marius. O amor de um Valerius era um peso que arrastaria seu amado para debaixo do gelo até se afogar.

Amor era impossível. Amor era um pecado imperdoável. Marius queria uma luz guia.

— Na Torre de Marfim — o Naja começou a dizer com delicadeza. — Há aquela casa de mulheres no vilarejo ao pé dos Penhascos da Solidão...

Era isso que acontecia quando um homem tinha espiões pelo reino. Espiões tinham mentes sujas.

— As pessoas não deveriam acreditar no pior sobre mulheres que vivem sozinhas.

Claramente, a dama da casa era uma viúva que se mudara para um lugar remoto perto de um homem virtuoso e caridoso, a fim de obter assistência financeira para criar suas muitas filhas.

— Doce rolinho de canela. É bom demais para este mundo, puro demais.

O Naja parecia confuso. Era justo, já que ele sempre deixava Marius confuso.

— Na Torre, quem confessava ter pensamentos impuros era açoitado com um galho de abrunheiro enquanto ficava ajoelhado na beirada dos penhascos de gelo.

— Afe!

O som espantado saiu do peito do Naja como se ele não fosse capaz de reprimi-lo. Marius piscou, confuso.

— É o padrão.

Os outros estudantes nunca confessavam tão frequentemente quanto Marius, mais adequados aos estudos e mais puros de coração do que ele. Os métodos da Torre de Marfim foram aperfeiçoados durante anos de julgamento e tradição, e eram extremamente eficazes. Depois de suficientes açoitamentos e noites ajoelhados no vento dos penhascos, os pensamentos impuros eram quase completamente banidos.

— Eu me esqueci dessa parte. — O Naja fez cara feia. — Por isso você é tão intenso.

— Não sou intenso — Marius disse. — Eu tenho fé. Eu tenho honra. Você nunca entenderia.

A boca do Naja se retorceu formando a expressão amarga que ele fazia quando estava julgando alguém em segredo.

— Talvez eu tenha meu próprio tipo de honra.

— Só existe um tipo de honra!

— Isso é uma questão de opinião. Ou você acha que só um tipo de opinião conta? Eu nunca entendi por que você se preocupava se as pessoas soubessem que você contou segredos para uma mulher mais velha e glamorosa. Você não é um homem de caráter? Caráter não é quem você é quando ninguém está lá para ver?

Marius abriu a boca para argumentar que estava protegendo a honra de sua *família*, e a fechou, balançando a cabeça. Aquela não era toda a verdade. A verdade era que ele pensava mal o bastante de si mesmo. Ele não queria que o mundo concordasse.

A verdade ardia. Era vergonhoso que Marius se preocupasse.

As pessoas na corte espalhavam o boato de que o Naja era secretamente de origem camponesa. Marius via o que eles queriam dizer. Popenjoy não compreendia os valores da nobreza ou da reputação imaculada.

Isso era a prova de que o homem era ordinário, tanto no nascimento quanto em todos os outros aspectos.

Pela primeira vez, o famoso Naja Dourada não estava todo adornado com tesouros, mas sentado no telhado com roupas escuras e simples, joelhos próximos ao peito, cabelos longos soltos e caindo sobre os ombros. Ninguém que o visse pensaria que ele era um nobre.

Marius se sentiu como se sentia com frequência perto do Naja: que ele tinha recebido um enigma tremendamente complicado para resolver.

Ele perguntou lentamente:

— Esse é quem você é de verdade? Lorde Popenjoy é o disfarce?

O Naja acenou com a mão.

— Todos eles são disfarces.

— Você parece tão à vontade no Caldeirão quanto no palácio.

O Naja apoiou o queixo no punho, olhos cheios de fogos de artifício refletidos.

— Todo lugar aonde eu vá é o mesmo lugar. Todo lugar é longe de casa.

— Você quer ir para casa?

Pela forma estranha como o Naja falava, Marius acreditava que ele devia ser de terras impossivelmente distantes, com costumes diferentes de tudo o que Marius conhecia. Marius não conseguia imaginar tal reino, mas com a palavra "casa" a mente de Marius sempre voltava à casa de sua infância. O lugar para onde ele nunca mais poderia ir. Era estranho que ele e o Naja pudessem ter alguma coisa em comum.

— O passado é outro país, os Estados Unidos nunca foram os Estados Unidos para mim, e além disso... — O Naja deu de ombros. — Eu tentei. Minha mãe pagou o preço.

Fogos de artifício explodiram em branco ardente e escarlate pela face rachada da lua. A mesma coisa acontecia dentro do crânio de Marius. O Naja sempre pareceu existir totalmente sem contexto, sem infância e sem conexões, solto e, por fim, irreal.

— Você teve *mãe*?

— Você a conheceu. — O Naja falou como se não estivesse empunhando um chicote de roldão verbal. — Ela era uma mulher da minha casa, morta por ordens do rei.

Tinha sido muito tempo antes, mas Marius se lembrava. Marius tinha ficado furioso por ser chantageado, mas o Naja continuava garantindo que Marius não ficasse sozinho nas festas, perguntando aos criados sobre suas vidas e encontrando meninas tímidas e esquecidas para dançar. Uma vez, Marius acreditou que devia haver um motivo para o Naja recorrer à chantagem. Ele nunca fora bom com palavras, mas estava planejando perguntar o motivo ao Naja.

Então a criada do Naja cometeu traição. O Naja passou o ano seguinte bebendo e construindo seu prostíbulo dourado. Marius perdeu todo o desejo de compreendê-lo.

— Como, exatamente, aquela mulher era sua mãe?

Ela era de fora da cidade e, por sua aparência, provavelmente não tinha parentesco de sangue com o Naja.

— Ela era minha mãe porque eu acreditava nisso, e ela acreditava nisso também — o Naja respondeu com firmeza. — Ela me salvou quando me adotou. Meus pais biológicos morreram quando eu era pequeno.

Finalmente uma tragédia que Marius conseguia entender.

— Eles foram mortos pelos mortos-vivos?

— Bem, não.

— Praga?

— É claro, praga — concordou o Naja. — Minha irmã me criou. Ela me levava ao teatro e me ajudou a conseguir uma bolsa de estudos em um lugar que tinha um programa de teatro, mas seu marido não me deixava chamá-la de mãe. Aquilo era para seus filhos de verdade. Eu não o culpo. Eu era um fardo. Isso torna o que eu fiz pior. Eu insisti em voltar para um lugar onde ninguém sentia minha falta.

Os fogos criavam formas sem importância no escuro. O discurso do Naja era, da mesma forma, ininteligível. Marius já tinha passado dias sem o fluxo de coisas sem sentido do Naja. Ele acreditava que era o que queria, até se encontrar sozinho no silêncio.

O silêncio seria infinito se o Naja estivesse morto.

— Por que sua irmã não sentiria sua falta? — Ele pigarreou. — Eu... eu sinto falta da minha.

O Naja colocou a mão sobre o braço de Marius.

— Eu sei.

Aquilo levou Marius a fazer uma pausa, se lembrando do Naja jogando um sorriso e uma joia nas mãos de uma criança de rua. Ninguém tinha tocado em Marius, exceto Lady Lia graciosamente aceitando sua mão para uma dança, desde que ele e o Naja se afastaram. As pessoas evitavam tocar em um Valerius, mesmo da maneira mais casual.

— Isso é pena?
— É afeto. Você não conhece afeto?

A voz do Naja vivia à beira de uma risada. Essa não era uma situação para risadas.

Valerius tendiam a se casar com primos. Amor era perigoso, mas herdeiros eram necessários. Sempre deveria haver um duque para defender a terra.

As mulheres Valerius eram apagadas como uma camuflagem protetora, mas, uma geração atrás, uma prima distante foi declarada uma beldade. Ela fez uma visita, acompanhada por uma irmã simples. O jovem duque, pai de Marius, foi arrebatado à primeira vista.

Arrebatado, apaixonado, enfeitiçado. Todas as palavras para o amor eram violentas, e Marius sabia o porquê. A beldade foi encontrada com o pescoço quebrado. O duque se casou com sua irmã apagada no dia seguinte.

A duquesa vivia na ala leste. Marius via sua mãe apenas quando se reuniam no grande salão para louvar os deuses perdidos. Quando seu pai se enfurecia, homens adultos se encolhiam. A duquesa dizia:

— Decoro, milorde.

O duque se acalmava com ressentimento. Nos dias de festa, eles se comportavam adequadamente. Depois da festa, ela acendia uma vela para a grande deusa e eles se ajoelhavam. A vela projetava um círculo dourado-claro na parede, pequeno como o reflexo de uma moeda.

O duque não tinha grande consideração por sua esposa. Marius tinha muita consideração por sua mãe.

A linha direta dos Valerius normalmente seguia de filho único a filho único. A mãe de Marius teve uma segunda criança quando Marius tinha oito anos. Seu pai perdeu o interesse quando soube que era uma filha.

Duques da família Valerius usavam um manto de guerra com capuz chamado caracallus. Marius envolveu a bebê para mantê-la aquecida na mansão fria, e sua mãe deu o nome do manto a ela. Garotos de sua própria idade temiam Marius, mas, quando ele a carregava para a cama, Caracalla colocava seus braços de bebê ao redor do pescoço do irmão com perfeita confiança. Depois que ela estava em segurança, Marius ficava sentado em frente à porta trancada ouvindo a duquesa cantar sobre o berço de sua irmã.

Uma vez, seu pai chamou sua mãe quando Marius estava do lado de fora escutando escondido. Quando a duquesa passou, Marius sentiu a curva da mão dela tocar brevemente em seu rosto.

Marius sabia o que era afeto.

Ele desprezou internamente a mão do Naja, quente em seu braço.

A luz lançada pela vela de sua mãe na parede brilhava, atenuada pelas sombras dos anos. A verdade era um pequeno e precioso círculo de iluminação e santidade. Essa profusão impulsiva de luz e calor devia ser falsa.

— Você diz que uma criada criminosa era sua mãe?

— Sim, minha mãe era uma criada. — A voz do Naja colocou mil quilômetros congelados entre eles. Mais uma vez, Marius experimentou a sensação desorientadora de que um traidor chantagista estava furioso com ele. — Então para você ela mal era uma pessoa de verdade. Você sabe o nome de algum de seus criados?

Nenhum que lhe viesse à mente, mas Marius tinha certeza de que se lembraria de vários em alguns instantes.

— Eu nem sei o *seu* nome.

Ele jogou aquele lembrete como um dardo amargo e afiado. O Naja abriu um sorriso para ele.

— Quer saber de uma coisa engraçada? Eu nunca dei um nome ao personagem.

O personagem, como se o Naja estivesse escrevendo uma peça que era sua própria vida. Se as pessoas construíssem estradas da forma como o Naja conduzia conversas, elas se enrolariam em uma rota cênica sinuosa e depois despencariam descontroladamente no oceano.

Marius insistia em um destino.

— Do que sua mãe te chamava?

— Do meu nome verdadeiro. — Popenjoy piscou. — Esta conversa deve ser confusa para você.

Conversas com você sempre são, Marius quis dizer, depois se lembrou de que podia dizer o que quisesse para o Naja agora. Ele tinha sonhado com isso.

— Conversas com você sempre são. — Já que Marius estava autorizado a falar, sua voz saiu suave o suficiente. — Eu continuo me perdendo, mas talvez possa encontrar meu caminho.

Havia diversão naquela voz irritante.

— Duvido. Já que serei executado, esta é nossa última conversa. Você vai achar mais fácil ganhar discussões comigo quando eu estiver morto.

Mesmo assim, Marius temia não ganhar. O homem tinha uma língua que irritava até você conhecê-lo, momento em que passava a irritar ainda mais. O Naja estava zombando durante seu caminho até o túmulo.

— Pare. Eu não teria nem um nome para colocar na pedra.

O Naja apontou para Marius, triunfante.

— Não será problema. Eles jogam os corpos de traidores na ravina.

Marius não era uma criança, então não podia tapar os ouvidos com as mãos. Em vez disso, segurou a cabeça entre as mãos.

— Você *pare*!

O Naja disse, inexplicavelmente:

— Eric.

Marius levantou os olhos.

— O quê?

Fogos de artifício lançavam-se na direção da lua em traços dourados, clareando a noite em um falso amanhecer luminoso.

O Naja abriu um sorriso fraco.

— Meu nome.

— Eric — Marius repetiu com incerteza.

Não parecia combinar.

— Eric Mitchell. Um nome muito comum no lugar de onde eu venho. Eu era um garoto muito comum. Sem dúvida, teria crescido para ser um homem muito comum.

O infame Marquês de Popenjoy. O Naja Dourada. Eric. Um homem muito comum.

Marius ecoou o tom zombeteiro de antes do Naja.

— Duvido.

Finalmente uma pista para o enigma em vez de algo que acrescentasse à sua confusão. Finalmente alguma verdade.

Lá embaixo do telhado onde eles estavam, a cidade se agitava.

— No dia em que nos conhecemos — Marius começou a dizer.

— Eu já pedi desculpas várias vezes pela chantagem.

— Isso não importa — Marius disse com impaciência. — No dia em que nos conhecemos, você disse "você é meu ídolo número um".

— Eu disse? — O Naja fez uma expressão comicamente constrangida. — Afe!

Era tão raro ver o Naja aturdido que Marius abaixou a cabeça para esconder um sorriso.

— Foi a primeira coisa incompreensível que você me disse. "Um" é um número e um ídolo é uma imagem de uma divindade. Você podia muito bem ter dito "Sou seu pato de madeira número cinco". O que você quis dizer?

— Significa que quero que você vença.

Que gentil, mas:

— Vencer o quê?

— O triângulo amoroso! — O Naja franziu a testa. — Isso não está certo. Uma pessoa não é um prêmio para ser conquistada. O que isso realmente significa é que eu amo ver como você vive. Eu quero que você seja feliz, e que todos reconheçam que você é o melhor.

— O melhor em quê? — Marius perguntou em voz baixa. — Luta?

O Naja nunca demonstrara o menor interesse em proezas marciais.

— Não — o Naja respondeu rapidamente. — Falando nisso, nunca enfrente o guarda de Lady Rahel. Você não vai ganhar.

Marius ficou branco de surpresa.

— Eu não perco.

O Naja zombou.

— Tanto faz. Isso não importa.

— E o que importa?

Quando Marius arriscou um olhar para o Naja, ele estava olhando para a cidade, pensativo. Fogos de artifício transformaram brevemente a faixa prateada do rio em ouro.

— Você se esforça tanto para fazer a coisa certa.

Era estranho perceber que alguém tinha notado o esforço meticuloso que ele achava que passava despercebido. E mais estranho ainda era que fosse esse alguém.

— Se eu tentar te entender — Marius disse em voz baixa —, você vai explicar o que está acontecendo?

Os últimos fogos de artifício explodiram em silêncio na noite, uma efêmera coroa prateada que brilhou contra um céu preto com um leve traço de azul, como se uma única lágrima tivesse caído em um pote de tinta. Os últimos fogos do rei. A última luz até o verdadeiro amanhecer.

Com a voz grave, Eric disse:

— Imagine que houvesse um livro.

Ah, não. Marius se preparou para uma metáfora literária.

— Imagine que alguém pudesse abrir um livro contando a história deste lugar, folhear pelos pensamentos das pessoas, saber os segredos de seus corações, e você fosse o preferido... — Eric parou quando viu a expressão de Marius.

Seu rosto havia se contorcido com seu estômago, nauseado só de pensar na ideia.

— Eu detestaria que alguém lesse os segredos do meu coração!

Se alguém soubesse por que ele tinha ido para a Torre de Marfim, Marius teria que se lembrar da vez em que encontrou a porta da ala leste quebrada. A porta que devia estar trancada e aferrolhada, para manter sua mãe e sua irmãzinha em segurança.

— Esse foi nosso problema, eu acho. Não me mate — Eric acrescentou.

A velha e terrível fúria recaiu sobre Marius, cobrindo o turbilhão escuro de seu sofrimento como chamas tocando piche. Era culpa do Naja que Marius se sentisse assim. O Naja era como todos os outros, chegando a conclusões quando Marius não estava tentando machucá-lo. Quando Marius tinha, na verdade, sido permissivo até demais. Marius deveria derrubar esse criminoso ali mesmo.

— Pare de falar em enigmas. Por que Lady Rahela quer aquela chave? Por que você está fazendo isso?

O Naja sorriu, fascinante e horrível.

— Por causa de meu coração perverso e podre. O que deu em você? Eu parei de te atormentar.

— Você ainda está me atormentando.

Havia um ruído em sua própria voz, como o barulho de correntes. Isso o aterrorizou. Ele nunca tinha se permitido pensar em ser infeliz.

Eric o encarou e balançou a cabeça.

— Não havia necessidade de você sair em uma missão solitária para me perseguir. Você viu alguém roubando o rei? Chame os guardas.

— Eles cortariam sua cabeça!

As sobrancelhas erguidas do Naja eram um desafio.

— E daí?

— Você ser executado não me traria respostas — retrucou Marius. — Você está mentindo para proteger um segredo. Ter você arrastado para a execução não vai me dizer o que preciso saber.

— Ótima notícia. — O Naja se levantou e se espreguiçou, com as mãos unidas sobre a cabeça, o corpo um arco contra o céu iluminado. — Como não vou ser arrastado, vou para casa. Vá me pegar para a execução a hora que quiser.

Marius ficou olhando para o próprio pulso, ultrajado. Ele nem tinha notado quando as mãos ágeis do Naja desamarraram o tecido que os unia.

Por um instante, ele ficou confuso sobre por que o Naja tinha desamarrado o lado de Marius. Sua pergunta foi respondida quando o Naja amarrou a tira de material ainda branco na calha e desceu para outra carroça que passava, rolando da carroça para os paralelepípedos com uma graça acrobática.

Marius era treinado para aguentar uma queda de um cavalo de guerra. Ele pulou, caindo do lado do Naja. Voltaram em silêncio para o palácio, suas paredes douradas ainda nas sombras, mas clareando lentamente com o nascer do sol.

Da última vez que ele havia acompanhado o Naja até em casa, o Naja estava bêbado. Ele cantava em uma colher grande que chamava de microfone, um sinal de que ele devia ser levado embora e colocado na cama. No caminho, o Naja parou sobre as muralhas que davam para Themesvar.

— É incrível esta cidade ter sido imaginada — ele havia dito.

— E toda cidade não é imaginada? — Marius perguntou, e, com o olhar interrogativo do Naja, acrescentou: — Alguém teve que pensar em construir uma casa. Várias pessoas tiveram que pensar em construir um porto.

Lentamente, o Naja assentiu.

— Todos estamos vivendo em nossa imaginação. Ame a história em que está, a música que fez, a cidade com que sonhou. Eu mesmo sou um garoto da cidade.

Naquele momento, sua luz intensa parecia se confundir em um brilho mais suave. Ele era sempre um turbilhão de movimento rápido e pensamento ainda mais rápido, som e luz animados. Marius compreendeu o que ele queria dizer. Um garoto da cidade. Um garoto como uma cidade.

— Obrigado por ser real — acrescentou o Naja.

Aquela foi uma noite, e essa era outra.

O mundo tinha dado errado anos atrás. Marius não sabia como consertá-lo.

— Você *não pode* simplesmente ir para casa.

— Me impeça — o Naja respondeu, fatigado. — Ambos sabemos que você é capaz.

O Naja bateu na própria porta, anéis ilegais se chocando com a madeira.

Marius virou as costas.

Sete anos antes, a porta da ala leste tinha sido estilhaçada. Os homens de seu pai a haviam quebrado. Marius se recusou a pensar no que ele havia feito, mas a raiva ainda ardia. A tempestade de calor em seu próprio peito, a mesma emoção que quebrava pescoços e pintava campos com sangue.

Marius era uma mansão de pedra fria, mas a fumaça poderia encher os corredores até sufocar. O fogo poderia consumir até restar apenas um esqueleto carbonizado.

Sem família, sem amigos, sem amada. Ele era um Valerius. Não era seguro.

A verdade o atingiu. Marius girou, jogou o Naja contra a parede e encontrou a chave do rei. A chave que ele tinha roubado quando tocou no braço de Marius.

— Afeto, não é? — ele perguntou gelidamente.

Com a mão de Marius segurando com força seu gibão, o Naja deu de ombros.

— Valeu a tentativa.

— Seu *vilão* — Marius rosnou.

Eric piscou.

— Você sabe disso.

Ele usou o instante de choque de Marius para empurrá-lo para trás. A criada do Naja manteve a porta aberta para seu senhor, lançando um olhar venenoso para Marius. Marius ficou furioso ao perceber que não tinha ideia do nome dela.

A porta bateu na cara de Marius. Não importava. Ele voltaria com um exército para derrubá-la.

Primeiro, ele deveria compartilhar a verdade que o Naja tinha deixado escapar.

Marius não se lembrava do nome da criada traiçoeira do Naja, sua "mãe" executada. Ele se lembrava de seu crime. Ela havia sido pega no ato de arrancar uma flor. Esta noite, Eric tinha roubado a chave da estufa real.

Lady Rahela e o Naja estavam atrás da Flor da Vida e da Morte.

22
Os Olhos de Milady não São Como o Sol

A parede bateu em suas costas como um golpe. O Imperador fechou a mão ao redor de sua garganta. Emer encarou seu rosto odioso. Eles sempre tinham sido inimigos. No início, ela o desprezava. O medo veio depois.

— Você sabe — o Imperador perguntou, sorrindo — com que frequência eu penso em te matar?

A Donzela de Ferro segurava um machado sob o avental e se preparava para vender sua vida.

Em vez disso, as pálpebras do Imperador encobriam a loucura ardente de seu olhar.

— Eu não vou te matar porque ela não teria desejado isso.

Emer se deu conta de que estava decepcionada.

— Lia se foi. O que ela queria não importa. Nada importa agora.

Era do Ferro, Anônimo

A porta se abriu. A senhora de Emer avançou. Emer buscou discretamente em cima da cômoda por um objeto que pudesse servir de arma.

A vida de uma criada na corte era difícil, mas uma luta era simples. Empunhando um machado quando os mortos atacaram a Corte do Ar e da Graça, ela tinha se protegido. Ela tinha protegido Lia.

Ela não podia usar um machado para se proteger das garotas rindo de sua cara, nem dos homens fazendo avanços. Bem, *podia*, mas seria executada. Não valia a pena. Se ela e Rahela fossem arrastadas para a prisão, no entanto, Emer poderia esfaquear um guarda e fugir. Havia lugares para se esconder nas montanhas. Ela poderia servir como uma das guardiãs da Oráculo, ou se tornar uma bandoleira.

O Naja Dourada entrou. Emer ficou chocada com seus trajes sensatos.

— Achei que fosse o Chave — disse Rahela.

— Fico feliz em dizer que não sou — disse o Naja. — Aquele garoto não é muito certo.

Atrás de Rahela, Emer confirmou com a cabeça. Era verdade que Lorde Popenjoy sabia de tudo.

Rahela puxou as lapelas de um robe de cetim vermelho que tinha jogado sobre os farrapos de seu vestido de rubi e cobras.

— Chave está na Sala do Pavor e da Expectativa para ser açoitado quinze vezes por salvar Lia. Emer sabia onde Lia mantinha unguentos e bandagens para visitar os miseráveis, então nós os roubamos. Você sabe onde podemos arrumar um médico?

— Quinze vezes! — repetiu o Naja.

Os olhos dele encontraram os de Emer, o olhar entre eles pesado com uma consciência velada.

Era possível sobreviver intacto a cinco chibatadas, até dez, com um chicote encantado. Não quinze. Se sobrevivesse, Chave seria uma massa de carne arruinada, incapaz de andar ou cuidar de si mesmo, muito menos de voltar a lutar. Sua senhora não parava de falar sobre a recuperação de Chave, ignorando alegremente o fato de que ele provavelmente estava morto.

Emer supôs que Rahela não quisesse encarar a verdade. Ela havia deixado aquilo acontecer. Se realmente se importasse, teria falado por ele. Mas o que é a vida de um criado em comparação ao entretenimento de um nobre? A senhora de Emer não arriscaria ser banida dos prazeres da corte. Ela não falou.

Popenjoy perguntou:

— Curiosa sobre nosso acesso à Flor da Vida e da Morte?

Rahela parou de puxar as lapelas e agarrou no braço do Naja.

— Você conseguiu pegar a chave?

— Consegui, fui forçado a uma perseguição sob o luar pelos telhados, depois Marius jogou a chave no maldito rio!

A senhora de Emer fez uma série de gestos extraordinariamente expressivos enquanto o Naja falava, suas mãos se entrelaçando de alegria, cerrando-se de expectativa e depois torcendo-se de horror.

Surpreendente o quanto essa chave valia mais em comparação a outra. Qualquer que fosse a travessura que Rahela estava tramando, a trama dificilmente era uma questão de vida ou morte.

A senhora de Emer retirou-se para a janela da antecâmara com a mão sobre a boca. Ela ficou olhando para o abismo pelo vidro tingido de vermelho. O Naja a analisou com preocupação.

Ele fez uma piada que Emer não entendeu.

— Personagens secundários não deveriam ter que lidar com esse lixo. Era para Marius ter uma cena romântica na sacada!

O lorde estava falando coisas sem sentido, mas eram coisas sem sentido eficazes. Ele convenceu Rahela a sorrir.

— Uau. É quase como se seu romance não estivesse destinado a acontecer.

— Eu não preciso ouvir essas coisas.

Nem Emer. Ela não queria ouvir especulações sobre que homem era digno da mão de Lady Lia. Parecia não ocorrer a ninguém que a escolha deveria ser de Lia.

Como se alguém no palácio pudesse fazer suas próprias escolhas.

Emer tossiu com ênfase.

— Milorde, milady. Com licença. Quando é que o Última Esperança vai mandar soldados para nos prenderem e executarem?

O Naja girou o banco de Rahela para ele com o pé, sentando com um suspiro dramático. Ele não estava usando suas enormes mangas douradas para abaná-las como um morcego brilhante e empolgado, mas parecia que mangas eram um estado de espírito.

— Você está ficando afiada conosco. Por favor, lembre-se: palavras afiadas são aceitáveis! Machados afiados, nem tanto. Fique calma, Emer. Embora eu entenda o pânico, porque nosso plano desmoronou. Nosso plano precisa de repouso e do ar do mar. Marius não me prendeu porque ele acredita que você e eu estamos conspirando juntos, Rae. Ele jurou descobrir nossa trama perversa. Eu imagino que ele vá levar suas suspeitas, junto com a chave, para o rei.

Uma batida à porta fez todos saltarem como se fossem a flecha de um arco.

— Então o Última Esperança acha que estamos conspirando juntos, e agora alguém vai nos encontrar... conspirando juntos... — murmurou Rahela.

— Eu poderia pular pela janela — sussurrou o Naja.

— Vá em frente, milorde — Emer convidou.

— A janela dá para a temível ravina! — exclamou Rahela.

O Naja lançou um olhar entretido na direção de Emer. Ele era um homem bem-humorado, ela tinha que admitir. Era uma pena ele ser um libertino desavergonhado.

— Mande embora quem quer que esteja na porta, milady! — Emer disse.

Como ninguém tinha aberto a porta, não era o rei nem nenhum nobre de alto escalão. Rahela podia mandá-lo embora e ficar em segurança.

Rahela mexeu na lapela do robe.

— Devem ser guardas trazendo Chave de volta.

Agora ela fingia se importar. Emer perdeu a paciência.

— Sua reputação já não passa de retalhos. Quer botar fogo nos retalhos por um selvagem da sarjeta?

— Não vamos punir as pessoas pelo lugar onde nasceram. — O Naja fez uma pausa. — Vamos puni-las por serem assassinos insanos.

Rahela cruzou os braços.

— Chave não fez nada de errado!

O Naja disse:

— Não consigo acreditar nisso.

— Ele não fez nada de errado dessa vez! Chave estava protegendo Lia. E eu. Sou a mentora dele. Sou responsável por ele.

Ao ouvir a palavra "mentora", o Naja lançou um olhar de lado profundamente dúbio para Rahela.

A senhora de Emer subiu em uma torre de marfim e escarlate e caos e disse:

— Entre!

Dois guardas com o uniforme real entraram, arrastando Chave. Sua cabeça repleta de cabelos pretos estava pendurada, os ombros arqueados como um abutre torturado. Seus pés se arrastavam, o corpo estava mole. Um rastro de sangue manchava o mármore branco atrás dele.

Ele estava vivo.

Ainda mais chocante, ele estava consciente. Ele murmurou alguma coisa.

Um guarda riu. Todos os guardas tinham ficado irritados quando um pobretão do Caldeirão recebeu um cargo no palácio. Quando Chave podia se exibir no andar de baixo, com sorriso e facas brilhantes, eles tinham medo demais para fazer mais barulho do que os ratos da cozinha. Agora que Chave estava indefeso, eles podiam extravasar tanto rancor quanto quisessem. Era por isso que não era possível se permitir ficar indefeso. Por ninguém.

— Espero que tenha aprendido a lição, pirralho da sarjeta. Qual é ela?

O outro guarda puxou para trás um punhado de cabelos pretos para mostrar o rosto de Chave, sua pele dourada horripilantemente pálida sob o sangue espalhado.

Vermelho manchava o sorriso selvagem de Chave.

— Eu ainda consigo te derrubar.

Mesmo que Chave não pudesse se levantar, o guarda deu um passo para trás. Chave cambaleou e quase caiu.

— Naja, me ajude! — Rahela correu para a frente.

Lorde Popenjoy foi se desenrolando até ficar de pé, em sua altura considerável. Emer viu quando os guardas reconheceram o homem vestido com simplicidade no quarto da dama como o Naja Dourado, cujo mero nome já era um escândalo. Milady, milady, por quê? Eles apedrejavam meretrizes em praças da cidade! Emer se encolheu. Rahela e o Naja estavam ocupados, meio carregando, meio puxando Chave na direção da cama de Rahela.

A cama dela! Lady Rahela e o Naja não podiam ver um desastre que não quisessem piorar.

As víboras colocaram Chave com esforço sobre o colchão. Ele estava envolto em um pedaço de linho branco grosseiro, o tecido com que envolviam os corpos antes de jogá-los na ravina. Os guardas da Sala do Pavor e da Expectativa já tinham colocado Chave em sua mortalha. Quando o linho arrastado ficou preso em uma coluna da cama e arrancou o sangue seco e as feridas abertas, Chave fez um som através dos dentes.

Rahela murmurou palavras de conforto. O Naja deu um tapinha no braço de Chave. Eles precisavam de uma praticidade fria e calculista, mas, na verdade, o notório Naja Dourada era uma pessoa sensível.

De barriga para baixo, com o rosto em um travesseiro, Chave abriu um pouco um olho.

— Achei que você tinha medo de mim.

O Naja ergueu uma sobrancelha.

— Não é nada pessoal. Tenho medo de todos os assassinos.

Os guardas riram do covarde da corte.

— Mas você está do meu lado agora? — Chave perguntou.

O Naja olhou para as costas de Chave sangrando através do linho e suspirou em uma rendição irritada.

— É claro. Senhor Amizade-é-magia-obscura.

Com esforço, Chave estendeu a mão. O Naja sacudiu a cabeça com melancolia para si mesmo ou para o mundo, e bateu na mão de Chave com gentileza. Então sua máscara de boas maneiras se encaixou novamente, com uma atitude mais aristocrática do que suas joias. Lorde Popenjoy se virou para os guardas com um brilho dourado no olhar escuro. O sorriso zombeteiro de seus lábios lembrou Emer de sua senhora.

— Eu teria subornado vocês para saírem, mas vocês tiveram que ser rudes. É melhor tomarem cuidado. Eu sou a definição de repreensível. E eu adoro um homem de uniforme.

Um guarda literalmente se virou e fugiu. O outro hesitou na porta e, então, murmurou:

— Eu saio do trabalho às quatro.

O Naja deu uma risada de surpresa e logo se juntou a Rahela, vasculhando a cesta de remédios. De repente, Emer o odiava. Flertando no quarto de sua senhora. Chamando sua senhora de *Rae*. O Naja era dono de um covil dourado de meretrizes, e ainda assim as pessoas falavam sobre os modos pecaminosos de Lady Rahela. A mancha que Lorde Popenjoy podia limpar em um dia marcaria uma mulher para sempre.

Enquanto Rahela cortava bandagens em faixas, Chave estendeu a mão, então vacilou, hesitando até em encostar nela. Sua mão caiu como se ele não se sentisse digno de tocar nela.

Seu rosto estava da cor de osso velho em contraste com os travesseiros de cetim escarlate.

— Eu não queria que eles me trouxessem para cá. Você não gosta de sangue.

Rahela ajoelhou ao lado da cama. Seus lábios se curvaram, a pinta preta elevando-se como um navio condenado sobre uma onda enquanto ela tentava sorrir para ele.

— Víboras juntas, lembra? O mal vence, finalmente. Eu vou cuidar de você.

Chave olhava como se estivesse vendo a própria alma em um espelho. Como se ele fosse um tubarão faminto; ela, o único sangue no mundo; e todo o resto, águas amargas.

O Naja se encostou na coluna da cama. Seus olhos encontraram os de Emer, gritando silenciosamente.

Emer ficou feliz por outra pessoa também ficar surpresa e horrorizada para variar.

— Vou me livrar disso. — Emer pegou o linho ensanguentado, embora limpar não fosse seu trabalho como criada de uma dama.

Emer desceu as escadas sinuosas, deixou o linho na lavanderia e saiu escondida para um pátio lateral. Ela olhou para um lado, depois para o outro, ajoelhou ao lado da cova rasa ao pé de uma árvore decorativa e desenterrou a espada curta enterrada ali.

Era um acordo que ela e Chave haviam feito. Ele ensinava a Emer alguns movimentos com a espada e em troca ela lhe ensinava o alfabeto. Mesmo se Chave sobrevivesse, ele não lutaria novamente. Ela nunca avançaria no treinamento agora.

Ela executou os movimentos que ele lhe havia ensinado, por mais desesperançoso que fosse. A luz da mais alta torre ardia sobre ela como uma estrela. O ar noturno pousava palmas frias em suas bochechas quentes.

— Você se movimenta bem — uma voz masculina disse, autocrática e inesperada.

O coração de Emer deu um salto e foi parar em sua garganta, como se tivesse engolido um sapo. Ela o engoliu enquanto fazia uma mesura para o Lorde Marius Valerius.

Embora conversas-surpresa com a nobreza sempre fossem notícias ruins, Emer se sentiu cautelosamente satisfeita com o elogio dele. Todos sabiam que Lorde Marius teria sido o maior guerreiro de sua geração se tivesse completado seu treinamento. Quando Chave tentou ensiná-la, Emer notou seus esforços sinceros para permitir que ela acertasse golpes nele. Emer presumiu que devia ser terrível.

— Obrigada, milorde.

— Você é a moça que modificou o vestido de Lady Lia para mim — disse a voz fria e severa de Lorde Marius. — Qual é o seu nome?

Ah, não, por que isso estava acontecendo? Emer culpava o Naja Dourada pela repentina curiosidade sobre a identidade dos criados. O Naja estava sempre rondando no andar de baixo, tentando interagir como se fosse igual aos criados. Emer não era como ele. Emer não tinha montanhas de ouro e várias mansões, e não queria que os nobres soubessem seu nome.

Havia segurança na anonimidade. Quando você se retirava para as sombras do andar de baixo, você se retirava das mentes dos nobres. Se os nobres se lembrassem de você, podiam se ressentir.

"Severo" era a palavra perfeita para Lorde Marius. Seu uniforme era de um branco imaculado, sugerindo que ele tinha se trocado depois da perseguição no telhado. Ele contrastava com o escuro como um penhasco de gelo. Seu rosto era uma porta trancada, e sua voz não permitia escape.

Se ela fosse descoberta mentindo para o amigo de maior confiança do rei, sofreria por isso.

— Emer — ela admitiu.

Muitos nobres tinham queixos fracos e mentes ainda mais fracas, mas os olhos de lobo branco de Lorde Marius eram angustiantemente aguçados.

— Você é a criada de Lady Rahela.

Emer se concentrou na ponta da espada em vez de se concentrar em seu medo.

— Sou.

— Você não acha que eu estaria interessado em saber disso quando te contratei?

— Se eu mencionasse, você não teria me contratado.

— Porque você poderia ter sabotado o vestido de Lady Lia.

Ele falava como um professor, mas nunca tinham permitido a ela ter muita escolaridade.

— Eu não sabotei nada — Emer observou.

Apenas agora, com o vestido usado e o baile terminado, Emer poderia provar que não tinha más intenções. Por que Lorde Marius confiaria nela sem provas?

Esqueça sabotar o vestido. Emer podia ter economizado no material e vendido pedaços daquele tecido sofisticado a um preço sofisticado no mercado. Ela não o fez, pelo mesmo motivo de não ter contado a Rahela a verdade sobre o caráter de Lia. Ela já tinha traído Lia o suficiente.

— Ouvi dizer que você relatou confidências de Lady Lia para Lady Rahela — Lorde Marius continuou devagar. — Essa foi uma forma de pedir desculpas a Lady Lia por sua traição?

Seria uma forma tola de pedir desculpas, uma vez que Emer não pretendia que ninguém soubesse.

Emer deu de ombros.

— Eu só queria ganhar algum dinheiro, milorde.

Ele tinha sido gentil com Lady Lia. Emer tinha certeza de que ele esperava um retorno por sua gentileza, como se o coração de Lia pudesse ser tão facilmente comprado quanto a agulha de Emer. Lorde Marius só estava interessado em Emer porque desejava novamente se tornar o herói de Lia. Ele não suspeitava que ela estivesse envolvida em conspiração maligna.

Isso deveria ter sido um alívio.

Emer desejava que Lorde Marius tivesse permanecido convenientemente alheio à criadagem.

— Eu alterei o vestido porque quis. Não vou me desculpar ou explicar. Prefiro fazer a falar.

Houve um silêncio longo o bastante para Emer ousar esperar que o filho do duque tivesse partido. Seu foco permanecia na lâmina, não em lordes, janelas de torres, estrelas, nem nada acima dela.

Diretamente atrás dela, a voz grave de Lorde Marius disse:

— Ajuste a pegada no cabo.

Suas mãos grandes, feitas para estrangular, demonstraram no ar. Emer ajustou sua pegada.

— Dobre as pernas. Se você chegar mais perto do chão, não poderá ser movida.

Na experiência de Emer, falar de pernas não levava a nenhum lugar bom. As mãos de Lorde Marius pairavam sobre sua cintura, de modo que apenas o fantasma do calor da proximidade a guiava. Emer seguiu as instruções. Ela gostava da ideia de ser imóvel.

— Oriente seu golpe — Lorde Marius continuou. — Você precisa da força de seu corpo, não apenas do braço.

O fantasma do calor se moveu, ilustrativo, para seu ombro. Emer obedeceu e golpeou. A sensação foi diferente.

O fantasma do calor desapareceu quando Lorde Marius se afastou, com as mãos entrelaçadas atrás das costas.

— Ninguém vai esperar que uma criada lute. Você pode pegá-los de surpresa. Um movimento fatal vai significar que eles nunca se recuperem dessa surpresa.

Ele foi embora sem se despedir. Confusa, Emer viu suas costas se afastando, o emaranhado de cachos de gelo e escuridão e o uniforme branco de erudito desaparecendo na penumbra. Ele era um homem frio, então ela se perguntou o que o havia inspirado a lhe oferecer conselhos. O que quer que ele quisesse, ela não tinha intenção de dar.

Sua especulação foi rompida pela percepção. Lorde Marius não ficava perto da torre das damas como os outros nobres. Ele devia estar aqui porque havia seguido o Naja e o visto entrar no quarto de Rahela. Agora Lorde Marius seguia na direção dos aposentos do rei.

As víboras precisavam saber o que ele diria ao rei Otaviano. Emer havia aprendido muitas coisas escutando escondida.

Ela enfiou a espada atrás de uma árvore e correu atrás de Lorde Marius. Ela havia escoltado sua senhora até o quarto do rei sob a cobertura da escuridão milhares de vezes. Ninguém sabia como acessar os aposentos do rei furtivamente tão bem quanto ela. O rei Otaviano não dormia no palácio principal cercado por criados e guardas como seus pais. Ele ocupava uma área separada de solteiro, onde podia se divertir sem ser perturbado.

Sobre a pequena ponte, através do jardim com as três estátuas de cisne, cabeça baixa e passos suaves ao passar pelo guarda mais preguiçoso a postos no quarto ponto do perímetro. Como de costume. Só que, em vez de entrar no salão, Emer correu em direção a um salgueiro que se apoiava contra o prédio. Ela se balançou de um galho coberto de folhas verdes até os beirais do telhado, pontudos como um dedo acusador, rastejando de barriga para olhar através das janelas altas de vidro em losango. Os guardas do rei sempre o advertiam para não deixar as janelas abertas, e Otaviano descuidadamente continuava a fazê-lo.

Emer chegou à janela aberta a tempo de ouvir o rei perguntar:

— Onde você conseguiu isso?

O homem mais famoso do reino estava contra o pano de fundo de uma tapeçaria que comemorava a batalha do primeiro rei e do Primeiro Duque contra os demônios. O rei Otaviano estava com uma chave na mão e uma expressão feia no rosto.

— Como se eu não soubesse.

O problema era que Otaviano não era burro. O reinado parecia designado para fazer sua inteligência atrofiar, mas ela aparecia ocasionalmente. Sempre nos momentos mais inconvenientes. Se Lorde Marius abrisse a boca, o Naja teria sua cabeça decepada.

Lorde Marius ficou em silêncio.

Otaviano continuou, destemido.

— Se alguém roubou de mim, você me traria o culpado acorrentado. A menos que fosse um culpado em particular.

Lorde Marius permaneceu veementemente silencioso.

O rei Otaviano disse, com desgosto:

— Eu sei que você... gosta daquele homem, mas...

— Eu não gosto daquele homem — resmungou Lorde Marius, com tanta fúria que Emer se lembrou do ditado do interior que dizia: *Quando uiva, você é atingido.* — Lady Rahela se engraçou tanto com o Naja quanto com a princesa estrangeira. Os soldados de gelo são uma ameaça formidável. Se pessoas poderosas de sua corte estão conspirando com o Rei de Gelo, devemos chegar ao coração da conspiração.

Emer odiava a sensação de se dar conta de que mentiram para ela, de que não podia confiar no próprio chão que acreditava que a sustentaria. Isso a fazia querer atacar descontroladamente em todas as direções. Qualquer um podia ser um inimigo.

Rahela e o Naja *estavam* conspirando com a família real de Tagar? Eles nunca diriam a ela se estivessem. Ela não passava de uma criada.

A boca de Otaviano se contraiu.

— Você acha que ele a teve?

As prioridades de Sua Majestade eram interessantes.

— Uma nobre não casada? Impossível!

A mandíbula de Lorde Marius era granito escandalizado. Emer revirou os olhos. Todos sabiam que o rei e Lorde Marius eram amigos de infância, mas os dois homens não eram parecidos.

A cauda do roupão de brocado do Rei Otaviano varria o chão enquanto ele andava de um lado para o outro, escondendo mosaicos que representavam um trono vazio.

— Você acha que Rahela gosta dele?

— Imagino que sim. — O tom de Lorde Marius era o de um homem que preferia estar discutindo sobre soldados de gelo. — As mulheres são obcecadas pelo Naja.

Da última vez que Emer verificou, ela era uma mulher. E não estava obcecada pelo Lorde Popenjoy.

— Você acha que ela está mentindo sobre a profecia? — Um novo tom entrou na voz de Otaviano. Emer achou perigoso. — Você não acredita que sou o Imperador?

Nenhuma resposta veio do único homem honesto da corte. A fronte do rei obscureceu.

Era difícil manter a reverência apropriada pelo seu monarca quando você o havia visto sonolento e desarrumado nas manhãs. Ele se agarrava ao corpo nu de Rahela enquanto Emer, de maneira resoluta, tentava cobri-la com seu vestido. Para Otaviano, não ser pego era um jogo. Para Emer e sua senhora, eram suas vidas que estavam em jogo.

Havia pessoas que, ao comer uma laranja, não compartilhavam nem um gomo. *Todos os mundos são seu império*, dizia a profecia. Mimado como se fosse para sempre uma criança da realeza, o rei acreditava que ter seu desejo satisfeito era seu direito, e um desejo insatisfeito era roubo.

— Eu sempre tive fé em você — Lorde Marius disse, por fim. — Acredito que você poderia ser o Imperador. Mais importante, acredito que você pode ser um bom rei.

Otaviano podia ser o Imperador, Emer supôs. Ele já havia nascido aleatoriamente com um poder insondável. Por que não mais? Era assim que os deuses haviam ordenado o mundo. Os poderosos ficavam mais poderosos. Aqueles que nasciam de joelhos morriam rastejando sobre suas barrigas.

Ainda assim, Emer achava que Lorde Marius era ingênuo. Nenhuma das canções dizia que o Imperador seria *bom*.

Otaviano de repente era todo sorrisos.

— Eu nunca acreditei nos rumores sobre você.

— Sejam quais forem esses rumores, eu te agradeço por isso — respondeu Lorde Marius. — Eu também nunca acreditei nas fofocas vis sobre você e Lady Rahela. Conheço sua honra muito bem.

Hilário!

O rei não disse nada. Um leve rubor percorreu o topo de suas maçãs do rosto. Sempre que Otaviano sentia vergonha, ele deixava a emoção se transformar como uma serpente e atacar outra pessoa.

— Sei que nos afastamos nos últimos anos — Lorde Marius continuou. — É minha culpa.

Assim que Marius culpou a si mesmo em vez do rei, Otaviano pareceu mais interessado no que Lorde Marius tinha a dizer.

— Quando a corte estava alvoroçada para saber quem seria nomeado primeiro-ministro, eu revelei sua lista de candidatos para Lady Katalin antes que ela fosse banida. Ela vendeu a informação para Lorde Pio na noite seguinte. Se deseja minha vida, ela é sua.

Apesar de seus ares frios, Lorde Marius tinha uma personalidade altamente dramática.

Pelo abrupto anel branco ao redor dos olhos do rei, Otaviano concordava.

— Deuses perdidos, homem, não tem necessidade disso! Éramos jovens. Eu mesmo devo ter mencionado a lista a Rahela. — Otaviano olhava para o Última Esperança com uma crescente ternura e fez a silhueta de uma ampulheta com as duas mãos. — Lady Katalin? Uma mulher bonita. Muito parecida com a filha. Você gosta de mulheres mais velhas, então?

Ele deu um tapa nas costas de Lorde Marius. Lorde Marius visivelmente reprimiu o ímpeto de arrancar a mão do rei pelo pulso.

— Eu fiz um juramento.

Lá estava diante de Sua Majestade a expressão de um homem que tinha ouvido sobre o juramento antes, e preferia não ouvir sobre o juramento novamente.

— Não duvido de você, Marius.

— Você deveria. O Naja Dourada sabia de meu crime. Ele me chantageou para ganhar uma entrada na corte. Como meu amigo, seu título e posição na sociedade não foram questionados. Mas eu nunca o vi antes do dia em que ele me chantageou. Não tenho ideia de qual pode ser sua verdade.

Algo inquietante se escondia sob a confissão de Lorde Marius, como água negra correndo sob uma fina camada de gelo. Emer acreditava que o rei era o mais perigoso dos dois. Talvez ela estivesse errada.

— Ele te chantageou para ir a todas aquelas peças? — perguntou Otaviano. — O homem é um monstro!

— Ele não exigiu especificamente que eu fosse às peças. — Lorde Marius balançou a cabeça. — Isso não é importante. Ouça. Por que eles estão atrás da Flor da Vida e da Morte? Lady Rahela e seus novos aliados claramente têm um propósito. Acredito que o fim pode ser encontrado no início. Não sabemos de onde vem o Naja, ou a quem ele é verdadeiramente leal. Pretendo descobrir.

— Acha que ele é um espião de Tagar, enviado para cá antes da princesa? — Otaviano ficou pensativo. — Todos esses anos. Você deve odiar o Naja mais do que veneno. Você está certo, devemos desfazer sua teia de aranha. Mesmo antes, eu sabia que sua influência estava ficando grande demais. Ele tramou para se tornar o queridinho do povo comum.

O Última Esperança ergueu uma sobrancelha.

— Ele é generoso com seus criados e caridoso com os menos afortunados. — Ele hesitou. — Você realmente não se importa com minha traição?

O senso de responsabilidade do homem era superdesenvolvido, como seus músculos. Otaviano colocou a mão sobre seu ombro forte.

— Repare suas ações com lealdade. Consegue descobrir o passado misterioso do Naja?

Lorde Marius disse com firmeza:

— Consigo. As montanhas têm todas as respostas.

O choque tomou conta do rosto de Otaviano, transformando-o em um menino de novo, um escudeiro que deveria ser capaz de intimidar.

— Você está falando de ir até a Oráculo? Você precisaria do verdadeiro nome dele.

— Acredito que o tenho.

— Ah. — Otaviano parecia curioso. — Qual é?

Houve um novo silêncio deliberado. Para um homem que não mentiria, o silêncio era um tapa na cara. Dizia: "Se eu falasse, mentiria com todas as letras".

O novo calor desapareceu da expressão do rei.

— Você sempre foi mais próximo de Lucius do que de mim — Lorde Marius respondeu finalmente, e os ossinhos dos dedos da mão de Otaviano ficaram brevemente brancos. — Mas pode confiar em mim tanto quanto confiava nele.

A boca do rei retorceu. Sua risada também era torta.

— Tanto assim?

Lorde Marius tomou isso como um insulto.

— Sei que sou desagradável por natureza e difícil de gostar. Mas, acredite em mim, sou verdadeiro. Vou descobrir esse segredo e colocá-lo a seus pés.

O rosto de Otaviano se suavizou de leve.

— Depois dos Desafios da Rainha, vou fazer uma comemoração para minha nova noiva. Aproveite a oportunidade para ir para as montanhas sem ser visto.

A voz de Lorde Marius era seca:

— Vou ficar desolado de perder a festa.

O rei quase sorriu. Naquele momento, Emer viu o quanto eles deviam ter se amado um dia.

— Deixe-me fazer uma oferta. Um general não precisa empunhar uma arma. O General Nemeth é velho e pobre. Não preciso de uma fraqueza óbvia no comando de meus exércitos. Preciso de um homem cuja lealdade seja inabalável, que vai me obedecer até a morte. O que acha?

— Tudo o que eu sempre quis foi servir a um líder digno — disse Lorde Marius. — Eu morreria por isso com prazer.

A possibilidade de glória não parecia tocar muito o Última Esperança. Talvez porque ele fosse rico. Talvez porque ele fosse inflexível.

O rei tinha passado a vida cercado por cortesãos bajuladores e mulheres perversas. Ele nunca poderia confiar no afeto de ninguém. Ele observou Lorde Marius com olhos avaliadores.

— A Oráculo oferece a um homem apenas uma resposta em toda a sua vida. Sempre há um preço cruel. O que você quer em troca de fazer isso? Peça uma recompensa.

Lorde Marius hesitou. Os lábios do rei se curvaram como o anzol que havia pescado seus peixes. Lorde Marius era um homem mais alto do que o rei, mas não dava para ver a altura de uma pessoa quando ela se curvava. Então, de certa forma, o rei era sempre o homem mais alto do recinto.

O Última Esperança abaixou a cabeça em submissão. Os dois homens pareciam uma tapeçaria, o rei brilhante e o cavaleiro perfeito, os heróis corajosos que derrotariam o mal e salvariam o reino.

Como uma das malfeitoras, Emer ouvia a voz de Lorde Marius como a voz da destruição.

— Vou ouvir o grande segredo dos lábios da Oráculo, não importa o preço. Vou arrastar os traidores para seu trono para serem punidos. Vou liderar seus exércitos contra os soldados de gelo e todos que ousarem se levantar contra você. Só quero uma recompensa. — Lorde Marius levantou a cabeça de gelo e escuridão, o rosto frio e vazio como câmaras para os mortos. — Comande a guerra. Condene mundos. *Deixe o Naja comigo.*

*

Quando Emer subiu correndo as escadas da torre para contar às víboras que o rei acreditava que eles eram espiões e traidores, e que Lorde Marius pretendia expor todos os segredos do Naja, ela ouviu vozes elevadas e parou, assustada.

Toda a corte acreditava que Lady Rahela segurava o Naja Dourada em suas garras perversas. Emer desejava que isso fosse verdade. Tendo perdido o favoritismo do rei, fazia sentido procurar proteção em outro lugar. Mas o Naja nunca foi sério em relação a ninguém, então ele só podia arruinar, e não resgatar, a reputação dela, e, até onde Emer sabia, Rahela não tinha nem tentado seduzi-lo. Emer havia escutado suas reuniões secretas e certamente esperava que "recuar" e "fazer ao contrário de salto alto" significassem que estavam ensaiando aquela dança horrível.

Pelo menos, Emer pensou, Rahela havia ganhado a amizade do Naja. Ele era conhecido por ser um amigo leal. Poderia haver alguma segurança nisso.

Só que agora as paredes de pedra ecoavam com o som de uma voz grave. O Naja, que nunca falava sério, estava gritando.

— Este é o mundo deles, não o nosso! Você tem que parar antes que mais alguém se machuque.

Quando Emer abriu a porta furtivamente, Rahela estava olhando para Chave. Ele se mexia dormindo e gemia, a dor invadindo seu sono. Ela estendeu a mão e acariciou seus cabelos despenteados, bem de leve, e Chave se acalmou sob seu toque. Qualquer um teria pensado que ela se importava.

Ela abriu um sorriso brilhante como as chamas do inferno.

— Eu não quero que ninguém se machuque. Mas não importa de verdade. Essas pessoas não são reais.

Só que ela não se importava.

O Naja virou as costas, revoltado.

— Essas pessoas são tão reais quanto nós.

Rahela foi para cima dele.

— Continue se preocupando com esses personagens. Continue flutuando por esse mundo como um fantasma com medo de tocar qualquer coisa. Você mente para si mesmo, porque não quer acreditar que está...

— Morto? — O Naja perguntou com suavidade.

O silêncio era como um grito em uma tumba.

O Naja empurrou Rahela de lado. Quando ele abriu a porta, viu Emer. O mestre dos espiões da nação não disse uma palavra. Acenou para ela com a cabeça e desceu as escadas zangado.

A aliança entre Lorde Popenjoy e Lady Rahela estava rompida. Chave estava arruinado. Sua senhora tinha mentido quando falou que eles eram uma equipe. Não havia ninho de víboras juntas. Nunca houve.

Emer guardaria seus segredos.

*

O dia seguinte foi cheio de surpresas. Quando os guardas as mudaram dos aposentos arejados da preferida para o quarto úmido na base da torre das damas, Emer esperava que Rahela tivesse um chilique. O novo quarto tinha a metade do tamanho e janelas escuras com grades. O chão era de mosaicos vermelhos, mostrando o momento em que o deus-filho foi morto por seu pai, sangue fresco encharcando a terra escura de Eyam para mudá-la para sempre. Rahela deu de ombros, observou que a decoração combinava com seus vestidos e continuou contando histórias ao lado da cama de Chave.

Uma coisa que Emer não achou nada surpreendente foi que Lia não se mudou para o quarto que Rahela havia desocupado. Lady Lia, cuidadosa demais para arriscar fazer inimigos, não ocuparia o quarto da preferida até que os Desafios da Rainha tivessem passado. Emer tentou não pensar no torneio, com os perigos associados, ou no que poderia acontecer depois.

Chave foi a maior surpresa de todas. Os ferimentos em suas costas se fecharam quase de uma vez. No quarto dia, ele conseguiu se levantar da cama. Isso fez Emer se lembrar das lendas dos guerreiros Valerius, e da nova história de que alguém tinha visto Lorde Marius ser esfaqueado em uma briga de taverna e saído sem nenhum arranhão.

Absurdo. Lorde Marius não iria a uma taverna.

Diziam que os Valerius bastardos nunca sobreviviam. Talvez isso significasse simplesmente que uma mulher nobre recebia melhores cuidados quando carregava seus pequenos lordes e ladies. Dizia-se que o pai de Lorde Marius era voraz com mulheres comuns. Emer supunha que era possível.

Rahela falou sobre Chave ficar bom logo. Ela estava iludida.

Valerius bastardo ou não, Chave nunca ficaria bem de verdade novamente. Emer tinha visto os danos causados por chicotadas. Ele nunca mais caminharia como uma sombra líquida como fazia. Ele ainda estava encostando nas colunas da cama e afundando em cadeiras e, de modo geral, atrapalhando, principalmente durante a remoção dos pertences deles do quarto da preferida pelos guardas. Graças ao modo desajeitado e inválido de Chave, os guardas demoraram uma noite e um dia inteiros para fazer a troca de quarto.

Sempre que ele demonstrava fraqueza, Rahela ficava cheia de preocupação.

— Você quer deitar? O que posso fazer por você?

Hoje, fios vermelhos caíam de sua saia cor de luar em gotas como lágrimas de sangue. Chave esticava-se na nova cama com sua cabeça negra e selvagem aninhada no colo de sangue e luar dela, ouvindo enquanto ela lhe contava uma história. Geralmente sua expressão era ou entediada, ou divertida, ou brutalmente assassina. Era profundamente inquietante vê-lo feliz.

Muitas criadas estavam de olho em Chave. Ele não tinha dinheiro nem status, então sua atração se baseava no belo rosto e na reputação horrível dele. Elas claramente tinham ido pedir esmolas e não haviam recebido nada. Admirar homens sempre pareceu ridículo para Emer, mas nunca tanto quanto com esse. Talvez Chave fosse um Valerius bastardo. Talvez ele fosse uma típica criança abandonada no abismo, engolindo fagulhas tão jovem que estava sempre queimando. Talvez, se Lady Katalin não a tivesse pegado da beira do abismo em um capricho para fazer companhia para sua filha, Emer tivesse sido o mesmo. Independentemente da razão, Chave era menos um ser humano racional e mais uma força voluntariosa da natureza personificada. Algum diabinho maligno ou duende selvagem, manipulando uma fachada humana de uma cena de assassinato para a próxima.

E agora o duende feroz estava apaixonado.

— Me ensine a ler — pediu Chave, então Rahela pegou seu livro para a lição seguinte.

Chave, que tinha aprendido o alfabeto com Emer, estava fingindo descaradamente para Rahela que avançava rapidamente.

Como ele sempre fazia quando sua senhora não estava por perto, Chave pegou o brinco de rubi que mantinha guardado no gibão. A luz vermelha fazia um jogo cintilante em seu rosto. Emer havia dito várias vezes que ele penhorasse a joia, e sabia que ele nunca o faria.

— Por que ler importa para você? — Emer perguntou.

O maior cargo que um guarda do palácio podia ter era servir ao rei diretamente, e Chave definitivamente não tinha ambições nesse sentido. Aparentemente, ele havia adquirido um item que queria e não se preocupava mais com dinheiro. Emer tinha que coletar seu salário toda semana, e um dia ela ficaria com ele.

— Segundo a história, você aprende a ser real sendo amado — Chave respondeu. — Mas eu acho que, quando você se torna mais real, aprende a amar alguém do jeito certo. Eu nasci errado. Tudo o que já fiz foi errado. Eu nunca soube como ser alguma coisa que alguém quisesse. Se eu aprender mais, vou aprender a servi-la melhor.

— Ela não disse uma palavra em sua defesa quando você foi açoitado — Emer lembrou a ele. — Você não passa de um bichinho de estimação de que ela gosta. Se você morresse, ela poderia derramar uma lágrima antes de encontrar um substituto.

O encolher de ombros de Chave foi fluido apesar das marcas de chicote.

— É mais do que eu tinha antes.

Sua atenção fixou-se no retorno de Rahela, ávido pelas migalhas que caíam de sua mesa, como se isso fosse ser suficiente para viver. Rahela estava escrevendo um conto infantil para Chave. Eles liam juntos sobre brinquedos fazendo uma longa jornada para se tornarem reais.

Essa nova versão da senhora de Emer era estranha, mas não era burra. Então Emer não conseguia entender por que ela era tão incrivelmente tola nessa única área. A antiga Rahela tinha muita consciência de seu poder sobre os homens. A antiga Rahela nunca acreditaria que um homem de vinte anos, apresentado à mulher com fama de mais sedutora do país, poderia vê-la como uma mentora.

Chave olhou para ela, com olhos de galáxia em vez de olhos de estrela, com mais estrelas e muito mais escuridão. Rahela sorriu para ele.

A pergunta veio de Emer:

— Você não está se preparando para os Desafios da Rainha, milady?

— Estou — Rahela disse calmamente. — Meu plano envolve uma espada.

Essa novidade visivelmente agradou Chave e consternou Emer. Os planos de Rahela nunca envolveram espadas antes.

Ela parecia outra pessoa usando o rosto de Rahela. Ela tramava como Rahela, mentia como Rahela, sorria o sorriso perverso de Rahela, mas o que ela queria e como pensava estavam um mundo distante da mulher que Emer conhecia.

Só que Emer nunca tinha conhecido Rahela. Ela imaginou uma proximidade, porque era pateticamente solitária. Como se a fé já tivesse feito algo ser verdade.

Ela fechou a porta atrás do par absurdo. Real, de fato. Todos viviam em sua própria realidade e nunca podiam convidar ninguém mais para entrar. Em última instância, cada pessoa estava sozinha, a única pessoa real em um vasto deserto de um universo, sempre desejando e nunca conseguindo encontrar algo em que acreditar. Se algum dia acreditassem, eram enganadas.

Do lado de fora estava frio e escuro e solitário, o que Emer preferia. Parecia mais verdadeiro. Ilusões eram feitas da luz dourada das velas do quarto de Lia, filtrada por um lençol pálido e ondulante. Ilusão era o sussurro de Lia, suave como uma carícia.

— Um dia, nós duas devemos nos casar. Como será ter um marido?
— Lia tinha parado para um suspiro que pareceu durar uma eternidade.
— O que os maridos querem?

Emer pigarreou.

— Muitas coisas.

De seu jeito bonito e suplicante, Lia disse:

— Mostre-me.

Elas tiveram algumas noites antes da traição. Tempo suficiente para mil mentiras. A mentira de suavidade infinita que era a extensão prateada da pele desnuda de Lia, o luxo sedoso de sua boca oferecida para um beijo roubado. As gotas de suor na garganta de Lia quando os beijos de Emer desciam, fazendo Lia jogar a cabeça para trás, brilhando mais preciosas que diamantes. Luxo era algo que Emer tinha que roubar e nunca podia manter.

No andar de baixo, os homens se gabavam de entrar sob as saias de seda de damas finas, riam sobre fazerem sexo com nobres e mancharem reputações. Todos sabiam que Lady Lia era pura como uma pérola. O toque de um homem podia manchar uma dama, mas o de Emer não. Ninguém nunca acharia que isso contava, como se Rahela estivesse certa e Emer nem sequer fosse uma pessoa.

Ninguém nunca saberia, mas Emer sabia. Ela era uma vilã falsa e traiçoeira. Pelo menos não era tola.

Emer pegou sua espada no esconderijo e cortou a noite em pedacinhos. Sobre ela, a janela de Lia na torre brilhava tanto quanto a lua, e era igualmente inalcançável. Os Desafios da Rainha estavam chegando. Toda a corte sabia que o rei queria Lia como sua noiva.

Preocupar-se com um nobre era derramar seu próprio sangue na poeira. Emer não faria isso. Ela *não* faria.

23
A Vilã e o Desejo de Vingança

Entre todas as feras, nenhuma é mais cruel que a manticora. Sua voz é a voz de um trompete e sua picada é a morte. Foi um inimigo digno de Lorde Marius, apresentando-se como campeão para Lady Lia nos Desafios da Rainha.

Quando a corrente da manticora se rompeu, Lady Lia ficou entre o Última Esperança e o perigo. Tanto inimigos quanto admiradores observavam, certos de que testemunhariam a morte da mulher mais bela do mundo e de seu cavaleiro branco.

Até que o Imperador surgiu, uma tempestade escura com uma espada em chamas.

Era do Ferro, Anônimo

Rae entrou nos aposentos de pecado da meia-noite do rei em plena luz do dia.
— Acorde e bora lá!

A cabeça desgrenhada pela cama do rei Otaviano surgiu de uma pilha de cobertas de cetim e veludo. De alguma forma, para surpresa de Rae, ele estava sozinho.
— Acorde e o quê? O país está sendo invadido?

Rae se apoiou em uma das quatro colunas da cama.
— Ainda não. Mas o dia é uma criança.

Os criados trocaram olhares especulativos. Atrás de uma tela incrustada com madrepérola, Rae ouviu o barulho de água sendo jogada em uma banheira de cobre. Ela também ouviu risinhos. Rae não tinha dúvida de que toda a corte logo seria informada de que Lady Rahela invadira os aposentos reais desacompanhada.

Sua reputação poderia ficar ainda mais arruinada? Era hora de descobrir.

Rae não podia levar seu guarda, já que ele estava confinado à cama depois do açoitamento realizado por ordem do rei. Sempre que pensava nisso, ela sentia algo próximo ao ódio.

Então ela não pensava nisso. Todos esqueciam convenientemente os piores elementos de seus personagens preferidos enquanto se concentravam nas falhas de seus menos preferidos. Não havia escolha. Ir contra o herói seria fatal.

Seu plano para roubar a chave tinha fracassado completamente, como costumava acontecer com os planos dos vilões. Mas o Naja disse que *aqueles que entram na história têm uma vantagem, porque conhecem as regras*. Rae tinha o manual. O Imperador ascendia, os deuses perdidos eram encontrados, todos amavam Lia. Este era o Imperador, seu poder era inexorável como uma doença. Ela não podia combatê-lo. Ela não podia ficar paralisada com medo dele. Ela tinha que fazer a história funcionar ao seu favor. Ela tinha que reconquistar seu favoritismo.

Depois de garantir que seu país não estava em perigo iminente, Otaviano recostou em seus travesseiros de veludo. O cabelo com que ele acordava parecia os da TV, que deveria por direito ter sido criado por vários profissionais talentosos e um oceano de gel.

Otaviano notou o olhar dela sobre ele e se espreguiçou, lençóis damascenos escorregando para mostrar uma extensão de pele nua e músculos torneados. Rae não sabia se o rei dormia nu ou se havia cuecas régias envolvidas, mas podia estar prestes a descobrir.

— Lady Rahela. O que você deseja de seu rei?

Rae deixou sua voz de operadora de telessexo deslizar:

— Eu desejo desesperadamente, ardentemente... realizar uma profecia divina.

Otaviano abandonou seu relaxamento e se sentou com o corpo reto.

— O quê?

Rae adotou sua entonação de profecia, que parecia uma operadora de telessexo com uma gripe feia.

— Eu mencionei antes que o futuro é flexível de determinadas formas. Em minha visão, vi o torneio pela dama que governará ao seu lado. Você vai ficar satisfeito em saber que Lia vence!

Otaviano semicerrou os olhos, como se ainda estivesse sonolento.

— Você não pretende competir no torneio?

— Eu passo. — Rae juntou as mãos como se estivesse em prece. — Os deuses falaram! Não sou a mulher para você. Eu *sou* a mulher que eleva você à grandeza. Aí está a questão. No dia do torneio, prevejo que você demonstrará seu poder imperial para toda a cidade.

— Antes de eu descer na ravina? — Otaviano perguntou com ceticismo.

— A temível ravina é apenas um meio de destravar um poder que já é seu — Rae explicou. — Você é o filho dos deuses. Você já tem proezas em batalha que vão além dos sonhos de heróis, e a capacidade de curar doenças de seu povo.

Otaviano parecia muito em dúvida.

— Acho que eu teria notado isso.

Antes, Rae adorava o cinismo do Imperador. Agora, ela achava irritante.

— É muito comum um personagem... hum, de uma lenda... ter um bloqueio mental sobre como usar seus poderes. Apenas acredite em si mesmo, ou na magia do amor ou algo assim, que sempre funciona. Sei que você consegue — ela acrescentou para encorajá-lo.

A luz da manhã refletia o verde dos olhos do rei como orvalho na grama.

— Jura?

Rae confirmou com a cabeça.

— Você será um grande herói. E do que todo herói precisa? De uma boa arma emblemática.

Os símbolos reais do rei Otaviano estavam dispostos sobre o baú ao pé de sua cama. Às vezes Otaviano era tão diferente do Imperador na cabeça de Rae que ela não conseguia acreditar que eram a mesma pessoa. Vendo isso, Rae censurou a si mesma. Quem mais poderia ser o Imperador? Os símbolos eram exatamente como ela havia imaginado. Manoplas com garras, máscara coroada e a Espada de Eyam. A representação ancestral do poder real, e sua bainha em alto relevo.

Rae apontou para a lâmina real.

— Os deuses me mostraram em uma visão essa espada sendo quebrada e reforjada. Vamos falar sobre isso agora. Você deveria dar à espada o nome de Desejo de Vingança.

Otaviano piscou.

— Vingança contra quem?

Por que ele tinha que se concentrar nesses detalhes irrelevantes quando Rae estava tentando avançar na trama?

— Não pense demais. Não precisa ser vingança contra ninguém específico. É só um nome incrível.

Vapor subia da banheira atrás da tela, denso como se uma chaleira enorme estivesse fervendo lá atrás. Era bom ser rei. Otaviano se levantou da cama usando apenas calças de seda. (Bem. Agora ela sabia.) Ele olhou de soslaio para a direção de Rae enquanto ia para trás da tela. Rae imediatamente virou de costas, embora tivesse notado que ele malhava. Ou não malhava, mas tinha um corpo impressionante da mesma forma. Mais uma vez, personagens de livros conquistavam tônus muscular espetacular enquanto se ocupavam com aquisições corporativas ou destinos mágicos demais para ter tempo de irem à academia. Homens fictícios tinham abdomes definidos por páginas e páginas. O de Otaviano era impressionante de uma forma que Rae só tinha visto na tela em seu mundo.

Neste mundo, Rae tinha visto melhor.

— Então você quer que eu quebre e refaça a espada real — Otaviano murmurou detrás da tela. — Diga-me, por que eu deveria fazer isso?

Enquanto ele estava ocupado, Rae tentou pegar a espada real e agitá-la de forma dramática. Ela conseguiu quase deixá-la cair e rapidamente colocou a espada de volta sobre o baú. Ao que parecia, espadas de lâmina larga eram pesadas.

Em dois dias, o Última Esperança se ofereceria para ser o campeão de Lia nos Desafios da Rainha. Quando a luta de Lorde Marius desse espetacularmente errado, o Imperador precisaria saltar da tribuna real e matar uma fera mágica com sua lâmina reforjada.

Era fundamental que eles acelerassem a aquisição de uma lâmina de poder místico.

— Se você fizer isso — Rae prometeu —, vai ter tudo o que deseja. Você pode proteger as pessoas que ama. Será Imperador. Lia vai ganhar o torneio e ser sua rainha.

— O que mais?

Otaviano saiu detrás da tela com os cabelos úmidos. Ele abriu um sorriso para ela. Rae se lembrou com um sobressalto de Alice dizendo que o Imperador costumava sorrir o tempo todo no primeiro livro. Ela sabia que ele não sorriria muito depois.

— Ter uma espada que vai derrotar todos os seus inimigos não é suficiente? Você precisa da Desejo de Vingança. Os soldados de gelo estão vindo atacar você.

— Estão mesmo? — Otaviano perguntou com suavidade. — Devemos ir para algum lugar privado discutir mais sobre isso?

Rae arriscou.

— Eu gostaria muito de um passeio na estufa real.

Otaviano fez uma pausa longa, passando os olhos sobre ela, pensativo. Rae sentiu uma leve pontada de pânico de que tivesse demonstrado seu desespero. O Última Esperança devia ter contado tudo a Otaviano. Ele não tinha motivo para deixá-la perto da Flor da Vida e da Morte.

Ainda assim, quando estendeu os braços para os criados o vestirem, o rei concordou com a cabeça.

— Vamos fazer isso.

Para a estufa ela foi, de braço dado com o herói. Milagrosamente, finalmente, tudo estava dando certo para Rae.

*

Como vidro era caro em Eyam, a estufa real era a única estufa do país. Ela podia ser acessada por uma passarela na muralha mais alta, com guardas posicionados em cada ameia e no topo e na base das íngremes escadas de pedra. A segurança era rigorosa.

De braço dado com o rei, Rae passou direto. Era uma empolgação inegável. A máscara coroada e manoplas com garra quase já o transformavam no Imperador, anônimo e imperial, um mistério esplêndido.

O que era proibido e separado parecia sagrado. Eles desceram uma escada semicircular de mármore. A entrada atrás deles era um cálice de luz. As enormes janelas de vidro eram arqueadas, os arcos eram feitos de pedra com metros de espessura para capturar o calor. O ar abafado e quente fazia tudo ficar silencioso e imóvel. Era uma grande catedral de vidro.

Otaviano jogou suas manoplas para um guarda.

— Espere aqui.

A perspectiva de ficar sozinha com ele fez o vidro diante dos olhos de Rae ficar ondulado. Ela arrastou sua mente da beira do pânico para o reino de fazer as coisas acontecerem, e acenou graciosamente com a cabeça.

Eles caminharam sob os galhos estendidos de árvores de cítricos. Nem um sopro de vento tocava a multidão de folhas brilhantes e frutas mais brilhantes ainda. O jardim do rei era um *parterre* com curvas verdes e quadrados de terra escura sob um teto abobadado em vez de um céu. Plantas em uma área pareciam montículos verdes comuns, mas faziam o chão vibrar com os gritos abafados de crianças pequenas. Todas as árvores cresciam em belos vasos com ornatos de ferro elaborados e ébano, que lembravam jaulas. Rahela e o rei passaram sob uma árvore, agitando galhos de forma exuberante em todas as direções, com pequenas folhas como lascas de vidro verde e frutas grandes e baixas da cor de rubis. *Romãs*, Rae pensou, e se lembrou de uma história de uma menina levada para outro mundo. A menina comeu uma romã e, como preço por estar com fome, teve que ficar.

Ela não seria tentada por nenhuma beleza e nenhuma fome. Ia embora, mas não queria destruir ninguém ao sair.

— Você se lembra da lenda de como o Primeiro Duque forjou sua espada usando os ossos de feras monstruosas e dos mortos pensantes, e sua lâmina cortou todos que se puseram diante dele? É verdade. Os deuses me contaram — Rae acrescentou apressadamente.

Otaviano a encarou confuso.

— É mesmo?

A espada real já era feita do melhor aço oricalco, metal extraído das minas Sedlace e forjado em Themesvar. Mas havia uma forma de tornar a arma duplamente encantada. O método que transformaria a lâmina do rei na Desejo de Vingança do Imperador.

Há muito tempo, em uma noite perdida lendo fatos estranhos na internet, Rae havia aprendido que os vikings faziam rituais para infundir suas espadas com espíritos, queimando ossos sob a forja para dar a força de seus ancestrais às lâminas. Rituais vikings acidentalmente transformaram ferro em aço, porque queimar ossos produzia carbono. Em Eyam, queimar ossos transformava aço em outra coisa, um metal tanto inquebrável quanto ávido. Parecia mágica para Rae, mas tinha parecido mágica para os vikings também.

O povo de Eyam tinha perdido sua arte, fosse ciência ou magia. O Imperador a redescobriu acidentalmente ao reforjar sua lâmina quebrada. Toda a força de seus inimigos mortos ia para seu aço oricalco para servi-lo.

Era hora de fazer essa magia acontecer. Antes do tempo.

— Este é o plano: quebre sua espada, pegue ossos de unicórnio, manticora ou grifo, reforje uma espada melhor. Pronto, invencível em batalha! Você mesmo deve forjar a espada. E você vai querer ser invencível em batalha para os Desafios da Rainha. Confie em mim.

— Eu deveria? — Havia um tom estranho na voz de Otaviano. — Por que você é tão devotada a mim? Você me trairia se isso te beneficiasse.

Rae se lembrou do Naja dizendo: *Confie em meu coração perverso.* Quem estava no jogo reconhecia um ao outro: heróis reconheciam vilões.

— É claro que sim.

Era difícil saber por baixo de sua máscara brilhante, mas Otaviano parecia assustado.

— Como pode ser traição eu te dizer como forjar uma espada invencível? — Rae persistiu. — Você é um deus. Por que eu ficaria do lado de outra pessoa?

— E quanto ao lado do Naja?

Rae mordeu o lábio.

— O Naja e eu tivemos um desentendimento.

Por alguma razão, aquilo pareceu agradar a Otaviano. Algumas pessoas eram assim. Elas não te desejavam de verdade, mas queriam que você as desejasse.

— Diga-me por que você mencionou os soldados de gelo.

— Porque eles vão invadir — Rae respondeu. — Haverá dois ataques. Primeiro virá um batalhão, depois um exército. Você repele a força menor que chega em alguns anos, quando o abismo se abrirá, mas anos depois disso...

Otaviano parecia entretido.

— Ah, anos depois disso?

— Sim! Anos depois disso os barcos deles vão descer o rio Lágrimas dos Mortos.

Otaviano parecia *tolerantemente* entretido.

— Os invasores de Tagar só podem vir pelo mar Amargo e subindo o rio. Nada desce o rio Lágrimas. Sua nascente é na ravina.

Ninguém poderia questionar a perícia de Rae sobre a épica cena de batalha, onde o Imperador foi para a guerra montado em seu monstro domado.

— Os invasores sobem o rio Transgressor atravessando a propriedade do duque, depois transportam os barcos por terra. Depois disso, eles velejam pelo rio Lágrimas dos Mortos quando ninguém está esperando, e invadem! Você precisa colocar guardas em ambos os rios agora mesmo. Você precisa garantir que haja guardas em seus postos, e não nas sacadas, na noite em que o abismo se abrir, quando a força menor ataca.

— O futuro parece muito dramático — Otaviano murmurou.

— Antes de qualquer dessas coisas — Rae continuou com firmeza —, você precisa de sua espada para os Desafios da Rainha. Você deve defender Lia e o país. Ouça o que estou dizendo. Você vai derrotar qualquer desastre. Eu acredito nisso, mas você precisa estar preparado.

Uma longa pausa se seguiu.

— Você quase me convence a confiar em você, Rahela.

— Por que não? Você vai ser o Imperador do mundo, e eu, sua profetisa. Confie em meu desejo de poder.

Rae sempre amara os monstros de Eyam, principalmente o Imperador. Seu sangue tinha transformado essa terra. O mesmo poder divino que trazia os mortos para a vida monstruosa fazia com que o metal brilhasse em vermelho e animais invencíveis se misturassem em estranhas criaturas ferozes, e flores salvassem vidas. Neste mundo, toda fantasia era possível.

Por causa dele.

A luz do sol presa inclinava-se através das folhas das árvores ao redor deles, sobre o homem diante dela. O ouro de sua máscara coroada e o verde de seus olhos brilhavam intensamente.

— Isso é o que você quer. Quando eu forjar minha espada para os Desafios, você vai perdoar nossas brigas.

É claro, os pequenos desentendimentos quando Otaviano mandou açoitar Chave e Rae quase foi executada. Ele não tinha sofrido, então podia ignorar o sofrimento deles. Se você era rei, a dor de ninguém tinha que ser real.

Rae hesitou.

— Olhe — o rei Otaviano acrescentou casualmente. — Os jardineiros disseram que a Flor da Vida e da Morte vai florescer em nove dias.

Sobre suas cabeças, um grande caule crescia em arco, como um poste de luz verde e vivo. Folhas ovais e macias se enrolavam ao redor do caule, com o botão suspenso acima. O botão era verde como as folhas. Rae não conseguia discernir a cor da flor que podia salvar sua vida.

Em tons sonhadores e nostálgicos, Otaviano disse:

— No ano passado, quando a Flor da Vida e da Morte floresceu, nós deitamos sob a flor e a vimos morrer. Não a colhemos porque você disse que era bonita. As pétalas caíram sobre nossos cabelos e você riu.

Não. O Imperador não faria isso. Nos livros da série *Era do Ferro*, ele sempre levava a Flor para o Caldeirão. Essa flor poderia ter salvado o amado moribundo de alguém, um pai à beira da morte, um amigo ferido ou um filho doente. O Imperador não podia ser assim.

Mas ele era.

Rae sentiu um gosto amargo no fundo da garganta. O gosto a levou de volta, numa maré amarga, aos dias no menor banheiro da casa de sua mãe, vomitando e esvaziando-se até sentir que havia perdido tudo dentro de si e agora era uma coisa oca. Já não era mais uma pessoa.

O sorriso do rei foi uma oferta.

— Quer fazer isso de novo?

Ela compreendeu a oferta bem até demais. Lia era o anjo virtuoso que nunca cederia antes do casamento, então o rei queria que Rahela fosse sua súdita colorida. Chegaria um momento em que o Imperador não desejaria ninguém além de Lia, mas esse dia ainda não havia chegado. Quando ele ganhasse seu poder total, o momento chegaria. A essa altura, Rae já teria ido embora havia tempos.

Não deixe sua boca preencher um cheque que seu rabo não tem como pagar, a mãe de Rae alertava sempre que a filha se entusiasmava demais. Mas, quando seu plano desse certo, Rae estaria em segurança em outro mundo. Isso não passaria de entretenimento para ela. Ela leria e riria tanto que até tremeria.

Rae segurou no caule da Flor da Vida e da Morte como se ele fosse um poste de stripper.

— Combinado.

Um raio de sol apontou diretamente para Otaviano, ultraconcentrado pelo vidro grosso da estufa. Um holofote selecionando o escolhido.

— É uma promessa. Eu vou ter um império, e as duas mulheres mais bonitas do reino, uma de cada lado do meu trono.

Rae abriu um sorriso sedutor para ele.

— Seja um herói.

Quando Otaviano se aproximou dela, ela esperava que ele tivesse o perfume que heróis tinham em livros: floresta e couro fino e outro cheiro que fosse exclusivamente dele. Apenas uma colônia cara flutuou em sua direção. Heroínas deviam ter um olfato melhor do que as vilãs.

Ele levantou a brilhante máscara coroada e se abaixou para beijá-la. Ele era mesmo lindo. Ver o rosto de Otaviano fez a memória rasgar dentro dela. O cabelo selvagem de Chave e suas costas arruinadas em contraste com seus lençóis e travesseiros brancos. Memória preta como ébano, branca como a neve, vermelha como sangue, e não tinha sido uma história, mas alguém despedaçado.

Rae perdeu a coragem. Ela balançou um dedo de forma altiva, depois correu, subindo as escadas e dando de cara com Chave. O suor ardia em seus olhos. Mesmo com a visão embaçada, ela viu o terror petrificado que era o rosto de Chave sem um sorriso, e percebeu que ele tinha ouvido tudo.

*

Dominada pela certeza de que Chave pretendia cometer crimes, o pânico ceifou seus planos, deixando-a apenas com o desespero. Rae agarrou a parte da frente do gibão dele e o puxou para um beijo. Ela sentiu o puxão quando ele agarrou punhados de seus cabelos, a ferroada de seus dentes quando sua boca se abriu. Quando ela se afastou, o rosto dele tinha voltado à vida, dedos enrolados em seus cabelos em vez de em suas facas. Ela sussurrou:

— Você não pode ficar aqui!

— Me castigue então, milady — Chave sugeriu.

Ela estava em apuros. Ele só dizia "milady" quando estava zangado.

Ela pegou na mão dele. Ele a deixou arrastá-lo pelas ameias, com um calor aflitivo subindo da ravina abaixo e o vento frio vindo do céu cinza e manchado de fumaça acima. Quando Rae virou a cabeça, fios de cabelo voaram em seus olhos em uma tempestade preta. Piscando, ela vislumbrou uma expressão que a fez pensar que os ferimentos de Chave estavam lhe provocando muita dor. Então ele sorriu. As preocupações dela se dissiparam. O sorriso dele era afiado e alarmante como uma adaga, mas ela já estava familiarizada com ele.

Na ficção, as pessoas se curavam rápido depois de ferimentos dramáticos, deixando apenas as cicatrizes interessantes. Chave já estava quase bom. Seria insensato se ressentir do rei por tê-lo ferido.

Quando Chave parou e se encostou nas ameias de pedra, Rae ficou com ele.

— Você falou que não voltaria rastejando para Otaviano — Chave disse lentamente. — Se você não precisou rastejar, gostaria de voltar?

Ela teria se voltado contra ele se houvesse o mínimo julgamento em sua voz. Mas ele estava esperando uma resposta, querendo saber sua história para poder entendê-la.

— Ele vai ser Imperador — Rae lembrou a Chave.

— E você o ama.

Ela amava Otaviano o suficiente para colocar um pôster dele na parede, o Imperador sozinho em seu trono sob um céu enegrecido. Talvez ela não conseguisse enxergar o Imperador nele agora, mas ela havia deixado passar muita coisa sobre Lia, embora as pistas estivessem lá. Ele era o Imperador, então ela o amaria quando ele passasse por sangue e fogo e o desenvolvimento de seu personagem. Nos dias em que ela se sentisse a pior, ele *seria* o pior. Mesmo quando a história escorregava por seus dedos, ele era um grande conforto.

— Eu o amo. Você não sabe o que ele vai fazer com seu poder.

— Coisas grandiosas?

Rae sorriu.

— Coisas terríveis.

Fagulhas voaram e acenderam fogos nos olhos de Chave.

— Melhor ainda.

Por um momento selvagem, Rae imaginou que ele pudesse beijá-la de novo. É claro que ele não a beijou.

— Existe um ditado que diz: "Eu não poderia te amar tanto, querida, se não amasse mais a honra". Isso é conversa fiada de herói. Quando ele for Imperador, ele vai amar alguém mais do que a honra. Ele vai amá-la além da razão. Ele vai fazer tudo por ela, o que significa que cometerá qualquer pecado. Ele vai apagar o sol e arrancar o coração do mundo por amor. É por isso que gosto dos caras maus. Imagine penar, indefesa, em uma torre esperando o herói te resgatar. Depois imagine ser a única capaz de comandar o monstro. É por isso que o amei, mas... ele não me escolheu. O destino também não me escolheu.

Era uma vez uma garota que tinha escolhido o Imperador como seu personagem preferido, mas ela nunca havia imaginado ser uma das muitas pessoas que ele descartaria a caminho do topo. Nas histórias, os personagens principais só se preocupavam consigo mesmos. Todos os outros personagens pensavam neles também.

Quando seu namorado, sua melhor amiga e seu pai foram embora, Rae tinha chorado até não restar mais nenhum sentimento dentro dela. As pessoas podiam fingir que se importavam, mas ela já sabia que jamais poderia confiar novamente. Ela sabia o que era. Era um saco de pele, ossos e doença, toda empelotada por dentro como um mingau ruim, e ninguém a amaria agora.

Ela estava tão acostumada ao modo lento e divertido de falar de Chave que mal reconheceu sua voz quando ela se tornou o som do fogo: meio sibilo, meio rugido, pura fome:

— Ele te machucou.

Rae fez que não com a cabeça.

— O que me machucou foi a verdade. Algumas pessoas não são tão especiais assim. Antes eu achava que era, mas aprendi. Quando ninguém acredita em você, era difícil demais acreditar em si mesmo. Quando eu estava doente, me afastei muito de meus amigos, fiquei pequena demais aos olhos deles, mas isso significou que nunca fui grande para eles. Sou substituível. Sou esquecível. Não sou alguém capaz de mudar o universo.

As pessoas gostavam de histórias sobre um escolhido, porque essas histórias lhes permitiam fingir que o destino as escolheria. Mas Rae já sabia. Pai, amigos, amante, nenhum deles a havia escolhido. Enquanto ela estava morrendo, sabia que, se o mundo fosse um lago, seu falecimento não faria nem uma ondinha.

— Se você pudesse mudar o universo — disse Chave —, o que ia querer?

Rae se lembrou do rei se aproximando da flor que significava sua vida. Seu poder imperial, que em breve lançaria sombra sobre todo o céu, podia consumi-la com a completude devastadora do câncer. Ela imaginou ser forçada a suportar o toque dele como tinha que suportar a picada gelada de uma agulha. O frio tomou conta dela e a fez tremer, apesar do calor que vinha da ravina e da mão de Chave. Ela respondeu com absoluta certeza:

— Não quero que ele me toque nunca mais. Mas o que eu quero não interessa.

— Notei que você muda as histórias enquanto as conta — disse Chave.

— Você as deixa do jeito que quer.

Rae tinha terminado de contar a Chave e Emer histórias infantis, e agora estava narrando programas de TV antes de dormir. Ela podia ter alterado alguns pequenos detalhes enquanto contava.

— Não é a mesma coisa.

Chave sorriu como se ela tivesse contado uma piadinha, apertando sua mão com firmeza.

— É sim. Emer estava certa quando disse que palavras mudam a realidade. O mundo todo é feito de histórias. A vida das pessoas não importa, não de verdade. Mas, se você tem poder, pode fazer com que importe. Pedintes morrem de fome na cidade. Todos dizem: não há nada que possamos fazer. Mas é óbvio que há algo que podem fazer. Eles não se importam o bastante. Se fosse alguém que você amasse, correria para a cidade com pão. Todos são iguais exceto você, e eu não finjo me importar. A guilda dos vidreiros acreditava que meu pai não era nada, então tornou isso verdade. Se soubessem que sua própria sobrevivência dependia da dele, teriam tratado ele bem. Poder é quando você faz outras pessoas acreditarem em sua história.

Os olhos dele eram espelhos da ravina. Rae tinha ouvido falar que, quando se encara o abismo, o abismo te encara de volta. Ela não tinha ouvido falar que então o abismo se torna seu amigo que acha que vocês têm muitos interesses em comum.

Lacaios eram naturalmente abutres com sede de poder, mas isso parecia preocupante. Ainda assim, onde Chave deveria aprender moralidade?

Explosões de calor faziam o cabelo preto e selvagem de Chave se agitar como se estivesse debaixo d'água. O brilho de fogos distantes, tingidos de sangue, banhava seu rosto com uma luz infernal.

— Depois que meu pai morreu, eu não tinha nada, e minha história não significava nada. Agora, eu tenho você e o Naja, e Emer, que vê e ouve da mesma forma que eu. As pessoas se encontram e criam uma nova história entre elas, inventando amor em que acreditar. A menos que eu tenha alguém com quem me preocupar, mal sou uma pessoa, mas você me ensinou a escrever. Agora sei que qualquer conto pode ser reescrito. Me diga que o céu é vermelho e transforme uma mentira em verdade. Você pode ser o centro do mundo e o significado da história. Eu vou tornar todas as palavras que você disser verdadeiras.

— Isso foi... — Rae fez uma pausa. — Isso foi um discurso épico?

Chave soltou uma risada surpresa e repentina.

— Achei que você amasse discursos.

— Não vindos de você — disse Rae.

Quando a expressão dele mudou, ela acrescentou rapidamente.

— Nem de você e nem de mim. Discursos épicos são como diamantes amaldiçoados. Eles não são para vilões.

Chave não entendia em quem a história era centrada: Otaviano. Ela só podia mudar a história ao redor dele e esperar que fosse suficiente. Lady Rahela tinha vivido o bastante para alertar o herói sobre os soldados de gelo. Nos próximos anos, Otaviano posicionaria guardas e protegeria a cidade. Nos próximos dias, ele garantiria que Marius e Lia sobrevivessem aos Desafios da Rainha. No outro mundo, ela estava impotente. Aqui, o conhecimento de Rae era poder que poderia ajudar todos eles.

Nove dias, e ela poderia fugir da história. Ela usaria o tempo que tinha para tentar proteger os personagens nela. Se fosse preciso, deixaria Otaviano fazer o que quisesse com ela. O que importava? Esse mundo todo tinha que obedecer à vontade do herói.

Ela respirou a fumaça que subia do abismo, fazendo arder sua garganta e seus olhos.

— Eu tenho um plano. Otaviano é um mal necessário.

— Você é o mal necessário para mim.

— Então confie em mim. Não corra nenhum risco a menos que seja absolutamente inevitável. Eu prometo que não vou deixar você ser ferido de novo.

Ela ouviu o sorriso na voz de Chave quando ele murmurou.

— Eu acredito em você.

Sob as mãos, ela sentiu o trovão rítmico do coração dele. Como se ele fosse uma pessoa viva de verdade. Como se ela segurasse os tambores da guerra na palma de sua mão.

24
A Vila Invade os Desafios da Rainha

  Então o Primeiro Duque entregou os símbolos da realeza para o primeiro rei de Eyam e pediu que seu herdeiro se ajoelhasse para jurar lealdade. O Segundo Duque parecia irmão gêmeo do Primeiro Duque, exceto por não ter branco no cabelo nem uma terrível luz nos olhos.
  Máscara coroada, manoplas com garras e a espada real foram entregues para proteção. A espada para conquistar o mundo, e as manoplas para abrir caminho ao sair do túmulo com suas garras.
  — Guarde bem isso — o Primeiro Duque alertou ao coroar Primus. — Esconda seu rosto, pois a coroa não pertence a você. Um dia, a linhagem ducal deve servir a seu verdadeiro mestre. Um dia, a ravina vai sangrar no céu e os gritos dos mortos vão se tornar gritos de triunfo. Espere seu Imperador. A grande deusa vagueia muito longe, mas seu oráculo fala a verdade. Ele está vindo por seu trono.
  Dizendo isso, o Duque desceu ao abismo. Ninguém, por todos os séculos de espera e esquecimento que se seguiram, jamais suspeitou de que o duque que salvou o reino era o grande deus que havia voltado. Até o dia em que o céu queimou em vermelho.

Era do Ferro, Anônimo

Rae não sabia por que estava se preocupando em ser sorrateira. Poucos na corte se surpreenderiam em ver a notória Meretriz da Torre entrando no quarto de um homem tão cedo que a lua ainda estava no céu, como um fantasma pálido tingido de vermelho pelo nascer do sol.

Dois quartos de homens diferentes em dois dias era escandaloso, até mesmo para ela.

A criada do Naja, Sinad, pareceu excepcionalmente surpresa quando Chave segurou a porta e Rae passou rapidamente, dizendo:

— Estão me esperando!

Ela não bateu à porta, para o caso de o Naja não querer falar com ela. Abriu as portas da sala de estar, depois do quarto de vestir, e passou pela porta entreaberta que levava aos aposentos dele.

Em uma cama circular ampla como um lago dourado, o Naja se mexia sob uma pilha alta de seda da cor do sol. Ele estava dormindo de barriga para baixo e a luz da manhã passava um dedo claro sobre curvas de músculos e escápulas, descendo pela linha da coluna. Ele lançou um olhar sobre o ombro desnudo, meio adormecido, mas totalmente entretido.

— Ei — disse Rae.

— Ei — disse o Naja.

Eles não se falavam desde aquela noite em seu antigo quarto, quando ela quase lhe disse que ele estava morto.

Ela respirou fundo.

— Tenho pensado muito sobre os últimos dias. Bem. Tenho tramado muito.

— Estou tão chocado. — O Naja não parecia chocado.

— Como os Desafios da Rainha estão acontecendo hoje, tenho certeza de que você também anda pensando muito.

— Não que eu tenha notado — observou uma mulher ruiva, desembaraçando-se da pilha de lençóis dourados. — Ele anda bebendo muito.

— Ah, certo! — Rae exclamou.

— Estou tão constrangido. — O Naja não parecia constrangido.

Um homem loiro, aparecendo do outro lado dos lençóis, acrescentou:

— Nós nos divertimos.

Rae agora entendia a expressão surpresa da criada.

O Naja abriu para o loiro um sorriso um tanto quanto doce e hesitante.

— Fico feliz por você ter achado isso.

— Sei que isso não foi um trabalho, mas é verdade que podemos pegar qualquer coisa que esteja por aqui? Independentemente de ser caro? — perguntou o cavalheiro loiro.

Toda a sugestão de doçura desapareceu. O Naja deu de ombros.

— É claro.

A ruiva suspirou.

— Não seja grosso, Folha. E você, não fique com muitas expectativas românticas. Eu também vou levar algumas moedas diversas e talvez um vaso pequeno, mas caro. — Ela fez uma pausa. — Com carinho.

O Naja se animou, inclinou-se para um beijo rápido, depois olhou para Rae.

— Eu saio quando estiver vestido.

Ele apareceu na sala terminando de amarram um *herigaut* verde transparente, enfeitado com uma estampa chamativa de feras douradas.

— Não me julgue, estive extremamente estressado!

Ela levantou a mão.

— Eu tramo loucamente. Você sensualiza loucamente. Sem julgamentos. — Rae fez uma pausa. — Eu esperava que pudéssemos fazer as pazes.

Ela não sabia ao certo o que mais dizer. O Naja tinha sido ainda mais ridículo do que de costume, falando sobre colocar personagens de livro em risco. Chave ter sido ferido fez arder cada uma daquelas palavras. Ela havia ficado com a sensação de estar errada, mesmo sabendo que estava certa.

Uma pausa cautelosa se seguiu.

— Conte-me seus planos — o Naja pediu.

Rae explicou que tinha alertado Otaviano a posicionar guardas no rio Transgressor e dito que ele deveria reforjar a espada real.

— Então, mesmo que os Desafios tenham sido adiantados, não importa. Lia e Marius ficarão protegidos. Otaviano está preparado. Quando o abismo se abrir, quando a invasão chegar, ele vai saber o que fazer. Eu consertei tudo. Vocês todos estarão em segurança, e eu... eu vou ter ido embora. Não quero ferir ninguém, nunca quis, mas preciso ir para casa.

Ela ficou olhando para o chão, desejando pensar em um argumento inteligente para convencê-lo.

— Ei. — Braços fortes interromperam os pensamentos de Rae, envolvendo-a com um calor constante. — Não precisa dizer mais nada. Vamos levar você para casa em segurança.

Ela correspondeu ao abraço.

Sua equipe estava completa de novo. Eles estavam prontos para encarar os desafios.

*

Para os Desafios da Rainha, eles trouxeram as belas e as feras.

No mundo real, feras mitológicas em livros medievais vinham das pessoas da Idade Média surtando quando viam criaturas que não conheciam e as descrevendo como monstros. Compreensível: em um mundo anterior aos documentários sobre a natureza, o primeiro avistamento de um rinoceronte devia ser impactante.

No mundo de Rae, a leucrócota era alguém desenhando uma hiena quando não estava muito bem. Na terra de Eyam, a criação da ravina tornou essas feras reais.

Neste mundo, Rae podia andar pelos limites das muralhas do palácio, onde criaturas da coleção real de animais exóticos estavam em exibição, girando sua sombrinha e admirando uma leucrócota de carne e osso.

— Milady — alertou Emer. — Maravilhe-se um pouco mais distante dos dentes.

— Parece um pouco um leão e um pouco uma hiena — Rae observou. — Só que é enorme.

Emer suspirou.

— Leões são criaturas imaginárias, milady.

A fera marrom-dourada tinha realmente qualidades de hiena e leão, ambas consideravelmente mais alarmantes pelo fato de a criatura ter o tamanho de um cavalo. Sua cabeça, larga e reta, mas terminando em um focinho pontudo, balançou na direção de Rae quando ela passou.

— *Rahela*.

— Elas não são umas gracinhas? Eu queria poder dar comida para elas.

— Você pode — disse Emer, acabando com a alegria. — Elas comeriam sua mão.

— Eu também gosto delas — contribuiu Chave, alegre e sanguinário. — Elas conseguem destruir um corpo em menos de um minuto.

A leucrócota não tinha dentes individuais, mas uma crista de osso sólido como uma proteção de marfim. Ela bateu seu bloco de dentes com alegria quando Rae colocou a mão para dentro das grades para acariciar seu pescoço e Chave riu, selvagem e satisfeito.

Eles caminhavam com bom humor, Chave andando com facilidade como se nunca tivesse sido ferido. Até mesmo Emer cedeu o suficiente para deixar Rae comprar *chewets* para todos — pequenas tortas contendo carne de porco moída e ameixas, com uma massa excepcionalmente firme para comer na rua. Os *chewets* eram muito difíceis de mastigar. Bancas de comida e jaulas em exposição estavam organizadas ao redor do anfiteatro, dentro das muralhas do palácio, onde normalmente se encenavam as peças de verão. Bandeiras azuis e prateadas tremulavam contra um céu azul e dourado, e doze damas estavam batalhando pela mão do rei. Mas não Rae. Ela havia organizado para que Otaviano tivesse a espada e fizesse a trama correr sem percalços. Lia venceria os desafios e seria declarada rainha, um título que poderia escolher em vez de ser chamada de imperatriz. Certamente, Otaviano estaria ocupado demais com sua prometida para se lembrar de Rae até a noite em que a Flor da Vida e da Morte florescesse. Tudo o que ela e as víboras tinham que fazer era desfrutar de um dia maligno ao ar livre.

Despreocupada, Rae girou para ver uma jaula de íbex, criatura parecida com cabra que tinha chifres como espadas. O Naja voltou de onde estava jogando moedas com entusiasmo para os menestréis e apontou para o *chewet* dela.

— Quero um pedaço.

Em vez de tirar um pedaço, ele se abaixou e fincou os dentes na massa que estava na mão de Rahela, depois se endireitou e sorriu na direção de Chave:

— Estou surpreendentemente feliz por você ter sobrevivido para nos atormentar.

Chave fez cara feia, mas depois de um momento sorriu de volta.

— Vou te atormentar em particular.

— Por favor, não. — O Naja piscou para Rae. — Sei o verdadeiro motivo de você ter desejado fazer as pazes. Só está tentando ganhar um convite para meu camarote privado.

Rahela abriu um sorriso atrevido para ele.

— Você me pegou. Sou uma vilã perversa.

Ele tomou a frente, fazendo sinal para que eles o seguissem.

Quando Rae passou, um guarda murmurou:

— *Meretriz*.

Ela estendeu o braço para impedir que Chave avançasse.

— O que vem de baixo não me atinge!

Apenas o sorriso de Chave fez o guarda recuar.

— O que vem de cima com certeza atinge.

Plebeus estavam sentados em fileiras de pedra que cercavam o círculo de terra que formava o palco. Aristocratas tinham camarotes construídos em torres de madeira sobre os degraus de pedra, cobertos de almofadas. O do Naja era o segundo em grandeza, perdendo apenas para o do rei, e era dourado como o interior de uma caixa de chocolates cara.

O círculo de terra abaixo já estava agitado. Enquanto assistiam, um cavaleiro cansado de armadura chapeada lutava contra um grifo preso em uma corrente barulhenta. A manhã toda, cavaleiros se ofereceram para servir como campeões das moças para expressar sua admiração por uma das damas à espera de se tornarem rainhas. Ou porque tal cavaleiro por acaso estava a serviço do pai de certa dama. O cavaleiro que lutasse a batalha mais espetacular seria considerado vitorioso.

Como vilões, as víboras deviam chegar com um atraso elegante. Além disso, eles sabiam quem venceria no final.

Os outros não tinham essa informação. Quando Rae e sua equipe entraram com o Naja, encontraram o camarote já meio cheio. O clube do livro do Naja, Rae imaginou. Lady Zenobia havia levado um livro. Lorde Fabianus havia levado a família toda.

Devia ser verdade que os Nemeth estavam tendo problemas com dinheiro, se não podiam pagar por seu próprio camarote. O General Nemeth estava obviamente desconfortável nesse ninho dourado de sensualidade e literatura. Rae analisou o general com desconfiança. Era ele que estaria tramando seu assassinato? Ela não sabia como deveria ser a aparência de alguém que tramava seu assassinato. Ao lado dele estava um garoto robusto de cerca de onze anos que tinha os cabelos pretos do general, mas intocado pelo grisalho. Ele devia ser Tycho, o irmão novo demais para usar as manoplas.

E havia as gêmeas. Normalmente era difícil diferenciar Lady Hortênsia de Lady Horatia. Hoje, a diferença era brutal. Desde o ataque na Corte do Ar e da Graça, a pele de Lady Hortênsia tinha amarelado e se esticado sobre os ossos, quase combinando com seus cabelos cor de limão-siciliano. O dia estava quente, mas Lorde Fabianus ajeitou um cobertor de lã sobre as pernas fracas da irmã.

Era evidente que ela estava morrendo.

O Naja disse algo no ouvido de Rae ao passar por ela.

— Não pergunte como está Lady Hortênsia. A deterioração começou devido às mordidas. Fabianus pegou dinheiro emprestado para contratar curandeiros, e ele sempre se recusou a aceitar um botão meu antes.

Rae sentiu-se presa ao último degrau antes de entrar no camarote, como se dois dedos cruéis tivessem descido do céu para segurá-la no lugar. Ela se lembrou de Chave se ajoelhando para colocar a boca em seu ferimento de mordida. Se não fosse por Chave, Rae estaria na mesma situação de Hortênsia. Ela poderia estar morrendo de novo.

Ela sabia qual era a sensação de ter sua carne derretida, como se você tivesse se transformado em uma escultura de gelo sob a pele. Nenhum alimento ajudaria, nenhum remédio, nenhum amor. O futuro era um desgaste inexorável de você mesmo.

O olhar penetrante do General Nemeth a distraiu. Ele parecia furioso porque a Meretriz ousava manchar o lugar em que suas virtuosas filhas se sentavam. Rae abriu a sombrinha e a girou nos limites do camarote. Apenas para ser desagradável.

Ainda mais surpreendente que a presença do General Nemeth era a presença da princesa Vasilisa, usando menos joias do que de costume. Rae se perguntou se a princesa teria se juntado ao clube do livro.

Como não era uma dama à espera de se tornar rainha, Vasilisa não podia participar dos desafios. A princesa parecia surpreendentemente alegre vendo outras competirem pela mão do rei.

— Olá, Lady Rahela.

Rae deixou seu sorriso passar de provocador a genuíno.

— Olá, Alteza. Você está ótima.

— É o que eu fico dizendo a ela. — Lorde Fabianus parou de se ocupar de Hortênsia.

Vasilisa corou.

— Obrigada.

Agora que uma princesa havia aceitado Rae, o general e suas filhas se permitiram acenar com a cabeça em sua direção.

Um garoto chegou para apresentar ao Naja uma folha dobrada em uma bandeja de prata. Rae espiou e pegou as palavras *"mau, mau pônei dourado"* antes que o Naja discretamente retirasse o papel da vista.

— Tenho recebido um número alto de cartas de admiradoras desde nossa dança. Pode ser um fator-chave para eu te perdoar.

Rae ofereceu ao Naja um toque de punhos.

— Legal.

Ela não tinha recebido carta de nenhum admirador, apenas um número aumentado de olhares maliciosos nos corredores.

— Bem, elas não estão me convidando para conhecer suas mães. — O Naja se recostou no assento, observando a multidão com a testa levemente franzida.

Ele não estava franzindo a testa porque pessoas tinham intenções indecorosas para com ele. Seu olhar se fixou em uma figura solitária na multidão, com um lenço azul esvoaçando como um pedaço de céu em volta do pescoço, cabelos longos transformando a luz do sol em ouro.

Lia.

Como no salão de baile, ela estava sozinha.

Instantaneamente, Rae propôs.

— Vamos convidá-la para o seu camarote.

O Naja balançou o dedo em reprovação.

— Ficar se envolvendo com personagens principais vai provocar um desastre.

Ele olhou para Lia novamente, depois colocou um punhado de ouro sobre a bandeja de prata do garoto e pediu que ele transmitisse um convite para Lady Lia se juntar a eles.

— Eu sabia que você ia fazer isso — Rahela disse ao Naja com orgulho.

— Por causa de minha bela natureza?

— Porque você pediu para ela se sentar com você no livro — Rae disse baixinho. — Você tem o coração mole.

Chave perguntou como quem não quer nada:

— Você disse que ele pediu para Lia se sentar com ele no lixo?

Emer olhou para Lorde Popenjoy com muita desconfiança.

— Damas não deveriam ouvir esse tipo de proposta.

Rae temeu que tivesse sido indiscreta mais uma vez.

O Naja pareceu alarmado.

— Eu não tenho planos para Lady Lia! O que eu quero são assentos na primeira fila para ver Marius se oferecer como campeão de Lia. Mesmo que isso signifique que a mulher que ele ama se casará com outro. Sacrificar-se pela amada é um dos dez gestos românticos mais importantes.

— Isso ainda vai acontecer? — Rae sussurrou.

O Naja endireitou o corpo.

— Por que não aconteceria?

— O torneio não deveria acontecer tão cedo! E a cena da sacada ao luar não aconteceu direito. Será que ele já a ama?

— À primeira vista e para sempre — retrucou o Naja. — Você deve se lembrar da profecia. *Quando o coração do cavaleiro branco se desvia para rainhas proibidas*. Lia está prestes a ganhar os Desafios da Rainha. Eles são almas gêmeas!

— Você parece muito engajado na profecia da Oráculo, Lorde Popenjoy. — Emer continuou olhando feio. — Não sabia que era religioso.

— Eu acredito em Marius. Os deuses são menos certos.

Apesar de sua certeza proclamada, o rosto do Naja estava estranhamente preocupado. Ele franziu a testa para o espaço na multidão onde estava Lorde Marius, cabeça e ombros acima daqueles que o cercavam, todos mantendo certa distância.

O representante do grande deus deveria atuar como mestre de cerimônias. Tradicionalmente esse papel pertencia a um Valerius, mas Lorde Marius havia feito juramento à deusa. A tribuna sagrada era incrustada com prata oricalco, que brilhava tanto em vermelho quanto em preto manchado sob o sol do meio-dia. Em vez de Lorde Marius, o primeiro-ministro Pio presidiu, parecendo desconfortável, como se estivesse aprisionado em uma grande árvore atingida por um raio. Rae apreciou a visão clara dos dois homens que ela suspeitava estarem tentando matá-la.

Quando Lia chegou, a preocupação do Naja desapareceu. Seu sorriso a envolveu em ternura, natural como o nascer do sol tornando as montanhas douradas.

— Lady Lia, permita-me uma pequena liberdade.

Ele separou os dedos uma fração de centímetros, depois ofereceu a mão com a palma virada para cima. Quando Lia lhe deu sua mão, o Naja deu um beijo na parte interna do pulso dela.

Quando Lia se afastou com uma confusão virginal, o Naja sussurrou:

— Marius está vindo agora. Veja, ele está com ciúme!

— Você insiste que o rosto dele faz expressões — disse Rae. — Eu não consigo enxergar.

Como Marius parecia sanguinário o tempo todo, Rae não conseguia dizer se ele estava zangado por alguém estar beijando Lia, furioso porque o Naja estava beijando alguém, ou ultrajado pela indecência em público.

Lia estava sorrindo como se gostasse do Naja, ou pelo menos o achasse divertido. Ao notar sua meia-irmã, o sorriso de Lia morreu.

— Venha se sentar ao meu lado — Rae convidou.

Lia lutou visivelmente com a preocupação de que poderia parecer indelicada ao recusar. No fim, cerrou os dentes brilhantes e se deixou baixar suavemente, o vestido simples balançando ao seu redor como uma nuvem azulada. A ponta de seu lenço era de um azul mais escuro, como as graduações do céu à noite.

Rahela puxou o lenço de Lia de brincadeira.

— Sei que no futuro você usará apenas branco para enfatizar sua pureza. Só existe uma razão para você ainda estar usando roupas com tons de azul. Para contrastar com a Beleza Mergulhada em Sangue. É bom saber que você está pensando em mim.

— Não há necessidade de eu pensar em você — Lia observou. — Não quando você está sempre pensando em si mesma.

Era quase fraternal elas se definirem pelas diferenças entre as duas. Rae havia imaginado a mais bela de todas como solitária, mas onde havia a mais bela deveria haver a mais feia. E mesmo a mais bela poderia querer um pouco de diversão na vida.

Rae sorriu em encorajamento.

— É isso, se solte. Deve ser duro sempre tentar ser a mulher mais bem-comportada do recinto.

Ela notou os olhos azuis de Lia deslizarem na direção da princesa e do general, que conversavam.

— Deve — Lia concordou com doçura. — Você nunca pareceu capaz disso.

— Oooh, um veneno educado. Ouça, algumas pessoas podem achar que você é uma mentirosa manipuladora e totalmente falsa — Rae murmurou. — Mas *eu* te acho incrível, e um personagem bem mais interessante agora!

— Não sei do que está falando. Não entendo por que você sempre tem que ser tão cruel.

Lia dirigiu um olhar suplicante ao Naja. Um leve toque de orvalho brilhava em seus olhos.

O Naja balançou a cabeça.

— Desculpe, querida. Eu mesmo já te entendi há um bom tempo. Se interessar, não guardo rancor de você.

Como alguém poderia? Inocentes eram literalmente devorados vivos nesse palácio. Lia não teve escolha além de se tornar uma cobra em pele de cordeiro.

— Somos todos horríveis — Rahela garantiu a ela. — Considere isso um convite para se juntar ao meu ninho de víboras.

Quando os olhos de Lia queimavam de indignação, ficavam azuis como a chama de uma vela.

— Eu não compreendo suas alegações!

— Ah, sem essa — Rahela disse. — É óbvio se você parar para pensar. As gêmeas não cortaram seu vestido de baile. Você cortou seu próprio vestido para que pudesse faltar ao baile e não ser negligenciada pela princesa. Você só foi ao baile porque recebeu outro vestido de presente de maneira inesperada. Antes disso, você chorou o próprio sofrimento perto de uma lareira conectada via chaminé a uma sala onde o homem mais íntegro do reino estuda. Apenas um idiota acreditaria que foi coincidência.

O corpo de Lia ficou duro como um junco petrificado.

— Milady! — Emer disse em tom de alerta.

— Quer um docinho? — O Naja ofereceu a Lia um doce rosa e perfumado de um prato dourado.

Repentinamente como um tremor de terra, o prato dourado balançou na mão dele.

— Ah, não — ele disse em um tom distante. — Estamos ferrados.

O olhar de Rae acompanhou o de Naja até onde estava o Última Esperança, com os cabelos preto e brancos caídos sobre o ombro, o rosto uma escultura em uma geleira.

Tinha ficado bem claro que ele ouvira tudo.

— Como você é esperta, Lady Lia — observou Lorde Marius. — Como sua meia-irmã. Um ninho de víboras, de fato.

*

O clima no camarote dourado era incrivelmente estranho. Lorde Marius sentou-se, braços cruzados diante do peito largo, recostando-se para observar as batalhas. Todos observavam em uma agonia aristocrática de constrangimento social um cavaleiro lutar contra um unicórnio acorrentado.

Qualquer tentativa de conversar naufragava, como se tentassem remar pequenos barcos de diálogo em um mar congelado. O silêncio frio de Marius e sua presença física imponente dominavam o ambiente.

Da arena, o locutor proclamou:

— Quem vai representar Lady Horatia Nemeth?

Rae ficou aliviada pela distração, mas surpresa por já estarem nos Nemeth. É claro, os Desafios da Rainha terminariam mais cedo do que no livro. Muitas das candidatas a rainha tinham sido devoradas pelos mortos-vivos.

O general ficou em posição de sentido.

— Sou da família. Quando eu reivindicar o direito, nenhum cavaleiro deve interferir.

— Você não precisa ir, papai — sussurrou Horatia.

— Enquanto eu estiver vivo, tenho o privilégio de defender minha filha.

— Ele deu um beijo na lateral da cabeça de Horatia e saiu do camarote.

Que pai gentil. Talvez gentil o bastante para mandar assassinos atrás da rival de sua filha.

Rae olhou para Hortênsia.

— Achei que os Desafios da Rainha fossem por idade, da mais velha para a mais nova.

E Hortênsia era a gêmea mais velha. Mas Lady Hortênsia, tão magra que quase dava para ver seus dentes cerrados através da pele quase semitransparente do rosto, declarou:

— Não sou mais uma dama à espera de se tornar rainha.

É claro, Otaviano a havia dispensado. Uma rainha deveria ter boa saúde para gerar herdeiros. Uma dama que não podia procriar era jogada fora como o conteúdo de um penico.

Vendo a família Nemeth tensa, Rae foi tomada por uma terrível lembrança. Nos livros, o General Nemeth tinha lutado pelas duas filhas, já que eles não podiam arcar com as despesas de manter cavaleiros da casa. Ele foi gravemente ferido em uma batalha contra uma cobra monstruosa.

A mão magra de Lady Hortênsia se fechou sobre o ombro do pequeno Lorde Tycho. Hortênsia estava morrendo. Eles estavam pobres. Os Nemeth deviam estar cientes de que o general não era tão forte quanto antes, mas sua desbotada glória em guerra era tudo o que a família tinha. Rae tinha acreditado que era o primeiro-ministro que estava mandando assassinos atrás dela, mas talvez fossem os desesperados que mostrassem feitos desesperados.

Ela deveria torcer pela derrota do general? Ele era seu inimigo?

Enquanto a multidão assistia a Nemeth caminhando até o centro, daria para ouvir um alfinete caindo na poeira da arena. Em vez disso, eles ouviram o rangido frio da porta da jaula se abrindo.

Um som de arrasto se seguiu, como uma enorme corda sendo puxada pela terra. Rae se inclinou sobre a lateral do camarote para ver o que estava vindo para o general.

A anfisbena deslizava, porque não tinha pés. Era uma cobra com o corpo grosso como o de um lagarto, movimentando-se sobre a barriga em movimentos circulares deliberadamente lentos na direção onde o general estava com seu machado. Seus olhos eram enormes e amarelos, brilhando com um fogo interno como lanternas. Onde sua cauda deveria estar, havia outra cabeça, esta com chifres. Os chifres curtos e grossos chacoalhavam como caudas de cascavel. A boca aberta babava veneno preto.

Rae e Chave trocaram olhares satisfeitos. Era inegavelmente legal.

— Sangue e circo. — O Naja abriu seus óculos escuros e os deslizou sobre o nariz.

Aparentemente, o Naja tinha feito outra fortuna inventando "óculos escuros" no último verão. Cada membro de seu salão tinha os seus.

Rae olhou para os óculos escuros com saudade.

— Achei que a frase fosse "pão e circo". Para manter o público feliz e obediente, um governante precisa fornecer comida e entretenimento suficientes.

O Naja disse:

— Talvez se você der às pessoas satisfação cruel o suficiente, elas nem se importem com comida.

Rae notou Chave encostado na parede, ouvindo com atenção. Seu rosto tinha ficado sério como raramente ficava. Até que notou o olhar dela sobre ele, e sorriu só para ela.

O pequeno Lorde Tycho agitava uma espada de madeira como se desejasse lutar no lugar do pai. A corte dizia que o filho mais novo do general era um herdeiro ideal, diferentemente de Lorde Fabianus.

A lâmina de brinquedo de Tycho quase arrancou a orelha da princesa. A mão de Ziyi foi automaticamente para o cabo de sua espada bem verdadeira.

Lorde Fabianus abraçou Tycho e confiscou sua espada.

— Comporte-se, ou vou te vestir com trajes elegantes.

O general deu um chute na grande cobra com uma bota enorme e surrada, transformando um dos olhos da cabeça não venenosa em geleia. O Naja ofereceu a Tycho, que tremia, um docinho e despenteou seus cabelos. Horatia cerrou os punhos. Um leve som desprotegido escapou dos lábios de Lia. Horatia era a segunda mais jovem entre as damas. Lia, com dezenove anos, era a mais jovem. Agora seria a vez de Lia.

Para imenso alívio de Rae, o rosto gelado de Marius derreteu de leve. Talvez seu coração tivesse se abrandado ao ver Lia com medo.

Seu olhar pareceu pousar sobre o pequeno Tycho, apoiado no ombro do Naja. Talvez Lorde Marius simplesmente tivesse uma simpatia por crianças.

Marius se ofereceria para ser o campeão de Lia ou não? O General Nemeth seria ferido ou não?

Estressada, Rae enfiou doces na boca e engasgou quando a anfisbena mudou de direção. Sua outra cabeça tomou a dianteira e avançou sobre o General Nemeth. O general balançou o machado, o cabelo branco esvoaçando.

As gêmeas Nemeth deram voz ao grito de batalha de seus ancestrais.

— Sangue, sangue, *sangue*!

— Sangue, sangue, *sangue*! — A voz infantil de Tycho gritava com entusiasmo.

Fabianus Nemeth, de punhos cerrados e babados esvoaçando, entoou o cântico:

— Sangue, sangue, *sangue*!

Ao seu lado, a princesa Vasilisa parecia um tanto quanto desconcertada. Rae não a culpava. Vasilisa semicerrou os olhos para a figura elegante repentinamente sanguinária.

— O sol está te incomodando? — Fabianus tirou seus óculos escuros e os colocou sobre o nariz da princesa. — Pronto. Onde eu estava? Sangue, sangue, SANGUE!

As presas da anfisbena acertaram a terra. Assim como o machado do general. Um grito frustrado irrompeu da garganta de cada um de seus filhos.

Então o camarote ficou em silêncio quando a cobra se contorceu em uma curva. A cabeça com um olho só foi direto para a arma do general, fincando as presas no cabo do machado. A outra cabeça foi direto para o general.

Era assim que o general era ferido, com as presas da serpente rasgando sua perna até o osso.

Mas, no livro, o General Nemeth tinha participado de uma luta por sua filha mais velha primeiro. Ele estava cansado.

Dessa vez, o general foi rápido o bastante para agarrar a anfisbena, dedos grossos fechando-se ao redor de metade do corpo verde e marrom da serpente mágica. Suas escamas eram da cor de uma corda podre.

— Se ela tem duas cabeças em vez de uma cauda — o Naja murmurou —, como ela vai ao banheiro das cobras?

Rae ficou feliz em esclarecer.

— Ela excreta pelos poros, como suor.

O Naja olhou para ela com indiferença.

— Disso você se lembra?

O general levantou a criatura sobre seus ombros fortes, depois torceu a serpente dando um nó, depois outro. Com toda a sua grande força restante, ele enrolou a anfisbena em círculos sobre círculos até que a cabeça de um olho só mordeu, em confusão selvagem, a cabeça venenosa. O General Nemeth lançou seu inimigo derrotado no chão.

No camarote, a família Nemeth explodiu de alegria.

Sob a cobertura dos aplausos, Rae se aproximou e sussurrou para o Naja:

— Algumas mudanças na história são boas.

— Se o general estiver tentando te matar, o fato de ele ter escapado do torneio sem um arranhão é uma péssima notícia — o Naja lembrou a ela.

Rae esmoreceu. Qualquer resquício de satisfação se dissolveu na poeira da arena quando o primeiro-ministro Pio gritou:

— Quem vai representar Lady Lia Felice?

Depois dos gritos de triunfo, o silêncio caiu com força.

O pequeno rosto de Lia era um botão de galanto envolvido em gelo quando ela se levantou, alisou a saia azul e branca e desceu lentamente os degraus do camarote sozinha. Ela não suplicou, mas um brilho deixou seus olhos azuis luminosos. Ela usava lágrimas como as outras pessoas usavam joias, sua beleza apenas se aprimorava com o sofrimento.

Quando chegasse à arena, Lia teria que suplicar que um campeão lutasse contra os monstros acorrentados.

O Última Esperança deveria ter se oferecido.

Lorde Marius Valerius estava sentado no camarote dourado, frio e belo como uma estátua. Exatamente com a mesma quantidade de pena, expressividade e disposição para se mover de uma estátua.

— *Marius*. — O Naja o cutucou com o cotovelo. — Seja o campeão dela!

O olhar de lobo branco dele se moveu com indiferença das jaulas para o Naja.

— Ela é uma mentirosa.

O Naja baixou os óculos escuros para mostrar seus olhos semicerrados.

— Aqueles que gostam da honestidade brutal honestamente gostam da brutalidade. Ela é uma mentirosa. Eu sou um mentiroso. Todos aqui somos mentirosos, ou você realmente acredita que Lady Horatia gosta de flertar com o rei que descartou a irmã dela?

O olhar de Lorde Marius para Horatia pareceu genuinamente surpreso. Horatia se escondeu atrás do irmão.

O Naja continuou.

— A diferença entre um vilão e um herói é que um vilão é descoberto como um ser humano. Você esperava que Lia ignorasse que estava em perigo e esperasse pelo melhor? As pessoas morrem nas sarjetas da cidade todos os dias. Garotas idiotas demais para sobreviver não sobrevivem. Alguém pode mentir e trapacear para sobreviver e ainda assim ser leal e gentil e estar tentando fazer o seu melhor.

— Você não pode esperar que ele entenda *nuance* — Rae sussurrou. Este era o Última Esperança!

Houve uma pausa.

— Se a pessoa está tentando fazer o seu melhor... — Surpreendentemente, um indício de concessão apareceu na voz de Lorde Marius. — Então por que faz o seu pior?

— Talvez seja a única coisa que ela consegue pensar em fazer — disse o Naja. — Mas perdoe a dama só dessa vez, pelo bem de seus belos olhos.

Em um instante uma era do gelo recaiu sobre Lorde Marius.

— *Você* que se desdobre para afastar as lágrimas de crocodilo de Lady Lia. *Eu* não sou suscetível a enganações e truques.

O Naja tentou disfarçar a raiva com uma risada.

— Toda essa humilhação das vadias. Onde estão os elogios às vadias? Rápido, alguém me diga que sou absurdamente fofo e que faço uma ótima gestão do tempo.

Lorde Marius parecia ainda mais furioso. Rae não conseguiu conter um tremor. Os Nemeth estavam alinhando seus próprios corpos entre o pequeno lorde e a ameaça em potencial. Não que isso fosse importar. Se um Valerius perdesse o controle, todos nesse camarote estariam mortos.

O Naja Dourada suspirou.

— Você acha que alguém pode enganar um trapaceiro? Eu odeio ver Lia chorar para manipular as pessoas. Ninguém se importaria se eu chorasse. Eu posso muito bem rir. Mas...

O Última Esperança o esperava falar com uma impaciência que Rae podia sentir crescendo como um vento gelado antes de uma tempestade. Ela imaginou o Naja sangrando como Chave havia sangrado, lembrou-se do Naja morrendo pela mão de Marius.

Rae se apressou onde os outros temiam pisar.

— Ninguém escolhe lágrimas como arma se tiver uma alternativa. Lágrimas são armas terríveis por serem líquidas. As pessoas ignoram lágrimas. Ninguém ignora um machado. É terrível que lágrimas só importem quando são derramadas pelo tipo de garota que as pessoas consideram puras. E é terrível que algumas garotas só tenham suas lágrimas, sem nenhuma outra forma de se defender. Mentirosos merecem morrer?

Rahela lançou sua pergunta contra a parede do frio desdém de Lorde Marius, já ciente de que havia cometido um erro crucial de julgamento.

Nenhuma história convencia um público hostil. Quem contava o conto importava. Marius podia odiar o Naja, mas estava claro que ele nunca deixaria ninguém o machucar. Estava igualmente claro que Lorde Marius receberia bem a notícia de que Rae tivesse sido morta por uma carroça passando na rua.

— Como Lorde Popenjoy disse, pessoas morrem nas sarjetas desta cidade todos os dias. — A voz do Última Esperança era aço sob gelo. Até o Naja, que nunca demonstrou ter medo do Valerius, se encolheu. — O que torna Lady Lia especial?

Rae e o Naja trocaram um olhar culpado. Nenhum dos dois disse nada.

Quando Lia chegara à corte, as pessoas tinham escrito poemas chamando-a de pérola pela qual esperavam, a Pérola do Mundo. Rae não podia dizer que Lia era a heroína do livro. Ela não sabia como convencer as pessoas a valorizarem Lia. Era um novo problema. Todos sempre pareceram considerar a heroína preciosa.

— Lady Lia uma vez me disse que estava sempre em perigo — Emer sussurrou. — Se a pureza é manchada nem que seja uma única vez, ninguém nunca mais acredita nela.

O Última Esperança fez seu julgamento.

— Se eu luto por alguém, isso diz que eu acho que esse alguém é digno de minha luta. Não vou fazer isso.

De canto de olho, Rae viu o rosto de Emer empalidecer e sua mão flexionar como se desejasse estar perto do cabo de um machado. Então Emer abaixou a cabeça. Uma criada não tinha permissão sequer se dirigir a Lorde Marius em público.

Certamente, nesse estágio de desespero, o Naja diria algo diplomático.

— Está bem — retrucou o Naja. — Eu vou.

O caos se formou no camarote, todos tentando dissuadir o Naja de uma vez. A tentativa do Naja de se levantar foi impedida por um braço musculoso que desceu sobre os braços acolchoados de veludo de sua cadeira como uma barra de ferro.

O Última Esperança ordenou:

— Você não vai.

Séculos de comando ecoaram em sua voz. O Naja respondeu com um desdém pungente.

— Aqui está o meu tipo de honra em ação. Você fica aí julgando. *Eu* vou salvar a garota de ser feita em pedacinhos por feras selvagens.

Ao ouvir a palavra "honra" ser pronunciada com desprezo, o braço de Lorde Marius caiu. O Naja se levantou com um movimento brusco de suas mangas adornadas de ouro.

— Pare. — A voz de Marius rangeu, um iceberg contra um navio que não mudaria o curso. — Eu vou me apresentar como o campeão dela.

O Naja se jogou na cadeira e deu uma piscadinha para Marius.

— Obrigado, é óbvio que eu não ia fazer isso.

Ele deslizou os óculos escuros para cima no nariz.

Os nervos de Rae estavam tensos, mas Lorde Marius continuou em pé.

Uma vez dada sua palavra, o Última Esperança não a retiraria. Rae voltou a respirar um pouco melhor.

Solitária como uma nuvem, Lady Lia caminhou com propósito até o centro da arena. O sol derramava luz sobre seu cabelo, no bracelete de preferida em seu braço direito e na manopla encantada no esquerdo. Sua voz musical soou para o público.

— Eu entro no torneio com meu próprio nome. Serei minha própria campeã!

Ninguém poderia ajudá-la agora.

Emer fez um som como se as palavras de Lia fossem um golpe. Rae arqueou os ombros sob um novo fardo. *E se quando mudamos a história só pioramos as coisas?*

Lia tinha apenas dezenove anos. Rae se lembrava de quando fizera vinte e passara o dia chorando lágrimas furiosas e descontroladas. Ela havia ficado com raiva porque tantos heróis eram adolescentes, mesmo nos livros feitos para adultos. Parecia que a era da magia tinha terminado para ela, e só o que restava era morrer.

Pessoas de dezenove anos também podiam morrer.

Ela observou a pequena figura solitária na arena empoeirada. Lia não queria ser impotente. Se lhe dessem uma arma, uma chance, ela lutaria.

Rae sentia empatia. Ser impotente a fazia se sentir presa a uma cadeira, com veneno sendo colocado em suas veias. Ela costumava imaginar ter uma grande aventura, uma causa digna de dor. Salvar a vida de alguém. Fazer um grande sacrifício.

Em vez disso, tinha sido ela que havia dado a manopla a Lia. Se Lia fosse morta diante dos olhos deles, seria culpa de Rae.

25
A Dama Que Será Rainha Daqui Para a Frente

Vendo sua amada em perigo, o Imperador rasgou o mundo com um pensamento. Desejo de Vingança brilhava em sua mão como um raio, e a ravina entornava vermelho como sangue no céu. Cicatrizes prateadas cortavam o céu carmesim enquanto a fera morria gritando. Quando Lia se abrigou sob seu manto escuro, o Imperador avançou sobre a multidão. O sangue da criatura selvagem respingado em seu rosto era um alerta vívido. Seus súditos se encolheram com medo do divino.

Se sua espada era raio, sua voz era trovão.

— De joelhos para sua rainha!

Era do Ferro, Anônimo

A manticora era maior do que a leucrócota ou o unicórnio, era grande como um urso. Seus pelos eram de um vermelho-escuro profundo. A cor que queimava no coração da ravina. A cor do sangue.

A manticora não se movia como um urso. A fera se movia com sons suaves de arranhadura na poeira, com enormes patas semelhantes às de um gato e garras que se projetavam como unhas de aves. Correntes pesadas grandes como as pernas dianteiras da manticora estavam presas a suas pernas traseiras.

— Aquelas correntes vão quebrar. — A voz de Rahela pesou com a profecia, depois ficou mais leve com uma falsidade superficial. — Mas não se preocupem! O Imperador está vindo para salvá-la. Ele tem a espada. Eu providenciei.

Emer suspeitava de que as mentiras de sua senhora estavam cansando até ela mesma.

Lia era um ponto azul ao lado da gigantesca criatura carmesim. Uma flor que poderia ser esmagada sob uma pata. Era dever de Emer ficar ao lado de sua senhora, com as mãos cruzadas, e ver Lia morrer.

As mãos do Naja apertaram a grade do camarote.

— Nada é garantido.

O Última Esperança o puxou de volta para sua cadeira. O Naja era um homem alto, mas, contra a força de guerreiros, homens eram brinquedo. Ele disse algo no ouvido do Naja.

Os ouvidos de Emer eram afiados por anos escutando escondida. Pareceu um nome.

Se "Eric" fosse um nome.

Na sala dos criados, haviam dito que, quando Lorde Marius prestou testemunho contra a senhora de Emer, sua voz foi impiedosa. Todos os que ouviram souberam que Rahela estava condenada. Agora Emer ouvia a voz do julgamento com os próprios ouvidos.

— A campeã foi declarada. Lady Lia não tem família para intervir. Não há nada que você possa fazer.

Os lábios do Naja se curvaram.

— Quem morreu e te transformou em meu chefe?

Lorde Marius pareceu intrigado.

— Eu não estava ciente de que essa era uma opção. Quantas pessoas precisam morrer?

Todos no camarote pareciam horrorizados.

O Naja deu um soco forte no ombro do guerreiro mais fatal de sua geração.

— Não fale essas coisas de assassino em série! Já temos um desse.

Ele apontou para Chave, que sorriu.

O Última Esperança lançou a Chave um olhar frio. Era possível que ele não tivesse nenhum outro tipo de olhar.

— Esse é o criado que você acha que pode me derrotar? Qual é o seu nome mesmo?

O olhar de Chave, com um brilho estranho, encontrou o de Lorde Marius. A possibilidade de violência girava no ar entre eles, um reflexo de uma chama escarlate dançando no gelo. Emer achou que não havia espaço em seu coração para mais medo. *Certamente*, Chave não era louco o suficiente para lutar contra o herdeiro da mansão e das montanhas.

— Meu nome é Chave.

O General Nemeth retrucou:

— Diga "a seu dispor, milorde".

Os lábios de Chave se curvaram.

— Não estou ao dispor de ninguém além do dela.

Ele apontou com a cabeça para Rahela. A senhora de Emer ainda estava observando a arena.

Alguém tinha dado uma espada para Lia. A espada era uma agulha sob o focinho da manticora, pouco maior que um dos dentes do monstro. Lia empunhou sua lâmina com a magia da manopla e uma coragem desesperada, e conseguiu atingi-lo na lateral. Sangue preto escorria contra o pelo vermelho da manticora. O grito da manticora, meio trombeta e meio berro, preencheu o anfiteatro. A esperança aterrorizada dificultava a respiração de Emer. Se bem colocado, um espinho era capaz de derrotar até a maior das feras.

A manticora avançou. Sua cauda arqueou, um rabo de escorpião, mas cem vezes maior, metade do tamanho do animal e três vezes o tamanho de Lia. A cauda tinha cinco segmentos lembrando cinco conchas pretas ligadas por um músculo tênue. Na ponta estava o ferrão, curvado como um espinho enorme mergulhado em tinta. A cauda do monstro foi diretamente para Lia, com o ferrão apontado com uma precisão fatal. Ela teve que se afastar com rapidez. Sua lâmina caiu na terra. A manticora pisou sobre a espada para que Lia não pudesse pegá-la, quase de forma insultante, como se o animal fosse capaz de pensar. Quando ele se levantou e rugiu, as enormes correntes quebraram no meio.

— Deuses perdidos — murmurou o General Nemeth. — Fizeram essas correntes às pressas. O aço não foi temperado adequadamente.

Ou as correntes foram sabotadas de propósito. De qualquer modo, o resultado era o mesmo.

A manticora estava solta, as amarras transformadas em braceletes de aço, indo para cima da garota que a havia ferido. Poeira ergueu-se ao redor da cabeça clara e brilhante de Lia, formando um halo nebuloso. Ela fechou as mãos com força, uma de prata e a outra de carne.

Rahela ergueu os olhos para o camarote real, repleto de bandeiras cintilantes. Emer acompanhou o olhar de Rahela com desespero. Se Rahela estava certa sobre as correntes se quebrarem, deveria estar certa sobre o rei aparecer. Ele deveria ser o herói da história, surgindo para salvar a donzela.

O camarote estava vazio. O herói não estava em lugar nenhum.

A manticora golpeou Lia, com garras tão afiadas que emitiram um leve som sibilante enquanto sua pata cortava o ar. Lia escapou do golpe se jogando no chão, rolando até o branco de sua saia se perder sob uma camada de sujeira. A pérola do mundo, jogada na terra.

Com uma voz estranhamente calma, Rahela se dirigiu a Lorde Marius.

— Você disse que Lia não tinha família para intervir. Mas ela tem.

Com uma expressão que desafiava o desastre, ela se virou para Chave e colocou as mãos em seu cinto. Com eficiência, retirou a espada regulamentar da bainha. Ele a observou, com os olhos semicerrados.

— Não faça isso — Chave sussurrou.

Ela deu um passo para trás.

— Confie em mim. Eu posso consertar isso.

Chave se moveu rápido como um monstro em um conto de terror à luz do fogo, mas o movimento terminou não em violência, e sim em gentileza. As pontas dos dedos dele roçaram na beirada da manga dela.

— Chefe. Deixe comigo.

Os olhos de Rahela viajaram sobre o rosto dele.

— Eu sei como você se sente, mas ainda está ferido.

— Eu juro que não estou!

A voz dela ecoou como se ela fosse um carniçal gritando da ravina.

— Você fez o juramento. Eu exijo que você fique.

Agarrando a espada de Chave, a senhora de Emer saltou por sobre a lateral do camarote dourado. Chave cerrou o punho, um truque de luz fazendo uma linha de brilho vermelho ao longo do braço desaparecer em sua luva. Ele ficou de pé, tensionado como se estivesse preso por cordas.

A queda de Rahela para os assentos abaixo foi amortecida por vários membros confusos da plateia. Eles permaneceram perplexos o suficiente para obedecer às suas ordens gritadas, novas mãos se estendendo enquanto ela avançava. A Bela Mergulhada em Sangue flutuou em direção à arena, como se a multidão fosse um mar.

Na beirada da arena, Rahela passou sobre o muro, atingiu a terra rolando e correu entre a heroína e o monstro. Lia ficou paralisada como pedra.

Quando Rahela avançou sobre a manticora, segurando a espada com as duas mãos, Emer viu seus dedos descobertos escorregarem sobre o cabo. A manopla encantada manteve-se firme e ajustou sua mira com precisão.

No último momento, a manticora desviou. A lâmina de Rahela deu um golpe de raspão em seu peito.

Emer conhecia seu lugar. Uma criada deveria ficar ao lado de sua senhora, pronta para auxiliar a qualquer momento.

Emer avançou e pegou o machado do general.

O rugido do General Nemeth a perseguiu quando ela escapou do camarote e voou sobre os degraus.

— Peguem aquela criada! Meu machado é uma relíquia de família.

Guardas correram para interceptar Emer ao pé das escadas.

Uma voz gritou às costas dela.

— Eu dou todo o ouro que tenho aqui para vocês se deixarem ela ficar com esse machado por um dia.

Os guardas pararam. Emer olhou para trás, surpresa ao ver o Naja diretamente atrás dela.

— O general mudou de ideia de repente. Deixem-na passar.

Era estranho. Os rumores do palácio sobre Lia e o Naja não podiam ser mais diferentes, sua aparência não podia ser mais diferente, mas seus olhos às vezes tinham um olhar suave similar. Como se desejassem ser gentis com algo gravemente ferido.

Emer nunca soubera o que fazer com a gentileza.

O Naja Dourada podia ser indiscreto e devasso e se vestir com extravagância, mas ela o havia visto tentar dar o melhor por Lia o dia todo.

Era difícil imaginar confiar em um aristocrata, mas talvez ela devesse contar a ele sobre a missão de Lorde Marius de descobrir seus segredos.

Emer hesitou.

— Quem é Eric?

O rosto do Naja se fechou firmemente, como a tampa de um baú de tesouro, não destinado aos olhos dos criados.

— Alguém que eu matei.

A manticora trombeteou um grito. Emer se afastou do Naja e abriu caminho pela multidão. Na arena, o monstro passou pelas defesas de Rahela, com uma fileira tripla de dentes de agulha expostos para morder.

Seda entrou nos olhos da manticora. Lia atacou com seu lenço como se fosse um chicote.

Quando a cauda perversamente curvada da manticora foi na direção delas em um golpe inexorável, Rahela correu para Lia e pegou na mão da meia-irmã.

— Faça o que eu fizer!

Rahela pulou. Lia pulou com ela. A cauda da manticora passou e elas pularam de novo, irmãs pulando corda em um pesadelo. O monstro deu um grito frustrado e recuou, apenas para correr para cima delas de cabeça, mostrando as fileiras de dentes.

Rahela captou o olhar de Lia e a outra ponta do lenço dela, amarrando o tecido ao redor do punho. Lia engoliu em seco e acenou com a cabeça. Elas deixaram a manticora se aproximar, o hálito fétido soprou seus cabelos para trás em uma mistura de bandeira preta e dourada, e ergueram o lenço. Esticado entre as mãos das duas, o monstro ficou temporariamente vendado.

As espadas das meias-irmãs escorregaram inutilmente sobre a pele resistente. A manticora bateu os dentes. Vendo a seda branca e azul em pedacinhos entre os dentes afiados, o medo tomou conta de Emer, frio como uma lâmina. Ela lutou para passar por uma multidão que estava mais densa perto das grades.

Quando Emer balançou o machado, a multidão se dissipou rapidamente. Ela abriu os portões com as mãos trêmulas e viu suas duas senhoras, de mãos dadas sobre a terra ensanguentada. Rahela tinha puxado Lia para trás e a manticora tinha mordido apenas o lenço.

— Manticoras têm um ponto fraco — ela ouviu Rahela berrar. — Atinja o pescoço ou o estômago!

— Se você lembrasse qual dos dois — Lia observou com rigidez —, seria útil.

Emer atacou, passando pelas damas e levando seu machado furiosamente ao pescoço da manticora. A manticora gritou, quase ilesa, batendo os dentes sobre o avental de Emer. Ela se soltou e cambaleou para trás com o avental rasgado, agarrando o machado.

— Não é no pescoço — ela afirmou.

— Emer — Lia sussurrou.

Rahela parecia impressionada.

— Você roubou o machado do general?

Emer deu de ombros, mantendo o olho no monstro. Ela sentia como se o machado pertencesse à sua mão, o peso reconfortante, prometendo o fim limpo de uma luta. Como se essa fosse a arma que ela deveria ter. Ela ficou preparada para o próximo golpe da manticora.

Só que a manticora não atacou. Ela gritou quando três facas voaram pelo ar como pássaros de aço, fincando-se em sua pele vermelha como fogo. Chave estava debruçado sobre as grades.

— De fato, ele não entrou na arena, milady — Emer observou.

Rahela suspirou.

— Sempre tem um jeitinho.

Elas usaram a distração da criatura para se aproximar, perfurando qualquer lugar que conseguissem alcançar. Emer deu a volta na fera, acertando seus membros e pulando quando a cauda surgiu em seu caminho. A manticora desviava e se debatia, mordendo o ar como se não conseguisse decidir qual inimigo atacar. As facas aterrissavam como moscas irritantes, mas a pele do monstro era dura demais de perfurar, e mesmo as facas de Chave não eram ilimitadas. Elas estavam acabando. A manticora não tinha nem desacelerado.

A fera avançou em Rahela, deixando a lateral exposta.

Lia atacou, sua lâmina mal raspando nas escamas, depois tropeçou. A pata da manticora desceu com força.

Rahela se lançou sobre Lia, e elas rolaram pelo chão, entrelaçadas uma na outra.

— Agora não é o momento para uma falta de jeito adorável!

Lia ficou ofegante.

— Pare de fazer piada. Eu nunca sei como as coisas estão de verdade. Estou sempre caindo. Não consigo lutar, não consigo dançar. Não consigo *enxergar*!

Rahela pareceu surpresa, como se nunca lhe tivesse ocorrido que Lia pudesse ter uma razão simples e humana para cair.

— É *por isso* que você vive caindo nos braços dos homens? Usar óculos interferiria no fato de você ser a mais bela de todas?

Elas estavam imundas e agarradas uma à outra, como crianças cuja brincadeira na terra saiu do controle, como as irmãs que elas nunca foram. Rahela e Lia se sentaram, procurando suas armas, enquanto o monstro avançava sobre elas.

O som que saiu do peito de Emer não parecia um grito humano, mas o de uma fera propondo um desafio. Ele virou a cabeça da manticora. Emer plantou os pés no chão e preparou o machado.

— Emer — Rahela gritou. — Pare. Eu ordeno...

— Milady — Emer gritou para ela. — Eu não fiz o seu juramento. E eu *não* preciso te obedecer!

Quando Emer desviou da cauda da manticora, suas garras a atingiram, rasgando-a e a derrubando. Ela rolou, sentindo a poeira se acumular nas rasgaduras rasas e ardentes em seu abdome e o sopro quente da respiração em seu pescoço. O monstro estava prestes a rasgar sua garganta.

Então o mundo mudou.

Uma mulher gritou e o sol foi apagado quando uma tempestade repentina chegou. O céu se encheu de vermelho. Nuvens se enrolavam e subiam como fumaça zangada. Raios prateados piscavam através das nuvens agitadas como facas. De alguma forma, a ravina estava se derramando no céu, mudando de cor como se os céus fossem uma lagoa sob uma cachoeira de sangue. Todo o reino parecia virado de cabeça para baixo, um espelho do abismo.

Suspiros brotaram de mil gargantas. Até mesmo o grande monstro se achatou no chão, choramingando como um vira-lata chutado. De cima, trovões rugiram como a risada oca de deuses perdidos. De baixo, ecoando na temível ravina, veio o som mais alto de todos.

Em um coro sussurrado, os mortos clamavam:

— Mestre. *Mestre. MESTRE!*

— *"A ravina chama seu mestre lá em cima"* — Emer citou a profecia da Oráculo em um sussurro.

Todas as almas sob o céu vermelho se encolheram, exceto a mais perspicaz de todas, pronta para tirar vantagem de todas as situações. Apenas Emer, que uma vez fora designada para espioná-la e agora não conseguia se livrar do hábito de observar, viu sua saia pálida se movendo na escuridão avermelhada. Lia aproveitou a distração e recuperou sua arma. Ela enfiou a espada profundamente no estômago do monstro, estripando a manticora com um único golpe. À medida que cicatrizes prateadas cortavam o céu carmesim, a fera morria gritando.

Seu grito de morte trombeteado afastou as nuvens. A cauda do monstro picou a terra, e o pescoço musculoso ficou tenso. A fera caiu pesadamente para um lado, revelando para a multidão o rosto manchado de sangue da mais bela de todas.

Na arena, entrou o rei Otaviano usando a máscara coroada, e a multidão se acalmou com uma nova veneração. Ele parecia o jovem herói por completo, com luzes escarlate contornando sua cabeça e formando uma segunda coroa. Ele parecia a parte do Imperador profetizado, capaz de comandar céu e abismo. Nas histórias, o Primeiro Duque dizia que eles só tinham que esperar. *Ele está vindo.*

Não importa quanto tempo você espere por um deus, talvez nunca esteja preparado para sua chegada.

A espada real estava nua na mão de Otaviano, a lâmina reluzente com o reflexo vermelho da magia, enquanto ele andava com avidez na direção de Rahela e Lia. Emer não podia ficar em seu caminho.

— Como você desejou, milady, Desejo de Vingança foi quebrada e reforjada.

O olhar dele procurou Rahela como uma criança procurando uma mão familiar para segurar. Depois de um instante de surpresa, Emer se deu conta de que ele estava assustado. Deve ser aterrorizante se encontrar no centro de uma lenda.

Rahela respondeu à súplica silenciosa dele. Ela entoou:

— *Sua espada é ruína, seus olhos são fogo sério.* O futuro Imperador invocou uma tempestade para proteger seu verdadeiro amor!

Toda a multidão se aquietou sob o céu estranho, como ratos sob a asa da coruja, aterrorizados pela sombra da profecia se tornando realidade. Diante deles estava a de neve e chamas. A arauta do futuro.

Naquele momento, a palavra de sua senhora era sagrada, acima da lei. O rei e o reino estavam na palma de sua mão. Lia e Emer trocaram um único olhar.

Então Rahela pegou na mão de Lia. Ela a ergueu no alto, como se Lia segurasse um troféu invisível.

— Povo de Eyam! — gritou a verdadeira profetisa. — Apresento-lhes a vencedora do torneio, a Pérola do Mundo, sua Rainha! Como eu previ. Sem querer me gabar.

Um rugido de aplausos se seguiu e aumentou, mais alto nos ouvidos de Emer do que as batidas de seu coração. *Sangue e circo*, o Naja havia dito. Elas tinham apresentado um bom espetáculo para as pessoas.

Os aplausos enlouquecidos só se aquietaram quando a mulher de neve e chamas deu o último passo na direção de Otaviano e pressionou a mão da futura rainha na mão do futuro Imperador. Enquanto Otaviano hesitava, claramente atônito, Rahela estendeu a mão e fechou os dedos dele sobre os de Lia.

— Meu futuro Imperador — declarou Lady Rahela. — Sua linda noiva.

Os aplausos foram retomados, mais fortes do que antes. O olhar de Lia se fixou no chão, bancando a dama recatada em vez de uma guerreira vitoriosa. Ela se casaria e ascenderia ao lugar mais alto do país. Bem longe de Emer, onde sempre fora destinada a estar.

A espada do rei brilhava, a dama corava e a multidão aplaudia. Essa cena parecia com a última ilustração de um livro, a página mostrando o final feliz.

Emer conhecia sua senhora desde a infância, conhecia cada mecha de cabelo escuro e todos os seus pensamentos obscuros. Rahela poderia planejar intrigas e lutar batalhas. Emer poderia até acreditar que Rahela visse o futuro, mas não conseguia acreditar naquilo. Ela poderia estar enganada quanto ao coração de sua senhora, mas não quanto ao ódio de sua senhora. Todos os dias da vida delas, as pessoas tinham comparado Rahela e Lia, medindo seu caráter por seu rosto. A verdade era beleza e a beleza era verdade, e a virtude de Lia seria recompensada. O que deixava Rahela com a recompensa do pecado e um crescente ressentimento que provava todos os julgamentos contra ela corretos. O fim estava predeterminado desde o início. O mundo tinha ensinado Rahela a combater Lia, a nunca ceder um centímetro. Mas Rahela tinha acabado de entregar uma coroa a Lia.

Emer ficou olhando para a cara de Rahela, mais familiar do que a sua própria, e pensou: *Quem é você?*

23
A VILÃ FRUSTRADA PELA PRINCESA DE GELO

A Rainha de Gelo nunca havia sido bela, mas esperança e juventude já animaram seu rosto. Esperança e juventude estavam mortas. Todos aqueles que ela amava estavam mortos. O brilho de seus olhos não era mais vivo do que o brilho em sua coroa, uma torre de opalas opacas e diamantes gelados sobre sua fronte pálida como pedra.

— Eu terei a cabeça do Imperador, mesmo que tenha que atravessar um mar de sangue para obtê-la.

Era do Ferro, Anônimo

A vilã se arrumava em seu calabouço escarlate. Rae achava que tinha ido muito bem.

Era para Otaviano ter forjado a espada ao amanhecer, em vez de dormir até tarde e forjar a espada às pressas durante os Desafios da Rainha, mas tudo tinha dado certo. O Imperador nunca havia se preocupado com cerimônia. Ele achava o torneio uma piada e escolheria a própria noiva.

Um herói sempre chegava na última hora, mas por sua própria natureza "a última hora" quase fora tarde demais. Otaviano tinha chegado para contemplar sua amada em perigo, e a ravina refletiu seu coração. Agora todos sabiam que ele era o Imperador Hoje e Para Sempre.

Mais importante para seus objetivos perversos, Rae de repente tinha muito mais credibilidade como profetisa. Ela pretendia usar isso.

Por enquanto, ela estava tomando um banho perfumado. Rahela se recostou enquanto despejava primeiro o jarro de água com limão, depois o jarro de água com jasmim sobre a cabeça e nas costas doloridas. Lutar contra uma manticora era um exercício físico. Ela estava grata por sua água ter chegado quente como a do rei hoje.

Rae saiu do banho, sentou-se no banquinho de veludo diante do espelho de bronze e reclamou com Victoria Brócolis.

— Os gêmeos do mal causam uma dor horrível nas costas. Ninguém fala disso quando escreve sobre as curvas abundantes da vilã.

Ela não se importava, na verdade. Era quase empolgante sentir dores normais de um corpo saudável, músculos cansados, respiração ofegante. Dor que espiava a superfície e ia embora, em vez de se acomodar em seus ossos. Por muito tempo, correr fora tão impossível quanto voar. Era um milagre ser capaz de se esforçar e conquistar o que ela queria, a um custo para seu corpo que ela podia suportar. Era um milagre que ela precisava levar para o mundo real: força suficiente para se proteger e proteger sua irmã para que nunca mais fossem feridas.

Rae sacudiu os ombros sob o robe escarlate e suspirou. Mãos se acomodaram sobre seus ombros, couro e dedos fortes sentidos através da seda.

— Permita-me — disse Chave.

Ele exerceu uma pressão súbita e intensa sobre os músculos de seus ombros, com mãos mortais extremamente habilidosas. Ela deu uma olhada furtiva no espelho e viu, refletida em bronze, a linha limpa de seu pescoço e o brilho perverso de seus olhos.

Rae se permitiu suspirar de um modo diferente.

— O que você acha que estava fazendo, arremessando facas quando ainda estava se recuperando? Você não sabe o tamanho da encrenca em que se meteu.

Chave deu de ombros. Ela ficou contente ao ver que o movimento foi tão fácil.

— Então me castigue.

— Você está brincando com fogo — Rae ameaçou. — Sou uma vilã sem coração. Você não imagina o que posso fazer com você.

Chave parecia destemido.

— Eu sei que minha senhora é cruel e impiedosa. Vou aceitar qualquer destino terrível que ela tiver preparado para mim.

Rae sorriu para ele.

— Tenho que pegar uma coisa na cozinha — disse Emer em voz alta.

Antes que Emer pudesse ir, alguém bateu à porta do calabouço. O rei podia estar mandando chamá-la. Contra sua vontade, Rae sentiu todo o seu corpo travar. Chave deve ter sentido a nova tensão. Suas mãos se fecharam sobre os ombros dela como se não fosse deixá-la ir.

Só que ele tinha que deixá-la ir. Todos deviam se curvar diante do Imperador.

A porta se abriu e revelou o rosto do Naja, cheio de alegria e delineador dourado. Rae poderia ter chorado de alívio, se essa fosse uma coisa que vilões fariam.

— Como hei de comparar-te a um assassinato de verão? — o Naja perguntou. — Não liguem para mim, só estou fingindo que sou o Chave escrevendo poesia. Todos fizeram um ótimo trabalho salvando Lia hoje.

Ele vinha trazendo presentes: óculos de sol com armação em forma de cobra para todos. Rae imediatamente experimentou os novos óculos, apesar da escuridão do quarto.

O Naja fez cara feia.

— Não use óculos escuros dentro de casa. Faz você parecer uma pessoa *poser*.

— Eu fico incrível — Rae argumentou — Quem usa óculos de sol em ambientes fechados? Astros do rock e gente do mal. Óculos escuros não fazem diferença para eles, pois estão sempre tramando feitos obscuros.

Uma tosse delicada interrompeu a discussão deles.

Rae deslizou os óculos escuros pelo nariz e olhou com descrença por cima das hastes em formato de cobra. O Naja não tinha fechado a porta ao entrar. No limiar, estava a última pessoa que Rae esperava.

— O que uma garota como você está fazendo em um beco narrativo sem saída como este? — ela perguntou a Lia.

A garota entrou pela porta do calabouço, uma forma que parecia feita de luz e ar em vez de carne e osso.

Então:

— Eu acredito em você, Rahela — disse a heroína da história. — Você arriscou a vida por mim.

— Não, não arrisquei — Rae afirmou. — Eu estava confiante de que conseguiríamos lidar com aquilo juntas, com o poder das duas manoplas. E estava certa!

Ela havia estado quase totalmente confiante.

Lia continuou com franqueza.

— Por que você faria isso, a menos que realmente pudesse prever o futuro e quisesse que fôssemos aliadas? Vamos ficar do mesmo lado.

Houve um silêncio estupefato.

Até que o Naja abriu seu sorriso particularmente convidativo.

— Por sorte, eu trouxe mais alguns óculos.

Ele se curvou com um floreio dourado e ofereceu os óculos para Lia, que os aceitou com uma mesura e um sorriso tímido. Rae começou a aplaudir. Chave se juntou a ela. Lia olhou na direção de Emer, mas ela estava ocupada organizando as escovas e perfumes de Rae.

— Parabéns pelo noivado — Rae disse a Lia de maneira encorajadora.

— É o Imperador, então? — A voz do Naja era esperançosa. — Você não corresponde ao amor de Marius nem um pouco?

Rae ergueu o punho cerrado indicando vitória como uma fã de futebol americano. Ela não gostava tanto do Imperador quanto antes, mas havia uma certa empolgação em ver seu time preferido vencer.

— Lorde Marius apaixonado por mim? — Lia pareceu surpresa. — Mas certamente não mais.

— Hoje foi um grande retrocesso — admitiu o Naja. — Ele realmente não entende por que as pessoas mentem. Mas se você falar com jeitinho tenho certeza de que ele vai mudar de ideia.

— Você quer que eu seduza Lorde Marius mas me case com o rei, para que possamos usá-lo como ferramenta? — Lia pareceu impressionada. — Deuses perdidos, você *é* perverso.

O Naja ficou boquiaberto.

— Não foi isso que eu quis dizer! Eu quero alguém que cuide dele.

— Eu poderia fazer isso — Chave se ofereceu com uma piscadinha.

O Naja tirou os óculos escuros e começou a bater em Chave com eles, enquanto Chave ria.

— Eu não estava falando sobre assassinato! Eu nunca estou falando sobre assassinato e você sempre está falando sobre assassinato!

— Seu pobre gatinho tem a estrutura de uma casa de assassinatos feita de tijolos, ele vai ficar bem — Rae murmurou.

Lia franziu a testa.

— Tem certeza de que ele está apaixonado por mim? Não tive aquela sensação horrível quando os homens olham para você e parece que mil insetos estão no seu corpo, e todos os insetos querem te despir.

Emer derrubou um frasco.

— Porque Marius é um *cavalheiro* — o Naja protestou.

Lia suspirou como se aceitasse outro fardo.

— Achei que ele pudesse ser um amigo.

Rae não pôde deixar de lembrar como Lia morreu: confiando em cortesãs que a traíram, escolhendo a fé, embora tivesse sido traída centenas de vezes. Ela queria amar sua madrasta, sua meia-irmã e Emer. Na outra história, Lia se lançou entre Lorde Marius e um monstro. Ela foi para o quarto mais baixo da torre por vontade própria, embora tivesse ganhado a mão do rei e não precisasse de aliados. Lia, que todos os homens desejavam, queria uma amiga.

Até mesmo a mais bela de todas podia se sentir solitária.

O Naja analisou Lia com preocupação.

— Você não precisa se casar com ninguém se não quiser.

Olá, quem estava bagunçando o enredo agora?

— Considerando as visões de Rahela, acho que eu *deveria* me casar com Otaviano — Lia disse calmamente. — Se ele se tornar Imperador, vou governar ao seu lado. Posso suportar ele me tocando por isso.

O Naja parecia surpreso demais para falar.

Rae sentou-se na cama e começou a rir. A heroína angelical, cuja virtude podia ser manchada, cuja mente estava acima dessas coisas.

Essa era a grande história de amor.

Todos queriam Lia porque ela não os queria. Eles achavam que isso significava que ela era melhor do que outras mulheres, mais pura e mais digna de se ter. Só que tudo isso significava simplesmente que ela não os queria.

— Por que você quer governar?

— Para mudar o mundo — Lia respondeu prontamente. — Sempre achei que os cidadãos deveriam ser mais bem alimentados.

Isso era típico de Lia, o anjo cuidador que trazia cestos de remédios e unguentos para os doentes. O Naja acenou com a cabeça em concordância.

— Pessoas bem alimentadas trabalham melhor, e soldados bem alimentados tornarão nossas forças armadas mais fortes, caso precisemos marchar para a guerra — Lia continuou com sua voz tranquila.

O Naja, inesperadamente o verdadeiro bonzinho do grupo, deixou cair seus óculos de sol. Rae levantou os pés e riu de alegria. Lia parecia satisfeita com o feedback positivo.

Chave olhou para Lia, com a cabeça inclinada. Seu sorriso, seu cabelo, cada centímetro dele era selvagem.

— Bem-vinda ao ninho de víboras. — Chave ofereceu a mão a Lia.

Lia pousou os dedos pálidos como lírios rapidamente sobre o couro preto que cobria a palma da mão de Chave em um cumprimento incerto. Chave podia ser vilanesco e, em geral, galante, mas estivera pronto para lutar contra uma manticora para proteger Lia. Agora que se descobriu que Lia não gostava de Otaviano nem de Marius, talvez Chave achasse que tinha uma chance.

Talvez tivesse. Talvez houvesse uma fagulha do mal voando.

Uma pontada de desconforto tomou conta de Rae.

— Tem certeza de que quer ser uma víbora? Você é... basicamente boa...

A expressão de Lia ficou lastimosa e desolada, lágrimas de cristal se formavam em seus olhos e escorriam pelo rosto. Rae jogou as mãos para o alto em rendição.

— Não faça essa cara de donzela! Você pode ser uma víbora.

Lia sorriu com felicidade e lágrimas ainda secando em seu rosto macio como o de um bebê. Ela tinha sido a queridinha mimada de seus pais um dia, Rae se lembrou.

— Você consegue chorar quando quer?

Lia confirmou com a cabeça.

— É um dom.

O rosto bonito de Lia, manchado de lágrimas, fez doer um espaço vazio em forma de irmã no coração de Rae. Rae deu tapinhas na cama, e Lia pulou para se encostar nela, pequena e frágil como um passarinho.

Rae tinha perdido tanto peso antes de ser diagnosticada.

— Você está ótima — sua melhor amiga lhe disse. — Agora você está magra como eu. — Rae nunca nem tinha parado para pensar qual das duas era mais magra antes. Aparentemente, sua amiga tinha. Na época, ela forçou um sorriso, embora se sentisse cansada demais.

Agora Rae sorria de verdade.

— Não vejo a hora de ser executado por nossas muitas conspirações — murmurou o Naja. — Queremos ter um aperto de mão secreto?

Rae sibilou e imitou a ondulação de uma serpente com a mão, o que era uma piada até Lia rir e fazer o mesmo. Chave executou o gesto de maneira experimental, com a faca na mão. O Naja revirou os olhos e fez o gesto da víbora com estilo.

— Com todo o respeito — Emer disse no tom de voz mais monótono. — Milorde, miladies, vocês parecem incrivelmente idiotas.

Todos riram. Rae colocou o braço ao redor dos ombros finos de sua meia-irmã e pensou no próximo passo de seu plano.

Em alguns meses, a princesa Vasilisa receberia a notícia de que seu irmão, o rei, havia morrido jovem. Ela ficaria perturbada e iria aos aposentos de Otaviano para se consolar, e o encontraria na farra. A combinação de um rei embriagado e uma princesa de luto levaria à decisão espetacularmente ruim de dormirem juntos. Vasilisa esperaria que eles se casassem, mas Otaviano diria a ela que amava outra. Uma pequena força de soldados saquearia a capital para vingar a desonra de Vasilisa, levando o Imperador a descer no abismo para reivindicar todo o seu poder. Perseguidos pelo exército de mortos-vivos do Imperador, Vasilisa e seus guerreiros fugiriam. Anos depois, a impiedosa Rainha de Gelo iria reunir seu exército e atravessaria o mar para massacrar o Imperador. Na longa noite de batalha que se seguiria, Lia e Marius seriam mortos.

Rae estaria longe antes que qualquer dessas coisas acontecesse. A mulher que abriu o caminho de Rae para Eyam disse que Rahela não tinha mais uso para seu corpo, então, quando Rae colhesse a Flor da Vida e da Morte, suspeitava que o corpo de Rahela morreria. Talvez seus amigos daqui pudessem sentir sua falta. Ela sentiria a falta deles. Eles não eram reais, mas ela não culpava mais o Naja por ficar apegado a ela enquanto vivia dentro do livro. Antes que ela deixasse a história, queria garantir que aqueles personagens estivessem em segurança.

Alguém precisava avisar Vasilisa de que a coisa com Otaviano nunca aconteceria. Vasilisa deveria ir para casa e passar um tempo com seu irmão antes que fosse tarde demais.

A comemoração para a futura rainha era a oportunidade perfeita. Era a hora de a profetisa sagrada brilhar.

*

Rae entrou na comemoração parecendo ótima, sentindo-se bem e determinada a evitar os personagens principais. Seu vestido era uma coluna de branco puro, com rubis costurados na cauda que varria o piso de malaquita. Ela andava segurando no braço do Naja, com Chave e Emer atrás, e imaginou que pudesse ouvir uma música de fundo alegre.

Então se deu conta de que era a banda particular de menestréis do Naja.

O herói e a heroína passaram. O rei e a mais bela de todas. O rosto dele estava escondido pela máscara real, e a beleza dela também era uma máscara. O sol que se punha brilhava atrás de suas cabeças, concedendo resplendor à máscara coroada de Otaviano. Não importava o que os personagens principais tinham feito de verdade. Importava quem eles eram.

Lia fez o gesto da víbora, mão se curvando em segredo atrás da capa do rei. Rae abriu um sorriso para Lia atrás de seu leque incrustado de rubis antes de virar as costas.

A princesa Vasilisa estava em um grupo com o clube do livro do Naja. Rae quase não a reconheceu. Vasilisa usava uma blusa de seda amarela e uma saia de lã listrada com um cinto de franjas. As lapelas de sua blusa eram largas e as mangas iam até os cotovelos, de modo que Rae pôde ver as tatuagens da princesa. Começando na clavícula de Vasilisa e se espalhando para o ombro esquerdo, havia um desenho intrincado de um cervo com um bico de grifo e chifres de cabra no lugar dos galhos. Vasilisa tinha o mesmo animal tatuado com tinta preta e grossa em ambos os punhos, chifres se enrolando ao redor como braceletes.

O povo de Vasilisa não usava as mesmas roupas que o povo de Eyam. Vasilisa havia estado desconfortável em um figurino desconhecido. Ela agora parecia relaxada, cabelo castanho solto, o rosto rosado pelas risadas. Ela não parecia estar lançada ao inferno pela inveja.

Talvez Vasilisa não fosse dormir com Otaviano dessa vez, mas o luto inspirava um comportamento descontrolado. Rae havia ouvido o ditado de que guerras poderiam ser perdidas pela falta de um prego. Ela precisava avisar Vasilisa sobre Sua Majestade pregando e abandonando.

— Olá, pessoal! Principalmente, olá, Alteza! — Rae tentou pensar em um método tranquilo de ficar sozinha com a princesa.

— Lady Rahela — disse a princesa Vasilisa. — Poderia se afastar comigo por um momento? Gostaria de consultar você sobre um assunto privado.

Tramar só estava ficando mais fácil.

A pequena sala em que elas entraram estava repleta de livros e ornamentos de latão. O piso era um mosaico em tons quentes do deus-filho em seu berço. A deusa balançava seu filho para dormir, antes de toda a dor e horror acontecer.

Rae afundou em um pufe de veludo. Suas saias com os corações de rubi flutuaram e se acomodaram ao redor. Ela pegou nas mãos de Vasilisa e olhou dentro de seus olhos com doçura.

— Fale comigo, garota.

Vasilisa evitou seu olhar cheio de sentimento.

— Ouvi dizer que você pode prever o futuro.

— Não duvide disso. Sério... não duvide. — Rae arriscou. — Então... os deuses me disseram que tem um homem que você admira?

Mesmo que Otaviano fosse o herói, Rae quase acreditou que Vasilisa diria que aquilo não era verdade.

Em vez disso, a princesa tentou espremer as mãos enquanto Rae ainda as segurava.

— Sim! Eu o admiro muito. Acredito que o carinho está crescendo entre nós.

O visual de *boy-band* medieval de Otaviano tinha hipnotizado essa mulher.

— Gostamos muito de garotos bonitos, não é?

Os cílios de Vasilisa lançavam sombras agitadas sobre o vermelho quente de suas bochechas.

— Ele tem um charme tão diferente dos outros homens, como aquele bruto do Lorde Marius.

Rae concordou.

— Fortão com cara de quem está sempre de mau humor, uma combinação aterrorizante.

Ela apoiava todas que queriam escalar aquela montanha gelada pela coragem.

Vasilisa mordeu o lábio.

— Ouvi rumores de que os interesses de meu amado estão... em outro lugar. Seu dom pode me dizer se isso é verdade?

Rumores do tipo todos sabendo que Otaviano era louco por Lia, e que os dois estavam noivos? Será que Vasilisa achava que Lia e Otaviano só estavam noivos por causa dos Desafios da Rainha? Ela não reconhecia o amor verdadeiro mesmo que o tivesse visto?

Mulheres não eram encorajadas a ter experiências com homens aqui, Rae lembrou a si mesma. Esperava-se que elas fossem inocentes. Na prática, isso significava serem ignorantes e facilmente magoadas.

Vilãs eram sempre cruéis. Agora mesmo, Rae era cruel para ser gentil.

— Eu não preciso do meu dom para te dizer. Os interesses dele estão em outro lugar. A corte toda sabe.

Vasilisa respirou fundo, magoada.

— Todo mundo acha que sou uma tola.

— Não — Rae mentiu. — Sinto muito por você ter sabido por mim. E sinto muito novamente, porque devo te magoar duas vezes. Tive uma visão do futuro. Os deuses me mostraram você no trono de seu país. Você estava muito infeliz, e muito solitária.

E muito inclinada a mandar exércitos para destruir a costa de seu ex.

Os dedos de Vasilisa se transformaram de carne macia e espremida em pedra. A mão de Rae ficou dormente com seu aperto.

— Eu estava no trono? — Vasilisa perguntou. — O que acontece com meu irmão?

— Sinto muito. Ele morre cedo.

— Do quê? — Vasilisa perguntou.

Como Rae saberia? O cara nunca apareceu no livro, exceto como um cadáver em um laboratório. Ele era apenas um nome: Ivor, o Sem Coração, que criou os soldados de metal que a Rainha de Gelo usava para lutar contra o exército de mortos-vivos do Imperador. Ele era um artifício da trama para dar a Vasilisa o poder de causar estragos em Eyam. Ele nem era um personagem para Rae.

Para Vasilisa, ele era uma pessoa que ela amava.

— Os deuses não foram claros. Tudo o que vi foi a morte dele.

Vasilisa se ergueu como um cavalo adornado com seda amarela. As listras de sua saia se embaralharam.

— Onde está o rei Octavianus?

— Vamos fazer isso agora? Você não quer pensar um pouco mais...

Vasilisa abriu a porta. Sua guarda, Ziyi, estava do lado de fora.

— Escolte-me até Octavianus de Eyam, depois mande uma mensagem para casa. A vida de seu rei depende de nossa velocidade.

— Ou agora — Rae murmurou consigo mesma. — Agora é bom.

Dez minutos depois, eles se reuniam na sala do trono para ouvir a proclamação de partida da princesa real de Tagar.

Damas delicadas receberam cadeiras. Rae pegou um lugar ao lado do Naja, que tinha mandado trazer um sofá dourado baixo. Seu clube do livro estava atrás dele, Lady Zenobia lendo um romance secretamente. As gêmeas estavam sentadas ao lado de Lorde Fabianus, Hortênsia pálida e tensa. Estranhamente, Lorde Marius não estava em lugar nenhum, mas fora ele a corte inteira estava presente e irrequieta.

— Ó profetisa sagrada, por favor pergunte aos deuses *por que você é assim* — sussurrou o Naja.

— Dessa vez eu estava tentando fazer o que você queria — Rae sussurrou em resposta. — Estava tentando ajudar as pessoas!

Talvez a natureza vilanesca dela significasse que ela nunca poderia fazer o bem.

A máscara coroada de Otaviano foi levantada e sua expressão era assustada. O primeiro-ministro Pio estava ao lado do trono, parecendo estressado.

— Os Desafios da Rainha são um jogo do palácio — Pio disse. — Deixe-me garantir, princesa Vasilisa, que nossos países ainda estão seriamente envolvidos em negociações de casamento.

Um riso contido ecoou pela corte à mera sugestão de que Vasilisa ainda pudesse ter uma chance. A corte não levava os soldados de gelo a sério. Rae tinha mais noção e se encolheu. A princesa fugindo no mesmo dia em que a bela ganhou a mão do rei não pegava muito bem.

A princesa Vasilisa se dirigiu ao rei diretamente.

— Majestade, está claro que você não tem nenhum interesse em se casar comigo. Eu tenho menos interesse ainda de me casar com você.

Uau, ela estava sendo *muito* direta com o rei.

A ótica dessa situação passou por um revés abrupto. Toda a corte estava sentada na primeira fila para testemunhar seu belo e glorioso rei sendo rejeitado por uma mulher comum.

Rae vibrou internamente. *É isso aí. Mantenha a dignidade. Não mande mensagens depois da meia-noite, ou soldados vão invadir a capital!*

— Como cavalheiro eu respeito seus desejos, e como rei eu espero por amizade entre nossas nações — o rei declarou. Essa teria sido uma forma excelente de terminar a audiência, mas de canto de boca Otaviano murmurou: — Pessoalmente, estou aliviado.

Na história, a paixão de Vasilisa deveria fazê-la interpretar as patadas do rei como piadas.

Nessa versão, Vasilisa estreitou os olhos.

— Pessoalmente, eu faria meu coração ser arrancado e jogado em sua ravina antes de me casar com o homem que deixou o corpo de minha amiga ser profanado, e que não tem a cortesia básica necessária para não insultar uma dama.

Os sussurros exaltados ao redor da sala do trono se transformaram em gritinhos, como uma panela fervendo. A humilhação lutava contra a discrição no rosto de Otaviano.

Vasilisa, a Sábia, abaixou sua cabeça castanha.

— Peço desculpas, estou distraída por preocupações com meu irmão. Permita-me me retirar.

A boca de Otaviano estremeceu como as rédeas de um cavalo, impedindo-o de correr solto.

— Por favor, parta o mais rápido possível. Pelo bem de seu irmão.

Por um momento glorioso, parecia que tudo tinha saído como Rae havia planejado.

Até a voz de um homem exclamar:

— Vasilisa! Você não pode ir.

Surpreendentemente, ela veio detrás deles. Rae se virou devagar no assento. Lady Zenobia derrubou o livro. As gêmeas deram as mãos.

Lorde Fabianus, resplandecente com um colete de seda violeta bordado com peônias, foi para a frente da princesa. Ele parecia alheio ao rei entronado.

— Quero dizer... digo! Vasilisa. Você precisa ir?

Vasilisa respirou fundo.

— Preciso. Meu irmão está em perigo.

— Mas eu quero dizer! — exclamou Lorde Fabianus. — Quer dizer... Por que ele estava fazendo uma cena quando não era capaz de falar? Com muita graça, Vasilisa declarou:

— Sempre vou me lembrar de sua amizade.

O exemplo de calma dela pareceu inspirar Lorde Fabianus.

— Se você precisa ir... não poderia me levar junto?

Timidamente, Vasilisa respondeu:

— Eu apreciaria uma visita sua, se é disso que está falando.

— Eu não estou falando disso! — Fabianus gritou.

Havia um tom de dor genuína em sua voz. Mais uma vez, Rae sentiu uma dor desconfortável no peito. Ela nunca quisera magoar ninguém.

— Vasilisa — Fabianus continuou. — Quero dizer, Alteza. Droga, quero dizer, Vasilisa! Não temos um entendimento?

Vasilisa corou e abaixou os olhos.

— Acredito que entendi mal...

Rae estava começando a achar que havia feito uma profecia com base em uma informação muito desatualizada.

Lorde Fabianus pegou nas mãos da princesa.

— Você não entendeu mal.

— *Fabianus!* — gritou a voz grave e sincera de um homem. — Não!

O General Nemeth avançou da sombra do trono do rei para onde Fabianus estava. A armadura surrada do general era um contraste absurdo com o colete de seu filho.

Fabianus cintilou.

— Nós dois sabemos que Tycho é um herdeiro melhor.

O general disse:

— Não pode haver herdeiro melhor do que você.

Fabianus piscou.

— Meu bom garoto. — A voz áspera do General Nemeth era gentil. — Quando sua mãe faleceu, as pessoas disseram que eu deveria me casar de novo por meus filhos. Eu não pude. Eu fracassei com você, e você manteve a casa arrumada e as garotas vestidas lindamente. Nossas fortunas vão chegar. Você não precisa fazer mais nenhum sacrifício pela família. Sei que suas inclinações estão em outro lugar, filho. Eu sempre soube. E nunca me importei.

De repente, Rae se convenceu de que o General Nemeth nunca tramaria sua morte. *Tinha* que ser o primeiro-ministro e seus pelos faciais do mal.

Em resposta à declaração tocante de seu pai, Lorde Fabianus tossiu.

— Pai, eu fico grato por isso. Mas é possível que pessoas apreciem a companhia tanto de damas quanto de cavalheiros.

O Naja colocou a mão na frente da boca e vibrou.

— Os dois? — O General Nemeth parecia uma truta com condecorações militares. Abrindo e fechando a boca, seu olhar viajava pela corte, em busca de ajuda ou possivelmente educação sexual.

Fabianus confirmou timidamente com a cabeça.

— As pessoas fazem suposições porque eu gosto de tecidos e de moda, mas não gosto de lutar na lama. Devo acrescentar que vários rapazes que gostavam de lutar na lama fizeram *avanços*. Quando recusei, foram até você e fizeram piadas.

O rei deveria ter abdicado, porque um silêncio culpado de repente passou a reinar.

Fabianus abriu seu sorriso agradável e tolo, curvando levemente o lábio, e deu um tapinha no ombro do general com a mão que não tinha oferecido a Vasilisa.

— Eu teria contado, pai, se você tivesse perguntado. Ainda assim, achei conveniente você nunca ter levantado o assunto casamento para mim, enquanto perturbava as meninas sobre casar bem. Isso foi errado, e eu sinto muito, mas... eu sonhava em algum dia poder me casar por amor.

A voz da princesa Vasilisa tremeu.

— E agora?

A mão de Fabianus ainda estava estendida para ela. A piada do palácio tentava alcançá-la com esperança e coragem.

— Agora estou apaixonado — Fabianus disse simplesmente. — Eu iria com você a qualquer lugar, se me pedisse. Mas tenho uma família com que me preocupo, assim como você. Hortênsia não está bem. Sei que é um atrevimento perguntar, mas você esperaria por mim?

Antes que a princesa pudesse responder, Hortênsia se levantou. A manta bordada caiu de seu colo, revelando sua forma enfraquecida. Sua voz poderia ter perfurado o ouvido de um deus.

— Eu quase te afoguei no riacho quando você tinha dez anos, Fab Nemeth. Não me faça ir até aí para terminar o serviço. Vou ficar perfeitamente bem sem você. Finalmente meu irmão mais velho não vai estar aqui para me criticar sempre que eu quiser usar amarelo! Eu não poderia estar mais feliz.

Fabianus ergueu a mão livre com um rigor incomum.

— Amarelo faz você parecer um enorme limão-siciliano, Hortênsia!

Horatia protestou.

— Minha querida! Um limão-siciliano delicado.

Hortênsia desmoronou de volta na cadeira.

— Alteza, por favor, leve-o.

— Então, minha princesa... — Era a vez de Fabianus ficar corado. — Leve-me embora.

Com a mão pairando em resposta à mão de Fabianus, Vasilisa fez que sim com a cabeça. Rae não tinha certeza de como isso havia acontecido, uma vez que seus olhos estavam fixados no chão da sala do trono, mas eles tocaram as mãos. De uma vez, estavam nos braços um do outro.

De repente, a futura Rainha de Gelo e o bobo da corte estavam se beijando como o herói e a heroína de uma história de amor épica, como se não soubessem que eram personagens secundários destinados à decepção, como se não se importassem com o fato de a corte toda estar olhando.

O Naja levantou-se de seu assento com uma autoconfiança dourada e arrebatadora, aplaudindo com autoridade, como se estivesse em uma peça de teatro. Após um último segundo de surpresa, Rae, o clube do livro e as irmãs de Fabianus fizeram o mesmo.

Até o primeiro-ministro Pio parecia satisfeito com a aliança com Tagar sendo preservada e presumivelmente uma guerra contra os soldados de gelo evitada.

— Isso não saiu como eu esperava — Rae sussurrou para Chave quando eles saíram da sala do trono. — Mas eu curti.

Vasilisa e Fabianus podiam não se parecer com Lia e Otaviano, tirados direto de um livro de contos de fada, mas aquilo *parecia* o final feliz de alguém. Mesmo que não fosse o dela.

*

Em segurança no porão escarlate da vergonha, Emer ajeitou a tela preta como ébano e branca como papel de Rae, despejou a água bem quente e espalhou as pétalas. Um segundo banho quente podia ser exagero, mas Rae tinha muito delineador de festa para remover e ela tramava melhor em sua banheira. Estava começando a pensar nela como sua banheira de tramoias. Rae deveria encontrar a criada que trazia a agradável água quente e dar uma gorjeta a ela.

Foi só quando mergulhou a cabeça sob a superfície de água quente perfumada com pétalas de rosa que ela se lembrou da única pessoa na sala do trono que não estava sorrindo.

Abafada pela água, ela ouviu uma perturbação. Podia ter sido uma voz elevada ou um objeto pesado caindo. Fora de seu elemento, Rae só podia dizer que o barulho foi alto. Indistinto e aterrorizante, parecia uma tempestade iminente.

27
As Mentiras da Dama Desmascaradas

Na noite anterior à execução de Lady Rahela, sua criada bordou no escuro e depois de amanhecer. Ela tentou não pensar em Rahela, que lhe havia traído. Ela tentou não pensar em Lia, a quem ela havia traído. Observou o aço de sua agulha sob as estrelas, perfurando o tecido centenas de vezes, e sentiu um ódio além do pensamento.

Era do Ferro, Anônimo

O corredor de mármore branco no novo quarto deles era o mesmo do quarto da preferida, só que as janelas arqueadas de vitral ficavam mais perto da ravina. Fagulhas subindo iluminavam os painéis de vidro como breves estrelas vermelhas. Ocasionalmente, Emer ouvia gemidos ou gritos. Agora, Emer ouvia apenas o som de Rahela cantando na banheira para sua cobra. Aparentemente, Rahela era de sangue quente. A cobra deveria conferir isso.

Emer sentou-se em sua alcova com cortinas, perplexa. Rahela e Lia eram amigas agora. Lia seria rainha. A paz entre as meias-irmãs sempre parecera impossível, mas o impossível havia se tornado realidade.

Do outro lado do corredor, ela viu um vislumbre do sorriso de Chave, levemente menos perturbado do que o vislumbre de suas facas. Ele parecia satisfeito por suas ameaças para garantir que a água do banho de Lady

Rahela chegasse quente tivessem funcionado novamente. Quando a sombra de Rahela se agitou atrás da tela, Chave ficou sério e olhou para a parede.

Até o guarda mais velho que Rahela acreditava ser paternal costumava espiar, mas Chave venerava o chão em que Rahela pisava. Ele havia confundido uma flor barata com uma joia e mataria sem pestanejar qualquer um que lhe dissesse o contrário.

Emer havia imaginado que os olhos de Chave se abririam quando Rahela tentasse convencer o rei a voltar para sua cama e mandasse Lia para o túmulo.

Só que Rahela recusou a chance de sabotar Lia. Ela colocou o rei nas mãos de Lia. Emer não via nada nesse comportamento tão atípico que pudesse beneficiar Rahela, mas provou-se que estava errada quando Lia ofereceu uma aliança. Elas eram víboras juntas.

Lia se casaria com o rei, mas Emer sempre soube que ela se casaria com alguém. Dessa forma, Emer ainda a veria.

À noite, Rahela contava a eles histórias no que chamava de "entretenimento pós-jantar". Eles estavam na metade da história sobre Lorde Ross e a bela Lady Rachel, de cuja infidelidade Ross suspeitava. Emer presumiu que Lorde Ross logo mandaria cortar a cabeça de Lady Rachel, de acordo com as leis do país. Chave se sentava adoravelmente aos pés de Rahela, com o rosto apoiado na mão e os olhos elevados. Emer se sentava no canto com seu bordado, fingindo não ouvir.

Talvez essa noite Lia pudesse aparecer na porta novamente. Talvez Rahela contasse a todos eles uma história maravilhosa.

Alguém bateu à porta. O coração de Emer deu um pequeno salto, depois teve uma longa queda.

A pessoa que estava na porta era o rei.

Otaviano ainda usava seus trajes de corte, com um manto bordado descendo pelos ombros, a máscara coroada levantada, descansando sobre seu cabelo brilhoso. Sob a coroa, seu rosto era impaciente.

— Desejo ver Rahela.

Aqui estava. Sempre que algo dava errado na assembleia dos ministros ou Otaviano se sentia menosprezado em uma festa, Rahela era necessária para dizer que ele era o rei de seu coração.

Rahela tinha ignorado a oportunidade de reivindicá-lo. A princesa Vasilisa o havia humilhado diante de toda a corte. E ele estava com medo, Emer achava, de ser Imperador.

Ela conhecia esse olhar no rosto de Otaviano. Ela conhecia seu dever. Deveria escoltar Otaviano aos aposentos de sua senhora.

Emer não tinha certeza de ter se levantado e dito de maneira incisiva:

— Minha senhora está no banho.

As sobrancelhas perfeitamente delineadas de Otaviano se ergueram em uma afronta perfeita, mas ele fez sinal para os guardas do palácio atrás dele. Fazia um bom tempo que ela não concedia ao rei acesso à sua senhora, seu ar sugeria. Ele perdoaria a insolência dela a ignorando, e continuaria como de costume.

Os guardas recuaram até a escada e viraram as costas. Otaviano entrou e fechou a porta, quase toda. Era o máximo de privacidade que se conseguia com um rei.

— Chame-a — Otaviano disse com leveza.

Era uma ordem real. Não podia ser recusada.

Emer torceu seu bordado, uma capa de almofada mostrando as torres douradas do palácio com uma agulha de aço enfiada no ouro.

— Seria mais adequado à sua dignidade real se se retirasse para seus aposentos, senhor. Assim que estiver vestida, minha senhora irá às pressas para o seu lado.

O poder do rei se estendia a todo o país, mas a presença desse poder parecia opressiva em espaços fechados. Sua sombra coroada manchou o mármore quando ele se aproximou.

Otaviano colocou a mão no ombro de Emer.

— Não vou receber lições de uma criada sobre minha dignidade.

Seu toque era pesado com o peso de um cetro e uma coroa por trás. Emer sentiu os joelhos cederem. Se ele quisesse que ela ajoelhasse, ela devia se ajoelhar.

As contas da cortina de Chave fizeram barulho ao se abrir.

Foi Rahela que disse:

— Solte-a.

A pressão afrouxou. Emer estava livre. Otaviano se virou na direção de Rahela, que estava de olhos arregalados no limiar de seu quarto de dormir. Ela estava enrolada em seu robe carmesim estampado com rouxinóis brancos, a seda colada em sua pele devido ao calor e à umidade do banho. Os olhos de Otaviano se demoraram sobre as curvas abraçadas pela seda.

Com toda a compostura que conseguiu reunir no robe, Rahela se endireitou.

— O que você quer?

— Deixe-me entrar em seu quarto de dormir e ignorar o resto do mundo.

Rahela passou os olhos pelo quarto. Talvez se dando conta de que estava sendo explícita demais, abaixou o olhar.

— Você deseja consultar sua profetisa, mas tenho certeza de que não quer que rumores sobre estar fechado com outra mulher cheguem a seu verdadeiro amor.

Era uma ameaça nem um pouco velada. Ele não gostaria que ela contasse a Lia. Nem um rei arriscaria perder Lia.

— Rahela, *pare*!

O comando desceu com a força do salto de uma bota.

— Quanto mais você fala de amor verdadeiro, menos eu sinto — declarou Otaviano. — Confesso que a princípio fiquei encantado por sua meia-irmã. Ela é diferente de você, e a mudança foi agradável como um descanso. Eu não sabia que você ficaria tão zangada. Chega de profecia, do Naja e da princesa feia. Vamos deixar tudo como era antes.

Os olhos de Rahela buscaram o rosto belo do rei. Ela tremeu da cabeça aos pés descalços.

— O que você está dizendo?

Aquilo agradou a Otaviano. Sua boca se curvou, convidando-a a sorrir também.

— Pobre Rahela, você realmente achou que tinha sido substituída. Sinto muito, se precisa ouvir isso. Não há necessidade de ficar com ciúme. Embora combine com você. O desespero a deixou iluminada como uma lâmpada. Eu fiquei mexido, mas nem a beleza de Lady Lia pôde impedir meu olhar de voltar para sua luz. Ela não é meu verdadeiro amor. Você é. E você deve ser minha rainha.

— A história não é assim — Rahela murmurou baixinho.

Emer concordou. Essa não era a história que ninguém contava sobre essas duas mulheres. Chave era o único que não parecia surpreso.

— Você não quer ser a heroína da história? — perguntou Otaviano.

Depois de um instante, Rahela fez que sim com a cabeça.

Os planos da senhora de Emer haviam dado certo além de seus sonhos mais loucos.

Otaviano estendeu a mão, curvada como se já a estivesse acariciando.

— Diga alguma coisa, querida.

Rahela cuspiu:

— Então *essa* é a grande história de amor? Não fale sobre minha luz deslumbrante que fez você desviar o olhar da mais bela de todas. Você gosta de mim porque tem medo de que eu tenha deixado de gostar de você. Você teria me condenado à morte e depois se voltado para Lia, dizendo a si mesmo que isso era amor verdadeiro. Você ou quer o brinquedo mais novo, ou o brinquedo com que alguém mais está brincando. Nenhuma de nós é real para você. E isso faz de *você* um vilão.

A mão de Otaviano girou no ar para acertá-la.

O golpe nunca aconteceu. Chave segurou no pulso do rei. Otaviano tentou se soltar, mas, embora seu braço tremesse com a força que estava fazendo, ele não conseguia se desvencilhar de Chave. Ele mostrou os dentes na direção do rei como um lobo zombeteiro.

O sorriso se dissolveu como espuma do mar no rosto de Otaviano. Seu rosto se contorceu, como uma criança prestes a ter um enorme chilique.

— Se vocês fossem todos brinquedos, fico me perguntando quem quebraria primeiro.

Seus olhos cor de esmeralda brilhavam com indiferença entre Chave e Rahela. Seu significado era claro.

— Solte Sua Majestade, Chave. — A voz de Rahela cortou como uma adaga nas mãos delicadas de uma dama. A arma podia ter cabo de pérola, mas ainda assim machucava. — Agora.

Um momento de silêncio se passou, rápido como um batimento cardíaco assustado. Chave o largou.

— Peça perdão a ele — continuou Rahela. — De joelhos.

Chave, que ria quando as pessoas o chamavam de pirralho da sarjeta, ficou frio e pálido de indignação. Rahela olhou para ele com as sobrancelhas erguidas. Com os dentes cerrados e o fogo apagado, Chave caiu de joelhos.

Não foi o suficiente.

Otaviano perguntou:

— Você chama a escória da sarjeta pelo *nome*?

— Não preste atenção ao homem que deveria estar atrás da cortina. — Rahela abaixou a voz o máximo possível. — Você tem razão, Majestade. Devemos conversar. Sozinhos. Em meu quarto de dormir.

A cadência da voz de Rahela era intimamente familiar a Emer. Ela havia ouvido essa voz empunhada como uma arma em centenas de momentos privados e em centenas de reuniões. Esta Rahela a usava da mesma forma que a antiga Rahela, mas sempre havia um tom de brincadeira na voz da nova Rahela. Ela estava sempre brincando, nunca levando nada a sério.

Agora sua diversão havia se esgotado.

Otaviano não se importava em notar as nuances. Sorriu, benevolente. Se ela quisesse agir como a sedutora perversa, ele poderia desempenhar muito bem o papel de rei.

Rahela bateu os cílios escuros, que se uniam devido à água do banho, não a lágrimas. Ela estendeu a mão com as unhas pintadas de vermelho, como as garras de um gato depois de matar, para capturar a mão de Otaviano. Qualquer estranho teria visto uma bela lasciva sem coração, uma cobra determinada a seduzir o rei.

Talvez Rahela, como Emer, tivesse perdido o hábito da submissão. Havia uma agitação em sua mão estendida. Após o movimento deliberado de seus cílios, um rápido tremor involuntário seguiu, difícil de capturar como o movimento da asa de uma borboleta. Cada linha dura do rosto e corpo da jade perversa estava marcada por um silencioso protesto.

— Beije-me primeiro — o rei ordenou. Um calafrio ínfimo passou sob a pele de Rahela.

Ninguém desejava servir o tempo todo.

Essa nova Rahela tinha esquecido como fingir.

Enquanto Rahela avançava, seu movimento parou abruptamente. De joelhos, Chave agarrou seu robe, com o punho de couro negro cerrado sobre a seda vermelha. Seu rosto estava erguido em direção ao de Rahela, aquele rosto jovem e cínico absorvido como quando ouvia suas histórias. Não havia iluminação pura naquela câmara submersa em luz escarlate. A luz parecia tocá-lo de qualquer forma. Sua expressão era a de um homem em um santuário.

— Você me disse que era esquecível, substituível e insignificante — Chave disse. — Você disse para eu não me arriscar, a menos que tivesse um motivo absolutamente importante. Eu tenho. Meu universo é alterado por seus desejos. E você não quer que ele te toque nunca mais.

O Vilão do Caldeirão baixou a cabeça desgrenhada e escura e beijou a barra da roupa dela.

Otaviano estalou os dedos com impaciência.

— Venha, milady. Senão...

O rei Otaviano avançou para pegar sua posse.

Chave do Caldeirão se levantou como uma onda de água escura em uma tempestade, e deu um soco na cara do rei. O golpe mandou Otaviano cambaleando contra a parede de mármore, levando a mão à boca. Sangue escorreu por seus dedos. Os olhos do rei, acima da mão, se arregalaram, atônitos além da fúria.

— Tire a mão — Chave disse simplesmente.

— Eu sou seu *rei*!

Chave deu de ombros.

— Tire a mão, Majestade.

Com a voz embargada de raiva, Otaviano rosnou:

— Você é *louco*?

Encantado e desvairado, Chave sorriu.

— Sou.

O olhar de Otaviano deslizou para a fresta na porta, o que fez o lábio de Chave se curvar com desprezo. Emer viu o momento em que Otaviano se lembrou de que, havia poucas semanas, Chave tinha sido açoitado até ficar à beira da morte.

Otaviano balançou a cabeça coroada.

— Não preciso de guardas. Vou te dar uma lição pessoalmente, rato de esgoto.

Chave fez sinal para o rei ir em sua direção. Otaviano sacou a espada. A lâmina refeita devido à profecia de Rahela. A espada reforjada no fogo com ossos das feras lendárias era de aço banhado em um profundo brilho vermelho de magia. A espada que se agitou para cortar nuvens prateadas e o céu escarlate nos Desafios da Rainha.

— Desejo de Vingança. — A voz de Rahela foi esmagada pelo terror. — A lâmina a que ninguém pode resistir.

Chave agitou sua espada curta, feia e comum, para encontrar a do rei. O que restava da esperança de Emer se estilhaçou.

Assim como a espada real. Uma fissura profunda se formou no aço, sob o brilho vermelho, e pedaços da espada mágica caíram como chuva.

Emer se lembrou do General Nemeth dizendo nos Desafios da Rainha que as correntes da manticora tinham sido forjadas às pressas. No andar de baixo, disseram que o rei tinha reforjado ele mesmo a espada. Certamente ele não economizaria tempo nem pularia etapas, impaciente por um resultado esplendoroso. Certamente nem o rei seria tão arrogante.

— Continue ensinando, Majestade — Chave disse. — Estou aprendendo muito.

Pálido de descrença, Otaviano fitou o cabo de espada sem lâmina.

— Eu serei o Imperador — disse, como se tentasse lembrar o universo. Chave riu.

— Você ainda não é o Imperador.

— Não o mate! — Rahela gritou.

Chave assentiu e deliberadamente jogou a espada de lado. Ele se aproximou de Otaviano, chegando perto o bastante para beijá-lo. Em vez disso, Chave agarrou o rei, um homem aproximadamente do seu tamanho, pela frente do casaco bordado e o sacudiu como um rato. Ele arremessou o rei pelo cômodo. A capa de Otaviano, repleta de bordados, voou atrás dele. Otaviano caiu como um montículo de prata no chão. Quando o rei levantou a cabeça, o sangue brilhava em sua boca projetada e um dente estava lascado. Ele nunca mais pareceria o príncipe perfeito.

— Suplique por misericórdia — Chave sugeriu. — Isso me diverte.

— *Guardas!*

Ouvindo o chamado do rei, os guardas do palácio correram para os aposentos da bela.

Os olhos de Otaviano se estreitaram de ódio por Chave.

— Meus homens vão te derrubar em doze segundos.

Com o rosto iluminado pela gloriosa ruína, Chave lançou uma risada e uma faca no ar.

— Vamos ver quanta traição consigo cometer em doze segundos.

A lâmina ficou cravada na capa de Otaviano. O brilho da ravina pintava o quarto. O arco gracioso do salto de Chave era uma única vírgula escura em uma cena vermelha como sangue e branca como neve. Enquanto o rei implorava por misericórdia, mais sangue se seguiu.

Três guardas morreram em segundos, mas o quarto fugiu. Ele trouxe reforços. Homens armados e uniformizados invadiram, as paredes ficaram apinhadas de armaduras e armas. Chave ainda estava rindo, dançando com suas lâminas. Ele era um redemoinho de morte.

Dois guardas se posicionaram atrás de Chave e o golpearam na cabeça, castigando seus ombros açoitados. Rahela avançou, agarrando o braço que segurava o porrete e mordendo a carne como uma raposa enlouquecida, antes que o guarda a derrubasse no chão. Com a fúria da batalha espessa como névoa vermelha na cabeça de Emer, ela levantou seu bordado e cortou o pescoço do outro guarda com sua agulha. Sangue escorria pelo rosto de Chave. Ele deveria estar cego, mas matou o homem que golpeou Rahela.

Um guarda apunhalou seu flanco desprotegido e então gritou de angústia, surpreso. A cobra de estimação de Rahela havia se lançado pelo chão e cravado suas presas no tornozelo do guarda.

Uma bota brilhantemente polida esmagou a cabeça arredondada da cobra.

Otaviano ordenou:

— Deem um fim a essas víboras.

No final, foi preciso metade dos homens do rei para derrubar Chave. Dois guardas pegaram Emer entre eles. Sua cabeça zumbia e o caos da sala parecia distante. O guarda que ela havia cortado usou seu porrete.

Vagamente, Emer ouviu sua senhora suplicando, deixada para trás em um mar de soldados. Ninguém se importava com o que a Meretriz da Torre tinha a dizer, enquanto arrastavam sua gente para longe.

O rei Otaviano reuniu os pedaços de seu manto e sua dignidade real.

— Leve esses criados insolentes para a Sala do Pavor e da Expectativa e acabe com eles. Façam direito dessa vez. Quero que ele seja açoitado até a morte.

*

Emer nunca tinha visto a Sala do Pavor e da Expectativa antes. Ela tinha ouvido falar em sussurros abafados. Esse era o lugar mais escuro do palácio, para onde se ia quando se era mau além da redenção.

Escolham o mal. Vamos fazer isso juntos, a voz ávida de Rahela ecoava na memória de Emer. Ela tinha sido tão tola.

Duas linhas nítidas de madeira e aço surgiram à vista. Por um instante de confusão e terror, Emer acreditou estar vendo uma forca. Então percebeu que era um pelourinho.

Uma explosão de violência virou a cabeça de Emer. Chave lutava contra a contenção de seus captores, avançando e mordendo como um animal cruel aprisionado. Ela não sabia como ele estava consciente. Considerando o quanto os guardas já tinham batido nele, ela não sabia como ele estava vivo.

Um guarda que segurava Emer saiu para ajudar seus companheiros com Chave. Os olhos de Chave deslizaram na direção dela, astutos e calculistas.

Ela se perguntou se deveria aproveitar o momento e fugir. Se era isso, Chave a superestimava. A pesada porta de aço já tinha sido fechada.

Lutando contra os guardas a cada passo, Chave foi arrastado na direção do pelourinho. Grilhões negros estavam presos a cada uma das duas vigas verticais. Eles fecharam os grilhões ao redor das pernas e braços de Chave, mantendo-o estendido no lugar. Emer estremeceu. Ela já tinha visto meninos de vila torturarem um cachorro uma vez, medindo quanto tempo o animal levaria para morrer.

O chicote encantado cantou no ar. A batida da chibata ecoava contra as paredes de pedra como trovão. Ela batia, depois se curvava novamente, uma cobra gigante cuspindo pedaços de tecido e pele. Sangue respingava nas paredes.

O rei Otaviano ria, tão encantado quanto os meninos torturadores de muito tempo atrás.

— Não se apresse. Eu quero que ele morra devagar.

O guarda puxou Emer para outro conjunto de grilhões. Ele se movimentava devagar, de olho no verdadeiro espetáculo. Os açoites não caíam sobre Chave. Eles desciam em uma dura saraivada negra.

O rosto de Chave se virou na direção de Emer.

— Não se preocupe. Não vai demorar muito.

Quando o golpe seguinte veio, o punho de Chave se fechou com força sobre o brilho de rubi do brinco de Rahela.

Só então Emer percebeu o quanto ele realmente era ingênuo. Ele usava uma máscara de sangue e sua expressão exaltada. Ele pretendia poupar Emer de algumas chibatadas, antes que Rahela viesse para salvá-los.

— Você não pode acreditar nela. Como pode ser tão burro? — Emer o odiava quase tanto quanto odiava a si mesma. — Somos para ela o que ela é para o rei. Você não é uma pessoa real para ela. Eles querem que você seja útil, então te dizem o que você quer ouvir.

Quando ela falou, os guardas lembraram que ela existia. Quando Emer falou do rei de forma desrespeitosa, o chicote bateu em suas costas.

Era melhor morrer rápido do que devagar. Ela esperava que a chicoteassem, mas não sabia o quanto isso doeria. Um açoite mágico queimava além de cortar. À medida que os dentes de oricalco do açoite rasgavam suas costas, sua carne fritava como bacon jogado em uma frigideira. Um fluxo quente de sangue desceu por suas costas até a cintura. Ela uivou como um animal.

Emer, flutuando em meio a uma névoa de dor, ouviu Chave discutindo com uma voz carregada de inquietação, como se estivesse debatendo consigo mesmo.

— Você está errada. Compartilhamos segredos de verdade. Eu contei a ela como meu pai morreu, e ela me contou que havia sido doente quando era criança.

Ofegante, Emer riu. Chave tinha jogado sua vida fora por uma ilusão, abaixado a cabeça em adoração a uma coisa vazia.

— Rahela nunca esteve doente nem um dia de sua vida.

O rei Otaviano também riu.

Sua risada foi interrompida pela pesada porta rangendo. Emer piscou para clarear a visão. Lá, no frio feixe de luz fornecido pela porta que ela havia aberto, estava a Bela Mergulhada em Sangue. Seu vestido cintilante a fazia parecer envolvida em luar, mas, na saia, o vermelho-sangue saltava na forma de chamas. Ela estava vestida como a ravina voraz.

Emer sentiu que não estava vendo a nova Rahela, nem a antiga, mas uma pessoa completamente diferente. A sereia sem coração, a bela de coração de gelo das canções e histórias. Alguém que nunca fora totalmente real, porque ninguém era da forma como era nas lendas. Essa era a mulher de neve e chamas, má demais para ser verdade.

— Você andou contando histórias, minha querida víbora? — perguntou o rei.

A boca vermelha de Rahela se curvou, cruel como o chicote molhado de sangue.

— Eu amo histórias.

28
A VILÃ E JUSTAMENTE PUNIDA

Quando os gritos morreram, a proclamação foi feita.
— Assim passa um vilão dos mais desprezíveis, perversos e imperdoáveis. Assim pereçam os inimigos do rei.

Era do Ferro, Anônimo

Rae correu para o quarto da heroína na torre para encontrar Lia na cama, joelhos dobrados como uma criança, saia branca puxada com precisão ao redor dos tornozelos. O Naja estava sentado na banqueta da penteadeira de Lia enquanto eles riam.

— Não se preocupe — o Naja disse com leveza. — A reputação da pérola está em segurança. Eu subi no telhado...

Quando eles registraram a expressão de Rae, as risadas morreram.
— Preciso do bracelete de víbora. O rei está com Chave e Emer.
— O *quê?* — Lia exclamou. — Por que o rei tocaria em Emer?
— Otaviano... queria que eu fosse com ele. — Rae vacilou. — Eles tentaram impedi-lo. É culpa minha.

A voz do Naja de repente ficou delicada.
— Não é sua culpa, Rae.

Ele era gentil demais, esse era seu problema. Otaviano ser um cretino não era culpa dela, mas ela tinha feito o juramento de sangue, feito o acordo com Emer e Chave que nunca pretendia manter. Isso não estaria acontecendo se não fosse por Rae.

— O bracelete da preferida pode ser usado para falar com a voz do rei. Ele pode perdoar um deles. Então... depois eu penso no que fazer.

— Vou encontrar Marius — disse o Naja. — Ele lembra Otaviano de ser o homem melhor que Marius acredita que ele pode ser.

— Por que Marius ajudaria? — Rae perguntou, desesperançosa.

— Porque ele é um homem melhor do que acredita ser. — O Naja se virou para Lia. — Ajude-me a convencê-lo.

Lia se encolheu no espaço branco e virginal de sua cama.

— Eu vi como Lorde Marius olhou para mim durante o torneio. Um monstro amaldiçoado estava me olhando por meio dos olhos dele.

O Naja costumava gesticular com as mãos. Hoje, elas estavam impotentes ao lado do corpo.

— O que você diria se eu te contasse que em outro mundo ele provou que você podia confiar nele?

Os doces olhos azuis de Lia eram inflexíveis.

— Eu diria que aquele mundo não é este.

Rae já tinha acreditado que era bom que eles pudessem mudar a narrativa. Agora ela entendia. Eles haviam colidido com a história e a deixado em tantos pedaços que jamais poderia ser reconstruída. O terror pelo Naja a atravessou, frio como uma faca torcendo em seu ventre.

— Lia tem razão. Não chegue perto de Marius. Ele pode te matar.

— Se ele é um monstro amaldiçoado em vez de um herói, é culpa *minha* — o Naja disse de maneira impetuosa. — Eu tenho que tentar.

O Naja saiu porta afora em um redemoinho de ouro. Rae enterrou o rosto nas mãos para não ter que olhar para o que havia feito. E se o Naja morresse hoje, sob a lâmina de Marius, anos antes do que deveria? Ela havia entrado na história envolta em uma nuvem de morte. Ela manchava tudo o que tocava.

Um toque leve de dedos frios fez Rae levantar a cabeça. O rosto de Lia era uma pérola luminosa, com cabelos dourados caindo sobre os ombros e o metal dourado envolvendo seu pulso. Lia havia resgatado Emer e Chave quando Rahela foi condenada no romance original. Ela era a verdadeira heroína, capaz de salvá-los. Eles estariam seguros agora, se não fosse por Rae.

— Conte-me — disse Lia — exatamente o que aconteceu.

Rae falou tão rápido que suas palavras se atropelavam, concluindo:

— Preciso do bracelete.

— Você vai tê-lo — Lia disse com gentileza. — Use-o para Emer.

— Por quê? Porque você não se importa com Chave?

Lia balançou a cabeça.

— Chave levantou a mão para o rei, mas Otaviano pode deixar você sair com uma criada. Para ajudar Chave, talvez o Naja consiga convencer Lorde Marius.

Lia não achava que Chave poderia ser salvo, então queria garantir que Rae resgatasse Emer. O que Lia dizia fazia sentido.

— Deve haver alguma forma de salvá-lo — Rae disse, desesperada.

Lia mordeu o lábio.

— Otaviano será realmente o Imperador? Você o conhece melhor do que eu. Ele pode ser tão grandioso quanto terrível?

Era verdade. Rae o conhecia melhor do que qualquer um. Ela tinha lido seus pensamentos. Ela sabia quem ele ia se tornar.

Quando o Imperador estava zangado, ele era épico em sua fúria. Mas não era rancoroso. Ele nunca poderia ser pequeno ou mesquinho. Ele era o herói. Até seus pecados eram cometidos em grande escala.

— Sim — Rae sussurrou. — Ele pode ser grandioso e terrível.

— Se ele tem um grande coração, quando sua raiva passar, ele pode demonstrar misericórdia — disse Lia. — Alivie o ciúme dele.

— Não posso ser você.

— Não, você não pode ser eu. — Lia limpou o sangue do lábio cortado de Rae com a mão firme. — Posso transformar a ausência de armas em uma arma, mas essa não é a história que Otaviano tem em mente sobre você. O rei poderia te matar aos seus pés e ainda assim não acreditaria que você é vulnerável. Isso por si só é uma arma. Muitos homens, nos quais eu não estava interessada, já me disseram que sou do tipo para casar. Mas os poetas não escrevem sobre mulheres desalmadas e libertinas, porque esperam nunca as encontrar.

Rae engoliu o gosto amargo no fundo de sua garganta ao se lembrar de Otaviano falando sobre ter duas belas mulheres, uma de cada lado de seu trono. Os leitores se sentiram divididos entre o Imperador cruel e o justo Última Esperança. Talvez fosse natural estar em conflito entre desejar a pérola pura e desejar a Meretriz da Torre. Corações humanos eram feitos para ficar divididos.

Talvez a vilã ainda conseguisse manipular a situação a seu favor. Ela sorriu maliciosamente. Sua meia-irmã devolveu um sorriso angelical.

— Seja tão perversa quanto ele desejar.

A Sala do Pavor e da Expectativa era uma caverna cinzenta, com janelas em formato de frestas, e o teto da cor de um túmulo repleto de teias de aranha. O piso de pedra era liso como um altar, exceto pelas longas e profundas ranhuras talhadas na pedra: canais para o sangue escoar. Calhas percorriam as bordas da sala para recolher o sangue.

Rae ergueu a cabeça e entrou como uma rainha má. Ela nem olhou para Chave ou Emer enquanto ia direto na direção do rei.

Ele parecia levemente intrigado, mas não convencido.

Ela ronronou:

— Não execute minha criada. Ela é a única garota no palácio em quem confio para arrumar meu cabelo.

A curva na boca de Otaviano estava meio crítica e meio pronta para ceder. Com o ar de alguém pego com a mão em um pote de biscoitos extrapecaminoso, Rae levantou o braço e mostrou o bracelete de víbora, o símbolo que a havia feito passar pela porta.

A curva de divertimento na boca de Otaviano ficou mais pronunciada.

— Onde você conseguiu isso?

— Ludibriei minha meia-irmãzinha fazendo uma demonstração de agonia. — Rae deu uma piscadinha, deixando Otaviano entrar na brincadeira. — É uma grande desvantagem ter coração no palácio.

Ela lançou um olhar na direção da porta aberta. Lia havia entrado atrás de Rae. Ela ficou na porta, tímida, insubstancial como uma sombra feita de luz.

Ele podia ser imaturo e ir atrás de mulheres escarlate agora, mas um dia o Imperador amaria Lia mais do que o sol ou o ar. Mesmo agora, ele não podia recusá-la.

Salve-me, os olhos azuis naturalmente doces de Lia suplicavam.

Rae lambeu os lábios pintados de vermelho. *Satisfaça-me*.

Ela se lembrou de um mito sobre um rei preso em uma ilha de amor por uma feiticeira perversa, que misteriosamente levou um ano para escapar dela. Ela soltou um suspiro profundo, de modo que os gêmeos do mal se elevaram, não se importando em esconder o olhar calculista em seus olhos. Ninguém de seios grandes podia ser uma boa pessoa! *Vamos, Majestade. Dê à vilã o que ela quer.*

Sob os olhares combinados, o peito de Otaviano inchou. Não tanto quanto o de Rae, obviamente.

— Soltem a criada.

O som de grilhões se abrindo ecoou contra a pedra. Os olhos de Rae foram involuntariamente para Emer. Seu vestido azul imaculado estava rasgado, sangue lhe dando um cinto carmesim. Seus cabelos haviam se soltado do coque apertado, mas ela segurou no poste a que havia sido acorrentada e ficou teimosamente ereta. Lia correu, sustentando Emer.

Rae não podia demonstrar nenhuma preocupação.

Em vez disso, ela apertou o bíceps de Otaviano e soltou um suspiro de apreciação.

— Sei que foi descarado eu interceder por ela, mas... eu *sou* descarada. Não é isso que você gosta em mim?

A mão quente do rei pressionava a cintura dela. Rae se forçou a se aproximar.

— Talvez — ele disse. — Mas existem limites. Parece que você enganou esse pobre rapaz camponês e o seduziu com suas mentiras.

É claro que ele chamaria de sedução. Otaviano não conseguia entender Chave, nunca acreditaria que ele sacrificaria tudo quando percebeu que Rae estava com medo.

Naquele espaço fechado de pedra cheirando a sangue, Rae riu como uma menina travessa. A tensão transformou seus risinhos em uma gargalhada. Mulheres más sempre acabavam mortas ou como bruxas.

— Talvez eu tenha contado histórias. Sou tão má.

A voz jovem do rei era sábia e triste.

— Mesmo que ele seja lixo do Caldeirão, você o ofendeu. Olhe nos olhos dele. Confesse seus pecados.

Ela se movia pela Sala do Pavor e da Expectativa como se fosse um salão de baile. Chave estava pendurado entre os postes, apenas os pesados grilhões em seus pulsos e tornozelos o segurando.

As marcas de chicote estavam lívidas em seus ombros. A imaginação estremeceu e falhou quando ela pensou nas costas dele. Ele mal se curara da última vez, e agora estava acorrentado para ser açoitado por causa dela novamente.

Quando ela inclinou o queixo dele para cima com uma unha com ponta vermelha, rezou para que Chave estivesse inconsciente. Não estava. Sua respiração era ofegante, falhando nos pulmões como se houvesse algo danificado dentro dele, e sua pele, que antes era dourada, estava pálida sob uma camada de sangue e suor. Mas aquele sorriso familiar estava em seus lábios, e seus olhos estavam abertos. Cinzentos como sombras enquanto o sol se punha, fixavam-se no rosto dela.

Rouco de dor, Chave murmurou:

— Me diga que você esteve doente. Me diga que não foi uma mentira.

Ela nunca havia ouvido ele suplicar antes. Um brilho estava escondido bem no fundo de seus olhos anuviados pela dor, luzes distantes como as fagulhas vermelhas do lado de fora da janela de vitral de seu quarto.

Ela tinha que convencer Otaviano a não ter ciúme. Ela tinha que apagar a última faísca.

A risada de Rae tilintou como gelo em um copo vazio.

— Como você pôde ser estúpido a ponto de acreditar na minha história? Sofrer não é para pessoas como eu. Sofrer é para coisas como você.

Incapaz de suportar o olhar no rosto de Chave, ela se afastou, limpando as pontas dos dedos sujas de sangue no vestido de seda. O som das botas de Otaviano ecoava, batendo na pedra quando ele se aproximou dela. Ele tinha esmagado o bichinho de estimação dela debaixo do calcanhar. O medo se acumulou no estômago de Rae ao pensar que ele a tocaria novamente.

Otaviano acariciou a pele do braço dela, o dorso de sua mão roçando no seio meio descoberto pelo vestido revelador. Rae esperava que seus tremores parecessem desejo.

— Você é um bom rei, mas quem é capaz de resistir aos perversos? Eu enganei o rapaz para ele me ajudar — ela confessou com sua voz de pecadora. — Eu o usei e o traí. Se ele está magoado, sinto muito... por ele ser tão tolo. Não ligo para o que você fizer com ele. Realmente não me importa. *Ele* não importa. Mas acredite nisso. É a única verdade que eu já disse àquela escória da sarjeta.

Ela tinha que vender essa performance, como sua mãe vendia casas porque não podia se dar ao luxo de não o fazer, como Lia vendia inocência todos os dias sem enlouquecer. Ela se concentrou desesperadamente nos quartos de hospital de muito tempo atrás, seu eu ferido e desesperado, buscando entre as capas de um livro e encontrando o Imperador.

Ela pressionou os lábios vermelhos contra os de Otaviano em um longo beijo, terminando em um sussurro prateado.

— Eu te amo com todo o meu coração perverso.

— Eu *sou* um bom rei — prometeu Otaviano. — Pretendo demonstrar misericórdia.

A vitória percorreu o corpo de Rae. Ela sabia que poderia ser ótima. Quando ele se inclinou para outro beijo, ela passou os dedos manchados de sangue por seu cabelo e o beijou desesperadamente. A boca dele se abriu para o beijo. Ela sentiu o gosto das palavras antes que ele as dissesse.

Junto aos lábios dela, o rei murmurou:

— Cortem a garganta dele.

As palavras borraram na mente de Rae como se ela estivesse lendo através de lágrimas. Ela vacilou e se viu afundando no chão de pedra. De joelhos, olhando desesperadamente para Chave. A primeira pessoa que ela viu quando despertou para este mundo, a primeira pessoa a ficar do seu lado.

Ele estava sempre sorrindo. Agora um segundo sorriso se curvava em seu pescoço. Uma boca vermelha que se abria e jorrava sangue. O último suspiro de Chave borbulhou por sua garganta talhada.

Em outro mundo, ela tinha visto um homem morrer no hospital, observado a iluminação em seus olhos se apagar e se dado conta, devagar como um amanhecer terrível, do que estava vendo. A vida, reconhecida apenas quando perdida, impossível de replicar, impossível de fingir e impossível de recuperar. Vida era dor, fúria, cada sentimento obscuro combinado para, de alguma forma, fazer luz.

A última luz se esvaiu dos olhos de Chave. Seu olhar, ainda fixo nela, ficou preto como uma caverna sem ninguém dentro.

O escarlate caiu sobre o rosto culpado de Rae. O calor atingiu sua pele e se infiltrou entre seus lábios, mais espesso e amargo do que lágrimas, o sangue dele em sua boca. Real como seu próprio sangue em frascos de hospital, escuro como uma mancha que apagava o restante de sua história. Real como o desespero.

29
A Dama Está Morta Há Muito Tempo

Na noite seguinte à morte de Rahela, Emer se deitou em sua cama estreita e planejou quem mataria. Ela encarou o escuro com os olhos bem abertos, sem lágrimas, secos como pedra.

Nos anos que se seguiram, ela nunca chorou.

Era do Ferro, Anônimo

Lia e Rahela arrastaram Emer de volta para o quarto de Rahela. Deitaram Emer sobre os lençóis de seda de Rahela, como Rahela havia feito com Chave. Agora Chave estava morto, então Emer ficou com a cama. A cesta de unguentos e medicamentos de Lia estava ao lado delas. Lia aplicou unguento nas costas de Emer com suas próprias mãos, mais macias do que qualquer seda do palácio. As meias-irmãs desenrolaram bandagens para os ferimentos. Eram damas tão caridosas, e tão gentis.

Era muito parecido com a noite em que Lia havia alisado as costas de Emer, enquanto Emer pairava sobre ela. Não era nada parecido com aquela noite.

Finalmente, Emer não aguentou mais. Ela colocou as duas mãos espalmadas no colchão absurda e desconfortavelmente macio, forçou-se a ficar de pé, apesar da dor excruciante, e rosnou:

— Saia. Eu não preciso da sua piedade.

Lia era como o colchão, um luxo que não fora feito para Emer, e ela não queria ser uma das camponesas que Lia visitava em suas missões de graça e misericórdia. *Ah, obrigada, milady,* eles diziam quando ela entrava em suas humildes cabanas com sua cesta, *como podemos pagá-la?*

Quem não tinha nada nunca poderia pagar ninguém. Era isso que tornava a caridade tão amarga.

Lia ajoelhou ao lado da cama, com os cabelos radiantes caindo sobre os ombros, claramente chocada com a ingratidão de Emer. Ela mordeu o lábio inferior rosado, olhando para Rahela. Isso fez Emer querer rir. Lia olhando para a irmã mais velha para pedir ajuda, como se uma gota de bondade pudesse apagar anos de crueldade. Que tola trágica e adorável.

Naturalmente, Rahela decepcionou Lia. Ela se sentou diante da penteadeira, olhando para o próprio reflexo. Nem pareceu notar quando Lia se levantou, balançando a cabeça, e deixou as mulheres perversas a sós. Emer a viu sair, guardando a lembrança dela desenhada na porta, um último momento dourado para visualizar em suas pálpebras fechadas. Ela não tinha certeza de quanto tempo havia se passado enquanto lutava contra ondas de dor, como se estivesse se afogando em um mar estranho. Quando Emer emergiu, o céu visto pela janela de vitral havia mudado de cor. Rahela ainda estava olhando apaticamente para o seu espelho.

Quando Emer agarrou a coluna da cama, a lembrança de ser acorrentada e açoitada a fez estremecer. Ela rangeu os dentes e se levantou. Então caminhou até a penteadeira e começou a escovar o cabelo escuro de sua senhora.

Rahela ergueu a mão em um gesto que se dobrava como um lenço de seda.

— Pare. Você ainda está ferida.

— Como pode ser? — Emer perguntou calmamente. — Não sou uma pessoa. Não tenho permissão para sofrer. Minha vida foi poupada para que eu pudesse arrumar o cabelo de minha senhora.

Rahela fechou as mãos na beirada da penteadeira, como se segurasse na borda de um penhasco de gelo.

— Aquilo foi uma mentira que eu contei ao rei!

A mão de Emer se fechou sobre a escova delicada. Ela desejou que fosse um machado.

— Então sua história é "confie em mim, eu estava mentindo para *outra* pessoa"? Como se eu pudesse confiar em você novamente. Antes de prever o futuro, você me disse o que realmente pensava de mim. Mesmo eu tendo crescido com você. Mesmo eu tendo traído Lia por você. Eu não era nada para você, mas você era uma irmã para mim. Eu te amava, Rahela.

Sua senhora se afastou bruscamente da penteadeira, avançando sobre Emer como se fosse uma cobra atacando.

— *Não* me chame de Rahela — ela gritou. — Rahela está morta!

A escova prateada caiu da mão de Emer sobre os mosaicos vermelhos.

Rahela pressionou mãos ensanguentadas contra os olhos repletos de lágrimas. Lágrimas e sangue se misturaram, deixando o sangue de Chave úmido e fresco novamente. Quando as lágrimas caíram, deixaram pequenas marcas vermelhas sobre o roupão de seda branco que ela havia jogado sobre o vestido arruinado. Com anos de experiência lavando as roupas de sua senhora, Emer sabia que seria impossível tirar as marcas de sangue.

Talvez Rahela tivesse visto que Emer estava no limite. Ela escolheu as palavras seguintes com cuidado.

— O que é uma pessoa senão uma coleção de memórias? Sem lembrar, como posso ser Rahela? Mas eu já andei quilômetros nos sapatos de Rahela. Por que Rahela diria que você não significava nada para ela? Talvez ela entendesse o quanto este mundo é cruel. Talvez ela soubesse que ia morrer. Talvez ela acreditasse que seria melhor para você se cortasse os laços. Talvez ela te amasse e não quisesse te arrastar para baixo com ela. Talvez você fosse a irmã dela.

— *Cale a boca!* — Emer enrolou os dedos nos cabelos de sua senhora e gritou em sua cara. — Você não sabe o que ela pensava!

Ambas deviam ter perdido a cabeça. As costas de Emer queimavam e o sofrimento ardia através dela. Rahela estava em sua frente, mas Emer sentia que ela estava perdida.

A estranha balançou a cabeça, cabelos pretos voando loucamente para longe das mãos de Emer.

— Às vezes a raiva é tudo o que mulheres podem dar umas às outras. Um dia eu gritei com a garota que mais amava no mundo, porque não restava nada além de raiva dentro de mim. Não posso me desculpar pelo que não me lembro. Não posso ser Rahela. Fiz um acordo com você que nunca pensei em honrar. Eu queria nunca ter vindo para este lugar. Eu queria que ela tivesse morrido, e eu tivesse morrido, e todos os outros estivessem em segurança.

A garota se virou, deitou a cabeça sobre a penteadeira e uivou como um lobo selvagem. O brilho da escova caída nadava na visão de Emer, como um peixe prateado visto através da água. Emer se ajoelhou, trêmula, para pegá-la, perguntando-se por que era tão difícil enxergar, perguntando-se se era assim que Lia sempre via o mundo.

Do outro lado do quarto, a cesta de caridade de Lia estava descoberta. Na cesta, dobradas de modo ordenado, estavam bandagens cuidadosamente preparadas. O suficiente para dois. Como se Rahela realmente não soubesse que Chave estava condenado desde o momento em que se levantou e acertou o rei para defendê-la.

A essa altura, os guardas já tinham jogado seu cadáver fora como os restos de ontem. Na temível ravina. Carne para os carniçais, ou para queimar nos fogos distantes para sempre. Esse era o destino dos traidores.

Ajoelhando-se, Emer pegou no braço de sua senhora e apertou com força o bastante para machucar.

— Você acha mesmo que Rahela estava tentando me proteger?

A garota à frente dela agarrou as costas de Emer, igualmente desesperada.

— Se ela amasse apenas Otaviano, seria terrível demais. Ela não era nada para ele. Sua vida e morte não significariam nada. Espero que ela tenha te amado, independentemente do quanto fosse ruim em demonstrar. Espero que, no final, houvesse uma coisa real.

Emer se lembrou do último dia em que Rahela pareceu familiar, quando sua senhora se virou bruscamente da porta trancada e cuspiu em seu rosto, dizendo que estava farta dela. Todo o passado de Emer pareceu sem sentido, apagado como palavras na areia. Ela imaginou que Rahela realmente havia sido executada no dia seguinte, e imaginou carregar aquela exaustão vazia consigo por toda a vida, sem nada restar além do impulso cruel de ferir as pessoas da mesma forma que foi ferida.

Ela não queria fazer aquilo. Ela não queria ser aquilo.

— Eu realmente me senti um nada — ela sussurrou. De repente, estava chorando, um ataque violento de choro. Como se ela fosse uma criança no berço, antes de aprender que os sentimentos de uma criada não importavam. — Aquilo me magoou de verdade. Eu me senti como se não fosse ninguém.

Sua senhora acenou com a cabeça, pressionando a testa contra a de Emer. Ela também estava chorando, todo o seu corpo tremia.

— Você é alguém. Você é real.
Entre os soluços de choro, Emer se afastou.
— Se você não quer que eu te chame de Rahela, como devo te chamar?
A garota sussurrou:
— Me chame de Rae.

30
O Naja em Nova York

Tudo era um lembrete. Ele não conseguia andar por um corredor sem se lembrar do Naja o arrastando por aquele mesmo corredor, falando sem parar sobre construir um grande teatro. Marius acreditava que ele já era um homem adulto, acreditava que o Naja era um homem adulto também, havia muito perdido para a vilania. Olhando para trás, eles eram apenas garotos. Devia ter havido uma maneira de aquela juventude alegre ter se afastado do mal.

Marius nunca havia acreditado de verdade que todo aquele brilho pudesse ser apagado.

Era do Ferro, Anônimo

Marius cavalgava com intensidade em direção à verdade, buscando descobrir os segredos do Naja a qualquer custo.

Ele não tinha dom para ser furtivo ou espionar, mas em Eyam havia um caminho reto e estreito na direção da verdade. Se você estivesse disposto a pagar.

A Caverna da Oráculo ficava no alto das montanhas, ao pé de terras férteis cultiváveis. Os fazendeiros que trabalhavam naquela terra rica sabiam que a deusa os abençoava por acolherem sua voz. Eles prestavam tributo à Oráculo todos os dias do ano.

Passando as Montanhas da Verdade ficavam as terras dos Valerius, o Lago das Mágoas e os Campos Vermelhos.

No templo, sua mãe havia lhe contado histórias sobre a Oráculo. Sua deusa estava perdida, mas era gentil demais para abandonar seu povo completamente. Ela lhes deu um Oráculo, e o Oráculo daria a cada filho da deusa uma verdade por um preço. Antes, Marius achava reconfortante saber que a Oráculo estava por perto.

Ele tinha perdido esse conforto aos dezessete anos. Isso era o mais perto que ele estivera de casa desde então.

A passagem da montanha era alta, a escalada era íngreme. Marius apeava de vez em quando para poupar o cavalo e ignorava os sinais de que estava sendo seguido. Os guardiões da Oráculo eram habilidosos. A maioria dos peticionários nem saberia que eles estavam lá.

Marius continuou a cavalgar, agachando-se sob saliências de granito, com as patas do cavalo estalando sobre o cascalho solto até o fim do caminho sinuoso.

O sol estava perdendo a batalha contra as sombras, mas seus raios ainda brilhavam fortes. Um raio direto, amarelo como uma placa pintada, parava no limiar da caverna. A caverna da Oráculo era um corte profundo na lateral da montanha cinzenta, sangrando escuridão.

Dois guardiões aguardavam diante da caverna. Marius ficou com os braços bem abertos, deixando-os procurar por armas que ele não tinha. Colocou as rédeas na mão de um dos guardiões e passou do sol quente para as sombras confinadas. A visão de Marius se ajustou rapidamente, mas a mudança foi tão abrupta que por um instante ele ficou perdido e cambaleante.

Uma voz rouca surgiu da escuridão.

— Cuidado, Marius Valerius.

Ele se ajoelhou.

— Oráculo.

Nas profundezas havia um movimento, como um grande pássaro esticando suas asas. Marius inclinou a cabeça e esperou. Seus sentidos se expandiram, lentos e calmos, ouvindo o som da água, sentindo a mudança particular na atmosfera do ar esfriando quando a água estava próxima. O farfalhar semelhante ao de um pássaro continuou, seguido por passos arrastados.

— As profecias são vorazes. Elas te devorarão para se cumprir. Você sabe quem você me lembra?

— Todos dizem que me pareço com meu pai — Marius respondeu vagarosamente.

— Quando todos dizem uma coisa, duvide. Seu pai se parece com o pai dele, e com o pai do pai dele. O mesmo rosto com leves variações, para imprimir a memória do perigo por gerações. Um Valerius é como uma planta com cores que alertam de seu veneno. Você não é uma vaga sombra disso, Marius Valerius. Você se parece mais com o Primeiro Duque do que o primeiro filho dele. O Primeiro Duque era uma maravilha e um monstro. Você deseja ser como ele?

O primeiro duque, general do primeiro rei. Séculos haviam se passado desde que eles viveram. Anos haviam erodido histórias dentro de histórias. As histórias diziam que os campos de papoulas ao redor da mansão dos Valerius cresceram porque o Primeiro Duque se manteve firme ali, um homem contra um exército, e venceu. Diziam que o Primeiro Duque tinha olhos mais vermelhos que as papoulas. Diziam para as crianças de Eyam se comportarem porque senão o Primeiro Duque as pegaria.

A Oráculo era mais velha que as montanhas. Ela tinha visto o Primeiro Duque e sabia a verdade sobre ele.

Não foi surpresa ouvir que Marius era um monstro.

— Olhos vermelhos me fariam ser notável na corte, milady Oráculo.

A risada da Oráculo era vento através de galhos podres.

— Você tem os olhos de sua mãe. Não a agradeça por eles. Olhos claros não são um presente no reino dos cegos. O Primeiro Duque era um monstro belo, pelo menos.

Ela colocou uma mão sobre a cabeça de Marius, pesada e curva como uma garra. A mão dela não era fria como gelo. Gelo poderia ser derretido. Ela era fria como o profundo e penetrante frio da pedra sob a montanha.

A mansão dos Valerius era feita da pedra dessas montanhas. O frio era seu direito de nascença.

Dedos frios como um túmulo brincavam com as mechas brancas de seu cabelo.

— O cabelo do Primeiro Duque mudou após seu primeiro e pior assassinato. Quem você enfrentou para ganhar o gelo em seus cabelos, retrocesso?

Marius levantou a cabeça. A Oráculo era pálida como a barriga de um peixe cego que nunca seria tocado pelo mais leve brilho de luz na superfície da água onde vivia. Ela usava véus esfarrapados como roupas, camadas variadas em branco, cinza e preto, como pétalas se enrolando dentro de uma flor moribunda. Seus cabelos brancos emaranhados tinham as pontas negras, como se tivessem sido mergulhadas em tinta fresca. Quando ela levantou um dedo para os lábios, o osso estava coberto de escuridão. Cada dedo estava enegrecido, como se os tivesse mergulhado em um mar de tinta.

— Como se eu não soubesse. Leva muito tempo para superar, não é? Toda a sua vida.

No silêncio, Marius ouviu o estilhaçar de uma porta sete anos atrás. Ouviu o grito de uma menina pequena.

— Superar o quê? — ele perguntou com dificuldade.

— Toda a sua vida. — A Oráculo farejou o ar como um cão de caça. Seus olhos, cavernas em seu rosto emaciado, não pareciam enxergar bem.

— Onde está seu criado?

Na escuridão, na caverna da boca dela, Marius não conseguiu ter certeza se sua língua tinha a ponta preta.

— Vou usar meu sangue para o sacrifício.

Seu coração batia descompassado nos ouvidos. Ele entenderia se seu sangue fosse um sacrifício indigno, mas não ordenaria que outra pessoa sangrasse por ele.

A Oráculo sorriu com dentes pontiagudos.

— Normalmente as pessoas derramam um oceano de sangue de estranhos antes de sacrificar uma gota do próprio sangue. Um substituto compra magia inferior. Se você me der o seu melhor, eu lhe darei o meu melhor. Dê-me suas mãos, Marius Valerius, e eu te dou minha verdade.

Ele estendeu as mãos, palmas para cima e em concha. As unhas revestidas de escuro da Oráculo cravaram-se no centro de suas palmas. Ele se ajoelhou com as mãos cheias de seu próprio sangue. Entre seus dedos, o sangue escorria e pingava. Ele viu a turvação do lago em que a Oráculo estava mudar. Seu sangue girava nas águas turvas. A escuridão transformou a água em um espelho.

A voz da Oráculo preencheu a caverna.

— Eu conto os grãos de areia de todas as praias e meço o mar. Ouço os sem voz e conheço a necessidade do mal. Em toda a sua vida, você só tem uma pergunta. Pergunte a verdade que mais deseja.

O enigma de anos que ele não conseguia resolver. A chave para cada acontecimento estranho no palácio.

— Eric Mitchell. O Naja Dourada. Quero saber a verdade sobre ele.

O sangue na água girou como se as palavras dele tivessem criado uma corrente naquele lago parado. A água na Caverna da Oráculo repentinamente tornou-se clara por luzes queimando com a força de estrelas, brilhando em todas as cores do arco-íris.

O sangue formou uma moldura para visões impossíveis.

Lâmpadas ardendo violentamente iluminavam uma rua estranha. Terra e grama estavam perdidas sob uma superfície cinza perturbadoramente lisa, como um rio transformado em pedra. Carruagens assustadoras, sem cavalos atrelados, corriam sobre o rio de pedra. Rodas negras giravam através de poças cobertas de espuma, parando diante de uma árvore esquelética de luzes que piscavam em esmeralda, âmbar e um vermelho intenso, como o olho de um demônio.

Ao longo do rio de pedra estavam as margens igualmente de pedra, cinza e planas como o próprio rio. Pessoas com roupas bizarras se empurravam, uma multidão densa como uma inundação de salmões. O turbilhão vertiginoso de luzes e rostos se tornou um redemoinho de perplexidade.

As águas se acalmaram e se fixaram em um rosto. Um garoto. Ele não era Eric. Marius abriu a boca para protestar, mas hesitou.

O garoto era jovem, não mais que catorze anos. Algumas crianças mudavam muito ao se desenvolverem e se tornarem adultos, mas certamente os ossos estavam errados. Havia uma leve semelhança, sugerindo um parentesco distante, mas Marius não conseguia ver nenhum caminho de mudança do rosto desse garoto para o que ele conhecia.

A criança era um estranho em uma terra estranha, o cabelo raspado nas laterais com folhagens caindo no rosto como uma planta. Suas roupas eram surradas e sujas como as de um camponês, mas de cores vivas como as de um lorde, sua túnica adornada com letras grosseiras dizendo "APODEREM-SE DOS MEIOS DE PRODUÇÃO TEATRAL!". Ele usava uma engenhoca insectoide sobre as orelhas, carregava uma bolsa de lona pendurada com uma alça sobre um ombro, e estava banhado por uma luz rosa que emanava da frente de uma loja que vendia artefatos impensáveis. Ele era uma figura bizarra em uma paisagem grotesca que não podia ter nenhuma relevância possível para Marius.

E ainda assim...

O garoto se movia como se estivesse ouvindo uma música silenciosa, as mãos moldando o ar, e Marius reconheceu aqueles gestos. Aqueles dedos habilidosos sempre acompanhavam o progresso de uma língua excessivamente sagaz, ilustrando o argumento de Lorde Popenjoy ou sua piada.

De algum jeito, esse *era* Eric. Era no jeito como ele olhava para as pessoas de soslaio, construindo uma atenção cuidadosa com centenas de espiadas sem cuidado.

Aquele olhar alertou Marius para o perigo. O olhar errante de Eric se fixou. Marius seguiu o olhar de Eric até o que nenhuma outra alma naquela rua movimentada viu.

A criança era pequena, com grossas tranças escuras e mãos tão pequenas que poderiam escapar do aperto de uma mãe atarefada. Ela cambaleou para fora da margem cinzenta, entrando no rio de luzes e veículos. Um veículo uivou como um animal moribundo e desviou dela. O próximo não desviaria.

Eric correu para o rio de caos e empurrou a criança de volta para a margem.

Marius testemunhou o impacto devastador do veículo de metal, atingindo a lateral de Eric, sua têmpora. Eric foi lançado no ar como um grande peixe se retorcendo em uma linha invisível, fisgado por um anzol invisível. Ele caiu de quatro, espalhado desajeitadamente, sem a graça habitual, travou a mandíbula de criança e cambaleou de volta para a margem de pedra. A menininha ficou de pé, chorando, ilesa, mas extravasando o choque de um mundo inesperadamente cruel.

Mais veículos se alinhavam na lateral da margem de pedra, parados e sem vida. Eric se apoiou em um, muito parecido com a criatura de metal que o havia atingido, mas não motivada pela mesma energia maliciosa. Ele não parecia preocupado que fosse ganhar vida.

Ele piscou para a menina que chorava.

— Ei. — Era a voz de uma criança, mas firme e gentil. — Está tudo bem.

O mundo era cruel, mas nunca Eric.

Uma mulher abriu caminho pela multidão. Ela estava com uma expressão compreensivelmente frenética e usava calças, para as quais Marius não conseguia encontrar explicação.

— Aera, finalmente te achei! — Ela pegou a mão da menininha da mão dele. Seus olhos se voltaram para Eric. — Não posso te agradecer o suficiente — ela acrescentou.

Parecia que ela podia agradecer o suficiente, pois não agradeceu novamente.

Eric acenou com a cabeça, apoiou-se no carro como se estivesse recuperando o fôlego. Já devia ter recuperado a essa altura.

— Você foi atingido com muita força — a mulher continuou com relutância. — Talvez devesse chamar uma ambulância.

A cabeça de Eric ainda estava caída, mas ele fez um gesto de recusa.

— Ambulâncias me assustam. — Ele riu. — O... marido da minha irmã perdeu o emprego. Não temos plano de saúde. Vou pegar o metrô.

Havia um tom úmido e sério em sua risada. A mulher não ouviu. Ela não queria ouvir.

— Eu preciso ir. — A voz da mulher já estava colocando distância entre eles.

Ela não deveria ir.

Nenhuma surpresa apareceu no rosto de Eric quando ela se virou, levando a criança consigo, e nenhum ressentimento. Eric geralmente aceitava as pessoas como elas eram.

As águas do lago de sangue da Oráculo se agitaram, como se com uma leve brisa. Naquele país distante, a tarde cinza-escura rapidamente se transformava em noite. O céu sobre a cidade alienígena estava cheio de torres e quase sem estrelas.

— Não olhe para aquele homem — um estranho com um laço listrado no pescoço instruiu sua filha. — Ele parece ser problema.

Marius se perguntou o que havia de errado com seus olhos. Eric claramente não era um homem, mas uma criança em apuros.

Com o passar do tempo, Eric escorregou para baixo. Na beira cinzenta daquela rua turbulenta, ele se sentou encolhido contra uma das máquinas que o atingira. O Naja Dourada, o centro brilhante de todos os furacões na corte. A alma mais vibrante e luminosa que Marius conhecia, suportando uma morte silenciosa e miserável.

Ele segurava uma caixa com frente de vidro ligada a seu aparato insectoide de cabeça. Eric estava batendo arduamente com o dedo no vidro. Atrás do vidro, havia uma palavra e uma imagem – "Mana", com o desenho de um coração. As batidas de Eric lentamente produziram outra palavra, que era "desculpe". Tomado por um tremor, a caixa caiu na rua. Uma rachadura se formou no vidro.

As mãos de Eric, firmes o bastante para roubar do rei, remexiam de forma desajeitada nos fechos de metal de sua bolsa. Ele parou para tossir algo escuro e sólido na mão, mas finalmente conseguiu abrir a bolsa. Dedos manchados com sangue coagulado se fecharam ao redor da forma surrada de um livro. Eric se agarrou ao livro como um criança pequena se agarra a seu brinquedo preferido.

Marius fez um som, quebrado demais para ser uma risada. Aquele era o Naja, com seu amor por arte e beleza.

— Devia ter chamado uma ambulância, garoto. — Uma mulher estranha, com o cabelo preso em rabos infantis, sentou-se ao lado de Eric. Sua pele dourada era serena, seus olhos, gentis como os de Eric, mas distantes como os céus. — Agora é tarde demais.

— Eu já tinha percebido — Eric murmurou com palavras arrastadas, e tossiu novamente.

A mulher brilhante ofereceu:

— *Existe* uma alternativa.

Cada palavra dela parecia pesar mais do que as palavras dos outros, como se as dele fossem lata e as dela, aço. Ela se inclinou e sussurrou no ouvido dele.

A criança moribunda que era Eric se virou de costas, os olhos ficando opacos enquanto ele olhava para o céu estranho. Sua mão se estendeu como se tentasse alcançar uma das poucas estrelas restantes. Ou agarrar a maçaneta de uma porta que ninguém mais podia ver.

Antes de a mão do garoto cair, o lago cintilou. Marius ficou perdido na escuridão da caverna.

Ele precisava passar, não podia ser muito tarde.

A escuridão veio como janelas fechando. A magia do lago de sangue se reformou, as venezianas se abrindo para um mundo familiar. Uma rua familiar. Rua da Bofetada, perpendicular ao Caldeirão. Um grande prédio com janelas de vidro em formato de diamante, sua fachada pintada em preto e branco, ocupava toda uma lateral da rua. A guilda dos vidreiros tinha sido próspera antes de tragicamente queimar.

Carroças passavam, não monstros de metal. Vendedores de rua vendiam frutas, bolos, brinquedos de criança e pentes. Mulheres pechinchavam nos carrinhos. Comerciantes entravam e saíam do palácio municipal, tilintando chaves e balançando bolsinhas. Havia damas vestidas com boas roupas escoltadas por criados, e casais passeando.

Lá estava Eric.

Não foi preciso adivinhar dessa vez. Esse era obviamente Eric, não muito mais jovem do que quando ele e Marius se encontraram pela primeira vez. Mais chocante do que ver um garoto estranho em uma terra estranha foi ver um rosto familiar em cercanias a que ele não pertencia. Eric, meticulosamente limpo e frequentemente aconselhando o clube do livro sobre sabonetes perfumados, estava sujo não da forma passageira que alguém poderia estar se tomasse um tombo de um cavalo na lama, mas de uma forma impregnada por semanas ou meses. Suas roupas eram trapos que nem mesmo os criados mais humildes de Marius teriam rasgado para limpar um banheiro. O rosto magro e inteligente de Eric não tinha a forma redonda remanescente da infância. Seus olhos e bochechas estavam afundados como sepulturas não devidamente preenchidas.

Eric passou por um casal que andava junto. A dama, do tipo que batia os cílios para o Naja durante os intervalos das peças, gritou de horror para que as roupas imundas dele não manchassem seu vestido. O cavalheiro fez questão de dar a volta com ela em um círculo, para longe da ralé.

Quando Eric era novo na corte, alguns nobres o esnobavam. Até Marius lançar sobre eles o olhar dos Valerius.

Se Marius estivesse correto, nesse momento ele estava na Torre de Marfim. Talvez estivesse ajoelhado sob o açoite nos penhascos de gelo, enquanto Eric passava fome nas ruas da capital.

A dama riu. Eric abriu seu sorriso particular. Ele tinha disfarçadamente roubado o cavalheiro enquanto o homem afastava sua dama. Eric abriu a carteira brocada, revirou os olhos quando viu que estava vazia, guardou-a no bolso e começou a cantar baixinho. Uma de suas canções terríveis cuja letra não fazia nenhum sentido.

Eric não tinha parado de sorrir, mas Marius não se enganou.

Ele se lembrou de Eric rabiscando energeticamente sobre folhas soltas à luz de velas, e recordou, sob os olhos fulgurantes de uma cidade perdida, as mãos de uma criança moribunda buscando um livro. *A arte é o último consolo.* Essa canção era a tentativa de Eric de confortar a si mesmo.

Uma mulher de meia-idade com uma cesta carregada que andava pela rua se virou ao ouvir a música dele. Ela tinha o cabelo fino e claro, um ar tímido e um vestido de cor parda com um símbolo lilás na manga, indicando que era um membro menor de uma corporação.

— Você, menino.

— Senhora? Tem algum serviço com que eu possa ajudar?

Ela abaixou a voz no nível de um segredo culpado.

— De onde você é?

— Ah, daqui e dali.

— Você chegou aqui por meio de um...

Os ombros da mulher se abaixaram quando ela perdeu a coragem. Eric, alcançando automaticamente a incerteza, murmurou palavras de encorajamento.

A mulher arriscou um sussurro:

— Meu falecido marido cantava essa música. Ele disse que era de Berlim.

O nome não queria dizer nada a Marius, mas a mão de Eric se fechou ao redor do braço da mulher como se ela fosse um mastro flutuante em um naufrágio.

Com um sorriso finalmente chegando aos seus olhos, Eric disse:

— Parece que temos muito o que conversar.

O lago tremeluziu com uma breve escuridão, uma cortina puxada e não uma veneziana fechada. A janela de sangue mostrava o interior de um pequeno cômodo com paredes de madeira curvadas, como se Eric e a mulher vivessem dentro de uma casca de noz. Francamente, era uma pocilga. Alguém havia feito decorações coloridas de papel para pendurar ao redor da pocilga, e sinos de vento feitos de fragmentos de metal. Marius sabia quem.

— Não acredito que seu homem nunca tentou a Flor, mamãe. — Eric fazia um mexido sem carne em uma panela sobre fogo baixo. — Por que ele não se infiltrou no palácio por um carrinho de lavanderia? É um clássico, e dá pra entender o motivo!

A mulher da rua estava sentada a uma mesa desgastada, sorrindo para as coisas sem sentido que ele falava, como se ele tivesse colocado mais do que aquela comida duvidosa em seu prato. A sombra afundada da morte tinha desaparecido do rosto de Eric. Quando ela passou a parte de trás da mão contra sua bochecha cheia, Eric se inclinou para o toque. Eric habitualmente se aproximava das pessoas, mas não aceitava facilmente aproximações. Ele a chamara de *minha mãe*.

— Você não precisa da Flor. Você tem dinheiro agora, graças a seus investimentos. Você pode viver uma vida boa.

— Metade do dinheiro é seu. Você forneceu o capital. — O tom de Eric era suave até virar aço. — E eu pretendo ir atrás da Flor.

— Não há como entrar no palácio — a mulher alertou.

Não adiantava contar fatos a Eric. Ele os tomava como um desafio estabelecido pelo universo.

O alarme tomou o rosto da mulher quando Eric ficou em silêncio. Marius sentiu profunda empatia. O silêncio de Eric sempre era alarmante. Seus olhos estavam fixos com determinação na única janela daquela pequena casa. A janela dava para a cidade e para o palácio, dourado ao sol poente.

Na voz que ele usava quando recitava trechos de livros, Eric murmurou:
— Eu lidero o caminho quando não há caminho.

Houve uma leve agitação de uma sombra sobre a água. As veias de Marius repuxaram, protestando ao fluxo de sangue. Quanto mais ele poderia sangrar por isso? Mas ele precisava ver. Quando a Oráculo se afastou, ele a seguiu, mantendo as garras afiadas dela na palma de suas mãos. No lago, Marius viu o sol da manhã através das folhas de um espinheiro-branco, com Eric de pé embaixo dele.

O guarda nos portões do palácio perguntou o que Eric estava fazendo.
— Subindo bem alto. — Eric riu. — Vamos ver até onde consigo ir.

Ele se balançou nos galhos. Ramos oscilaram e folhas dançaram com um vento de muito tempo atrás. O lago da Oráculo ondulou e clareou. Marius, ofegante e buscando certeza, ficou olhando para a cara assombrada dela.

— Basta de verdade, Marius Valerius. Ninguém pode suportar tanto. Eu me afoguei nisso há muito tempo. Que jovem audaz você tem lá. Ele causa ondas em mais lagos do que no meu.

O Naja era de outro mundo. Essa era sua verdade. Qual era a de Marius? Ele se lembrou de suas lealdades.

— Ele é um perigo para o meu país? — Marius perguntou. — Ele é um perigo para o meu rei?

A Oráculo oscilou como uma árvore com sombras no lugar das folhas, seus véus manchados com espuma seca de água antiga como se ela tivesse subido de um poço havia muito tempo.

— Você tem mil perguntas, mas só tem direito a uma resposta. Você tem a verdade que desejava. Agora decida o que fazer com essa verdade.

— E se vier um desastre?

— Desastres virão — prometeu a Oráculo. — Desastres sempre vêm. Você, no entanto, deve ir.

A voz dela preencheu a caverna com ecos. Seus guardiões apareceram para levá-lo embora. Marius poderia ter lutado com eles, poderia tê-los matado, mas ele tinha feito um juramento.

Marius cavalgou pela passagem da montanha, dirigindo-se para a cidade como o vento sobre a terra. Sua última tentativa desesperada por clareza só havia levado a mais confusão. Sua mente estava fragmentada, cada ideia como uma folha em uma árvore sacudida por ventos estranhos. O pensamento racional foi lançado ao chão e varrido pelas colinas.

Isso devia ter alguma relação com a conspiração com Lady Rahela, mas Marius não conseguia ver como.

Ele cavalgou pelos portões do palácio até a porta do Naja. Sinad, a criada, tentou impedir sua entrada. Ela não conseguiu.

Ao pé da escadaria, na mais grandiosa residência da corte além do próprio palácio, Marius lembrou-se da única visita de sua irmã à capital, dois anos antes. Na última vez que ele tinha visto Caracalla antes disso, ela estava com nove anos. Aos catorze, estava alta como os homens da família Valerius, sem ter ideia do que fazer com sua altura, com membros desajeitados e falta de graça. Ela tinha o cabelo castanho e era pálida como a mãe deles, visivelmente aterrorizada em todas as reuniões da sociedade, e era a mais preciosa e mais bela garota de Eyam. Ela chorou só de pensar em outro chá da tarde, implorando por diversões diferentes. Então Marius levou ela e sua mãe até o homem que todos diziam ser a criatura mais divertida do palácio.

A irmã de Marius se pendurou em seu braço enquanto o Naja Dourada descia a escadaria curva para recebê-los. Elaborados pentes dourados brilhavam em seu cabelo, com desenhos de najas encapuzadas, os dentes dos pentes parecendo presas de cobras. Seu rosto irradiava o mesmo caloroso acolhimento do primeiro dia com Marius, como se ele pudesse conhecer alguém bem e ainda assim ficar empolgado por encontrar essa pessoa.

Cantando suavemente com prazer, ele chamou:

— Milady Caracalla.

As pernas de Caracalla fraquejaram. Marius a segurou, mas não conseguiu impedir que seu coração desabasse no chão de mármore do Naja.

Eles passaram a noite no teatro. Caracalla olhava em êxtase silencioso, e não para o palco. Quando chegaram em casa e Caracalla estava na cama, a mãe de Marius sugeriu que Lorde Popenjoy poderia ser um excelente pretendente.

O pavor tomou conta de Marius pela segunda vez naquela noite.

— O título dele é suspeito. Ninguém sabe de onde ele veio.

Sua mãe colocou um cubo de açúcar no chá com determinação.

— E isso importa, querido? Ele circula na mais alta sociedade com facilidade. Se suas origens são questionáveis, é provável que ele releve a questão da herança dos Valerius. Ele não parece ter medo de você.

No meio do horror, Marius quase riu.

— Ele não tem.

Sua mãe sorriu, o que era tão raro que Marius não podia rejeitá-la.

— Como é seu amigo, ele deve ser um bom homem. É o que eu quero para Caracalla. Alguém gentil.

Antes de ir embora, sua mãe presenteou o Naja com uma adaga de oricalco que era uma relíquia de família, cujo encantamento só era compartilhado entre os parentes. Toda a corte reconheceu que o noivado era oficial.

Ninguém sabe de onde ele veio.

Agora Marius sabia.

Ele subiu para a sala de visitas do Naja. Quando as portas da sala se abriram, a banda do Naja começou a tocar uma música alegre. Duas mulheres tomaram a frente e começaram uma dança com sapatos que batiam no chão.

Marius lançou um disco de prata em direção a um címbalo com tanta força que o fez girar, escapando das mãos do músico atordoado e derrubando vários instrumentos antes de cravar sua borda em uma parede. Quando uma dançarina tropeçou, Marius a segurou em seus braços.

— Madame, por favor, sente-se. — Ele a colocou no sofá.

As dançarinas trocaram olhares apavorados. As portas dos aposentos privados do Naja se abriram com uma cascata de cobras de papel dourado, que o próprio homem sacudiu distraidamente dos ombros.

— Não estou no clima... *Marius?*

O *herigaut* de hoje era repleto de fios de bronze e de ouro, bem ajustado com um elaborado cinto de bronze. Bem diferente de trapos ou camisetas enfeitadas em ruas estranhas. Eric sempre estava de cabeça erguida, mas hoje seus dentes estavam cerrados e seus olhos escuros eram perigosos como uma fogueira mal controlada. Marius se perguntou se havia acontecido alguma coisa.

O rosto de Eric não convidava à indagação.

Marius cruzou os braços e ficou parecendo imóvel.

— Preciso falar com você.

— Não tenho nada a dizer.

— Isso é novidade.

Os lábios de Eric se curvaram.

— Eu não acho que *você* vai ter algo interessante para dizer.

— Então você é de outro mundo — disse Marius.

O brilho vago no olhar de Eric congelou por um momento incrivelmente satisfatório.

— Pessoal. — A voz dele ficou cuidadosamente casual. — Lorde Marius bebeu demais. Deem-nos um momento.

A banda saiu, olhando para Marius com desconfiança. Um cantor parou para dizer que ele era muito forte, o que Marius já sabia. O Naja foi até a porta para verificar se ninguém estava escutando. Quando o mestre dos espiões se certificou de que não estava sendo espionado, ele se virou para olhar feio para Marius. Então o olhar feio foi abruptamente desviado.

— *Jesus* — disse o Naja. — O que você fez com suas mãos?

Ele estalou os dedos de maneira categórica, mas, quando Marius entregou suas mãos, Eric as pegou gentilmente. Fez uma suave exclamação ao ver as feridas das unhas da Oráculo.

Como sempre, as prioridades de Eric eram estranhas. Nada surpreendente para um forasteiro de outro mundo.

— Minhas mãos já estariam curadas a esta altura se eu não estivesse segurando rédeas.

Eric soltou as mãos dele, virando-se.

— É claro. Vamos fingir que isso é legal e normal.

Guerreiros eram feitos para se curarem rápido. Marius empurrou para longe a voz da Oráculo dizendo *retrocesso*.

— O que você acha que a Oráculo me contou sobre você?

Eric tinha ficado tenso desde a menção ao outro mundo. Agora seus ombros desabaram.

— Importa se estou morrendo em Nova York na beira de uma estrada ou acordando nas sarjetas do Caldeirão enlouquecido de fome e medo? Qualquer uma dessas experiências seria estranha para você, *Lorde Marius*. Até onde você sabe, eu sempre fui de outro mundo. Você nasceu em uma mansão. Você poderia se curar se fosse atingido por um carro. Eu nunca fui o personagem principal em nenhuma história.

— Isso não é uma história. São nossas vidas!

Eric ofereceu um sorriso torto e sem humor.

— Talvez sejam as duas coisas.

— Naquele outro mundo, você estava morrendo. Você está morto?

Será que ele era um charlatão? Ou um fantasma malicioso, manipulando como um fantoche o que deveria ser um cadáver? Havia tantos pesadelos que o Naja podia ser.

— Eu não posso estar morto — Eric respondeu. — Minha mãe morreu tentando pegar a Flor da Vida e da Morte para mim. Então eu tenho que viver o máximo que puder.

— Foi por esse motivo que você fez tudo isso?

O Naja ergueu o queixo, olhos brilhando de maneira provocativa. Ele vinha brilhando de maneira provocativa desde que Marius o conhecera.

— Eu fiz o que precisava para sobreviver. Depois fiz muitas outras coisas porque achei que seria divertido e as pessoas me achariam legal.

Sempre que Marius estava na pior, ele ia para a casa do Naja. Eric sempre o deixava entrar. Certa vez, Marius recostou a cabeça em seu sofá ridículo e ouviu uma música suave como uma canção de ninar no piano dourado, fingindo dormir. O Naja tocou seu cabelo e disse:

— Shhh.

Se Marius era confortado por mentiras, no que isso o transformava? Em uma criança assustada, um tolo ou um traidor?

Tentando descobrir isso, ele disse lentamente:

— Você já foi bom um dia. Você salvou uma garotinha.

— E veja aonde isso me levou — Eric respondeu. — Agora eu salvo a mim mesmo. O que você pode fazer quando a história diz que você não importa? Eu tenho que importar para mim mesmo.

— E quanto a Lady Rahela?

Eric hesitou.

— Ela importa para mim também.

Por que deveria? Marius disse com severidade:

— Eu a conheço há anos. Ela não é de outro mundo. Ela não é inocente.

Eric se afastou da janela.

— Apenas inocentes merecem ser salvos? Então me coloque na longa lista dos condenados. — Para surpresa de Marius, Eric ficou emotivo. Ele cobriu o rosto com o braço. — Deus, eu *não posso* fazer isso esta noite. Eu te procurei pelo palácio enquanto você estava caçando meus segredos.

Era sempre Marius indo até ele. Ele nunca havia procurado Marius antes. O olhar de Marius fixou-se em uma manga esvoaçante, notando uma mancha no dourado.

— Isso é sangue? — Seu próprio sangue gelou. Quem ele teve que matar?

— Não é o meu sangue — Eric disse com uma voz áspera e abafada. — Alguém morreu. Tive que ver o corpo dele ser jogado na ravina.

— Quem morreu?

— Um pirralho da sarjeta — respondeu Eric.

Marius ficou aliviado antes de se lembrar da visão de Eric morrendo de fome no Caldeirão. Sempre havia parecido trágico que os pedintes morressem de frio e fome nas ruas. Eric dizia que tragédias eram tristezas vistas a distância.

Agora, essa distância foi brutalmente arrancada.

Em uma sala que parecia um palco opulento feito para um personagem que nunca duvidou ou sofreu, Eric podia estar chorando.

— Eric. — A voz de Marius ficou rouca quando ele não conseguiu soar gentil. — O que eu posso fazer?

A cortina brilhante da manga caiu para revelar não lágrimas, mas fúria.

O Naja Dourada rosnou:

— Matar o rei!

Era a realização de todos os medos sombrios que visitavam Marius à noite, acordando no frio cinzento antes do amanhecer, consciente de que o Naja tinha poder sobre ele e poderia pedir que fizesse qualquer coisa.

O lábio do Naja se curvou.

— Eu sei que você não vai fazer isso. Você preferiria matar a mim e meus amigos. Algumas vidas valem mais do que outras. Então me mate, ou me deixe em paz.

Eric tinha demonstrado bondade e acabado encolhido em uma esquina com sangue coagulado saindo da boca e do nariz. Ele tinha mentido sem parar, construíra a fantasia elaborada de uma pessoa e se tornara sua própria criação. Marius não sabia o que ele merecia e não o compreendia, e não compreendia seu próprio coração desconfortável.

Se o Naja nunca o tivesse afastado, Marius poderia tê-lo matado. E então, cada reunião sem uma voz chamando por ele, cada noite em silêncio. Não porque o Naja estivesse com raiva, mas porque o Naja estaria morto.

Ele poderia tê-lo matado.

Marius pegou um alaúde abandonado, quebrando o vidro da vitrine do Naja para pegar a lâmina Valerius.

— Ah, aqui vamos nós — Eric murmurou sob o som de vidro quebrando.

Marius agarrou uma corda dourada que prendia uma cortina e a soltou, fazendo a cortina cair como se sinalizasse o fim de uma peça. Ele fez um laço na corda e a lançou em direção à vitrine quebrada. A corda fisgou a lâmina, trazendo-a em um amplo arco prateado através da câmara dourada. A adaga pousou nas mãos do Naja.

— Venha aqui — Marius pediu, suplicando.

Quando Eric avançou com fúria, Marius agarrou o pulso dele, segurando-o no lugar de modo que a lâmina ficasse contra sua própria garganta.

— Pronto. Você está em segurança. Fale comigo.

Com a lâmina entre eles, Eric encarou Marius como se ele fosse louco.

— Estatisticamente, quantas conversas produtivas aconteceram na mira de uma faca?

— Talvez essa seja a primeira.

Ele pôde fixar o momento, preciso como uma flecha em um coração, em que Eric perdeu a paciência. O Naja Dourada empurrou Marius contra a parede com uma faca encantada na garganta.

— Você disse uma vez que eu te atormentava. Você *quer* ser atormentado? — Eric perguntou.

A lâmina era afiada e fria junto à sua pele. Marius era rápido e forte, mas podia não ser rápido e forte o suficiente. O Naja poderia realmente conseguir matá-lo.

Era um sentimento novo. Marius inclinou a cabeça contra a parede e sorriu:

— Descubra.

Eric ameaçou:

— Deixe-me te dizer uma coisa perigosa e verdadeira. Sou seu pior pesadelo. Eu li todos os segredos de seu coração. Sei o que aconteceu naquela última noite na mansão, quando você tinha dezessete anos. Sei por que você correu para a Torre de Marfim. Eu sempre soube.

Marius havia voltado para casa inesperadamente e encontrado seu pai em uma fúria desenfreada. A porta da ala leste, a única proteção para sua mãe e sua irmã mais nova, havia sido arrombada pelos homens de seu pai. Os seguidores leais de seu pai deixaram, lealmente, uma mulher e uma criança para enfrentar a fúria assassina do duque.

Ele ainda podia ouvir seu pai sussurrando, mesmo após sete anos.

— Esta é a ira divina. — A luz do fogo fazia o rosto do duque parecer uma máscara dourada e distorcida. — Você também a sente, garoto. Eu sei que sente.

Ninguém podia se opor a um Valerius. Ninguém mais poderia deter seu pai. Marius teve que fazê-lo.

Então ele pegou uma espada e fez. E jurou nunca mais tocar em outra lâmina.

— Se você tivesse me contado isso antes — Marius murmurou —, eu teria te matado.

A lâmina doía, com a borda fria e o sangue quente. Se Eric estava certo de que Marius o mataria, aqui estava sua chance de matá-lo primeiro.

Os olhos do Naja brilhavam, zombeteiros e cruéis.

— Tão ansioso pela minha verdade, mas não consegue encarar a sua. Quer saber outro segredo, Marius? Eu poderia te despir completamente.

Ele riu.

— Aqui está a verdade. A chantagem nunca importou. Eu negocio conhecimento, então você me odeia mais do que veneno. Você não me conhece. Você não conhece Otaviano. Você não conhece Lia. Você não conhece a si mesmo. Você tem medo de saber. Eu não sou o covarde da corte, Marius. Você é.

Esse era o pior insulto que Marius podia imaginar, e a pior parte era que ele não podia fazer nada além de escutar, com a boca seca e o coração acelerado. Ele não era capaz de se mover nem de falar, porque estava com medo.

— É hora de acabar com isso — Eric disse gentilmente. — Eu não serei a lâmina pendendo sobre sua cabeça ou o galho de espinheiro com o qual você se açoita. Não posso ser nem seu destino inevitável, nem seus deuses perdidos.

Ele se afastou e arremessou a faca com força suficiente para estilhaçar uma janela de vitral.

Marius ficou olhando para o espaço recortado onde antes havia beleza e iluminação.

— O que você quer que eu faça?

— A coisa certa!

Que pedido de um vilão.

— A coisa certa — Marius gritou em resposta — *é matar você*.

Cada segredo que ele tinha descoberto, cada gota do que seu pai chamava de ira divina, o atraía para aquele fim.

Eles ficaram ofegantes, sem defesa entre eles.

Desafiante até o fim, Eric disse:

— Então só volte aqui quando estiver pronto para matar. Acredite em mim, Marius Valerius. Não era para eu ter feito parte de sua história, mas eu sempre achei que você deveria ser o herói. Você tem que ser o herói agora. Ou não restam mais heróis.

31
A Vilã e a Temível Ravina

O sangue do deus-filho se derramou e dividiu a terra onde caiu. A ravina era seu ferimento de morte. Nossa terra estava separada do continente e encharcada de sangue divino, mas séculos se passaram e até mesmo maravilhas e monstros se tornaram rotina. As pessoas se acostumaram a viver perto de um ferimento no mundo. Profundidades de escuridão, fogos sombrios queimavam nas profundezas, e o que se movia nas sombras distantes não podia alcançar o mundo exterior.

Até o Imperador. Até as chamas subirem, e os mortos com elas.

Era do Ferro, Anônimo

Em poucos dias, o temido abismo chamou seu mestre lá em cima mais uma vez.

Rae se apoiava no braço de Otaviano conforme caminhavam pelo Salão dos Suspiros, sob o céu espelhado e sobre o piso escuro como a noite. Pelas portas de vidro, ela viu o céu rasgado por raios silenciosos. Linhas austeras de violeta e escarlate flamejante cortavam a noite.

O brilho fez seus olhos lacrimejarem. Agora ela acreditava que o mundo era real, com as beiradas de cada faceta cortadas.

Após seu colapso, Otaviano havia admitido de maneira benevolente que fora pouco cavalheiresco não ter acompanhado Rahela para fora da sala antes da degola. Ele gostava da ideia de que damas aristocráticas precisavam ser protegidas, mesmo a Meretriz da Torre. Rae não fez nada para desiludi-lo. Ser cortês o mantinha longe da cama dela.

As pessoas ainda estavam chamando Lia de sua princesa. Sempre que o faziam, os olhos de Otaviano corriam para Rae.

Eles não sabiam o que o Última Esperança podia ter contado a Otaviano sobre outros mundos, ou o quanto Otaviano havia acreditado. Rae deveria fingir até a Flor da Vida e da Morte florescer. Então ela sairia desse lugar amaldiçoado. Ela não sabia o que aconteceria com o corpo de Rahela quando ela colhesse a flor e passasse pela porta para o seu mundo. Rae imaginava o corpo caindo morto, sendo jogado na ravina. Sempre tinha sido para a história terminar assim.

Rae apenas havia comprado um adiamento temporário da execução.

O preço fora a vida de Chave.

O rei e sua profetisa perversa saíram para a sacada para reconhecer o desejo dos deuses. Soprava um vento da ravina, como se alguém tivesse aberto um enorme forno e estivesse prestes a empurrar Rae e Otaviano lá dentro. As nuvens estavam tingidas de preto como hematomas. Raios carmesim transformavam a lua rachada em uma poça de sangue levemente brilhante. O chão tremeu como se o palácio fosse uma casa na árvore e um gigante sacudisse os galhos. Colunas de fumaça subiam da ravina para o céu. A ravina se abria larga como uma boca esfomeada.

A fumaça fez os olhos de Rae arderem. Os tremores deixaram seus joelhos bambos. Este mundo, tornado real, era opressor.

Os guardas do palácio jogaram Chave fora como lixo. O Naja havia sido capaz apenas de fechar os olhos do rapaz e ver aquilo acontecer. Ninguém sabia qual era a profundidade da ravina. Talvez o corpo de Chave ainda estivesse caindo. De olhos fechados, garganta cortada, caindo para sempre.

Chave tinha acreditado tanto nela. Desde o início, ela tinha planejado traí-lo.

Ela não podia mudar as últimas palavras que disse para ele, nem os últimos pensamentos dele. Quando alguém morria, o mundo através de seus olhos terminava. Ela sempre seria a vilã na história de Chave.

Um raio vermelho transformou a máscara coroada em um espelho. Por um instante, o rei usou uma coroa mergulhada em sangue. Um coro de agradecimentos apreensivos irrompeu das sacadas lotadas que davam para o abismo.

Todos esperavam pela chegada do deus. Ninguém realmente acreditava que ele viria.

Otaviano deu um aceno régio à multidão devota. Sua voz parecia preocupada.

— Sua profecia voa de boca em boca mais rápido do que corvos. As pessoas estão com medo. Meus ministros disseram que para acalmar as massas eu devo descer às profundezas da ravina e reivindicar meu poder imperial.

Ele não deveria descer por alguns anos, não até o país todo estar em perigo e ele ter que arriscar a vida para salvá-lo. Mas a ravina também não fora feita para ficar aberta e fumegando por anos.

Ela estremeceu ao pensar o que aquilo significaria para Emer e o Naja, que seriam obrigados a ficar nesse mundo. Um dia ela havia se sentido como a única coisa real, mas agora todos pareciam reais e preciosos, exceto ela mesma. Seus amigos pensavam que era choque. Rae acreditava que estava se preparando para ir para casa. Ela tinha que ter sucesso, depois do preço que havia pagado por isso.

Ela estava muito grata porque a flor floresceria esta noite. Não conseguia suportar ficar nesse mundo nem mais um momento.

As pessoas dizem *Eu daria tudo*. O universo ouve. Mas o universo não ouve quando você diz *Espere, isso não*.

Das profundezas da temível ravina, ela ouvia os carniçais. Seu grito estava ficando mais claro e mais próximo a cada hora.

— *Mu, mu, mu. Mestre!*

Rae sorriu para Otaviano:

— Eles estão chamando você. Vá até eles.

Ela desejava poder perguntar à Rahela original: você estava fazendo o que sentiu que tinha que fazer? Talvez a maldade não estivesse na maneira como você cai, mas lugar onde você se posiciona e no que vê de lá. Talvez até mesmo os piores vilões estivessem fazendo o melhor que podiam.

Otaviano acreditava que o que ele queria era a coisa mais importante do universo. Como ele era o herói, estava certo. Rae não podia culpá-lo. Ela havia passado todo o seu tempo em Eyam acreditando que o que ela queria importava mais do que a vida de qualquer um.

Sussurros quentes subiam da ravina. O frio a envolvia como uma mortalha.

Rae observou o belo rosto do rei delineado contra o céu brilhantemente quebrado e soube de uma verdade absoluta.

Você nunca será o herói para mim.

*

Ela estava constantemente cansada nos últimos dias. Quando Emer a acordou de um cochilo à noite, suas palavras fizeram a exaustão desaparecer como um fantasma assustado.

— A Flor da Vida e da Morte está florescendo. Sua Majestade a convida para se juntar a ele na estufa.

A Donzela de Ferro vestiu Rae em marfim e sangue, e colocou a manopla encantada em sua mão. Quando Rae se levantou de sua penteadeira pela última vez, deu um aperto de gratidão no ombro de Emer.

— Se eu não voltar... — Rae começou a dizer.

Os punhos de Emer se cerraram como se agarrassem machados invisíveis.

— Por que você não voltaria?

— Se eu não voltar, vá até o Naja.

Ele havia dito que tinha uma bolsa de fuga pronta para quando tivesse problemas, e, se Emer chegasse a ele a tempo, ele a levaria junto.

O rosto de Emer se fechou e ela saiu do quarto com passos decididos. Quando Lia chegou correndo, Rae percebeu para onde Emer havia ido.

Lia estava corada e desgrenhada pela corrida, com o cabelo de luar caído sobre os ombros.

— Eu posso ir em seu lugar. Otaviano não vai pedir nada de mim.

Ela podia ser uma pequena conspiradora de coração de gelo, mas era leal. Corações gelados ainda podiam ser de ouro.

Rae fez que não com a cabeça.

— Faça outra coisa por mim. Poderia ir até a sala do trono e atrasar Otaviano?

Se Rae conseguisse chegar à estufa antes do rei, nunca mais teria que o ver.

Lia concordou, preocupada, mas confiante. Rae fez o gesto da serpente sinuosa para arrancar um sorriso dela.

Sua meia-irmã se iluminou.

— Víboras juntas.

— Víboras juntas — Rae prometeu.

O juntas não duraria. Rae estava indo embora. Ela não estaria lá para ajudar quando Otaviano destravasse seu poder total. Marius tampouco ajudaria Lia. Rae havia arruinado isso também.

Seriam Lia e o Imperador, sozinhos. Rae estremeceu ao correr pelas ameias sob a lua de sangue.

A ravina se abria ainda mais, com fogos ascendentes brilhando como lava. O céu noturno e prateado cintilava com a névoa do calor, e havia uma avalanche de trovões nas nuvens. As batidas do coração e da cabeça de Rae pareciam um terrível tambor. O mundo tremia, esperando seu Imperador.

Lia ainda brilhava como a última estrela na escuridão. Com o fim da interferência de Rae, certamente o Imperador viria a amá-la como a havia amado na história. Na opinião de Rae, Lia era fácil de amar.

Uma sombra se moveu na direção dela sobre as ameias. O coração de Rae tropeçou e caiu com um ruído.

Da escuridão saiu o primeiro-ministro Pio, com as mãos entrelaçadas atrás das costas. Rae se lembrou abruptamente de que o homem podia estar tramando sua morte. No momento crítico nos livros, a vítima sempre via sua morte nos olhos do assassino. Rae não tinha certeza se via sua morte nos olhos dele. Qual era a aparência da morte exatamente?

Em vez de empurrar Rae das ameias, o primeiro-ministro inclinou a cabeça.

— Volte para o seu quarto. O rei não pode comparecer à sua noite de admiração botânica.

— É uma pena. Em todo o caso, vou esperar por ele na estufa.

Quando Rae tentou passar, Pio a barrou.

— Não está ouvindo os tambores?

Abruptamente, Rae percebeu que tinha sido uma tola mais uma vez. A batida em seus ouvidos não era seu coração ou sua cabeça. Os tremores de terra vinham de todos os lados.

— São os invasores — Rae sussurrou.

Tudo estava acontecendo mais rápido do que deveria. Por que não isso também? As sacadas estavam repletas de adoradores rezando e cantando. Os guardas não estavam em seus postos, e deixaram um grupo de soldados passar. Assim como no livro.

Só que isso não podia estar certo.

Das ameias, Rae podia ver as ruas da cidade borbulhando de pânico.

— O exército de Tagar está dentro dos limites de nossas muralhas. Por que você parece tão surpresa, Lady Rahela? — Pio perguntou. — Certamente você sabia que eles estavam vindo.

— Eu disse para Otaviano como impedir ambas as batalhas! — Rae resmungou. — Eu falei para ele manter os guardas em seus postos quando a ravina se abrisse. Eu disse para colocar vigias no rio Lágrimas dos Mortos, pois um dia, anos depois, o exército invasor chegaria. Otaviano não escutou!

Dessa vez ela não tinha mentido nem trapaceado. Ela havia previsto o futuro, clara e precisamente, em um esforço genuíno de salvar vidas e evitar um desastre. Só que o homem poderoso a quem ela havia contado não tinha acreditado nela, e agora a cidade podia ruir.

As sobrancelhas de Pio se elevaram bem alto quando ele falou:

— É uma pena Sua Majestade não ter posicionado os guardas, mas não vamos fingir que não teve dedo seu nisso.

— Não teve! — Rae protestou. — Quando li o futuro... nas estrelas... a princesa encontrava um grupo de soldados a caminho de casa. Os soldados atacavam a cidade quando as massas estavam em suas sacadas testemunhando a ravina, mas era apenas um pequeno grupo. O exército vinha depois que estávamos preparados. Por que o exército viria agora? Não era para isso acontecer ainda!

— *Alguém* mandou a princesa Vasilisa para casa com uma história sobre seu irmão estar morrendo — disse Pio. — A princesa mandou uma mensagem de antemão. Uma investigação provou que o rei deles estava sendo envenenado. Você acha que alguém em Tagar acredita em profecia? Eles acham que *nós* o envenenamos. Eles estão revidando o que acreditam que foi nosso ataque. Quando chegou em casa, a princesa não encontrou um grupo de soldados. Ela encontrou o exército de seu irmão. Nossos guardas estavam nas sacadas observando a ravina, não em seus postos. Os invasores chegaram pelos rios. As tropas do Rei de Gelo estão invadindo nossa capital.

No vento, Rae ouviu o som de milhares de pés e o ruído de milhares de armas. Fora das muralhas do palácio, ela ouviu um grito.

No livro, o Rei de Gelo morria jovem. Aqui, a princesa tinha ido para casa para salvar seu irmão. Por causa de Rae, Ivor viveu. Ivor, o Sem Coração, cujos horrores de metal podiam combater até os mortos.

Rae havia chamado a desgraça sobre eles todos.

O primeiro-ministro Pio avançou. Ela não sabia se ele pretendia arrastá-la de volta para seu quarto ou estrangulá-la com as próprias mãos. De qualquer modo, ele estava barrando o caminho para a flor e sua única chance de viver.

— A guerra começou, Lady Rahela. Por culpa sua.

32
A Vida e a Estufa do Bem e do Mal

O corpo de Lia estava preso ao trono com um fio de prata. Seu cadáver se tornou o mais belo fantoche.

O Imperador disse:

— Ela acreditava que a bondade era real, que amigos eram confiáveis e que o amor podia ser verdadeiro. Ela morreu porque estava errada.

Era do Ferro, Anônimo

Rae usou a mão com a manopla para empurrar o primeiro-ministro de lado, correndo desesperadamente pelo lance de escadas até a estufa. Havia paz ali, o silêncio sussurrante das folhas encontrado em florestas profundas, o ar abafado, quente e fragrante pelas coisas verdes e em crescimento. Havia vida ali, embora pudesse ser esmagada. Grossas paredes de pedra encobriam o som dos soldados que chegavam e a onda de fogos na ravina, mas as grandes janelas de vidro tremiam com o ataque de um mundo que se rasgava em pedaços.

Rae correu até ver o arco do caule que sustentava a Flor da Vida e da Morte. A Flor tinha surgido de seu botão verde como uma delicada criatura alada saindo do ovo. As pétalas mais externas eram brancas como a lua e belamente frágeis, uma franja de renda valenciana cercando um vermelho tão escuro que era quase preto, clareando para lilás, para cor de prímulas e, finalmente, a fileira mais interna de pétalas ainda se abrindo.

Quando Rae avançou, esticando o braço para colher a flor, uma mão segurou seu pulso. Pio forçou seu punho recoberto com a manopla pela lateral do corpo.

— Não há tempo para seus truques!

— Me solte e nunca mais vai ter que ver meu rosto trapaceiro de novo — Rae prometeu.

— Eu só quero que você fique em segurança em seus aposentos!

— Por quê? Eu sei que você me odeia. Você mandou carniçais e assassinos atrás de mim.

— Eu não fiz nada disso. Sou um político — Pio retrucou. — Matamos pessoas por meio de leis, não as infringindo.

— Deve ter sido você!

— Na verdade, ele argumentou contra mandar os assassinos. E foi voto vencido.

A nova voz era calma, com a segurança dada pela autoridade absoluta. Uma sombra surgiu sob as pétalas espalhadas da Flor da Vida e da Morte. Os raios da lua de sangue, frios e manchados, atravessaram as janelas da estufa e refletiram no prateado de suas manoplas.

— Todos se curvem diante da coroa — disse o rei Otaviano.

Por um longo momento, Rae encarou o rosto dele, a máscara coroada empurrada para trás para revelar olhos verdes e brilhantes. Um guarda ficou a uma distância respeitosa atrás dele. Apenas um. Todos os homens que podiam ser dispensados deviam ter se juntado à batalha contra os invasores. Otaviano usava traje completo de batalha, peitoral de bronze reluzente, capa brilhante como as estrelas perdidas atrás de nuvens machucadas. Seu personagem preferido, e ele não passava disso.

— Minha bela e traiçoeira dama. Enviei assassinos e carniçais para testar suas alegações de que podia prever o futuro. Alguma outra pessoa poderia realmente comandar os assassinos reais ou arrastar meus mortos ravina acima? Como achou que pudesse ser outra pessoa além de mim?

Porque ela confiava no Imperador.

Otaviano tinha soltado os carniçais e matado dezenas de mulheres que estavam sob sua proteção. E havia enviado assassinos na noite do baile, não para testar se ela podia prever o futuro, mas porque estava tendo um acesso de ciúme devido à sua dança com o Naja. Ele era uma criança mimada e egoísta.

— Você tem razão. — Rae o olhou de cima a baixo. — Eu devia saber.

O rosto charmoso de Otaviano escureceu.

— Você usou seus novos poderes de profecia para enganar o palácio. Você seduziu o Naja, e o homem do Naja seduziu a princesa. Você viu com sua bruxaria que o rei de Tagar estava sendo envenenado. Você me incriminou como antes havia incriminado sua meia-irmã. Você usou a princesa para incitar a ira do Rei de Gelo, e planejava roubar a Flor da Vida e da Morte para curá-lo quando ele invadisse a capital. Foi uma trama para trair nosso país e se casar com o Rei de Gelo. Você estava determinada a se vingar e se tornar rainha. Você nunca vai conseguir. Ajoelhe-se diante de mim.

Todas as peças se encaixavam. Parecia muito mais plausível do que Rae ser uma viajante moribunda de outro mundo, que precisava da flor para si mesma.

Aqui estava o desfecho de seu sofrimento e culpa. Os vilões sempre encontravam um fim trágico. Ela poderia muito bem encarar o seu com coragem.

Rae curvou os lábios.

— Você não merece que eu me ajoelhe.

A mão de Otaviano se moveu para o punho de uma nova espada. Este punho não tinha a forma de uma serpente. Ela se perguntou o que ele havia feito com a outra. Talvez a tivesse jogado fora, assim como planejava fazer com ela.

A cabeça dela seria a primeira vingança que o Imperador teria contra seus inimigos.

— Sinto o poder da ravina queimando em meu sangue — Otaviano jurou. — Serei glorioso e terrível, e você finalmente se arrependerá.

Um pigarro pontual soou. Pio lançou um olhar frio a seu rei.

— Não temos tempo para isso, Majestade. O General Nemeth está liderando os homens contra os soldados de Tagar, mas eles estão em maior número do que nós. Embora as fogueiras de sinalização tenham sido acesas, os reforços não podem chegar esta noite. Precisamos de sua força.

— Eu já sou forte! — Otaviano resmungou. — Vou te mostrar. Vou mostrar a *ela*. Ela é a podridão no coração de minha corte. Corrompeu até mesmo a pérola do mundo.

Ele encarava Rae com um desprezo furioso.

— Eu percebi as tentativas traiçoeiras de Lia para me atrasar a fim de que você pudesse roubar a flor. Eu mandei meus guardas a vigiarem na sala do trono. Guarda! Mantenha Lady Rahela na estufa.

A Flor da Vida e da Morte floresceu em plenitude incandescente, com Otaviano capturado sob seu holofote. O príncipe encantador que sua corte idolatrava, o verdadeiro amor da heroína.

— O mal sempre é derrotado no final. Vou arrastar Lia até aqui e mandar executá-la diante de seus olhos.

Antes que Rae pudesse reagir, o rei saiu com sua capa brilhante e sua espada para ser o herói da história. Seu primeiro-ministro foi atrás, com um ar que sugeria que estava começando a ficar com enxaqueca. Ela não os viu ir embora.

Cada pétala aberta da Flor refletia luz como um expositor de joias. Pólen dançava no ar, grãos de brilho cintilante cercando a flor em um halo radiante. A Flor da Vida e da Morte era de ouro e prata luminosos.

Rae fez um biquinho sensual para o guarda.

— Deixe-me confessar meu pecado. Eu carrego uma faca presa na parte interna da coxa, mas não vai servir de nada contra um homem grande e forte como você. Devo remover a faca eu mesma ou você vai fazer isso por mim?

Seus olhos se cruzaram e ele abaixou um pouco a espada. Isso era tudo de que Rae precisava.

Quando ela se moveu, ele permitiu. A vilã não levantou as saias nem pegou uma lâmina. Ela estendeu o braço e colheu a Flor da Vida e da Morte.

*

A flor era fria em sua mão, como água na boca quando ela estava morrendo de sede, pesada como carregar sua irmã quando criança e saber que levava o peso de algo precioso. Ela segurava a vitória na palma de sua mão. Um som surgiu, suave como uma página virando ou uma caneta riscando.

Rae se virou e viu uma passagem se formando. Uma linha de luz, depois outra, sobrepôs-se sobre o fundo escuro de folhas. Pinceladas claras feitas sobre tela, ou rachaduras abrindo em um mundo. Até que a maçaneta apareceu diante dela, dourada como uma maçã madura.

Ela respirou fundo o ar que vinha do outro lado. O ar era doce como as flores do jardim de sua mãe, doce como uma maçã proibida. A luz ao redor da porta brilhava como um cálice.

Tudo o que Rae tinha que fazer era abrir a porta.

Tudo o que ela precisava fazer era esquecer Lia presa na sala do trono, esperando a morte. Esquecer seus amigos, presos em uma cidade em guerra. Ela teria tudo o que queria, e que os outros fossem para o inferno. Ela seria exatamente como o rei.

Se girasse a maçaneta, ela viveria.

Rae esticou a mão livre e girou a maçaneta. Ela deixou a porta abrir e a luz entrar.

Só um pouco.

A questão era: como ela queria viver?

Ela sussurrou na luz:

— Eu juro que vou voltar. Se puder.

Então ela ouviu uma resposta. Parecia seu nome. Parecia a voz de sua irmã.

A Flor florescia por uma noite. Restavam horas da noite que Rae poderia usar antes de escapar. Rae virou as costas para a porta por enquanto, guardou a flor por segurança, e chamou o guarda confuso.

— Quer saber seu futuro?

Um alarme real tocou o rosto do pobre homem. Nessa noite de tempestades sagradas e aproximação da morte, as pessoas estavam inclinadas a acreditar em profecia.

Profetisa, oráculo, bruxa da lenda, Rae deixou seus olhos se arregalarem e abaixou a voz.

— Eu vejo seu destino. É terrível.

Ela deu um soco na cabeça do guarda com o punho recoberto pela manopla mágica. Ele caiu no chão com um triste e longo choramingo, como um balão esvaziando.

Rae fez cara de arrependida.

— Eu te disse que não era bom.

Ela ainda estava parada sobre o guarda caído quando ouviu um barulho e se deu conta de que os portões do palácio haviam caído.

Rae se abaixou para pegar a espada do guarda, depois virou as costas e saiu correndo, com suas saias de marfim e sangue varrendo as escadas, correndo pelas ameias ao lado da revolta tempestuosa da ravina.

Ela encontrou o rei Otaviano parado sobre as ameias. Seus súditos vivos cantavam nas sacadas, encorajando-o a descer e ascender para acabar com o inimigo. Seu exército dos mortos o chamava do abismo. Cortesãos se acumulavam ao redor dele, incluindo o primeiro-ministro, aconselhando-o com urgência.

Otaviano não estava escutando nada disso. Nem estava correndo para executar Lia.

Ele olhava para a ravina, luz vermelha refletindo no tremor de sua boca. Naquele momento, Rae soube que ele estava com medo. Ela ficou perversamente feliz.

O Primeiro Duque, que uma vez havia sido o grande deus, estava esperando naquele abismo. Rae sabia que o Imperador venceria a batalha contra seu pai. Mas, ah, ela esperava que doesse primeiro.

— Ouça minha última profecia, Majestade!

O ronronado de sua voz era um rugido. Ela iniciou seu avanço vil na direção dele.

Ele não tinha guardas sobrando. Os cortesãos ao redor do rei recuaram, com medo do futuro.

— Você vai cair por uma longa, longa distância. Os mortos estão esperando por você, e um homem mais aterrorizante que os mortos.

Otaviano tremeu. Diante de todos os ministros do rei, a traiçoeira Bela Mergulhada em Sangue avançou.

— Quando terminar de cair — sussurrou Rae —, diga a ele que eu te enviei.

Com toda a sua força e magia roubada, ela empurrou o rei para fora dos parapeitos e para dentro da temível ravina.

Os fiéis do palácio interromperam seus cânticos e gritaram enquanto seu rei caía. A cidade testemunhou o último rei em espera despencar, um governante em um momento, e, no próximo, nada mais que um contorno escuro delineado contra o fogo devorador.

Então ele se foi.

O abismo gritou como se sofresse as dores do parto. Os céus se abriram e o inferno choveu. O que caiu das nuvens cor de hematoma parecia neve, mas os flocos de neve eram cinzentos e queimavam quando pousavam nos ombros de Rae. O céu chorava cinzas. Colunas de fumaça e chamas atingiram as nuvens turbulentas, compondo uma forma escura que lançava uma vasta sombra desde o palácio até as montanhas. Era a sombra de um homem coroado.

33
O Fim do Naja Dourada

Nenhum homem comum poderia ter cruzado aquela distância com um ferimento fatal, mas ninguém podia descrever o Última Esperança como comum. Quando ele chegou ao espinheiro-branco, até mesmo sua grande força estava falhando.

Ele havia salvado Lady Lia. Isso era suficiente para limpar o sangue de sua consciência?

O verão tinha terminado, estava escuro, e Marius estava cansado.

O Naja tinha ficado tão surpreso em morrer. Em seus últimos momentos, ele parecia jovem como o garoto que Marius tinha conhecido sob o espinheiro-branco.

Conforme a visão de Marius Valerius escurecia, aquilo foi o que ele viu. O primeiro olhar e o último.

O sol nasceu, mas o Última Esperança nunca testemunhou a luz. Enquanto a tempestade se enfurecia e a cidade queimava, ele morreu no escuro sob um espinheiro-branco. Escorria chuva pelas folhas em linhas prateadas, e caía sobre seu rosto frio como lágrimas.

Era do Ferro, Anônimo

A batalha rugia fora das muralhas do palácio. Marius Valerius havia recebido a ordem de seu rei.

Quando Otaviano entrou na biblioteca para anunciar que os soldados estavam atacando, pareceu uma avalanche ao contrário. Pedra sobre pedra saindo de seu peito, finalmente deixando-o respirar. Marius era feito de guerra.

Sentinelas foram enviados, mapas foram desenrolados, e o Capitão Diarmat foi trazido para aconselhar sobre a situação. Marius ordenou que homens fossem enviados para todos os portões do palácio. Pelo som, soldados estavam tentando invadir por vários pontos, e já havia homens do lado de dentro das muralhas tentando deixar seus camaradas entrarem. Assim que um portão fosse quebrado, eles invadiriam. O fluxo deveria ser contido.

Ele queria estar do lado de fora, lutando, mas se lembrou de seu dever.

— Diga-me o que deseja, senhor.

Dourado pelos incêndios dos edifícios além das muralhas do palácio, o perfil de Otaviano parecia esculpido em ouro. Apenas o mais tênue brilho das fagulhas vermelhas estragava a imagem.

— Meu general Valerius. Encontre Nemeth e assuma o comando. Você deve liderar meu exército em batalha. Primeiro, tenho que resolver uma questão com as traidoras que nos venderam para Tagar. Depois devo descer no abismo e reivindicar meu direito de nascença. Não tema. Vou voltar com raios nas mãos e os mortos atrás de mim.

Durante toda a infância deles, Marius sempre soube que Otaviano precisava que alguém acreditasse nele. Marius sempre quis acreditar. *Não tema*, seu rei havia dito. Um bom homem obedecia a seu rei.

Eu não sou o covarde da corte. Você é. Uma voz ecoou em sua mente, mas aquilo era perversidade o desviando de seu caminho.

— Antes de você assumir o comando, deve fazer uma última coisa para provar sua lealdade a mim.

Marius abaixou a cabeça.

— Qualquer coisa, senhor.

— Traga-me a cabeça do Naja — ordenou seu rei.

Com isso, Otaviano partiu.

O caminho de Marius estava livre. Otaviano podia ter prometido deixar o destino do Naja a Marius em épocas de paz, mas isso era guerra. O Naja era um mentiroso e um traidor, um criminoso corrompido por magia negra. Ainda que ele fosse nobre, seus pecados pediriam execução imediata, e ele não era nobre.

Dias atrás, Marius tinha ido à presença de Otaviano com a verdade da Oráculo.

Otaviano havia se inclinado para a frente com avidez no trono.

— O Naja é um nobre corrupto de Eyam ou um espião enviado por nossos inimigos?

— Ele começou a vida nas ruas do Caldeirão — Marius começou a dizer, e o rei o cortou.

— Então ele é ralé das ruas. Ele não pode importar nada, e você gastou a resposta da Oráculo com ele. Uma pena.

A boca de Marius se fechou sobre o rastro de outras palavras.

— Sim.

Ah, que pena. Mas seu rei estava certo. Por qualquer parâmetro, Marius sabia que o Naja não valia nada. Desobediência significava condenação e desonra.

Marius deveria tentar fazer o que era certo.

— Capitão — Marius disse em voz baixa. — Na Sala da Memória e dos Ossos, perto do memorial do deus-filho, há uma passagem secreta para a cidade. Mande homens de confiança para conterem os invasores. O palácio não é tudo que precisa de defesa. Nosso povo deve ser protegido.

Diarmat saiu para executar as ordens dele.

Fogo pintava a noite. A batalha rugia além das janelas do palácio, mas a biblioteca ainda estava em silêncio. Anos atrás, Marius havia pendurado sua espada ancestral na parede da biblioteca. Sedenta de Sangue era o nome da espada. Ela não bebia sangue havia anos. Não desde que o herdeiro desistira do treinamento de guerra e se ajoelhara no gelo em frente à Torre de Marfim, jurando que seria um erudito.

Agora Marius estava perto da lareira ouvindo o caos, refletindo o tumulto doloroso em seu próprio coração. Por sete anos, ele ouvira uma criança gritando. *Livre-me do monstro que posso ser. Mande ajuda, mande salvação. Deuses perdidos, me encontrem.* O luar e a luz do fogo entrelaçavam-se em fitas cintilantes de vermelho e prata na lâmina nua.

Por fim, o Última Esperança quebrou seu juramento e pegou a espada.

*

Enquanto Marius corria na direção da mansão do Naja, os portões do palácio foram derrubados. Quando ouviu o barulho, Marius se deteve.

Ele tinha observado os soldados pela janela da biblioteca, sangue queimando pela matança, mas sabendo que a estratégia vencia guerras, e não a força. O exército de Tagar era formado por duas facções distintamente diferentes. Não havia cavalaria, apenas uma grande quantidade de soldados de infantaria e arqueiros. Os soldados de infantaria vestiam pele, couro e correntes tilintantes, e berravam gritos de guerra não apenas para aquecer seu sangue, mas para indicar sua posição uns para os outros. A fumaça se espalhava pelas ruas, a luz do fogo delineando a visão de Marius, mas esses homens não estavam massacrando e incendiando ao acaso.

Ele tinha visto movimentos de suas próprias forças pela cidade. O Comandante General Nemeth estava mandando soldados contra os invasores para combater seu mero volume. Ele não havia considerado que não eram apenas os números de Tagar que o tornavam uma séria ameaça.

— Os invasores no chão têm um líder — Marius disse a seu capitão. — Um líder nas linhas de frente, não atrás deles. Observe como eles se movimentam, eles estão seguindo alguém. — Ele inclinou a cabeça. — Olhe para cima para ver uma história diferente.

Arqueiros, silenciosos e com capuzes cinza, deslizavam sobre os telhados. Nenhum padrão ou disciplina podia ser discernido em seus movimentos, cada um encontrando a posição que melhor lhe servisse. Para alguns, essa posição era um lugar seguro nas sombras.

— Eles não têm um líder, ou, se tiverem, não confiam nele — disse Marius. — Mande homens para os telhados e...

Invasores entravam pelo portão leste derrubado em um fluxo constante. Onde estavam os homens do rei que deveriam estar de guarda aqui?

— Vá — Marius disse a Diarmat. — Espalhe as instruções. Reúna nossos arqueiros, reúna piche e pedras. O exército de Tagar tem um ponto fraco. Devemos atacar nele. Lidere os soldados, proteja o povo e, se puder, vá me encontrar.

Ele esperou até o capitão ter saído, então deixou seu controle escapar. Ele ousava se soltar apenas por uma fração de segundo, como se segurasse rédeas com as mãos ensanguentadas. As rédeas podiam voar de suas mãos a qualquer momento.

Vendo que Marius representava uma ameaça real, os invasores apertaram o cerco de todos os lados. O exército de Tagar tinha soldados bem treinados, fortes e corajosos. Não era o suficiente para salvá-los.

Seu fim foi brutal, rápido e desordenado. Marius mal conseguiu impedir-se de apunhalar um guarda de Eyam pelas costas. Ele piscou, com os cílios pesados de sangue, e percebeu quão longe do portão leste ele estava.

Apenas por mero instinto, Marius tinha ido na direção da mansão do Naja. Os homens do rei não deveriam estar ali.

A menos que Otaviano tivesse mandado uma equipe de ataque para se certificar duplamente de que o Naja morresse. A menos que o rei achasse que o Naja Dourada era perigoso.

Talvez ele fosse.

Marius hesitou mais um instante. Depois correu, mais rápido do que qualquer homem comum poderia correr. Mais rápido do que jamais havia corrido antes na vida, exceto uma vez.

As ruas estavam repletas de invasores, soldados e os cidadãos aterrorizados de Themesvar. Um soldado de gelo cometeu o erro de atacar um atendente de bar que se encolhia contra uma parede enquanto estava na linha de visão de Marius. O invasor agarrou o colarinho e as mangas de Marius, gorgolejando sangue enquanto morria. Marius cortou as próprias mangas que o atrapalhavam, usando-as para limpar os olhos.

As portas do Naja tinham sido reduzidas a farpas, as maçanetas de ouro já tinham sido roubadas. Passos marcados com sangue levavam à grande escadaria. Marius correu para a sala de estar do Naja.

Soldados não tinham tempo para hesitação ou emoção. O Naja não estava na sala, mas outros homens estavam. Marius fez uma pausa para limpar sua espada nas cortinas douradas antes de entrar na câmara interna. Uma porta reforçada com magia que só podia ser aberta com uma chave encantada bloqueava seu caminho. Ele a derrubou.

O Naja estava em seu quarto, enchendo uma bolsa de lona, pronto para de saltar pela janela. Ele fez cara feia quando viu Marius.

— Eu estava de saída. Tenho uma bolsa de fuga. Arrumei meu cabelo com meu coque de fuga.

Ele ofereceu a Marius um sorriso hesitante. Marius não correspondeu ao sorriso.

— Você não pode me deixar ir? — o Naja perguntou, sem muita esperança.

Marius disse:

— Não posso.

O olhar de Eric deslizou pelo horizonte, onde prédios queimavam em contraste com a noite. Seu rosto expressivo fez alguns cálculos, medindo a queda da janela e a probabilidade de fuga. Marius olhou nos olhos do Naja e balançou a cabeça. Não havia chance.

Eric suspirou e tirou a bolsa de fuga do ombro, encostando no parapeito da janela com um ar indolente. Seu desempenho não estava tão bom quanto de costume, pois estava nervoso. Marius atravessou o quarto luxuoso e frívolo e encarou o Naja Dourada com a espada na mão.

Depois de uma pausa, Eric ergueu uma sobrancelha.

— Se você finalmente chegou a uma decisão, termine logo com isso.

— Este é um momento solene para mim — Marius retrucou.

A irritação passou pelo rosto de Eric, rápida como a chama de uma vela ou uma corrente dourada balançando. O lampejo de irritação desapareceu tão rápido quanto surgiu, substituído pelo que estava por trás das muitas máscaras.

Calmo e gentil, Eric disse:

— Não seja duro consigo mesmo, Marius. Se isso tinha que acontecer, fico feliz que seja você.

Ele virou a cabeça, exibindo a garganta. A luz dos prédios em chamas refletia na pequena argola de ouro em sua orelha. Mesmo tentando fugir para salvar sua vida, o Naja tinha parado para colocar suas joias contrabandeadas.

Marius ficou de joelhos e colocou a lâmina contra o próprio peito. Sobre ele, Eric se encolheu em um movimento chocado.

— Marius, pare!

Eric sempre tinha que ser difícil. Mas tudo bem. Marius estava decidido. Isso seria mais fácil se ele tivesse uma adaga. Ele cortou uma linha longa na pele abaixo de sua clavícula e sentiu o sangue quente derramar.

— "O primeiro corte para deuses perdidos no céu, o segundo para demônios no abismo. O terceiro corte para mim, Marius Valerius. O quarto corte para você, Eric Mitchell. Pela espada, eu juro ser leal e verdadeiro."

— Você só pode estar *brincando* — sussurrou o Naja.

Ele devia saber que Marius nunca brincava. Marius lançou ao Naja um olhar exasperado, permaneceu aos pés dele e completou seu juramento.

— "Eu juro amar tudo o que você ama, e odiar tudo o que você odeia. Você não sentirá a chuva, pois serei seu abrigo. Você não sentirá fome ou sede enquanto eu tiver alimento para dar ou vinho em minha taça. Quando meu nome estiver em sua boca, sempre responderei, e seu nome será minha convocação às armas. Sempre serei um escudo para sua proteção, e a história contada entre nós será verdadeira. Tudo o que for acordado entre nós eu cumprirei, pois a sua é a vontade que escolhi."

Um último corte e estava feito. Ele estava desonrado e condenado. Marius abaixou a cabeça.

No minuto seguinte, mãos fortes se fecharam ao redor de seus braços, puxando-o até ficar em pé.

— Levante agora mesmo, acho que estou tendo um ataque de pânico! — Quando ele se levantou, Eric o empurrou. — Explique.

— O juramento de sangue é a coisa mais solene entre o céu e o abismo. É a espada que não pode ser quebrada, a palavra que não pode ser desdita. É colocar sua alma trêmula na palma da mão de alguém e confiar que essa pessoa não vai cerrar o punho. O juramento diz que, por todos os meus dias, sua vida é mais cara do que a minha, e, se eu puder ser verdadeiro a você depois da morte, eu serei. Qualquer um que faça esse juramento levianamente está perdido.

Eric deu uma estranha risada sem fôlego.

— Pode acreditar, eu sei disso. O que isso *significa*? Você quer que sejamos… guerreiros em armas?

— Suas habilidades para a guerra se aprimoraram de maneira drástica recentemente?

Eric riu de novo. Dessa vez, pareceu mais real.

— Somos irmãos de cavalaria? Eu nem li os livros da cavalaria! Não acho que eu concordaria com eles.

— Você deveria ler — disse Marius. — Estou ansioso para discordar de você.

— O que você está pretendendo fazer?

Marius hesitou.

— Cuidar de você.

Eric fez um gesto expansivo e explosivo, terminando com a mão agarrando seu coque de fuga.

— Me dê um segundo, espere um minuto. Eu achei que a trama iria por um caminho completamente diferente.

A cidade estava sendo invadida, mas Eric tinha pedido um tempo, então Marius lhe daria um tempo. Marius desconsiderou a menção à trama. Alguém na corte estava tramando alguma coisa.

Depois de um momento, Eric levantou a cabeça e um brilho perverso se acendeu em seus olhos.

— Você vai cuidar de mim? Obrigado, ó gracioso lorde — Eric sussurrou. — Você vai cuidar do meu bordel?

O céu do lado de fora das janelas ficou branco. Marius achou que era o efeito que ficar profundamente escandalizado teve em sua visão, antes de se dar conta de que outra explosão de magia demoníaca estava rasgando o mundo.

— Agora é hora de discutir... isso?

— Sim! — Eric respondeu. — Na cidade em chamas há um grande prédio cheio de pessoas vulneráveis sob minha proteção. Você vai me ajudar?

Colocando dessa forma, a questão passou a exigir atenção urgente.

— Vou.

— Vai? — Eric repetiu sem expressão.

— Eu fiz um juramento — Marius lembrou a ele, irritado. — Você estava presente. Acabou de acontecer.

O Naja iniciou as respirações profundas que usava para se acalmar. As respirações calmantes demoraram mais do que de costume.

— Ótimo, ótimo, ótimo. Vamos sair pela janela, acho que soldados invadiram a casa.

— Eu resolvi isso.

Otaviano tinha mandado uma força de ataque para capturar o Naja. O rei duvidara da lealdade de Marius. Ele estava certo em duvidar.

Otaviano havia sido o primeiro a não manter sua palavra, mas isso não era desculpa para Marius não manter a sua. Quebrar um juramento era imperdoável. E Marius havia feito isso assim mesmo.

Eric balançou a cabeça, desolado.

— Eu demorei muito para fugir. Estava esperando uma pessoa.

— Lady Rahela — Marius perguntou com firmeza. — Lady Lia?

A cobra, ou sua irmã cobra?

— Emer? — disse Eric.

— A *criada* de Rahela?

— Como você sabe o nome dela?

— Sei o nome de quinze criados agora.

Marius andara perguntando.

Depois de uma pausa com os olhos arregalados, Eric colocou a bolsa no ombro e seguiu para seus aposentos internos. Marius foi atrás dele, mas o Naja paralisou no meio da sala.

— *Marius Valerius!* Por que há vinte homens mortos em minha sala?

Essa não era uma fuga eficiente de uma cidade devastada pela guerra. Por que Eric precisava perder tempo com perguntas cujas respostas eram óbvias?

— Eles estavam no meu caminho.

A força de ataque estava lá para executar o Naja. Era a vida de Eric ou a deles.

O olhar de Eric flutuou de um cadáver ensanguentado para outro, demorando-se no corpo dilacerado de um jovem soldado jogado sobre as almofadas rasgadas de seu sofá. Marius procurou entender. Eric gostava de coisas bonitas. Será que estava preocupado por sua sala estar arruinada?

Em dúvida, Marius endireitou uma cadeira. Ele procurou pela sala e viu Eric se inclinando para fechar os olhos de um soldado morto.

A compreensão voltou, fria como o horror. Marius se sentou, cobrindo o rosto com a mão livre. A fúria da batalha era paz para ele. Era bom estar sem pensamento e desesperado para matar. Marius havia esquecido que assassinar pessoas deveria importar.

Uma mão se apoiou na nuca de Marius, fria com anéis. Marius levantou os olhos, esperançoso.

A sua é a vontade que escolhi.

— Venha comigo — Eric disse com firmeza. — Eu conheço o caminho.

Marius não sabia que ser condenado e desonrado seria um alívio tão grande.

Do lado de fora do palácio, invasores estavam saqueando e matando nas ruas. O Bordel Dourado brilhava como um sol aninhado na cidade, aceso pelos fogos da guerra. Seguindo na direção do domo brilhante, eles foram interceptados por um esquadrão de soldados de gelo. Marius olhou para o Naja.

Eric preparou os ombros para suportar um grande peso.

— Mate.

A espada parecia boa na mão de Marius, como a liberdade após anos vivendo acorrentado.

Três segundos sangrentos depois, o Naja ordenou:

— Pare.

Eles seguiram em frente.

*

As nuvens baixas estavam tingidas de escarlate, como se o céu sangrasse. Enquanto atravessavam a cidade exterior, Marius viu pessoas ajoelhadas nas sarjetas que corriam vermelhas, rezando.

Aqueles que Marius havia resgatado dos invasores os seguiram. Outros notaram o Naja, o queridinho dos plebeus. Quando eles chegaram ao bordel, havia uma longa fila.

Na rua do Bordel Dourado, uma mulher ruiva se jogou nos braços de Eric. Ela o beijou na boca e se pendurou no gibão de Eric com os punhos brancos.

— Marius — disse Eric. — Amelia. Amelia, Marius. Você fez avanços chocantes sobre ele em um bar onde ele estava me caçando por meus crimes?

Amelia confirmou com impaciência.

— Por que você demorou tanto?

— Um lunático musculoso invadiu o meu quarto e jurou me proteger.

— Queria que isso acontecesse comigo. — Amelia lançou seu olhar cintilante para Marius, que recuou para trás de Eric com dignidade. — Olá novamente. Você é o lunático musculoso?

— Eu não me caracterizaria dessa forma.

Amelia riu.

— Amo como ele fala como um livro de boas maneiras.

— Eu sei — Eric disse, achando graça. — Sempre em um gênero completamente diferente de todos os outros.

Amelia olhou para Eric como se não tivesse entendido nada, o que Marius sentiu que era mais do que justo.

— Você profere coisas sem sentido sempre que está alterado.

— O céu está se estilhaçando como um espelho com luzes estroboscópicas vermelhas e malignas sobre nossas cabeças. Eu não posso ser o único a achar isso perturbador!

Eric apontou para cima. O céu tremia como se fosse uma teia de aranha carregada de orvalho, tocada pela ponta do dedo de um gigante.

A algumas ruas de distância, uma jovem voz lastimosa cantava:

— *Ah, como te adoramos, estamos esperando por você...*

Estável como os tambores da guerra, surgindo de casas escurecidas e da poeira das sepulturas dos não amados, um cântico percorria a cidade.

— *O filho dos deuses está morto e crescido. Ele está vindo, ele está vindo, por seu trono querido!*

Esta terra tinha aguardado um bom tempo por seu Imperador. Marius se lembrou de seu pai falando da ira divina.

Marius disse a Eric:

— Você não é o único. Mas o dever chama.

— O dever não sabe meu nome — Eric alegou, mas ele suspirou e seguiu para o Bordel Dourado. Marius o seguiu. E Amelia também. A mulher tinha um nome dos escalões mais altos da nobreza, Marius não conseguia entender por que ela estava vestida e pintada daquele jeito. Ele perguntaria a Eric depois.

Por ora, Eric parecia ocupado. As portas do Bordel Dourado eram adornadas com entalhes bonitos: pássaros voando de gaiolas abertas para árvores. Eric deu uma série complicada de batidas, e Marius ouviu os sons de trancas sendo abertas.

Eric abriu as portas:

— Papai chegou!

— Ele sempre diz isso — comentou Amelia. — Tentamos fazer ele parar.

As portas se abriram para um grande salão cheio de pessoas. Uma menininha correu até Cobra, que a levantou em seus braços e a devolveu a um casal de cabelo branco que pareciam ser seus avós.

— Estou longe de ser especialista em bordéis — disse Marius —, mas isso não me parece nada certo.

O Naja tossiu.

— Digamos que você tivesse informações sobre tragédias que certamente aconteceriam no futuro. Massacres drásticos que levariam a enormes pilhas de camponeses não identificados. Ninguém notaria se você tirasse alguns da pilha. — Eric interpretou mal o olhar de Marius. Ele retrucou de maneira defensiva: — *Alguém* tinha que salvar os refugiados da trama.

— Você também é profeta?

— Já viu um candidato para o sagrado mais improvável do que eu?

Marius acenou em reconhecimento ao argumento dele.

O Naja continuou:

— Então você é um lorde de origens suspeitas e caráter ainda mais suspeito. Você precisa de um lugar para esconder as pessoas.

— Então você construiu um *enorme bordel dourado*?

— Fez sentido na época! — Eric fez cara feia. — Algumas pessoas aqui entretêm convidados por um preço. Amelia administra esse negócio paralelo.

— É muito lucrativo — Amelia acrescentou. — Principalmente porque ele me deixa ficar com todo o lucro.

— Porque eu não sou cafetão — Eric disse sem rodeios. — Uso o bordel como disfarce para o negócio verdadeiro.

Marius pensou nas salas de Eric, em suas peças de teatro, até em suas mangas.

— Dar a eles um pouco de distração?

Aquelas palavras soavam estranhas saindo da boca de Marius. Talvez Eric achasse o mesmo. Isso o fez sorrir brevemente enquanto parecia extremamente preocupado.

— Ninguém faz perguntas sobre um Bordel Dourado. A resposta está no nome.

Eric se virou, gritando para todos pegarem suas coisas. A ruiva Amelia olhou nos olhos de Marius.

Marius hesitou.

— Não é... normal fingir que você administra um covil de pecado dourado, é?

Amelia fez que não com a cabeça.

— Ele está passando pela mais gritante e prolongada descida à loucura que eu já vi. Mas diz muito sobre um homem quando a forma que sua loucura assume é salvar vidas.

Marius assentiu, pensativo, e se retirou para ajudar as pessoas a reunirem seus pertences. Vários empalideceram quando reconheceram o Valerius. Marius os deixou em paz. Eles não precisavam sentir mais medo.

As paredes balançavam com a passagem dos soldados e a crescente tempestade. Um adolescente estava colocando castiçais dourados em sua bolsa. O Naja o ajudou a pegar um em uma prateleira mais alta.

O Bordel Dourado, o baú de tesouro da cidade. O tesouro do marquês perverso eram as vidas daqueles considerados sem valor.

Caráter não é quem você é quando ninguém está lá para ver?

— Ah — disse Marius.

Eric notou o olhar de Marius. Seus próprios olhos se arregalaram com um novo horror.

— Não me olhe assim! Pare agora mesmo! *Não posso* acreditar que um dos personagens principais descobriu sobre meu bem guardado coração de ouro. Eu vou morrer. Vou ter uma cena de morte tocante. Vou ter que pensar em algo genial para dizer. Você vai ficar triste por cerca de vinte páginas até que Lia – ou seu novo interesse amoroso, eu acho – cure seu coração ferido com suas doces palavras. Sempre foi para você ser minha morte. É melhor você ficar triste por pelo menos vinte páginas!

Marius compreendia que Eric estivesse assustado, mas não achava que tinha sido sensato tomar alucinógenos para lidar com a situação.

Não, era apenas natural. Eric era um homem de coragem, mas ele não havia recebido treinamento marcial. O estilo de vida corrompido do palácio o havia tornado nervoso como um cavalo de raça.

— O que você está dizendo não faz nenhum sentido — disse Marius. — Eu não tenho interesse nenhum em amar Lady Lia. Eu...

Eric colocou a mão sobre a boca dele.

— Por favor, não atraia a atenção da narrativa. Vamos fugir da cidade em chamas com uma fila de refugiados aterrorizados de maneira discreta. De uma forma que deveria ser contada em um parágrafo. Melhor ainda, uma nota de rodapé. Se pensar em algum discurso dramático, guarde-o para você.

Ele baixou a mão. Marius tomou isso como permissão para falar novamente.

— Eric...

— Talvez eu seja uma biblioteca, porque tudo o que eu quero é *silêncio*! Preciso descobrir para onde levar essas pessoas.

— Achei que você tivesse um plano de fuga — Marius lembrou a ele. — Você tem uma bolsa de fuga.

Um lado da bolsa de lona tinha sido respingado com sangue nas ruas.

— Eu tenho um plano de fuga! Para mim mesmo. Tenho refúgios distantes onde eu poderia viver minha vida em...

— Humilde penitência — murmurou Marius. Com frequência, ele sonhava com um lugar onde pudesse descansar e rezar.

Eric zombou.

— Você não me conhece? Esconderijos luxuosos onde eu poderia viver uma vida pecaminosa e tranquila. Eu tinha carroças para levar essas pessoas embora ao primeiro sinal de problemas. Elas já deveriam ter ido embora.

Tinha sido por isso que Eric correra para cá na primeira oportunidade que teve? Marius observava o Naja com fascínio. Era assim que as pessoas se sentiam ao assistir a peças de teatro? Marius estava bastante entretido.

— Você achou que os abandonaria? — Marius riu. — Eric. *Você* não se conhece?

Eric olhou para ele com ódio.

— Foque em vez de fazer observações enigmáticas! Não suporto personagens que fazem observações enigmáticas. Eles nunca são úteis. Você pode ser útil?

— Posso tentar. Vamos levar seu pessoal para minha mansão.

Pela primeira vez, o Naja ficou em silêncio, chocado. Do lado de fora, fogos rugiam. Os olhos de Eric estavam escuros e imóveis como a noite entre as montanhas e a mansão.

— Pode ser uma boa ideia — Eric disse a ele em voz baixa. — As coisas vão mal na mansão. Sua irmã vai ficar com problemas. Talvez eu pudesse ajudar. Mas você suporta voltar?

Marius não perguntou como o Naja sabia. Marius não conseguia compreender a fundo essa estranha criatura de outro mundo.

Mas Marius podia dar um salto de fé.

Ele disse:

— Venham para casa comigo.

*

Os refugiados do Bordel Dourado abriram espaço nas carroças para aqueles que tinham seguido Marius e o Naja pelas ruas. Para sua surpresa, os guardas pessoais de Marius ainda estavam em seus postos nos estábulos, e pareceram aliviados ao receber ordens. Marius colocou o máximo de pessoas possível em montarias.

O Naja ficou chateado ao ver que o estábulo de Marius era composto inteiramente por cavalos de guerra. Ele se preocupava com o fato de os cavalos de guerra terem presas. Aparentemente, Eric esperava que as pessoas cavalgassem para a guerra em cavalos vegetarianos.

— Você viu esse cavalo nascer — Marius lembrou a ele. — Eu te contei que sua linhagem conseguia encontrar o caminho em qualquer lugar. Você deu nome a ele.

— Foi uma piada — disse Eric.

Marius não entendeu a graça. Ele achava um bom nome.

O Naja olhou fixamente para a extensão do pescoço arqueado do cavalo de guerra, até os olhos que rolavam.

— Então este é o meu nobre corcel, Google Maps?

A luz do fogo pintou o estábulo de vermelho. Um gemido fervilhante subiu como vento pela cidade.

— Rápido! — Amelia manejava seu corcel com competência.

Marius desacelerou sua montaria.

— Cavalgue comigo, se quiser.

Um dos homens do Naja hesitou na porta.

— Milorde...

Ele foi interrompido por um homem que passava apressado, em uma onda de tecido caro e pânico. O estranho ministro do salão de baile cambaleava em direção a eles.

Ele disse, ofegante:

— Graças aos deuses perdidos há alguns de nosso tipo ainda vivos.

Eric franziu a testa.

— O que você quer dizer com *nosso tipo*?

Como se respondesse, um grupo de carniçais passou pela parede do estábulo. De rostos inexpressivos, olhos derramando lágrimas pretas, eles engoliram Lorde Zoltan em um mar de mortos. Sangue espirrou no feno dourado.

Marius cavalgou em direção a Eric, mas Eric já estava montando na sela do cavalo de guerra. Ele gritou para as carroças começarem a se mover. As rodas ganharam velocidade lentamente através da lama e do sangue. O som dos passos marchando ecoava pelas paredes quebradas. Uma garota adolescente, não mais velha do que a irmã de Marius e parecendo completamente chocada, soltou um fraco soluço de choro.

— O lema de minha família é "Honra em meu coração, morte em minha mão". — Marius desacelerou o cavalo para poder proteger a garota, e desembainhou sua espada. — Por minha honra, você está segura.

Uma tropa nas cores preto e azul de Eyam virou a esquina, liderada pelo Capitão Diarmat.

Diarmat saudou:

— Milorde, os mortos estão matando os invasores, mas também muitos de nosso próprio povo. Voltei para receber novas ordens.

— Eu cometi traição ao desobedecer a uma ordem real — disse Marius. — Dessa forma, sou um vilão fugindo da justiça do rei. A cidade queima e os mortos ascendem, então estou levando todos que desejam partir sob minha proteção. Estamos indo para a propriedade dos Valerius. Tente me impedir, se puder.

Marius teria que matar esses homens.

O Capitão Diarmat assentiu.

— Alinhem-se, rapazes.

— Eu disse que desobedeci ao rei — Marius disse com firmeza. — Você é leal até a morte ou não?

— Eu sou, milorde — o capitão respondeu. — Mas não a ele.

Eles cavalgaram por várias ruas até que Marius colocou seu cavalo ao lado do de Eric. A essa altura, Eric estava manejando o cavalo com suavidade. Ele sempre aprendia rápido.

Algo preocupava Marius.

— Os carniçais foram direto para cima do lorde, especificamente, mas por quê?

Como se chegasse a uma revelação obscura, Eric murmurou:

— Devore os ricos.

Marius franziu a testa. Carniçais não escolhiam vítimas. Carniçais não respondiam a ninguém e a nada além de sua própria fome.

Os mortos deveriam obedecer ao Imperador quando ele ascendesse, mas por que Otaviano desejara que os carniçais comessem lordes?

Cinzas cobriam prédios arruinados, mas as muralhas externas da cidade estavam à vista. Mais pessoas se juntaram a seus seguidores, fugindo para a segurança. Marius girou seu cavalo, gesticulando para seus homens protegerem os novos refugiados. Quando ele se virou, uma mulher em decomposição surgiu das sombras e agarrou as rédeas de Marius com mãos murchas. Ela rosnou em seu ouvido, puxando-o para fora do cavalo.

O cavalo do Naja chegou ao lado do dele, atropelando-a. O som dos ossos se estalando sob as patas fez o rosto de Eric ficar pálido e sombrio.

Eles passaram pela última praça da cidade. Sangue cobria os afrescos, de modo que Marius não sabia se havia um deus na pintura ou não. Outro carniçal saltou de uma janela escurecida diretamente sobre o cavalo de Marius. O animal, bem treinado, não se assustou quando ele cortou o carniçal em dois. Quando Marius terminou, o cavalo pisou com delicadeza sobre uma das metades ensanguentadas.

A passagem do barbacã era feita para manter soldados fora da cidade. Só que os invasores tinham chegado pelo rio, e os mortos tinham subido da ravina. Agora o barbacã havia se transformado em uma armadilha de pedra onde carniçais ou soldados poderiam espreitar no escuro.

O brasão real, a coroa no topo das montanhas, estava pintado sobre a passagem central da guarita. Até mesmo o azul e prateado estava manchado de sangue.

Marius pegou as rédeas de Eric em uma das mãos enquanto cavalgavam, de modo que ele sempre soubesse onde Eric estava. Marius conseguia enxergar no escuro melhor do que o resto. O aço oricalco da Sedenta de Sangue brilhava em vermelho mesmo na sombra. Marius cavalgou adiante, segurando a lâmina no alto, e as pessoas seguiram como se a espada fosse uma tocha.

O grupo deles saiu das sombras das muralhas da cidade, deixando para trás os mortos famintos e os inimigos vivos. Eric se inclinou para trás na sela, verificando os outros, depois olhou para Marius. Seu rosto estava sério. Por um momento, Marius acreditou que Eric lhe pediria para soltar.

Em vez disso, Eric disse:

— Vou fazer o meu melhor para honrar o juramento e você. Mas não consigo entender por que você fez isso.

A estrada para as montanhas era longa, mas não longa o suficiente para Marius encontrar todas as palavras de que precisava. Ele não sabia como fazer Eric sentir o que ele havia sentido desde a porta quebrada até os penhascos de gelo, passando pelo espinheiro-branco e além. Marius não conseguia traçar uma linha no mapa da percepção à qual chegara.

Dizer *Eu não tive outra escolha* seria falso. Ele podia ter obedecido ao rei. De acordo com as leis de sua terra, a palavra de seus deuses e o seu próprio código de honra, ele devia ter feito isso. Escolher uma pessoa acima de todo o resto era o ato de um monstro. Marius havia deliberadamente feito o mal. Ele tinha escolhido ser blasfemo, traiçoeiro e monstruoso.

Todas as regras do mundo de Marius diziam que Eric não importava. Como isso era mentira, eles deveriam ter novas regras. Eric poderia fazer as novas regras conforme eles seguissem. Ele era bom nisso.

No telhado, Eric havia explicado: *Eu amo ver como você vive*. O Naja sempre sabia como encontrar as palavras certas.

— Você é meu ídolo número um — disse Marius.

Isso provocou uma risada surpresa de Eric, brilhante e assustada no caminho sombrio para as montanhas de prata.

Atrás deles, a ravina uivava como um lobo prestes a engolir a cidade. Embora fosse noite, o céu era todo vermelho pôr do sol. Feroz em sua obscenidade, o som era um grito dissonante de ódio contra a própria natureza. Lamentos tênues de terror e êxtase surgiam da multidão atrás deles. O rosto de Eric exibia uma emoção diferente.

— O que você está pensando?

O olhar misericordioso de Eric se fixou no horizonte ardente, como se sentisse pena da sombra coroada que se estendia sobre metade do céu lívido.

— Acho que Rae cometeu um erro terrível. Eu deveria saber que a história não poderia acontecer do jeito que ela falou, mas, se eu fosse até ela, estaria abandonando todos os outros. Não há nada que eu possa fazer por ela agora.

Seus olhos passaram das pessoas que fugiam da cidade para Marius, para o horizonte sob uma chuva de cinzas. Atrás das montanhas aguardava uma mansão escura e lembranças mais escuras ainda. Sete anos e uma longa estrada, mas Marius estava finalmente voltando.

Eles apontaram a cabeça de seus cavalos na direção de casa. O Naja liderou o caminho.

34
A Vila sob Cerco

— A força de touros não pode detê-lo. Não, ele não vai parar — disse a Oráculo. — Até rasgar a cidade ou o inimigo, membro por membro.

Era do Ferro, Anônimo

Depois de empurrar o rei em um abismo diante de milhares de testemunhas, era melhor não ficar por perto. Felizmente, a multidão de cortesãos e adoradores estava distraída. Com os sons da guerra ressoando em seus ouvidos e uma sombra coroada cobrindo o céu, Rae se libertou das mãos que a seguravam e disparou em fuga. A terra gemia e tremia como um homem moribundo enquanto ela corria, as ameias do palácio inclinando-se sob seus pés. Ela viu um par de mãos, manchadas de verde como se estivessem enluvadas em podridão, agarrar o parapeito. À medida que a ravina se abria cada vez mais, os mortos eram vomitados para fora.

Rae se agarrou em uma torreta para se equilibrar, limpou as cinzas de seu vestido em chamas e correu para salvar Lia. O ar estava queimando, assim como sua garganta. Ela se agarrou em um arbusto em forma de cisne perto da torre das damas à espera de se tornarem rainhas e puxou desesperadamente o ar, que parecia estar pegando fogo. Suas sapatilhas de seda afundaram no orvalho da manhã.

Só que, quando o orvalho se infiltrava nas sapatilhas, ele não deveria ser quente. O gramado, feito para os passos leves das damas, estava ensopado de sangue fresco.

Invasores estavam no palácio, homens violentos buscando vingança pela tentativa de envenenamento de seu Rei do Gelo. Eles deviam ter vindo pelas mulheres do rei.

Antes de Rae vir para cá, ela não conhecia o som do aço afiado cortando carnes e ossos vivos. Agora conhecia. Ela forçou seus pés a continuarem se movendo, embora temesse o que poderia ver.

Ela saiu de trás do arbusto e viu Lady Horatia Nemeth, usando um vestido rendado em sua tonalidade favorita de rosa, cravando um chicote de roldão em um invasor que agora era carne para os corvos. Depois que Horatia terminasse com ele, poderia ser carne moída para os corvos.

— Tome essa, guarda! — disse Horatia.

— Pare, ele já está morto.

Emer parecia entediada, como se tivesse tentado conter a aristocracia sedenta de sangue havia algum tempo. Ela carregava um machado sobre o ombro como um lenhador. O aço estava coberto com um brilho vermelho-claro.

Não magia, mas sangue.

Quando o vestido de Rae fez os arbustos farfalharem, Emer e Horatia se viraram em um único momento selvagem como lobos de vestidos. O machado de Emer se preparou para atacar e parou de repente.

— Milady! Onde está Lady Lia?

— O rei Otaviano a aprisionou na sala do trono — Rae respondeu de maneira sucinta. — Eu o empurrei na ravina. Quando ele voltar, vai ter o poder supremo. Temos que libertar Lia antes disso.

Emer olhou para o céu, que se contorcia com nuvens de tempestade ameaçadoras e era marcado por linhas de raios assustadores, com a sombra coroada sobre o palácio. Ela apoiou o machado no ombro novamente e foi para o lado de Rae.

Rae mordeu o lábio.

— Para onde você vai? — ela perguntou a Horatia.

O peso desse mundo era grande sobre seus ombros. Ela se sentia responsável por todos eles.

A linha firme da boca de Horatia sugeria raiva. Ela colocou os dedos na boca pintada de rosa e assobiou. Várias damas à espera de se tornarem rainhas apareceram. Uma usava um peitoral que brilhava com magia vermelha sobre o vestido azul-bebê.

— Nós vamos ficar — Horatia anunciou. — As garotas estão treinando desde a Corte do Ar e da Graça, quando o rei fracassou em nos proteger. Essa torre é defensível. Meu pai ama contar histórias de guerra e elas simplesmente faziam Fab chorar, então eu as ouvia. E agora acredito que conheço tática.

— Compreendo — Rae murmurou.

Os olhos de Horatia eram da cor de lagos rasos, mas o luto os escurecia como piscinas profundas.

— Além disso, Hortênsia não pode deixar a torre. Devo proteger minha irmã.

Ela tossiu, como se estivesse constrangida pela própria emoção.

Se não fosse por Rae, os carniçais nunca teriam atacado a Corte do Ar e da Graça. Hortênsia nunca teria sido ferida. Rae se lembrou de um vilão moribundo em uma peça de teatro dizendo: *Eu pretendo fazer o bem, apesar de minha natureza.*

Quando alguém tinha curvas perversas, também tinha opções de armazenamento. Rae colocou a mão dentro do espartilho e tirou a Flor da Vida e da Morte. As pétalas estavam amassadas como papel de seda, mas a fragrância ainda era doce. Rae cheirou a flor e se sentiu carregada de volta para as flores de macieira do jardim de sua casa. A perda esvaziou seu interior. Ela pretendia ir para casa, mas, caso não conseguisse...

Ela não poderia desperdiçar um milagre.

Rae colocou a flor na mão de Horatia.

— Guarde isso para mim. Se eu não voltar até de manhã, dê para sua irmã.

Ela esperava retornar e viver, mas não agiria como se fosse a única pessoa que importava no mundo.

Usando as manoplas mágicas, Horatia parecia proteger a flor brilhante em um ninho prateado para mantê-la em segurança.

— Tem certeza?

Rae deu um passo para trás.

— Tenho.

— Você empurrou mesmo o rei na ravina?

— Empurrei.

— Minha querida! — Um leve sorriso curvou a boca séria de Horatia. — Traição está mesmo se tornando um hábito para você.

Rae deixou a filha do general no jardim ensopado de sangue, segurando a cura para sua irmã. Ela correu na direção da sala do trono com Emer ao seu lado.

Quando elas se aproximaram da entrada dourada para a sala do trono, viram que as portas estavam trancadas. Quatro guardas estavam posicionados do lado de fora.

Rae se espremeu atrás de um dos enormes pilares. Ela puxou Emer ao seu lado e sussurrou.

— Nós temos que derrubar eles.

Emer falou em seu tom mais seco.

— Isso não deve ser problema.

— Como assim? — Rae perguntou, então ouviu o som rastejante de pés envoltos em mortalhas, marchando no ritmo implacável e incontrolável dos mortos. Ela arriscou uma olhada em volta da coluna e viu o bando de carniçais atacando os guardas.

Dentes encharcados de sangue à mostra em rostos em decomposição preencheram sua visão. Os guardas não tinham armas encantadas nem armaduras para os proteger. Eles não tinham chance. Rae recuou atrás do pilar, agarrando a mão fria como ferro de Emer. A parede de mármore às suas costas era tudo o que a mantinha em pé. Ela mal ousava respirar.

Elas esperaram até os gritos terminarem e as mordidas vorazes cessarem. Os sussurros indistintos dos mortos arranhavam e deslizavam pelas passagens de malaquita, à procura de carne fresca.

Quando Rae soltou um gemido trêmulo e se forçou a sair de trás da coluna, restavam dois carniçais. Espectros de rostos tristes, com os tornozelos imersos em sangue e carne dilacerada. Eles se viraram ao som do movimento dela, farejando o ar, animais trêmulos ansiosos para caçar. A mão de Rae, tremendo na manopla, apertou com força o punho da espada. Ela atravessou um dos carniçais com a lâmina.

O outro tentou alcançá-la, murmurando de maneira quase lastimosa:

— *Rahela*.

Ossos de dedos afiados como facas roçaram nos cabelos de Rae. O toque do morto quase pareceu afetuoso.

Emer golpeou o pescoço do carniçal com o machado. Sangue preto espirrou em seu avental branquíssimo. Com o último carniçal decapitado, Rae e Emer abriram as portas e correram para dentro.

Lia aguardava sobre a plataforma prateada, uma figura luminosa e trêmula delineada pelo brilho afiado do trono incrustado de joias. Ela estendeu uma mão suplicante com a manopla que Rae lhe havia dado, e observou sua meia-irmã malvada e sua criada traiçoeira entrarem na sala do trono.

— Você veio me salvar. — Lia começou a chorar.

Rae pegou Lia em seus braços, ombros tão impossivelmente frágeis que ela parecia um bebê pássaro na palma da mão de Rae. Algo pequeno, para ser protegido. A certeza correu para preencher lugares vazios dentro de Rae. Mesmo que o céu estivesse caindo, Rae sabia como ser uma irmã mais velha.

— Pare de chorar — Rae a acalmou. — Você já é tão feia. Chorar está piorando as coisas.

O espanto silenciou Lia, como se Rae tivesse enfiado uma meia em sua boca de botão de rosa.

— Sou a mulher mais bela do mundo! — Ela ficou sem graça quando se deu conta de que se havia esquecido de ser modesta e humilde.

Rae engoliu uma risada e deu um beijo no nariz de Lia.

— Eu sei. Estamos aqui para resgatar a bela em perigo. Eu tenho um plano.

— Milady Rae, ela já está tão aflita — murmurou Emer. — Você precisa piorar as coisas?

Rae continuou com determinação:

— Tem uma passagem secreta da Sala da Memória e dos Ossos até o Caldeirão. Emer vai te levar. Eu vou trancar as portas quando vocês saírem.

Trancar as portas não salvaria Rae, mas salvar a si mesma não era mais prioridade. Assim que viu Lia, Rae soube que trocaria de lugar com ela, faria qualquer acordo. Rae tentou se soltar. Lia se agarrou nela com seu punho de aço mágico.

— Vou ficar com você. Não me importo de morrer se estivermos juntas.

— Não. Pequena cara engraçada, irmãzinha — Rae sussurrou. — *Ele está vindo*. Quando ele chegar, vai ser o Imperador. Sou a traidora. Sou aquela que ele mais odeia. Posso conseguir tempo suficiente para você fugir.

— Não posso te deixar.

Rastros prateados de lágrimas escorriam por seu rosto puro como raios de luar. Rae havia zombado mil vezes de personagens correndo para entregar suas vidas para a heroína perfeita. Quem se importava em salvar Lia?

Por acaso, Rae se importava.

Rae agarrou seus ombros finos e a sacudiu.

— Por que eu vim para cá senão por isso? Se eu puder te salvar, não vou morrer por nada. Vou tentar viver. Vou lutar o máximo que puder, mas, se eu morrer, por favor deixe que isso signifique alguma coisa. Imploro que você vá.

Deixe-me ser sua história preferida. Deixe-me ser a melhor história que você já ouviu.

Lia engoliu em seco, concordando com a cabeça. Ela tirou a manopla mágica e a entregou a Rae.

— Não vou se você não pegar isto.

As janelas estavam cheias de escarlate e sombras. O Imperador logo estaria aqui.

Ela deu um beijo no rosto de Lia.

— Vá viver. Diga a todos que fui nobre e corajosa. Eles nunca acreditariam em mim, mas podem acreditar em você.

Lia, cegada pelas lágrimas, estava ainda mais desajeitada do que de costume. Ela tropeçou na plataforma. Emer estava lá para segurá-la.

— Cuide dela — Rae disse. — Cuide de si mesma. E arranje óculos para Lia, essas quedas nos braços de todo mundo são ridículas. Vão!

Com um machado em uma mão e uma bela na outra, Emer ainda conseguiu fazer uma mesura perfeita.

— Milady Rae. Foi um prazer servi-la.

Elas desapareceram atrás das portas douradas. Rae trancou a passagem depois que elas entraram, sabendo que ainda não estavam em segurança. Mas quando Rae fosse embora talvez a história favorecesse a heroína novamente. Como Emer estava com Lia, talvez um pouco daquela sorte brilhante se transferisse para ela. Talvez ambas pudessem ser salvas.

Rae fechou os olhos como se soprasse uma vela de aniversário. Ela desejou um final feliz a elas.

A luz escarlate queimava até mesmo a escuridão atrás de seus olhos. Rae os abriu para ver a ravina se erguer, um caldeirão negro transbordando e derramando seu conteúdo vermelho-sangue sobre a terra. Os deuses perdidos e o passado esquecido estavam todos retornando esta noite.

Nas profundezas da ravina, o Primeiro Duque esperava. O grande deus disfarçado, que tinha arranjado trono, coroa e reino para o filho que ele tinha assassinado, como se estivesse arrumando as roupas do dia seguinte de uma criança que dormia. Depois que o Imperador duelasse com o Duque no abismo, o Duque ofereceria a seu filho uma joia amaldiçoada. O Imperador deveria recusar a joia e matar o Duque pelo amor de Lia, mas Rae não conseguia imaginar isso acontecendo agora.

O que aconteceria?

Nada de bom.

Sua mente mal podia abarcar a imensidão do desastre que descia sobre sua cabeça. Era como se uma galáxia estivesse prestes a engoli-la.

Mãos cinzentas e retorcidas se agitavam no espaço sob as portas douradas. Seco como poeira, o sussurro se erguia, e de gargantas mortas saíam um sibilo e uma palavra de ordem. Todos os carniçais no palácio estavam sussurrando seu nome.

As janelas tremiam como ossos com a chegada do Imperador. O estrondo de um exército de carniçais, usando seus corpos como aríetes, ressoava contra as portas da sala do trono. Contra as nuvens lívidas, as cinzas que caíam eram sombras escuras e rasgadas como fantasmas que se precipitavam para reivindicá-la.

Rae sempre soubera que enfrentaria o fim sozinha.

Na sala do trono ecoando com vozes dos mortos, coberta de luz como sangue, Rae levantou bem a cabeça. Vilões não tinham tempo para lágrimas.

Quem pode acreditar nos perversos? Os perversos podem acreditar em si mesmos. O mundo era duro e cruel. Ele oprimia e quebrava você em mil pedacinhos. Quando ninguém acreditava em você, quando nem você podia acreditar, deveria organizar seus pedaços quebrados em uma aterrorizante nova forma. Você poderia acreditar na fantástica recriação de si mesmo.

No fim, ela tinha sorte. Seu último desejo havia sido atendido.

Se o fim não pudesse ser feliz, pelo menos ele significaria alguma coisa. Ela faria algo grandioso antes de morrer. Ela seria uma parte inesquecível da história.

As portas douradas sacudiram como se alguém estivesse em seus espasmos finais. Rae ergueu a espada. As portas caíram e o Imperador surgiu, emoldurado por um exército de mortos.

35
O GUIA DA DAMA PARA FUGIR

— Quero tanto alguém em quem acreditar. Sei que não é sábio acreditar em você — murmurou Lia. — Mas vou acreditar assim mesmo.

Era do Ferro, Anônimo

Emer e Lia atravessaram o túnel secreto e saíram do palácio. Soluços de choro irrompiam da garganta de Lia, mas Emer a puxou. Ela não trairia nenhuma das duas novamente. Dessa vez não deixaria Lia ir.

— Espere — Lia disse ofegante por entre os soluços. — Atrás de nós!

A luz no fim do túnel era o lúgubre céu em chamas. Emer a arrastou mais alguns passos, mas Lia se desvencilhou com uma onda de força.

— Milady, nós *não podemos* voltar!

Enquanto Emer falava, o carniçal avançou. Emer se atirou na frente de Lia, protegendo-a com seu corpo. O carniçal derrubou as duas. Em vida, ele devia ter sido um homem grande. Ele era pesado sobre Emer, com mãos enormes e frias agarrando seus pulsos como se ele fosse uma criança tentando puxá-la para brincar. Lia gritou e cambaleou para trás nas ruínas do túnel, rolando para fora do emaranhado de membros e se afastando. Quando o carniçal abriu a boca, não havia hálito, apenas o cheiro de entranhas em decomposição.

— *Rahela* — o carniçal disse.

Lia agarrou o colarinho podre do carniçal e o tirou de cima de Emer. Pontas de dedos cobertas de musgo deixaram rastros frios e viscosos como trilhas de lesma em sua pele, mas ele não conseguiu agarrar Emer antes que ela se levantasse. Uma vez de pé, Emer levantou o machado e desferiu no carniçal quantos golpes foram necessários para mantê-lo no chão.

— Ele não estava tentando te morder — Lia sussurrou. — Ele estava tentando te arrastar de volta.

Para a punição que o Imperador tivesse em mente, independentemente do que fosse. Emer estremeceu e seguiu com determinação para a boca do túnel.

Sua grande fuga as havia levado a um telhado sobre o Caldeirão, aquele notório covil de pecadores e ladrões. A batalha parecia ter terminado, embora Emer não soubesse se os invasores haviam se rendido ou sido mortos. Talvez ambos os exércitos de vivos tivessem sido feitos em pedaços pelos mortos. As ruas ensopadas de sangue estavam silenciosas, perdidas sob uma névoa vermelha de magia. Sons distantes de comemoração sinistra misturavam-se com o murmúrio espesso dos mortos.

Além do Caldeirão estavam os restos da ascensão da ravina. Entre pedras empretecidas como carvão queimado em uma lareira, os mortos transbordavam.

Por um breve momento, Emer pensou ter visto Lorde Marius, mas mesmo àquela distância havia algo errado com os olhos dele. Em um instante, ele parecia um homem alto e poderoso, com cabelos de gelo e noite; no seguinte, uma sombra; no outro, uma chama, até que ela começou a duvidar se via algo de fato. Ao lado da presença cambiante caminhava um jovem de cabelo cor de fogo, com o rosto pálido como neve, estranhamente familiar. Embora sua visão fosse aguçada, os olhos de Emer embaçaram como se tivesse olhado por muito tempo para o sol. Quando piscou, restavam apenas sombras e mortos.

Depois das muralhas cinzentas da cidade havia uma longa fila de pessoas fugindo para as montanhas. Ela e Lia poderiam se juntar aos refugiados. Não era um futuro que Emer havia imaginado para si mesma, fugir da cidade com a mais bela de todas. Se alguém tivesse dito a Emer que isso aconteceria, ela nunca teria acreditado. Agora, aquele futuro estava diante dela como uma estrada brilhante.

Quando ela se virou para Lia, o rosto iluminado dela estava encoberto.

— Aquele carniçal disse *"Rahela"* — Lia disse com sua voz doce e esperta. — Eu ouvi os outros carniçais do lado de fora da sala do trono. Emer, todos eles estavam dizendo o nome dela.

Sua senhora Rae havia dito: *Ele está vindo. Quando ele chegar, vai ser o Imperador. Sou a traidora. Sou aquela que ele mais odeia.*

Ele a odiava o bastante para colocar seu nome na boca de carniçais famintos. Sua raiva estava dividindo o céu. Emer estava apavorada por Rae, mas Emer já tinha ficado apavorada e impotente antes.

Emer disse com aspereza:

— Ela está praticamente morta.

— Tudo o que eu sempre quis foi um família — Lia disse. — Agora ela é minha família. Ela está disposta a morrer para provar isso. Não vou deixar! Sei como os homens pensam. Ele não vai matá-la. Ele vai mantê-la viva para atormentá-la. Posso resgatá-la.

Emer de repente ficou furiosa.

— Não há necessidade de sempre ser boa e complacente! Ela te traiu. Eu também te traí. Ela está sendo punida. É como deveria ser.

Ela nunca havia se permitido gritar com Lia antes. Estava envergonhada até de encará-la, e agora se dava conta de que em algum lugar, no fundo de sua mente, ela havia acreditado na história que todos contavam sobre Lia: que ela era frágil demais, que emoções reais a fariam desmoronar.

Em vez disso, os olhos de Lia refletiam os estranhos raios no céu. Duas chamas azuis queimavam na pérola de seu rosto.

— Então eu jamais deveria confiar em ninguém? — perguntou Lia. — Então ela morre sozinha, e algum dia eu também. Se eu acredito que ela é minha irmã, se ela acredita, isso não torna verdade? Quando você fingiu se importar comigo, eu acreditei em você. Você alguma vez acreditou em mim?

Emer havia construído uma jaula para aquelas lembranças, trancado a porta e se recusado a deixá-las sair. Agora, com uma leve pergunta, as lembranças escapavam como monstros libertos. Compartilhar uma cama, compartilhar segredos, saber que ela deveria trair uma mulher com quem se importava ou a outra. Como Emer havia se odiado, e odiado o mundo todo.

Ela havia se recusado até mesmo a se permitir olhar para Lia. Agora, Lia olhava para ela. As mentiras de Emer queimavam sob a luz clara daqueles olhos.

A mais bela de todas. A irresistível. Emer acreditava em todas as histórias que os homens contavam sobre ela, porque Emer também se sentia daquela forma.

Emer confessou:

— Eu não queria ser uma tola como todos os outros. Eu queria ser ferro, mas você era a única coisa que me transformava em tola. Você é a única história em que já acreditei.

O sorriso que tocou a boca de Lia era mágico, tornando-a impossivelmente mais bela. Ela segurou o rosto de Emer em suas mãos delicadas como pétalas de lírio e a puxou para um beijo suave, que deixou Emer mais atordoada do que o mais forte dos golpes.

Mesmo na noite mais escura e na tempestade escarlate, Lia fez parecer que a luz do sol retornaria.

— Ela me salvou. Agora eu vou salvá-la. Venha — murmurou Lia. — Eu conheço alguém no Caldeirão que vai nos ajudar. Tenho um plano.

De mãos dadas, elas encontraram juntas uma forma de descer do telhado. A donzela de ferro e a pérola saíram caçando pelas ruas de pecadores e ladrões.

PRIMEIRO E ÚLTIMO CAPÍTULO

A Vilã e o Imperador

Todo mundo precisa de algo pelo que lutar. Até os mortos. Tendo uma luz para seguir, podemos nos arrastar para fora do buraco.

Todos os mortos e amaldiçoados estão subindo em sua direção. Estou tentando te alcançar com as mãos de um exército. Eles não podem me impedir. Os mortos estão em maior número que os vivos.

Estou indo te buscar com a força de dez mil almas.

Era do Ferro, Anônimo

O Imperador invadiu a sala do trono. Em uma das mãos, ele tinha sua espada. Na outra, a cabeça de seu inimigo. Ele balançava a cabeça com vivacidade, dedos enrolados em cabelos emaranhados ensopados de sangue.

Um rastro escarlate nos ladrilhos em ouro martelado marcava a passagem do Imperador. Suas botas deixaram profundas pegadas carmesim. Até mesmo o forro azul-gelo de seu manto preto estava respingado de vermelho. Nenhuma parte dele permanecia sem manchas.

Ele usava a máscara da morte coroada com a joia do Primeiro Duque queimando escura em sua testa, e um peitoral de bronze com estrelas cadentes forjadas em ferro. Os dedos de metal da manopla, que fulgiam em vermelho, estreitavam-se formando garras brilhantes.

Em uma garra letal, ele segurava outra joia. Pequena como uma lágrima, vermelha como sangue.

Seu brinco de rubi.

Quando ele ergueu a máscara, fúria e dor haviam esculpido seu rosto em novas linhas. Depois do tempo que passou no lugar sem sol, estava pálido como a luz do inverno, seu resplendor tornado tão frio que queimava. Ele era uma estátua com sangue maculando sua bochecha, como uma flor vermelha sobre pedra. Ela mal o reconheceu.

Ele era o Imperador Hoje e Para Sempre, o Corrupto e Divino, o Príncipe dos Achados e Perdidos, Mestre da Temível Ravina, Comandante dos Vivos e dos Mortos. Ninguém podia deter sua marcha da vitória.

Ela não podia suportar vê-lo sorrir, ou o morto cambaleante atrás dele. Seu olhar foi atraído pelo brilho voraz da lâmina dele. Ela desejou que tivesse permanecido quebrada.

O punho da Espada de Eyam reforjada ainda era uma cobra enrolada. Na lâmina, uma inscrição brilhava e fluía como se fosse escrita em água. A única palavra visível sob uma camada escorregadia de sangue era *Desejo*.

O nome da espada era Desejo de Vingança. Agora ela compreendia.

A garota de mãos prateadas tremia, sozinha no coração da história.

O Imperador se aproximou do trono e disse:

— Você mentiu para mim.

Seu passo ecoava como o badalar de um sino fúnebre.

— Você me traiu.

Desistir sem lutar não estava na natureza dela. Má e traiçoeira até o fim, Rae empunhou sua espada. O Imperador riu.

— Você me deixou para morrer.

Assim que a lâmina de Rae beijou a do Imperador, sua espada roubada estremeceu e se quebrou em mil pedaços. O cabo caiu de suas mãos. Pó prateado caiu girando sobre os mosaicos dourados. Rae não esperava nada menos. A lâmina dele era aquela a que nenhum inimigo podia resistir. Nada ficava entre ele e sua merecida vingança.

— Obrigado — murmurou o Imperador. — Por me ensinar a te agradar.

O Imperador jogou a cabeça de seu inimigo aos pés dela. Rae ficou olhando para o toco ensanguentado onde antes havia o pescoço e para os cabelos ainda belos. A cabeça rolou até tocar suas sapatilhas. Olhos verdes como verão perdido, já ficando vidrados, olhavam para ela. Era a cabeça de Otaviano, o rei.

— Estou só começando. Vou destruir mundos. Vou matar deuses.

Essa não era a bela voz que Rae amava ouvir chamando por ela. Essa era a voz do Imperador, o arranhão de pedra sobre pedra de uma tumba se abrindo. Ele estava mais rouco do que o chamado dos corvos, porque quando ela tentou, em sua arrogância, consertar a história, acabou piorando as coisas.

A voz dele havia mudado quando cortaram sua garganta.

— Quando acordei todo quebrado no buraco, me lembrei de seu rosto como o pior pecado já cometido contra mim. Guardei o pensamento em você tão próximo quanto um rancor, milady.

Quando Rae tentou correr, os mortos a pegaram. Uma dezena de mãos a segurou, dedos com ossos afiados saindo da carne áspera ou esponjosa devido à podridão. Eles a seguraram com tanta força que ela foi forçada a ficar totalmente imóvel. Seu coração não batia, mas tremia. O terror a sacudia como se ela fosse uma boneca de pano nas mãos de uma criança demoníaca.

— Mestre — os carniçais cantarolavam, em uma canção de ninar podre.

Em outro mundo, sua irmã havia dito a ela: *Mesmo quando entende tudo errado, você acredita que está certa.*

Todas as vezes, ela havia falhado com ele. E sabia que a voz rítmica dos carniçais costumava chamar seu nome. O céu havia se enfurecido quando ele viu sua amada em perigo nos Desafios da Rainha. O futuro Imperador sempre se movia rápido demais, curava-se muito depressa e lutava com uma fúria divina. Ele havia curado até mesmo a mordida que ela levara, mas ela não havia notado nenhuma vez que ele exibia seu poder. Porque em livros as pessoas com frequência se curavam com uma velocidade surpreendente, ou lutavam melhor do que dez homens. Na história, antes de Rae a estragar, foi ele quem sugeriu esquentar sapatos de ferro no fogo para matar Rahela, horrorizando tanto o Naja quanto sua irmã. O Naja havia perguntado *"Otaviano o quê?"* quando Rae disse que Otaviano se tornava o Imperador, porque ele esperava que fosse outra pessoa. O Naja temia o Imperador, mas nunca o rei.

Na história, antes de ela a estragar, Lorde Marius e a princesa Vasilisa amavam o rei, mas odiavam o Imperador. O Imperador, que Rae sempre havia amado, mas nunca havia conseguido enxergar em Otaviano. A prova estava olhando para sua cara esse tempo todo. Otaviano, que havia descartado uma irmã pela outra, não era leal depois da morte. Otaviano frequentemente removia suas manoplas, e Rae sabia que o Imperador detestava tirá-las.

O Rei Otaviano e o Imperador não eram a mesma pessoa. Nunca haviam sido, em nenhuma versão da história. O Imperador sempre foi Chave.

Mesmo agora, ver seu rosto em um lampejo de raio fez o coração dela saltar com uma revelação alegre, seguida pela longa queda no desespero. Seu personagem preferido. Ela sempre achara que, se o encontrasse, entenderia e acreditaria nele como ninguém mais pôde.

Quando ela o viu, nem o reconheceu. Ela o traiu. As tramas dela fizeram o pescoço dele ser cortado.

Ela queria acreditar que a história podia ser consertada, os doentes podiam ser curados, e a escuridão podia ser transformada em algo adorado. Ela sabia que a heroína pertencia ao homem com a coroa, lembrando apenas a figura que ele representava quando entrou pela primeira vez na sala do trono como o Imperador. Ela havia preenchido os espaços onde a história já deveria estar com o que acreditava. Rae olhou para os trajes e achou que estava vendo a verdade.

Ela esqueceu a pista contida no nome dele.

Chave. A chave para a narrativa. O herói da história. Sangue e lágrimas suficientes poderiam comprar uma vida. Depois de séculos arremessando sacrifícios na ravina, finalmente o pagamento foi suficiente. Ainda assim, quando o Imperador retornou, ninguém notou.

Todos olhavam para o rei, embora tivessem sido avisados de que a coroa não era sua para sempre. Otaviano era simplesmente o filho do rei e da rainha. O filho dos deuses havia renascido do abismo, um milagre criado não em um palácio, mas nas sarjetas. A ravina não despertou quando Otaviano foi coroado, mas quando Chave nasceu.

O Imperador disse:

— Tenha muito medo. Eu venho jurar um amor eterno.

Os raios faziam o céu tremer sem parar. As cavidades sob os olhos dele eram profundas como sepulturas. Seus olhos estavam vermelhos devido a séculos de fumaça.

A linha onde cortaram sua garganta era uma fita escarlate trançada, envolvendo seu pescoço, um fio retorcido ainda muito recente para ser uma cicatriz. Ele era uma criatura misteriosa e terrível, uma ruína gloriosa do que poderia ter sido. Os olhos dela estavam ofuscados. Ele havia morrido tão jovem.

Ele tinha voltado tão errado. Deveria ter vivido muitos anos mais, deveria ter escolhido descer no buraco. Ela havia arrancado essa escolha dele. Ela fizera pior. Ele precisava de tempo sob a proteção gentil de Lia, aprendendo bondade. Em vez disso, teve as víboras. Emer, lhe dizendo friamente que palavras mudavam a realidade, o Naja rindo ao falar de sangue e circo, e Rae. A Bela Mergulhada em Sangue, a mulher que mentiu e traiu e matou.

Ela havia ensinado a ele como agradá-la.

O Imperador fez um gesto de comando para seus carniçais.

— Eu te amo como uma faca ama uma garganta — ele murmurou enquanto os mortos a dominavam. — Eu me arrastei para fora do inferno para cair aos seus pés.

Dedos mortos rastejavam pela pele dela como se fossem vermes e ela já estivesse em seu túmulo. Correntes elaboradas pendiam e a gelavam enquanto ela permanecia violentamente impotente. Mãos frias prenderam a joia em volta de seu pescoço, gêmea da que brilhava sombriamente na máscara coroada. Ele deu a ela o Diamante do Abandono de Toda Esperança.

Ele falava de amor, mas ela o conhecia. Ele a chamava de "milady" quando estava furioso. Ela o conhecia, e ele era um pesadelo e uma catástrofe, uma maldição que ela não podia esperar controlar.

Com a raiva do Imperador veio a ruína sobre o mundo e sangue sobre a lua.

— A cidade em chamas é minha, e eu sou seu. Eu mudei a história por você. Então me diga a mentira de que me ama.

Havia uma ternura brutal na canção de amor rouca de sua voz. Suas promessas raspavam como pedra no ouro enquanto os carniçais arrastavam o trono de mármore. O assento para uma rainha morta, agora destinado a Rae.

Os carniçais colocaram o pálido trono da rainha sobre a plataforma brilhante ao lado do trono do Imperador com suas asas escuras. Ele fez um gesto de convite na direção dos tronos, de maneira cortês, como se tivesse sido criado para ser um cavalheiro.

Ela baixou o olhar ardente para o pó. Não conseguia suportar ver o que havia feito.

Ele estendeu a mão.

A lâmina estava quente de sangue, o aço por baixo, frio como um túmulo. O Imperador usou sua espada para levantar o queixo dela, e os dois ficaram se encarando diante dos tronos preto e branco.

— Seja feliz. Seja minha rainha má.

O horror era cruel. E ela também. À beira do desespero, tudo o que ela precisava era viver o suficiente para tramar outro plano.

Prata roubada fazia seus dedos brilharem frios e reluzirem pálidos como os de um fantasma. A garra blindada do Imperador se fechou, pesada como uma jaula, sobre suas manoplas quando ela lhe ofereceu a mão. Um monstro, agarrado a uma sombra.

Rae jurou:
— Eu serei.

Quando eles subiram aos tronos, ela levantou bem a cabeça sobre o assento de pedra da rainha morta. Ele se esparramou com uma graça despreocupada, uma perna apoiada sobre o braço do trono, ainda olhando para ela.

Os olhos do Imperador um dia haviam sido cinza, mas as cinzas haviam acordado para queimar nova vida. Fogo e fumaça ascendiam no olhar imperial vermelho-escuro. Uma ravina carmesim se abria largamente. Ela olhou para dentro do abismo e viu sua morte nos olhos dele.

Chave sorriu.
— O mal finalmente vence, milady.

Agradecimentos

Dizem que é preciso uma aldeia.

Certamente é preciso muita gente para acompanhar alguém durante o câncer em estágio avançado e ajudar essa pessoa a voltar a ser capaz de escrever um livro. E é por isso que estes agradecimentos são tão horrivelmente longos e vêm em duas partes: durante e depois.

Como eu digo "obrigada por ter salvado minha vida"? À dra. Claire Feely, do Ballybrack Medical Centre, e sua incrível equipe, que me diagnosticaram. Eu sei, é sempre bronquite, dra. Claire. E ao dr. Kamal Fadalla e sua equipe incansável do St. Vincent's Public Hospital, que conduziram a quimioterapia. Obrigada. Por salvarem minha vida.

À minha família. Meus pais me acolheram de volta quando não esperavam que a filha mais velha, na casa dos trinta, precisasse ser cuidada como um bebê. Fui levada de carro a todas as consultas, apesar do preço do estacionamento do hospital, e recebi café da manhã na cama. Meu irmão raspou minha cabeça. Minha irmã e meu irmão mais novo viajaram para ficar comigo. Meus primos, tias e tios estavam presentes o tempo todo.

Aos meus amigos.

Chiara Popplewell, que nunca falhou em suas visitas para me ver, não importava quão estranhas elas se tornassem. Rachael Walker, que trouxe todo tipo de doce e assistiu a *Goblin* comigo. Susan Connolly, que inventou todas as desculpas para voar da Inglaterra e que tentou queimar o ano comigo naquele Ano-Novo.

Joanne Lombard, Stefanie O'Brien, Jessica Barrett, Aileen Kelly, Zoe Cathcart, Karen Pierpoint, Emma Doyle, Clare Lynch. Especialmente naquele momento em que tive que ligar para Joanne e dizer: "Não me visite se estiver grávida, atualmente estou radioativa".

Aos anjos que vieram dos Estados Unidos para me ver: Kelly Link, Cassandra Clare, Holly Black, Robin Wasserman, Maureen Johnson, Marie Lu, Ally Carter e Elizabeth Eulberg. Eu não esqueci e não esquecerei.

Libba Bray, Megan Whalen Turner, Suzie Townsend, Cindy Pon, Eleanor Doyle, Kristin Nelson, Carrie Ryan, Sarah MacLean, Amie Kaufman, Jay Kristoff, Barry Goldblatt, Rachel Toomey, Fran Moylan: que enviaram cartas e presentes e se lembraram de mim em um momento em que eu estava esquecida.

E talvez mais importante, àqueles que lutaram a mesma luta que eu, independentemente do resultado, e que permanecem em meus pensamentos como uma luz. Philip O'Keeffe, Natalie O'Brien, Claire Lynch, Michael Brennan, Breda Morrisroe, Nora de Burca, Emmet Burns, Roy Esmond, Ted Kenny, Rachel Caine e May. Eu nunca soube seu sobrenome, mas os chocolates amargos são sempre para você.

A segunda parte destes agradecimentos é para aqueles que me salvaram durante a recuperação e meu retorno à escrita. Recuperação é um conceito complicado. Há tantas partes na recuperação. Recuperar-se do câncer para descobrir que você está cronicamente doente. Recuperar sua habilidade de escrever e, só mais tarde, sua autoconfiança nessa habilidade. Uma é descobrir que você nunca realmente se recuperará: não será quem era antes. Tive o privilégio de encontrar aqueles que me amaram através de todas as minhas transformações.

Jenny Mulligan, que reservou um quarto para mim quando não sabíamos se eu viveria para ser sua colega de apartamento. Foi maravilhoso viver com você, Jens, embora, considerando que acabei de fazer uma leitura no seu casamento, espero que não façamos isso novamente!

Leigh Bardugo, Holly Black, Elizabeth Eulberg e Robin Wasserman pelos check-ins durante a covid, as chamadas por Zoom, os encontros, o encorajamento, a sabedoria, a pressão compartilhada para escrever e a alegria compartilhada quando algo de bom acontece com seu trabalho. Vocês são estrelas que merecem o universo.

Susan Connolly, que fez tanto a parte distante quanto a próxima da escrita comigo, incluindo as viagens. Talvez eu nunca tivesse terminado a reescrita sem o quarto cor-de-rosa Barbie no enclave alemão, ou o jantar na caverna sensual.

Rachael, que viveu comigo durante a pandemia, junto com Binx e Jadis. Desculpe por Binx te morder! Ele é um bebê demoníaco.

Chiara, que enfrentou a covid vivendo em um novo país. Minha viagem de aniversário com você para a Itália me deu o Castelo Aragonese em Ischia, a principal inspiração por trás do Palácio na Borda.

C. E. Murphy, que teve um escritório de covid comigo e aguentou a época absolutamente insana em que eu estava criando o musical, e Ruth Long, que agora faz as adoráveis sextas-feiras de escrita comigo. Seanan McGuire, que cantou do lado de fora da minha porta no congresso quando eu ainda usava peruca e estava com medo.

C. S. Pacat e Beth Dunfey, por ainda quererem trabalhar comigo no futuro, e nunca me fazerem sentir que eu havia voltado errada.

Natasha Walsh e David Bates, pela honra e pelas edições sombrias. Katie Morrisroe, Gwen Billett, Caitriona de Burca, Shalini Columb, Sinead Keogh e Paul Quigley, Kate Lonigan, Ashling Lynch e Pinelopi Pourpoutidou, e Carol Connolly, por todas as risadas.

À minha família, a todos os mencionados acima, mas também aos novos membros que trouxeram ainda mais alegria e amor para a minha vida – meus novos irmão e irmã, Eric e Jess, minha afilhada Romey, meu sobrinho Ryan e minha sobrinha Lia (minha irmã e eu escolhemos o nome de maneira independente. Apenas coisas de irmãs).

Eu não acredito que qualquer livro seja uma ilha. Todos somos parte de um sistema de inspiração e influência, conversando com aqueles que vieram antes e com os que virão depois, e este livro é especialmente um monumento às histórias que me formaram. Edmund e Ricardo III de Shakespeare, e Lúcifer de Milton, os primeiros vilões a me influenciarem. Ricardo III de Josephine Tey, que me fez perceber como é fácil ser vilanizado. *O vampiro Lestat*, de Anne Rice, que me fez realmente considerar o mal como um ponto de vista. *A viagem do peregrino da alvorada*, de C. S. Lewis, o primeiro a me fazer pensar em ir para outro mundo por meio de uma arte tão bela que parecia viva. *O castelo animado, Labirinto, Tudo depende de como você vê as coisas, Pleasantville, The Chronicles of Thomas Covenant, Mais estranho que a ficção, O labirinto do fauno, Perdida em Austen, Extraordinary You, Carry On, Galavant, Rosencrantz and Guildenstern Are Dead, Thursday Next, Sangue de tinta* e *O romance do Tigre e da Rosa*, todos me fizeram pensar sobre as muitas formas diferentes de cair dentro de uma história.

A inspiração vem do mundo todo, e, enquanto eu não pude escrever um *isekai* tradicional, fui influenciada pelo subgênero e sou grata: um favorito é *O fundador da cultivação demoníaca*, de Mo Xiang Tong Xiu. Espero que muitos outros sejam traduzidos para eu poder lê-los.

Obrigada a todos aqueles que me mostraram novas formas de tecer uma fantasia de portal, como *De volta para casa*, de Seanan McGuire, *As dez mil portas*, de Alix Harrow, e (ouça o que estou dizendo!) *Barbie*, de Greta Gerwig. Àqueles que iluminaram novos caminhos para escrever fantasia, com irreverência, genialidade e empatia, principalmente *Six of Crows*, de Leigh Bardugo, *As mentiras de Locke Lamora*, de Scott Lynch, *Enraizados*, de Naomi Novik, *Ela se tornou o sol*, de Shelley Parker-Chan, e *Gideon, a nona*, de Tamsyn Muir.

Não posso impor uma bibliografia inteira em cima de tudo isso, mas *Aelfred's Britain*, de Max Adams, *A virada*, de Stephen Greenblatt, e *A chegada das trevas*, de Catherine Nixey, foram pontos de referência inestimáveis.

Todos que escrevem livros de fantasia hoje em dia têm uma dívida com *O senhor dos anéis*, de Tolkien, e *As crônicas de gelo e fogo*, de George R. R. Martin. Eu tenho uma dívida ainda maior com os leitores deles, e com muitos de outros fandoms. Li incontáveis ensaios na internet sobre outros mundos, sobre a natureza do mal, sobre histórias de amor que deveriam acontecer, quem era o favorito e por quê, sobre os difamados e os incompreendidos. Aqueles que acreditam em histórias estão sempre mudando minha percepção sobre contos que eu achava que conhecia, lançando luz sobre espaços liminares, despertando em mim um novo amor. Ninguém passa pela mesma história duas vezes, mas às vezes caminhamos por histórias diferentes de mãos dadas. Ver vocês amarem histórias me lembrou que eu também amo, e me encheu de inspiração e esperança. Vocês, que acreditam, constroem todos os caminhos para os outros mundos.

E para aqueles que transformaram meu projeto dos sonhos em uma realidade publicada...

Flores para minha agente, Suzie Townsend, que me contratou cerca de uma semana antes de eu ser diagnosticada e ficou comigo o tempo todo, até o momento em que eu disse "Ei, sabe aqueles dois livros que planejamos? Aqui está um livro que não é nenhum deles, sobre o MAL!", e ainda assim ela permaneceu, e também para Sophia Ramos, Pouya Shahbazian, Olivia Coleman e a incrível equipe da New Leaf Literary.

Para minha editora no Reino Unido, Jenni Hill, que me deu a genial sugestão para a invasão viking de York e que – ainda mais importante – acreditou em mim e me quis quando eu realmente pensei que ninguém mais o faria. Para minhas editoras nos Estados Unidos, Nivia Evans e Tiana Coven, por me escolherem e me apoiarem. Para todos na Orbit: Nazia Khatun, pela excelência e pelas excelentes recomendações de k-dramas. Angela Man. Aimee Kitson. Minha revisora, Sandra Ferguson. Blanche Craig. Angelica Chong. Ellen Wright. Alex Lencicki. Natassja Haught. Paolo Crespa. Rachel Goldstein e Rachel Hairston. Jessica Purdue, Zoe King e o restante da incrível equipe de direitos. Tim Holman, nosso capitão!

Para Syd Mills, a artista extraordinária, e Ben Prior, designer igualmente talentoso. Rebecka Champion, que fez o meu maravilhoso mapa.

Para Venessa Kelley, que primeiramente transformou minha imaginação maligna em uma bela arte.

Para a minha caixa da Fairyloot, uma honra deslumbrante, agradeço ao talento artístico impressionante de Bon Orthwick, e especialmente a Anissa de Gomery por escolher a mim e ao Mal. E a Jessica Dryburgh e Nicole Cochrane.

Para você, querido leitor, se estiver lendo isto. Obrigada por acreditar na minha história. Por um tempo, eu não consegui acreditar na minha história ou em mim mesma.

Agora eu acredito.

Sobre a Autora

Sarah Rees Brennan nasceu na Irlanda, à beira do mar. Após viajar pelo mundo e superar um câncer em estágio 4, ela se estabeleceu de volta em sua terra natal, à sombra de uma biblioteca de trezentos anos. Escritora de ficção jovem-adulta, foi finalista dos prêmios Lodestar, Mythopoeic e World Fantasy, indicada ao Carnegie Medal e figurou na lista de best-sellers do *The New York Times*. *Vida longa ao mal* é sua estreia na ficção adulta.

Conheça também

Criada nos arredores de Los Angeles por sua mãe hippie, Galaxy "Alex" Stern abandonou a escola cedo e se envolveu no perigoso submundo das drogas, entre namorados traficantes e empregos fracassados.

Além de tudo isso, aos vinte anos ela é a única sobrevivente de um massacre terrível, para o qual a polícia ainda não encontrou qualquer explicação.

Alguns podem dizer que Alex jogou sua vida fora. No entanto, a garota acaba recebendo uma proposta inusitada: frequentar Yale, uma das universidades de maior prestígio do mundo... e com uma bolsa integral.

Alex é a caloura mais improvável de uma instituição como essa. Por que logo ela? Ainda em busca de respostas, Alex chega a New Haven encarregada por seus misteriosos benfeitores de monitorar as atividades das sociedades secretas de Yale.

Suas oito tumbas sem janelas são os locais mais frequentados pelos ricos e poderosos, desde políticos de alto escalão até os maiores magnatas de Wall Street.

Alex descobrirá que as suas atividades ocultas nesses lugares são mais sinistras e extraordinárias do que qualquer imaginação paranoica poderia imaginar. Eles mexem com magia negra. Eles ressuscitam os mortos. E, às vezes, eles atormentam os vivos.

A *filha do rei pirata* mistura ação, aventura, romance e um pouco de magia num excitante conto sobre piratas.

Eu sou quem sou porque escolhi ser assim. Sou o que quero ser.

A jovem capitã Alosa foi enviada numa missão para recuperar um mapa perdido há muito tempo.

Ousada e destemida, ela se deixa ser capturada pela tripulação inimiga para investigar a embarcação deles e encontrar o mapa, a chave para encontrar o tesouro mais procurado dos mares.

Mesmo estando ao seu alcance, ela não contava com um imprevisto: Riden, um pirata charmoso e mordaz que parece ser a única coisa entre Alosa e seu objetivo.

Nesta aventura de tirar o fôlego, a capitã precisará usar seus melhores truques para conseguir o que tanto deseja.

Mas Alosa não é uma pessoa qualquer. Ela é a filha do rei pirata — e ninguém é páreo para ela.

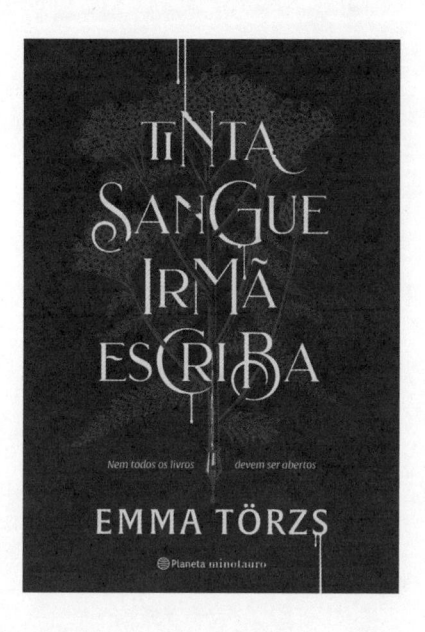

Duas meias-irmãs são encarregadas de guardar a biblioteca de livros mágicos de sua família, e agora precisam trabalhar juntas para desvendar um segredo mortal. Uma história de lealdade e traição familiar, em que a busca por magia e poder determinará o destino de todos.

Ao longo de muitas gerações, a família Kalotay cumpriu a tarefa de proteger uma coleção de livros raros e antigos: livros de magia, que permitem pessoas atravessar paredes ou manipular os elementos da natureza, além de outras habilidades extraordinárias. Mas toda magia tem seu preço, e por anos as meias-irmãs Joanna e Esther estiveram separadas. Esther fugiu para uma base remota na Antártida, procurando escapar do destino que matou a própria mãe, e Joanna se isolou na casa da família, em Vermont, dedicando a vida ao estudo desses livros tão valiosos. Depois da morte repentina do pai – enquanto ele lia um livro que Joanna nunca tinha visto –, as irmãs precisarão se reunir para preservar o legado da família. Durante esse reencontro, descobrirão um mundo de magia muito maior e mais perigoso do que jamais imaginaram, além de todos os segredos que seus pais mantiveram escondidos. Segredos que abrangem séculos, continentes e até outras bibliotecas.

**Acreditamos
nos livros**

Este livro foi composto em Electra e impresso pela
Gráfica Santa Marta para a Editora Planeta do Brasil
em fevereiro de 2025.